時代的眼·現實之花

《笠》詩刊1～120期景印本（十一）

第92～101期

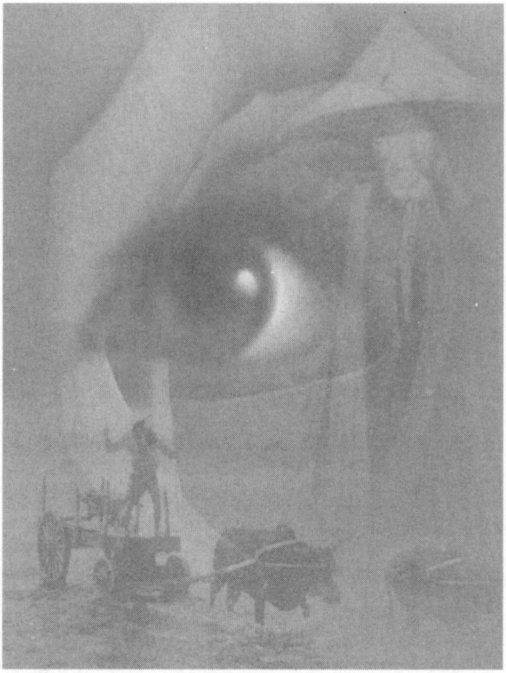

臺灣學生書局印行

詩双月刊

笠

LI POETRY MAGAZINE

1979年 8月號

92

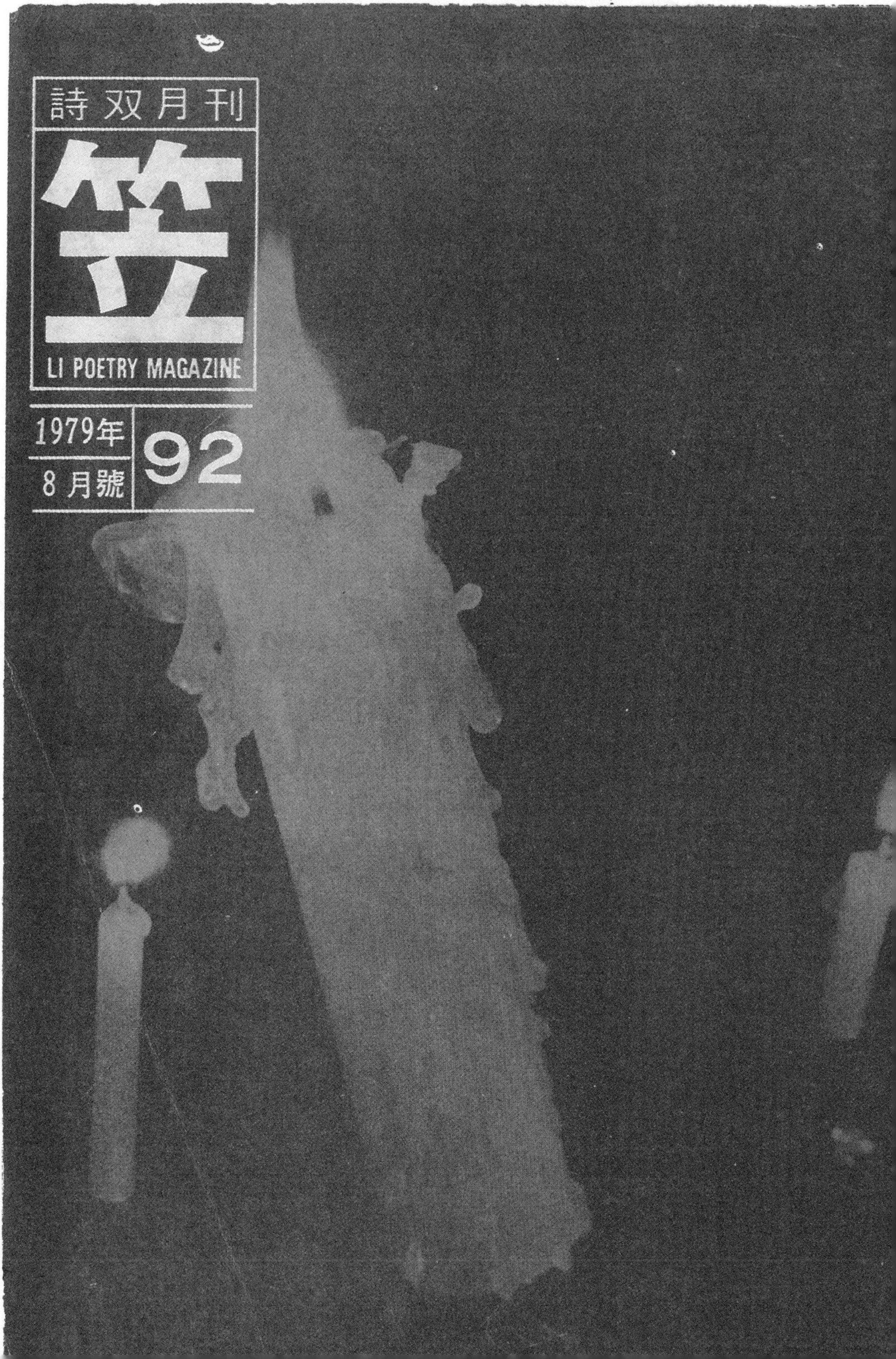

島之悲歡

這個島。
這個曾在十八世紀被航經海峽的葡萄人頌讚爲福爾摩沙的美麗島；
有悲哀，在暴風雨來襲時；
有歡樂，當收獲豐碩之季。
而悲哀和歡樂都是島的現實，
島上的人們頭頂著笠，滴著血與汗，致力於建設自己的家園。
有時，也望望天，有時也俯首沈思。
記錄了島之悲歡，也嗚咽了島之悲歡。
這個島、我們這時代，最眞實經驗和豐富想像力的結晶

笠詩雙月刊

每逢雙月十五日出刊，
是關心美麗島，熱愛詩文學的朋友們
不可缺少的精神食糧。

紀錄美麗島之悲歡
光復以來最代表性的現代詩選

美麗島詩集

收録足跡、見證、感應、發言、掌握五輯。
堂皇一巨冊，由笠詩社出版。
精裝每册150元，平裝每册120元。

目　　錄

再見·吉米

李魁賢

吉米，當你說再見的時候
就像從住膩了的家鄉
要到又愛又怕的神秘古國去旅行一般
你張開溫柔的笑口，揮揮手
瀟洒中帶著一絲自滿

吉米，和當初你來到我身邊時一樣
你就像紅毛荷蘭的船醫
醫好了我一身的潰爛
我在噩夢裡一直承續落荒而逃的驚狂
逃避自己形象的雕塑建立
我不敢映照鏡中變形的影像
每當我倚靠在你粗壯的臂膀
我只能仰首看到你紅潤的臉龐
你多毛的胸脯夠溫暖
我就在你呵護下安然自得
生了兒子叫樂帛，女兒叫愛美
學思想嬉痞、抽政治大麻烟
我替你安排着舒適安樂窩
逗你歡笑，伸手向你要綠票

吉米，多管閒事，你最歡喜
韓國有烽火，你趕去澆水掩土

越南喊殺震天，你補給消聲器
你有時跑到剛果湊熱鬧
看詩人盧孟巴被五花大綁棄屍荒郊野外
你到處插手，不免叫苦
二百年的傳統雖不多，已足自娛
自由、民主、人權是你的護身符
可惜你常常看不太清楚
你扶助李承晚，李承晚太固執
什麼是自由，老百姓不必知道
給多少，就拿多少，不許計較
你支援布托，布托太自傲
選舉輸了，把人抓來關掉
管他人權值幾毛
你推崇巴勒維，巴勒維太糊塗
石油滾滾來，有錢蓋王宮，賞王族
不曉得什麼是民主

吉米，你看來像命中帶煞
你趕到那裡，那裡就出岔
殺人放火，刀來槍去，一團亂麻
你累了就回到我的溫柔鄉
雖然臭汗在世界各地流淌
擅腥的精液也是到處洩放
沒有人敢怪你，你是巨人
巨人就該有獨霸的個性和精神
所以你不是我單獨的專用品
你有充分的自主性格，來去自如

把我當做另一種形態的黑奴

吉米，我早知道，總有一日
你會說再見，我已決心
希望你說再見，就是不再來的意思
你知道表面上有一層腐植土
但我淸白的心像岩石般堅硬
你聽到一些哭聲、哀怨、和憤怒
那些是敗葉在風中席捲的悽楚
不錯，你造成一陣旋風
陰森森掃過眼花的昏庸
鬼影幢幢，疑心到了陰陽界
這些虛弱的心會像不中用的草芥
隨你飄洋過海墮落到花旗的國土

吉米，說眞的，我期待
在你說再見的時候
就是我完全成熟的日子，我站起來
迎着陽光走出去，唱着自己心靈的歌
我看到你龐大的陰影消散
殘敗的落葉被旋落入沼澤的池塘
只有最後一聲斷氣的哽咽
我看到傾巢而出的新綠
茁長的氣象迎合英雄交響曲的旋律
引吭高歌鬱積心中古老的自由歌聲
立定了脚跟，向前看，如日東升
在太平洋上照耀着一片霞光

這是一項足以永遠流傳的史詩長篇
新生命誕生的消息，凌波飄揚

再見，吉米，再見
這裡是我怎麼也住不膩的家鄉
我的血汗滴落下去，變成田田的稻香
我的手繭結成花紋斑爛的布匹
我守防邊岸曲折有緻的海域
描繪成最美麗輪廓的島嶼
不是籌碼，是不沉的航空母艦
在海上展現意志燦爛的長城
我向你揮揮手，吉米，再見
我的微笑透露出眞實幸福的遠景
瀟洒中帶着一絲自滿，和你一樣
我終於站立起來
我站立起來，我以嶄新的生命
站立起來，我的新生命
和巨人同樣的強靭，耐寒
放射永恆的光芒

一九七八年底・臺北

杜國清

一輛美國林肯轎車
癱瘓在人潮中
血紅的油漆　淋漓
砸扁的車身
仍有憤怒的番茄
雞蛋和泥巴猛擊着

一個不貞的金髮女郎
居然如此賤賣自己的愛情
蜷縮在路旁的良心
讓世人　投擲亂石

一群不可出賣的中國人權
踐踏卡特微笑的嘴臉
以及蒙羞的花生
以及破棄的同盟孽緣
那浩嘯　衝入
黑夜的核心

黎明之前　寒空
震裂　細雨霏霏……

一九七九、元、三
加州、望月軒

人事官

·旅人·

每天爬在術語中
什麼合格實授
什麼提敍和先予試用啦
不敢喊累一聲
喊累
薪水袋會長翅膀飛去

每天挨罵
升官的人罵你升得不够高
升不到官的人罵你不乾淨
老天
誰知道眞正能使人升官的是誰？

最痛快的時分
是暫時拋棄人事法規
寫一首小詩
和幾個毛筆字
把「人事官」三個字踢出窗外

言意二帖

一個生錯時代的國王

林宗源

只有一種聲音的國家
商人和政客競相結交王室權貴
皇親國戚公然接受賄賂
巴勒維睜一隻眼睛

搶奪地主的土地轉交佃農
假民主的「空」權
滿足不了佔絕對多數的回教徒
巴勒維吸乾地下的財富
爲了地位以及歷史
養一群狼犬似的秘密警察
養一群拍馬屁的將軍
養一群分權勢的政客
耀武揚威地傳播墮落的文化

巴勒維閉一隻眼睛
看不見土生土長的人民
在人權在自由
在民族意識覺醒的二十世紀
強賣王權政策
巴勒維應該睜開眼睛

那些如蟻的士兵

來自人民
殺一個柯梅尼
還有千萬個柯梅尼

巴勒維不明白他的德政
巴勒維不明白他伸出可握的手
爲什麼不能握住人民的心
握住時代的巨輪

而讓它輾碎專制的政體

人講你是一條蕃薯

人講你是一條蕃薯
破開有黃色的肉
流着白白的血
怕開花躺在土內生長
無愛日頭
就是把你煎、煮、烤
甚至粉碎，也怕出手
有一點點仔的土與水
就慘瘦瘦仔大
有影無？

你的肉很甜
你的身價很便宜
你被埋在土內

無意志無希望慘走出土孔
就是把你生吃一半
你還是會活、會大、會笑
你也無想慘反抗
只會怨嘆命運
流着白白的目屎
無聲音
你是不是咧哭？

人講你是一條蕃薯
破開有黃色的肉
假如你會流出紅紅的血
你的肉也會變紅
你就會開花
無驚日頭
敢站在你的土地揚眉吐氣

你是不是蕃薯
人講你是蕃薯
只會點頭
互相爭着活卡大條
大條去給人人咬你一嘴的蕃薯
無土也會亂生根的蕃薯

去死
去死

山

林外

年歲多了，不能不想
我究竟是什麼呢？
草嗎？
水嗎？
花嗎？
泥巴嗎？
不願意自己是這樣可憐的東西！
想了又想，終於想通了；
我是一座山。

我有壯美的外觀，
我內裏有取之不竭的資源，
我的外表有生生不息的物產。
他們砍伐我的樹木，
他們割去我的青草，
他們摘取我的花朵，
他們任意攀摘我的果實。
他們在我身上踐踏，
他們在我身上開路，
他們挖掘我的泥土種植，
他們甚至挖洞做墳墓。
他們開採我的煤，
他們掏去我的金礦。
他們愛怎麼做就怎麼做，

從來不曾徵求我的同意。
這倒還可忍受，
不可原諒的是：
他們完全仰賴我活着，
竟懵然無知！

他們甚至運來堆土機，
企圖把我夷爲平地，
爲的是我的龐然，
我的高峻，
威壓着他們的心炙，
諷刺着他們的威勢；
而不知道，有一天，
發生了海嘯，海水吞沒平地，
或陸地下沉，浸沒了平地，
他們還要仰賴我才不會淹死。
他們讀過的地理，地形的變遷，
對他們全然無用，
竟天眞地以爲這種悲劇，
不會在他們身上發生。

眞想吼他們一番，揍他們一頓，
叫他們猛省。
可是，天生旣不會伸手，也不會踢脚；
他們就這樣吃定了我這山的無用性格。
我從不會領略我也有心炙有意志。
連我對自已沈默的性格

懷著多大的憤怒，
也毫無所知，也視而不見。
我爲他們憂慮，
萬一我心中的怒火，熱得過了度，
使地底深處的熔漿找到了出路，
爆發了隆隆的巨響，
火焰直衝天空，
熔漿直瀉平原，
他們將無處逃命，
會在叫爸、叫媽聲中燒成灰燼。
在沈寂後，我得依然存在，
只會萬般孤寂而已，
而如此可怕的事，我還是禁不住戰慄，
他們却絲毫不知恐懼。

每想到居然有如此愚笨
還自鳴得意的族類，
憤不可抑時，
眞想讓泥土、石塊迸射出去、
把他們一個個打死，
也毀滅我自已，

痛苦中唯一的安慰是；
我不是草，
我不是水，
我不是花，
我不是泥巴，
我是一座壯實的山！

新西遊記

馬為義

二十世紀的妖魔們
知道
千山萬水
千磨萬難
到底阻不了
一個個
到西方取經
的決心

托福難關一過
便有舊戚新朋
組成浩浩蕩蕩的計程車隊
簇擁出國門
便有七四七巨無霸
馱着他
騰雲駕霧
一路西去

更無需孫悟空
窮翻肋斗
去化討一鉢
冷飯殘羹
自有笑迷迷的空中小姐
（可不是什麼害人的妖精）

端上一盤
熱騰騰的
中餐西點
美酒香茶
享用完畢
戴上耳機
便有搖歌滾樂
爲他催眠
待一覺醒來
便已安安穩穩到達
霓雲虹氣的
西方聖地

但道高一尺
魔高一丈
精炙的二十世紀的
妖魔們
知道
成功未必不是
失敗之母
知道
只要把盤絲洞
搬到雷音寺下
讓鄉愁
有個歸宿
再用熊熊的火燄山
堵住每一條

通往長安的
大路
便不怕
取了經的唐僧
不一個個乖乖流落
唐人街頭

即使
佛祖慈悲
把九九八十一難
打個七折
再來個八扣

臺灣民謠的苦悶(三)

郭成義

——紀念亡兄成吉的歌

白牡丹

唯恐弄亂了我的衣裳
你輕輕將我捧起
如保護雪白的頭紗
怕沾上你來時的風塵

一身的潔白
想來就要託付給你了

却忘記這是我僅能的一次
居然沒有讓你留下地址……

碎落一地的衣裳
或許還能編出一個夢吧
我必曾經常夢見自已
爲你穿着雪白的新娘禮服
等在你去時的路上

双雁影

這樹兒昨夜必也哭過
我見到滴滴的淚水
仍然含著萬種柔情
不甘願掉落

兩隻雁兒
嘻皮笑臉地飛回來
把樹兒滿身的淚水
都吻乾了

啊　可恨的雁兒怎會不知道
昨夜我也哭過呢

望著剛剛飛走的雁影
我急忙哀叫一聲
雁兒啊
請銜著我的呼喚帶去給他
不要掉落

路

許達然

一、車

阿祖的兩輪前是阿公　拖載日本仔
拖不掉侮辱　倒在血池

阿公的兩輪後是阿媽　推賣熱甘藷
推不離艱苦　倒在半路

阿爸的三輪上是阿爸　趕忙敢忙
踏不出希望　倒在街上

別人的四輪上是我啦　敢快趕快
駛不開驚險　活爭時間

二、公共汽車

寶寶乖，已搭零路去托兒所自已回來，別再硬搶上，別再給擠下，別再和生人講話，別再坐過頭了，餓，別再哭，寶寶眞聰明。

姐姐乖，自已搭十路上學自已回來，記得站穩，記得讓坐，記得提防扒手，餓，記得忍耐，姐姐眞能幹，爸媽先去趕頭路，今晚一定趕早回來。

紗帽山

給 江光元兄

周伯陽

乳房狀的可愛紗帽山
標高有六四五公尺
綠油油的圓頂山頭
揭開你的奧秘—寄生火山

古代官吏前來觀光的神話
他不小心把紗帽失落在此地
現在搖身一變化成爲碧峯
脚下的溫泉使遊客流連忘返

純情迷人的山貌呀！
你有訴不盡的委屈
一肚子的嘮騷無法發洩
只靠硫氣孔不斷地噴出硫黃

與七星大屯山羣爲隣
與在彩雲的飛鳥，舞蝶爲友
夏天招呼遊客來觀光
冬天欣賞竹子湖雪花飄落

敬致閻振興先生

趙天儀

那傅園的莊嚴依然在翠綠的樹蔭裏
那傅鐘的聳立依然在青空的浮雲下
從大一到大四的跫音
從研究所到上講堂的聲音
十八年的歲月，付出了我的心血與青春

自從臺大有了圍牆開始
自從臺大有了車禍開始
自從臺大有了游泳池畔的亡魂開始
自從臺大有了匿名告狀的事件開始
讓您辛苦了，在忙碌中浪費了不少時光

依稀我還記得第一次見到您
那微笑的容顏
我並不瞭解您居然要付給我那樣難以負荷的重任
在忐忑而惶惑的心情下
在責無旁貸之下，我任勞任怨地工作着

所謂拜託升等事件的醜聞

所謂導師調整事件的困境
所謂導師名存實亡事件的風波
所謂邏輯免修與評分的誣陷
直到所謂公然誹謗的掀然大波

讓您辛苦了
那莫須有的羅織與整肅
我不忍說，您也芒刺在背
然而，畢竟您是一校之長
是非公道的裁判者
歷史眞理的見證者

大學之道，在明明德，在止於至善
大學是學術道德的實驗室
大學豈只是圍牆內的那些建築物與校園而已
大學是眞理追求的實踐存在
大學豈只是造謠生事挑播離間的場所而已

而您，該是責無旁貸的時候了
所謂從不負責任而永不得罪人的流言
所謂不瞭解哲學而無法領導思想的責難
所謂小丑公然破壞學術自由與尊嚴的笑話
然而您知道您終究是要面對眞理，面對歷史的鏡子
讓您辛苦了
而也該是責無旁貸的時候了

後記：這首詩寫於民國六十三年六月底，筆者離開臺大哲學系前夕，亦即臺大哲學系大整肅的恐怖的前夜。

旅泰詩抄

靜修

巷

每天早晨，穿拖鞋的大和尚牽領一群打赤脚的小和尙，托着瓦鉢，從我住屋前面的小巷走過去，我的泰國小情婦總是一早就等在那裡奉献許多糧食，日復一天，從未間斷。

甚至，雨季，小巷被雨水翻攪得泥濘不堪，我小情婦的奉献依然風雨無阻，不久，穿過小鎭的小河氾濫成災了，汚水淹沒了小巷，我伏在高脚屋的窗口眺望，心想，和尙們再也來不了了，當晩，聽着淅瀝的雨聲，睡了一個很甜蜜的覺。

翌晨，我的小情婦按時起床，披着我的雨衣，提着糧食涉水而去，我深深被她虔誠的心所感動。不料，等了又等，却未見她回來，直到黃昏，水退了，仍然不見踪影。

第二天，我一早起來跑到巷口去等待，只見一個打赤脚的老和尙牽領一群打赤脚的小和尙，遠遠像幽靈般走過來，經過我面前穿入小巷，慢慢消逝在拐彎的巷尾。

追懷篇

——法國詩人速描

莫渝

維尼

從絢爛退隱
遠離巴黎的政壇
遠離繁華的街道
在寧靜的阿爾卑斯山下
構築一座精緻的象牙塔

塔外
山谷間頻頻
傳來喚叫的回音
催促您
成就古英雄羅朗的未竟之業

塔內
不是春蠶
猶自吐絲
護衛鏗鏘的詩篇，與
久病的愛妻

塵埃落定後
衆人驚訝
入定的山峯猙獰突兀

波特萊爾

天色逐漸灰暗
街燈亮了
您的猫眼跟著亮了
整座巴黎跟著亮了
陰暗角隅許多的影子
一一映現
鄙棄　齷齪　醜陋
衆所不顧的
全都納入您開朗的胸懷
撫摸後
幻成一串串的美

天堂與您絕緣
順著阿克倫河般的塞納河堤
您用醉態惺忪的双眸
點化不夜城的巴黎
讓舉世更清楚的注目
同時
注目您的「罪惡之花」

魏　崙

誰說我病了
我一直無恙
只是暫時慵懶厭倦

爲著知音難覓

布魯塞爾的槍聲
嚇走韓波
我獨自回到巴黎
回到自言自語的詩世界

落單的我
不想再逃亡
可憐
我的妻子呢？

賈穆

詩人
您是中國山水畫裏
慣條斯理的柱杖者
走遍鄉間小路
欲求人間眞實語言

紅塵是他們的紅塵
您在大自然裏
吟哦純樸歌謠
散佈和諧
傳播寧穆

只要您走過的路
詩人！
兩旁的花草動物
格外欣然生氣
格外懂得閒適情趣

笠詩選

美麗島詩集：序一

林亨泰

雖然有一些人不很願意承認——但，笠詩刊之出現與存在，的確早已成爲詩壇的中流砥柱。

它在那裏一直默默地面對洶湧的波濤，却從不因畏懼而去移動一下它那早已立脚紮根的位置。

它所扮演的是燈塔看守者的角色，由於它的光芒，曾使已逐漸踏上形式主義岐路的詩壇，重新找回了自已。

十五年了，它任勞任怨而從不作任何浮誇的宣言或擺出任何唬人的架式，它不愧爲一個既有誠意又脚踏實地的爲詩工作者服務的刊物。

至此，也可說它已擁有至少五個孔子所謂的「三年有成」——這雖然是可慶可賀的，但，它的更可貴處乃從不爲自己作任何標榜，這是可敬可佩的。

不過，經歷十五年這段不算太短的默默耕耘之後，要發言的時機也該到了吧？首先，將這本『美麗島詩集——笠詩選』送出，這只是第一步。

說實在的，它一直耐心地苦等了十五年，並希望總有一天會有人替它說出幾句公道話，但，這盼望一直沒有兌現過，或許如此盼望未免過於天眞了一點。

既如此，那麼就讓自己不客氣地來爲自已發言吧！任何人只要不以勢利眼去觀察，誰也都會同意笠詩刊十五年來的輝煌詩業。還給它應有的評價——這留下來的工作該是同仁們共同努力的下一目標吧。

林亨泰謹識　一九七八年十一月

美麗島詩集．序二

趙天儀

一、

臺灣四面環海，面對著太平洋，東方有日本，遠方有美國，都遙遙地相對著。而從巴士海峽過去，有菲律賓，以及南洋群島。而在臺灣海峽的對岸，有中國大陸。以地理環境來說，臺灣是一個海島，是中國的門戶，也是亞細亞的燈塔。自從葡萄牙水手經臺灣海峽高喊「Oeha—Foimora—」傳播開來，臺灣便是舉世矚目的美麗島。

住在臺灣的人民，除了山地同胞以外，大多數便是先後移居過來的漢民，以福建與廣東爲首，所以，閩南與客家的語言，便是臺灣通行的日常語言，也就是所謂臺灣的方言了。自民國三十四年十月二十五日臺灣光復以後，國語運動在臺灣展開，由於推行成果良好，大多數的本省同胞，尤其是年輕的一代，不但會說漂亮的國語，而且在文藝創作上，更是人才輩出，在中國的現代文壇上已逐漸地形成爲一種主流的趨勢。

雖然臺灣在歷史上，曾經有過荷蘭、明鄭、滿淸以及日本在不同時代的佔領與統治。但是臺灣自光復以來，因大陸淪陷，國民政府遷臺，臺灣已形成了另一個歷史的局面。因此，在先後來臺的中國人，也在臺灣造成了一種新的民族的大融和，三十多年來養生聚訓，自有一番歷史的新的意義。

二、

在臺灣，自漢民移居以來，中國古典文學也跟隨着先民移植過來，尤其以漢詩社林立，三百多年來不衰，換句話說，中國古典詩，也就是日本人所謂的漢詩，在臺灣文學史中已有將近三百年的歷史。

自甲午戰爭，淸廷戰敗，割讓臺灣以後，臺灣同胞便以漢詩社爲根據地，播着中國文化的種子，來對抗日本異族軍閥的統治。因此，在日據時期，臺灣也曾有過新文學運動，張我軍等提倡使用白話文，並且用白話來寫新詩，不能不說是一個歷史的見證。不過，由於日本一面禁止臺灣同胞使用漢文，一面又加強推行所謂日本的國語，因此以白話文來從事新文學創作的先輩們，也難免遭受到挫折與抑壓。因此，有一部份留學日本的臺灣新文學的倡導者，也開始了使用日文來創作，這是一種不得已的，但也是一種跨越語言的創作活動。所以，在日據時期後半段的臺灣文壇，由於新文化運動的展開，便形成了使用兩種不同語言工具的作家；有使用中文的創作者，也有使用日文的創作者，可能只有少數是兩者兼用的創作者。

自民國三十四年臺灣光復以後，臺灣又直接地受到中國新文學運動的影響，同時又再展開文學創作的活動。以臺灣光復前後的中部文壇來說，成長於戰爭的一代，也就是所謂戰爭期的戰前派與戰後派，便有一個「銀鈴會」；主要的成員有詹氷、詹明星、張彥勳、林亨泰、錦連、蕭金堆等等，他們繼續使用日文來創作，慢慢地也逐漸地轉變爲使用中文來創作。這一個小小的文學社團，主要的成員都是詩人，也就是後來成爲「笠詩社」重要骨幹的一部份。他們跟同輩的吳瀛濤、桓夫一樣，都不斷地繼續在詩的世界裏探索著。

自民國三十九年以後，國民政府遷臺，勵精圖治，「新詩週刊」在自立晚報創刊。民國四十二年，紀弦創刊「現代詩」，覃子豪在公論報創刊「藍星週刊」，民國四十三年，張默、洛夫、瘂弦創刊「創世紀」。在民國四十八年以前，可以說是「現代派」與「藍星」對峙的局面。到了民國四十八年，「創世紀」革新，才算進入了另一個階段。但是，當臺灣的現代詩壇，在經過了幾次的新詩論戰以後，加以不少詩人在創作上的迷茫與退潮，到了民國五十年光景，便已有所謂晚唐的興嘆。而在這十多年之中，現代詩在臺灣詩壇上，雖然說也開創了另一個新的局面，輸進了西方的詩潮，但是，由於有些詩人脫離現實，游離在技巧至上論的陷阱之中，盲目地迷戀西方詩潮的餘風流派，誤導了現代詩的方向。所以，一方面是形成了所謂有些現代詩人的自我陶醉、孤芳自賞；另一方面却是遭遇到讀者拒絕、報紙副刊排斥的尷尬情況。

民國五十三年吳濁流、鍾肇政等本省作家、詩人創刊「臺灣文藝」，以樸實的風格出現，肯定了對現實的關懷，表現了對鄉土的熱愛，並以培養年輕一代的新作家爲任務。同年六月十五日，本省詩人吳瀛濤、桓夫、詹氷、林亨泰、錦連、白萩、趙天儀、薛柏谷、黃荷理、王憲陽、杜國清、古貝等十二位詩人聯合創刊了「笠」詩雙月刊，組成了笠詩社，可以說是在臺灣光復以來，在本省詩人創刊的詩刊之中，「笠」是陣容最整齊，脚步最穩健，風格最樸實的詩刊了。「笠」一方面表現了一股清新活潑的創作，另一方面也提出了銳利嚴格的批評，使臺灣的現代詩壇在重重的危機之中，重現了一道曙光。

由於「笠」的崛起、持續與刺激；許多詩刊相繼創刊了，有的忽起忽落，有的斷斷續續。又許多詩刊也相繼復活了，雖然有些早已淪爲不定期的詩刊。但「笠」的繼續邁進，自有其劃時代的意義。「笠」，有一股隱藏的力量，有一種踏實的作風，所以，不管臺灣的現代詩壇，是怎樣地在翻雲覆雨，是怎樣地在喧囂吶喊，「笠」依然堅持着自己的本色在繼續前進。不錯，「笠」是富有鄉土性的，也是具有地方性的，然而，却也是全國性的。由地方性一躍而爲全國性，這是需要付出努力的代價的！「笠」在這十五年的持續之中，定期出刊，不斷地充實內容，不斷地調整步履，可以說是在穩定中發揮了一股不可忽視的潛在力量。所謂和而不同，在「笠」詩社的同仁之中，表現得最爲顯著；曾經是現代派健將的林亨泰與中年再度出發的桓夫是何等地不同！曾經是歷經「現代派」、「藍星」、「創世紀」的白萩與從「野風」出發的李魁賢是何等地不同！「笠」一直以最大的包容力量來鼓舞新銳詩人，而中年以上的中堅詩人也不斷地持續創作，所以，創作的薪火不斷，創造的聲音不絕於耳。

而今，「笠」詩雙月刊已按期出版十五年了，「美麗島詩集」該是第一次的結集。這一部詩選集，是以目前笠詩社同仁發表在「笠」詩雙月刊上的詩作為選取的對象，在五大主題：「足跡」、「見證」、「感應」、「發言」與「掌握」的總目之中，來加以分類地選擇，當然，缺點還是不能避免，不過，在臺灣出版的所謂現代詩選，以主題為選詩的標準，恐怕還是創舉。

所以，在「美麗島詩集」之中，凡詩壇上的諸君子，或過去雖為笠詩社同仁，而今退出，他們的作品在這一次詩選中，只好忍痛割愛。換句話說，這一部「美麗島詩集」，是代表了這十五年來的笠詩社同仁的作品。不錯，笠詩社同仁還有許多傑出的作品，因為是在其他詩刊或報章雜誌上發表，也將另案處理。

「美麗島詩集」，顧名思義，我們知道，是以臺灣的歷史的、地理的與現實的背景出發的；同時也表現了臺灣重返祖國三十多年來歷盡滄桑的心路歷程。「足跡」是用脚步踩出來的，「見證」是用眼睛目擊的，「感應」是用心靈廻響的，「發言」是用嘴巴來開口的，「掌握」是用手心來扣緊的！凡我五官所走過所見過所想過所說過所把握過的一草一木、一滴血、一撮泥土，都是那樣地親切，也是那樣地苦楚與沈痛！站在我們的島上，立在我們鄉土的大地上，我們擁有個人內在澄明的心靈世界，也體驗群體生活中令人心酸與感動的歷史的偉大形象，我們歌唱著我們最熱烈最眞摯的情淚心聲！

三、

「美麗島詩集」共選笠詩社同仁三十六位詩人的作品，每人最多不超過十首，平均每一個主題一、兩首。在笠詩社同仁之中；例如：詩評論家梁景峯先生，他對現代詩的見地非常卓越，批評也非常銳力，頗能一針見血，但是，由於他沒有發表詩作，所以，我們無法選他的作品。

這一部詩選的編排，是依五個主題來選擇的。而作者的先後次序，是依姓名筆劃的順序，由繁而簡，逆順地排列。這三十六位詩人是羅浪、衡榕、鄭烱明、潘芳格、趙廼定、趙天儀、楊傑美、葉笛、詹冰、黃靈芝、黃騰輝、黃荷生、曾妙容、陳鴻森、許達然、陳秀喜、陳金連、陳明台、郭成義、陳千武、馬為義、旅人、拾虹、林鷺、林清泉、林宗源、周伯陽、林亨泰、林外、吳瀛濤、李魁賢、何瑞雄、杜國清、李敏勇、巫永福、白萩。在這三十六位同仁之中；五十歲以上的約有十位，是在臺灣光復前後成長的詩人。四十六歲以上的約有五位，是在臺灣光復後就出發的詩人。這兩個階段的詩人，可以說是屬於跨越語言的一代。三十五歲以上的約有九位，是在大陸淪陷以後陸續出發的詩人。三十五歲以下的約有十一位，是在「笠」詩雙月刊創刊前後出發的詩人。可以說是三代同堂了。

在「美麗島詩集」之中，除了詩選以外，我們收入了作者的詩歷、詩觀；一面簡介每一位同仁的生平，另一面展現他們對詩的看法。而在附錄之中，我們也收錄了五篇臺灣新詩的回顧，以表示我們對臺灣新詩史料的整理與珍惜。

當然，回顧過去，固然有其歷史的意義，然而，正視現在，展望未來，才是我們的歷史的使命。在詩的創作上，笠詩社的同仁們將繼續默默地耕耘，以堅強的毅力來繼續前進，有如在沙漠中行進的駝隊，一步一步地，在歷史的沙地上，踩出深深的足跡。我們相信，明日的中國詩，將在我們的耕耘中，留下一些寶貴的心血的記錄。

新詩與我

詹冰

一、我的詩歷

說實在，到今天我寫詩已有四十多年了，可是我一直不敢認爲自己是一位詩人。詩人的地位是何等的尊貴與清高。而我却沒有，沒有達到那種境界。我只是一個僅會寫些具有詩樣的東西的平凡人。

我的本名叫詹益川。民國十年七月八日生於卓蘭鎮。祖父龍飛曾當過區長（現在的鎮長）。父親德鄰擔任過保正（現在的里長）。在嚴格慈愛的母親訓導之下，我幸福地長大。我是家中的長子。七歲時進入卓蘭公學校（國小）。行將畢業時，由於年齡不足，留級一年。民國二十四年考進省立臺中一中（五年制）。一年級時，在第一節作文課時，我就大膽地寫了一首「和歌」（日本短詩），博得老師的詩獎。中學三年時母親逝世。是有生之年中最大的打擊。當時，同學陳千武（桓夫）已在報紙、雜誌上發表了新詩，使我覺得非常敬佩和羨慕。當時我開始默默地看詩集和詩論。五年級時，我寫的「俳句」（日本一行詩）在臺中圖書館所舉辦的有獎徵求「俳句」，幸運地獲獎了。「俳句」是高度濃縮的詩，影響了我寫詩的風格。中學畢業後我留學日本東京。在東京起先我常爲了是投考文科或者理科（醫藥）的問題而煩惱。有一天斷然地向父親寄出了要求投考文科的信。可是受到父親強烈的反對。沒有辦法，我只好含着眼淚考入明治藥學專門學校。雖然我唸的是藥學，可是對文學的熱愛不但毫無減弱，反而更強烈起來。我一隻手拿着試管，一隻手翻開詩集。民國三十二年我第一次嘗試投稿新詩，幸運地「五月」該首詩竟成爲日本名詩人堀口大學的推薦作品，博得不少的好評。「五月」這首詩的寫作經過是這樣的。五月的一天裏，下課後，我還留在二樓的教室，靠窗眺望著校園裏正在發綠芽的櫻樹。突然靈感頓生，不到兩分鐘，我的腦裏就孕釀了一首詩。在一氣呵成之下，我將腦海裏的詩抄在紙上，「五月」就這樣完成了。此後我沒有再增減一個字。那時候，我認爲自己眞的會寫詩了。可以這麼說，「五月」是我最重要的「第一首詩」。可是要寫出這「第一首詩」，我已苦心極力地寫了幾十首的習作。「五月」的完成，我曾爲它高興了好幾天。這種高興所發出的笑是，「地上唯一的天上之笑」吧。（自作「詩作之後」）

以後，我的作品「在溢民村」「思慕」也繼續成爲推薦作品。我信奉堀口先生的一句話：「欲寫好詩，那麼你先熱望寫好詩吧！」而自信地邁進新詩的大路。我除詩以外，也精讀小說。戲曲、哲學、天文學、社會學、醫學、心理學、動物學、植物學、宗教等等的書，以做爲詩的營養。到民國三十三年日本戰敗的相貌逐現，詩誌漸漸停刊。人人所寫的都是「愛國詩」，而純粹的詩隱沒，招來新詩的黑暗時代。當時的文科學校的學生，大部分被召入伍變成「學徒兵」（學生兵）。就讀第三高等學校的摯友劉慶瑞君（已故臺大法學院教授）也被召入軍營。我時常把新作的詩寄給他。精神糧食缺乏的「學徒兵」們就拿我的詩輪流閱讀而背誦起來。我聽後感動得流淚，愈覺得詩人的可貴和重任。東京留學時代，一有閒暇我就歷訪圖書舘和書舖，涉獵文學書、詩集、詩誌等。尤其重視屬於「詩與詩論」的詩人們的作品和詩論。我研究學習他們的詩法。同時富於「機智」而明朗的法國詩也惹起了我的注意和共鳴。

藥專畢業後（民國三十三年九月）我冒死的危險回來臺灣。那時恰好冲繩島戰爭之前，所以十月二十九日出帆神戶的船，至十二月七日才抵達基隆。整整四十天的死亡航行。回臺後，次年三月結婚。十月臺灣光復。我踴躍學習國文。可眞不容易呀。民國三十五年，報紙還採用一部分日文。當時我在中華日報的日文文藝欄發表過「批桑花」「戰史」「不要逃避苦惱」「寸景三題」「私小說」等的詩篇。不久，日文欄休止，我就失去發表的機會，自然地詩作逐漸減少了。國語的學習也因工作忙碌和無實際應用，所以毫無進步。欲想用國文寫詩簡直是不可能的事。其間曾託朋友翻譯，但有隔靴搔癢之感。可是這期間，我的興趣向多方面發展。例如，音樂、電影、美術、攝影、集郵、書法、種花、釣魚等等，我希望它們都變成我的詩的肥料。

在民國三十五年前後，我曾加入臺灣唯一的新詩詩社「銀鈴會」。該詩社曾發行一本油印的同仁詩誌「緣草」，是由張彥勳主編的。同仁除張彥勳以外尚有林亨泰、錦連、辰光、蕭金堆、明星、子潛、松翠、春秋、眞砂、素吟等人。聽說「緣草」是臺灣光復前就開始出刊，一直維持到民國三十六年才停刊的。翌年五月更名爲「潮流」復刊，僅出了四期又斷刊了。可是「銀鈴會」是光復後五年間，臺灣唯一的新詩詩社。在新詩詩史上來說，它具有不可抹煞的地位與價値，是値得大書特書的。

民國三十七年「潮流」停刊以後，到民國五十三年「笠」創刊之間，可以說是我詩歷的空白時代。民國四十七年，我被聘爲中學教師。我當教師的主要目的是要學習國文。而我的國文老師是就讀於國校的子女和字典。經過四、五年後，在桓夫的鼓勵下，才以未成熟的國文翻譯以前用日文所寫的詩或直接用國文練習寫詩。

民國五十三年三月，我參加「笠」詩刊社的創立。「笠」詩刊是在卓蘭寒舍經過一番商量、討論才誕生的。六月「笠」詩刊創刊號終於出版。「笠」的創立人共有十二位，他們是吳瀛濤、桓夫、林亨泰、錦連、古貝、薛柏谷、黃荷生、白萩、趙天儀、杜國清、王憲陽和我。「笠」詩刊並沒有標榜什麼主義和主張。其主旨只希望同仁們各自發揮所長。所以「笠」的風格是最自由，最明朗，最健康，最鄉土的。我相信將來的「笠」也會繼續不斷地在自然中成長，自然地發展下去。當「笠」發刊的時候，有人認爲「笠」不到三期就會垮下來，但是「笠」到現在已經發行將近一百期了。面對這項成果，眞是感慨萬千！

我已出版的詩集是「綠血球」（民國五十四年出版）。即將印行的詩集有「實驗室」及「太陽、蝴蝶、花」（

兒童詩集）兩冊。

二、我的詩觀

詩是什麼？到現在我還不敢定義它，不敢界說它。我只知道，詩是眞、善、美的表現，人生觀、世界觀、宇宙觀的表現，全人格的表現。我只知道，要寫詩先要做一位詩人。我只知道要做一位詩人，先要有高潔的品格，而且對人生充滿興趣又喜愛它，摒棄一切的名利，富有正義感，另外還須要文學技能方面的修練。至於我個人對新詩的看法是，舊詩到現代詩已經成長、擴大了不少。現代詩到將來詩可能更進一步的長大、擴展。那麼現在我們對現代詩應如何定義它呢？這情形就好像我們對一隻毛蟲要如何去定義它一樣，誰知道這隻毛蟲將來會蛻變怎樣的蝴蝶呢？對詩，我們只有捕捉自己認爲是「詩」的東西，而用自己的方法表現出來以外其他還有什麼辦法呢？我們寫出來的是「詩」或許「僞詩」，我想那是後人的工作吧。

因爲詩是不能界說的，所以我曾嘗試「圖象詩」。我認爲圖象詩是詩和圖畫的相互結合與融合而且可提高詩效果的一種詩的形式。當然要寫圖象詩必須具有適於圖象詩的詩材。我國的文字大部分是象形文字。是最適於做圖象詩的工具。這一點對於寫圖象詩的我國詩人，比起外國詩人是有利而幸運的。我想中國圖象詩的前途是無可限量的。我對自作的圖象詩，比較喜歡「Affair」「雨」「插秧」「自畫像」「水牛圖」等。

還有，因爲在詩誌和詩集上有太多無法看懂的詩篇，使我開始創作比較平易而容易了解的兒童詩。我認爲「兒童詩」就是兒童也可以欣賞的詩。無論兒童做的也好，成人寫的也好，首先兒童詩必須是詩。兒童詩不是初期階段的詩，也不是降低格調的詩。兒童詩也應是一篇完美的詩。我試作兒童詩已有四、五年的時間了。到今年才有一點小成就。那就是「遊戲」一篇得到「洪健全兒童文學創作獎」兒童詩組的頭獎。另外「奶奶與我」一首也獲得「月光光獎」。過去，在「笠」第七十一期「兒童詩隨想」中，我曾認爲兒童詩的作者要有「詩心」「童心」「愛心」。可是現在我認爲更重要的應是「無心」。這樣才能寫出境界更高的兒童詩。當然成人詩也不例外。

總而言之，回想我漫長的寫詩過程中，使我感覺到寫詩好像已成了我的生理作用之一。我將繼續努力，繼續修養，繼續蛻變下去。如此，我想總有一天我會成爲一位「眞詩人」也說不定。那時候我可能才會產生「眞詩」。這也是我現在——五十九歲唯一的願望和理想。

——（完）——

我的第一首「詩」

陳千武

民國廿八年八月廿七日，我寫的一首「夏深夜之一刻」日文詩，在當時唯一臺灣人所辦的日刊報紙「臺灣新民報」副刊文藝欄刊登。是臺中一中的同學先看到報紙告訴我，我才去找報紙翻開來看，果然，我看到自己寫的東西頭一次變成鉛字，有些頭昏昏的，感到「陳千武」三個字印得特別鮮明，而心裏癢癢。文藝欄的主編黃得時先生，便成爲我心目中的老師了。

從此以後，我使勁地學習詩作，一直到民國卅一年四月，我爲臺灣特別志願兵入營日止，在臺灣新民報，臺中的臺灣新聞，以及臺灣藝術雜誌，斷斷續續發表過許多日文詩及小品文。玆翻譯曾經往臺中縣龍井遊玩詩一首；

大肚溪

把兩腿張開伸直
水喊著
浮在溪中的沙灘
水、水、水
淼淼到遙遠的對岸
白砂的小丘
北風來通報風颱了
北風咻咻吐著赤外線
圍繞小丘
咦！浪波湧起啦
青藍的水
緩慢地
要把今天流走
「喂！喂！把竹筏划過來」
一個少年捧起長竿
一個少年蹲在竹筏
一個少年瞄準相機
對準著舶來的舊相機
喳喳的摩擦聲
「！把竹筏划過來」
提著公事包的官服走近來
「船夫不在麼……」
少年抬起頭喊了一聲
「不要嚕囌，划過來」

水流湧起了漣漪
竹筏大搖了一搖
北風把薄紗
捲上天空
那個傢伙，眞厚臉皮的……
白色紙片像白旗
飛昇高高的堤防上去

—民國廿八年九月刊於臺灣新民報—

臺灣光復後，由於語言的阻礙，我停止寫作十幾年，到民國四十七年一月十日，我用中文寫的詩「外景」一首在聯合報「藍星詩頁」上發表，便又恢復了執迷於詩的生活。於是，在藍星、南北笛、現代詩、工人報、中國勞工等報刊，零星發表過幾篇作品。

民國五十年暑假，就讀臺大外文系的內弟杜國淸，常來我家談詩，拿創作跟我交換意見，以致增進了我的中文寫作能力。有一個星期天下午，我在家十分無聊，突然間，驟雨下得很大。奇妙的雨滴的躍動，引起了我寫一首「雨中行」。

雨中行

一條蜘蛛絲　直下
二條蜘蛛絲　直下
三條蜘蛛絲　直下
千萬條蜘蛛絲　直下
包圍我於
——蜘蛛絲的檻中
被摔於地上的無數的蜘蛛
都來一個翻筋斗，表示一次反抗的姿勢
而以悲哀的斑紋，印上我的衣服和臉
我已沾染苦鬪的痕跡於一身
母親啊，我焦灼思家
思慕妳溫柔的手，拭去
纏繞我煩惱的雨絲——

因杜國淸主編「臺大青年」索稿，便把「雨中行」交給杜國淸，發表於五十年十一月十五日出版的「臺大青年」第四期。

「雨中行」可以說是我的第一首詩。

詹冰在欣賞這一首詩的評文裏說：「我認爲『雨中行』是桓夫作品中的傑作。同時認爲是我國現代詩中的逸品。」

詹冰是臺灣詩壇最具敏銳的現代詩感覺的詩人，也是臺灣從日據時代至今那麼多新詩人當中，把詩官能表現得最突出的詩人。他雖是我臺中一中的同期同學，但到民國五十二年以前，我還不知道他寫詩寫得那麼好。因爲他很謙虛，又不喜歡露面，只默默追求開拓自己的詩境，未曾宣揚過，他確實是一位了不起的詩人。他評介「雨中行」給我最大的鼓勵，使我對詩的嚴肅性感到緊張與信心。

詹冰的評文大略說：「以蛛蜘絲適當地比喻雨絲，而暗喻人生的煩絲眞不平凡。用重叠法描出下雨的視覺效果，再使它意味著包圍人的『檻鐵絲』，是成功的表現，巧妙的伏筆。再以蜘蛛比喻雨滴，雨滴丢下來四射的形象與蜘蛛的形態一般，表示雨滴的特性，有入木三分的筆勢。又用『翻筋斗』表示蜘蛛反抗的姿勢，可以說巧奪天工的描寫。以印在衣服和臉的雨痕，看作悲哀的斑紋和苦悶的痕跡，而想到母愛，希望母親拭去煩惱的雨絲，把眞情表現得淋漓盡致，……。」最後又說：「這一首詩不只是桓夫的『高度精神的結晶』同時實現了他『意圖拯救善良的意志與美』」

詹冰據於詩所表現的意象，欣賞其視覺性的發展，分析詩情的演變，十分細微。

其實，我寫「雨中行」，並沒有像詹冰所說的那麼巧妙地計算過詩語前後的邏輯。我說「雨中行」是我的第一首詩，跟詹冰對這首詩所下的評語無關。只是他評文裏最後的一句話說「這首詩不只是桓夫的『高度精神的結晶』同時實現了他『意圖拯救善良的意志與美』」，完全與我對詩有清醒的認識之後寫出來的詩觀符合，也就是我眞正寫詩的開始。

然則，「雨中行」一詩誕生的苗根，似乎抑壓在我心底深處很久。或許應該說是跟著我誕生爲「臺灣人」的命運同時，就有了這一球根萌芽的可能性潛在著。

我的詩觀，是「對於飛翔自由世界的夢幻，樹立理想鄉的憧憬」而必須「認識自我，探求人存在的意義，將現存的生命連續於未來，爲具備持久性的眞、善、美而努力」。爲了追求這一理想，我常常感受「現實的醜惡，常變成一種壓力，以各種不同的手段，挾持著人存在的實際生活，導誘人於頹廢，甚至毀滅的黑命運裏，迷失了自己。」因此我「自覺某些反逆的精神」以寫詩「意圖拯救善良的意志與美。」

由於我誕生在日據異族的統治下，渡過幼、少年時期而長大，一旦有思考的能力，我便預感常有醜惡的壓力，從天空降下來似的，囚困著我無法飛翔入自由世界的夢幻，這樣感受是痛苦的。然而醜惡的壓力是什麼，譬如說，像日本人持著統治者的優越感欺凌臺人，而臺人的無自覺處處逢迎有權者的自卑感等等，那些醜惡都不無令人感到悲憤。但處於無力者的立場，却又不得不認命屈服於醜惡的壓力的檻中生活。

從廣大的天空下降的雨滴，猶如有毒的蜘蛛絲那樣構成囚檻，也許一般很多人看不到自己的身邊有這種囚檻，使人看不到囚檻是愚民政策的效果吧。但有識者必會感受這種檻中生活的痛苦。詩中採用比喻的蜘蛛具双份的性格。即蜘蛛絲比喻檻柵，蜘蛛比喻被壓迫的弱者，抱著強烈反抗意志。千萬條的蜘蛛絲包圍的囚檻心無法突破。無數的蜘蛛所表示的無數的反抗，必無停息地繼續反抗。

如此現實的醜惡和反逆的精神互相循環對立之間，「必須發揮知性的主觀精神，不斷地以新的理念批判自己，並注重及淨化自然流露的情緒。」才能認清悲哀的斑紋或苦悶的痕跡。我們追求高度的精神結晶，最後總會想到母親，母親是存在的根源，想到存在的根源時，無論處於怎樣逆境，多少會得到一點安慰。

「雨中行」的情緒，是自然的流露而不複雜。我的詩是從這種自然的情緒所得到的感受很單純地發展開來。

意象論批評集(1)

林亨泰

前　言

㈠關於「意象」的名稱和其所指：

所謂「意象」，不但名稱沒有統一，諸如心象、意境、形象、映像……等不一而足，就是所指的對象也頗不確定，譬如，既可指單一的事、物或人的意象，亦可指意象之間的相互聯貫，但，更多情況是指貫穿全詩的意象而言。為了避免此類名稱上以及含義上的混淆不清，現在，就把「意象」的涵義局限在最狹義的範疇內，亦即先以單一的事、物或人等的最基本意象作為討論的出發點，然後再依次討論到「意象的相關性」以及「意象的全一性」等各項。

㈡「文學的意象」與「現實的事實」：

不過，尚有一點須加以澄清的是：語言文字既然不被認為是現實本身，那麼，藉以語言文字表現的「文學的意象」，當然更不可能就是「現實的事實」本身，這兩者在本質上是其差異的。所謂「文學的意象」，可以說是經由作者的處理並賦予特殊意義的事實，換句話說，作者對那些偶然的、第二義的要素早已都予以摒除，而予以保留採納的都是一些屬於本質的、普遍的要素。因此，「文學的意象」所反映的不外是生活事實的法則性，而非生活事實的本身。它除了反映已存在的生活事實外，更表現乃至象徵着即將發生乃至必然發生的事項，因此，「文學的意象」一向是以具有「象徵的價值」為其最高的目標的。

㈢意象的「相關性」與「全一性」：

文學作品中的各意象不是毫無關聯而各自分散的存在，在成功的作品中，意象間經常都可以看到這種相互交錯、激盪、牽制乃至抗衡而激出火花的現象。就一般而言，作品如果予人一種平淡、不活潑乃至缺少生氣等的印象，大致都可以說是由於該作品缺乏了這樣可以相互激發的「意象的相關性」所致。同時，正由於這種緊密複雜的「相關性」，更構成了一種相輔的、交融的乃至相得益彰的「不可分性」，並且，這也構成了「意象的全一性」的原因。所以「相關性」與「全一性」，在本質上並非兩件事，而實際上是同一件事。但，又只有在這樣「全一性」的基礎上，始能看到意象的最高昇華——「象徵的價值」這更深一層之意義來的。

詩响導

馬爲義

出現在具有四十五年歷史的美國詩人學會（THE ACADEMY OF AMERICAN POETS）出版的六月份「詩响導」上的這幾首詩，是傑斯羅・米洛茲（CZESLAW MILOSZ）的作品。每月出版的「詩响導」，除報導美國詩壇活動及出版消息外，每期並刊載由一成名詩人選出另一詩人的代表作若干首。本期選詩者是出生在紐約的詩人 PAUL EWEIG。

米洛茲在三十年前離開他的故國波蘭，在外頭過着流亡生涯。最近的十五年，他在美國柏克萊的加州大學教書。雖然很多人把他認爲是當今波蘭最偉大的詩人——也許是世界上最偉大的詩人之一——在一九七四年他出版他的詩選之前，却很少人知道他的作品。他另一本詩集『冬日的鐘聲』BELLS IN WINTER于最近問世，英文讀者總算能够讀到他詩裡的代表性作品。他出版不少散文作品，其中比較有名的是：「被俘的心」THE CAPTIVE MIND，寫獨裁下的悲劇；「本土」NATIVE REALM，是一本自傳；以及「地上的君王」EMPEROR OF THE EARTH，一本剛出版的論文集。

米洛茲有別于其他的現代詩人如葉芝或史蒂芬斯。他們因不再信任傳統價值而自樹其信仰體系。米洛茲的語言却只自然地維護文化的持續。雖然他也採用現代詩斷句的技巧，作品裡却常提到聖經，波蘭歷史及基督徒的德行。也許這是米洛茲隱藏他戰鬥精神的一種強有力的形式。面對一個聲稱消毀歷史記載的囂張的意識形態，面對大屠殺的深淵同流亡生涯的支離破碎，詩人發出了人性的呼聲，用一種古老的語言。根據它的語法，流亡不僅是個人的，而且是傳奇的，甚至是宇宙的。米洛茲的力量在于他能使用這一較廣濶的語言，而不減弱他要說的話的緊迫性。

獻詞

我救不了的你
聽我說。
想法了解這簡單的演辭因我將羞于再來一個。
我發誓，我沒有語言的魔術。
我用沉默同你講話像一片雲或一棵樹。
使我茁壯的，於你却致命。
你搞混了對一個時代的告別同一個新的開始，
仇恨的鼓吹同抒情之美，
盲目的力量同完美的形式。
這兒是波蘭的淺河流域。一座無涯的橋
伸入白霧。這兒是一座破碎的城，
風把水鳥的啼叫抛落在你墳上
當我在同你交談
救不了國家或民族的
詩是什麼玩意兒？
官方謊言的共謀，
隨時會被割斷喉嚨的酒鬼的歌
大學二年級女生的讀物。
我需要好詩却一直不知道，
我發現，遲了些，它健康的目的。
在這而只有這我才找得到救贖。
從前人們把粟或罌粟的種子撒在墳上
餵喬裝成飛鳥前來啄食的死者。
我把這本書擺在這兒給一度活過的你
這樣你便不會再來找我們。

華沙，一九四五年

世界末日之歌

世界末日
一隻蜜蜂繞着一株苜蓿飛，
一個漁夫修補一個閃光的網。
快活的海豚在海上跳躍，
年青的麻雀在雨槽口玩耍

而蛇的皮膚是牠永遠該有的金色。

世界末日
女人們撐着傘走過田野
一個醉漢在草地邊上睡意漸濃，
賣菜的在街上叫喊
一隻黃帆的船駛近島來，
小提琴的聲音在空際廻盪
引進一個繁星滿天的夜晚。

而那些期待電閃與雷霆的
都大失所望。
而那些期待徵兆同大天使喇叭的
別相信此刻它會來到。
只要太陽與月亮還在頭頂上，
只要大黃蜂還在訪問玫瑰花，
只要粉紅的嬰兒還在誕生
沒有人相信它正來到。

只有一個白髮的老人，他將是個預言者
但此刻還不是，因爲他太忙了，
在他網紮他的蕃茄的時候重覆着：
世界將不會有另一個終點，
世界將不會有另一個終點。

華沙。一九四四

信息

對于塵世文明，我們該說什麼？
說它是一組煙玻璃鑄成的彩球
，一根發冷光的液線不斷地穿揷纒繞。
或者說它是一排光芒的宮殿
從有巨門的圓頂射向天空
一個無臉的怪物在它後面行走。
說每天籤被抽出，誰倒霉
誰便被押去當犧牲：老人、幼童、年青的
男孩及年青的女孩。
或者我們可以這麼說：我們住在金絮裡，
在虹網裡，在雲藹裡
懸在一株天河樹的枝頭。
我們的網乃用符號，耳目的
密碼及愛情的環圈所織成。
一個聲音在內部撼盪，塑造我們的時代。
我們的語言在閃爍，顫動，鳴囀。
因爲我們能用什麼來編織邊界
在內與外，光亮與深淵之間，
要是不用我們自己，我們溫暖的氣息，
還有唇膏與薄紗與棉布，

難道用那些他們的緘默使世界死亡的人的心跳？
或許對于塵世文明我們什麼都不該說。
因爲沒有人眞正知道它是什麼。

任務

惶恐戰慄，我想要完成我的生命
只有使我自己公開懺悔
揭露我自己的同我時代的騙局：
我們可用侏儒與惡魔的舌頭尖叫
但純潔忠厚的話却被禁絕
要是誰敢冒出一句
誰便被重罰成迷失的人。

藍祥雲編
李英茂譯

日本兒童詩小集

●李英茂譯●

日本兒童詩集「小さな目」經幾位文友分別翻譯後計畫出單行本，這兒先發表其中一單元——「爸爸長滿著鬍鬚死了」，計十一首，譯者是李英茂先生。

爸爸長滿著鬍鬚死了

五年級　久保房子

爸爸
爸爸
爸爸
不管喊叫多少聲
也不回來了
爸爸是
去年夏天
因盲腸炎而死的
那麼慈祥的爸爸

曾經帶著我
遊玩過好多地方
那些從彈子房帶回來的
甜甜的巧克力呀！
如今
爸爸長滿著鬍鬚死了
也該說是偉大吧
眞希望他能再
活著回來呢！

爸爸

五年級　山宮節江

當我們正在打架時
爸爸忽然
「喂！」
大叱一聲
大家發愣了
接著一片寂靜
這時國雄弟便開口
「爸爸的牽制
好有效啊！」
「喂！」
於是叱聲稍稍軟化了
等弟弟再說
「眞棒！」
爸爸

嘴裡喃喃了一會兒
終於忍不住地笑出來

我和爸爸

五年級　森孝子

「我回來了！」
活潑地衝進家裡
房間裡床上
「ㄍㄨㄛ……ㄍㄨㄛ……」
像來陣陣大鼾聲
「哇，是爸爸！」
我心中歡呼
急忙爬進
爸爸的被窩裡
身體馬上緊緊地
被暖和的膝蓋夾住
爸爸笑顏綻開地問
「小姐呀，今天上了什麼課？」
世界上
找遍了
也不會再有
這麼好的爸爸了

電視

五年級　川越幸一

「別老看電視

快去做功課啊！」
厲聲叱責的爸爸
可是等客人來了
他却說
「不要光聽客人的話
去看電視吧」
究竟怎樣才好？
眞是莫名其妙

父親的脚

六年級　廣瀨正文

脫了鞋
又脫了襪子
忽然出現了
奈良大佛般巨大的脚掌
空氣中彌漫著一股臭味
整天搭在煤炭車裡
爸爸您太辛苦了
我說著便潑水桶水給他
而他便回我一個微笑

爸爸

五年級　矢野範雄

爸—
你爲什麼死了
比爺爺還早的
爲什麼死了
爲什麼得了肝炎
晚上出去喝酒
總是醉醺醺地
但比起死
喝酒也好啊

父親的手

六年級　松本直子

缺少油潤的手
粗粗乾癟的手
稍稍嚐却苦透口中
被煙草燻過的手背
縱橫的青色血道
一條條浮現著
看來好可怕的手
但我仍認爲
那是最好的手

宿題

六年級　水村節子

要做數學家庭作業
偶而遇上解不開的難題
我便問爸爸
「這一題會嗎？」
「這種問題還不簡單？」
說著就幫我算了
可是到學校一對答案

計算却顚倒呢
求助爸爸
雖有親切的教導
不過我還是
很不放心呢

爸爸

六年級 小林智子

爸爸在看電視
把香烟吸著吸著
看得好入迷呀
香烟吸短了
接著就
喝起熱茶
但仍然
目不轉睛地
注視螢幕
他心情愉快
笑容可掬地
欣賞電視
我就最喜歡
這副表情呢

父親的鼾聲

五年級 木島秀子

《ㄨㄛ…《ㄨㄛ…《ㄨㄛ
好吵人啊
起身一看
爸張著嘴
正在打鼾呢
忽然我想
「爸爸
不要打鼾了」
衝口喊醒他
可是眼看
辛苦工作一天的爸爸
疲勞地躺在那裡
而我呢
却什麼也幫不上忙
僅是鼾聲嘛
就讓他打響吧

石燒薯

六年級 小林雅子

秋夜
卡啦卡啦拖車的響聲
「石燒薯啊……」一陣叫賣聲
我悄悄地回過頭
剛好碰著爸的視線
他微笑了
在默默不語中
遞給我五十元
媽也陪在身旁微笑呢
我不知不覺已衝前去
快步追趕那秋夜的車聲

笠詩双月刊29至90期總目錄（二）

I 創作

(一)本國作品

(二)外國作品

篇名	作者	譯者	期數	頁數
朝	醒醐華夫		29	49
詩・鳶尾花・鳥	William Carlos Williams	非馬	29	52
三和音・預兆・耐阿拉瓜	Adelaide Crapsey	非馬	29	52
動物詩集	阿保里奈爾	何瑞雄	30	51
往事如畫	勞倫斯・福苓蓋廸	非馬	31	54
詩畫	維廉・卡洛斯・韋廉士	非馬	31	56
賽艇	維廉・卡洛斯・韋廉士	非馬	31	56
沉淪的寺	田村隆一	陳千武	33	10
詩・公寓4E	Rod Mckuen	非馬	33	32
在半夜的時晨・眼睛・光明	查理・賴德	非馬	34	33
裸笛	谷克彥	葉笛	34	34
蛙秋・隱喻	柏麗絲	鄭臻	34	36
或男的風景	鮎川信夫	趙天儀	34	37
魚・象・梨子・轉生	田島伸悟	錦連	34	38
我的島不是你的島外三首	田村隆一	陳千武	34	40
日本人・豬・廣遊	歐頓納希	宋穎豪	34	42
時間與死亡之八個變奏	侯篤生	李魁賢	35	35
狗與心靈	勞倫斯・福苓蓋廸	非馬	35	39
冬日的風景	約翰・白里曼	宋穎豪	35	42

叱責的媽媽	Chang Myung Moong	陳千武	58	42
阿波羅11號	KimYeung kee	陳千武	58	42
自來水	Cho Iu Hwe	陳千武	58	42
影子	Kim Hyo Soon	陳千武	58	42
下雨天	kim Hyoung Silc	陳千武	58	42
鉛筆和橡皮擦	CHio Sung Bolc	陳千武	58	42
電話機	Cho Kyn Hwa	陳千武	58	42
池	CHio Byung Ree	陳千武	58	42
雷雨	Song Hwa Chung	陳千武	58	42
蜻蜓	Chang Tai Boon	陳千武	58	42
手帕	Choi Chaug Ho	陳千武	58	42
幼兒的笑	Rho Dong Yue	陳千武	58	42
在火車裡	Lee Bong Hgung	陳千武	58	42
夏天的功課	An Swng Hee	陳千武	58	42
塑膠的雨傘	Park Hyung Ran	陳千武	58	42
水池	Kwon Tai Hwa	陳千武	58	42
花園	Kim Young Ai	陳千武	58	42
鳥羽6等七首	谷川俊太郎	陳千武	58	47
惡之華	波特萊爾	杜國清	58	78
惡之華	波特萊爾	杜國清	59	48
旗子	聶魯達	陳立民	59	54
Cuauhtemoc 1520 • Tupac Awaru 1781	聶魯達	陳立民	59	54

北原政吉的信

陳千武樣：

寫上獻辭把「臺灣現代詩集」送給 Jimmy Carter 氏；而六月廿一日東京的美國大使館寄來總統的禮狀，茲影印一份寄上。

我是希望總統對於臺灣應該多加關心，而採取這樣的措施；因爲他是瞭解詩的人，看了臺灣現代詩集，必會對臺灣有深刻的瞭解吧。

相信你看到他的禮狀也會高興。其實，這一份禮狀，應該是屬於你的才對，我眞是這麼想。所以影印本，除了你和寄一份給宮崎氏之外，其他甚麼地方也不寄。

「臺灣現代詩集」的風評非常好。從韓國、美國等地也寄來了很多讚美的信。要把這些信整理好，再交給宮崎氏印成單行本。

今年又非常酷熱，加油吧！

北原政吉

於日本・熊本市

It was good of you to remember me in such a thoughtful way. I am pleased by your kindness and send you my best wishes.

Jimmy Carter

THE WHITE HOUSE

Mr. Masayoshi Kitahara
335-6 Midorigaoka
Yotsugaido-machi
Chiba-ken
Japan

American Embassy
Tokyo

Mr. Masayoshi Kitahara
335-6 Midorigaoka
Yotsugaido-machi
Chiba-ken
Japan

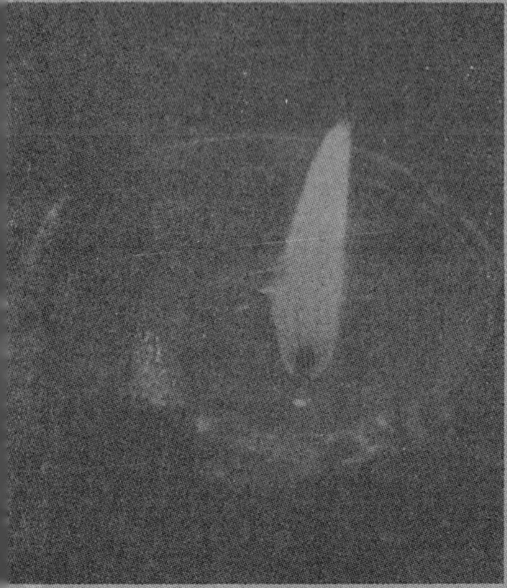

中華民國行政院局版台誌1267號
中華郵政台字2007號登記第一類新聞紙

笠 詩双月刊 LI POETRY MAGAZINE 92

中華民國53年6月15日創刊
中華民國68年8月15日出版

發行人：黃騰輝
社　長：陳秀喜

笠詩刊社
台北市錦州街175巷20號2樓
電話：551－0083
編輯部：
台北縣新店鎮光明街204巷18弄4號4樓
經理部：
台中縣豐原市三村路90號
資料室：
《北部》台北市北投吉利街249號4樓
《中部》彰化市延平里建寶莊51～12號

國內售價：每期30元
　　　　　訂閱全年6期150元・半年3期80元
海外售價：美金1.5元／日幣300元
　　　　　港幣5元／菲幣5元
歡迎利用郵政劃撥21976號陳武雄帳戶訂閱

承　印：華松印刷廠　中市TEL(042)263799

詩双月刊

笠

LI POETRY MAGAZINE

1979年 10月號 93

笠詩社15週年年會紀念

1979年8月19日 關仔嶺丁貞明清別莊「笠園」

拾虹　李敏勇　林鍾隆　林宗源　趙天儀　陳秀喜　詹冰　林亨泰　[illegible]　鄭炯明

黃騰輝　黃勁連　梁景峰　李魁賢　黃荷生　陳金連　陳千武　吳夏暉

笠93期　目　　錄

時間與我的愛

陳秀喜

時間是
奔向天空的神駒
高舉前蹄嘶號
這一刹那
我的心曾有
驚奇驚喜驚魂

不情願被白白踩過
甘願獻上我的愛
在馬蹄上烙印着
愛加愛的痕跡
暗自歡呼勝利屬於我
無情的嘶號屬於牠

瞻仰天馬星
尋找愛的殘骸
它們變成小碎星
在斜臥着的銀河中
似是在夢中
愛的碎片向我
閃爍招手
我急急投與懷念的熱吻
忘却被神駒蹂躪

六六・七・二五

在臺南看人像

許達然

一、人：老打雜

工廠上，空一個風箏鬥很多風，爭得煙熏的葉怕燒，想逃，都和頭家的聲音被掃到他的眼前：你此後不必再來做了，可是他還握緊線，雖然清到老還黑的煙鹵已抓住風箏給風剝得只剩骨了，可是他還握緊線，雖然童工頻頻搖他離開：阿伯，你的風箏越掛越破了，可是他還握緊線

二、像：鄭成功

趕任何鬼子不須鬚，何況他又不是羊，我們還辯論鬍子的問題，問題是歷史那海盜專讓掛自家旗的航過，航過暗礁後船却擱淺在時間灘上，上赤崁樓後劍砍不斷鄉愁，鄉愁裏他竟倒了，被民族主義扶起後他也只閒坐屋內不好意思捻鬚，閒站廣場光看後裔回家省親，還有從前他要趕掉的事情，竟是鬍子越發展越荒蕪包圍嘴了

體驗

拾虹

烟囱㈠

整個世界已經汚染了
從高高的位置
仍然不斷地飄散着
黑色的烟塵

沒有天空就沒有自由
陰暗了的港口
仍有幾盞自由的夢在發光

烟囱㈡

烟囱不停地吐著黑烟
因爲這個世界
自由不斷地燃燒
已經燒焦了的自由的腐味
是我們發生癌症的理由

弔陳瀛洲

胡汝森

燃盡生命的一息
幾點閃爍
黑沉沉中的火花
殘光短暫　照亮
持續向前的人生眞諦

壯士：　無奈
你輕輕揮手
竟一去永不回頭
我們癡癡等待
黑洞裡的音訊

逃不掉的　索性
反身去迎受
到那一天　我們
面對死神如見親人
也有你這份從容

承繼：你的藍圖
諄諄囑咐的善意
用魂魄凝煉的神通
改造世界如同造船
一定改好　更好

非馬詩抄

馬爲義

春

起初只是怯怯的
稀疏的兩三滴
試探着把脚
伸向依然冰凍的地面
然後大粒大粒地

春雨
沿着街道，漫過原野
捶打着門窗，搖撼着樹木
吼着，叫着
向敵人潰退的方向
千軍萬馬掃蕩過去

于是我們知道
冬天是過去了
苦難的日子是過去了
所有揑緊的拳頭都鬆開來
熱情地相握
所有咬緊的嘴唇都綻出
一朵朵微笑
萬紫千紅呈獻給這世界

路

風塵僕僕
的路
央求着
歇一歇吧

但年青的一群
氣都不讓它喘一口
便嘻嘻哈哈
拖着它
直衝下山去

芝加哥

在原始森林
就在畢卡索的
怪獸脚下
假寐

混沌裡
一聲拖得長長的
TIM———BER———!
把我驚醒

抬頭
却見參天的
巨廈
在漏下的夕陽裡
似乎又長高了
幾層

古木與生命

李魁賢

古木

我看到你昂頭囚在山谷裡
帶着信、望、愛
根植連綿的山脈
有不可動搖的意志
我看到你的主幹被藤蔓糾纏
枝柯被雷劈燒焦
鬚根周圍是芒草的殖民地
腰間又有異枝搾取養份
還有巨梟在頭上盤桓
你對抗着幽谷中
每天總有一次強迫施刑的黑暗

我看到自己蒼白的臉色
寫着無力的詩篇
我的聲音低啞
無人聽見
我寧願以生命交換你的自由
因爲你的信仰會發芽

你的希望會開花
你的愛會結果

生命

因愛的自然結合
剛宣佈存在的新生命
却被魔手攫奪了

缺憾的天賦人權
在辛酸中堅忍無言
但愛沒有缺憾
愛是信仰

未能出世的新生命
並非不存在
它連繫着我們愛的鎖鏈
成爲扣環的一節

只要愛存在
新生命便會在我們心中活躍
直到你我老去
不再記憶

傷情二首

莫渝

1. 想走的時候

想走了
的確
是該走了

面對狼藉杯盤
故意裝出
爽朗的笑聲

曾經
我們緊緊握手過
誰知來日陌路錯身
能否再把臂言歡？

想走的時候
無心地隨手
播下一粒小種籽
也不知何時會發芽

2. 再見

輪到習慣性的互說再見

低沈音量
只在唇間嚅顫
不敢振動絲毫空氣
想以揮手代替
竟也忘記手的位置
連帶想起你
俯首疾書的如癡神態
何忍默然離去

那麽，還是
讓我習慣性的先道聲：
再見

廢鐵

曾妙容

我們
曾經美麗過
曾經輝煌過
不要恨
歲月刻下了痕跡
不要怨
被分解得支離破碎
即使
熔鐵爐是墳墓
幾天之後
仍然是好漢一條

詩兩首

旅人

問號

一支拐杖
走著
走向蒼茫的歲月
一支拐杖
敲著
敲打安息的泥土
這是什麼
？
在彎腰時
手握的問號
扶著寂寞

慢跑

在天色微白中
作每日的課題
——慢跑

汗滴落著
血奔騰著
生命在跑步中復活

一步
一次新的呼吸
一步
掉落晦氣的昨日
摻入口角的汗是甜的

現在
脚步踏著詩
詩催促著脚步
一步一步地向終點推進

向誰揮手

棕色果

像告別一個小站
離緒是嗚嗚的警笛
每一節車廂都
緩緩地駛動了
人生啊
有多少個小站
時間就站在月臺上
你向它揮手

詩二首

趙酒定

虱目魚

海洋何其大，海生物何其多
竟把我用小塘圍着豢養
用糞便
難道是我可以活在
海水，活在
淡水的罪過

畫眉鳥

從深山抓來，囚進籠裡
爲的是聽她鳴囀
把她他個個分離，囚進籠裡
互不親近
爲的是聽她鳴囀
剝奪了自由，更不要他們下蛋
延續後代
爲的就是聽他們鳴囀
哀悽之音

煙蒂

趙天儀

當我小心地
把一根煙蒂踩熄
或把一根煙蒂撿起
我看見
一粒火種
在閃亮地發光

我是一個不抽煙的男子
每天大清早
在樓梯間
撿一根一根的煙蒂
送到垃圾堆裏

許是昨夜
在黑暗中
被拋棄
而逐漸地熄滅的煙蒂
不經意地
又留下了剩餘的灰燼

我是一個不抽煙的男子
而我知道
一根煙蒂
就是一粒火種
一粒火種
就可以燎原

笠園的造訪

吳鉤

來到笠園一如
深山裡的世外桃園
我們享有蹲在母雞
双翼下的溫暖

聽了您的傾述
心坎裡盪動著
美麗島的歌聲
我們期許著
期許那最後的愛
將傳達萬千火種
給苦難的伙伴

也許痛苦乃是詩人
修鍊成佛的歷程
您默默耕耘
您悄悄揮筆
寫滿慈愛的心曲
我們走過荆棘小徑
我們摘滿桂花
編成美麗的
高貴的花冠
獻給我們敬愛的詩人

我們來到笠園一如
深山裡的世外桃園

青簫客

忍虹昇

自從生活加重斤兩
我把竹簫橫垮肩膀
左邊挑太太
右邊挑兒女
把師父教的氣結丹田
大大張開口
魔音傳腦
複報客人
點的：
青椒炒肉絲
蹄膀滾壽山
紅燒獅子會
各一碗啃

收班了
騎鐵馬歸途中
又見青少年巷戰
木棍與斧頭齊飛
我裝做沒看見
我勒馬拐過另條街
反手摸摸後座熱滾滾的麵條

如同我滾滾顫動的歉疚：
冷天嘛
孩子沉睡中
妻子倚窗候我
吹奏一天的蕭蕭雨聲

黑手篇

陌上塵

一、黑手

——粗糙的紋路
找不着最初的脈源

想頂天立地的是這双
手
畫山，畫水
也畫自己壯麗的
前途
掌心的紋路隨歲月
移動
這双頂天地立氣象的
手
畫苦，畫難
也畫一九五二年的
最初
最初是空白着來的
最終也會空白着去
掌心的紋路因年代的久遠
模糊不清

68、3、24鳳山詩屋

二、黑臉

不是國劇臉譜的關雲長
也不是歌仔戲裡的包文拯
是鎮日風塵僕僕為生活奔波的
臉
黑色的，且有太陽煎熬
的光澤

下工歸家後
總是對着洗手間的明鏡
要它還我清白

三分之二天的光陰和
塵銹為伴
雷下三分之一與
妻兒共眠
難怪兒子驚恐的
懷疑母親的不貞

68、4、23鳳山詩屋

我是標準的中國人

楊傑美

楊傑美
籍貫廣東梅縣
身分證上鮮明的黑字
記載着我的故鄉
也是我父親和我母親的故鄉

生爲廣東梅縣人的我
却從來沒有見過故鄉
從來沒有踏過梅縣的土地
那麼
我眞的是廣東梅縣人嗎？
廣東梅縣眞的是我的故鄉嗎？

我出生臺灣的臺南
吃臺灣的蓬萊米長大
我的頭頂着臺灣的青天
脚從不曾離開臺灣的泥土
我會說標準的客家話
和一點點古錐的閩南語

那麼
我該是道道地地的臺灣人囉
臺灣才是我眞正的故鄉吧？
外省人聽見我講臺灣的客家話
認爲我是臺灣郎
本省人聽見我說的國語
有外省腔
因此　認爲我是外省郎

那麼
我究竟是臺灣郎呢
還是外省郎呢？

廣東是我的故鄉嗎
臺灣是我的故鄉嗎
我想了又想
眞正的答案
只有一個：
我是在臺灣長大的廣東人
我是廣東籍的臺灣人
我是標準的中國人

媽媽

翠蘋

原來
少女時代的媽媽也愛詩！
從來不知道
一冊抒情的海涅跟隨媽媽三十年
今晚
從高高的書架下來了
完整的篇章
殘缺的夢幻
是哪一個頑童的塗鴉
侵佔了空白的詩頁？——
那竟是當初
我的傑作啊！

一點一滴把心中的詩榨乾了，媽媽
一點一滴收集世故與聰明
保護她純眞稚拙的兒女
這是再多的海涅也教不來的事

媽媽死了的詩在我身上
復活
活出一冊更癡更純的我
有掏不盡的心思採不完的詩
哦！媽媽
讓我把海涅再還給你
永遠永遠
讓我們一起讀他吧！媽媽

日本文化界對「臺灣現代詩集」的評價

桓　夫

今年二月，日本熊本もぐら書房刊行，北原政吉主編的「臺灣現代詩集」，業經日本圖書館協會於九月十四日第一四二五次圖書選定委員會愼重審査結果，通過爲「日本圖書館協會選定圖書」，並經「選定圖書速報」及「週刊讀書人」日本圖書館協會選定圖書週報」，通知全國各地圖書館及有關機構週知。

「臺灣現代詩集」經由編者北原政吉，贈給美國總統卡特。依據北原政吉給臺中市立文化中心主任陳千武的信說：

『寫上獻辭，把「臺灣現代詩集」送給 Jimmy Carter 氏，六月廿一日經由東京的美國大使館寄來總統的禮狀，玆影印一份寄上。

我是希望 Carter 總統對於臺灣應該多加關心，而採取這樣的措施；因爲他是瞭解詩的人，看了臺灣現代詩集，必會對臺灣有更深刻的瞭解吧。

相信你看到他的禮狀也會高興，其實，這一份禮狀，應該是屬於你的才對，我眞是這麼想。所以影印本除了你和寄一份給出版書房主人宮崎端氏之外，其他甚麼地方也不寄。

「臺灣現代詩集」的風評非常好。從韓國、美國等地也寄來了很多讚美的信。要把這些信整理好，再交給宮崎氏印成單行本。』

關於日本文化界對「臺灣現代詩集」的評價，即有日本讀書界的權威報「週刊讀書人」及日本大報紙之一「朝日新聞」，分別於八月二十日及九月二十九日在其文化欄發表專論。

（日本「週刊讀書人」八月二十日刊出）

傳播勝過歷史重量的聲音

「臺灣現代詩集」

竹內實次

現在，日本社會的情報量，雖然達到了將使我們窒息的密度，可是有關臺灣的情報，尤其圖書的份量，却不到九牛一毛。在那麼少數量的圖書裏，能引人側目的僅有王育德著「臺灣的歷史」，鈴木明著「臺灣報導」；其他屬於非賣品，而自我陶醉得仍然盤腿坐在殖民地政策上毫無自覺與羞恥感的回憶錄之類，或如霧社事件等一本正經的資料集；有關臺灣文學的出版物僅有邱永漢的作品而已。至於詩集，自戰前到戰後，也只有九州的もぐら書房（熊本市渡鹿五丁目八番四號）最近刊行北原政吉編的「臺灣現代詩集」（四六判二四六頁、五千圓）是屬於第一本吧，因爲臺灣的詩人們以日文出版的詩集，可以說從前皆無。

我對曾參加西川滿主宰的臺灣文藝爲同仁的北原政吉，在編輯上的努力，以及在物質上支援出版的もぐら書房主人宮崎端的厚情，表示萬分的敬意。

這本詩集係由三十名詩人構成的，其中男廿六名、女四名。原作用日文寫成的詩人五名，把中文的原作自己譯成日文的詩人七名，其他即經由陳千武的協助把中文翻譯成日文的，共收九十五首詩。而詩人的年齡則自二十代到六十代各階層。就其相當複雜分岐的構成與要素看來，令人想到似應把書名改爲「現代臺灣詩人全集」較適當。

不過，這些複雜分岐，倒毫無影響詩的內容與其瞭解。如果詩是如安利、麋修所說那樣「忽然的世界擴大，驅逐惡魔，畢竟仗恃破戒槌拼命反抗，纔是囚人眞正的詩」，那麼最妨礙這本詩集的問題，應該是臺灣詩人們的歷史性背景吧。其歷史性背景乃自日本殖民地政策以前，以移民渡臺而冒險困苦，遭遇獵人頭，瘟疲毒蛇而苦戰成家，復又呻吟於日本殖民地的警察苛政下，之後復歸於祖國，這樣處於歷代祖先傳承的歷史重量之下，一直忍耐過來的聲音，流露在這本全集的詩篇裏，必須瞭解這些歷史的情況來欣賞這些詩。在此值得注目的詩篇有陳明台的「骨」，陳秀喜的「編織著笠」，非馬的「傘」，白萩的「秋」，陳坤崙的「無言的小草」等。

例如陳明台的「骨」裏「淡淡的朝陽的照射裏／沙沙地白色的骨的碎片鳴响著／沒有絲毫希望的心底／沙沙地白色的骨的碎片鳴响著」，以歷代祖先的骨爲對象，表現了乾枯的哀愁，陳秀喜的「編織著笠」裏「乘木船渡海而來／開拓臺灣的樂園／跟祖先們的勇敢相比／以被殖民過爲羞恥」這一段把祖先與自己的比較或令人想起越南難民的遭遇。還有非馬的「傘」的「共用一把傘／才發覺彼此的差距」令人想像到在一把傘裏所處的人民的情況。（竹內實次：TAKEUCHI SANEJI氏係東横學園女子短期大學教授，日本思想史專家）

（日本「朝日新聞」九月廿九日文化欄刊出）

高水準的臺灣現代詩

告訴我們有關臺灣現代詩情況的「臺灣現代詩集」（熊本市渡鹿五—八—四、もぐら書房、五千圓）最近刊行了。描寫日據統治時代傷痕的作品，以及充滿著現代詩才有的新鮮感等，令人知道臺灣自由詩的水準相當高。

收錄臺北最大的詩社「笠」同仁三十人的作品九十五首，後記說明，原作以日文寫成的有五人，其他均經關係者翻譯日文的，附有收錄的詩人照片與經歷，在我國出版的類似這種詩集中，是相當出色，得到了很好的評價。

雖然僅以一詩社為中心，但年齡自二十代到六十代有醫師、研究家、教師、農人、商人等各種職業的詩人，顯示了臺灣詩文學原野的廣濶。

年輕時曾經留學日本的巫永福，寫出被日本高級特務警察尾隨的憤懣，或被徵召在太平洋戰爭病死的臺灣人醫師的「命運」，編綴傷痕底結晶的作品，還有女詩人「笠」社長陳秀喜的作品也令人注目。日本失敗於太平洋戰爭後，臺灣便光復了。不過「可是祖國的文化／被統治者隔絕了半世紀／想不到痛苦在等著我」「在語言的鐵柵前啜泣／為了要寫詩／學習中國語／忍耐陣痛」，這是題為『編織著笠』的作品的一部份，詩又訴說：「以被殖民過為羞恥／要補償羞恥／載著笠我認眞耕耘」為了這頂斗笠「今天我也在編織著／盼望年輕人能够／唱出美人魚的歌聲」，可以看出「笠」這個詩集團的名稱本身，彫刻著深長的過去。

這些妙用隱喩的現代詩獨特技巧的作品群，並不直接描寫臺灣複雜的人間應有的狀態。也因此大多作品都很顯明地表現了被碾裂的痛苦。詹氷的「人」也屬於這類的作品之一。

一隻脚站在天堂，
一隻脚站在地獄，
所以在兩脚規頂點的臉面
有時笑着有時哭着了。

一隻手被天使拉着，
一隻手被魔鬼拉着，
所以在張力作用點的良心
有時被撕開一樣地疼起來了。

現代詩在臺灣很踏實地開着花，不過，那些大多顯示着與社會主義文學異質的一面，若從政治圈的一面來看，臺灣的詩人們似乎擔負着很大的責任。

愛的詩簡

一、我的太陽　　林外

詩做天上的太陽
不要陰雨時
使我懷疑太陽不再放光
讓我相信　一夜之後　一定升起在東方
我要在黑夜裏安眠
不必無謂地恐慌
在沒有陽光的日子
心中懷著一份期待
詩像太陽一樣
永不讓期待的人失望
沒有人爲太陽不安
太陽不會使任何人恐慌
一旦再出現而且一定會出現
必然滿臉微笑
用溫暖的光
亮麗他的面龐

67、11、22下午第二堂小考監考作

你的心海（回天上的太陽）　　南星

如果你是美麗的浮雲
穿上燦爛的衣裳
在我身旁
煥發容光
我願作天上的太陽
時刻放射溫暖的光芒
燦亮你青春的面龐
欣賞你謎眼的怪模樣
當霏霏的雨絲，挾著細塵　起勁地飛揚
我願依附你飄然的翅膀
海濶天空　任意飛翔
當黑夜迎頭趕上
你將露出滿足的笑靨
醒來鼻息散發著枕畔的芬芳
驚訝充當枕頭的手臂有多長
期待美麗的浮雲

隨時依偎著太陽
不用細數黑夜的短長
陰雨時　依舊在我懷裏徜徉
　不要忘情地把我放開
海角天涯　爲你放射光華
我要活在你的心海
成爲永遠光明的存在

二、作詩

林外

我要爲妳作詩
自從妳挖開我的詩泉
詩泉就爲妳噴湧
不作詩
也會湧出詩
寄給妳
詩的美可以使妳陶醉
會使妳更有詩意
妳的詩意
又可以使我的詩思更狂放
又可以使我的詩作更飛揚
我要妳跟我一起狂放
我要妳跟我攜手飛揚

抄詩（回作詩）

南星

走遍茫茫天涯路　回盼你仍站在燈火闌珊處
於是默禱　有生之年　爲你抄詩
　當一輩子女秘書
直到你將我解職　絕不自動請辭
慶幸當起秘書
詩興似千里洩洪　翻湧而至
筆尖輕輕一觸
顛盪的詩情　隨著泉水汩汩流出
有這樣榮幸的女秘書
隔著千山萬水　替董事長抄詩
抄得厭膩　星星爲我捎去訊息
　他在遠方　陪我嘆氣
抄得滿意　彩雲代我傳達柔情蜜意
　他在北方　比我更歡喜
忍不住讓人起疑　腦海裏載滿了情　塡滿了詩
難怪　詩泉噴湧如注　得來全不費工夫

三、晨歌

林外

早起的鳥兒們啊
你們的叫聲爲什麼如此熱鬧？
是不是像我一樣
醉在昨夜的夢裏
醺醺然　醒後仍然難消
早起的晨風啊
爲什麼你的氣息這樣淸涼？
是不是像我一樣

深愛著一個人兒
要帶給她沁心的清爽

小鳥啊！請妳飛到南方
把我的歌帶到她面前去歌唱
太陽啊！請移動一下你的光鬚
用照暖我心胸的那一道
移照到她的胸口上
晨風啊 妳正吹向南方
請你順道替我帶給她 我心頭一團溫暖

67、11、8第一堂監考

鳥啼（回晨歌）

南星

幸福的小鳥
不待黎明破曉 就在窗前蹦蹦跳跳
不怕晨露沾濕了小脚和羽毛
嘹亮的歌聲響入雲霄
凝神諦聽
唱得竟是我最欣賞的那一條

溫暖的陽光 閃著理想和智慧的光芒
移動著柔細的光鬚 微笑著拂過我的胸臆
一份訝異 幾分驚喜
放眼一瞧 原來是北方托送的那一道
當夕陽滑落西山
幸福的鳥兒不再婉轉嬌啼
人們需要安詳的休憩
我也不再悲泣 因為
我堅信 你不會遠離 不會花落滿地
共鳴的歌聲 智慧的光芒
是永不飛逝的寶藏
不管你在那裏 我的心 會繼續嚮往

四、南方之旅

林外

南方的陽光格外溫暖
南方的姑娘多麼令人神往
南方的風格外清爽
南方姑娘的微笑嫵媚無雙
南方的土壤格外肥沃
南方姑娘的熱情多麼狂揚

走在南方的天空下
脚步異常輕盈
運步在南方的街道上
目光非常親切
坐在南方的餐廳中
胃口格外大 嘗得格外香
南方客店的臥床 格外舒爽
容易沈入醉鄉
夢亦特別地芳香
南方的咖啡廳
分針走得特別忙
遙遠的車聲 也會在耳鼓隆隆地響

南方的咖啡刺激性特別強
疲勞的身體
在火車的輕盪中
眼睛也無法閉上
南方的咖啡格外提神
睡眠不足的人
還一口氣把一本書看完

脚步還未到家
心中一遍又一遍想
一聲又一聲告訴自已
我要再去南方
我要再去南方

多情的使臣（回南方之旅）

南星

心　幹嗎像小鹿般直撞亂跳
姑娘　爲什麽這般害臊
憔悴的臉龐　佈滿紅潮
貧瘠的土壤　變得如此豐饒
這　會是什麼驚喜的預兆
原來是　上帝的使臣早已來到
陽光大方地把溫暖灑向街道
微風清爽地攬緊熊腰
他　親切的目光　掠過天空
開朗的天空　充滿了希望
他　寬容的微笑　掃過街道
出奇的神往　使姑娘的痛苦一掃而光
輕盈的脚步　在瀟灑的微風中飛揚
她　勇敢的擠出人潮
羞答答　送上一朵小野花
幫他別在襟上

餐桌上
上帝的使臣　咀嚼野花的芬菲
貯留心底　帶到天堂去回味
舒爽的臥牀
允許飄散的花香　陪他醉入夢鄉
流連忘返　忘了上帝的召喚
是慌張的分針提醒他的歸程
咖啡廳　振耳欲聾的　竟是天庭的馬車聲
只好整理行囊　馳向天堂
微風捎來回首時的盼望
多情的使臣　煥發著容光
要求上帝原諒　貶他下凡
不要住在天堂
他要回到南方
找回送野花的姑娘
把她帶到天上　共享仙樂飄揚

B. B. WHYTE 投稿

CEMETERY OF FORGOTTEN DREAMS

（紐西蘭）B. B. WHYTE

Encircled by a lonely field
where lichened branches overshadow
tangled growth and waiste-high weeds,
a homestead stands forsaken-derelict.
A friendly refuge once for pilgrims
treading life's rough uphill road,
who lingered for a while then journeyed on
but always leaving there, preserved
between the rough-hewn walls and thatch,
their dreams, their thoughts and disappointments.
Outside, where children played and laughed,
dry too toe plumes still sway this way and that
in listening pose; but no-one comes.
Pink tinged lilies and pale orchids
blowing by the straggling wire
and fallen gate are now the only sign
of new life here, for Nature cares
long after man has left.
So should you find tnis special place,
tread softly, please, and treat it with respect
for fragile, insubstantial things
lie buried in this sacred ground
of long forgotten dreams.

紐西蘭女詩人

CHANGING PATTERNS

(紐西蘭) B. B. WHYTE

Here
among giant cacti
rising fɹom the sand
I can find peace
away from life's reality
and fearful pace;
so let us stay
together ror a wnile and watch
the changing patterns of the clouds
drift lazily along
before we, too, must go
our separate ways,
for even though
our future paths diverge,
the memory of today
will live
to warm the winters
of my ageing years.

老年人釘

E・E・康明思作
非馬譯

老年人釘
走
開
牌子）而
年青人把它們拔
下（老
年人
大叫不
准侵）而（犯
年青人大笑
（私產
老年人
叱罵禁
止停
不
得別
而）年青人理
都不理逕
自變
老

詩

李查・阿丁頓 作
非馬 譯

我在這河裡漂蕩
直到把船
停泊在這些交叉的樹幹傍。

這裡霧汽
在脆弱的葉上移動
衝過無色的水
以及褐色的隱約的山丘。

你自樹下來
在霧裡移動，
一片浮葉。

呵黃昏的藍花，
你用銀色的葉子
撫摸着我的臉。

愛我，因我必須離去。

新聲

馬爲義譯

一個男人

Jean Brodeur

有時
一個男人不該
太顯得一目了然。

初冬的晚上
他該劈好所有的柴
然後走向爐火
靜靜地，
接受双手的紅燙。

一個男人該
徐徐撫摸一個女人。
在他的手指還溫暖的時候。
他該輕輕耳語，
柴火足够好幾天使用。
他該看進她的眼裡
說他要一場大風雪
在天亮之前。

退稿通知

Beatrice Gormley

謝謝你
給我們機會
審讀的機會
寄來你的稿件
你僅有的稿件。

不幸
我們抱歉
編者們遺憾
我們抱歉，抱歉，抱歉。

你了解，它
不符合我們的
不配合我們現時的
不適合我們目前的需要
雖然完全合乎我們一九五九年四月的需要。

不可能

詳加解釋
個別評語
更充份地批評你的觀點
儘管它們驢蠢。

烟工

Diane Swan

一點感到
洗刷過及無恙的東西
早上六點在一部老爺巴士上
同野女孩子們唱歌
你同她們一道。

在田裡，
在低雲層下，
彎腰串易碎的
綠，燠熱驚愕
別這麼早便病倒。

在棚寮裡，
你頭頂上，
漂亮的黑舞者
在窄樑上行走，
經過吱吱切烟葉的旋床
越走越高，笑着。

你把葉子
送入機器，
留心着毛毛蟲，
在計件工作及鋁壺咖啡裡
進入十五歲。

一點帶回家的東西
綠到手腕，
下午四點在一部老爺巴士上，
骯髒無恙，
學會了那些歌。

半睡猫

M. M. Tius

看似堅固無痕却脆弱的
夢裡構成的陰與陽的圓
在輕微的一聲驟響下碎裂，分開。
靈巧一躍，白的脫離整體，跳出圖案
而黑的略一蜷縮，回去半睡牠的半夢。

鳥

Alice Gilborn

牠們用翅膀短促地撲擊

擋泥板；有物
顫動。我繼續前行不
致刹車。這些冬天的
山路積壓着雪，
在其上，是沙，而鳥群降下
用爪抓滿砂礫。
臘嘴鳥，麻雀，烏鴉，
在地面上，對霜裡的震動，
輪子緊密的逼近，
反應遲鈍，
艱難地起飛，
太遲了。

曾經有一架噴射機把一群
南飛的野鵠吸進引擎裡，
一個致命的滙合。
在那冰冷的亮光裡
所有飛行停止，向地面
墜擊，燃燒的鋼鐵
與羽毛。意外。
公理。任何名義的
死亡。我穩妥地繼續
前行。在我背後
路面，雪
沙上的
屍首。

——選自七月份美國「作家」雜誌「詩人工作室」專欄

藍祥雲編譯

日本兒童詩小集

日本兒童詩集「小さな目」經幾位文友分別翻譯後計畫出單行本，這兒先發表其中第二單元——「選舉過後街上雖是一片安靜」，計十四首。

選舉過後街上雖然是一片安靜

選舉

六年級　茶木久和

縣議會選出後
是市議會的選舉
從清晨
到晚上很暗
選舉活動的叫喊
到處
喊叫
那樣的辛苦
還想出來競選
我們小孩們是
不懂
成人們却是
非常拼命

選舉過後

六年級　今井惠美子

選舉過去了
街上雖然是一片安靜
但是到處張貼的海報
誰都不想去撕洗掉
我們分成鄰里別
提着小水桶

一張一張撕去
說大話要「爲美化鄉里服務的」
候選人的大名
我們默默洗掉海報
成人們實在很不可理喻

選擧

六年級　荒木清範

○○候選人專誠拜託
從淸晨就能聽到
毎位候選人
喊出推銷自己的聲音
一直喊到晚上遲遲的
我們的選擧
能不能更安靜地
不必任何人來拜託
就能選出賢能的人

在電車內

六年級　藤田みどり

哼！刺激鼻子
帶着疲憊的身體回家的人吧
利用間隔
吐出青色的煙霧
禁不住皺眉頭
轉移了視線
禁煙　這兩個子朦朧
在邊邊末端
像似畏縮着

武士

六年級　工藤順二

武士爲什麼
要互相殘殺
同樣是日本人
還要互相殘殺
眞是傻瓜
僅有的一條
命
浪費了它
眞是傻瓜

遊樂場

六年級　池永勝哉

看右邊是
彈子玩具店
看左邊也是
彈子玩具店
最近以來
成人們的遊樂場增多了
這是很不公平的
更應該爲孩子們

增設遊樂場所才對

交通麻痺

六年級　田原正夫

轟呼　轟呼
貨櫃車馳近來
像地震般房屋會搖
在我前面的小型卡車
急急忙忙閃開
要是我在那部卡車上
一定會大罵
「他媽的，要遵守交通規則」

五月的雪

六年級　宮口博隆

水仙花　鬱金香
都從泥土中發了芽
溶解中的雪　使小河
又滿又快速地
向前流
犂田的耕耘機
雖然已經出了籠
但被一面雪地阻撓着
已是春天了
怎麼不能暖暖的日子到來

雨

六年級　川口芳行

眞討厭
又是不停的雨
好厭
下個不停
蝸牛是最高興了
我却會生氣
要下嘛趕快一起下
要趕快停
眞討厭
雨啊，快快停

鹿

六年級　岡田惠子

被剪髮的鹿
走過了我面前
已經長大了的
小鹿
冷飄飄地看我
是不是想要
我這件上衣
凝視着我
是不是失去了
媽媽
只有一隻　鹿

看着我
究竟在看我的
什麼

香蕉

六年級　今井千廣

我好想吃香蕉
因爲我
一次也沒吃過
吃它一次以後
定會嘗到南方的味道
啊啊　香蕉
在南方成熟的香蕉
黃黃顏色的香蕉

桑的果實

六年級　井川博

摘取桑葉的時候
白白的葉汁沾上了手
從枝葉方面
摘下
很有意思地　葉落下
滿滿的籃子用手一按
只剩下半籃子
要是有一種機械來使用
定會很快堆集了它。

日本

六年級　柴山つや子

翻看世界地圖
不看別的國家
只看日本
日本相當大
要是看全世界
日本像一粒小豆子
可是世界上
日本的形狀最好看
載滿日本人的
吊床

山

六年級　瀧澤明夫

我們所住的地方
都被山圍繞着
山　用眼睛望過去
在山就要沒有的地方
又有了山
要是沒有這些山
該多好
東京　大阪　名古屋
一直就可以到達
沒有這些山
日本的原野會更廣大
那裏有沒有山的地方
生怕那是一次　我眞想看看它

以自己的語言、文字、創造自己的文化

林宗源

㈠

連橫曰：余臺灣人也，能操臺灣之語而不能書臺語之字，且不能明臺語之義，余深自愧。細爲研求，乃知臺灣之語，高尙優雅，有非庸俗之所能知。試擧其例：泔也、潘也，名自禮記，臺之婦孺能言之，而中國之士夫不能言。夫中國之雅言，舊稱官話，乃不曰泔而曰飯湯；不曰潘而曰淅米水，若以臺語較之，豈非章甫之與褐衣，白璧之與燕石也哉。（臺灣語典，自序一）。

有人以爲臺語，是粗俗的，不能用來寫詩，實在是對臺語的誤解，詩的雅、俗決定在作者的功力，不是語言的通俗。其實臺語是一種更詩的語言，有八聲的變化；活潑的、有情趣的、優雅的。從心內供出，有一份親切感。

自我開始寫詩，最先碰到的是語言的問題，總覺得語言只傳達意義，還不能稱爲一種完美的語言，語言本身應該同時具有情感，這種語言才是有機性的語言，有生命的語言。——詩的語言。活在自己的心內，如同自己的細肥，在創作的瞬間，才能自然而然地呼出，才不會破壞聯想的動作。

有一種所謂精練的語言，濃縮得僵化，缺少活潑性以及無意識中放射出的情趣。這種做出來的語言，由技巧構成的詩語，雖不致破壞聯想的動作，但，也只能寫寫小詩，不能自由自在地構成複雜的內容的長詩。

㈠

余既整理臺語，復懼其日就消滅，悠然以思，惕然以儆，愴然以言。烏乎！余聞之先哲矣，滅人之國，必先去其史，隳人之枋，敗人之綱紀，必先去其史；絕人之材，湮塞人之教，必先去其史。余又聞之舊史氏矣，三苗之猾夏，獯鬻之憑陵，王胡之俶擾，遼金西夏之割據，愛新覺羅氏之盛衰，其祀忽亡，其言自絕，其不絕者，僅存百一，於故籍之中，以供後人之考索。烏乎！吾思之，吾重思之，吾絕不懼其消滅哉。

今之學童，七歲受書，天眞未漓，咿唔初誦，而鄉校已禁其臺語矣。今之青年，負笈東土，期求學問，十載勤勞而歸來，已忘其臺語矣。今之搢紳上士，乃至里胥小吏，遨游官府，附勢趨權，趾高氣揚，自命時彥，而交際之間，已不屑復認臺語矣。顏推之氏有言！今時子弟，但能操鮮卑認，彈琵琶以事貴人，無憂富貴，噫！何其言之婉而戚也！（臺灣語典，自序二）

臺灣被日本佔領五十餘年，其不被佔領者，唯語言、文字、藝術、風俗，此所以日人想盡辦法，要毀其根，毀其民族文化的原因。此異國的統治，必有的策略。

談鄉土文學，很少人談到語言的問題，不用自己的語言，創造的文學，怎能算是鄉土文學。

臺灣自光復，應該是鄉土文學盛行的時期，然而有人怕用臺語寫作，怕人家不了解，怕沒有園地發表而不出名，假如從事文化建設，而有這種想法，還是不寫也罷。臺人也是中國人的一族。何況一個國家，是由幾個民族形成的，不同的民族，有不同的特色、文化，盛行，文化才能豐富。

㈢

此年以來，我臺人士輒唱鄉土文學，且有臺灣語改造之議，此余平素之計劃也。顧言之似易，而行之實難，何也？能言者未必能行，能行者又不肯行，此臺灣文學所以日趨萎靡也。夫欲提倡鄉土文學，必先整理鄉土語言……。

凡一民族之生存，必有其獨立之文化，而語言、文字、藝術、風俗，則文化之要素也。是故文化而在，則民族之精神不泯，且有發揚光大之日，此徵之歷史而不可易者也。臺灣今日文化之銷沉，識者憂之，而發揚之，光大之，則鄉人士之天職也。（臺灣語典，附錄一）。

假如以一種語言思考，而又以另一種語言表現，這種作品，必然是脫線的作品，不鄉不土的作品，不是發自內心直接產生的詩，不是自己的詩，自己的文化。就像以英文或日文等等寫詩，就使表現出鄉土的精神，也不能算是自己的文化，因此，有人建議我，不得不用臺語時才用，給我很重的感嘆。

鄉土、鄉土，只有精神，而不以自己的語言根植在鄉土，所開的花，是什麼？其花形、花香，必然會有異樣異味，它不是我們的花，我們的文化。沒有民族性的文化，還談什麼國際性的文化。

凡是從事寫作的人，能不思之，再思之，三思之，一旦明白，就可以以自己的語言、文字創造自己的文化。

即人稱文化沙漠的恥辱，必可不辯自破。

詹氷的「五月」

——意象論批評集②

林亨泰

五月

詹氷

五月，
透明的血管中，
綠血球在游泳着——。
五月就是這樣的生物。

五月是以裸體走路。
在丘陵，以金毛呼吸。
在曠野，以銀光歌唱。
然而，五月不眠地走路。

讀完此詩的第一詩節，便可知「生物」就是「五月」這一首詩的「核心意象」。詹氷為了塑造五月的鮮明印象，即透過想像力而「虛構」出這麼一個「生物意象」來。它說：「透明的血管中，／綠血球在游泳着——。／五月就是這樣的生物。」可是「透明血管」也好，或者「綠血球」也好，這些都不是實際存在的東西。雖有「紅血球」「白血球」乃至「葉綠素」之類，但，總沒聽說過有所謂「綠血球」，更想不出那一類生物是帶有這種「透明血管」的。很顯然的，這裏只能看到作者對於「五月」的「理想意象」乃至爲了表現它以及完成它而設計的一些「本質意象」。一般而言，虛構與事實之間猶有作品與題材之間的關係，如不在這中間施加一點人工的力量——「虛構化」，即使題材再豐富，那也只不過是材料的堆積罷了，根本談不上表現效果。

事實上，不僅僅對於非事實的想像與表現才如此稱爲「虛構」，然而今日的文藝科學，爲了有所區別於非文學的「傳達的文章」（諸如科學論文、說明乃至報告的文章等），早已把文學作家所寫的所有文章——不管是基於事實的或非事實的——都一律稱爲「虛構的文章」。「虛構」與否早已成爲劃分文學與非文學的重要標誌，由此可見，「虛構化」在文學中所佔的地位是有其特殊意義的。因此，判斷一首詩的眞與不眞，並非看作品中所寫的是否與「事實」相符，而是視作品中的構成與表現是否「眞實」而定的。

第二詩節即以第一詩節「生物意象」爲「主導意象」而發展的，即：「五月是以裸體走路。／在丘陵，以金毛呼吸。／在曠野，以銀光歌唱。／然而，五月不眠地走路。」從第一詩節到第二詩節的轉變，就「意象的相關性」而言，雖看不到互相對立的、抗衡的、交錯的，乃至互相牽制的情形，然而仍不失其逐漸發展達到高潮的情況是不能懷疑的。語言乃是人類發明的工具中最巧妙的東西，等到所有潛力發揮得淋漓盡致時，我們不能不承認它實已具有與上帝相等的創造力。現在，我們彷彿看到一種「生物」，它是裸體的，在丘陵、在曠野，它不眠地走路，並且以金毛呼吸，以銀光歌唱——詹冰替我們塑造的這「五月意象」，實在妙極了。就「意象的全一性」而言，它雖屬於「美感經驗」而與「事實」不相符，但，它既已能引起想像的共鳴，那麼，我們何嘗不能說它爲「眞實」的呢？

（一九七九年七月）

隨筆二題

楊傑美

那被稱爲「愛」的地方是一座永恒的城堡

在這個廣大無邊的世界上，如果說有一個地方，我們每一個人都曾經走到過又都沒有把它看透過的，大概就是那被稱爲「愛」的地方吧。因爲那被稱爲「愛」的地方，是太陽光常常射進去，又常常射不進去的堅固的城堡；是瞬間向吾人顯露其面貌的存在底最終的城堡，永恒的城堡。那樣堅固的城堡，你永遠無法完全地把它攻破，即使你拿着的是銳利的火箭筒，射出的是穿甲彈或中子彈，你也無法完全地把它穿透，因爲那個城堡是神所創造的，是用來蠱惑人們，鍛鍊人們的靈魂永遠前進的意志的城堡。

很多人在一生中常常走進它，有時是因爲他們喜悅不禁，有時是因爲被愁苦纒繞，而有時是因爲他們想要消除孤寂和無聊。他們走進它，有的是用散步的方式，有的是用慢跑，有的是用百米衝刺，有的是用馬拉松，更有的是用飛翔，或者更準確地說，是用舞蹈，精神和肉體一齊飛翔的舞蹈，靈魂能自由地進出穿梭往來無礙的舞蹈。很多人常常走進它，有時藉助燈光，有時藉助黑暗，有時藉助睜一隻眼閉一隻眼的準星，有時藉助面具或眼罩，更有時是藉助於完全透明的赤裸，自由自在沒有一絲遷掛的赤裸。總之，他們繞着相同的圓心，以長短不等的半徑，在不同的跑道。

每一次當太陽光把我們的眼睛，不管是肉眼心眼單眼複眼理智之眼和感情之眼，通通收集起來，像聚光鏡一樣，把焦點對準那永恒的城堡時，那一刹那，我們就看見了，我們就眞正地看見了那城堡的深處一盞高懸的孤獨的燈，在漫長的歷史中照亮了每一個孤寂的存在之夜的火種，靜靜地點亮，靜靜地燃燒，而永不會熄滅的火種。

啊，常常在我們的眼中燃燒的火種，常常在我們的心中燃燒的燈，常常被我們的意志走進去，常常看見難忘的景像，又常常不經心地被我們隨意遺忘的城堡。

在這個廣大無邊的世界上，如果說有一個地方，我們每一個人都曾經走到過又都沒有把它看透過的，大概就是那被稱爲「愛」的地方吧！

世界史的神話

我剛從地球的邊緣散步踏青回來，發現世界已經在我散步時蛻變了一次。我走進一條沒有人的街道，站在一棟白色的建築物門口，心裡猶豫着自己是否要走進去。「有人在嗎？」我伸手輕輕地敲了敲門，沒有應聲。「有人在嗎？」我又輕輕地敲了敲門，仍然沒有應聲。我於是重重地像擂着鼓一樣地捶擊着那一扇門，並且，一字一字拉長了聲帶大聲地喊道：「有—人—在—嗎？」就在這時，那一扇門「呀」地一聲自動地打開了，我看見一個人靜靜地坐在空無一物的客廳裏，双手合什，手裏捧着一串念珠。「你是誰？」沒有回答。「你是誰呀？」仍然沒有回答。這一來我可火了，我於是聚集了丹田裏所有的力氣，像憤怒的雷一樣向他吼道：「你是聾子還是啞巴？你沒聽見我在問你嗎？」就在這時，我聽見一聲微弱但清晰的回答在我的耳邊響起：「我是上帝」。「只有你一個人嗎？」「是的，只有我一個人。」「那麼這世界上其他的人呢？他們究竟都到那裏去了？」「他們都在你離開時發生的第三次世界大戰裏死了。」說罷，那個自稱爲上帝的傢伙就自顧自地垂首唸起他喃喃的經文來。

我隨手輕輕地把那扇門關上，沿着剛才走進來的道路再走出去。當我走回到地球的邊緣，發現世界又已經在我的徒步旅行中再蛻變了一次。那時，我聽見了一個聲音清楚地從天空中直劈而下：「從現在起，你就是上帝了。」我嚇得脚底一滑，竟然從地球的邊緣向着宇宙的中心一直地墮落下去……。

68年板橋教師研習會

第七屆兒童文學寫作班學員兒童詩選

林玲作品

小草

小時候，
我們一塊兒玩。
你摸摸我，
我抓抓你，
一有空，
我喜歡躺在你的身上，
悄悄的告訴你：
有一天，
我會和哥哥一塊兒去上學。
上學後，
在國語課本上，
我找到了你的名字，
你對我說：
「小心走，不要踏壞了我！」
放學了，
我又來到你身邊：
你對我點點頭，
我向你拍拍手，
我們就這樣玩了一個下午。

種子的願望

暖暖的　軟軟的，
躲在小妹妹的手心裏。
聽不到聲音，
看不見風景。
不知道自己來到那兒了？

小妹啊！
可別把我扔到河裏，
河水太冷，
我不會游泳。
可別把我扔在馬路上，
馬路太硬，
我不能發芽！

帶我到泥土裏去吧！
春來的時候，
我會變做一朵小花，
讓你揷在頭髮上。

小妹啊！
你怎麼一直走個不停呢
到底你想帶我到那兒去呢？
先問問我好嗎？

睡吧！孩子

該睡了！孩子，
已經很晚很晚了。
明天，我們還要工作。
明天，我們還要上課。

孩子！怎麼還不睡呢？
我知道：
你們還有許多話要說。
我知道：
你們還有許多事想做。
可是，
明天……。
我知道你們都已經長大，
一定知道我要說的是什麼
。睡吧！孩子。

許如龍作品

夕照

半屏山是一顆翡翠
白鷺鷥在山前飛
蓮池潭採菱的人兒
划着船兒滿滿歸

柳樹繫住採菱艇
春秋閣前，遊人對對
遊客坐上鞦韆架
幼童也在爬滑梯

學校叮噹鈴聲響
唱着歌兒排路隊
路上牧童騎牛背

我背書包看落暉

家

雪秋在門口玩跳高
大慶在把跳棋跳
祇有我在屋裡做功課
因爲姊姊要管我
媽媽不准我往外跑
我祇好寫 寫 寫
有一天
祇要我長大了
我當了爸爸
誰都要聽我的話

陳清枝作品

生病的時候

昨天淋雨，
今天生病了。
早上老師來看我，
摸摸我的臉；
觸觸我的額；
拍拍我的肩膀說：
「好好休息，不用擔心學校的功課，
明天老師再來看你。」
昨天的雨水還留在眼眶裏，
淚珠爭著和老師說再見……。

跛脚的女孩

大家都在操場玩
我在教室看大家玩
窗外的陽光很亮
藍天很藍
同學們的笑聲很好聽
我心裏也很高興……。

領帶

爸爸打領帶，
小白也打領帶。
小白打領帶，
爺爺牽他出去散步。
爸爸打領帶，
誰帶他去散步？

申繩章作品

月台上

爸爸的大皮鞋踩疼火車的長尾巴，
嗚！嗚！他哭了，
轟隆！轟隆！地跑了
媽媽看著爸爸：
爸爸看著媽媽，
不知道他們說了些什麼話？

火車帶走了
媽媽的心；
我們的笑容；
有趣的故事。
我們拚命的揮手，
想揮去離別的沉悶，
再見！
再見！

菁菁與哈麗

汪汪！汪汪！
哈麗！別怕，
那是過路人，不會進來的
哥哥就要放學回來了；
爸爸媽媽也快下班了。

汪汪！汪汪！
哈麗！別吵、我要寫功課，
你是不是餓了？我來餵你，
等爸爸媽媽回來，可不要吵囉！
他們都很累，知道嗎？

春風

妳來了。
妳好神氣呀！
大地為妳舖好綠絨絨的地氈，
妳輕悄的在上面走過，
樹伸展臂膀擁抱妳，
花戴上蝴蝶結向妳微笑：
鳥兒圍繞著妳歌唱。

王碧義作品

郵票的自述

別看我，
只是一張小小的紙片，
有人欣賞我的美麗，
把我當寶貝似在藏起來。
我也會，
把你的語言帶到遠方，
帶到天南地北任何一個角落，
我是誰？

我的名字就是郵票。
我實在太神奇，
我最喜歡到處遊，
信封貼上了我，
我的好朋友就載我去看你的親友。

老師的心

老師是大鳥，
學生是小鳥。

大鳥有一顆大大的心，
就是愛心、耐心、關心，
使得小鳥得到溫暖，甜蜜，希望。
小鳥也有一顆小小的心，
就是用心，眞心，熱心，
使大鳥得到快樂，安慰，滿足。

剪貼比賽

我們在圖畫紙上造樓房比賽，
剪刀是挖土機，
漿糊是水泥，
在那一塊白色的土上，
哥哥姊姊造了好多棟歪歪的花店，
弟弟妹妹只造了一棟斜斜的糖果店，
爸爸看了笑著說：
你們造的樓房，
只能引誘蝴蝶飛來飛去，
只能引誘螞蟻居住。

林仙龍作品

日光燈

牆上的日光燈壞了，
一閃一閃的，
拍著求救的信號。
媽媽買了好的日光燈回來，
他躺在牆角，
傷心的一句話也不說。

媽媽的眼淚

弟弟摘花瓣家家酒，
我躲在房間看漫畫，
媽媽看到了，
生氣的掉眼淚。
媽媽，請妳不要哭，

妳知道嗎？
我和弟弟
是妳眼中的淚水，
悄悄在掉下來了，
悄悄在掉下來了。

李瑞麟作品

理髮

一個雕刻家，
他總是自己不創作，
老愛修改別人的作品。
他的手法並不高明，
經過他修改的塑像，
差不多都是一個模樣。

黃昏

太陽要回家啊，
不愛聽
麻雀在樹梢吱吱喳喳。
歸巢的白鷺鷥，
誰給他的尾巴
拖上一道彩霞。

牛

草地上，
有一具奇怪的剪草機，
他把剪掉的草，
都裝進一個袋子裏。
他剪起草來沒頭沒緒，
一忽兒東
一忽兒西
把一片草地剪得高高低低。

謝綺夢作品

給老師的一封信

老師
您說
活到老，學到老
您要做我們的好榜樣
所以
您又去受訓了
老師
您去當學生

是不是比我們乖呢？
您是不是也很用功呢？
我們要跟您比賽喲！

時鐘

時鐘
滴答，滴答
繞着圓形跑道不停地跑。
馬拉松的距離沒有你跑得遠，
奧運選手比不上你跑得久，
最佳精神錦標該頒給你，
哦！時鐘
怎麼你不流汗？
不喘氣？
不休息？
怎麼你不緊張？
不害怕？
哦！時鐘
肚子餓的時候
請你停一停
我會給你上好多，好多發條。

羅鶴珍作品

眼鏡

哥哥有一付眼鏡
每天戴着做功課
奶奶也有一付眼鏡
每天戴著縫衣服
哥哥的眼鏡鏡面往裡凹
奶奶的眼鏡鏡面往外凸
哥哥戴了奶奶的眼鏡
天地好像顛倒了
奶奶戴了哥哥的眼鏡
平地變成丘陵了
我不管戴上了誰的眼鏡
每一樣東西都成了一團團的棉花糖

小花狗

爸爸上班的時候　小花狗守在門口
爸爸說：小花狗是個小衛兵
奶奶散步的時候　小花狗跟在後頭
奶奶說：小花狗是我的影子
我在遊戲的時候　小花狗又跑又跳
我說：小花狗是我的好朋友

雪花

雪花飄在樹枝上
綠葉不見了
雪花飄在屋頂上
紅瓦不見了
雪花飄在爸爸的頭髮上
爸爸老了

開拓兒童詩的創作領域

——兒童詩評鑑感言

趙天儀

今年板橋教師研習會，在五月份，舉辦了第七屆兒童文學研習會，依照往例，分兒童散文。少年小說，童話與兒童詩等分組進行創作評鑑。兒童詩理論方面，今年請蓉子、張水金與我講兒童詩的欣賞與創作的問題。兒童詩創作評鑑方面，則請藍祥雲，謝新福兩位先生來參加輔導，而評鑑的次數，也增加了三次。因此，使我們跟學員之間，無形中有了更多接觸的機會，彼此互相討論、批評與砌碴，使得大家在更融洽的氣氛中深入地探討。

在兒童詩的理論方面，大家關心兩個課題；一是兒童詩的創作的問題，二是如何指導國小學生欣賞與創作兒童詩的問題。在兒童詩創作的實踐方面，則關心怎樣才能創作出詩，而且是眞正的兒童詩。

經過我們的講解與討論，也經過學員們認眞熱烈地研習與創作，平均每人習作八首，由藍祥雲與我初選複選以後，選出了一些代表研習的作品。當然，這些作品，雖然說尚未達到兒童詩的理想，但是可以說已邁進了一步。我們選擇的標準有二：一是具有詩質的表現，二是具有兒童詩的要素與情趣的表現。

茲依照他們的作品來加以討論：

一、林玲作品

林玲的作品，有「小草」、「種子的願望」與「睡吧！孩子」三首。她的詩，有些較長，也比較具有童話詩的意味。不過，入選的三首，都是比較短小簡鍊。試以「種子的願望」為例：

「害怕的，
躲在小妹妹的手心裏。
黑黑的，
不知道太陽在那兒？
帶我去那兒呢？
為什麼不先問問我？

帶我到泥土裏去吧！
春來的時候，
我會變做一朵小花，
靜靜地，
躺在你的頭髮上。」

二、羅鶴珍作品

羅鶴珍的作品，有「眼鏡」，「小花狗」與「雪花」三首。「眼鏡」是用知識性的意味寫成的，觀察週到，如能表現祖母與孫兒各戴不同的眼鏡的心情來，也許會有更感人的力量。「小花狗」有兒歌的韻味，「雪花」則富有現實生活的感受。試以「雪花」為例：

「雪花飄在樹枝上
綠葉不見了
雪花飄在屋頂上
紅瓦不見了
雪花飄在爸爸的頭髮上
爸爸老了」

這首詩，有強烈的顏色的對比，簡潔有力，聯想的發展也頗自然。

三、謝綺夢作品

謝綺夢的作品，有「給老師的一封信」與「時鐘」兩首；前者是以老師去受訓為背景，模擬學生懷念老師的一種心理的表現，有抒情的意味。後者則是以白描的方法來一抒寫時鐘的功能，時鐘「繞著圓形跑道不停地跑」，形象鮮明。

四、李瑞麟作品

李瑞麟的作品，有「理髮」、「黃昏」與「牛」三首。他的詩，較有成人詩的意味，當作現代詩來欣賞亦無不可。這三首詩，均以簡潔短小精悍取勝。試以「理髮」為例：

「一個雕刻家，
他總是自己不創作，
老愛修改別人的作品。
他的手法並不高明，
經過他修改的塑像，
差不多都是一個模樣。」

這首詩，頗富幽默感，比喻妥貼，韻味自然。

五、王碧義作品

王碧義的作品，有「郵票的自述」、「老師的心」與「剪貼比賽」三首。「郵票的自述」由白描的方法表現了郵票的功能，「老師的心」表現得有些概念化，倒是「剪貼比賽」頗為生動，富有兒童生活的情趣。試以「剪貼比賽」為例：

「我們在圖畫紙上造樓房比賽，
剪刀是挖土機，
漿糊是水泥，
在那一塊白色的土地上，
哥哥姊姊造了好多棟歪歪的花店，
弟弟妹妹只造了一棟斜斜的糖果店，
爸爸看了笑著說：
你們造的樓房，
只能引誘蝴蝶飛來飛去，
只能引誘螞蟻居住。」

這首詩，很有想像力，表現得却很自然有味。

六、林仙龍作品

在現代詩壇上，有兩位林仙龍，一位是在海軍服務，另一位是在國小服務。這裏所介紹的在國小服務的林仙龍。

林仙龍的作品，有「日光燈」與「媽媽的眼淚」兩首。「日光燈」用白描表現了舊的日光燈被遺棄的氣氛；「媽媽的眼淚」，感情濃郁，但是，有些欠缺聯貫性的統一。

七、申繩章作品

申繩章的作品，有「月臺上」、「菁菁與哈麗」與「春風」三首。「月臺上」表現了跟爸爸的離情，感情濃郁，躍然紙上。「菁菁與哈麗」是用口語表現了對小動物的親切感，「春風」則是一首簡潔的短詩。

八、陳清枝作品

陳清枝與林仙龍，在指導國小兒童們創作兒童詩方面，那已經有了一些實際的經驗。陳清枝的作品，有「生病」、「跛脚的女孩」與「領帶」。「生病」表現了師生之情，「跛脚的女孩」有一些心理的表現，「領帶」也是一首簡潔的短詩。

九、許如龍作品

許如龍的作品，有「夕照」與「秋」兩首。他的詩，較受中國古典詩詞的影響，有些文白挾雜的感覺，而且也有些追求兒歌韻律的傾向。

從以上九位學員的作品中，在評鑑上，我們希望；第一步能把握詩質，第二步能進入兒童詩天眞無邪的世界。當然，這些作品，都還是在嘗試習作的階段，我們不能苛求，但是，我們應從把握兒童詩的本質入手，從心靈的感動上來表現兒童詩那種童心，愛心與詩心結合的世界。

我想由我們成人來學習創作兒童詩，本來就有其限制。不過，我們也都曾經有過童年的生活經驗，也許我們大家可以進一步地來挖掘，來耕耘。同時也能指導兒童自己也來從事兒童詩的創作，也許可以豐富我們兒童詩的園地。讓我們來努力開拓，我們中國的兒童詩，在不久的將來，也許可以帶來一片光輝燦爛的遠景。

廿五首兒童詩短評

藍祥雲

小　草：能用心去拉近「小草」和「我」的關係，藉童年時候的「情」景，寫出對小草的一份「愛」意。有點兒「歌」味兒，也覺得鬆散了點兒。

種子的願望：用嚴肅的態度寫種子的願，前一節佈置意境（很新），第二節給人有特殊的感覺（懸疑），第三節帶給新的感情（願望）。

睡吧！孩子：和「小草」同一格調。讀起來能讓人覺得很美很美。最末第二行「一定知道我要說的是什麼」，突然陷人於迷境，不知要說的是什麼？

眼　鏡：哥哥的眼鏡和奶奶的眼鏡是一對比，寫出不同的功用，結果以「趣味」結束。很可惜的是：除了趣味不知能否想像出其他感情（孫和祖母之情）？

小花狗：有如教科書上很工整的兒歌。甚至可排成三行一節。小花狗在爸爸、奶奶、我的心目中都很有份量，成爲令人疼愛的小動物。

雪　花：結構精煉的短詩。意像、想像、聯想能做適當的組合，在新的形式和詩味兒中，令人極賞。

給老師的一封信：很口語化是優點，缺乏詩的含蓄是美中不足。作者捉住「身歷其境」才產生這份「想像」的吧！

時　鐘：清新，明朗，能把時鐘的形象生動地表現。尤能用漸層方法提出幾個問號，加深時鐘的功能。唯最末一行較嫌無力、鬆懈。

郵票的自述：充滿孩子「生活經驗」獲得的知識，加添想像後寫出郵票的功用。最末一行「我的好朋友……」當然指的是郵差，可是這個「好朋友」出現的很突然！

老師的心：以大鳥喻老師，寫出對小鳥的愛心、耐心、關心——如果不這樣直接了當用文字說明，而能以大鳥愛小鳥的「動作」來表達，會更感人吧！

剪貼比賽：有豐富的想像，展示在讀者面前的是一幅美麗的剪貼作品，作者對剪貼也是採取自由創作，沒有俗套、沒有模型……琳瑯滿目的成果。

月台上：使用平凡的外形（月台上發生的一幕），來蘊蓄對爸爸的離情（帶走了媽媽的心，我們的笑容……），做為一個孩子的觀察，很深入、很有情。

菁菁與哈麗：寫「我」對哈麗（狗）的感情——從狗「汪汪叫聲」中有了「連串的「關懷」。很眞實，童稚之心躍然紙上。詩題用「哈麗」兩字就可。

春　風：又是一首精煉的短詩。映入讀者眼中的是春景，充滿春的氣息；用字簡潔，很富情趣。

日光燈：有情，付給日光燈生命！尤其用「拍着求救的信號」，用「一句話也不說」來說明日光燈壞了時的着急和被冷落了的心情。

媽媽的眼淚：詩的結構尚完整，只是內容有待商榷：如媽媽看到了（辦家家酒、看漫畫），就「生氣的掉眼淚」？合情理嗎？末了三行很有感人力量。

生病的時候：動人的場面。充滿老師對學生的愛，也寫出學生對老師的依戀。

溫暖的心（跛脚的女孩）：用樂觀的態度去處理「跛脚」這個缺陷，不做消極的同情，而讓跛脚的女孩心存愉快，高興，眞難得！

領　帶：童趣很濃，也富有想像，是一首令人喜愛的短詩。

理髮：把理髮師當做「自己不創作，老愛修改別人的作品」的雕刻家；不但善於觀察，明喻的很好。事實證明修改後的……，都是一個模樣。兩度高潮。

牛　：把牛聯想做剪草機，很有意思。剪起草來「沒頭沒緒」，寫出動物性，增加感染作用。

聽雨：藉一隻「雞」把「聽雨」形象化，能使讀者眼前呈現「縮起一隻脚」的雞在凝聽些什麼？

夕陽：想借文字來美化這個「景」（夕照），容易淪為散文的分行；這首詩的優點在具備詩的完整性。

秋　：讀後令人回味無窮，畫面上映現秋景，是多麼地蕭索。堪稱一首好的現代詩。

後記：參加第七期兒童文學寫作班「童詩組」的九位小學教師，提出他們的硏習作品，初選四十一首，複選後剩下上列廿五首。這次，我發現諸多作品較屬現代詩，似乎缺乏兒童詩的韻味兒；這並不是好現象，成人們去寫兒童詩，眞的有太多的限制？難在那兒？值得我們（成人們）去探討看看！

黃昏：眼前浮現一幅很美的黃昏景色（且還能聽到麻雀吱吱喳喳叫的聲音），加上歸巢的白鷺鷥映入晚霞中，更顯出律動的美。作者的想像：說那是（彩霞）白鷺鷥的尾巴——新鮮、有趣。

笠詩双月刊29至90期總目錄（三）

I 創作

(二)外國作品

惡之華	波特萊爾	杜國清	75	39
威尼斯等十一首	繆塞	莫渝	75	51
莫黑亞詩選	莫黑亞	莫渝	76	46
候鳥詩抄	北原政吉	陳秀喜	76	48
巨向等廿八首日本詩選	佐藤健司等廿八人	林鍾隆	76	59
形象之書	里爾克	李魁賢	77	44
人間的連絆	千葉宣一	陳秀喜	77	52
海涅新詩集	海涅	梁景峯	77	53
哦！當死神等三首	邦維爾	莫渝	77	55
爲妳我愛外十首	斐外	非馬	77	59
心的花外三首	林憲	陳秀喜	78	49
早年的阿波羅外十首	里爾克	李魁賢	78	51
小女孩等六首	Rose Fyleman等	梁小燕	78	59
橄欖園等十首	里爾克	梁小燕	79	62
紀德詩選	紀德	莫渝	79	68
離別詩二首	金又蓮	陳千武	79	70
十勝野幻想	千葉宣一	陳秀喜	79	71
位置・事實・背後	石原吉郎	林鍾隆	79	72
中古時代的神外八首	里爾克	李魁賢	80	53
我熟稔的夢等十八首	魏崙	莫渝	80	61
短歌外十二首	鮎川信長	陳明台	80	71
諾亞的方舟等三首	嵯峨信之	林鍾隆	80	75

詩人大會等七首	卡爾謝皮洛	馬爲義	86	44
奧費斯、歐莉笛珂、赫枚斯	里爾克	李魁賢	86	47
亞凱絲蒂	里爾克	李魁賢	86	47
詩人，我正讀著您的詩等廿四首	賈穆	莫渝	86	52
玉米成長外六首	納瓦和印地安人	許達然	87	32
維納斯的誕生	里爾克	李魁賢	87	34
十二歲的我	岡眞史	陳明台	88	37
瓶中稿・醉舟・海濱墓園	維尼	莫渝	88	54
第一悲歌・第三悲歌	賈穆	莫渝	88	67
蝴蝶蘭等五首	北原政吉	陳千武	88	69
詩招待你	吉野弘	陳千武	88	71

(三)童詩

篇名	提供者	期數	頁數
兒童詩園	黃基博	45～55	27等
兒童詩園	林鐘隆	55	46
童謠集	周伯陽	55	50
兒童詩園	黃基博	58～61	40等
蓓蕾園	黃基博等	61	40
兒童詩園	黃基博	62	38
蓓蕾園（一）二首	白慧容　龔銘釗　杏華　陳德恩	62	27

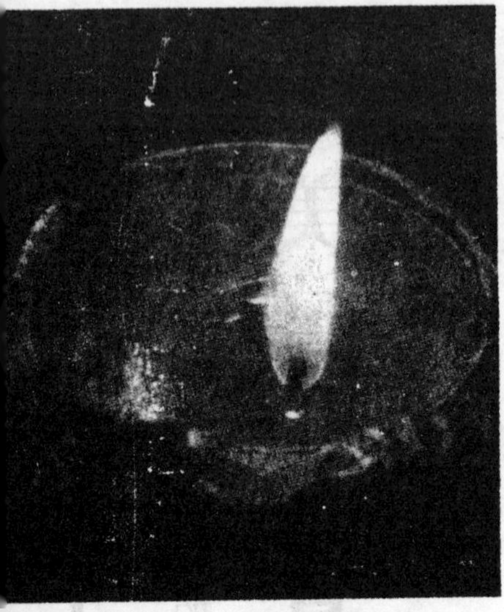

中華民國行政院局版台誌1267號
中華郵政台字2007號登記第一類新聞紙

笠 詩双月刊
LI POETRY MAGAZINE 93

中華民國53年6月15日創刊
中華民國68年10月15日出版

發行人：黃騰輝
社　長：陳秀喜

笠詩刊社
台北市錦州街175巷20號2樓
電話：551－0083
編輯部：
台北縣新店鎮光明街204巷18弄4號4樓
經理部：
台中縣豐原市三村路90號
資料室：
《北部》台北市北投吉利街249號4樓
《中部》彰化市延平里建寶莊51～12號

國內售價：每期30元
訂閱全年6期150元・半年3期80元
海外售價：美金1.5元／日幣300元
港幣5元／菲幣5元
歡迎利用郵政劃撥21976號陳武雄帳戶訂閱

承　印：華松印刷廠　中市TEL(042)263799

詩双月刊

笠

LI POETRY MAGAZINE

1979年 12月號 94

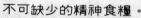

笠94期　目　錄

古樹吟

趙天儀

在深山林內裏，我是一棵古老的參天古樹
在蕃社山野上，我擁有一片處女的丘陵山坡
在自然的演化中，我破土萌芽，我枝繁葉茂
紮根在山地深深的泥土裏蕃衍著

在這萬山叢林中，我昂然擡頭
面對著大千世界，我的年輪暗喻著歷代同堂
長髯的枝葉飄飛，聳入海濶雲端
深入的根鬚拓展，握緊懸崖邊緣

亘古以來，任光芒四射的太陽
在光合作用中新陳代謝
亘古以來，任清輝四溢的月亮
在萬籟柔和中神韻充沛

不知何時，一團奇異的陰霾
乘風暴的翅膀，熙熙攘攘地洶湧而來
時光的足音在不知不覺中流逝
我面對著自然環境空前的巨變來臨

眼睜睜地目望著周遭的原野
像妻離子散一樣，讓我面對著茫然的創傷
伐木者在深山林內裏
動鋸的動鋸，揮斧的揮斧，在忙碌中砍伐與搬運

而我的心已碎，而我的意若狂
天地間最是傷神、哀怨、淒愴的悲劇
莫過於家園破碎，山河變色
更莫過於妻離子散那樣地充滿了哀慟

獨獨地剩下了我，在風燭殘年
急遽地蒼老，滿臉雪樣的風霜封蓋著
我不屈地屹立在高山的野地上
任我的疲憊蹣跚，任我的駝背微彎

當微風吻醒了大地的時候
微風也輕拂著我皺紋深沉的顏面，且留下過客的字樣：
「遊客×××，到此一遊
一睹千年古樹，特此留念」

在青春的歲月裏，不知不覺地
我已是參天的古木
且聳立在風雲多變幻的山間
傲嘯山林，詠嘆山河，鳥瞰大地

雖然免不了樹大招風的譏諷
甚至也免不了雷電的閃光砍擘
然而，再大的風險，我們已經撐過去了

再多的考驗，我們也已經熬過去了

猶記得，有那麼一次
在狂風暴雨的夜晚
雷電若閃光的探照燈閃過去
雷響若轟擊的炸彈滾下來

翌日，在雨過天晴的藍空下
我忽然發覺已斷了一條壯碩的臂膀
感覺心痛如絞一樣
身旁微風的呢喃，有如愛妻的牽掛與撫慰

一陣一陣的風聲，來自山谷
一場一場的雨聲，來自天空
都在傳遞著自然更迭的神奇與奧秘
蘊藏著自然永恆不變的眞諦

「我就是生命，生命就是自然，自然就是我」
我以堅毅而肯定的心聲歌唱著
過去蒙受自然的恩賜
或遭遇任何橫逆，也無法改變我的初衷

而今，一切都改變了
而今，一切都已過去了
當自然的生態遭遇到空前的破壞
林內的鳥語消歛，溪澗的魚族消逝
換來的是挖土機的鑽出隧道

變來的是壓路機的開闢山林的產業道路
孤立在路傍的我，僥倖地碩果僅存
而我的妻與子呢？而我的同胞伙伴們呢？

雖有晨曦乘雲彩來造訪
雖有天空降甘霖來灌溉
而我的心，已逐漸地腐蝕
在暴風雨以後，我孤獨如遲暮英雄歷盡滄桑

乾澀的回憶，緬懷著那往昔寧靜的歲月
青春的消逝·像落葉一樣
充滿了嘆息的音響
沙沙地穿過那山野羊腸的小道上

枝頭上還有一串沈甸甸的樹葉
握緊顫動在風中的枝椏
像是在惦念著昔日的風采與溫馨
不勝稀噓如今坎坷的生涯

當野風吹過了我的身旁
彷彿在傾聽著我的耳語細訴
雲挾著和風，攜帶我們原始的堅實的種子
歷山涉水，播在千山萬壑之間

乍看之下，飄到清幽的林間
落到了岩縫中的泥土
算是尋覓了重生的歸宿
算是回歸了自然的本基地

且讓雲撇下了我們
生根在深山裏的坡地邊緣
汲取著自然的雨露
充沛著霽色的山光

春天，杜鵑開滿了紅花
夏天，百合盛放了白花
秋天，讓落葉輕輕地蓋滿了山坡
冬天，讓雪花悄悄地封住了山頂

從嫩苗的萌芽到茁壯的成長
從時序的更替到年輪的增遞
在剎那的瞬息，轉眼間
已歷千年，如一部輝煌的歷史

啊啊，他們在何方，怎麼不令我憂傷
啊啊，他們在何方，怎麼不令我悵惘
我哭泣了，像老翁哀慟欲絕
在風逝的枯葉中，閃耀著我淒迷的淚眼

那些短視的逐利者呀
那些愚昧的人類呀
僅僅爲了眼前短暫的禮利
忘卻了天地間造物永恆的循環與和諧

「何方樹精呀，擋住了我生財之道啊
何方古樹呀，攔住了我生產之路啊
豩去，且讓叢生的果樹紮根」

除去，且讓新闢的農莊興旺」

過去雖有跟暴風雨博鬪的經驗
無懼於雷電的襲擊，洪水的掃蕩
却無法跟伐木者的機械相抗
只有借著狂風的怒吼那般聲嘶吶喊

「人類呀，這是自然久遠的賜予
你們無權摧毀我於一旦！」
而大地在開路機中震撼著
巨齒在揮動，巨斧在揮舞，巨鋸在揮斷

這樣地折斷了我的枝幹
這樣地撕裂了我的心房
我要頑強地撐下去
咬緊牙根一樣地渾身抖擻著

皮肉之痛，無法壓制我不屈的意志
創傷之裂痕，無從撼動我永不屈服的信念
「人類呀，這是自然久遠的賜予
你們無權摧毀我於一旦！」

我在繼續嘶喊著
我在不斷地抗議著
當巨無霸夾帶著火藥與電鋸
在給我致命地打擊與摧毀

我哭泣了，滴滴是嘔心瀝血

殘餘的落葉那樣地掙脫了
那最後還在掙扎的枝椏
轟轟地像山崩地裂那樣的地動天搖

連屈原的離騷也無法比擬這種辛酸
連杜甫的春望也無法隱喻這種絕響
而悲歌已唱
而怨言將絕

我不知道，人類爲何有這種錯誤的抉擇
我不知道，無知的人類是否知曉
人類文明演化的歷史不過是數千年而已
比起我們這種恆久萬物的進化，該是多麼地短暫

當我的氣將斷，我的力將竭
數千年的命運竟然只換來一聲聲的呻吟
雲挾著和風再度出現，彷彿在警惕，也在安慰
「千年的孕育，莫忘了樹木還有幾顆不屈的結實的種子」
當我翛然感悟，雖然形體已毀，生命的火花還未熄滅
絕續的種子將隨著自然的律動傳遞著
且讓種子去尋找一塊紮根生長的土地
讓我們在地球上繼續播種緜延，直到永遠，永遠

〔註〕這首詩，係由吾師陳國成教授提供題材的內容而寫成，以識不敢掠美，並誌謝意。

白鴿之死

——哀馬丁路德・金恩博士

葉笛

一九六四年死月死日（註1）
您猝然倒臥在血泊里
在亞美利堅・
　田納西的孟斐斯城
罪惡的黑手謀殺了和平
把羞恥烙印在歷史上
給人類的尊嚴以致死的一擊！

唉，馬丁路德・金恩喲！
您不曾留下一句話
也不曾動彈一下
臨終的剎那
您看見的是
　滿臉悲戚的基督，
　驚懼嚎啕的同胞的黑面孔，
　抑或夢想迸列散亂的碎片？

「我有一個夢想
有朝一日，河谷昇高、山嶽降低
崎嶇地方變成平原
彎曲地方變成平地
一切衆生都能共見基督的榮耀……」（註2）
這充滿渴望而又有磁性的聲音

曾響徹華盛頓林肯紀念廳
激起共鳴滙成永恆的回聲
而如今呢？
您已沉默如一塊黑寶石
您已不再向暐暐的陽光微笑
眞理、春天已隨着被擊斃的夢想
遠離充滿淚水的大地！

甘地洒過的聖血
猶未澄淸恆河和印度河
您汩汩長流的鮮血
將在何時開花!?
噢，人類淸醒的愚昧、殺戮，
這不是頭一回！

安息吧
請安息于您的各各他山（註3）
請安息于您的無花果樹下吧。
你已一去不復回，
但從您的鮮血里，禱告里，
您的夢想正在發芽，
您熱切的語言
將永遠燃燒在
有正義的人們的心上……

註：
（註1）死月死日即四月四日也。
（註2）「今天，我有一個夢想」的講演詞係金恩博士於一九六三年八月二十八日，在歷史性的「向華府進軍」時，於林肯紀念廳上向二十萬黑人和白人宣講的。
（註3）各各他山係基督受磔刑的山名。

一九六八•四•十•寫于臺南
一九七九•十•廿七•改于東京

巫永福詩抄

巫永福

義士頌

爲推翻滿清創造共和黃花崗七十二義士
奮勇直前轟轟烈烈殉於大業留青史
日本赤穗四十七義士毅然排除萬般艱難
殉於報主君被辱廢藩之仇留傳不朽。

諸羅山人民團結起義英勇堅守城池
乾隆嘉許其義賜名改稱嘉義至今
吳鳳爲解救百姓生命制止蕃人出草
以殺身成仁被祀於吳鳳廟義行永垂

新埔的百姓爲反對馬關條約起而保衛鄉土
衆心抗戰壯烈犧牲而成義民永恆垂範
而今以名反共却不以死保衛國土而犧牲者
以投奔自由而逃刼的難民也說成義士了

這些成千成萬爲生活前途而追求人權
勇敢逃出鐵幕或竹幕的蘇俄、東南歐各國、

東德、古巴、越南、高棉及中國大陸的難民
甚至遠飛美國去寓公而仍高喊反共。

為民主自由日夜奮鬪不懈而永不退縮
為臺灣的繁榮與生存縮短貧富差距
為安和樂利的福祉社會創造經濟大業
壹仟七佰萬堅守崗位的全體人民應頌為義士呀。

含羞草

我雖有小刺却沒有不可告人的地方
而可理直氣壯地堂堂生存的時候
我並不含羞
且在艷陽光下花枝招展
得意地站在山坡上
謳歌生機任風吹繞。

可是如遇着沒有誠意的人
說成我是他底同胞的時候
由於怕他的僞善不正、自私自大與任意誣陷
我就為他含羞
而在艷陽光下垂頭喪氣
氣憤地站在山坡上
為討回公道向風呼喚。

就這樣為他無止境地含羞嗎
但願總有一天依舊昂起頭來

却不再含羞
在光天白日之下開花展枝
站在這山坡上悠然
來欣賞咱們美麗的山河。

紗帽山下浸溫泉

紗帽山下小溪邊
清流潺潺浸溫泉
滿汗珠滴池外出
揮手彎腰石壁前
有時作息池外坐
任意喝茶和吸煙
或看老小悠然立
也有打棋各自便
忽聽岩樹蟬鳴谷
正是忘老好留連
如此輕鬆一日過
養心益壽均不言
疲則小眠凉風習
醒來晚霞漫天淵
浴友談笑興未盡
逍遙自在樂如仙。

靜觀

陳秀喜

下雨的時候
在窗前
一個清瘦的人
眼裡沒有彩虹
也沒有夢痕
心裡沒有詩歌
也沒有嘆息
唯是
滿意那一座山
像屏帷遮蔽着
廢紙同然的往事

枕頭山
風吹來宣撫之後
霧以柔功
表現動支靜
閃電劃破天空
鞭策雷雨圍攻山谷
一個清醒的人
層雲散後
枕頭山仍然翡翠
天定還是天生麗質

礁湖

杜國清

1. 朔

幽暗的彼方
妳悄然經過
形成一個誘惑的角度
牽動我心
——鳥跡滿印的沙洲
又有水苔浮動
又有浪潮暗漲

那苦鹹的潮水
來自無明世界
生，逐波而去
死，一陣漩渦

浪花隨起隨沒
一陣騷潮
激出冷豔千朵
在破滅的瞬間
酸辛的碎沫　濺滿

我的眼岸

2. 望

朗麗的彼方
妳皎然出現
形成一個幸福的角度
漾動我心
——雜草滿覆的沙洲
又有水鳥泛波
又有一湖清澈

那深空的鏡子
照出有情世界
愛，無心的雲
哀，無形的影
變幻潭泊無定

一隻白鷺
翱翔 廻旋 降落
脚 踏着藍天
長頸一伸 突出雲
爲我探索天國的
福音……

非馬詩抄

非馬

在餐桌上

舉箸
聽一條
嘴巴張得
比我還大的
魚
加油添醋
述說
上鈎的故事

衝刺的手
突然僵在半空中
當我發現
盤裏興風作浪的
竟是自己的
兄弟

79、9、29

中秋夜

冰箱裏

冰了
整整十三個
小時的
冷冷的
故鄉月
餅（唐人街
買來的）
嚐起來
就是
不對
勁

79、10、5芝加哥

花・瓶

風在叫些什麼
鳥在叫些什麼
樹什麼顏色
雲什麼顏色
天空什麼顏色

這些來自廣大原野的
花
只顧勾着頭
爭看窗外
却沒想到
把花瓶的頸子
扯得又細又長

愛詩兩首

陳千武

願

願妳撐着
我脆弱的心靈支柱
以純眞　微微
以愛　穀穀
推動生命的齒輪
旋轉不輟……

青春的女神
我有詩獻給妳
從黃昏到
黎明

我一直回想

妳埋怨
妳愛我的時間
總是人家抛棄不要的
才會輪到。
妳埋怨
妳嘆息而鬱悶

我孤獨地
聽長夜滴答的聲音流逝
沒有人跟我分享
這黃金的時間
我一直回想
妳那埋怨的臉

忽而急促地
妳底嘆息和鬱悶
在黑暗中擴大又擴大
有如巨石壓住我
壓住着
到我窒息
到我死

徵求啓事

本社

追求民族情感歷史的脈博，期在我們的土地上綻放心靈影顯的花朵，營生了滿十五年的笠詩刊，徵求詩的同仁參與我們的行列，從事詩創作與欣賞的活動。

有意參加者，請函豐厦市三村路90號陳千武依左列方式登錄。

一、曾於笠詩刊登過作品十首以上者，或邀自作十首以上經笠編委會審查合格者，列爲同仁。
二、一次訂閱笠詩刊五年以上者爲準同仁。
三、一次訂閱笠詩刊十年以上者爲贊助同仁。

笠詩刊同仁、準同仁、贊助同仁除享受作品優先刊登外，作品接受笠創作研究會研究之對象，並與原有同仁同享權利與義務。

慶功宴

鄭炯明

經過一陣激烈的競爭
終於你贏得勝利了

預料中的壓倒性的勝利
使你臉上綻開滿足的微笑
腦裡憧憬着權力的滋味

掩不住內心的喜悅
在喧吵的鞭炮聲中
你站在台上
熱情地高舉雙手
做出驕傲的V字標誌
向支持你的歡呼的群衆
表示謝意

沒有人抗議
一場不公平的比賽已經結束
而盛大的慶功宴才正開始

林宗源詩抄

林宗源

土地

沒有語言
粗壯的、原始的巨人
站在海洋
站在地球

伊包容各種生命
伊包容各種語系
構成伊外界的生命
以植物性的力建築
那各種的笑
各種的哭
以動物性的力破壞
構成伊的命運
伊哭出的聲會改變文化
伊笑出的聲會改變歷史
構成伊內在的生命
伊包容永恆的時間
伊包容溝通的世界

沒有語言
粗壯的、文明的巨人
站在人類的內心
站在宇宙的內心

給海上難民的詩

來到越南
心在祖國
新生的一代不願說越南話
沒有根的人
沒有土地

海在招乎

廿世紀吹響了自決的號角
殖民政策
愚民政策
移民政策
已經是昨日的花朶

海在等你

如今祖國那沒開發的曠野
不認同你，歡迎你
香港也不可憐你
馬來西亞要殺你

唯有海不拒絕你
以死亡的唇
熱吻你沒根的生命

打拳賣膏藥

必須拜訪士紳

必須勾結土覇

渡海初到本地的流浪漢
搬出十八般的武藝
賣什麼祖傳秘方的傷藥
硬的工夫
軟的工夫
還有變魔術
玩欠人道的技藝做生意
肥肥的中山袋

看久也討厭的把戲
觀衆的心內明白
展祖公的歷史無效
如今只有玩玩脫衣舞
如此招來的觀衆
面向落泊的藝團
在這個時代
打拳賣黑黑的膏藥

讓沉默的一群表決

自來水廠講：
百分一百的清潔的水
是本廠清一色的官員提供的
爲了百姓的健康
飲下自來水一定沒問題

上流有垃圾的收集場
有工廠的廢水
有農藥以及……
上流有看不見的細菌
而水龍頭爬出土龍的笑話

自來水廠講：
那是少數的少數
經過協調、溝通……
一定會流出百分一百清潔的水

阮不得不相信
阮不得不飲自來水
阮的心永遠抗拒着
這種慢性的細菌
慢性的死亡
一切美麗的語言
以及所謂少數的問題
爲什麼不讓沉默的多數
以選票解決關於水的問題
這樣就沒有詭辯的藉口

阮才有信心打開水龍頭
大大細細生吃無色無味的水
生病甚至有死亡的威脅
阮一定會同心協力消滅外來的細菌

啊！屬於阮的水
流自土地的水
必須是無色無味無細菌的水

阿公傳奇

楊傑美

在鄉下住了一輩子
也耕了一輩子田的阿公
除了客家話
連一句國語和閩南語也不懂

不懂國語
也不懂閩南語的阿公
走出了客家人住的地方
就自動變成啞巴了

爲了怕變成啞巴
阿公只好窩在鄉下
整天整月整年
死守着祖先遺留的那塊山田

「阿公實在是一個
非常孝順的好子孫呵！」
他那住在城裏的孫子
總是這樣對人說

畫像

——趙天儀素描

旅人

不抹油
任髮絲在風中飛揚
沒有派頭的頭
思考沒有派頭的詩

一襲夾克
在衆多的西服間穿梭
神色自若
穿著沒有派頭的衣服
展示沒有派頭的詩

當童心來臨時
坐在沒有派頭的椅子上
爬在沒有派頭的桌子上
寫無人願寫的沒有派頭的詩

旅泰詩抄

靜修

男人都要當和尚嗎？

人說在泰國，男人一生都要做一次和尚
就像咱們那兒服兵役的義務那樣
—這話，我可不完全相信

我的好朋友乃通先生
今年已經三十有四
除了十多歲時長了滿頭癩痢瘡
剃過一次光頭，一天和尚也沒當過
上個月開車撞死一位年輕的女孩
雖然神不知鬼不覺，却受到良心的譴責
終於「自動請纓」，削髮入廟
去向死者贖罪

提起宛里安卡默誰都彷彿後腦袋瓜
給重重敲一棒那樣驚顫一下
這傢伙姦淫掠奪、殺人放火，無惡不做
每次被逮到，就搥胸頓足痛苦流涕
表示懺悔，發誓放下屠刀從新做人
一再請求神前贖罪

先後做了十幾次和尚
進寺廟好比進灶脚一樣

還有大大有名的他儂元帥
活了七十啷噹歲，風光了大半輩子
也沒聽說當過幾天和尚
等到丢掉江山走投無路
才削掉一頭白髮
披上黃袈裟，頻頻阿彌陀佛
只求落葉歸根，死也要死在後山頭
這哪兒是什麼義務不義務來着

所以，誰要說，在泰國
男人一生都要當一次和尚
就像咱們那兒服共役的義務那樣
——這話，我可不完全相信

三人行

我們去遊覽桂河大橋
巴士剛過黎逸府，三個乘客搖身一變成了土匪
洗刼全車人的財物
一個年輕人起身反抗
被一槍打死在座位上
「搶刼殺人？」
我那個姓黃的華僑朋友說
「家常便飯，沒啥稀奇。」

我們去遊覽哈耶噠叻
忽然槍聲大作，三個彪形大漢
急急忙忙跳上一輛私家車揚長而去
哈耶銀樓一片狼籍
老板倒在血泊中，奄奄一息
「搶刼殺人？」
我那個姓黃的華僑朋友說
「家常便飯，沒啥稀奇。」

我們去遊覽金佛寺
看見三個老泰挾持一位紅髮少女逃入山中
第二天報紙登載，一位瑞典女觀光客
被姦殺在巴達隆山的叢林中
全身裸露，隨身衣物不翼而飛
「強姦殺人？」
我那個姓黃的華僑朋友說
「家常便飯，沒啥稀奇。」

我們去遊覽莫肯湖
一對年輕男女手握短槍喝令我們交出錢來
被我們三人的中國功夫揍得頭破血流，落荒而逃
第二天，到處謠傳一對情侶遭到三個中國歹徒搶刼
男的被殺，女的遭輪暴
「強姦殺人？」
我那個姓黃的華僑朋友說
「別大驚小怪啦！家常便飯，有啥稀奇？」

下手的時刻

乃乍納要和筒索彎的老大陶昆拚命
找我陪他去買槍
我說左輪可以連續發射，容易瞄準
乃乍納選了一支左輪

三天後乃乍納被射殺在巴楂路的巷口
子彈從左太陽穴貫穿腦袋
自右耳下穿出
驗屍官說這是伯朗寧幹的好事
我到現場仔細研究
斷定兇手從屋頂上下的毒手

乃侖伯要替乃乍納報仇
找我陪他去買槍
我說伯朗寧輕巧靈活，威力很大
乃侖伯選了一支伯朗寧

五天後，乃侖伯被射殺在維泰路的巷口
子彈從右太陽穴貫穿腦袋
自左耳下穿出
驗屍官說這是左輪幹的好事
我到現場仔細研究
斷定兇手從屋頂上下的毒手

我發誓爲兩個好友復仇
我不帶左輪，也不帶伯朗寧
只帶一把苗人的彎刀
在夜總會幽暗的角落找到陶昆
我偷偷摸到他背後，冷不防對準他喉嚨
一刀

我的意思是
帶什麼武器都一樣
最重要的是看你在什麼時候下手

——當乃三告訴我他的英勇故事的時候
我正躺在理髮椅上
一把銀光閃閃的剃刀在我臉上霍霍作響
那位愛對我拋媚眼的姑娘忽然冷笑一聲
一手搬開我下顎
我脚底一陣涼……

山本武大郎

你冒充過日本人嗎
在泰國
至少在清邁這是件頂管用的勾當
我差強人意的日本話
可以唬倒專做觀光客生意的銀樓老板娘
我白裡透紅，下巴豐滿
單眼皮，小眼睛，有一撮八字鬍的面龐

也可以瞞過土產店的頭家娘
所以，那天當我一脚還沒跨進「是耶銀樓」
就聽到那個潮州人的老板娘
在批評和辱罵臺灣觀光客時
我就決定要冒充日本人了

老板娘說寶塔戒指一隻
賣給臺灣人要四千銖
優待「你們日本人」只要三千
我說，可是那上面標的價是五千啊
她說那是賣給番人的價格
我問誰是番人
她說：「阿美利扻」

不必問他禮遇日本人的理由了
不被看扁看透，也不被當大頭呆耍
儼然頭等人客
還有啥比這更叫人得意洋洋的事

我得回去再把八字鬍修一修，剪一剪
練練九十度鞠躬的姿勢
並且起一個好聽好記的日本名字
犬養金太郎，狗娘養的，不好
猪木小次郎，猪八戒再世，不好
鈴木拚三郎，拚老命都輸輸去，不好
寶田，松岡，三島，宮本，不好不好
山本，山本武大郎，本山人武功大大要得
好，好，就這麼決定．我是
山本武大郎，一鞠躬

詩六首

林　外

夏之戀

夏　每年都來遲一步
沒能看到春的面龐
只見到春掀起裙裾
匆匆離去的後影
春那白嫩的脚脛和素足反射的白光
直翳入夏的眼瞳
從春遺忘的枝頭三兩朵花兒
再凝望一個個花落後留下的花萼
想像那全開的春容
夏又加緊脚步
隨春的裙裾掀起的微風追去
吐著熱呼呼的氣息

擁抱月亮

明月本來沒有情
　賞者偏多心
月光並無意
　受者却感到愛拂
圓月原本是陰冷的
　看來却微笑
吳剛伐樹的影子
　却成了情人的倩影
於是心昇騰
於是身昇騰
　擁抱月亮
　朦朧入夢

幻

淒風苦雨的午后
屋簷鳥鳴斷斷續續
有的煩躁的吱吱吱
有的抑悶的喳—喳—喳
空閑的我　整個胸腔被妳佔據
眼睛却幻見
青青的草地上　單脚立着一隻白色的鴨子
緊合著羽毛　護著身子
斜著黃黃的嘴
偏著一隻眼凝望著窗戶裏的我
彷彿對我有所祈求
又彷彿看透我的寂寞的心
看着牠　好像瞧見了自己的影子
看著牠的眼神
彷彿從鏡中看到自己的眼睛
用力眨了眨眼睛
變不出妳的幻象　來代替那隻鴨子

靈

不信肉體之中還有一個靈
它却實實在在地要我相信
願相信它 不要它離去
它却爲自己而不顧軀體
它離去後
胸口內部確像拔去了一棵大樹
留下了一片空虛
而且鬆動不實
然後四面八方向那空虛擠壓過來
企圖把那空虛塡實
也許用力過猛
很快就變得堅硬如石
想喚回它 却從不曾學過呼喚的咒語
堅石硬得再也無法擠壓了
周圍又開始鬆弛
這一下 可像敗退的軍隊
空虛不斷地擴大
不理會將軍的慌叫
敗散得不可收拾
所遺下的軀體却什麼也無能爲力

我的嬰兒

你是我的嬰兒
嬌滴滴黏人的嬰兒
把媽媽的胸當背
把心當搖籃
我一醒來 你就爬上去
賴著不肯下來
一整個白天 要隨著我搖晃
一刻也不肯讓人把你放下
還像懷胎九個月時一樣
拳打脚踢 抱頭猛撞
要你在心籃裏 好好地睡
想聽你平穩寧馨的鼻息
你却哭哭啼啼
或僵著四肢 閉眼閉嘴賭氣
叫媽媽惶恐不已
偶而聽到笑聲
媽才輕鬆得禁不住感謝上帝

奇異的果實

你心靈的花園裏 有一棵奇異的樹
會結世上沒人見過的奇異的果實
那美、那奇，連種植的你都不敢攀摘
當熟透而不見來摘
果實會慌得連樹幹都會 無風而狂擺
所幸，這是一棵奇異的樹
果熟 雖然留不住 會落地
但馬上會結出更大的果實
懷著 更大的希望 更迅速地長大
仰望 女主人伸手攀摘
即使再落地
立即又會長出更大更美的果實
不必等待四季的循序變化
經常掛著一個又大又美的
除了你 沒人見過的奇異的果實

詩兩首

林　蘭

明月的笑容

多情的明月　含羞帶醉
向大地投射皎潔的光輝
灰暗的天空
浮動著濃黑的雲層
似乎有意遮掩唯一明亮的點綴
明月兀自竭力掙扎
婉請微風頻推　將黑雲撕碎
雲塊周圍漸漸顯露光彩四射的嬌靨
輕撒萬物以朦朧
獨自漫步於荷花池
花影隨著皓月　微波輕盪
像美人臨風輕舞
醉於明月的笑容
飄飄然
不解置身何處？

泥人之歌

驚蟄雷響　風驟雨狂
滿園春色　無心觀賞
風促我快馬加鞭　向家鄉狂奔
雨狂揮利箭　逼得我神色倉皇
濺起一路水浪翻滾
不幸失足陷入水坑
我　成了袖手旁觀者取笑的泥人
是笑我舉止莽撞　落得遍體鱗傷
或笑風雨疏狂　空染我一身泥漿
抖著冰冷的淒涼　和深黝的水坑黯然相望
幸福的遠景
美麗的幻象
在我眼前搖晃
期待使我滋長掙扎的希望
漾起再生的興奮和愉悅
我要奮力衝出重圍
即使利箭刺傷我的咽喉
我也要向世人歌唱　奮鬪的樂章

日本現代詩的源溯和流變

葉寄民

第一章　近代詩的草創期

日本近代詩的烽火是明治十五年（一八八二年）由學院派的外山正一、矢田部良吉、井上哲次郎等合著的「新體詩抄」點燃起來的。他們懷着啓蒙期學者的熱情和理想，模仿西洋詩，打破傳統的短詩形式（註1），欲以之歌唱新時代之聲。它不僅是內容和形式的革新，就是表現手段的語言，也使用日常用語，從而邁向自由化之路。文言自由詩和口語自由詩的原型，其濫觴在此。

這星星之火，何以能成為燎原之勢呢？其新聲確實是稚拙的，但在明治二十年（一八八七年）卻以其長詩型自由化和朗誦性，促成劇詩、譚詩、長篇敍事詩等為數不少的作品，而隨着一九○四年日俄戰爭軍歌調詩的盛行發展了下去。他方面，SSS社（註2）同仁的譯詩集「於母影」開拓了抒情詩領域，隨后，北村透谷（註3）的跫音和播下的種籽，發芽、茁壯，綻開了浪漫主義時代的奇葩。

在這一章里，我們將一方面考察近代詩從出發、混沌、啓蒙而走向浪漫主義的歷程，另一方面探索蘊釀近代詩的時代背景和新體詩的源流。

1. 新體詩的源流

當我們要考察日本近代詩發生之時，廣義上說室町時代末期的南蠻文學和天主教文學就是其地下水（註4）並無不可。如「百合若傳說」里的「奧德賽」（註5）以及慶長年間（一五九六～一六一四）長崎耶穌學校出版的「聖教精華」等即其一例。然而，德川幕府三百年的閉關自守政策大大地阻遏了近世日本和外來文化之交流。誠如北原白秋在「明治大正詩史概觀——新體詩以前」中所抨擊的：「雖然連元祿時代的芭蕉（註6）都革新了談林的俗俳以坐談用語為詩語端正了詩而創造東洋的象徵詩，但仍只以荷蘭人賞花之風俗入詩而已。在詩的形式上，不過整備了和歌的一詩體麗了……而在祈禱的讚偈、伊索寓言等翻譯上確曾將西洋語詞的新頴和日語的古雅揉合在一起的」。由此，我們可以看出南蠻文學和天主教文學，事實上的，給予日本詩歌的影響並不大。然而，在這段閉關自守的時代里，唯一解放着的長崎這地方，東西文化還是有某種程度的交流。「三國祝章」即為一例。所謂「三國祝章」就是荷蘭軍人巴甫斯德為祝賀仙台藩主伊達周宗的祖母六十誕辰而撰寫的祝壽詩。該詩由譯員馬場貞磨譯為散文，末次繁正、大田覃、加茂季鷹等人將之譯成「長歌體」（註7）而中國人劉士永譯之為今體詩，陸光烈譯之為古體詩。同時收錄志筑忠雄的「荷蘭詩作法」和大櫬茂槙的「論三國歌詩體制異同」兩篇論文。

一七四五年（延保二年），與謝野蕪村（註8）創作的「春風馬堤曲」和「悼北壽老仙」兩首詩里具有近代詩的雛型，謂之近代詩之濫觴並無不可。「悼北壽老仙」是詩人為其知己早見晉我（北壽老仙）之死寫的哀詩。

悼北壽老仙

你在凌晨逝去　昨夜心亂如麻
今朝喲　多遙遠！
我思憶你漫步山崗
山崗怎麼這般悲戚？
蒲公英黃黃　薺菜開白花

竟沒人欣賞。

傾聆雉鳥凄切哀啼
我友喲，你已遠隔黃泉不復回！
西風猝擊炊烟
猛刮篁藪菅茅的野原
怎逃脫得了!?
我友喲你已遠隔黃泉不復回
今朝啊，不聞一聲悲泣！
你在凌晨逝去　昨夜心亂如麻
如今喲　杳如黃鶴！
今夜　我庵里彌陀佛無燭復
無花　兀自悄然彳立
却格外喲聖潔動人！

這首追悼詩，既不拘於日本詩歌本質性的音數律五七音，也異於被視之為德川時代的俚謠形式的七七五五的二十六個音數。這里最值得注意的是：蕪村哀悼其摯友之死的感情，怎麼也難以傳統詩型表達，才以不拘一格的表現形式寫出來的。正因如此，它才具有了近代詩歌先驅的性意義。

繼與謝野蕪村之後，日本近代詩拓荒者之一，有中島廣足（一七九二～一八六四）。被收錄在「後夢路日記」里的中島廣足的譯詩，對于考察日本近代詩和西洋詩的關係是彌足珍貴的資料。

三月之歌

譯員猪股久陰囑余將荷蘭國風詩譯出，是事誠一難事也。蓋欲譯之為曉暢之日文，勢必失彼國風之詩情，是以直譯出之。此為五月，然而彼之五月適值吾邦陰曆三月，故譯為三月也。

啊！多麼美好，
多麼美好喲！
初春三月！
百草茁壯
百花努放
群樹抽出嫩葉
惠風和暢
孩子在野原歡唱
羊兒引吭鳴唱
啊！多美好
多美好喲！
初春三月！

譯詩的詩型是根據長歌體的。但，在直譯了西洋詩這一點，是頗為可貴的。因為在日本傳統詩上，動物的叫聲入詩的，這是破天荒第一遭呢。根據石本若根的研究：原詩是德國宗教詩人克拉奧迪士（註9）的抒情詩「五月之歌」「第一節」。

此外，還有勝海舟（註10）根據荷蘭讚美詩（Loetton Heer）譯於一八六二年（文久二年）的「憂思令君憔悴」。這首詩曾被外山正一拿來刊載在「東洋學藝雜誌」。

為什麼你這般憔悴？
可憐你憂思百轉
將徒然抱憾終生？
回首瞻望天之原（註11）
脚踏鐵色大塊
奮起英雄氣概
讓英名響徹雲霄
讓豐功偉業
同天地共長久

宜為人之鑑
我喲，日思夜想
不肯等閑這一生一世
這才形容枯槁憔悴！

看上面所舉的詩，便可明白日本近代詩源遠流長，且隨着社會環境經歷過一番迂廻曲折，但，一轉入明治時代，跟着當時的啓蒙運動，有人把西洋詩譯為中國古典詩體的，或如「世界列國」（註12）以律體寫成的啓蒙思想為目的的書籍相繼湧現了。同時，一八七三年，基督教禁教令解禁后，讚美詩創作和翻譯便日見其盛。例如一八七四年就有長崎美以美教會的「讚美歌」，翌年，有「神戶版無題讚美歌集」，一八七七年五月，有「改正讚美歌」（熊野雄編輯，共七篇）。迨至一八七九年六月，為響應當時政治思想的爭取自由民權的鬪爭，植木枝盛（註13）寫了「民權田舍歌」。一八八一年，又有文部省（教育部）付梓，由伊澤修二編輯的「小學唱歌集初編」等等。這些讚美歌，政治歌謠，唱歌集，雖然沒超越明治時代開化期啓蒙運動的範圍，却都成為「新體詩抄」的先聲，蘊含着近代人內在的精神。然而，這些還都是新體詩以前的。新時代呱呱之聲得等這些獨唱滙成大合唱，才在回響激蕩的歌聲中迸發出來的。

註：

註1：日本的傳統短詩型就是「和歌」和「俳句」。「和歌」每首五句，共三十一音。其音數的排列為五七五七七。「俳句」又名「發句」，一般以三句十七音節構成一首短詩。首句五音節，次句七音節，末句五音節。俳句原為「俳諧連歌」的第一句，十七世紀，日本詩人松尾芭蕉以后始成獨立詩體，十九世紀末，詩人正岡子規予以革新，產生新派俳句，現代日本進步的詩人有時也以俳句寫新的社會題材。

註2：SSS是一八八七年（明治二十年）以森鷗外為中心組成的「新聲社」，其成員有小金井君子、落合直文、井上通泰、市村鑽次郎等人。

註3：北村透谷（一八六八～一八九四）詩人，評論家，浪漫主義牙城「文學界」雜誌的領專人物。著有長詩「楚囚之詩」，劇詩「蓬萊曲」，評論集「內部生命論」等，其自殺可為其矛盾一生的註解。請參考第一章第五節。

註4：十六世紀中葉到十七世紀中葉，在日本被譯的基督教文學及同它有關聯的傳教用，語言學用書籍的總稱。

註5：Odysseia，荷馬著的希臘最古長篇英雄敍事詩。根據推測是漂泊詩人傳誦幾個世紀，在公元前六世紀始具備現存形式。

註6：即松尾芭蕉（一六四四～一六九四）。本名宗房。少年時，曾為武士家臣，隨主人習俳句。其俳風以輕淡文筆描寫自然，予日本詩壇以甚大影響，世稱「蕉風」並稱他為「俳聖」。主要作品有「俳諧七部集」和多種遊記。

註7：和歌之一體。句數多，交互使用五音和七音，最后以兩句七音收尾。日本最古詩集「萬葉集」中有不少長歌體，後來却變得小。

註8：江戶中期的詩人、畫家。姓谷口，提倡恢復「蕉風」。作品有「燕村七部集」「新花摘」等。一七一六年生，一七八三年歿。

註9：不詳。

註10：本名勝安芳（一八二二～一八九八）江戶幕府末，明治初期的政治家。曾治西洋兵學。一八六〇年以「咸臨丸」軍艦艦長身分赴美，此為日本軍艦首次橫渡太平洋，奠定日本海軍基礎。著有「冰川清話」「海軍歷史」等。

註11：「天之原」也稱為「高天原」，是日本神話里的天上界。

註12：明治啓蒙期的泰斗福澤諭吉所著。意在介紹世界使日本人民一新眼界。當時曾成為風靡一時的暢銷書。

註13：植木枝盛（一八五七～一八九二）明治時代政治家，他同板垣退助大力鼓動自由民權論夙夜奔波，盡瘁于組織自由黨。著有「民權自由論」等。

陳千武在「高速公路」上奔馳

陳金連

日前在民衆日報副刊讀到詩友陳千武兄的下面一首詩

高速公路

陳千武

面向著死
夾雜在疾馳的車群裏
我忽而減慢車子的速度
不是怕死
是爲了確認
被速度掌握的命運

車子跑得很快
使我緊張
追逐死而疾馳
死却躲避在高速公路遙遠
的那邊
跟車子保持着距離
只要我和我的車子
不失去調和
死仍很莊嚴地
漫步在遙遠的地平線上

我們知道詩與科學不同，任何人即使不懂寫詩的基本原則，也絲毫不影響他去欣賞或嘗試寫作。理論上，詩的本質論和方法論，也無需特別加以區別。因爲它是屬於詩論家的工作。寫詩的人，不論選取哪一種題材，往深處挖掘下去，都是互相有關連，而到頭來總會碰到本質，會涉及到本質性的領域的。

陳千武的這一首，詩題是「高速公路」。這是世界上過去沒有高速公路的時代，詩人絕不會想到的題目。這證明了時代越進步，生活環境越複雜，可以入詩的題材必然會越來越多，也證明了詩人不愁沒有題材寫詩。但題材多，對詩人而言，或許可以說利多於弊。因若憑一時之勁，心血來潮（有些人竟冠以「靈感」之美名），像時下流行的摩登詩人，求名心切，寫詩一瀉千里，長篇詩章一氣呵成，其詞藻之豐富，涵意之玄虛，令讀者眼花撩亂，找不出一個焦點，而仍瞭解他究竟急着要表達什麼，要對這世界他要作什麼發言。

陳千武却很顯然地，以他在高速公路疾馳的經驗，先深藏在內在裏醞釀一段時期，跟對象保持相當的距離，再將它托以平凡的句子，讓他醞釀已久的思想「給出」或「投射」出去，讓讀者觸到可以感受的詩意，而不是以粗糙的原始的思想直接訴諸於讀者。

寫詩必須耐得住寂寞和等待，否則憑靠詞藻和技巧寫出的作品，必將成爲半熟的果實，苦澁而枯燥，難於使讀者嚥下。他那平實的詩風，並沒有特別驚人之處，但對於詩壇勤於寫詩而過份急燥的朋友，必會給以一種值得深思的啓示。

一個像芋頭的孩子

——我喜歡欣賞的詩的意象

歐銀釧

他是個喜愛音符又歡喜跳躍的孩子。

他像是芋頭，把鮮活的綠呈展在風中，而眞正的根蘊含在地底下，透過挖掘、剖析，美麗的那層才顯耀而出。

我喜歡他，喜歡那種在平凡中透露的赤子之心。

我喜歡他，喜歡那種植於生活中的命脈。

他眞是個頑皮的孩子。

但是，我欣賞他那在頑皮中蹦出來的盎然生意。藝術的國度裏，大熱天很多，他頂著一傘傘的太陽，赤足的踏上自己的路程；雨天也不少，他淋著雨，却又用更堅韌的意志面對另一個雨天，我喜歡他，雖然，他還沒有正式的身份證明，但我相信，歷史潮流及藝術國度是他的双親。

我是試著在捕捉他那份誠摯，我曾教他要在平凡中建立風格，在生活中尋覓下一里程。雖然有時候，他學壞了，還說什麼「曲高和寡」那種怪名詞：

這是個喜愛詩的民族，也是充滿詩的國家。而這個孩子，他正在成長，成長需要更多的刺激，刺激來自生活，生活來自創造，創造來自興趣。

讓我們一起啓導他，雖然他是頑皮的智慧孩子。

你聽，他正在門外敲門，讓我們爲他開門……。

不要忘了她

——我喜歡欣賞的詩的意象

林煥彰

讀詩，第一個使我感到興趣的是它的「意象」，而最後留在我腦子裡的，印象最深的，也還是它的「意象」。「意象」是什麼？有人說：「意象是純感官的，是具體化了的感覺。」我的比喻是：「它是戀人的會說話的眼睛。」「眼睛」，它不是人體的全部，但我們知道，它確實是常常最引人注意的一部份；同理，「意象」，它不是詩的全部，但我們知道，它確實也是常常至令人難忘的一部份。

我喜歡欣賞的詩的意象，不分陽剛或陰柔，但它必須是新穎的（屬於創造性的，第一次被人使用的），具體而明確。如傅敏的「遺物」，他以「君的手絹」（實物）貼切的表達了「遺物」這一抽象的概念名詞，使人震懾不已。請看他的全詩：

遺物

從戰地寄來的君的手絹
休戰旗一般的君的手絹
使我的淚痕不斷擴大的君的手絹
以彈片的銳利穿戳我心的版圖

從戰地寄來的君的手絹
判決書一般的君的手絹
將我的青春開始腐蝕的君的手絹
以山崩的速度埋葬我

慘白了的
君的遺物
我陷落的乳房的
封條

每次，在欣賞這首詩的過程中，我的心裡總是隨着詩中情境的推移，而迅速的起着微妙的變化，似乎有一種被壓迫的感覺遽然加重，直到看完全詩而高潮過後，竟然還有一種舒放的感覺，使人難以忘懷！

這首詩的主意象是「君的手絹」，他重複使用六次，佔了全部篇幅的二分之一，似乎是經過特意的安排，但亦預期得到了特殊的效果；是很突出的表現了這「君的手絹」就是君的唯一「遺物」，其餘次第轉換的意象，旨在加強烘托，給人更強烈的感受，也就是造成詩的震撼力，如「休戰旗」、「判決書」、「陷落的乳房的封條」，則分別表現這一「遺物」給她的心理反應；開頭只像是「休戰旗」一般，使她的淚痕擴大而已，繼而出現的「判決書」才更進一層的逼近主題，意謂「無望」，最後的「陷落的乳房的封條」乃達至全然絕望的精神崩潰的境地，眞眞宣佈一切都完了，包括「她」自己。至於「彈片的銳利」和「山崩的速度」都是加強「她」的心理描寫，換句話說，「君的手絹」使她意識到丈夫已經戰亡，因而聯想到（本然的反應）「彈片的銳利」是致命的東西；又因爲丈夫的戰亡，使她感覺「一切都完了」，所以，在她目睹君的「遺物」的瞬間，產生「一切都完了」的感覺，就如「山崩」一樣，迅速的埋葬了她的青春，也什麼都埋葬了！

傳孝先在論「意象派」一文中，他說：「要想掌握眞實必須由直覺入手，而直覺是無法用抽象語言來表達的，唯有依賴意象。」又說：「詩人的責任便是運用意象來表達直覺所體驗到的眞實世界。」我不是理論家，我原先並不懂得這些，但我知道「意象」在詩中確實是很重要的，可以說佔有不可或缺的地位，我願誠懇的以一個寫作者的經驗（將近十八年寫作所得的一點點心得）來印證他這一段話，同時希望藉他這段話來勉勵自己，叫我在往後的寫詩的日子裡，不要忘記「她」。

我讀莫渝的「沒有鄉愁的人們」

大荒

沒有鄉愁的人們

莫渝

像一塊咀嚼過久的泡泡糖
鄉愁被人們吐在地上
任狗拉屎

剛來時
天天看歸雁
夜夜望流星
時間一長
企盼的眼神老花了
遠離鄉井的腿僵硬了

我們是這兒土生土長的吧？
我們沒有故鄉
這兒就是？

「孩子們！
快過來搥搥公公的背！」

這首詩明白易懂，讀起來也沒顯著的震撼，但讀過之後，會使人猛拍腦袋，「呀」的叫出聲來！這不正是許多人的生活照片嗎？

讀這首詩，外省人大概都會有被刺痛的感覺，一定有很多人不以爲然，反攻大陸目標仍然高懸着，我雖老，但老而益壯，待反攻號角一響，我仍將奔赴前線，打回老家。這些人總心存「梁園雖好，不是久住之鄉」的漂泊感。另外一些人也不以爲然；爲什麼必須背鄉愁的包袱？中國人住中國地，分什麼本鄉外鄉？就像樹，只要能活，活得好，在哪里不都一樣？這些人是「直把杭州作汴州」的。由於物質條件之富裕，而物質在某種情況下能腐蝕人的心志，今天具第二類心態的人恐怕不在少數。我們不能說這種心態不是，但第一類心態必然是高貴的，令人尊敬的，另一心態則不。

用「咀嚼過久的泡泡糖」象徵愈久愈淡的鄉愁，十分貼切，「歸雁」喻家書的盼望，「流星」喻盼望的方向，因爲流星方向多半自東南滑向西北，最後用「孩子們！快過來搥搥公公的背」！一方面畫出時間久遠的悲痛，另一方面諷示安於現實，筆力沈重，充分表現了反諷的效果。所謂風人之旨，莫渝得之矣。

俳句選粹

非馬　譯

四季

春

頭一個好夢……
　而他們却笑我
說我杜撰

新年禮物……
　呵，嬰兒在她裸胸上
小手亂動

今年頭一陣風……
　便所裡的油燈
晃盪一陣之後便不動了

今年頭一個夢……
　我嚴守秘密
自個兒微笑

冰與水
　舊嫌盡釋
一塊兒滴落

穿着新衣
　感覺大不相同
我看起來
一定像另外一個人

啊　猥褻的風……
　葺匠在屋頂上工作
我看到你的屁股啦！

春晨奇景……
　可愛的無名小山
在霧海裡

經過玩偶店
　拿起最小的一個……
我突然笑了

池裡朦朧的月亮與夜空
　碎了……
笨手笨脚的黑蛙

銀般輕柔的河邊……
　抛網入水聲
撈月？

鎮紙壓住歡樂的相簿
　在店裡……
好奇的風

啊　啾！
　春寒料峭……

　我剛看到的頭一隻雲雀
哪兒去了？
農夫，抬起你的頭…
　給這過客指路
他將微笑着消失

早安，麻雀…
　在我乾淨的走廊上寫字
用你露濕的脚

在矮樹籬上
　誠實的梅樹
　把葉子均分
一半在裡，一半在外

河邊的梅樹…
　你映影的花
眞會流走嗎？

在我肩後…
　跟隨我的朋友
在花雲裡失了踪

低潮的早晨…
　柳樹的裙子
在爛泥裡拖曳

馬先生來了…
　快，快，快樂的小麻雀
快快讓路

張開瘦削的双臂…
一朵牡丹花
　這麼大！
我的小女孩說

對着燭火
　牡丹花也在燃燒…
靜寂如死

頭一隻螢火蟲…
　但牠溜走了
　而我…
空氣在我指間

但如果我捧着牠
　我能否觸到
　這鼓翼蝴蝶的
輕飄？

那短暫的一刻
　當螢火熄滅…啊
難耐的黑暗

跌回地面
　在載歌載舞的旅程之後…
失却靈魂的紙鳶

什麼，在雨中旅行？…
　但還有什麼地方
他可以走蝸步？

夏

手按在地上
　派頭十足的老青蛙
在朗誦他的詩篇

當我把牠拾起來
放進瓶裡⋯
　螢火蟲
點亮了我的指尖

金色房間裡
　疾勁的草書⋯
驚逃的麻雀

花瓣落⋯
　接着雞啼，看⋯
又是一瓣

雨綿綿的午后⋯
　小女兒呀
　妳永遠教不會
那隻猫跳舞

現在看這跳蚤⋯
　他根本不會跳⋯而
我因此喜愛牠

游動的鷺鷥
　啄它
　直到它破碎⋯
水上的滿月

蝙蝠在黃昏時份出來⋯
　女人在路上⋯幹嗎
那樣子盯着看我？

成群青蛙跳入
　當牠們聽到一隻青蛙
撲通⋯嘩啦⋯

小銀魚
　頭朝上流
　身往下流
在清澈的急水裡

看⋯那宮殿⋯
　你可從蚊霧的
小洞裡窺見

恭喜你，伊薩！⋯
　你活了下來
餵今年的蚊子

最短的夏夜⋯
　清晨
　燈還在
海灣裡燃着

水裡的月亮
翻一個白

筋斗…是的
然後漂走

連打蒼蠅
這些邊防兵…啊
都既狠且準

你聽到那隻胖青蛙
在榮譽座上
唱低音？…那是頭兒

而每天淸晨
就在這小屋頂上
我私人的雲雀

別浪費大好時光
跟我來…
小蝴蝶

作實驗…
我把月亮掛在
各式各樣的
松枝上

輕輕輕輕拍
病房裡的
蒼蠅…因爲
我想睡覺

認眞的店員…
不浪費一絲一毫
淸風
在架空的竹枕上睡午覺

夏夜的蚊蟲
被灼紛紛
跌落
在我的詩稿上

又起涼意…
葉子銀色的
底面
晚風吹過

我用水桶
舀起月亮…然後
撒在草上

在那場病後
對玫瑰
長長的凝視
都會累壞了我的眼皮

夜很熱…
光着上身
蝸牛
在享受月光

從浴室出來…

涼颼颼在她乳上
　走廊裡的
暖風

呸！一個酸李子…
　兩道細眉
　縐在一起
在可愛的臉上

你非要來煩擾我
　還能轉動的
　病眼不可？…
穿梭床上的蒼蠅

橋上的涼意…
　月亮，只剩下你同我
　不曾
向睡眠投降

連綿的雨裡
　還轉向
　太陽？
忠心耿耿的向日葵

悶熱遲滯的午后…
　突然手
　停住…
慢慢跌落的扇

夏夜月光下
　他們去探訪
　墳墓…
品味涼意

近旁一隻夜鶯…
　但我的頭
　穿不過
小小的窗格

夏日驟雨
　沿着整條街
　佣人們
砰然關上窗遮

驟雨
　打在木板
　同花蕾上
不分皂白

湮沒在雨裡…
　一條小河
　幾個屋頂
一座不着岸的橋

「看，看哪！螢火蟲
往那邊去了！」我想叫——

但只有我一個人
要是我們能
在月亮上
加個手柄
一定是把好扇子

夏天的河：
那邊有橋
我的馬
却涉水而過

一個古池塘
一隻青蛙跳入——
濺水的聲音

要是這裡有個池塘
我會跳進去
讓芭蕉聽那水聲

秋

在燈籠的光裡
我的黃菊
顏色盡失

晨霧的街道……

用白墨水
一個畫家在畫
人們的夢

深山雷鳴
黑暗的
廻響着
一棵倒下的老樹……

在內殿
的壇上
誦經
一個蟋蟀和尙

悲傷的黃昏蟋蟀……
是的，我又虛度了
一白天的時光

去年你偷走的我的瓜……
今年我擺
在你墳上……我的孩子

我們站住不動
聽遠處鐘聲……
柳葉凋落

黃昏微風……
水波輕拍
鷺鷥的足脛

一隻濕水鳥
抖牠的羽毛
在向晚
夕陽的返光裡

下不完的雨
困在屋內的小孩
扯弄着
新買的風箏

黑暗無邊的夜…
一度，在紙門外
一盞燈籠走過

他們走了…但
他們點亮了
花園的小燈籠
在他們的小屋上

我敢靠你
給我不渝的友情嗎？
親愛的牽牛花

風裡的草…
在半空中徒然搖曳
一隻秋天的蜻蜓
現在那老稻草人

看起來同
其他的人沒有兩樣…
傾盆的秋雨

這裡是一棵黑樹
脫盡葉子…
除了千千萬萬的星星

從病中起來
我走向菊花…
它們聞起來好冷！

夜裡醒來
我把我的秋咳
加入蟲鳴

白菊
使周圍的東西
顯得富麗

咯吋…咯吋…
男人們
爲魚網打樁
在白霧的清晨

精緻的含露的
荊棘…
一刺
一水珠

從寺階上
　我向
　秋月
抬起我眞摯的臉

在這凝滯的霧裡
　那些人叫喊着
在船與山之間

夜漸漸冷了…
　此刻
　找不到一隻蚊蟲
來撲燭火

他的帽子被吹走了…
　無情的
　風雨
打着稻草人

在我村裡
　我想剩下的稻草人
比人還多

燕子南飛…
　我草與紙做的房子
祇不過一歇脚處

在風暴之後
　撿拾柴火

三個強悍的老太婆

路旁的麥莖
　被我們緊握的手指
　揑斷…
當我們微笑着分手

寒意驟降
　檻褸的相者
何故驚訝？

世界冷了…
　我的釣絲
　在秋風裡
嗦嗦抖動

枯枝上
　一隻烏鴉
　獨棲
是秋日黃昏了

冬

落葉飄回
　枝頭——我凝睛
哦…原來是隻蝴蝶

小孤女…
　獨自吃晩飯

在冬日的黃昏

冬夜月下
冷風括過小河
磨石頭的銳角

新建的花園…
石子安頓下來
和諧地
在頭一陣冬雨裡

當我抬起頭來…
我僵硬的身軀
躺在刺骨的寒冷裡

在冬日的田裡
大膽的麻雀
成群結隊飛着
從稻草人到稻草人

燒洗澡水的柴火…
感謝這
最後的服務
忠心的老稻草人

我的骨梢
同深冬的
冰棉被

針鋒相對

在我黯淡的冬日…
纏綿病榻
最後我問
鄰居近來好吧？

躺着的老狗側耳
傾聽…
莫非牠聽到
掘洞的鼬鼠？

一千個屋頂
一千個
市聲…
冬晨的霧

昨夜初雪…
早晨港灣
對面
突現白山

看那紅草莓…
像許多小足印
落在
園裡的雪上
冬日黃昏的雪…

未完工的橋
變成白色的拱門

月下的雪野……
這裡血淋淋的
武士
拋擲高貴的生命

午夜流浪客
走過積雪的街道……
同狗吠聲相呼應

至於那些垂冰
我常想
爲什麼它們
有的長……有的短

冬夜月下
魚網的椿
投下移動的
參差不齊的影子

這麼近……這麼大……
嘎嘎的冬天
在我斗笠上
下着冰雹

走遠路的燈籠，
沒入
某座房子……

荒涼的白色山丘
冬夜的月光投射
冰冷的樹影
修長而靜止……
我暖和的影子移動

看那遊蕩的猫
睡覺……舒展
簷下
在呼嘯的雪裡

在我新年的心裡
我氣努不起來……
甚至對
這些雪的踐踏者

突然地你點燃
同樣突然地
你熄滅……
螢火蟲老友

要是他們問起我
就說：他有別的
事兒
在另一個世界

譯後語

非馬

在日本已有三百多年歷史的俳句，嚴格說起來，並非完整的詩。它只是一種素描，需要讀者憑自己的回憶與想像去補充完成，同時要求讀者在兩個乍看互不相干的形象間架設一座神秘的橋樑，分享創作的樂趣。

創作這種寥寥幾個字的俳句，也不是一樁容易的事。芭蕉便曾說過：「一生中能寫上個三、五首俳句的是俳句詩人。要是能寫上十首，便是個俳句名家無疑了。」

在美國，近年來時興嚮往神秘的東方，對這種帶有禪味的俳句，自不乏喜愛之士。有時也有忍不住技痒來個「西」施效顰的，但許是慧根不够吧，寫來總不是味道。試譯美國詩人格雷•史奈德（GARY SNYDER）的一首俳句爲例：

眼看屋漏了幾個禮拜
今天晚上我把它修好
只移動一片瓦

笠詩人中擅此道的頗不乏人，我又不懂日文，自不量力輾轉由英文譯了這些，固然有點班門弄斧，但因爲不受原文的拘束，可以自由自在地享受一番「再創作」的樂趣，所以也就顧不了那麼多了。

79、10、10于芝加哥

美國詩壇近況

馬爲義

(一)桂冠詩人

紐約時報不久前登了一篇叫「更多的州把桂冠頒給詩人」的文章。上面說現時美國有十七個州有桂冠詩人，而且這些州開始認眞地把他們的選擇當一回事。「直到最近，」時報說，「各州桂冠詩人的寶座，幾乎全部被一位知名詩人稱爲「嗜好者」的人所霸佔——那些把寫詩像下棋一般當消遣的所謂的詩人們。」但有一些州，卓越的詩人們開始得到桂冠。

在伊利諾州，一度給卡爾•桑德堡的這項榮譽，現在爲 GWENDOLYN BROOKS 所保有。RICHARD EBERHART將成爲新罕布夏州的桂冠詩人。WILLIAM STAFFORD是俄勒岡州的桂冠詩人。肯塔基州的桂冠詩人多年來是 JESSE STUART。

桂冠詩人通常都是無義務的「純粹榮譽職」。但有兩州——馬里蘭及西佛琴尼亞，桂冠詩人領有津貼。

(二)紐約詩活動

十月裡的紐約到處是詩！

美國詩人學會于十月二日展開其一九七九至一九八〇年度的十次詩朗誦。第一次由詩人STERLING A. BROWN朗誦其詩作，並講演詩人的教育。由詩人MICHAEL HARPER 作介紹。第二次則于十月十一日由瑞典詩人TOMAS TRANSTROMER 朗誦他自己的作品，詩人SIV CEDERING FOX介紹並朗誦其英文翻譯。十月十八日的一次則由女詩人 JOSEPHINE MILES 擔任。

YM—YWHA詩中心有兩次集會，十月八日介紹 GEOFFREY HILL，十月廿二日介紹 RICHARD WILBUR。而哈德遜評論及 COOPER-HEWITT MUSEUM 於十月間聯合主辦了三次星期天下午的詩朗誦。

(三)韋斯理詩叢

韋斯理大學出版部今年秋天以出版第九十六及九十七本詩集來慶祝其出版叢書二十週年紀念。當時任教該校的詩人 RICHARD WILBUR 是該叢書的發起人。

每年由三百至四百本詩稿中選出四本，同時發行精裝及平裝本。

九十五本書中有四十五本至少再版過一次。除了兩本外，所有的書都仍在發行中。該出版部打算繼續發行該叢書。

笠詩双月刊29至90期總目錄（四）

I 創作

(三)童詩

II 詩評

(一)本國作品

中華民國行政院局版台誌1267號
中華郵政台字2007號登記第一類新聞紙

笠 詩双月刊 LI POETRY MAGAZINE 94

中華民國53年6月15日創刊
中華民國68年12月15日出版

發行人：黃騰輝
社　長：陳秀喜

笠詩刊社
台北市錦州街175巷20號2樓
電話：551－0083
編輯部：
台北縣新店鎮光明街204巷18弄4號4樓
經理部：
台中縣豐原市三村路90號
資料室：
《北部》台北市北投吉利街249號4樓
《中部》彰化市延平里建寶莊51～12號

國內售價：每期30元
訂閱全年6期150元·半年3期80元
海外售價：美金1.5元／日幣300元
港幣5元／菲幣5元
歡迎利用郵政劃撥21976號陳武雄帳戶訂閱

承　印：華松印刷廠　中市TEL(042)263799

詩双月刊

笠

LI POETRY MAGAZINE

1980年 2月號

95

臺中市立文化中心文化服務部代售

笠叢書及其他詩書目錄

詩集	枇杷樹	楓提著	24元
詩集	南港詩抄	楓提著	24元
詩集	彫塑家的兒子	陳鴻森著	30元
詩集	歸途	鄭烱明著	24元
詩集	拾虹	拾虹著	24元
詩集	雪崩	杜國清著	24元
詩集	悲劇的想像	鄭烱明著	35元
詩集	異神的企求	趙廼定著	40元
詩集	秋之歌	蔡淇津著	24元
詩集	孤獨的位置	陳明台著	24元
詩集	島與湖	杜國清著	24元
詩集	食品店	林宗源著	40元
詩集	媽祖的纏足	桓夫著	55元
詩集	剖伊詩稿	桓夫著	30元
詩集	美麗島詩集	笠詩社編	精裝150元 平裝100元
詩集	華麗島詩集	笠詩社編	精裝200元
譯詩集	日本現代詩選	陳千武譯	24元
譯詩集	韓國現代詩選	陳千武譯	28元
譯詩集	裴外詩集	非馬譯	30元
譯詩集	日本抒情詩選	陳明台譯	65元
論評	田村隆一詩文集	陳千武譯	精裝65元 平裝50元
論評	現代詩淺説	陳千武著	60元
其他	小學生詩集	陳千武編	35元

論壇

心靈深處的音響

趙天儀

中國現代詩在發展過程中，曾經產生了兩種極端的現象。第一種現象是純粹化；在理論上，倡導所謂純粹經驗；在創作上，追求意象的繁複，甚至要消除詩中的文意，至於是否消除得了，則另當別論。而在詩壇的活躍上，則顯現了非純粹性的一面，換句話說，有些現代詩人也非常熱中實用的一面。因此，中國現代詩變成了少數人的嗜好品，詩人的詩。而在詩刊的流動性方面，也僅止於詩人群在那裏互相往返，風花雪月一番。第二種現象是大衆化；在理論上，放逐所謂純粹經驗，引起大衆熱烈的參與；在創作上，追求明朗化，甚至提倡敍事詩。也許是物極必反，因爲過去太強調純粹化，而今又醉心於大衆化。其實，許多所謂的現代詩人，也都是非常現實的機會主義者，擁抱過來，擁抱過去，無非都是在名利圈中追逐。有多少人是眞心愛詩呢？有多少人是眞正爲詩的創作瀝盡心血而後已呢？有多少人是眞正爲中國現代詩的前途奠基石呢？

因爲有以上兩種極端的現象，我們希望能冷靜地思考，到底我們爲什麼要寫詩？爲誰而寫詩？爲什麼有些現代詩，那樣頹廢蒼白？那樣自我中心？那樣充滿了夢話囈語？那樣流行著綺詞儷語？那樣充斥著油腔滑調的密碼？使我們深感憂慮的是，詩中缺乏眞情，缺乏誠意，缺乏良心的聲音，更缺乏眞正的憂患意識。而使我們如墮入五里霧中，不知今世何世，更不知我們是生活在怎樣的時代環境裏呢？

因此，我們深深地感受到，我們不但要問：什麼是詩？什麼是現代詩？什麼是中國現代詩？我們也不只要問我們需要怎樣的詩？我們欣賞怎樣的詩的意象？而且要進一步地追問：我們應該創造怎樣的現代詩？所有關於現代詩的爭論，無非是希望我們能創造出更能使人感動的眞摯的詩作，而不是在那裏借評論來互相標榜，互相炫學一番。

簡言之，我們希望，我們的詩人們，在創作上，虛心學習，認眞創作，努力再努力。爲我們這一個多難的時代，譜出良心的聲音，創造出強有力的淸新的震憾我們心靈深處的音響。

笠第95期目錄

論壇

詩作

評論翻譯及其他

作品合評

對談

詩史資料

落葉

巫永福

落葉有如病人的黃臉隨風飄下
落在我的肩上一個多感的秋天

有如生命的衰落一枚一枚飄下
被吹到一個寂寞的角落默默掙扎

救不了牠任其浮落池水一如小舟飄蕩
可憐的樹枝變成寒酸而消瘦了

不能拾得太多而感到挫折的少年一樣
只將一枚飄葉押在筆記簿收藏吧！

寒風掃地時落葉起舞幽吟
凄涼的心抱着不和諧的靈魂隕落了

濛濛的小雨使山容變色而搖蕩
落葉於毛雨中像在廢墟哭泣

而葉堆紛紛化成黑土滋潤大地後
將搭乘春天的快車爲萌芽茁壯

落葉的銀色眼睛看到苞蕾微笑
就知道冬天逝去後新世代的綠葉將拓展

博愛座

陳千武

誰給誰多少博愛
窄小的座位
也有看不見的溫暖

沒想到今天
有人讓我坐這個位置
我眞老了嗎

曾經擁過綺麗的夢
夢見純潔，而
多情佛心的我……

也許，我底愛早已枯渴
這個位置
才這麼快的輪到我

我端正地坐著
享受幾分鐘
搖晃不定的博愛

握住妳的手心

詹冰

握住妳的手心
眼睛就流淚，心臟就浮沈——

握住妳的手心
再三確證妳我的存在
握住妳的手心
再四確證妳我的生命

握住妳的手心
時光就倒流，空間就旋轉——

死火山

許達然

忽然爆裂的光輝就那樣歇了，就這樣連雲都暈倒拿星，連草都軟撈腐爛，連石都腥，還有魚腥，睜着眼睛，怎樣看都不汹湧，也要運動，怎樣吐都是自己又喝的水，也要開嘴，怎樣泅都穢，也要擺姿態活着。

趕雀記

非馬

他們用鑼用鼓用鍋用鏟
用手用脚用嘴巴呼喝叫囂鼓噪
跑着跳着追着趕着
從這樹到那樹
從這村到那村
從這天到那天
不讓絲毫喘息
飛飛飛飛
到精疲力竭氣絕墜地

當勝利者高高擧起
小小獵物微溫的身體
竟發現那逐漸閉起的白眼
用充滿了自憐的神情
俯視
突然抽搐起來的自己

體驗（續）

拾虹

升旗典禮

帶着昨夜的酒意
匆匆忙忙地來到這裏
舉起手
向着遙遠的故鄉說
你好嗎

就這樣懷念開始被高高地升了起來
彷彿是當時船要離岸的時刻
離別的愁緒
眼淚忍不住簌簌地掉落下來

「我生在這裏長在這裏
這裏是我的故鄉
我愛護這裏保護這裏
誰都不能欺負她」

※註：最後一段是取自流行歌曲的歌詞。

老農夫

民主的鐘聲是否在響
自由到處在呼叫

老農夫還是天天上田去
把田裏的蕃薯
煮熟了後讓猪吃

猪吃蕃薯
蕃薯讓猪吃
這都不是自由不自由的問題
也不是民主不民主的問題

老農夫只是關心著
田裏還有沒有蕃薯
猪是否一天一天地肥大

詩兩首

趙天儀

沒有魚的山澗

沒有魚的山澗
溪流水晶一樣地透明
在矗立的峭壁間
形成了漩渦
造成了清潭

沒有魚的山澗
溪流是清澈見底的明鏡
映著山崖的倒影
大理石的鵝卵石
冲洗得非常晶瑩

沒有魚的山澗
爲什麼魚兒不能活
爲什麼魚兒不能活
山澗的溪流
是一道生態的謀殺者

雨夜書

山以突出黑色的乳頭
仰望著蒼空的螢光幕
仰望著星星的火花
在幽冥的空中孤獨地仰臥

濃綠的林木在黑暗中抖擻
沒有風聲，穿過玻璃窗製造音響
沒有燈光，在雨夜中伴著孤寂
只有蟋蟀的聲音來自泥沼的草叢

山脚下，我守候著書房的小燈
雨夜裏，我眺望著黑色的山頭
恍如在記憶中的故里
懷念逝去的流光，舉目蒼茫

山是模特兒，以仰臥的姿勢
任我仔細地端詳，準確的描畫
在雨夜裏，讓黑色襯出稜角
在雨夜裏，讓情意的通道在雨聲中沙沙地敲響

杜鵑花

杜國清

一棵臺灣杜鵑
淪落異國養樹園
驚見同鄉孤兒
憫然 將她贖回

那手臂纏着銅條
扭出舞姿多嬌
擁吻而來的羞態
露出豔唇 綠葉含苞

那身上裹着傷痕
血淚落處盡成綠苔
覆蓋斫傷的根部
不死的意志支撐着
扭歪的青春與生姿

這缽忍含無限哀情的盆景
每天我慇懃照顧
輕撫那傷多的肌膚
我不禁 以鄉音
頻頻慰問她的身世……

從前 在那島鄉
雖然風勁霜多
年年笑顏映紅山坡
思維的小枝一再繁出
陽光慈照着綠葉
綠葉愛覆着根
根 向着鄉土
自由伸展

自從家園遭刧
幾經黑闇驚恐與顚簸
流落到這陌生的世界
異質水土日夜浸蝕殘根
身枝沿着冷酷一再扭折
爲了扭出美姿討人觀賞
世代承傳的根機一再挫傷
夜夜 俯垂的葉子暗泣着
扭歪的臉龐

撫愛那片片低垂的葉子
日夜我更加慇懃照顧

每一勺水莫不含有同情的淚
每一撫慰莫非來自心的顫微
無奈那楚楚嬌姿日漸枯瘦
終於萎垂着殘紅 兩朵

一個飛白的秋日
青春落盡殘紅委泥
我將她移植到後園
像埋葬自己的骸骨
根哪早就斷在島鄉
但以 無言的枯枝
抗異 異國的藍天

放 生

——一隻豬仔的心聲

鄭炯明

做夢也沒有想到
我的命運有這樣悲哀的一天

噢，主人
您不必感到歉疚
或想補償什麼
這是一個多變的世界
沒有誰會懷恨您的

如果我的存在
會給您帶來噩運
使您陷入貧窮
那麼，主人啊
橫下心把我放生吧

趁天色還早
放到不知名的荒山野地去
愈遠愈好
免得看到我
勾起您無限的心酸

我將利用這意外的自由
不論白天與夜晚
認眞地去尋找
一條眞正屬於我自己的路
在被屠殺以前

鳥仔籠

林宗源

鳥仔籠內的……

吃好住好
是不是幸福？
跳來跳去
攏在有限的空間
翅的本能是什麼？

活在鳥仔籠內
「飛」是一種夢想

每天飼我
教我講伊的話
每學一句
多餵我一粒豆仔的生活
我是什麼？

是一隻鳥
不是人

鳥仔籠外的……

貴賓來訪問
厝主向貴賓講：
我給豐富的糧食
還慘給伊起厝
讓伊活在康樂均食的天地
伊的快樂也是我的快樂

貴賓回去
無看見剪短的翅膀
聽不知阮的話
貴賓回去

看不到厝主得意的笑
貴賓不是鳥
厝主不是地主
阮是人
不是鳥

拾荒者

張彥勳

蹲於垃圾箱旁
一臉的癡呆
拾荒者　困於生活

少女的祈禱
滿載垃圾轟然而過
留下　一片烏烟

突地
一隻瘦狗擦身過去
口叼食物　一溜烟地跑

那拾荒者一躍而起
朝瘦狗追逐
以　烱烱的目光奔去
以　火箭的步伐撲去

午夜花
——致遠方的妻

郭成義

午夜裡
一蕊黝黯的花朵
悄悄地點亮了

那是
在我覺得冷的時候
高高飄浮起來的
淒涼的臉

小小的盤據
也只能在我的睡夢裡
如此黝黯地搖擺著……

妻也感覺到冷
才把天色點亮的嗎

送行

——給麗明

林　鷺

一顆星是一個仰望
一輪月是一種思情
遍走天涯
妳的路依舊是從這兒開頭

啊！妳就要走
亞美利加有一双來自
中國的手
接妳
合二爲一

我們知道
當異國的白天黑了祖國的夜
妳的離情就叫做
鄉愁

帶一把親情的泥土吧！
生妳的母親含笑落淚……
而這片蘊育妳廿五年的
土地的母親呀！
即使剪斷了　臍帶
兩端流地
也是相同的血！

廢油桶

楊傑美

我已經殘破不堪了，你們才把我堆棄到倉庫外面來，那麼整齊地排列的姿勢，是要向每一隻路過的眼睛宣告我醜惡狼藉的面貌嗎？是的，我的廣大的胃曾吃過嗆人的汽油，用來燃燒的柴油，潤滑機器的機油，焦黑的溶溶黏黏的柏油，不論怎麼難吃的東西，我都會高高興興地仰頭大口把它嚥下。打從進廠的那天開始，你們就把我不停地浸潤、貫注、推倒、滾動、豎立、衝撞、磨擦……，我的胃壁慢慢地被時間腐蝕而穿透了。「這隻桶已經沒有用了，把它當下脚品賣掉吧。」我已經疲憊不堪了，你們才把我從生活的集中營裡解放出來，那麼整齊地排列的隊伍，是要向天空和每一隻路過的眼睛揮手告別嗎？

岩語

岳農

海的使者啊
我以孤獨的耳
聆聽你沉重的脚步
未及聞問
身旁的浪花已經碎落

暮霧中
好像聽到撲拍的海翅
欲以高凸的背台
喚其停駐

一切均在鼓動之中

我如何能恒久靜坐？
浪潮的渴望
如此日日碎裂
尤其當年青的帆
向我靠近
且向我拋擲
粗大而又堅韌的
繩索

神女

渡也

有位道學先生伏在我身上
說妓女從漢代開始
我才不管這些
我只知道我從十五歲開始
他還說我的祖先在古代
原是蠻有學問的
作詩塡詞
能歌善舞

我除了會唱雨夜花外
只懂得擁抱和呻吟的道理
看來學問是退步了
幸好我的技術還符合進化的原則
其實我和文學也有密切關係
解衣之後
我不就成為一首雪白的詩嚒
你要用力細讀

那位道學先生還說我又名神女
我仰臥在他的汗水裡
追問無法起坐的他
那麼守在門口的鴇公
就是神父了

生活

吳夏暉

甲當稻草賣一千五百元
右手拿錢，左手丢錢
賣了等於不賣

稻草在生意人的手上
變成高價品
拍賣給製紙廠或洋菇寮
買了等於不買，錢沒有減
等於平白在路上撿到金角

甲當一千五百元
十年一萬五千元
右手時間，左手空間
活着等於白活

祇有金角在生意人手裡
才是金
祇有生活在生意人身邊
才是活生生的生活
旣使死了，閻羅王也要讓他
活着，活得更耐煩

沉默

莊金國

早就該如此的吧
因爲沉默
早就如此答覆了

什麼都不說
而耿耿於懷
於午夜夢醒
無語問天窗

天窗上的天空
有星無月
星子們的眼裏
淚光閃閃

哭吧低聲低泣地哭吧
哭你沉默是金的教誨
哭我沉默至今的站在
一邊；冷冷地注視着
一個不甘沉默的老人

黑的白的

沙穗

一張相片裡有一個人
是黑白的
她的頭髮黑
禮服白

那個人
捧着一束花
（花也只有兩種顏色
　　黑的和白的）

花沒有凋謝
人却消瘦了
花是塑膠的
人是血肉的

是血肉就會蒼老
相片變黃了
但那一双迷人的眼睛
還是　黑的白的
那麽明媚

奔

李照娥

行走的
高密度的群衆
縮小了
人與人的距離

相對而談的時候
總要一吐爲快
怎奈
心有靈犀

而我
有我自己的空間
却無立脚之地

振翼的孤鳥
只有高飛一途的孤鳥
不必回頭
不必向下看

旅泰詩抄

靜修

都是幽靈閱的禍

這個星期天眞無聊
都是幽靈2608閱的禍
我們再也看不到
武田大戰蒙面漢的精彩節目

即然沒有把握撿回一條小命
男子漢大豆腐，挨了一砲就得以牙還牙
以眼還眼，或者以鼻子還鼻子
海防港也好
河內煉油廠也好
要不然，他奶奶的
胡志明小徑的陣地也好
來個煮鶴焚琴，同歸於盡
即可以驚天，又可以動地

偏偏，他奶奶的夾着尾巴死命逃回來
搖搖擺擺，擺擺搖搖
不偏不倚，不倚不偏
以神風特攻隊美妙之姿

對準跑道頭外的基地電視台
把美麗又可愛的播報小姐瑪麗安
撞得粉身碎骨

把誰撞得粉身碎骨都不干我們的事
反正會有人去收屍
千不該萬不該，他奶奶的
不該把電視台撞得稀巴爛
星期天沒有魔鬼打架的好戲看
這樣的人生
簡直無聊透了

哼！都是幽靈2608閱的禍

猪

我帶關萍兒去吃宵夜
在飯店裡遇見拉他娜
她端一杯酒過來說
「敬你一杯，你這個猪。」
說着把酒潑在我臉上

關萍兒趕忙用手帕擦淨我的臉
她敢怒不敢言

我帶關萍兒去買化裝品
在百貨公司遇見拉他娜
她拿出一條口紅說
「這顏色美不美?!你這個猪。」
說着在我臉上劃一道紅痕
關萍兒趕忙用手帕抹淨我的臉
她敢怒不敢言

我帶關萍兒去看電影
在電影院門口遇見拉他娜
她遞過來一包瓜子說
「要吃嗎？你這個猪。」
說着將瓜子皮吐在我臉上
關萍兒趕忙用手帕拭淨我的臉
她敢怒不敢言

我帶關萍兒去買感冒藥
在藥房裡遇見拉他娜
她從皮包裡拿出一疊避孕藥說
「還給你，你這個猪。」
說着用力摔在我臉上
這一次，關萍兒的反應叫我吃了一驚
她拾起避孕藥對着拉他娜的臉扔過去
於是她們扭打在一起

拉他娜臨走，哭泣着罵我
「你是豬，你是豬，你是豬
豬，豬，豬，豬……」
關萍兒整好衣服，弄好頭髮，
忽然對我吼了一聲
「走啊！你這個豬。」

出公差

我去爲他抛出了十二天的公差回來
我那個在夜總會當舞女的老相好
見面頭一句話就問我
「擺殿南買？」
意思是說我有沒有去跳舞
我搖搖頭又擺擺手說
沒有啊

我那個在俱樂部當吧女的老相好
見面頭一句話就問我
「哈普因買？」
意思是說我有沒有去找女人
我搖搖頭又擺擺手說
沒有啊

我那個在澡堂當按摩女的老相好
見面頭一句話就問我
「擺餓滿買？」

意思是說我有沒有去洗泰國澡
我搖搖頭又擺擺手說
沒有啊

只有我那個在中學當老師的女朋友
見面頭一句話，亂溫柔地說
「剁騰罵罵！」
意思是說她好想念我呀
到底不一樣就是不一樣
我高興極了，但我還是搖搖頭又擺擺手說
「普猜凱？尤鳳。」
意思是說你床上那個男人是誰
她搖搖頭又擺擺手說
沒有啊

名門閨女

國內的朋友知道我在這裏混得不壞
紛紛來信要我帶這帶那
要美國花花公子
要丹麥八米厘
要德國彩紋保險套
要尼泊爾白毛羊眼圈
要泰國素男膏
要印度紅丸
我都一一辦到了
這點小事都辦不到還混個啥子
惟有光棍老王要我
帶個泰國查某給他做老婆
這可把我給難住了
倒不是泰國查某不愛中國郎
正好相反，嫁給「坤秦」（註）
那是她們最高興的事兒
問題是老王愛挑剔
我看不意的，老王一定不喜歡
我看中意的，我有個老毛病
肥水不漏外人田

老王與我雖不是什麼生死之交
中國人最講究的就是義氣
何況我還欠他一杯歡送酒的人情
所以，義無反顧
我決定捨「人」取義，忍痛割愛
將阿蘭耶——我的第四個小情婦
讓給他

阿蘭耶不只一次對我說
我是她生命的全部
失去我便將失去生存的意義
當我告訴她她就會有第三任新丈夫時
她欣然答應了
她說她是個深明大義的女人

明天，我得趕緊給老王去個電報
「已代為物色泰國佳麗一位

身家清白，係名門閨女……」

一年有三季

一年有三季
旱季，雨季和冬季
——一年有三季
　旱季，雨季和冬季
老師，我看得出來
妳用的是可蒂牌第4號淑女唇膏
對不對

一年有三季
旱季，雨季和冬季
是的，老師，我也聞得出來
妳用的粉餅和香水
都是可蒂牌

一年有三季
但是，老師，在我們那裡一年有四季
四季皆如春
春天一到，芬芳，柔美，溫暖
老師，妳芬芳的秀髮
不時撫摸着我的臉
妳柔美的手臂
不時觸碰着我的臂
老師，妳溫暖的腿
不時緊靠着我的腿
老師，春天就是這樣芬芳，柔美，溫暖
春天叫人心花怒放
也叫人心花撩亂

一年有三季
好的，老師，我再念一遍
一年有三季
雨季，旱季，噢不
旱季，雨季和冬季
老師，我猜
妳那肉色的玻璃絲襪
和那愛克斯型的無縫胸罩
也一定是可蒂牌產品
對不對

後記：烏隆市原有華僑學校一所，因破獲共黨份子滲透，為泰政府勒令關閉。華人子弟個別學習中文，每班不得超過七人，外人習泰文亦同。吾單獨跟賽妮習泰文，她曾在一地方選美中當選公主。吾每為其美所惑而心猿意馬。泰國季節一年只有三季，沒有春、夏、秋，新鮮之至。畫蛇添足，贅為後記。

又註：「坤秦」，泰語，中國人也。

詩兩首

林清泉

衣架

太太把洗淨的衣服
穿在衣架上
拿到涼台去晒
然後，她從涼台
拿了一件晒乾的衣服
穿在我身上
她望了望我，苦笑說：
「你這副瘦排骨
簡直就是一副衣架嘛！」

童年

一粒
圓圓的
透明的
玻璃球
在夢境裡
時光的小手把它
滾動着
越滾越遠

編輯手記

柳文哲

一個人要不斷地成長，也要不斷地革新自己，以謀適應生活在這個大千世界上。一個刊物何嘗不同呢？「笠」詩雙月刊以一種開拓者一般的精神來辛勤的耕耘，雖然說也受了排斥與輕視，但也受了愛護與支持，已自己茁壯地成長了。

創作品是最好的雄辯。我們不斷在推出心血的作品，有青果的酸澀，也有成熟的芳香。許多新生代的詩人，在我們的耕耘中成長了，而且各奔前程去了。我們仍然繼續邁着我們艱辛的脚步。

不可否認的，這是一個艱辛的時代，我們的前途面臨了嚴酷的考驗，我們的苦悶化成了眞摯的心聲，詩在這樣的年代裏，是一種最可貴的試金石。我們歌唱良心的聲音，我們詠懷我們自己的大地；一面行吟，一面邁進，嘗試着走出一條健康硬朗的康莊大道。

我們這一代的詩，是血，是淚，是落在泥土上綻開的花朶。

詩兩首

趙廼定

不要淫慾就要泥巴

小巷是靈肉市場
高樓是聚財缽
會議場是民主咆哮所
被壓縮的地球是太憤怒了
總想爆個炸，把泥巴上的世界粉碎
而歸返泥巴

在爆炸時刻前
人們馬上墊上一層鞋
——出門穿皮鞋，入門穿拖鞋
而去觸感地球的震顫
而自欺的說：「還早，地球心跳正常！」

羅馬的毀滅在於羅馬的自欺
我們——不要淫慾就要泥巴

小雨有點涼涼，沒有重量

非雨非霧
只是輕輕的飄下
輕輕沾髮梢，輕輕染鼻尖
小雨有點涼涼
沒有重量

欲把傘撐，總想雨太微
欲把傘張，不想雨太細
略略遲疑，小雨
不覺濡濕衣裳

秋之旅

牧春

足球賽

冷不防就想起這是踢球的悲哀！

爲了那一串串叮噹響的喝彩，就
踢起那顆白皚皚的頭顱而后
踢起千把噸的砲彈而后
踢起血肉混凝的歡呼！

球場邊交疊着一堆堆
慘白的希望
就爲了這慘白的歇斯底里
貧病竟被踢上旌旗和矛頭！

然則，場外又湧起歡呼
黑鴨鴨催使我再踢起
另一只渾圓的悲哀，並
試以仁慈和正義的姿勢！

秋之旅

火車上

祇希望唏瀝瀝儘下着雨
秋天的雨聲
劃過秋天的原野　消逝在
笠蓑翁的鋤上
祇希望坐着的是盪呀盪的
鞦韆　來來回回
編織一首唱不完的歌
秋天應是一首無言的情歌
廻蕩在竽田竹林間

而后半屏山到了
雨聲嘎然而止　秋雁自
秋田裡飛下又飛上
飛上染滿秋色的青天　遠處是
一望無際的秋水　載着秋天的
喜悅　自西子灣外滾滾而來！

塩埕車站

千百隻腥紅的眼睛睜眨着
看我　霓虹燈妖媚地
蠱惑秋空　秋空竟化做
腥臭的海風陣陣湧來　禁不住
失身的悲痛自四面八方侵蝕而來

秋，這是秋天！竟支使
一顆顆鑽營的人頭姦殺我！

伊人

祇不過是輕輕一聲呼喚竟
搖撼得秋葉紛紛飄落
白露沾滿葉面再也載不動
深沉的淚水了！
秋，秋！這是你響亮的名字
擁抱着大地奔向我！

在愛河

秋天的美景稀落落地浮現眼前
你是一片逐風的孤雲
我是一隻响往時空的秋鳥
笑看你的影子自無垠的
菜花園上飄過

在旅社

秋天的原野植滿
盛開的花朶
眞理和美善自你
如如的身體注入
注入在我心胸！
遍地黃花遂化做
千隻蝴蝶飛向萬里禾田
問枕邊絲絲青髮：
天老地荒后
菊花是否依然開放？

車牌下

——送友人

竟連根拔起滿心喜悅抛下
滿街落寞
千呼萬喚喚不住你的
跫音是左或是右轉？眞理，眞理
你馳向何方！

夜車上

竄向黑暗的北方
創傷爬滿身上
秋夜應是一双愛撫的
小手擁抱我入眠過冬
雪地裡青烟裊裊就讓我
歌一曲吧：
　故人入我夢
　明我長相憶！（李白詩）

詩兩首

牧尹

幽香

有一縷淡淡的幽香
走到那裏
那裏有人投給我
羨慕的眼光

淡淡的一縷幽香
我口袋裏藏著的
一朵玉蘭花
是妻給我的愛情
是為藏在我的身上
我竟無法感知它的芳香

病情

長途電話的這端
急急投進幾個銅幣
急急詢問伊的病情

長途電話的彼端
緩緩的幾聲回話
微微的幾聲回話

長途電話的這端
急急投進的幾個銅幣
像投進電話彼端伊的喉嚨
哽住了，又從双方的眼睛裏
迅速地掉下來
濕濕地掉下來

我好想出去玩一下

蔡慶賢

脚步聲在窗子外面跑來跑去
笑聲也玩著捉迷藏的遊戲
大家又叫又笑的
我好想出去玩一下
可是
媽媽要我乖乖坐在鋼琴前面
把站在五線譜上的小黑頭們排在鋼琴白白的牙齒上
小黑頭們好笨喔，老是站錯地方
害得我老是挨罵
唉，
我好想出去玩一下，只要一下下
媽媽，只要一下下
然後我就會專心地幫小黑頭們排隊了

風箏

思秋蘭

沒有蜻蜓的大眼睛
却能俯看大地
沒有飛機的銀翅膀
却能騰空飛翔
沒有直昇機的螺旋槳
却能竚立天空
就是那麼一張
　那麼一張薄弱的身軀
牽着一根細細的繩索
拖着一條一條輕盈的長尾巴
便能像直昇機般自由地竚立天空
　像飛機般自由地騰空飛翔
　像蜻蜓般自由地俯看大地

「我不是長着大眼睛的小蜻蜓
也不是生着銀翅膀的鐵飛機
更不是揷着螺旋槳的直昇機
我是
　我是風製的雲朵
　　紙糊的小鳥。」

秘密

杜榮琛

姐姐在水田裡
捉到一隻小蝌蚪
她將瓶裡裝裡了水
想知道小蝌蚪變成青蛙的秘密

哥哥在後山裡
抓到一隻毛毛蟲
他將瓶裡裝滿了野草
想知道毛毛蟲變成蝴蝶的秘密

小芳妹妹也不甘落後
她將瓶裡埋入一顆相思豆
在室外裝滿一瓶陽光
想知道相思豆
是否也能長出相思樹的秘密

桓夫的「窗」

——意象論批評集③

林亨泰

窗

桓夫

有窗
窗是我的寂寞
是寂寞的裝飾品

有雨
雨滴流在窗玻璃上
窗玻璃的雨絲
構成密密的鐵格子
囚我於黯然的籠子裡

有悲哀
悲哀的聲音
從鐵格子窗外傳進來
我必須探望
探望雨絲不是淚水
也不是鐵格子
的眞像

毫無疑問的，此詩的第一個重要意象是「窗」。不但此詩題目爲「窗」，而且第一詩節開頭便是：「有窗」，接着又說：「窗是我的寂寞／是寂寞的裝飾品」，很顯然的，作者在此詩中所提的所謂「窗」，並不是張家李家中的那種「建築物的窗」，而是「心靈的窗」。所以作者並未提到窗的形狀、材料以及它的功用等事，而一心一意只想藉此窗的意象來表達寂寞的心情。

其次，另一個重要意象就是「雨」。第二詩節的開頭是：「有雨」，不過，雨是什麼？作者並沒有加以清楚交待，但此時此刻，料想作者最關心的就是「怎麼樣？」，而非「是什麼？」。因此，接着說：「雨滴流在窗玻璃上／窗玻璃的雨絲／構成密密的鐵格子／囚我於黯然的籠子裡」。於是，「雨」意象跟「窗」意象開始交錯、激盪乃至彼此融合了起來。

現在，若再把觀賞的焦點從「單一的意象」移到「意象與意象間的相關性」上的話，那麼，「雨絲」就是「雨」意象跟「窗」意象互相交錯、激盪乃至融合而成的結果。當這剛新生的意象「雨絲」再透過想像作用一躍而成爲「鐵格子」意象時，那所謂「囚我於黯然的籠子裡」的詩句，也就順理成章地成爲此詩的「主導意象」了。

於是，便有緊跟着而來的第三詩節，藉「主導意象」發展而成爲：「有悲哀／悲哀的聲音／從鐵格子窗外傳進來／我必須探望／探望雨絲不是淚水／也不是鐵格子／的眞像」。在此詩節中，作者雖沒有告訴那是什麼樣的悲哀，但，值得注意的是最後三行的表現方式——是一種「否定句法」，作者不作正面的肯定表現却以「不是——／也不是——」的否定表現，結果其效果反而更爲強化了。然而再換另一個角度，昂從「意象的全一性」來看的話，我們不難發現！這樣不但會使「雨絲」與「鐵格子」的意象緊密地扣在一起，且更增強了如威廉・登得爾的所謂「象徵的價值」。無可否認的，這是一篇意象鮮明而統一完整的詩作品。（一九七九年七月）

讀林外「豬的話」有感

——該詩刊在笠八七期

趙廼定

「豬的話」以豬本身的觀點，或者人所自以爲是豬的觀點而敍述。談到豬或者常見的豬，是被豢養在豬檻中，整天吃喝睡覺而被豢養得肥肥胖胖的，豬不只懶且髒，旣使睡在自己的排泄物上，而仍能安然入眠；當然，據筆者所知，山豬是蠻聽明且行動迅速，有時甚且凶猛狡猾而可致人於死的，可見山豬並非林外的豬。

林外的豬是安於現實而自得其樂，且很命運論的。所以對雖只能嗚嗚哼哼不能歌唱，亦自以爲是歌唱是快樂，雖僅是蠢蠢的無獠牙無利爪，仍不羨慕獅虎之健力，雖一無所長，亦以睡睡睡而自豪，雖明知女主人的供奉是冀望以其爲榮餚，仍自滿於非曝屍山野上腐爛。

林外的「豬的話」如此寫着：

嗚嗚嗚　也是歌唱
哼哼吼吼　也是一種快樂

飲食
女主人會供奉
國王的生活我雖然不知道
和國王又有什麼兩樣
老虎、獅子　我也不羨慕
睡着了　都和豬一樣
要睡覺　我比誰都強
總有一天會死掉
與其在山野上腐爛
供人做榮餚　比什麼都好
供人做榮餚　比什麼都好

環觀社會，人各有志，有其一生孜孜於名利者，有爲社會慈善貢獻一生者，有爲金錢銅臭味而追逐者，有爲國家民族利益終其一生者，有爲三餐溫飽而奔波者，有爲一顆鑽戒一塊黃金而勞碌者，何爲有價值，何爲無意義，這是見仁見智的間題了，人心是多樣面的，所以很難有定論，此誠如林外的豬，無利爪無獰牙無任何可作威作福的利器，僅能在女主人的供奉下生存，而且一且長成，則爲女主人的榮餚而無憾，我們能說它的觀念有偏差嗎？筆者認爲「不」。

安於現實固屬消極，惟消極有其積極的一面，至少能守成，至少不至於爬得高跌得重，當然，依筆者的觀念，此安於現實的人應是智慧中下之人方可爲之，若爲上智者而安於現實，則未免有失天賦之睿智，誠不足取；　國父說：「有一人之智應服一人之務，有十百人之智應服十百人之務，有千萬人之智應服千萬人之務。」此誠應爲我人深以爲戒的。

成長的痛苦

——兼論林煥彰的詩「父母心」

吳夏暉

一

民國五十七年二月，我在南港，接受美國小麥協會與臺灣區麵麥食品推廣委員會聯合創辦的烘焙學校訓練，在那裡住了一個多月，與林煥彰見過幾次面。

那時期，林煥彰經常把自已投入售票亭，一面服務大衆，一面看着人來人往，一面寫詩，寫的很勤，很起勁。在他家裡，我第一次作客，林煥彰舉杯邀我把紅露酒乾了；我第一次說他像李白，詩人的豪爽在舉杯間表露，既使因酒而醉，也是醉在詩文中。

第一次見到林煥彰的孩子——安世，是在那酒後的下午，十一年前，安世大約祇有五歲吧？他是一個十分可愛，而且很聽話的孩子，站在他的詩人爸爸的身邊，就顯得更加令人喜歡。離開南港，我寫信給林煥彰，因而知道這個可愛的孩子的名字——安世。

安世，本來就是一首詩，詩人寫他多少次？用過多少心血把他灌施，然後長大？十一年來，我的印象模糊了。我無法想像孩提邁進少年的安世，現在是什麼樣子。

成長是一個艱困的過程，但「爲什麼成長要這樣多災多難呢？」（註1）。成長的前途，該充滿理想、充滿希望、充滿父母的期許和願望。

二

「笠」詩刊第九〇期（六十八年四月號），刊登林煥彰的一首詩，詩題是：「父母心」，原詩十八行，依詩的心境，可分成五個層面。由於「父母心」這首詩，十分嚴厲地衝擊，震撼了筆者，因此，我急於把心裡的話，說出來。

林煥彰的「父母心」，是這樣寫的：

在醫院的嘈雜的急診室裏，
一身油垢的少年，是我的小孩嗎？
在醫院的幽暗的透視房裏，
呻吟哀叫的少年，是我的小孩嗎？
在醫院的齷齪的病床上，
躺着一個瘦削的少年，是我的小孩嗎？

這是一個層面，詩人把一個受了傷的、少年的孩子，以淺近的文字表現出急診室裏一身油垢、透視房裏呻吟哀叫、以及病床上躺着的瘦削的形體，赤裸裸的、眞實地展示在讀者的眼前，且深深地烙即在腦中。

林煥彰偏愛使用重疊的句子和對稱的語法處理詩，他的方法，應用得很成功。在此一層面的詩裡，共分三節，每節最後都是「是我的小孩嗎？」，詩人似乎不敢相信自己的眼睛，眼前的景象，產生一種極端矛盾的情緒，即憐憫也痛苦的事實所造成。而詩人能用最佳方式處理這樣的情緒和感動。

詩的意義，不祇是文字美麗的排列或組合；詩的要求，該是感動的傳達，因此讓讀者與詩人心靈搭建一座橋，因此感情彼此溝通，彼此獲得詩的效果。

什麼是詩的效果呢？它是不是有所謂標準？

一首詩，從詩人的心裡「定象」（註2），藉筆尖成爲文字、成爲詩作品，然後移轉，經由閱讀的視覺，最後在讀者心裡定象。這一段過程，所產生的「定象」基礎，可以說是詩的效果。詩不能產生定象，便無效果可言。它的標準，見於彼此感動的程度。換句話說：定象應有其穩定性。以其隱定性的強弱取其標準。

因此，我們可以說：詩的效果，產生於定象；這定象，應是眞實的感受、感動和共鳴。

林煥彰的「父母心」，以前六行的詩句，掌握了詩的效果。把持定象，毫不含糊傳送到讀者心目中。在此一層面，林煥彰對於事實的解說與心靈的顫動表現得很虔誠。

接着，林煥彰寫：

> 我的小孩不是民生國中二年級好班的學生嗎？
> 我的孩子不是頂愛乾淨穿着畢挺的制服嗎？

這一節，獨立一個層面。

從第一個層面到第二個層面，明顯地，同一個少年作兩種不同的角度和事態的提述。這個層面，表現了詩人對前者（躺在病床上瘦削的少年）「是我的小孩嗎？」更疑惑的態度。

詩人以相對的筆法，加強定象的輸出。我們不難想像到詩人的痛苦的心境，詩思的移植作用，在林煥彰手裡，造成一座密林。

在第三個層面，林煥彰這樣寫着：

> 哦哦！孩子，該讓你唸書的時候，你爲什麼偏不去唸書？
> 哦哦！孩子，還不用你工作的時候，你爲什麼偏要去工作？
> 媽媽的眼淚是流進了心裏的河床又流出來！
> 爸爸的眼淚是流進了心裏的河床就不再流出來！

詩，反映社會；詩人，扮演社會中重要角色。有時候，詩人似乎更應負起「教育」的責任，尤其教育自己的下一代。「該唸書的時候不唸書，不用工作的時候偏去工作」，這種行爲，在心理學上，解釋爲叛逆性的心理現象。站在人道立場，大人們沒有理由強迫孩子做他以爲不該做的事，祇是，大人們爲了教孩子遵照自己理想的模式，不得不以脅迫的手段或勸導的方法，促使孩子就範，這就是教育。也許，教育工作，並不如大人們所遭遇到、感覺到的那樣，可經由設計和執行來完成，就像建造房子那樣。

何況，不可能每個詩人都兼具建築技術和能力。既使，抱負着設計者的理想，建築工人亦不見得眞確地做到完美架構。

我不以爲詩人的孩子把「該讓你唸書的時候，你偏去工作」的情形，解釋成教育的問題是否正確，詩人這樣寫，用表現的方法，把事實寫出來，然後，加以探討。詩，作爲某些問題的探討，是近幾年來，詩人努力的路向，包括探討人生最難理解的死。林煥彰就會以死作爲探討人生的工具，因此，討論「父母心」這首詩，該不是測知行爲得失，是推斷詩人在表現方法上，在處理詩的某些屬於個人的、特殊的層上是否正確？

這兩節詩，我所見到的是：安世的媽媽的眼淚是流出來了，而爸爸的眼淚是往肚裏流，因爲，林煥彰寫「爸爸的眼淚是流進了心裏的河床就不再流出來」，這是無聲之哭，臉上和眼角見不到淚水。

因此，詩人在詩的表現方法上，已經做到極爲圓滿的處理，而這種處理的結果，十分正確。

孩子在父母的心裏，永遠是純眞無邪的；父母的愛心，照料孩子的長大、拙壯，父母所付出和取悅的莫過於看着孩子的成長。

下二節，是與第三層面相應詩句，林煥彰說：

哦哦！孩子，爲什麼你會突然變成這樣不聽勸告？

哦哦！孩子，爲什麼你要這樣堅持說讀書比工作更苦？

媽媽的眼淚是流進了心裏的河床又流出來了！

爸爸的眼淚是流進了心裏的河床就不再流出來了！

這兩節詩，所表現的內涵，與「對死的憧憬」一同樣不可思議，却是一種追求眞理的實質的感念。讀書是工作的基礎；死是人生的根源，我們從那裏來，當回到那裏去。

我企意在這一些詩裡，捕捉詩人對於一個少年心態的寫照，探索詩人內裡基本精神；我刻意把整首詩作一連貫，企圖尋找詩質的主流。

因此，從最末一節：

哦哦！孩子，成長是這樣要經過反抗嗎？

哦哦！孩子，成長是這樣要撕碎父母的心腸嗎？

成長，是一種痛苦的過程。這樣說，未免悲劇主義，但是，痛苦能促使成長更快速的成熟，總不是什麼意外的收穫。詩人掌握了這一層面的表現基礎，這基礎建立在詩人對人生感悟、生命活動的土地上，顯而易見。

濃厚的生命叛逆的行爲，被撕碎的血紅的愛心，組成了「父母心」，我們應當容忍叛逆的非絕對錯誤，反抗有時候會見眞理，讓眞理再彌補成長的缺欠，使生命更完整，成爲我們的要求。

這首詩，描述着各種心理反應。很成功地傾訴了爲人父母者創痛的心情和另一期望。

三

林煥彰的詩，題材取自現實，運用其獨特的語言，而能巧妙地創造屬於自己的世界；他的詩，與衆不同，不走人家走過的路子。

在中國，在目前臺灣的詩壇，他所以堅持自已表現的方式，形成一支主流，使原本無病呻吟、風花雪月的失態的詩風轉向。林煥彰的勇往直前，樹立一條正確路向，默默地邁進，最近，他的詩作似乎減產很多，從「父母心」詩裏，又發現林煥彰提出脚步，深烙在土地上的足印。

林煥彰的脚印，踩在讀者的心上，踩在他的孩子林安世的心上，踩在晨曦初放的蒼穹，不是踩在夕陽裡。

註1：見林煥彰詩作「父母心」附記。

註2：筆者試擬的名詞，較所謂心象者，更具影像的實體感。

我喜歡欣賞的詩的意象

林宗源

意象是意識的具體化，由感動而浮顯在聯想活動中的形象。也就是潛於意識的心象，由外界的自然，喚起內界的自然，在感動的當時，一種可以感受到的意念的具象，看得到的心象。活在內心，在還沒借文字把它「確定」以前，是屬於心理的，跟着思維的運動，更明白地呈顯在語言中。

詩的工具，假設是文字。

首先必須對文字下一番工夫，當寫詩時，又要檢拾確切的文字，這時聯想的運作必定中止，對文字還沒熟悉，剛寫詩的人，往往寫不出詩，對文字稍爲熟鍊，而寫詩不久的人，往往會破壞聯想的活動，有時會寫出異於感動時的主題的詩，對文字熟鍊，又寫了很久的人，這時字已伴着他的語言，在感動時同時在運動，字與語言合一，其實是語言的運作，不是字，假如是字做主體在運作，那往往會作出帶有匠味的詩，詩品最高的境界，應該是沒有匠味的，以字來寫詩，絕對達不到這個境界，那天人合一的境界。因此，詩是用語言來寫的，字附屬於語言，是語言的符號。

很多的人，用字彫刻意象，造很多很美的意象，在一首詩中，往往不能寫出在聯想運動中統一的意境，就構成詩的難懂。

詩的難懂，使詩被小說取代，寫詩的人整天對字下工夫，在彫刻意象，忽視周圍的事物，「時間」、「空間」的關係，寫不出有感性，有時代性、有生命的詩，這一切，都是忽視語言中的意象，語言與字的主客關係搞反了，做文字的遊戲。

字在還沒取用以前，是死死板板，沒有感情，沒有靈性的東西，語言與生具來，本身就具有情感的，隨着經驗又具有理智的，詩的運作，必須同時具備感情與理智，缺一寫不成詩。

所以詩的工具，應該是語言。

我有如此的觀念，所以我喜歡欣賞的詩的意象，是具有情趣的，靈活的，自自然然蘊蓄在語言中的意象。

如拙作，「阿伯，你咧掘什麼？」

天光取起鋤頭踏出門口
天黑黑又擱咧落雨
看天吃飯的阿伯行到田園
掘啊掘，掘啊掘
想起現在的少年家到都市
坐辦公廳，睏凸牀
想起伊少年的時代
天光着出門
不管天的面色黑也是光
爲着三頓也着掘
掘啊掘，掘啊掘
掘到一束白嘴鬚
想起沒人替換
手軟心也軟
站在田中方
就親象一支隱龜的草
雨落沒停
天還沒開目
老阿伯掘出一條水路
讓滿田的目屎流出去

當感動時，我以熟悉的語言供出，好像說話似的直述，好像身邊的事物的描寫，而在語言中蘊蓄着老人對土地的執愛，像那一支隱龜的草，根植在土地，忍受風雨的打擊，屈強地堅守着土地的精神。並提出現在農村的問題，與年青一代，放棄自己的鄉土，追求物質的社會問題，同時具有時代性。

以熟悉的語言，流自心內的語言供出，本身就帶有濃厚的情感，親切地引起讀者的情感，不玩技巧，不以字刻意地去彫刻意象，不以字的音樂性去打動讀者的感情，讀起來清順自然，而在語言中蘊藏着有情趣，有靈性的意象，我想以沒有匠味的意象，使人在不知不覺中引起感動，才能達到美感的效果，否則，唸一首詩，第一感覺有濃厚的匠味，會減少內容所給予人的感動。

因此做出來的詩，應該不如寫出來的詩。有情趣，有靈性的意象，應該比彫刻出來的意象，更能使人感動。

窺豹札記（六）

李魁賢

20 言曦的譯詩

知道言曦先生病逝時，着實悵惘了一陣。言曦雖以散文著稱，但與詩亦有若干緣份，尤其是在民國四十八、九年間，因所撰「新詩閒話」，曾引起詩壇論戰。當然一談到筆戰，双方免不了偏執一辭，針鋒相對。事實上天底下沒有絕對的眞理，所謂「眞理愈辯愈明」，也不過是「愈明」双方的立場而已，當然在辯論當中，可能因增加彼此的瞭解，而對各自論點稍做修正，已經是最大的收穫了。天下必然是百鳥爭鳴、百花齊放，才能構成「大千世界」，否則「定於一尊」的局面，必然造成歷史上灰暗時代的片段。

事實上，每次論戰之餘，詩人們如果能冷靜地省察，對於開創新局面必有莫大的助益。詩人常有「自以爲是」的困局，如果不能在試誤中不斷省察，常會爲自己的偏執所蒙蔽，絕非幸事。

詩人常會反射地衛護詩壇爲已任，但忽略了「做詩人」是在「做人」以後的問題，因此我們才會看到有些詩人以其「作品」不屑被大衆瞭解爲尚，却到處熱衷推銷「作品」的矛盾現象，便是急於「做詩人」，而不知「做人」的眞誠。

言曦懂艾略特的詩，而對中國現代詩束手無策，不是值得探索的一個問題嗎？以往在文學上引起爭論時，大家做浮面的意氣之爭多，而能追究本質以求克服的少，變成進步的阻力。

言曦後來在民國六十六年十一、十二月在人間副刊發表所譯艾略特詩抄，表示他對現代詩用過心，譯詩清新可誦。其中有一段揷曲，順便一提。當言曦在六十六年十一月四日發表第一篇「歌」時，筆者曾去信討論到其第一節第三句在譯詩的語意上似有問題，因爲如照中譯，顯然是指「我們」被「和風輕撫」的手指；實際上，原詩是採用擬人化的表現方式，意指「和風」無形的手指，因此建議「輕撫」二字宜改爲「輕柔」或其他譯法，才不失原意。

翌日即接到言曦先生的親筆覆函，原信如下：

魁賢先生：

謝謝您的指教。我們對原文的瞭解並無不同。手指是屬於和風的輕撫的撫字，讀者應不認明是手指的形容詞，總是用手指去「撫」，不會被「撫」的。不過，如果和風下加一「的」字，或將撫改柔，確較明晰。一字推敲亦足爲師。敬表謝忱。

祝

撰安

言曦十一、五

對於我的魯莽，他不但不以爲忤，還來函致謝，前輩風範，值得效法體會。

茲將言曦譯艾略特詩抄轉錄如下：

艾略特詩抄

言曦譯

艾略特（T. S. Eliot）的詩以難懂著稱於國人，某些模擬者或奉爲典型，轉尙艱澀，且盡捨音律之美，實則，艾略特的作品大部份並非如此，（某些部份難解是因爲用典，不熟稔故實者，就需要多費工夫，）前在「評新詩」一文中，曾舉他的長詩「荒原」中的一小段爲例，他的短詩尤其明暢易曉，且具嚴謹的韻律。

這首詩祇有兩節，上節的第一、二、三、四句，與下節的同句押韻，在英詩中，這種形式並不常見。有人說譯詩是不可能成功的嘗試，依原韻譯出則更難（需要稍用意譯。）但我願意像李金髮把寫詩當「弱冠時的文字遊戲」，也把譯詩當垂暮之年的翰墨消遣。乃試譯爲「人間」補白。

爲便於欣賞原文的音節之美，特將原詩附後，好在篇幅不長。

歌

當我們越過山坡回家
不見落葉從樹枝飄散；
和風輕撫的手指也不會
摘下搖曳着的蛛網。

籬垣依舊盛開着花
籬下也沒有枯萎的花瓣；
可是，你花環上的野玫瑰
却凋謝了，葉兒也變得枯黃

Song

When we came home across the hill
No leaves were fallen from the trees;
The gentle fingers of the breeze
Had torn no quivering cobweb.

The hedgerow bloomed with flowers still
No withered petals lay beneath;
But the wild roses in your wreath
Were faded, and the leaves were brown.

一幅畫像

我們所陌生的渾然如夢的一群，
拖着轉動不停的腦子和疲乏的脚步，
總是匆匆忙忙在街頭走來走去，
祇有她却在閨中獨立黃昏。

不像是莊靜的石彫神像，
而是一霎那的顯現，就好比在樹林
荒僻處，遇見憂鬱的精靈，
一個人精神上的幻象。

沒有歡樂或悲戚的默想，

撼動她的纖手或侵擾她的櫻唇，
美目使秘密隱藏，
是我們猜不透的芳心。

但籠中鸚鵡却在默默地偵查，
用一隻好奇而不懈的眼睛關注着她。

ON A PORTRAIT

Among a crowd of tenuous dreams, unknown
To us of restless brain and weary feet,
Forever hurrying, up and down the street,
She stands at evening in the room alone.

Not like a tranquil goddess carved of stone
But evanescent, as if one should meet
A pensive lamia in some wood-retreat,
An immaterial fancy of one's own.

No meditations glad or ominous
Disturb her lips, or move the slender hands
Her dark eyes keep their secrets hid from us,
Beyond the circle of our thought she stands

The parrot on his bar, a silent spy,
Regards her with a patient curious eye,

晨之前

當東方既白中織出瑞朵，
窗前的花就面向朝霞，
為了這白晝，重重花瓣都在等待，
那新鮮的花，枯萎的花，黎明之花。

花開在今晨，花開在昨日，
黎明時風吹花氣過房櫳，夾雜
着綻放的香味和凋敗的氣息，
那新鮮的花，枯萎的花，黎明之花。

Before Morning

While all the East was weaving red with gray,
The flowers at the window turned toward dawn,
Petal on petal, waiting for the day,
Fresh flowers, withered flowers, flowers of dawn.

This morning's flowers and flowers of yesterday,
Their fragrance drifts across the room at dawn,
Fragrance of bloom and fragrance of decay,
Fresh flowers, withered flowers, flowers of dawn.

夢幻曲

羅蜜歐，偉大的君子，傍着門檻，
手握着帽，不住地彈吉他，
在單調却柔和的月下，
像往常那樣，和朱麗葉爭辯愛情；
談話停止了，撥弄出幾下不成調的絃音
為他們的悲運而自怨自艾，
正說着墻背後還有僕人等待，
這淑女突然被刺，倒地昏迷不省。

在月光照耀的地上，血顯得更鮮明，
英雄笑了，意興方豪，
斜睨向月，用一隻深邃而瘋狂的眼睛，
(「永恆的愛」「下星期的愛」都不再需要？)
當所有女讀者感動得熱淚盈盈：——
「這正是天下有情人所尋求的完美高潮！」

Nocturne

Romeo, grand serieux, to importune
Guitar and hat in hand, beside the gate
With Juliet, in the usual debate
Of love, beneath a bored but courteous moon:
The conversation failing, strikes some tune
Banal, and out of pity or their fate
Behind the wall I have some servant wait,
Stab, and the lady sinks into a swoon.

Blood looks effectve on the moonlit ground
The hero smiles; in my best mode oblique
Rolls toward the moon a frenzied eye profound,
(No need of "Love forever?"--"Love next week?")
While female readers all in tears are drowned:
"The perfect climax all true lovers seek!"

諧謔曲

我有隻木偶一命嗚呼，
雖然他還沒有厭倦那遊玩戲耍，
但身子腦子都已油盡燈枯，
「活跳跳的水手祇剩這付骨架。」
這死去木偶的模樣：
一張平凡的臉，倒很討我歡喜，
那種臉蛋我們已經淡忘，
扮個鬼臉，呆板而又滑稽。

一半威脅，一半哀懇，
歪着嘴，保持說最後遺言的形態，
那付「你是何方鬼怪」的凝視的眼神，
也許這眼神已飛向廣寒宮外。

在陰陽交界處，和其他遺骸在一道，
大聲呼喝的幽靈，把他留住不放，
「去年春天以來，這款式最時髦，
「我敢說這也是人世間最新的模樣。

「你們這些人爲什麼不去學學好？
(那隻有點看不起人的鼻子，)
「你們淡淡的鬼月光比煤氣還要糟，
「現在是紐約了。」——也祇好讓它如此。

一個木偶的邏輯，所有前提
都是錯，可是在別的星球上，
却是個英雄——你身屬何地？
但即使在那裡，他又要扮什麼鬼像！

Humoresque

one of my marionettes is dead,

though not yet tired of the game--
but weak in body as in head,
(a jumping-jack has such a frame).

but this deceased marionette
I rather liked: a comman face,
(the kind of face that we forget)
pinched in a comic, dull grimace;

half bullying, half imploring air,
mouth twisted to the latest tune;
his who-the-devil-are-you stare;
translated, maybe, to the moon.

with limbo's other useless things
haranguing spectres, set him there:
"the snappiest fashion since last sprng's,
"the newest style on earth, I swear.

"why don't you people get some class?
(feebly contemptuous of nose),
"yonr damned thin moonlight, worse than gas
"now in new york"--and-so it goes.

logic a marionette's, all wrong
of premises; yet in some star
a hero!--where would-he belong?
but, even at that, what mask bizarre!

愛蜜麗•狄瑾遜

馬爲義

在如花的二十三歲年紀退隱故居，一直到五十六歲逝世爲止，沒有在人世間露過臉的美國女詩人愛蜜麗•狄瑾遜，一般都以爲她的愛情受了挫折，或精神方面有毛病。但最近的一個報告說她的行爲乃是由于一種她擔心會使她變成瞎子的痛苦的眼病所引起。

哈特福特醫院的眼科專家馬丁•王德醫生最近說狄瑾遜的照片及信件使他相信她患了嚴重的鼓眼症。本來該向前的眼睛，却向外翻。

王德同狄瑾遜的自傳作者，耶魯大學的名譽教授李查•B•西瓦，搜集了醫學上及文學上的證據來作診斷。他們把他們的結論發表在文學雜誌「新英格蘭季刊」上。

「當我們對某些東西不瞭解，最簡便的辦法便是說這個人是個瘋子。」王德說：「但對于狄瑾遜，我們的確有足够的證據使我們相信她的行爲是屬于器官上的。」

王德說他還檢視了狄瑾遜的姐妹與母親的照片。她們似乎也都有同樣的病徵。

雕蟲錄①

尋章摘句老雕蟲

杜國清摘譯

親愛的朋友，你得知道，崇高正像人生的日常生活一樣：生活中加以蔑視被認爲是偉大的，那種東西不會是偉大的。例如，財富、榮譽、名望、至高權力，以及其他所有充分具有炫耀的外在裝飾物的東西，在明理人看來，並非最高的福分。因爲對這些東西加以蔑視，被認爲是相當大的美德；而事實上，能够擁有這些，但是靈魂高邁，足以蔑視這些的人，是比僅僅擁有這些的人更受稱讚的。同樣地，關於詩和文學一般的崇高 (sublimity)，我們必須考慮，是否有些文章，並非只隨便加上一些裝飾而給人崇高的印象，一經分析抽剝之後，只顯出虛浮誇大之辭而已——這種文章，加以蔑視比加以稱讚更顯得高貴。因爲，由於某種天生的力量，眞正的崇高振奮我們的靈魂；使我們充滿誇耀的飛揚和充實的喜悅，有如我們本身產生出我們所聽見的一切那樣。假如一個有智識而且閱讀頗廣的人，將一件作品閱讀多次，而它既不能以一種崇高感觸動他的精神，也不能在他心靈中留下，比文字僅能傳達的更多反省回味的食物，而在一再小心檢視之後，越來越失去它的效力，那麼這種作品，不可能是眞正崇高的例子——的確不是，除非它能引人閱讀，不只一次。因爲一篇作品眞正偉大，只有當它能够經得起一再檢視，當它的感動力很難、或者說無法抵擋，而永不磨滅地、牢牢地留在記憶中時。一般而言，你可以這麼認爲：眞正而完美的崇高，存在於永遠使所有人喜悅的作品中。因爲，追求、生活方式、志向、年齡、語言各不相同的人們，對某一作品都有一致的想法，那麼，很少有相同之處的人們可說是毫無異議的裁決，使我們對受稱讚的事物，產生強烈而不可動搖的信心。

〔譯自 Longinus: On The Sublime〕

意象派詩選

杜國清譯

①休謨（T. E. Hulme, 1883-1917）

秋（Autumn）

秋夜　一觸冷意
我走在外面，
看見紅潤的月亮斜過樹籬
像個紅臉的農夫。
我沒停步說話，只是點頭；
而四週是渴望的星星
那白白的臉像城裡的小孩。

改宗（Conversion）

心情愉快，我走進谷間樹林
在風信子的季節，
直到美，像灑香的布
撒上，窒息我，我被囚住
不能動彈，昏倒氣絕：
被可愛，她本身的太監。
現在我走到最後的河流，
忍辱地、裹着粗麻布，默默地，
像任何一個窺視的土耳其人走到博斯普魯斯海峽。

片斷（Fragments）

I

以謙和的鞠躬彎曲的樹歎息
我可以把你介紹給我朋友太陽嗎。

II

三隻鳥飛過紅墻墮入夕陽的陷穽。
啊勇敢、命定的鳥經過我眼前。

III

我走進六月的樹林
而突然美，像濃香的紗巾，
窒息我，

絆倒我，綁住我四肢，
逮住我。

船塢上方（Above The Dock）

夜半 船塢上方，
纏在長檣的帆纜高處，
懸着月亮。看來那麼遙遠的
只是小孩兒的汽球，玩兒後忘了的。

桅樓中人（The Man In The Crow's Nest）

我覺怪異 那風的聲音
吹過桅頂 在這寂寞的夜。
也許那是海在吹哨——假裝高興
以隱藏害怕
像村中小孩
發抖地，走過墳地。

詩人（The Poet）

向平滑的大桌，他狂喜地倚身，
在夢中。
他曾到森林，跟樹說話、走路。
離開了世界
而帶回一些圓的球體和石像，
寶石的，彩色的，硬而明確的。
他玩弄這些，在夢中，
在平滑的桌上。

曼娜•阿波陀（Mana Aboda）

美是受阻止的衝動不能達到本來的目的，
　在原地的踏步，靜止的振動，
　　僞裝的狂喜。
曼娜•阿波陀，彎身的姿態
是拱形圓的天空，
似乎永遠在哀悼人所未知的悲傷。
然而有一天我聽見她叫嚷：
「我厭倦玫瑰和歌唱的詩人——
都是約瑟夫，太小了不值一試。」

河堤道上（The Embankment）

（在寒風刺骨的夜晚，一個
落魄男人的幻想）

從前，我迷醉於小提琴的妙技，
於堅固的人行道上金色鞋跟的閃亮。
現在我知道
溫暖才是詩的素材。
啊，神喲，請將天空
繁星蛀蝕的破毯變小
我好把它裹在身上舒適地睡覺。

評介法國詩人裴外及其兩首詩

羅寶珠

裴外（Jacques Prévert）二十世紀法國詩人。西元一九〇〇年誕生於法國的 Neuilly-sur-Seine。大約在二十五歲時，他深受超現實主義的影響。所謂超現實主義是指二十世紀文學與藝術的一種運動，作者或藝術家摒棄以往道德或美學方面的邏輯性與偏見，而以表達純粹的思想或意念為主要目的。裴外善於在一般通俗的嘲諷作品當中揉合了不尋常的隱喻。例如一九三一年他寫的法國巴黎人頭晚餐描繪之企圖（Tentative de Descriptions d'un Dîner de Tête à Paris Paris-France）就是一部極具幽默與諷刺的奇幻劇，也大大地搬上了銀幕。此外他也導演過幾部高水準的片子。例如一九三七年與Marcel Carné 合作的怪誕的劇本Drôle de drame，及另一部合作片：一九四二年的夜訪者(Les visiteurs du soir)。除此之外他本人也導演過一九四三年的夏日之光 Lumière d'été，一九四四年的天堂裡的兒童（Lel Enfants du Paradis）……等。

不過他仍繼續不斷的在各雜誌發表詩或把詩分贈親友毫不吝惜。這些詩後來在一九四六年被收集成冊，取名話語（Paroles）名噪一時且被音樂家約瑟夫•科斯瑪譜成音樂，深獲大衆好評。其他兩個詩集也應運而生，即和 Andre Verdet 合作出版的故事（Histoires）和一九五六年的（Spectacle）萬象。

深受超現實主義的影響，因而他也感染其中自由詩的意境，有時甚至也感受到強烈反抗意念的詩。在這兩種類型的詩當中，他本人慣有的激情就會對這世界上的強權有所反抗，也抨擊已成定局的權勢。但是身為一個良善心謙的詩人，他早知道採用一種反抒情的方法：用詩歌唱出坦誠純潔的感情，例如他謳歌人世間的愛情，或者他也藉著詩歌來謳歌天眞無邪的存在物，例如小動物或美麗的花卉等。

我們現在來欣賞他的一首詩：為了妳，心上人

為了妳，心上人

我到鳥店去
且我買了幾隻鳥
為了妳
心上人

我到花市去
且我買了幾朵花
為了妳
心上人

我到打鐵店去
且我買了條鐵鏈
沈重無比的鐵鏈
為了妳
心上人

我到奴隸市場去
且我找尋妳的芳蹤

但妳
杳如黃鶴
，

此詩取材於一九四六年的話語集。詩中鏈的聯想是束縛，奴隸的同義詞是不自由的象徵。作者眞正想表達的一面是自由的可貴。錢可以買到諂媚，但買不到人性尊嚴。每一個人都有同樣的自由意志，但自由意志也常遭受到考驗。除非人類自甘墮落，捨棄它的美好或萬不得已遭受到不講人性公義的強權欺壓外，相信每人均會珍惜它的。

現在讓我們再來欣賞他的另一首詩：家園

家園

母親編織
兒子出征
母親覺得這是很自然的
而父親　父親幹啥
辭事去了
太太編織
兒子出征
他去辦事
父親覺得這是很自然的
而兒子　兒子有何感受
沒有任何感受　一點也沒有
母親編織　父親辦事　兒子出征
戰爭結束後
他會回來和父親一起辦事
戰爭延續　母親繼續編織
父親繼續辦事
兒子陣亡　不再出征
父親與母親來到墳墓
兩佬覺得這是很自然的
編織　辦事　出征的生命繼續不斷
辦事　出征　編織　出征
辦事　辦事　辦事
生命伴隨墳墓

此首詩取材相同，影射二十世紀殘酷而現實的人類問題。有史以來和平與幸福仍然沒有達到完滿的答案，但人類的福祉仍靠理性的合作而非貪婪的戰爭所能企達的。儘管二十世紀經濟危機、政治與種族的迫害，國際間領土的佔領所呈現的一片混亂，顚倒是非及荒謬的社會局面，作家們仍不灰心，相反地，他們意圖在不合理性的社會裡，覺得有必要去幫助那些有意扭轉一個新人性主義者做先驅，俾能創建一個更合乎人性與公義的世界。與裴外同時期的超現實主義者例如卡繆，沙特，聖休培里……等對於努力開創「一個新人性主義均不遺餘力。

裴外的詩清新，自然。其主題大半取材自日常生活寫實，例如家庭瑣事，街道風光或生活小節等在詩中均佔有重要份量，往往風趣幽默，要不然有的就是悲慟萬分。作品雖屬荒誕，不合常情，但却往往表現人世間的普遍眞理。雖然他明知有冒生命危險的可能性，但他仍極力寫出作品來抨擊那些妨碍超現實主義發展者，例如他抨擊工業巨子，或經濟資本家、法官、教職人員、政府首長、將領、教授等而不改其樂。即便是胡言亂語，或採用双關語，但字字珠璣，豪邁任性而不做作，可謂二十世紀法國一位風格特殊的詩人。

越南的兒童詩

——談許潮雄譯「越南兒童詩選」

趙天儀

由許潮雄譯，日本記者今井今朝春編輯與攝影的「寫給戰爭叔叔」，已由迅雷出版社出版了。這本書包括了尉天驄的代序，今井今朝春的前言，以及越南兒童的散文與詩。散文部份有阿芬的日記、孤兒的日記與越南兒童的心聲。詩的部份有「越南兒童詩選」，計有十四首。

從「越南兒童詩選」中，我們可以感知在戰火下成長的越南兒童的心聲，失去了家園，失去了雙親，失去了和平的國土，也失去了屬於孩提時代的夢。他們在那種烽火的焦土上，尋找着一種人類本能的希望，小小的心靈上負荷了過多的戰爭所帶來的災難，因此，這些越南的兒童詩，沒有像我們中國的兒童詩那樣有許多對自然境界的美麗的禮讚。但是，相反地，由於他們不幸的遭遇，却體驗出了許多人間悲歡離合的辛酸。

試以范林武的「無心」爲例：

「蝴蝶蝴蝶

請告訴我
你從那裡來
——我從地平線那一邊來
　尋找路旁並排的樹木

雲啊雲啊
請告訴我
你住在那裡
——我住在很遠很遠的
　一個溫暖的家旁邊

小鳥小鳥
請告訴我
你從那裡回來
——我從天涯海角
　痴狂飛奔回來

風啊風啊
請告訴我
你的家在那裡
——我的家已經支離破碎
只好傷心地吹來吹去」

這首詩，雖然是問雲、小鳥與風，却也是在問自己。末了兩行，是風的自述，事實上也是越南兒童的心聲：「——我的家已經支離破碎，只好傷心地吹來吹去」，這是多麼地令人感動的寫照呀！

又試以王松的「如果有個變魔法的巫婆」爲例：

「如果有個變魔法的巫婆
出現在我面前
問我最愛什麼
我要立刻回答她
——爸爸和媽媽
哥哥和姊姊，爺爺和奶奶
我的國家越南
還有善良的鄰居
如果有個變魔法的巫婆
出現在我面前
對我說：「成全你三個願望。」
我要趕緊回答她
——媽媽和爸爸
永遠年輕不衰老
能讓我上學唸書
能聽我高歌歡唱
——我的國家
不再受苦受難
我能回到出生的故鄉
和伯母伯父歡聚一堂
——年幼的兒童能永遠
如夢一般的美妙
不知憂愁和痛苦
願他們永遠能做夢
懷着希望」

所謂有個變魔法的巫婆，該是一種童話般的想像，而這首詩的三個願望，該是淪陷以前的越南兒童的三個願望吧！也許住在自由中國的兒童，因爲享受到這三個願望，所以，對這三個願望，反而沒有像越南兒童那種迫切的需要與感受，眞是人在福中不知福，反而在不幸的遭遇中，才會瞭解幸福的眞諦。

試再以阮垂秀的「夢」爲例：

「你有夢嗎
在如雨的礮彈下
已變成荒廢了的
戰火連天的祖國
你有夢嗎
椰樹排立在路旁
在晨曦中
拜訪祖父的村莊

你有夢嗎
想想每日的悽寂
在正午悲傷的光線中
聽說看得見香江的流水

你有夢嗎
泉水流着迎接你
在很快樂的一天
聽松葉沙啦沙啦的響

你有夢嗎
在如雨的礮彈下
建立不再荒廢的
和平的祖國」

兒童時代是一個多夢想的時代，每個兒童幾乎都有他們天眞爛漫的夢，越南兒童的「夢」，却被戰火驚醒了，因此，阮垂芳的夢，便是希望「建立不再荒廢的　和平的祖國」。

而今，不幸的是越南淪陷了，越南的兒童的夢更破碎了！當我讀了這本「寫給戰爭叔叔」裏的「越南兒童詩選」以後，深深地受了感動，雖然他們的兒童詩，沒有華麗的詞藻，也沒有誇張的意象，然而，却深深地感動了我的心坎；正如那位日本記者看到越南的孤兒需要人擁抱一樣，也許那正是孤兒渴望愛的表現吧！這些越南的兒童詩，也令我久久地愛不忍釋！

作品合評

本社

時間：民國六十九年元月五日

地點：杜國清宅

出席：林鍾隆（林）、李魁賢（李）、李勇吉（吉）、李敏勇（敏）、拾虹（拾）、杜國清（杜）、莫渝（莫）、黃荷生（黃）、趙天儀（趙）。

記錄：趙天儀

趙：這一次作品合評，是以去年在「笠」詩刊發表的作品中選出四位的作品爲討論的對象。我選擇的重點：一是短詩，二是代表不同年齡的作品，三是注重詩的語言與意象的表現。

陳坤崙作品：一枚鐵釘

從木頭裏拔出來的
一枚腐敗的鐵釘
既已變成廢物
既已失去利用價值
任你隨便丢棄
也沒有什麼話可說

祇是無知的村童
想用脚踐踏我
甚至連車子也想輾死我
沒想到第一次聞到鹹鹹的血
第一次聽到車子漏氣的聲音

原來我除了釘牢人家的屋樑
對於人類一無用處
既已失去利用價值
祇有躺在路旁

隨時預備保護自己的姿勢
證明我的存在

李：大致上，我有幾方面的感想；從物象的把握來看，從物質的實用，被遺棄，以致遺棄後不甘被漠視的立場，而發揮其最後反抗的精神，整個生命的表達很完整。

敏：這首詩，句子是很淸楚，但道理却有些奇怪。鐵釘是肯定的呢？或是否定的呢？鐵釘的立場顯示的正負意義，相差很大。如肯定它的存在性，那麼無知的村童就有無辜感，破壞了鐵釘的存在意義。這首詩在鐵釘的相應事物上，下了太多的判斷，以致在肯定鐵釘的存在時，太牽強了。

李：我認爲他是佔在鐵釘的立場來發言的，所謂「變成廢物」「失去利用價值」是人的功利觀點，鐵釘自始至終的存在，並不受影响。

敏：這種惡的存在，值得提倡嗎？抑或是反諷。

拾：中間似乎不關聯，調和性怪怪的。

莫：是否可以從表現的準確性來看？

敏：我不認爲在表現的技法上，準確性不够，而是表現的意圖不太穩定、明確。

莫：是怎樣的矛盾性呢？

李：對於傅敏所說下判斷太多，是有傾向概念化的危機。作者應在意象上多加經營。

敏：鐵釘被丟棄，有委曲如果相應事物是積極的再凌遲、再破壞，則鐵釘的存在意義較強，較令人同情。但是詩中的處理却讓人感到鐵釘惡意、惡形、惡狀。除非是在反諷鐵釘。

杜：這是否有諷刺的語氣？是否有批判性在這裏？陳坤崙的詩，常注意微小的生命的存在，是否有他一貫的形式的表現？

敏：他確實有他一貫的表現方式。

杜：後面變成了說明的，應由第二段的形象來加強表現的意義。

敏：可否以「我」開始，而不用「鐵釘」，以免流於說明。或者只用鐵釘，不出現我讓「我」與「鐵釘」更胳合。

趙：陳坤崙的詩，的確常注意微小的生命的存在，而且喜歡用擬人法或擬物法，採取物我合一的移情的表現。

吉：這首詩，意象還是存在，主題是弱者的反抗性，技巧不是擬人格，從作者來看，是擬人格與擬物格都有。這首詩缺乏形象化，矛盾還是可以統一。不要都只是白描，因此，可說形象化不够。不過，意義性還是有的。

杜：有些散文化，似可以避免。「無知的村童」有點矛盾，倒不如改爲「無心的村童」，如用無心的話，表示有人無心地踩到它。

吉：用字遷詞，尙可簡化，可以避免重覆，變化一下，可以表現得相當好。

杜：從一枚鐵釘裏看出一個生命。

敏：不要用那麼多判斷性的詞藻，可能好些。

杜：形容詞用得太多，要用東西本身來表現。

敏：錦連先生譯過田島伸悟的一首詩「梨子」就有人與物的利用程式，很深刻、很機智。

林：一、有矛盾性，二、有完整的生命。可能是作者寫詩的想法，我的生命雖成廢物，但我還是存在。我雖成為廢物，但我還是珍惜我的存在。這種詩，在人生的暗示，而用過被棄之物成了人生之害——對人生的暗示似乎不够妥貼。「保護自己」，以「證明存在」這種可憐，對人生的比喩就有實感。雖成廢物，仍然有「存在」的生命，對這種廢物，惹之則成害，但它仍珍惜其「存在」，這樣看就沒問題。

敏：反過來讀，站在批判鐵釘的立場，不失另一種意義。

林：很多人雖是廢物，但却也很珍惜其生命的存在。

杜：陳坤崙這首詩，可以從表現的意思和表現的語言這兩方面來看。就表現的意思而言，可以說達到了從一枚鐵釘看出一個生命的境界。正像他的其他一些作品，時常表現一些微不足道的，被忽略的，受壓抑的這類東西的生命感。他認同弱小，寫出弱小生命存在的尊嚴和心聲。就表現的語言來說，散文性的句法，缺乏形象，是一大弱點。第三段其實是多餘的說明。第三段的意思，在前面兩段中已經包含了。我想第二段最後兩行，「聞到鹹鹹的血」、「聽到車漏氣的聲音」之後，加上「我才感到自己的存在」，似乎更能表達諷刺的效果。

許達然作品：車

阿祖的兩輪前是阿公　拖載日本仔
拖不掉侮辱　倒在血池
阿公的兩輪後是阿媽　推賣熱甘薯
推不離艱苦　倒在半路
阿爸的三輪上是阿爸　趕忙敢忙
踏不出希望　倒在街上
別人的四輪上是我啦　敢快趕快
駛不開驚險　活爭時間

李：這是表現三代之間的艱苦。

敏：這是許達然的臺灣史，有史詩的時空，是一個經驗與想像力的原點。

林：造句不太清楚，意思也不太清楚。

趙：這首詩的語言，到底表現了什麼？

吉：詩的語言，要表現得恰到好處。

黃：題材不錯，作者這樣的表現有什麼意義呢？

杜：他點到了，點到為止。

拾：許達然這種表現，我倒蠻喜歡的；雖然已到了工業社會，但對他來說，他倒有一種歷史感。

敏：語言有問題，但是，是刻意的。

黃：語言的線索是否沒有連串？詩的語言要讓人有連上的可能性。

敏：很多人可能讀不出來。不用心也可能讀不出來。但却表現了許多這個島的歷史，透過某一抽樣家族的延續，某一行業的歷程，顯現了我們的生活精神面貌。

吉：作者似乎是故意的，如果是故意的，則沒話講。因此，要有耐性的人去讀，如沒耐性，也就無法讀出來。

杜：這首詩，語言是訴諸意義性，而非感性，所以，是表現了他的詩想，而非詩情。

敏：沒有過剩的語言。

趙：不錯，他不用詩情，而用強烈的詩想來表現。

杜：就意義性來看，算是一種成功。

李：場景的跳躍很乾淨俐落。

趙：這也算是一種成功的表現，因爲大家也讀出了這麼多的意義性來。

吉：好像國語臺語在一起。

李：語言表達上似乎很適合難以用文字表達的勞工階級的身份。

敏：形式的一致，所以有許多鍛鍊。有些反自由詩傾向，只有不是一種強調，也無可厚非。

李：語言很鮮活，也有其獨創性，雖然與我們的習慣性不合，例如「敢快趕快」「活爭時間」，顯然是詩人創新語法的魅力。

吉：如果作者在場，我們就可以多了解他的背景。

林：詩有形式上的整齊美，「阿公的兩輪後是阿媽」，照理車子應是阿公留下的，若是，則車子不可能一樣。「別人的四輪上是我」，應看成借車當司機才有意義，但「駛不開驚險，活爭時間」，雖有死的暗示，總覺得比前三段，不夠強烈。

杜：許達然這首詩着重在意義性，因此讀這首詩需要思索，才能體會其中所要表達的意義。這首詩是希望讀者看懂它，是訴諸讀者知性的理解，而不在於以文字、聲調、形象來感動讀者。句法頗爲形式化，但用字倒經過一番推敲。

拾虹作品：體驗　烟囱(一)(二)

烟囱(一)

整個世界已經污染了
從高高的位置
仍然不斷地飄散着
黑色的烟塵

沒有天空就沒有自由

陰暗了的港口
仍有幾盞自由的夢在發光

烟囱(二)

烟囱不停地吐著黑烟

因爲這個世界
自由不斷地燃燒

已經燒焦了的自由的腐味
是我們發生癌症的理由

趙：煙與自由對照，有什麼意義？

杜：我們先讀，作者稍爲忍耐一下。

敏：第一首似乎很有希望，第二首又似乎沒有希望。

吉：形象上比較簡潔成功，就詩句來看，可以無限擴展，由本義，甚至有假借義等引伸出來。

李：雖然汚染，但世界尚有光明的遠景，不過「沒有天空就沒有自由」，在立場上有些曖昧，究竟是對「烟鹵」而言，還是對「人間」而說？

敏：天空與自由的連帶的關係，在我所譯的捷克詩人的作品裏，也有以「冰雪掩蓋了天空」的表現方法。

吉：「自由不斷地燃燒」是意味著什麼呢？

李：如果從翻譯的角度來看，這首詩的主詞(Subject)在那裏？天空被黑煙所籠罩了，似乎三段連不起來，第一首與第二首也不能合起來看。詩人本身所要表現的感覺非常強烈，最後兩句，有很大的批評性，但「不斷燃燒」的主動性，和「燒焦了」的被動性，似乎不一致。

拾：我一直要用很少的語言來表現。

林：第一段還是用人的立場來表現。

敏：煙鹵在講什麼？我們要心裏有數，其結果代表什麼？「沒有天空就沒有自由」，則話頭長。第二首，似對第一首的補足，第一首寫完，好像還不過癮。追求自由，但沒有實現，他都沒有明講。

莫：第一段，不知表現了什麼？第二段，此黑煙是不是指自由？

拾：在爭取自由的一種燃燒。

杜：第一首很完整，但第二首則不跟第一首相連。

李：這兩首詩的表現都很強烈，但要有統一性。

林：對汚染的感受有深度；一、不僅低位放黑煙，高位亦放黑煙。二、大地的自由已失，自由的天地只剩天空，而天空又被汚染。三、幾囊自由的夢，既可憐，又可愛。四、汚染是自由燃燒的結果，從某種情況看，不必要的自由又太多。五、爲文明人的心癌的生成，表現得很好。

翠蘋作品：媽媽

原來
少女時代的媽媽也愛詩！
從來不知道
一冊抒情的海涅跟隨媽媽三十年
今晚
從高高的書架下來了
完整的篇章
殘殊的夢幻
是哪一個頑童的塗鴉
侵佔了空白的詩頁？——
那竟是當初
我的傑作啊！

一點一滴把心中的詩榨乾了，媽媽
一點一滴收集世故與聰明
保護她純眞稚拙的兒女
這是再多的海涅也敎不來的事

媽媽死了的詩在我身上

復活
活出一冊更癡更純的我
有掏不盡的心思採不完的詩
哦！媽媽
讓我把海湼再還給你
永遠永遠
讓我們一起讀他吧！媽媽

趙：這首詩有一種純情，很有抒情的眞味。

李：表現了一種少女情懷，居然發現媽媽年青時也有，時代的差距忽然融合在一起。

杜：這首詩不錯，而且不感傷。

黃：這首詩的確不錯！

敏：這首寫得不錯，很有眞情。

李：母親之所以離開詩，是爲了落在現實上，不得不做的犧牲，由子女的感悟發覺出母愛的廣被。

敏：這種詩，是對生活的一種尊敬。

李：這種詩是每個人的詩，不是詩人的詩，沒有做作，所以特別令人感動。

黃：這種詩不是想寫就可以寫得出來的。

林：後面四行似乎可以省略。

杜：不！前後有照應。

李：「空白」兩字比較沒有力量。如果被塗雅的地方是詩行，而不只是空白處，那種懊悔的心情應該更加強些。

杜：這首詩，是純情而有深度，新鮮而不落俗套。

敏：眞摯性是詩人的要件，這首詩讓人感到眞摯的價值，而且很自然。

黃：是先有生活的內容，再來表現的，所以，很難得。

趙：這種詩，是眞有所感動而寫的詩。

林：世故驅走了詩，對逝去的純潔很懷念，詩意可取。

杜：這是一首淸新可喜、眞摯感人的詩。在表現上，句法自然靈活，不落俗套；在內容上，深入淺出，眞情流露。這首詩隱含許多對比，可是不露痕跡；由於對比，而加深了詩的意義。例如：少女與媽媽，頑童與海湼，生活與詩，現實與夢幻，完整與殘缺，純眞與世故，死與復活，時間與人生等等。這些好像是一些變化移動的透明玻璃，互相交錯輝映，而在最後重疊，靜止，成爲永恆的詩——那是詩的少女，詩的媽媽，詩的生活，詩的現實，詩的人生，詩的永恆。寫詩，要有詩的生活，才能寫出生活的詩。要寫出這樣的一首詩，眞是再多的海湼也教不來的事。

三人對談

——關於一年來的詩壇

整理：林煥彰

時　間：68年11月30日晚七時至九時
地　點：民衆日報臺北管理處會議室
對談者：李魁賢、蕭　蕭、林煥彰

林：謝謝兩位準時到來，也謝謝民衆副刊鍾主編要我邀您們「對談」，談「一年來的詩壇」。這話題可談的很多，如一年來詩壇活動、詩人個別事情、詩刊詩集、詩選集、史料整理出版等，不是一、兩小時可以說完，因此我想縮小範圍，集中在幾件重要的事情上：這裡我試擬一份對談要目，謹供參考。當然，在對談中，希望儘量發揮。

從日據下的「詩選集」談如何承繼傳統、肯定現在

首先，就第一點：「從幾本詩選的出版談如何承繼傳統、肯定現代及其出版意義」；關於這點，我列舉明潭「日據下臺灣新文學」明集四「詩選集」、林白「塩分地帶文學選」、心影「現代名詩賞析」、爾雅「從徐志摩到余光中」、故鄉「現代詩導讀」、笠詩社「美麗島詩集」等。第一本和「塩分地帶文學選」部份作品，屬於日據時代臺灣新詩作品集，可視爲「傳統」的一部份；其餘除「從徐志摩到余光中」部份評介五四以後大陸上幾位早期詩人作品外，都是近三十年在臺灣發展的新詩選集及其賞析。

李：從所列資料大致可分成二類：一是跟詩史有關，一是屬於編選者或作者對詩的賞析和評論。與詩史有關的，是「詩選集」、「塩分地帶文學選」及「美麗島詩集」；其他可說是編選者或作者對於詩的評鑑的一種

著作。這些選集，可讓一般人對於臺灣新詩史有更明確的了解。從「詩選集」和「塩分地帶文學選」，可以看出：對於臺灣的新詩，以前普遍有一種誤解，以爲臺灣的新詩是紀弦他們從大陸帶來的火種；但從這兩本書，我們了解到臺灣新詩的發展，幾乎與中國大陸五四時期的新詩同時開始。因此，對於這點，我們要有個適當的修止。當然，以當時情況來說，臺灣也有少數作家，如張我軍等，在大陸參與新文學活動，把大陸文學發展情況介紹到臺灣來；不過，反觀當時臺灣詩壇的實際情形，毋寧說是以透過日文譯介而受到外國新文學思潮的影響，其成分更大。後來，因爲跟大陸文學交往逐漸增加，遂也受其影響，是不可否認的；但光復以前，實際上臺灣新詩活動就已存在，而且持續相當時間。可惜，光復以後，因爲語言變遷，使得那些前輩詩人的創作活動忽然停止。此時，這兩本書的出版，讓我們把光復前臺灣新詩的傳統接攏起來，具有相當意義。

「美麗島詩集」，嚴格講是笠詩社同仁作品集；不過，在編選上，它有一個特點，可以說是編選者的心願或構想；想把在臺灣光復後活動的一些詩人作品，透過詩的表現把他們對以往、目前跟未來的觀點和看法貫串起來；所以在編輯上，採用跟一般選集不同的方式，而以主題來分類，不以詩人個別作品來選輯。從這點，也可以看出編選者的心願，是有意把臺灣光復前和光復後的新詩傳統接攏起來。

臺灣新詩的發展是兩個傳統的會合

臺灣新詩的發展，我把它歸納成：一是基於「純粹經驗論的藝術功用導向」作品，一是以「現實經驗論的藝術功用導向」作品等二種類別；而從最近發展的，我們又看到一種基於「現實經驗論的社會功用導向」的作品。前者較偏向於「藝術上」的追求，而後者則偏向於講求「社會功用」的效果；至於「現實經驗論的藝術導向」作品，可說企圖在兩方面做一個融合；當然，個人努力情形如何，很難做明確的判斷，但從這三個方向的發展來看，各有千秋；因爲個人詩觀的不同，儘可以自己的觀念來發展詩的創作，以印證他的理論。但從「詩選集」和「塩分地帶文學選」看，臺灣新詩的傳統，比較偏重「現實經驗論的藝術功用導向」作品；這裡也許可以給我們這樣的啓示：在詩或文學的創作上，應該兼顧兩方面；即以現實經驗爲基材，追求藝術上的表現。而如何從這兩方面來做到非常恰當的融合，才是我們應該努力的。當然，有人或會提到，如果太注重文學的社會功用，可能會變成一種宣傳品。最近已有人擔心到這種情況的發展；但個人覺得，在討論這問題時，我們不應彼此排斥，而應以彼此的共同點來欣賞彼此的相異。比如說：有藝術功用導向手法的相同，也有純粹經驗論和現實經驗論觀點的分歧；有現實經驗論觀點相同，但藝術功用導向與社會功用導向手段之差異。基於這種認識，似乎更能包容不同詩觀的發展，使詩壇更具光明的遠景。

蕭：剛才提到的這兩本書，明顯的，可以看出，以往，至少十餘年前，我們一直認爲臺灣的新詩是紀弦從大陸帶來的火種。我們之所以有這種看法，因爲我們是光復以後出生的，沒有機會看到這些作品，所以在認識上有這種偏差。如今，我們看到這些作品，知道臺灣本身也有它詩的一部份傳統存在；因此，可說臺灣新詩的發展，從民國三十八年政府遷臺以後，是兩個傳統的會合。我仔細讀過這兩本書，對於臺灣新詩的傳統，覺得有三點值得提出來：

第一、臺灣日據下的新詩，沒有大陸初期的那種小脚放大的毛病。這可能要比大陸來臺或三十年代的一些作品好一點。

第二、這些詩，比我們所能看到的三十年代作品，在表達上，似乎要深刻些；這種深刻，包括很多技巧的運用，而臺灣近三十年來，很多詩努力所做的實驗，日據時代的新詩人也差不多使用過。

第三、在寫實上，臺灣詩人非常重視，跟三十年代相似；不過，所處環境不同；三十年代處於抗戰時期，在激勵民心上有著力的描述；而臺灣的詩人，由於受異族統治，在抗壓方面的表現較多，這是困苦環境下發出的掙扎的聲音。

另外，「美麗島詩集」用主題分類的方法來編輯，是一種突破性的作法。但也有缺點；以足跡、見證、感應、發言、掌握等五項來分輯，好像一般讀書人所說的脚到、眼到、心到、口到、手到等五到，作爲笠詩社的詩選，不太能夠表現「笠」的特色。「笠」在目前是臺灣所有詩刊裡很具特性的一個詩社，可惜這本詩選沒有把「美麗島詩集」五個字的意義表達出來，也沒有凸出「笠詩社」的特色，我認爲這是本書唯一的一點缺陷。

林：關於傳統的承接，我覺得很可惜的是，政府遷臺後，爲什麼我們只知道紀弦他們從大陸帶來新詩的火種，而忘掉了臺灣本身也有新詩的傳統。正如剛才李魁賢說過，因爲當時語言的變遷，很多詩人忽然放棄寫作；同時他們留下的作品沒人整理，任其淹沒！使光復後出生的對於原有的傳統沒有機會接受它的影響，也使臺灣近三十年來新詩的活動走了不少冤枉的路。不久前，我在中壢拜訪前輩詩人、畫家賴傳鑑先生時，他說過，關於超現實的理論或文學思潮，他們早在光復初期，新生報副刊「橋」文藝欄裡有系統的從日文譯介過，還包括西方現代詩人個人的詩論，如法國梵樂希「方法序說」及其作品等；我們却一點也不知道，還拚命向「超現實主義」的末流學習！至於「美麗島詩集」編選方式，個人覺得，它在詩史的演進上不能顯示什麼；以專題編選的確是創舉，但未標明他們每一首詩的寫作日期，使將來，不要說將來，就是現在，如果對於過去的資料毫無涉獵的話，很難從它窺探「笠」同仁這十五年是怎樣走過來的，更無法見出他們如何記錄或刻畫臺灣這一段歷史演進的軌跡。再說，這本書是以「笠」同仁十五年來在該刊發表的作品爲選集對象，却未做到既定的原則，如黃荷生、羅浪在「笠」創刊後就不再有作品發表，那麼把他們以李：前的作品也以這五個主題加以分類，未免有些牽強！對「美麗島詩集」，我想就個人觀點做補充說明。本詩集之所以分成五類，並以前述名稱分類，確實想以人的五官為代表來選輯，並想以歷史的眼光把全部入選作品貫穿起來。當然，從整體看，並未做得圓滿。至於分輯的用意，「足跡」主要是針對臺灣發展的情況，選出具有代表性的作品，使讀者經由詩人的觀點，從而對臺灣歷史有所回顧或前瞻。「見證」偏向目前情況，詩人針對現實所見所聞寫下來以為歷史作證；「感應」是偏向感情上的互相交感，也許是對人的，或對現實、鄉土、或事物；「發言」是偏向於詩人主觀看法或心聲；「掌握」則對於未來，我們該怎樣去把握，並導向一個新的方向；不過，這並非關政治，而是純粹抒情詩的選集，不可能套得緊密；「笠」同仁也並未想以詩來作比較偏向社會功用方向的發展，只是以同仁十餘年來的作品適合於那一類型而初略的給予劃分而已，實際的編排與原先構想也有出入；原先想不管作者、也不管一個人有多少作品，而只管詩的主題，把所有合於主題的詩，根據以上五類從頭到尾使它們貫串成一部史詩，但同仁雜誌有很多牽制，如照這樣選，有些人的作品對現實觀點有較尖銳表現，可能入選得多，而較偏向抒情人的入選可能較少；以一個同仁詩選而言，這種情況可能會引起誤解。基於這個考慮，只有妥協的變通方式，對每個同仁儘可能選出十首，因此就免不了把一些適合於這五類的作品不得不放棄，而很多看來跟這五類無關的，反而不得不加以容納，使這部詩選顯得不夠圓滿。

詩的歷史意義及省籍詩人的傳統特質

林：實在可惜！個人以為，一部詩選的編輯，尤其以笠詩社同仁十五年來耕耘的結果作為編選的對象，宜着重於整個詩社同仁活動在詩史中的意義，或更能顯現它的特色；換言之，一部詩選應該有它歷史的意義。

李：這點我倒有不同的看法，因為我們寫作時，並不完全根據當時發生的事情作為題材，如果想以一本詩選來企圖表達臺灣史詩的一種方式來看，則應以詩的內容所表達的時代作為一個流程來貫穿才對，不是以寫作日期的先後來排定。

林：我所說的「歷史的意義」，比較着重於寫作者在詩史上演進歷程的位置，李魁賢所說的，可能是重視現實的歷史演變，因此在這個觀點上，我們必須有所分別。

另外，從日據時代的作品和近三十年來的新詩或現代詩來看，省籍詩人所寫的，似乎較偏向現實人生，或反應現實的意識較強烈。這一點，大概與我們在這個土地上生長有關；是自然而然的表現，也自然而然形成省籍詩人底的傳統特質。

蕭：誠如林煥彰所說，「美麗島詩集」沒有充份顯示「笠」十五年來努力的痕跡，也未顯出它本身的特性，更看不出能夠代表臺灣的成長、過去和未來，所以在編輯上，我們認為：既然它是一個詩社同仁作品選集，只選在「笠」發表的作品，而放棄其他詩或雜誌上發表的，是一種缺失。「笠」十五年來的努力，是有目共覩的，可惜在這本詩選裡看不出來。實際上，我們可以從近三十年，或十年來笠詩社的努力，如剛才林煥彰提到的：「現實」、「鄉土」或「語言的平實」方面着手，來選出代表「笠」在歷史上的特性，說不定讀者對它的認識要清楚些。因爲一個詩社在十五年中能夠定期出刊，在臺灣或全世界，也不多見。

除以上對歷史或傳統回顧外，另外幾本詩的賞析出版，可以看出我們的新詩，至少已有一部份被承認，或值得推廣；賞析部份，最早的是羅青的「從徐志摩到余光中」，這本書對史料的引述頗爲詳細，每首詩的分析和作者介紹都有獨到的地方；第二本是游喚主選的「現代名詩賞析」，包括二十七位詩人四十餘首詩，請了李弦等十位青年詩人加以分析解說，在賞析的入門工作上，貢獻不少。第三部是我跟張漢良編選和撰述的「現代詩導讀」，包括詩選、史料、理論、批評等部份。從這些書的出版，可以看出現代詩人的努力，而詩評論者或詩人本身最重要的是該如何把詩推廣出去。這是今年我們對現代詩三十年來的發展加以整理的一項工作。

林：「現代詩導讀」導讀部份分成三冊，似乎有意把臺灣近三十年來三個世代的詩人及其作品有秩序的劃分，在編排上，大致比較兼顧到各個詩人出現和發展的位置，在歷史的意義上或史料的提供上，似乎比「美麗島詩集」來得清楚些。關於史料的整理，舒蘭在「新文藝」有「中國新詩史話」專欄，已連載四年，從五四初期的新詩人，如胡適、沈尹默、劉半農……開始，目前已介紹到臺灣日據時代詩人賴和、楊雲萍等，特別在此介紹。

李：關於剛才提到「美麗島詩集」的特性，如蕭蕭說的，針對現實的表達、語言上的比較淺白等，從「美麗島詩集」上之所以覺得好像看不出來的原因，可能是笠詩社的這種風格在近幾年來漸漸被年青人接受，所以以這方向來寫的人多了，就顯不出爲「笠」獨特風格；如以十幾年前剛剛創刊時的情形跟目前比，感覺就會不同。

誠然，今年如果以詩集的出版而論，在詩的推廣上，似乎比創作上的成果來得多；從這裡所列的資料，對於現代詩能夠使讀者來接受的這種貢獻，我想是相當大的；一般而言，目前很多人對現代詩還是感到不容易接近，那麼有這樣介紹性的書籍出版，使讀者能夠更容易了解「現代詩表達的是什麼」、「它的結構是怎樣」，對讀者是有很大幫助。當然，這種賞析的書籍，無論從編輯上、或選詩上，都可以看出編者或賞析者對於現代詩的喜好，因爲他編選的方向或選擇的重點，可以完全根據個人的喜愛。

從這些書籍看，「現代詩導讀」的份量比較大，它分成三冊，大致上是以作者的詩齡來劃分，但就所選作品而言，似乎較偏向於「純粹經驗論的藝術功用導向」作品爲多；以內容看，幾乎跟「美麗島詩集」有很大的距離，也就是說：「笠」同仁的風格較不強調語言上的特殊性，而強調對於現實的感受，跟所要掌握的對象物；在「現代詩導讀」裡頭，並非沒有這類作品，只是在比例上，比較強調語言的藝術性的錘煉。

當然，這是觀點上的不同；如果以站在純粹藝術上的鑑賞，是可以專注於這方向的追求。不過，由明潭社出版的日據下的臺灣新詩和林白的「塩分地帶文學選」而連想到：是否我們對於臺灣新詩的傳統，如果要接續到目前這種方向的話，可能要修正到比較着重於「現實經驗論」爲基礎的「藝術功用導向」來，也許較爲合適。

新詩的演變，從淺白到晦澀、從晦澀到明朗

蕭：剛才提到日據下臺灣新詩所以走上寫實路線，因爲現實及精神生活上有一股壓力，逼使詩人必須把他們的心聲吶喊出來；但三十年來，我們的生活方式已有很大改變，我們不能否認在紀弦提倡現代詩以後，最早的十餘年間，大陸來臺詩人寫作最勤，而且因爲當時政治風氣不像現在這麼開放，所以在表達方式上，不能够像現在這樣明朗，換句話說，他們必須用隱喩、或象徵的方法；經過這麼多年來，經濟、政治各方面的影響，尤以最近十年來，政治風氣已開放很多，所以在表達上，跟以前有所不同。從文學的潮流講，三十年代，他們已開始使用一種淺白吶喊的方式在寫作；而到臺灣以後，在最初，三十八年至四十幾年這一段期間，他們的改變，說不定就是文學上的一種反動，所以不再寫那種淺白吶喊的詩；因此，經過晦澀的這一段期間，到民國六十年左右，開始覺得這種晦澀的詩路也不是一種正當的途徑，所以又有一股淺白明朗的寫實作風出現，這也就是相對於前一時期「晦澀之風」的美學上的反動。因此可以說：我們寫詩，受時代環境影響很大，在日據下他們可以用「寫實主義」的手法，但不能據此說現在的我們也一定非走那樣的路不可。剛才李魁賢提出三個導向，一個叫「純粹經驗」這名詞，並不能够涵括「爲藝術而藝術」；「純粹經驗」是葉維廉提出的，所以我們說「爲藝術而藝術」它所涵蓋的範圍應該更大。我跟張漢良編選的這部書，我們叫「現代詩導讀」，是有意引導讀者進入現代詩的殿堂，它本身並不標榜一個完整涵括所有現代詩的各種風貌，只是我們認爲它值得向讀者介紹，就選出來加以分析解說；當然，在歷史的回顧上，我們儘可能的照顧，但沒有辦法做得週全；所以在李魁賢所提的三個導向上，「純粹經驗」的詩，我們選了，而以「現實經驗」爲藝術導向的也有。至於「社會功用」的，我們可能選得少些，其原因之一，是這種詩本身比較淺白，無須加以引導，並非我們偏向於詩一定要在藝術手法上特別給予重視，只是一般人認爲現代詩看不懂，我們解釋讓他看得懂，最初的本意是這樣。

羅青的「從徐志摩到余光中」，他所選的也沒有偏向現實社會描述的詩，他的旨意恐怕也是認爲這類詩，本身已經很淺白了，在分析上的必要就相對減低。我看這三本都在導讀、賞析上努力，他們所選的，一方面也許是由於表現藝術手法好，另方面，淺白的詩之所以沒選，其着眼點可能就在它們本身不需要分析的

緣故吧！

李：不過，在這裡我有一點補充：蕭蕭說他們編選的着眼點是因爲有很多不能夠了解的詩，所以要做導讀工作；另方面，我想到詩的解說，不只是在文字上或者是在語言結構上的分析而已，因爲有些詩要牽涉到它的寫作背景，或在文學發展上位置，或者與現實上關連的情況，那麼，以這觀點來看，是否也可以用另外的方式來做導讀工作呢？當然，我剛剛也一再強調，這種詩集編選者個人有他選擇的權利，讀者當然不能要求一定要怎麼做，因爲個人有個人的觀點，個人有個人做法。

敍事詩獎的設立與敍事詩的開拓

林：從今年起，中國時報文學獎增設一項「敍事詩」獎，個人以爲這是一項創舉，尤其在我國，敍事詩一向不發達，時報能注意到這點，是具有提倡的意義吧！希望這個獎的設置，對敍事詩的寫作能夠引起帶頭作用，使詩壇能有突破性的創作途徑出現，並蔚成風氣。從這點來看，兩位有何意見？我們可否就此探討敍事詩的開拓問題？

蕭：這一年有一個特別的現象是，一下出現了三部詩劇；一是楊牧的「吳鳳」，一是朱介英的「囚室」，另一個是大荒的「雷峯塔」。詩劇也可稱爲「敍事詩」；事實上，詩劇本身就帶有敍事的成分。敍事詩在中國現代詩的創作上，一向是很薄弱的一環；不僅現代詩如此，中國古典詩也是。中國詩一直是以抒情詩爲主流，所以我們可以說中國詩是以抒情本質爲重的詩，在敍事上的發展，一直很薄弱；我們所能提出來的，大概就是「孔雀東南飛」這一首，以後要到元代的劇曲才再出現，像白居易的「長恨歌」，還是以抒情爲主，敍事的可能還不是最重要的一部份；這可以說是中國民族性的關係；我們的史詩、敍事詩一直發展不起來的原因，可能在此。

以文學反映人生來看，這三本詩劇都類屬一種逃避現實的作品；所謂「逃避現實」，是說它跟現實距離得很遠；好比「吳鳳」，因爲他的時代和我們有一段相當的距離，成爲一個歷史的人物，不是描述目前我們的現實情況；朱介英的「囚室」更是離我們現實很遠很遠，屬於一種「觀念劇」，描述他心裡所想的一種理想啦、希望、失望啦、絕望等等掙扎經過的情形；大荒的「雷峯塔」是處理古典題材，所以跟現實相關性更小；這三部詩劇敍事的成分實在不很大。關於時報徵獎「敍事詩」的事，我們當然盼望它能夠獲得好的作品，但也不敢抱太大的樂觀，因爲在我們現有寫詩的人本身，對敍事詩的素養和創作還不能夠把握得很穩的時候，那麼，對於剛出道的新人，更不敢寄望會有什麼樣的手法來表現，所以，對敍事詩，一時我們恐怕無法獲得怎樣了不起的作品。不過，對於未來發展方向如何，我們不妨加以深入探討。

李：據個人了解，「敍事詩」跟「詩劇」多少有點差別；簡單來說，如果我們不用很嚴格的定義，那麼「敍事詩」可說是以詩的方式來說明一個故事，是詩與小說的揉合；而「詩劇」則是詩與戲劇的結合。以敍事詩來講，在中國詩壇上，抗戰時期和臺灣光復這段期間，是有一些作品出現。不過，他們的作品多少還繼承抗戰時的敍事詩傳統。但以後，可以說完全斷掉。現在要來提倡敍事詩，我想有一個主要原因，那就是：由於近幾年來詩的發展或文學的發展，漸漸有一些走向「社會功用」的方向，而由於這個方向的出發，免不了在詩的寫作上，以抒情方式來表達的話，必會覺得好像有點意有未盡，不得不採取敍事的方式來表達詩人的觀念。那麼，以這個方向來看，如果敍事詩能夠發展，當然對於詩壇開放性的從各方面探索是有它的意義。不過，如蕭蕭所說，在最近一、二十年沒有人嘗試創作的情況下，光只以徵獎的方式，能否產生好的敍事詩，令人懷疑。

索善尼津的敍事詩「普魯斯之夜」

最近我剛讀過索善尼津的敍事詩「普魯斯之夜」，寫得非常好，有一千五百行左右。這首詩，寫他在第二次世界大戰時出征到東普魯斯的所見所聞；表現他以一個士兵的身份在前線作戰的感受，以及軍隊在德國境內怎樣強姦、俘擄、刼奪德國人的財物等等情況的描述，在這本書裡，我們讀起來有非常強烈的一種個人與整個民族，甚至於時代的一些喜怒哀樂的感情雜揉在一起。如以這樣的敍事詩來看，確實是，不但對於詩的開展有非常大的促進作用，而且對於詩要表現時代意義這方向的努力和追求的立場來看，在目前是應該加以提倡。當然，任何一種詩的提倡，均非一朝一夕能夠成功，至少，有徵獎鼓勵，即使開始不能夠產生好的作品，如果大家能努力朝這方向來創作，也未始不是一種好的現象。

林：看了日據下的作品，發覺賴和、郭水潭等前輩詩人有些作品就是「敍事詩」，而且都是描述當時社會事件，反映不合理的現象，或申訴人性的遵嚴，成為正義吶喊，無一不與現實人生密切關連；以現在來看，這些作品就成了一種「史詩」，但在當時，它們即盡了詩人良知和勇於發言的精神，是不折不扣的「敍事詩」；因此，我以為我們今天要發展敍事詩，不可脫離現實人生，換句話說，我們的敍事詩要有時代性，要負起社會教養的使命；當然，它是「詩」的一種，雖以「敍事」為主，但不可忽略它之所以為「詩」應該具備的條件。再說，敍事詩以記敍人物、事件為主，容易與「史詩」混淆不清；我想史詩是專記歷史成傳說中的人物事蹟，與「敍事詩」之着重現實事件應有所辨別；但對於敍事詩應走的方向如何，希望多發表意見。

蕭：在現代詩正當非常晦澀時，我曾提出一個觀念：詩是否其中要有小說企圖？「小說企圖」並不一定要有詳細的情節描述，但至少要讓人感覺它有事發生；換句話說，讀者在看詩時，因為「有事」在其中，而了解一個大略的演變，較能把握詩人所要表達的詩意在那裡。所以我提出這個企圖。我認為這種企圖就已具有敍事詩的意味存在，但我沒有用「敍事詩」這三個字，是因爲：如果我們只以一個「事」來敍述的話，我們中國詩人一貫習於在表意、表情、表志這三方面努力的同時，恐怕無法一下子在「表事」上做完全的發揮。

剛才提到像賴和、郭水潭他們在日據下就曾經有很好的表現，可以說，正如我一直強調的跟現實環境有很大關連；那麼，在臺灣這三十年，生活一直安定、過得很平穩，敍事詩恐怕就沒有辦法在現實方面獲得題材。所以它未來的發展，在記敍的方向，說不定得回到抗戰時期，或推得更遠，像越戰的經過情況、或如楊牧、大荒回歸古典，甚至更早的傳說故事裡去取材。不過，我們不一定把它稱爲「敍事詩」；如要求以當今的題材來寫，事實上，我們也可以發現有人這樣寫；如蔣勳、施善繼他們，甚至如吳晟的「泥土」描述農村生活情況，都可歸納爲敍事詩，因爲它本身就是一個事件的大略敍述；不過，時報徵求的，要在二百行以上，通常這是要有一個大事件，不是日常生活小事所能完成的。因此，我們講「敍事詩」，可能只在「狹義」上來談，指有某一大事件產生的敍事作品，才是目前我們所提到的「敍事詩」。目前，很多人在現實題材上去努力寫作的，似乎可以算是「廣義」的敍事詩。依我看，目前敍事詩發展方向，恐怕是走這樣的方向比較可能。如果不選擇大事件，眞正狹義的敍事詩就無法着手，很容易又回到抒情的範疇來。

所謂「敍事詩」，不只是一個事件的描述

李：這點我倒稍有不同看法。所謂「敍事詩」，我想不只是一個事件的描述，重要的是應該在於事件的演化；有了事件的演化，才能夠構成一個敍事詩的架構。那麼，剛剛提到的幾位詩友的作品也是着重在一個事件的表現，尚缺少事件的演化，或者事件的流動性，所以還不能夠進入敍事詩的範疇。不過，對於敍事詩，我並不認爲一定要有大事件的表達，比如我們以小事件來暗示人性的變化，或一種故事的演義，照樣可以寫成敍事詩。假定以同一個鄉村內容爲主題，如果你眼前所看到的鄉村現象，而用個人感情來描述，那是屬於抒情詩。但如把所看到的題材加上一種故事或蕭蕭說的一種「小說企圖」，同樣可以寫成敍事詩，即使它的故事背景或演化的過程是一種小事件，也不影響它的發展。像我們經常看到的一種迷信，如舉神輿、乩童等，也是好題材，因爲這些迷信的行動而引起很多感情上的挫折，甚至家庭的破裂，經常在報上出現；像這種小事件用詩來表達故事性，我想還是可以寫成敍事詩。

林：至於敍事詩的功用，是否應與現實較有實際關係？

李：本質上，個人看法是，所謂詩，應該不是在寫作時就講求功用，而是你在寫作當中，或者寫完了以後，詩本身因爲作者觀念上的問題，跟外界造成一種交通，而產生一種自然的功用；這種功用，是自然的流露，不是一開始就爲了想傳達某種信息而來寫作。依這樣來看，敍事詩本身的功用，也許就是把一個故事用詩的方式寫得非常好，使讀者能夠感動，而除了故事本身給人感動外，還有在「詩藝」上的感動。就這點

而言，一首敍事詩寫得好，它就發揮了功用。

林：當然，敍事詩本身是應具有「詩藝」的成就，但因爲基於敍事詩與抒情詩或其他類型的詩，在型態上的不同，是否「比較上」，較具有「社會功用」呢？

李：這是免不了的，因爲敍事詩有一個故事的演化，必然會牽涉到跟社會比較直接的關連。從這點來看，敍事詩可能比抒情詩更有社會性的功用，但也不是絕對的，因爲有些敍事詩同樣可以寫出作者心靈上心理的一種變化，而發展成一個很好的敍事詩。因此，敍事詩的將來，可能還得從各個詩人他所追求的方向及其所表達的能力來看出它的成果。

詩刊的存在與詩運推展的關係

林：對敍事詩的探討，我們已談了不少，現在請進行第三回部份的話題：「同仁詩刊的存在與詩運推展的關係」，我提出這一話題，是因爲近年來，同仁詩刊的活動已大不如前，因此個人覺得有一種憂慮：「報紙副刊普遍發表新詩，對於詩刊的存廢以及詩運推展有何影響？」是否「詩人組社的時代也跟着即將成爲過去？」，以及「同仁詩刊存在的積極意義及其困境」又是怎樣的一回事？希望能藉這機會提出來談談，也許可以爲表面看似熱門，而實際已趨沒落的詩壇提供一條出路。在未討論這些問題前，我先報告一下今年詩刊出刊的情形，好了解到底還有那些詩刊在繼續出版，而又有那些新的出來。今年按時出版的有「笠」六期、「秋水」四期；「葡萄園」、「草根」出三期、「詩人季刊」、「大海洋」、「詩脈」等或出二期或一期，「藍星」、「創世紀」好像未再出版。

蕭：「創世紀」出一期。

李：「藍星」好像沒有。

林：另外「風燈」雖出單頁（四開一張），却也很按時出了六期。

李：以個人看，詩刊零零落落是免不了的；不過，有些詩刊不能繼續維持，我想跟經費或編輯人員的更動有關。但以一個文學活動來講，詩的活動還是會集中在詩刊上；即使現有的詩刊不能繼續出版，但新的還會再出現；如此看來，詩刊有時零零落落是牽涉到整個文學環境或社會環境；而實際上，這也不僅是我們這裡如此，外國的情況也差不多。但無論如何，個人認爲即使在這種不良好的情況下，還有那麼多人在繼續辦詩刊，而那麼多詩刊倒下，又有那麼多新的出來，這樣的努力、奉獻，是值得敬佩的。近年來，詩刊的零零落落，恐怕多少跟報紙開放採用新詩有關。我以爲，報紙副刊有機會發表新詩固然很好，但眞正的文學活動，還是會着重在詩刊本身的推展。

林：蕭蕭，您的看法呢？

蕭：副刊雖然刊登很多新詩，但眞正純詩刊還是有它的存在意義。比如說：副刊面對的是廣大的讀者，因此它刊載的，必須考慮一般讀者能否接納的幅度；而眞正有實驗性的作品，如有些用方言、閩南語寫作的，在副刊可能不便刊登；但這類作品，其中自然會有好的出現，這種作品，只好往詩刊或純文學刊物發表，所以詩刊的存在還是有它的意義。當然，目前同仁詩刊的存在，已經不是一種相同意願而團結在一起的理想刊物，大多只能說是：大家認識，爲了感情交流而在一起辦詩刊，這種意義可能比較大。至於彼此意見相同，爲了實現某種理想而結社的情形，已經很少。我們可以從一些新的詩刊看出，彼此之間的不同，並不一定因爲他們在觀點上有什麼顯著的區別；換句話說，詩刊與詩刊之間，因爲流派、思想、觀念或意識型態的不同而來組社的這種成分，已經越來越少。

同仁詩刊的存在要建立在什麼樣的基礎上

林：個人以爲，同仁詩刊的存在，要能結合在共同認識上，或對詩有一個共同的主張，對於詩的推展，或較具有意義。從這觀點來看，「笠」就具有這種精神，有計劃的在推動，並逐步實現他們的理想；同樣的，「葡萄園」雖然也有他們共同的主張，但他們十餘年來一直沒有肯定自己所提倡的「明朗」的積極意義，顯現不出「明朗」的成果，至爲可惜；這原因可能其社員的共同意識越來越薄弱，而只依靠同仁間的感情交流以維持詩刊的出版，對於詩的推展，是缺乏積極意義的。其他，如「創世紀」的他們本來的精神也是很好，有共同的主張和理想；至於不能繼續出刊，可能是社員在工作上、生活上有所變動，或有副刊發表他們的作品，致分散了精力；再就是印刷費用高，維持一個詩刊的出版，已非少數人所能負擔。

李：以同一詩觀來結社，這種方式，我認爲並非很好的現象。對於詩的追求，我一直主張個人發展個人的；因爲詩的追求是永無止境，而且是未知數。假定一開始大家朝同一方向走，也許在詩刊的風格上有較醒目的表現，但對於個人追求詩的努力，可能會因爲過份互相影響而變成一種阻碍。「笠」創刊時，實際上完全沒有這種情況，後來的發展，同仁彼此間的研討，極少部份有逐漸接近相同風格的傾向；我認爲這不是好的現象。目前新起的詩刊，好像都能以興趣爲共同出發，而不強求同一個詩觀，這是一種進步。當然，有些時候，我們會要求某一詩刊要有某種風格，或獨特的表現，但這種要求，我認爲是不太妥當的；因爲，如果詩一開始走同一個方向，然後大家認爲這一種才是詩，而對別的產生排斥，無論對一個詩社或整個詩壇，都是不好的。因爲在詩的追求上，我們要肯定別人所努力的成果，對整個詩壇的存在才會更有價值。

林：當然，我們應該肯定別人的不同；但我所謂「在共同的主張和理想之下結社」，對一個詩社的結合和發展，會更具有意義和力量。至於個人的表現，不必勉強，也不應勉強；但要結社，在大的前提上，應該有比較接近的認識，那才有可能。

李：這要分成二個部份來談；一個是：如果一群人對當前詩壇有不同看法，而想改變的話，可能以共同風格來組社，和要求達到一種革新的方向，其效果可能會較大。如無這樣的目標，而只是對於「詩藝」本身的追求，那麼共同的詩觀作出發點結社的方式，就不大妥當。

林：對的，這一點必須有所分別。蕭蕭，您認爲？

蕭：結社當初，不一定有很明顯的共同意願；因爲大家常常相聚，互相研討，修正，到後來才走出一個相同的路子；像李魁賢提到「笠」最初的組合，一直到目前發展出來的方向，大概就是。甚至「創世紀」也可能如此，所以大家在一起，並不一定就等於「我們來寫什麼詩」，大概不致如此吧！

林：不，蕭蕭可能忘了我們「龍族」當初組社，是有共同理想和主張的吧！再說，假定以一個注重鄉土、注重現實，或利用樸實的語言樸素的表現方法，這種大的前提，我想大家是有所認同才可能組織一個詩社，而不單純在於「詩藝」的切磋。

蕭：恐怕還是——，好比笠詩社，我們可以從「美麗島詩集」看出，他們在序裡也提到，他們的風格，是有很大差異，如白萩、林亨泰、桓夫、林宗源…等，至少，他們的風格不太一樣，可以說個人有個人的風格。

林：個人風格應該不一樣，但所關心的、共同想探討的大前提，我想他們還是接近的。

蕭：那可能要經過大家互相修正、切磋後才可能走出大家認同的方向；只能說「方向」而已。也許我本身也寫一點評論，總覺得各種詩，應該讓它去發展，才可能有更好的詩作出現。所以我認爲唐詩之所以輝煌，因爲它受到很多刺激才引起反應；它可能結合詩經歌謠式的平民詩作，也受到楚辭貴族文學的影響；也可能受到從西藏來的、從印度來的，甚至受到從北方蒙吉人對於音韻的影響、或騎馬啦、射箭啦等等邊塞風格，遂使得唐詩更豐富更輝煌。所以現代詩也不一定要侷限在某一詩社它要一個什麼樣的路；說不定這路不會越走越寬，反會越走越窄；讓一個詩社有各方面的表達人才去做推廣的努力，應該會更好。

李：對，我想詩壇應該要有一種兼容並蓄的容量。一個詩社應該容納不同風格，甚至個人也應從事各種不同風格的嘗試；因爲詩本身是一個多采多姿的東西，如果限定在一個方向，往往會使詩壇僵斃。

至於副刊發表新詩對詩運的推展詩可能利弊兼備。從有利的方向看，副刊一般人容易接觸，好像變成強制性的推銷；但壞處也有，如蕭蕭所說的，報紙刋詩，因爲要顧慮傳達上的關係，眞正好的詩反而不能刋載；因此，有時會使讀者誤認爲：只有在副刋發表的詩才是好詩。在這情形下，可能要取決於編者的眼光；他如果具有推廣新詩的使命感，就會注意這種可能「誤導」的情形發生。如何避免誤導讀者走向固定化的單一方向的詩，那麼編者就要站在剛才提到的「兼容並蓄」的方向來努力。

眞正詩的推展，還是要依靠詩刋

林：這是不可爭論的事實，因爲副刋採用的詩，必須對大部份讀者考慮能否接受的問題。因此，眞正詩的推展，還是要依靠詩刋，尤其想在詩的創作上有所作爲，只有詩刋才能夠負起這個責任。但報紙是一種大衆傳播工具，它的力量很大，在詩的推廣上，是否也能有所作爲？

蕭：用報紙，推廣？
林：對新詩之推廣。
蕭：很難。
李：據個人了解，在民國四十幾年，有一段時間，幾乎每一報紙副刊都登詩。
蕭：公論報啦……
李：公論報也好，新生報、聯合報，甚至中央日報都登過；但目前我們在討論詩史的發展，幾乎沒有一個評論家提到這些，還是以詩刊或詩集發表的作品爲重點。副刊發表的詩，在詩史的發展上，好像變成一種空白。
林：這是很遺憾的！因爲保存、蒐集、查閱的困難，而造成資料淹沒；再就是副刊登詩，如無定期性的話，也難形成氣候。不過，聯副、時報人間版，在今年詩人節前後發表的幾個專輯，尤其「人間」以「中國大陸的抗議文學／社會主義悲劇文學」爲題所披露的大陸上最近、最新的新詩，個人覺得頗爲振奮；如果不是以報紙的立場來發表，我們是沒有機會看到並了解大陸新詩的現況及其前衛的精神。從這點來說，我想就不是一般詩刊所能做到。在此，個人雖然仍寄望於現存的幾分詩刊能有大的作爲，也希望副刊更重視新詩的推廣，多刊載好的詩作，把讀者引向欣賞更高境界的詩。
蕭：其次，在檢討這一年來幾分詩刊的繼續出版（雖屬難得），却沒有什麼突破性的表現；至於「老人」、「新人」，在個人方面，您們可有什麼好的發現？
蕭：今年詩作方面，有什麼特出之作，我沒有發現。
李：不過，粗淺看來，從繼續在出刊的，還有新的，比如最近在高雄出版的「鹽」，還有報紙上發表的，以及一部份寫作相當長時間的詩人繼續在寫，也有一些新人出來；當然，因爲大家所發表的數量，或多或少，如果沒有經過仔細分析，很難一下就發現那個表現得特別好，或有那些優異的新人出現。不過，無論如何，在一年當中，我們還是看到很多詩刊繼續在出，很多詩人繼續有作品發表，還有很多詩人除了作品以外做評論方面的工作，總結一年來，至少大家還在努力從事詩殿堂的奠基工作，值得欣慰。
林：今年新創刊的，有澎湖的「海韻」、高雄的「掌門」和「鹽」。

新創辦的詩刊中，應該特別提到「鹽」

李：還有「荷笛」，「荷笛」是單頁的。在這些初創刊的當中，我想應該特別提到的是「鹽」。從創刊號莊金國「鹽的文學」及所發表的作品來看，我們可以寄予一種希望；從它的編輯方向，可以看出他們很踏實的在工作，尤其一開始就標明「非賣品」，以奉獻的精神從事詩刊的編輯、發行，有這樣的詩刊繼續出版，對於詩人所做的工作和詩刊將來應扮演的任務，我們還是有相當的信心。
林：最近有幾位停筆很久又出現的詩人，如羅英、劉延湘，雖然作品大多在副刊發表，不容易蒐集，但她們都有比過去更好的表現。羅英在臺灣時報副刊和聯副發表了一些都很不錯；劉延湘在聯副、新文藝、文壇發表的，也很精采。這兩位詩人都是停筆很久，在這一年裡，有較好的表現，値得注意。至於「新人」方面，我發現「鹽」創刊號劉德有的幾首作品，如「士香草」、「鞋子」等，都是耐人尋味的好詩。

蕭：從林煥彰預備討論的最後一點：「詩刊應該做些什麼有意義的工作」，我想到；我們肯定自己所站立的土地的現象，在近七、八年來做得很好，因此對於國外的、西洋的詩介紹幾乎停下來；不曉得您們有沒有發現？我們如不是以崇洋媚外的態度來看，應該從譯介中去了解整個外國詩的流向，作爲我們的借鏡；因爲我們日常生活，幾乎沒有一項不與西洋接觸。我們日常吃的、穿的都跟洋有關，唯獨文學，在最近幾年，尤其在詩方面，跟國外的交通幾乎中斷。是否以後詩刊的努力，至少這一點也應列爲重點工作？因爲我們不能寄望副刊登載國外的詩壇動向；我想我們肯定自己，也不妨學習別人，兩相配合，才能使我們的詩走向更寬廣的道路。

林：關於外國詩的譯介，我有一點感想；過去我們對外國詩的譯介，大多偏向人家流行過的，已經普遍被人肯定的，而缺乏介紹同時代詩人的作品，尤其在介紹時，關於他們的表現方法，或某種思潮，並未加以過濾或分析或批評，使一般人以爲譯介過來的，都是値得學習，而導入歧途：將來，在譯介方面，個人覺得應多注重同時代詩人作品的介紹及其流向的發展，才有意義。

李：繼續介紹外國詩，我想是應該，而且是應該積極進行；實際上，我們常是一窩蜂的趕熱鬧；如「鄉土文學」起來，就把所有外國文學切斷。其實，我們介紹外國文學，不但不多，而且根本不夠。反觀外國，不要說日本，如歐洲也是一樣；像聶魯達得過諾貝爾文學獎後，在西歐，他的詩集的德文本、法文本都出來了，在我們這裡，却一本也沒有！而其他情形也是，比如說外國有一個文學家，最近表現得比較好，那麼在國外，他的作品一下都出籠了，在臺灣就看不到。從這事實來看，我們介紹外國的文學根本不夠，有的人反而誤以爲我們受到外國的影響太重，那主要是有一部份創作者囫圇吞棗的結果，沒有產生一種過濾，就強行吸收；沒有詳細追究人家爲什麼要這樣表現，這是原因之一。至於詩刊介紹外國詩，「笠」到目前，一直沒有放棄。在最近幾期，也繼續在刊登。在這方面，「笠」一些同仁看法是相當接近的，並不因爲外國詩的介紹而減弱了自己追求的可能性，反而多介紹來作爲我們的參考。

肯定自己，紮根泥土，向上成長、開花結果

林：在精神方面，我們可以肯定走自己的路；而技術上的引介，似乎也不必太向外國學習。

蕭：並不一定是學習，參考或是借鏡；不一定向他們看齊。另外提到「鄉土文學」，我覺得：泥土本身就是一本很厚的書，讀眞的讀不完；但是你站在它的上面，

你紮根於泥土，最重要的是你要成長，向上去成長，向上去開花，向上去結果。所以我們可以說，未來詩人的努力，是應該站在泥土上去開花、結果，而不是一直往泥土底下去鑽；其實，每一位中國人應該很了解自己的根在那裡，很了解自己的泥土，最重要的，我們應該向天空，向空中去發展。

李：對的，因爲是由於「鄉土文學」論戰興起以後，大家對於「寫實主義」好像忽然間就重視了，而且這種重視，也許是對於十幾年來提倡「現代主義」的一種修正，但眞正對一個有使命感的寫作者來講，當他走向「寫實主義」以後，他一定還要加上「理想主義」的元素，才能使他的作品向更廣大的空間發展。那麼從這個觀點看，可能詩人將來要努力的，就是如何把他的理想帶進他的作品中，而以他的觀點來帶動讀者走向更廣闊的道路。

林：那麼，詩人在文學或人生的旅途上，他應該扮演什麼樣的角色？是不是具有一種使命感？

詩人不是「先知者」，但要有「先知者」的覺醒

蕭：我想詩和小說有一個最大的不同，可能是：小說偏向於現象的描述要多一點；詩可能在理想的寄望，或理想國的設立啦，理想國的建構啊，這些方向可能偏重些，所以它在文學上或其他各個文類裡，程度上應該有所不同。原則上，我們承認我們應該要面對我們的現實，但詩不只是面對現實描述現實而已，更應該展望詩人理想中的一個國度。所以詩人在文學上，他跟其他文類比較，不一定把自己認爲是一個「先知者」；但在詩的表現上，他應該有「先知者」的企望才對。不過，也不是說：我們詩的語言就一定要影響其他文類的語言。這種近乎狂妄的想法，我們應該去除掉；而在「理想」的建構上，我們要有「先知者」的覺醒。

林：就是說，詩人在思想上，應該要有所超越於一般吧！

蕭：是的，要快，但在語言上，不一定說要去影響現代小說的語言，或現代散文；因爲各種文類都有互相影響的可能，也許是齊頭並進，或相互影響。

林：那麼，如果我們能夠用更淺白的語言，把一種高境界的理想表現出來，這該是詩人在人生和文學上應該努力的方向吧！

蕭：對的。

李：是的。個人對於詩的創作，一直採取這樣的一種訓練。語言實際是受詩人所使用，所以在個人的創作過程中，幾乎很少企圖去創造新的語言。我只是想從最平凡的語言當中，如何去錘煉出具有一種深邃的詩意境。以這立場來看，詩人本身並不一定要創造出新的語言才能完成詩人的工作，我毋寧認爲詩人應該是從平凡的語言中去發現新的意境；這才更能顯出詩人的透視力跟領悟力。

林：過去所謂「新的語言」，好像過份着意於要去創造什麼「意象語」，那麼，以我們目前來講，最好應該就是以最平常的語言來負責傳達最高境界的詩的理想，才是詩人眞正的使命所在。

今天，我們談得很多，也涉及很多值得深入探討和克服的問題。總之，我們誠摯的寄望於我們的詩壇，年年都有嶄新的表現，創造更有時代精神，更有中國風味的作品。謝謝。

日本兒童詩小集

藍祥雲編
邱阿塗譯

日本兒童詩集「小さな目」經幾位文友分別翻譯後計畫出單行本，這兒先發表其中第三單元——「哥哥娶了新娘」，計十首，譯者是邱阿塗先生。

哥哥娶了新娘

邱阿塗譯

菜湯

五年級　澤田恵子

哥哥潑了菜湯
爸爸瞪大了眼睛罵他
不久
爸爸也潑了菜湯
都沒有人罵他
而後
靜了一會兒
大家都笑了出來

哥哥的新娘

五年級　下野啓

哥哥娶了新娘
清晨起來煮早飯
我說：
「早上這麼早
太辛苦了吧！」
却回答說：
「不、不，一點兒也不！」
微微紅著的臉
頭髮蓬蓬鬆鬆
有一點淡淡的
白粉的香味
給我一種春天般的感覺

作業

六年級　中村幸彦

今天沒有作業
「哇——」
大家歡歡喜喜回家。
回到家裏，家人問我；
「今天沒有作業嗎？」
我說：

「嗯。」
却說：
「應該多出一點作業才好。」
不要他寫的
才說那樣的話
大人，都是莫名其妙

大哥

六年級　溝口憲司

對功課很嚴格的大哥
像大力水手那樣強壯的大哥
像蜜糖那樣甜蜜的大哥
今天又在鐵路上工作
讓全國的火車順利開動
大哥沒有白天和晚上
沒有冬天和夏天
沒有雨和風
手和臉都黑黑地
今天仍然在工作
載著全日本的旅客
載著全日本的貨物
汗珠亮晶晶地在工作

弟弟

五年級　大高和子

「隆隆──」
「卜咻──卜咻──」
發出可怕的聲音
弟弟在畫戰爭的圖畫
「這樣子好好看哪！」
「好有趣噢！」
邊畫邊說這樣無聊的話
到底懂不懂戰爭
雖然裝作很懂
雖然裝得很神氣
却仍然還是個小小孩

弟弟

五年級　鈴木敏弘

晚上
上了厠所
回來鑽進棉被裏
弟弟突然一拳打在我臉上
舉起手來想狠狠地回報一下
看到弟弟撮著嘴
好像想吮奶的臉
終於
放下了握著拳的手

我

五年級　石橋秀夫

我家的小弟弟
經常比我吃得好
好吃的東西

每次我都分得少
我若說：
「再給我些吧！」
媽媽就說：
「秀夫已經是大孩子了，
　多讓弟弟些！」
我只好，
利用媽媽不在時，
悄悄地　從橱裏拿來吃

姊姊的升學補習

六年級　崎田由紀

啊！又在看外面啦
倘若想升學高校
就應該認眞用功些
我們連電視都不看
靜靜地讓妳看書
啊！又在打瞌睡啦
媽媽叫了妳
也迷糊的漫應著
不更加油些怎行啊

姊姊出嫁那一天

六年級　上村久美子

今天是姊姊出嫁的日子
早上對向著鏡子化粧的姊姊
喊了一聲「姊姊」
「嗯」了一聲　直瞧著我
我突然感到寂寞
趕快轉向旁邊
過了一會兒
我說：「可以去看妳嗎？」
回說：「要常常來呵！」
再一探看
鏡中的臉
姊姊的眼中正閃著淚光

弟弟的手

六年級　中川正治

小小的　可愛的　弟弟的手
像熟章魚那樣　紅紅的
又像蔴滋（註一）那樣
軟軟的　蓬蓬的
膨脹著
在那上面
細小的裂紋
一條　二條……
「啊！好疼！」
要哭出來的臉
愛生氣的我都想
輕輕地　把它放到懷抱裏
暖暖它
還想和我的手換過來
那樣可愛的感覺
稍稍浮現著

註一：用糯米磨成的米粿的一種

我喜歡欣賞的詩的意象

謝賢坤

鄭愁予有一首「踏青即事」，發表在中國時報副刊上，詩是這樣寫的：

踏青即事

㈠

楊花撲騰
東風是眷國情深的
而舞入亂髮的楊花
是片片招安的告示麼？
白髮揮出是執節的手掌
生命是不投降的
異國的楊花
也恁地
　多事了

㈡

敞衣的人多福了
榆錢紛然入懷
入懷的時候
像是春盡未盡
又像紛紛雨
落在舊城池裏
交攏兩臂的敞衣人
就是那城池把童年擁住
滿懷的榆錢
使鄉思也豐富了

㈢

徑隱
院蕪
籬散
簃出
灶小餵得兩人
樹斜紅過三窗
泥細的
塘淺的
種蓮呢還是
任它恣意漫生些
菰蒲？

這首詩共分三段，第一段寫的是春景，初讀時，並不覺得有什麼特別，反覆玩味之後，給我的感覺，却是那種「城春草木深，感時花濺淚」的無奈，要不是身受這種無奈，怎會寫得出「白髮揮出是執節的手掌，生命是不投降的，異國的楊花也恁地多事了」的字句來。

我覺得這一段，表現最強烈的，是「異國的楊花」這一句，最能引起共鳴，也烘托了前面「執節的手掌」，等於是全段的靈魂所在。

第二段所表現的，是繼前面的無奈而產生出來的一種焦渴的企盼，我們看他敞開胸懷，希望像城池般的擁住童年，因爲擁住了童年，也就有了滿懷的榆錢，也就使鄉思也豐富了。

這一段給我意念最深的是「敞衣的人多福了」，這一句讀起來，總有點酸澀的感覺，詩人的瀟灑，在這句中表現得淋漓盡緻，他之所以瀟灑，是因爲想滿足豐富的鄉思，也就是說爲了滿足思鄉情懷，他甘願拋棄一切，就像敞開衣襟的人一樣，這是詩人的執著，也就是我們一般思鄉的人的執著，同時這一句，又隱喻著赤裸裸的把整個心獻給日夜思念的家鄉，所以說，這一句的意境，是我所喜歡的。

徐志摩說：「我揮一揮衣袖，不帶走一片雲彩」；鄭愁予說：「敞衣的人多福了，榆錢紛然入懷」在詩的感覺上，雖然不同，但是兩者的意境，却是相同的。

最後一段，是我最喜歡、認爲意境最好的一段，讀這一段，很容易使我們也溶入這種意象之中，「徑隱、院蕪、籬散、簷曲」無限的淒涼，使我們又想起馬致遠的「天淨沙」，想不到古代今朝，相隔遙遠，我們的心靈，却還是息息相通的。

「灶小餵得兩人，樹斜紅過三窗，泥細的、塘淺的、種蓮呢還是任他恣意漫生些菰蒲？」

這幾句讀起來，更是讓人覺得清新俊麗，灶小餵得兩人，以及泥細的、塘淺的幾句，穩重中帶點俏皮的味道，顯示出家鄉的親切及令人懷念，只是如今，人兒遠在異地，家鄉的池塘裏，只好任他恣意的漫生些菰蒲了。

鄭愁予在用字方面，顯然是很成功的，在我們豐盛的生命裏，有很多都是值得刻劃的，而詩人的運用技巧，使我們刻劃裏的生命，變得含蓄而有生氣，就如這一篇的前段，他運用了「舞」及「亂髮」，使楊花撲騰變成眷國情深的我們的思鄉情懷，也就說明了這首詩所代表的意象。

在我個人看過有關於思鄉的作品中，余光中的詩，應該是最穩健的，而鄭愁予的這一首「踏青即事」，在意境上，顯得比余光中的積極，在思家思國之中，仍然有「白髮揮出是執節的手掌」一句，因此，我之所以喜歡這首詩，除了其意境高超，風格清新之外，它的積極性，就是最大的因素了。

笠詩双月刊29至90期總目錄（四）

Ⅱ詩評

(二)外國作品

詩人的備忘錄		錦連	62	44
「擦拭」的旅行	山本太郎	陳千武	63	72
詩人的備忘錄		錦連	63	78
洪薩	Pierrede Ronsard	莫渝	64	47
詩人的備忘錄		錦連	69	26
詩人的備忘錄22		錦連	70	72
詩人的備忘錄23		錦連	72	47
詩人的備忘錄24		錦連	79	61
詩人的備忘錄25		錦連	80	47
美在何處?	大岡信	陳千武	81	57
現代日本詩與中國	盧田孝昭		87	67

Ⅲ 專欄、隨筆及其他

(一)專欄

A 笠下影

論題	論者	期數	頁數
瘂弦	本社	29	12
夏菁	本社	30	48
張默	本社	31	22
周夢蝶	本社	32	12
季紅	本社	33	11
黃用	本社	34	22
商禽	本社	35	21
沙牧	本社	36	18
吳望堯	本社	37	28

鄭烱明	本社	42	13
岩上	本社	43	40
傅敏	本社	43	43
拾虹	本社	44	19
陳明台	本社	44	22
何瑞雄	本社	45	29
陳秀喜	本社	45	32
陳錦標、游曉洋	本社	46	85
亞汀	本社	47	51
楚卿	本社	47	56
陳鴻森	本社	49	69
鄧禹平	本社	50	66
楊念慈	本社	51	88
童鐘晋	本社	52	70
蓉子	本社	53	88
梁雲坡	本社	54	82
彭邦禎	本社	55	54
郭楓	本社	57	29
鍾雷	本社	62	36
羊令野	本社	63	58
胡品清	本社	64	42
靜修	本社	66	60
梅新	本社	67	50

B作品合評

論題	論者	期數	頁數
作品合評	鄭烱明	33	36
合評何瑞雄等三人的作品	陳明台	37	26
羅門「麥堅利堡」	本社	39	21
季紅「鷺鷥」		40	29
評陳明台的「緘默」	拾虹等	41	16
評紀弦的「狼的獨步」	同人合評	41	50
評鄭烱明「歸途」	傅敏等	42	16
評余光中「双人床」	同人合評	42	56
評岩上「談判之後」	陳鴻森等	45	38
不安與赤裸的心	鄭烱明	47	54
做人的欲望	傅敏	47	55
反小夜曲	陳鴻森	47	56
從詩的彈性談拾虹的傑作	岩上	47	58
反叛的激情	陳明台	47	59
讀詩後記	嵩峠	47	59
陳鴻森的遼濶	郭亞天	48	49
小論陳鴻森詩集「期响」	傅敏	48	50
拜燈之蛾	陳明台	48	53
詩刊的理想與使命	本社	50	148

星火的對晤	本社	56	91
作品合評會節錄（評鷺鷥）	張新等	59	43
笠十二週年年會暨座談會	本社	73	3
現代詩的批評（座談記錄）	本社	81	40
作品合評拾虹「都市的感覺」	李敏勇	82	32
鄉土與自由	記錄	87	41
詩的創作與定位	李勇吉記錄	88	41

C 詩壇散步

論題	論者	期數	頁數
貝葉	柳文哲	29	50
金色年代	柳文哲	30	71
黎明創作集	柳文哲	30	71
流浪船	柳文哲	30	71
單人道	柳文哲	30	71
畫中的霧季	柳文哲	30	71
長歌	柳文哲	31	60
窗外的女奴	柳文哲	31	60
死亡的觸角	柳文哲	31	60
窗外的女奴	王夢窗	31	62
深淵	王夢窗	31	62

天空象徵	柳文哲	32	72
榴紅的五月	柳文哲	33	57
向陽的眼睛	柳文哲	33	57
處女之泉	柳文哲	33	57
風砂	柳文哲	33	57
雲的語言	柳文哲	33	57
鳴咽的音符	柳文哲	33	57
班鳩與陷阱	柳文哲	33	57
天國的夜市	柳文哲	34	49
燦爛的敦煌	柳文哲	34	49
錦之歌	柳文哲	34	49
寶島頌	柳文哲	34	49
巳酉端午詩集	柳文哲	34	49
詩—洪素麗詩畫集	柳文哲	34	49
燕槼詩稾	柳文哲	36	47
新東西集	柳文哲	36	47
手中的夜	柳文哲	36	47
微明集	柳文哲	37	51
祈嚮集	柳文哲	37	51
死亡之塔	柳文哲	37	51
野鹿	柳文哲	37	51
平安	柳文哲	37	51

D 詩史資料（專輯）

論題	論者	期數	頁數
笠詩誌五年記	陳明台	30	2
笠詩社五年大事記	陳明台	30	21
笠詩誌1至28期總目錄	陳明台	30	28
「現代詩展」中吳瀛濤先生的畫象與親筆字	轉載	46	1
故吳瀛濤先生傳略	本社	46	4
吳瀛濤詩話	吳瀛濤	46	7
舊時代的詩篇	吳瀛濤	46	9
「鷺鷥」短評	吳瀛濤	46	20
哀悼吳瀛濤先生	陳逸松	46	20
悼念吳瀛濤先生	巫永福	46	21
詩人的讖語	王詩琅	46	22
觀音山的新塚	鍾鼎文	46	24
無常之歌	紀弦	46	25
最初與最後	龍瑛宗	46	26
復活天空	白萩	46	27
談詩人的態度	高橋喜久晴	46	28
笠與吳瀛濤先生	陳千武	46	30
悼念吳瀛濤先生	陳秀喜	46	31
無限的哀悼	鄭烱明	46	33
海的客人	林煥彰	46	34
忘年之交	趙天儀	46	36
片段二三	鍾肇政	46	38
詩國的農夫	詹冰	46	39
献給吳瀛濤先生	杜芳格	46	39
鄉愁是黃昏的一盞燈	趙天儀	46	40
追思吳瀛濤先生	杜國清	46	41
孤獨的瞑想者	李魁賢	46	42
看吳瀛濤先生的幾首詩	傅敏	46	49
詩的見證者—吳瀛濤	李劍	46	52
沉默的詩人吳瀛濤	周伯乃	46	57
慚愧和歉疚	黃荷生	46	62
沙軍追思小輯	本社	47	24
胡適詩選	趙天儀	47	4
劉大白詩選	趙天儀	48	46
朱自清詩選	趙天儀	49	60
羅家倫詩選	趙天儀	50	63
吳新榮詩輯	柳文哲	51	92
我也談詩	吳新榮	51	96
徐志摩詩選	趙天儀	51	106
傅斯年	趙天儀	52	76
胡思永詩選	趙天儀	53	91

中華民國行政院局版台誌1267號
中華郵政台字2007號登記第一類新聞紙

笠 詩双月刊
LI POETRY MAGAZINE 95

中華民國53年6月15日創刊
中華民國69年2月15日出版

發行人：黃騰輝
社　長：陳秀喜

笠詩刊社
台北市錦州街175巷20號2樓
電話：551－0083
編輯部：
台北縣新店鎮光明街204巷18弄4號4樓
經理部：
台中縣豐原市三村路90號
資料室：
《北部》台北市北投吉利街249號4樓
《中部》彰化市延平里建寶莊51～12號

國內售價：每期30元
　　　　　訂閱全年6期150元・半年3期80元
海外售價：美金1.5元／日幣300元
　　　　　港幣5元／菲幣5元
歡迎利用郵政劃撥21976號陳武雄帳戶訂閱

承　印：華松印刷廠　中市TEL(042)263799

詩双月刊

笠

LI POETRY MAGAZINE

1980年
4月號
96

林亨泰講課

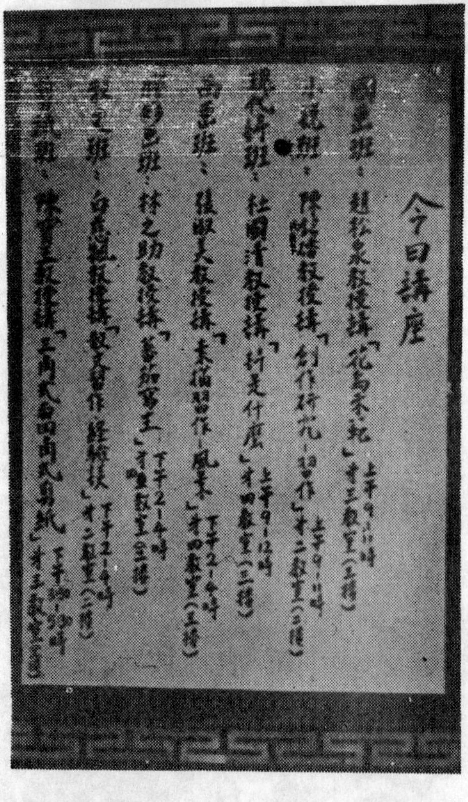

現代詩研習會

由國家文藝基金會、文復會臺灣省分會等單位贊助、臺中市立文化中心主辦的「現代詩研習會」，於五月三十日在該中心開課，參加研習員三十八名，請詹氷、林亨泰、趙天儀、杜國清、岩上、王灝、牧尹、桓夫等主講詩的創作、童詩指導，成效甚佳，於六月十七日（詩人節）舉行綜合座談會後結束。

論壇

建立詩的精神世界

趙天儀

一個詩人一輩子的追求，可能就是在建立一個精神世界。也許一朵花裏呈現了一個世界，一粒沙裏把握了一個宇宙。當然，詩人不必然就是先知，但必須有先知一般的自我覺醒與崇高胸襟。一個人在年輕的時候，常常有追求詩的衝勁，可能也會寫詩，出版詩集，然而，到了中年以後，往往只剩下少數的人，苦守著詩神的祝福。換句話說，有些人，也許知難而退了，或改行追求其他的文藝女神去了。

當我們好不容易地建立了詩的園地，發表了一些所謂的詩作時，我們是否在這些作品中建立了我們的詩的精神世界呢？技巧至上論者，往往陶醉於一些語言的密碼，以所謂佳句炫耀其詩的魅力，不過，有些語言的密碼充其量只不過是一片渾沌、一團漆黑而已。題材至上論者，常常以現實經驗赤裸裸地呈現出來，却沒有經過詩藝術的推敲的工夫，甚至有些只流於某些觀念的陳述而已。詩需形式與內容的合一，題材是需要抉擇的，技巧也是需要錘鍊的。詩人在創作的時候，便需意識到他是在建立一個詩的精神世界。這樣的創作，才能提昇自己，也才能提昇讀者。

那麼，什麼才是詩的精神世界呢？這該是詩人在他的創作品所要表現的內容吧！因此，詩的精神世界該是詩人的修養與體驗的投射，一個詩人的人生觀、世界觀、宇宙觀，一個詩人的眞摯的情懷，一個詩人的知識的水平，都會影響到這個詩的精神世界。

當然，一個詩人可能對時間或季節的變化，充滿了敏感；也可能對時代或歷史的演化，充滿了憂患意識；但這些敏銳的感受，這些憂患意識的表現，都必須出之於眞摯的體驗。為何口號的羅列無法使詩成為藝術品，理由便非常明顯。

在歷史的轉捩點上，我們正面臨了一個關鍵性的時刻，做為一個詩人，要勇於對自己負責，才能面對時代的考驗。我們是否能創造一種眞摯的詩，一種具有崇高品質的詩的精神世界，那便需要一種清醒的頭腦與誠摯的心靈，一種面對苦難而具有大無畏的精神，才能使我們創造的精神世界更接近眞理更接近善良更接近美與崇高的精神內容吧！

我們對我們這一代眞摯的詩人，充滿了無限的期待與希望。

笠 第96期 目錄

論壇

封面：林天從畫「神像」

詩作

評論翻譯

蛾陣

李魁賢

黑夜裡
誰點上一根蠟燭
搖幌着虛弱的光明希望

一隻蛾，兩隻蛾，三隻蛾……
從黑暗中撲上去
燒炙了烈士的夢

用前驅撲滅蠟燭的罪行
讓繼續破繭而出的新生蛾
成群結隊在夜的盡頭集結
迎向眞實的朝陽

給獨裁者

——為魏京生和他的伙伴而作

鄭烱明

你可以把我的舌頭割斷
讓我變成一個啞巴
永遠不能批評

你可以把我的眼睛挖出
讓我變成一個瞎子
看不到一切腐敗的東西

你可以把我的双手輾碎
讓它不能握筆
寫不出眞摯和愛的詩篇

你可以把我監禁再監禁
甚至把我的腦袋砍下
而你仍不能贏得勝利

在歷史嚴厲的裁判下
你的憤怒只是
寒風中的一個噴嚏而已

我的肖像及其他

巫永福

我的肖像

綿長的大黃河日夜高吟向歷史大步邁進
創造了河洛文化的精粹以堅強不變的意志
滔滔地唱出其燦爛的榮光與大有爲的希望
將百姓的愛憎苦樂寫成世界最早的詩經
推出老子，孔子以及諸子百家爲後世無比典範
經殷商夏周等各朝代的開荒與蓄意經營
塑成了可磨滅的河洛衣冠文字與語言
使錦繡芬芳的大河山，光芒四射百花怒放

黃色的奔流滋潤了陝西，山西，河北，山東，河南
大黃河帶動了河岸的蒼生代代生生息息
以洛陽爲燈塔勤奮地締造了光明大道
英育出文明的精華爍爍照耀於這世上
而飛鳥化成凰鳳爬蟲化爲蒼龍之後
老祖宗的血滴緊隨黃帝巫彭帶領的部族
以不斷的努力發明了羅庚，紙，火藥，印刷等
一直流傳到台灣埔里來，於是我誕生了
紀元三〇七年兇悍的匈奴劉淵踐踏了大黃河
慘酷無情的馬蹄掃盡了洛陽輝煌的精粹
而老祖宗巫暹等領郎黨大舉南遷避難

經山東輾轉到達了閩南福建開拓生路
於是河洛人的衣冠貼上了閩南人，福建人的外衣
更由於河洛訛爲福佬而自成福佬人之後
子子孫孫雖這樣保有了多樣的稱號
其剛毅的河洛精神却永遠與其同在

那白雲深處的山西平陽照射出來的太陽
顯現了歷代不朽的細胞，肌色，造型生輝
在水鏡裡映耀着我似老似不老的體態
飄浮着歷經動亂與掌故的白髮童顏
雖然古老的似夢似幻的影子已不可見
那蒼蒼的白髮還是得自母親的遺傳哪！
那紅潤的童顏即得自父親青春的一面
那是承接着一個悠久歷史的鏡子啊！

明末清初的動亂又使老祖宗處處流離
於是祈求媽祖的保佑渡海到台灣來
三百年來篳路藍縷生於斯死於斯
把血肉化爲墳土使一木一草發芽生春
雖經日治五十年仍堅守着台灣人的氣質
那是千辛萬苦開荒奮鬪換過來的金記
啊！白髮蒼蒼表白了無數年輪的軌跡
　童顏紅潤表示了童心未泯永恒前進

註：巫彭＝精於醫，黃帝時宰相，相傳爲巫姓始祖。
　山西平陽＝殷中宗時宰相巫咸，巫賢世居山西平陽，
　　故爲巫姓燈號。

巫暹＝紀元三〇七年由山西平陽避難到福建巫姓族譜記綠上南下後之始祖。

感受

你以愛國有罪來表示只有你愛國嗎？
在常識的範疇內愛國當然沒有罪且該鼓勵
可是愛國的行動如果走出極端錯誤的方向
那就値得憑良知虛心檢討了

如果用心潤飾自已不尋常的行爲
或爲自已不當的行爲做爲辯護
欲將愛國這個名詞做成大帽子
加諸於對方莫須有的罪行與壓力

愛國的情緒人人都有且非個人專利品
其行爲主張應讓大家深思與理性的選擇
然後理性出大家都能體認的方法行動
因愛國的眞諦並非盲目的東西

日本軍閥東條首相何嚐不是愛國者
他以極大的權力壓住反對者強行其政策
因之造成日本歷史上最大的災害與恥辱
不但誤國且成爲戰爭犯而身亡

愛國能興國也能亡國不能不愼呀
人人都有憎惡如仇的心理衡量利害得失

語云，苛政猛於虎乃道出人間嫌惡心態的明證
因愛國與恨如果走出極端後果就不堪設想了

林投

林投微微想起林投婦仔哀怨的故事
有如幻魔附在火車箱走過來海埔眺望着
心恰廣闊的海與天相連，林投婦仔的陰魂不散
唱着不尋常的憂與恨的歌跟小麻雀飛入林投叢裡去

林投葉的硬剌般的頂尖指着碧雲天搖頭
發生吱吱喳喳的聲音細訴林投婦仔的悲慘
遇人不淑的命運及孤魂尋仇的經過
生動地對世上所有的不義表示了抗議

當看到其陰鬱報仇的影子森森迫近時
小麻雀又由林投叢裡相繼飛出去
雖然什麼也看不見却仍成可怕的聲音
隨着海風爲打倒負心背德而吶喊

砂埔的林投樹有如堅忍不拔的赤脚仙
聽任日夜風砂雨打剛毅的挺起身來
爲林投婦仔訴寃躍過愛憎死亡的世界
在艷陽光下深慶其深綠樹葉好奇的新生

風鈴

在故鄉古屋的小庭子裡
依偎於母親的腿膝上
初次聽到淸麗的風鈴音而拍手
那樣的可愛！那樣的新鮮！
正在莫名其妙，困惑的時候
母親笑着教我說，「這是風鈴」
那是兒時好久的事了

住在東京東中野的下宿築地莊
十月一個禮拜天的黃昏
爲學校埋首寫了一篇論文的時候
有人輕輕拍着我的房門
急忙開門一看就是熟知的房東小姐
笑着進來說：「送你一個風鈴增趣」
那是年靑時好久好久的事了

一天拖着事業忙碌的老軀
帶着些疲倦與煩燥的情緒
回家安適地倒在沙發的時候
忽然傳來風鈴悅耳的聲音
輕輕在腦裡旋轉，飄蕩
「這是今天買回來吊在窗外的風鈴」
老妻帶着憐愛的表情說着笑笑

邂逅

趙天儀

輕輕地握着妳的小手
下車以後
我們穿越車輛疾駛的馬路上
沒有紅綠燈
也沒有斑馬線

輕輕地握着妳的小手
妳流露着小鹿般溫柔的眼睛
充滿了稚氣的驚訝
當小鎭華燈初上
我們並肩漫步着

輕輕地握着妳的小手
我的心潭上
恍若潭裏的小舟輕輕地啓航
握着双槳，凝視着妳
且讓風浪揚起四濺的浪花

旅泰詩抄

靜修

全體肅立，我也肅立

早晨六時零五分，全體肅立
老美飛行員肅立，老泰地勤人員肅立
男的女的，老的少的，統通肅立
悠揚的泰王頌聲中
紅藍白三色旗冉冉上昇
在泰國皇家空軍基地的昇旗台前
我是惟一不談肅立的人

打從我接受低等教育的時候
就知道友邦的國旗要遵重
友邦的國歌也要遵重
換句話說
不是友邦的國旗不必遵重
不是友邦的國歌也不必遵重

所以，所以
昨晚在紅寶石電影院
我就不理它泰王頌不泰王頌
照樣摟着我的情婦啃我的棒棒糖

忽然不知何處飛來一擊重拳
打在我後腦袋瓜上
我跳了起來回頭一看
一個彪形老泰正怒眼瞪着我
我站是站起來了，但
那並不表示我在遵重啥

而現在，光天化日之下
衆目睽睽之下
我若胆敢理直氣壯掉頭離去
所有人的眼睛準像箭一樣向我射來
搞不好，明天就叫我滾蛋
叫我回台灣去吃自已
那樣一來，我就不能再賺洋銀
喝洋酒，抽洋煙，玩洋妞
更不能去洗賽神仙的泰國澡了

所以，所以，
早晨六時零五分
雖然我明明知道我是惟一不談肅立的人

仍然必恭必敬地
像一隻猴崽子那樣翹着紅紅的屁股
肅立

註：此詩作於一九七五年七月二日，中泰斷交翌日。

唐尼回來了

唐尼回來了
十個月以前唐尼帶着他的泰國情婦
娃魯妮逃亡的時候
很多人被連累
　挨罵，受罰的受罰
我們倒霉的老大密斯特傑克
也給調回國去撤職查辦

那時，我們去報警
泰國警察老爺一聽是男女為愛私奔
哈哈大笑說：「宛豆腐，
偉大的羅密歐和朱麗葉。」
急得我們直跺脚
CIA派出很多人出去明查暗訪
一心要將他逮回來
必要時連同娃魯妮一起幹掉
怕的是這小子跑到那一邊去做英雄當義士
把我們在這兒玩的洞洞拐遊戲
統通抖出來，那
我們就眞的要吃不完兜着走了

我到監獄看他
他的臉頰瘦了，皮膚黑了，頭髮也疏了
他說：「累死人了
娃魯妮是個紅牌舞女，賺錢多多
供我吃，供我穿，還供我睡
她跟我走，不，我跟走後
我去碼頭當苦力，踏三輪車
她去擺地攤賣玩具
窮得有一餐沒一餐
我要她重操舊業，她死也不肯
說什麼要和我同甘共苦
我可受不了，所以我把她扔了……」

唐尼走的又刺激又浪漫
倒霉的是我們不跑不逃的
現在活該倒霉的已倒霉過
不該倒霉的也已倒霉過
誰都說唐尼不判個十年八載
少也要關個三五年
唐尼却好像啥事也沒發生
撫摸胸前的泰石雞心喃喃地說：

「下輩子我要做泰國華僑，
有錢的華僑……」

啼笑皆非

出來時
壓根兒沒有立功揚名的壯志
當你伏在工作枱上
偷看文件下面的花花公子
一顆飛象過河的迫擊砲
正好打爛月曆女郎巨型的双乳
把你也一起送上西天
你堅守崗位爲公殉職的偉大精神
立刻獲得萬人的宏揚
若不幸
在夜總會朦朧的燈光下
被怒妒得要死的情敵
一槍打爛你花言巧語的舌根
你就得背負行爲不檢的臭名聲
去見閻王
我不知道會遭遇那一樣的命運
但兩種情況都叫人防不勝防

回去時
壓根兒沒有衣錦榮歸的驕傲
當你夾帶的雲南白藥，印度紅丸
白果啊，黑棗啊
苦能須利過關
朋友們會以羨慕的口吻祝賀你：
「發財了。」
回轉頭去你可以聽到他們咕噥着：
「走狗屎運。」
若不幸
連美國胖氏，法國香水
洋烟啊，洋酒啊
都給扣留了
朋友們會以同情的口吻安慰你：
「好可惜啊！」
回轉頭去你可以聽到他們嘻嘻地說：
「活該倒霉。」
我不知道會遭遇那一樣的命運
但兩種情況都叫人啼笑皆非

垃圾及其他

許達然

垃圾

連垃圾現在也不許隨意揹走了。我又可以去撿時看到他專意找着，就問他找什麼東西，他越翻越爛越臭越亂後才答找眞理，找不到後就氣對垃圾提起從前父親駡書裏的道義其實不講理，現在太太不但怨嘆越讀越窮越困而且氣把書扔給垃圾，他越找越髒越氣問垃圾裡我可找到過書，我氣答撿了很多回去後起火都不如朽木耐燒，他越想越惑越氣問我書以外還發現什麼，什麼？我再怎樣掀翻撿，發現的仍是別人丟棄的，垃圾！

其他

只剩命後那學者仍恨人沒有，有恨沒人，人恨沒有，有恨人沒，所以他激烈唱，簡直把自己當鼓打成音樂了。雖然仍清楚聽到自己唱，歌却在衆耳裏溺斃；雖然仍堅毅聽到自己唱，歌竟不如石硬衝破僵河，他仍拚命唱。我們就聽說他死前仍唱大家的歌仍不肯斷，氣。

初冬的黃昏

周伯陽

圓圓的太陽
散發金色的光輝
照耀一片黃昏的景象
但初冬把晚霞的笑靨失落

二熟刈後沒有生氣的農田
處處夾雜着小草
樹木沒有活潑的顏色
灰藍色的遠山
像一幅褪色不堪的古畫

歸鄉人搭乘巴士
沿着夾樹街道
歸心似箭的奔跑
鐵橋上的現代化火車
高速公路上的貨車
都跟巴士同樣的趕路

我還沒抵達家鄉
太陽已到達一天的終點
歡歡喜喜地爬在西山上
減少溫暖做片刻的休息
人生的旅途仍然遙遠
不知不覺天空
已創造另一個世界

非馬詩抄

馬爲義

除夕

對三百多個沒發芽的日子
也只有這樣狠下心來
爆米花般把它們爆掉

而經歷過槍林彈雨的手
引燃這麼一串無害的鞭炮
却依然戰戰兢兢，如臨大敵

浮士德——之一

還來不及找律師過目
便迷迷糊糊在她的唇上蓋了印
待看到她臉上隱隱約約的笑紋
才猛然想起
所有契約背後
都印有密密麻麻的細節

禁止張貼

民主牆上
一張張浮動的臉
在越括越緊的北風裡
凝鑄成
一個個
沈重的鉛字

任誰
任誰都洗不掉
這黑白分明的
大字報

囚飯

晚餐　　　　的鋁盤裡
還剩下一大堆　白水
煮熟了的　　通心
日子——總有十五年吧
這不安份的　　囚犯
竟對着　　小鐵窗裡
幾粒　炸得酥黃的
星星　香起口水來

詩兩首

許其正

火山

一股足以融化北極冰山的
熱情
被埋藏在地下
常欲爆發而出

隱忍再隱忍
沈默再沈默
等待再等待
孕育再孕育

一旦爆發
便震撼大地
震撼無數的人
引起莫大驚歎……

此時此地

總覺得
有好幾個我
不時穿墻過戶
而來
有時在前
有時在後
有時在左
有時在右
有時在過去
有時在將來
　而且
有時在內裏
有時在外頭
把我攪得暈頭轉向
　迷迷糊糊

冷靜一想
最可貴最眞實的
還是此時此地的
這個我

追求及其他

林宗源

追求

求生的種子自暗室呼吸
以植物性的心跳掙扎

一種躍進新世界的慾望

每秒掙扎每秒苦悶懷孕的每秒
脫離母體沒有眼淚的哭聲
要求母親讓我自立的希望

一種蹴開傳統的呼喊

餵乳爬行是天生的代誌
母親的手抓緊我的一生
使我厭惡母親的話
引起私奔的激動
一種自尊的信念患上歇斯特里症

突然一陣筆的衝刺

突然一陣筆的衝刺
血塗髒了廣野
而野生的植物
不再是野生的植物

怒視被撕碎的意志
羅列在毒害的原野
希望意志具有根的個性
抓緊泥土讚美母親的語言
拒絕毛筆的霸法

閉眼怒視着筆
筆總是笑嘻嘻地親近
橫的也慘
直的也慘
恨心中一無所有的廣野
不能抗拒筆的惡霸

當我看到衝出街路的老鼠

從水溝跑出來，一看
日頭還無落山
街路有很多的車與人
這不是牠的世界和時間
回頭看到我站在牠的身邊
趕緊向街路衝去
不管是不是有車駛過來

是算錯時間？
也是遇到突然的事件？
或者爲了改變牠的歷史
使牠走出黑暗的水溝
我看到牠衝過巨輪的刹那
我看到我

當黑夜來臨的時候
我是否有勇氣衝向黎明
或者躺在厝內看電視
抱妻睡覺躺在被孔內
等候黎明慢慢叫醒

很長的夜

釣起金屬性的夢囈

放落蓓蕾一款的魚浮
鈎午夜的星光
以苦笑
釣起半黑半白的日子

一陣一陣吹來吹去的風
一波一波推來推去的浪
想搭風而去又不願意的我
恨刹那的經驗不能創新傳統的靈魂
恨沒有一塊眞正屬於我的土地
恨生命搖不出金屬性的笑

當我以苦笑面向希望
想起半黑半白的日子
只好以無言的嘴
釣起金屬性的夢囈

小酌低唱

喬林

以前與今天

以前我沒想作什麼
只想望一望她
以前我沒想說什麼
只要和她說一說話

今天望着她牽着一個小孩
從對街走過來
我却怎麼也說不出話

今天和明天

以前我握着您的手，對您說
今天就會過去
明天就會到來

現在我握着您的手，對您說
今天已經過去
明天已經到來

當我們都已老了的時候
我再握着您的手
不知將如何對您說
那時的今天
和明天

黑影與白影

一顆顆花生
往嘴里塡
一塊塊豆腐干
往心里塞
擧起小酒杯
把今天明天後天
一仰乾掉

礦石燈張貼在左側牆上的

我那放大的黑影
一閃閃的
看着小吃攤的老板
把我的臉攤展在俎上
快刀剁成細條
往滾水里燙熟

「老板別麼多
就來十塊錢
今天口袋里沒有幾個」
黑影說。

六八年五月九日日記

上班回到燈亮了的家
把僅剩輪廓，面目模糊的頭掛在牆上
當我挪動身子時
掛着的頭，竟然也不安的動了起來
而當我走向靠牆而立的書架
掛着的頭，竟然瞳大得一大糊塗

我終於跌坐在沙發上
把頭垂落下來
要双手小心的，暫時捗着

夕暮揮別

翔翎

天色漸漸黯去
抬眼處
一隻高飛的雁
向夕暮深處投去

我想
揮別最好在此刻
趁月昇之前
路燈三兩
如何照見你的心事參差

在月昇之前
如何將長髮散就
緩緩梳向夕暮盡頭

我想
心事也如亂髮
在月昇之前
都不如就此散開了
然後給月光
流水般地輕輕洗過

出鄉三首

林閃

出鄉

塗上褪色墨水
慢慢地隱了去
必須用力才能辨認出
那耕過的痕跡

那味道
那些血淚乾了的
好幾世代的臉

阮君吾友

童年後
阮君一直是鄉裏的名人
縣長獎再縣長獎之後
保送上醫學院
村子的人
紅著內心的血

偶而回鄉一趟
他都笑看叔伯鄉親們
開花的臉

三十年後
阮君是名醫
到東京
臨走，歡喜含淚的
鞭炮聲響到遙遠的村外

青森的家

搬來搬去的，終於來到了這兒
兒時夢中的紅蘋果
青森縣
家的門牌寫著
松井先生的名字

診療室的牆壁
掛著四十年來換換洗洗換換的白制服
毫無兩樣的生老病死

寧靜的家園
種了一些異國的花卉
再後面那圃地，都是些
蕃薯葉及葱的空心莖

※後記：去年九月到東京國立癌病中心研習並到岳父青森縣的家。

沒有根的子民

Are you Chinese?
I am live in Hong Kong.

趙迺定

流黃帝血戴女王盔
沒有根的子民飄啊飄

映一身消瘦的影，映一臉淸癯的臉
苦悶長長髮也長

走以啤酒站以啤酒坐以啤酒
且醉去今宵——
今宵不醉復醉何宵？

流黃帝血戴女王盔
總想染白黃帝血，總想焚燒女王盔
就只要一樣——
血或盔
而血還是血，而盔依舊盔

就醉去今宵——
今宵不醉復醉何宵？
復醉何宵?!

——誰人知道明日是圓是扁？

工人裝藍藍，嬉皮袋藍藍
只是直條的長髮不捲曲，不捲曲

日日環着港金的臉比仁義茂盛
日日環着死亡的臉時刻追蹤
一個念頭：明日又如何？

走以啤酒站以啤酒坐以啤酒
且醉去今宵的囊袋，且醉去今宵的自我

說：有錢不結婚，沒錢結不了婚
一個意念：明日又如何？明日又如何?!

走以啤酒站以啤酒坐以啤酒
沒有根的子民
流着黃帝血戴着女王盔

飄——飄。

工人詩抄

楊傑美

幾兩命吃幾兩的飯

不要問我想不想發財
賺大錢，那是別人的事
生來只有三兩的命
只好當一個低收入的小工人
沒有什麼好抱怨的

有什麼好抱怨的呢？
只要餐桌上還有紅燒獅子頭
只要宵夜還有米酒
飯後還有一根長壽
只要妻不對我翻臉不皺眉頭
這樣的生活，的確
沒有什麼好抱怨的

不要問我想不想發財
當老闆，那是人家的事
「幾兩命吃幾兩的飯」
這是童年時母親告訴我的
我是一個聽話的好孩子
既然生來只有三兩的命
就只好規規矩矩，窮窮白白
當一輩子低收入的小工人
這樣的生活
的確，沒有什麼好抱怨的

我們不停地滾着油桶

咕隆咕隆
我們把一隻一隻的油桶
滾上山坡
滾入工場

嘩啦嘩啦
我們把稀釋的胺液
倒入儲槽
泵進管線

咕隆咕隆
我們把一隻一隻的空桶
踢下山坡
堆入倉庫

咕隆咕隆
嘩啦嘩啦
我們不停地滾着油桶
我們不停地添注着胺液

註：胺液，係用來脫除天然氣中 CO_2 之用的。

七月是最溫暖的季節

七月是最溫暖的季節
紅紅的大太陽
高高掛在我們頭上
灼灼地照着我們赤裸的背
熱情而溫暖

七月是最溫暖的季節
公司的待遇又調整了
薄薄的薪水袋
又變厚變重了些；抖一抖

昨日的羞澀，大大方方
掂在妻的手裏，一種
彷彿厚實的感覺
悄悄地從伊的眼中飛逸出來
多麼光耀而灼熱

啊！七月是最溫暖的季節
大大的太陽高高在上
照着我們生活的世界
我們赤紅的脊背
如此熱情如此溫暖

菜花田

翠　蘋

老婆婆
菜花留不眠不休
興旺地黃起來了呀！
您童年的髮絲
那柔軟的童年，菜花田
您少女的彩衣
那蝴蝶的少女，菜花田
您婦人的淚水

那風霜的婦人啊
灌溉一片菜花田
所有的美好和憂傷都湧出了花呀！
什麼時候
您從冬日的午憩醒來
看看這片菜花田
以您失明的双眼？

等與答案

李照娥

等

水銀燈下
車輛，不停地
滾轉，滾轉

冰果店裏
盤子不停地
改變容貌
甜甜的西瓜
酸酸的鳳梨

双脚不斷的踩在黃金地段的
我
罵了一聲
該死的地心引力

答案

我喜歡問
——爲什麼
翹翹板底遊戲中
高高在上的總是我？

相聚總在匆匆中
微升的體溫
忽又降落
落入冰雪中

心情低潮時
沒有絲絲入扣的
慰語
獨據一角黯然飲泣

雖然我已知道
答案是一連串的「？」
但我喜歡問
——爲什麼

掃墓

莊金國

挑擔擔的上山的
心情各自沉重着
點燃線香默唸什麼好呢
冥錢灰燼了方才想起
掃帚，遺忘在家裡

每年總是如此記着
而又忘了帶一把鐮刀來
砍除墳上蔓衍的草枝
總是蘆葦滿山白茫茫的蘆葦
年年燒不盡底燃燒起來了

二姊忍禁不住哭下山
沒有驚奇的人祇有
一簇簇熏起的煙雲
在我們漸行漸遠的回望中
火光，一片——

六七年三月節於姑山

沉默

傅文正

對於非禮的擊傷
沈默是必需的
縱然會成爲醜化事件
把臉撕得紅一陣青一陣

一種米飼百款人
誰人註定去飄泊
貧窮是命運
忍受長冬的欺壓
遲早有春天的消息

在生存的原則下
同樣站著的土地
所謂肥料與廢料的爭執
是多餘的贓物

有一日
我也會對著遼敻的天
叫喊根的願望

五子哭墓

渡也

我是一卷錄音帶
每天播放一段
給喪家的耳朵聽
活著
只能有一種心情
哭
就是唯一的
神聖的職業
母親細心地傳給我
我細心地傳給女兒
世世代代
都要活在淚水裡

想起李太太仍是一朵紅玫瑰熱烈綻放
不知她雪白的乳房
今後要跳進哪一個男人的手
我哭
想起我早夭的丈夫
殘廢的兒子
我就盡情地哭
與睡在棺材裡的李先生無關
但我不能太大聲
要是驚醒了李先生
那我今天還哭什麼

我天天哭
所以家裡的事物
一律含著淚水
地是鹹濕的
兒子那雙萎縮的小脚
是鹹濕的
連碗裡的飯
也是

我有流不完的淚水
這才是我源源不斷的財富
一滴淚一分錢
痛痛快快哭一場
兩百元
只有發錢那一刻
我才眞正活著
所以我要感謝死人
他們才是我的財神爺

我是一卷錄音帶
每天播放一段
給喪家的耳朵聽
明天我還要帶著
豐盛的哭聲和眼淚
到張家去

影子與我

劉德有

影子與我

走在
充滿陽光的
世界
仍然
一條黑影
忽前忽後
忽左忽右
緊緊地
窺伺著我

盼

不曾滴淚
而守候的
眼睛
以及
臉
已經漸漸地
枯乾
唉
那該來的
還是沒來

一顆太陽

一顆太陽
跌碎在
動盪的湖中
跌出
無數的
鑽石
閃耀著

生活在壓縮機的世界

吵雜
自四面八方
圍殺過來
我聽不見
一點點
人類的聲音
在這樣的世界裡
我竭力喊出的
無力語言
會有幾張耳朵聽見呢

交班時刻

挨到最後
一口氣
却忍住
切切地
張開雙眼
我在等待
必須見面的
然後
還得尋找
尋找來時路
回家
唉
這口氣
眞長

林外詩抄

林外

來吧！春天

來吧！春天。
我已等待你很久了。
不要看我一身寒冷，
讓你的心逡巡不前；
不要害怕貿然前來，
會招致寒意的回擊。
你來了，我就不再寒冷了。
我是很想去迎接你的，
可是我不知道你在哪裏。
只要你來：
像嫩芽那般亮着眼睛，
像花那般綻着笑意，
像微風那般呵着氣息，
傳出心頭騷動的消息；
我就知道，那是我的春天，
我就會張開手臂迎接你，
敞開心胸把你擁入懷裏。
春天啊！來吧！
我已等待很久了。

旅行

沒有買車票的錢
我們就携着手
笑嘻嘻地跨上
停在我們面前的列車

車上什麼也沒有
只是緩緩地行駛着

不知什麼時候
變成了豪華的列車
柔美的古典樂曲
消音了輪子的卡旦柯多
窗外開滿了七彩的花朵
白雲在窗邊飄過
星星點點地
在頭上捉迷藏
太陽和月亮
嘻嘻哈哈地玩着鬼捉人
從車廂的頭跑到尾
又從尾跑到頭
彩蝶
從這邊的窗戶飄進來
從那邊的窗口悠悠出去

忽然的
看不見的怪物
把沒有票的她擄走了

沒有叫喊
沒有影子
音樂停了
花朵、雲、太陽、月亮、蝶
全都僵着
豪華依舊
却成了 可怕的荒涼
連列車也停了

不知經過多久
車廂的門
無聲地開了
一個小姑娘
貓的脚步一樣走進來

我只能坐三十分鐘——她說
我把她留了三個小時
賞給她一頓美餐
像在大貓爪下的小鼠
小姑娘渾身抖着

我不能坐這列車——她說
我可憐她的顫抖
不敢伸出利爪
送她離開車廂

爲什麼她要來呢
又爲什麼要發抖呢

三十分鐘
怎又變成三小時呢
我望着她的背影
一直到在不動的花中
　成了花朵

郵差從另一邊出現了
小姑娘來了一封信
你的眼睛好柔
你的目光好熱
燙傷了我的背
你的視線像箭
射穿過我的胸口
我躺在醫院裏
但不許你來看我

我不敢去看她
我不能離開僵僵的列車
只請郵差帶去回信：
請一定好過來
不然我擔不起罪過
如果對我的列車有所祈求
一定滿足妳的天眞
爲妳的純潔
列車期待勇敢的乘客

郵差走後

牛頭馬面在窗玻璃外大吼：
三十分延長到三個鐘頭
爲什麼不把她留住
緩緩地從花叢中遠去
爲什麼不喚一聲讓她回頭
心中懷着她的影子
爲什麼不去擁抱眞實

我双手蒙着臉
不爲什麼
不爲什麼
不爲什麼

忽然
一双柔軟的小手
扳開了我蒙住臉的手
小姑娘的臉
像微波中的月亮
音樂又響起
僵的 全動了起來
列車緩緩地動了
車廂頂上的天花板
像天空一樣藍了起來
車廂的地毯
像草原一般綠了起來
列車的速度也快了起來
我的心中

震動起輪子的聲音
卡旦柯多
卡旦柯多

甲午割讓

十萬人口的中壢市
那時候 只有一條街子
上街的人抗日
下街的人供應日軍茶水
上街的人殺了不少日本兵
下街的人 給那些
爲了打仗忘了耕種的人
懷着期望 偷偷地
奉獻糧食

上街的人，被打敗了
遺棄他們逃去
聽到集體被殺了
還爲他們暗暗流淚
只怪怨 上街的人無能
害他們的負擔 更爲加重

甲午年代的舊事
常常像流星
從回憶的天幕
劃過去

異鄉生活

楊傑明

——漂泊正是
這世界的形象——施至隆

再臨的鐘聲

呵！瑪利亞
望完平安降臨　子夜
我收拾起滿漲着妳乳圓似的愛
緊緊裹入薄薄的禦寒風衣
如同妳緊緊擁抱着
妳唯一沒有妻與子的　聖子耶穌

離開
寒冬飄雪　山夜靜
的小教堂
銀色蜿蜒的雪路
寥寂地引領
園外幽靈似的瘦長孤影，走過
今夕深沈藍鬱的海潮，不停狂湧撞擊
岸邊西望的小閣樓
燈亮時
遠處再臨的鐘聲
殘忍地快速輾過……
簌簌滑落枕邊的
思鄉輕愁

呵！瑪利亞

飄

每夜　投宿
無論何其舒適的暖氣酒店
總有一顆西方的寒月
攀百葉交纏疊落的鋁窗而立
漠視　妳我
掙扎于貧困的一絲愛意　茁長

是以　當妳我從異鄉生活
行段段長途的生存跋涉
身旁　異鄉的山水　總是
巍峨地陌生存在着
崢嶸與陰寒的双面酷情
每每掛起團團的霧簾　在前
因此　借宿在異鄉

無法水乳交溶的山水巨大掌影下
妳我不能逃遁的疲乏肉身
熱烈交纏　交纏
微弱地疊起一個貧困的
求生
慾
望

註：此二詩皆寫給逃離寮國，此刻遠泊法國的僑生老友薛俊勝。

保溫杯

母親去了
妻子接過
孩子的媽去了
女兒接過
小女們都流洋出嫁了
自己滿是老人痣的病手
顫顫接過
緊緊握着双手緊緊握着
這四季不安飄搖中唯一的溫暖

註：走進苗栗醫院見一老者獨坐輪椅靜視窗外蒼天。無語。

螺絲刀

鄭日影

黑手的學徒
爲了學到深入的技術
經常握捏著我有力底手臂
在被動的螺絲頭上
撚轉
上上下下
終於賺得許多飯碗
日子好過
後來又將我有效的手臂
交給生手的學徒握用
經年累月學徒變技師
眼看他們都很自私的離我遠遠
最最無言的悲哀
爲何要我被人利用
難道這是命運？
……

扁擔與笠

牧陽子

扁擔

把扁擔向被時間磨平的肩頭遂然壓下，
左肩裝滿了山，右肩盛滿了水，
哼着一曲不老的山歌，
安安份份的走過各種不同的季候。
將一擔擔的辛酸與喜悅，
隨着脚印，隨着一串串輕吻泥壤的汗漬，
凝結成一條山間的小路。

山間的小路是恆不入寐的跫足，
擔起了墾拓的犂耙，
步向稻田，栽種一束束的枝枝葉葉。
漸次荒蕪的田原更寂寞了，
除了呼嘯而過的晚嵐，
呼嘯而過的鳥聲，
扁擔終於被迫擱下來，坐在雜草堆裏嘆賞一幅風景。

笠

一張樸拙的臉，在田間戲逐着太陽，
讓歲月向在額際寫上寬厚的脚印，
一陣陣侵擊一風雨，撕不掉
以汗水拌着泥土編織的版圖。
日日，種植了又種植的水田中，
鄰家的小孩嚷着——
一朵蓮！

一朵蓮在山山水水之間開落，
總是獨飲着濃濃地濃濃地咏嘆，
咏嘆枯萎的夜空下。
遠眺——亮着千萬種姿嬌容媚的夜市，
不禁，傾飲而盡冷冷地冷冷地悲怨，
獨步向荒寂的山頭延展深入，
無所謂！奇異的眼色。

詩兩首

陳强華

青青山色

某個雨天的公車
從車內望出是片青青山色
青青草樹
青青的雨
三兩隻山雀
停在枝椏上洗澡
張着嘴若欲告訴我什麼
沒有思索，無須思索
從車籠躍出
雨珠掉在身上
如小小的音符跳出琴鍵
我是一隻不知雨山雀
飛向青青山色，青青雨中
他們說
雨天的山雀
總愛把雨聲譜成一支
一支永遠的歌

白煙花

——寫給一九七九年

季節裏的煙花
轟然一炮，繽繽紛紛燦燦爛爛洒落人世
孩子們歡呼跳躍，跳躍歡呼
年呵年，是你來了
歡迎你，迎接你
見面時總要說：恭喜恭喜
而有誰知道，有誰知道此刻
在遠方，邊境的禿樹
開滿煙花
轟然一炮，汪汪河水流着血
孩子們驚呼哭喊，哭喊驚呼
糧呵糧，飢荒的難民
見面時又要說些什麼，說些什麼
軋啦軋啦，缺邊的月亮淫笑着
也許，也許流血與流淚
只是那麼一回事
熊熊黑暗中，孩子們還得在戰壕裏
呆望着空中
夢幾朵無聲無煙的
白煙花

六九、二、十八

幽情

林梵

亦非最初，亦非最后
風景千變萬幻
總是情人的臉

短暫廝守幾個黑夜
寒星閃爍不定
在我髮白之后
早已不再堅持擁有什麼
逕是滿心歡喜
付出我純潔的愛慾
莫道焚髮爲誓
愛情自千古醒來

永劫底宿命
勾勒哀傷的眼
仍然幽怨地凝望

我岩石雕刻的臉孔
頃刻風化碎裂
墜落紛紛……

時間透明的距離
無情橫斷你我
究竟無法穿透
閃亮而過
每個生命中
伊人的名字
都是遙遠星辰
變形的神話

所謂情無非陣風
自來自去
愛酒能詩也就是了

——丁巳仲夏・大度山

日本現代詩的淵源和流變（續）

葉寄民

2. 新體詩的呱呱之聲

一八八二年八月，矢田部良吉、外山正一、井上哲次郎等三位學者出版的「新體詩抄」，是由丸屋善七發行的。那是日本近代詩史的新頁。

現在，我們就來考察一下，蘊釀「新體詩抄」的社會背景、思潮及其在詩史上的價值和影響。

在明治維新的啓蒙時期，給予日本以決定性影響的，無可置疑的，就是歐美文化思潮。代替隨着明治維新崩潰的傳統的個人對社會的觀念的，即爲歐美的個人主義思想、自由平等主義、社會認識、實利主義、進化論、實驗主義等思想的近代精神和思潮。更具體地說：這些思想以民權主義運動的全國性組「國會期成同盟」的成立（一八八〇年），自由黨、改造黨的組黨、秩父事件等（註1）爲契機風起雲湧起來了。不過，在激蕩的社會狀態下，這些個人對社會的觀念、政治思想，並非即時帶得進藝術的形象世界里去的。在那過渡時期下，我們看到的藝術，毋寧是處處顯出目標意識過剩的。「新體詩抄」正是在這種背景里發出呱呱之聲的。

「新體詩抄」共收詩十九首。其中創作只有五首，其他十四首，皆爲翻譯。這一事實印證着編撰人所理解的近代思想和感受，並未完全化爲自己的自己眞實的生活意識。換言之，他們的近代思想和感受尚未確確實實成爲日本人的生活、思想，尙爲臻爲藝術生動的形象。

外山正一（一八四八年～一九〇〇年）生於江戶小石川，是時，他是東京大學文學部教授，是個教育家、社會學者。一八六七年，他以幕府留英學生身分，學於倫敦的University College School，旋即因幕府倒台，於一八六八年東裝歸國。之后，一八七〇年赴美。同行者有：木村熊三、大儀見一郎。外山正一是日本駐美大使森有禮的書記官。（另一說是以幕府留美學生赴美而被森有禮所賞識，提拔爲書記官的）。一八七二年，他離開書記官職位，在密西根大學專攻哲學，埋首鑽研赫伯特•斯賓塞（註2）的進化論哲學。一八七六年歸國后，當上開成學校教授，后來開成學校於一八七七年改爲東京大學，即任該校教授，擔任英語、英文學、心理學、論理學、哲學等課程。拿一個思想家來說，他在當時的大學教授中是個開明份子。據說：他贊成民權論而揷足於「新體詩抄」的詩歌改革者，其一個原因，就是一八八二年，東京大學承政府之意設立了古典講習科，要研究東洋保守的學問。這個措施，外山認爲是開倒車的，於是挺身出而跟東京大學校長加藤弘之展開一場激烈的爭論。

矢田部良吉（一八五二年～一八九九年）是個植物學者。一八七〇年，他跟外山正一同被森有禮所賞識而以外交書記官資格赴美。一八七二年辭職，學於康乃爾大學，專攻赫胥理派（註3）植物學。他們兩人於一八七六年歸國。翌年，就任東京大學教授兼博物館長。他奠定了日本新植物學基礎。外山和矢田部兩人，其專攻各有不同，但，同爲留美學者，同受到Herbert Spencer進化論的洗禮，又同在東京大學並肩執教，這樣，他們在友情上、思想上能牢固地結合在一起，是理所當然的。

那時的東京大學，可以說是地地道道的進化論的牙城。只消看一下，受過進化論思想的學者外山、矢田部之外，還有美國人教授 Edward Sylvester Morse ，以及 Ernest Francisco Fenolla 也在那里任教，就不言而喻了。

當外山、矢田部、Morss和Fenollosa等教授在東京大學致力介紹進化論學說，使之系統化時，井上哲次郎（一八五五年～一九四四年）正是該校學生。一八七五年，井上進入該校專攻哲學和政治學。畢業后，任哲學史副教授，同時，編輯東京大學「東洋學藝雜誌」。但，一八八四年，他留學德國，專攻西洋哲學轉向觀念哲學，將康德以降的德國哲學有系統地介紹到日本，又根據西洋哲學理論整理東洋哲學，向世界哲學界提出。這是他在學術上的功績。

外山、矢田部、井上都同爲東京大學教授，外山和井上又有師生關係。三個學者共撰「新體詩抄」，至少可視爲新時代思想和同一文化集團促成的文學活動，決非偶然。

現在，進一步來考察「新體詩抄」的目標和主張。

要了解這個問題，最好的方法，讓我們分析詩集卷首的序言以及書后面的凡例，然后，再吟味詩作品。

『……且夫泰西之詩，隨世而變。故今之詩，用今之語，周到精緻，使人翫讀不倦。於是乎又曰：古之和歌，不足取也。何不作新體之詩乎？既而又思，是大業也，非學和漢古今之詩歌，決不可能。及復學和漢古今之詩歌，咀英嚼華，將以作新體詩……』（遠軒居士，井上哲郎撰）（註4）

『唯頃者，與一、二同志相謀，嘆吾邦人士素鮮以日常口語撰詩歌，是以仿効西洋詩體裁，別創一新詩體，然而，今所撰者，多爲歐美詩之譯耳……』（尚今居士，矢田部良吉識）『蓋中國詩之於日本人，猶如瘖啞者之手語，傀儡之舞也。……夫人有以鳴之之時，雖皆以蕭洒之雅言出之，以中國之方塊字顯其詩文之才，至若吾輩則不分新舊雅俗，混淆和漢西洋，以令人知曉爲唯一鵠的，故以淺顯出之，此吾輩之一本事也。』（小山仙士，外山正一識）

書后面的凡例共四條，這里，只引用一至三條。

一、吾輩皆謂言志，而中國則謂之詩，吾邦謂之歌，猶未聞有統稱歌與詩之名者。載於此書者，非詩亦非歌，然而之所以謂之詩者，蓋因唯有泰西「Peotry」一語，實乃統括歌與詩之名。此非自古所謂之詩者也。

一、和歌之長者，其體或爲五七音，或爲七五音。本書所載者亦爲七五音耳。雖爲七五音，然非拘於古之法則者，且此外欲求諸種新體，是以稱爲新體也。

一、本書中之詩歌，之所以皆分爲句與節者，乃是仿効西洋詩集之例也。

從上述序言和凡例，不難看出他們的主張和目標。

他們認爲明治新時代的意識，應該以日常口語和新的形式來表現，仔細地說，他們認爲前近代的封建意識，道德和價值觀念，同明治時代的近代社會是背道而馳的。嶄新的時代意識不能以早已形骸化的傳統詩語作爲表現工具。俳句，和歌，漢詩等詩體是表現不了更複雜的感情，盛不了新社會的意識和變動不居的諸現象的。套一句老話說：他們說新酒不該裝在舊瓶。於是乎，振臂疾呼要採用歐美的詩體。詩不僅抒情，也要擴大題材，將詩的意識推廣到西洋的 Poetry 之範疇，在形式上注意到句和節。其意不可謂不新，其膽不可謂不大，但，他們仍不能不說出與他們的見識不很相稱的話。

「世之作詩歌者，其或誚以爲鄙俗乎」（巽軒居士）

「安知世人不視之爲咄咄怪事，鄙野至極而唾棄之乎？」（尚今居士）

「有識者若議爲可笑，則任其笑之，可也」（小山仙士）

上面這些話，顯示着，他們擔心着社會人士的褒貶，然而，他們終於抖膽將「新體詩抄」付梓。在當時，這是需要好幾斤勇氣的。促使他們有這種勇氣的究竟是什麼呢？無他，就是進化論思想。

「新體詩抄」共收十九首詩。當中創作只有五首，譯詩却有十四首。作品的比例上，譯詩殆爲創作的三倍。可見其欲借重西洋詩一新傳統詩的企圖。以個別作家說來：外山有創作兩首，譯詩七首。矢田部有創作三首，譯詩六首。井上只有譯詩一首。

茲將譯詩按照內容分類起來看，則有

A、軍歌風的：

1、「丁尼生輕騎兵進攻之詩」（註5）

2、「康普佩爾氏英國海軍之詩」（註6）

3、「丁尼生艦長之詩」（註7）

B、社會人生爲主題者：

1、「布魯姆佛爾特氏兵士還鄉之詩」（註8）

2、「格雷氏墳上感懷詩」（註9）

3、「郎法羅氏人生之詩」（註10）

4、「人生之歌」（註11）

5、「查爾斯•士黎氏悲歌」（註12）

6、「郎法羅兒童詩」（註13）

7、「哈姆萊特」（註14）

8、「亨利四世」（註15）

C、關於自然的：

1、「施耶爾•特列安氏•春之詩」（註16）

根據上面分類的譯詩來看，日本傳統詩歌常以之爲主題而爲日本人所熟悉的自然風物詩，却只有一首，可是，有關社會人生的，連重複的譯詩都算在內，共有十一首，執此一端，即可明白：他們是企圖以詩歌的內容、形式、用語的革新，欲使新思想落實於文化生活的。他們委實是地道的明治啓蒙期的學者。

那麼，「新體詩抄」創作詩內容怎樣呢？矢田部的「拜鎌倉大佛有感」一詩中有一節：

古人說是對的事，
現而今已成非，
說不定今天的眞實，

明天反成爲詭僞，
明天敦敦的教誨，
後天怕就成爲邪道無理，
學者雖說天地萬物
循着不易的法則
駸駸進化不止　然而
不知人們心裡
是否確實將它肯定？

僅僅據此一節，即可看出他把進化論和實用主義（Pragmatism）的思想，直截了當地道出來了，可是，就論而論，它却是意識過剩而缺乏藝術的形象的。

外山正一的「拔刀隊」是日本近代詩最初的創作，發表在一八八二年五月的「東洋學藝雜誌」上。全詩共六節，却將傳統的長歌體予以改行，分節、其腐心於詩形的匠心，可窺一斑，還在當時是值得紀念的。

我們是官兵
敵人是天地不容的叛軍
敵軍大將是蓋世無双的好英雄
隨從他的壯士悍勇無比
有不愧鬼神的英勇
但掀起天誅地滅的叛逆
自古沒有不滅亡
直到敵人全軍覆沒
我們一起前進、再前進，
大伙兒拔起快刀誓死向前進！

神州之風和保佑我武士的精神
維新以來銷亡無踪
日本刀今又將閃爍世上够多光榮！
敵我双方都該死刀下啊！
有大和魂的要死就在這一刻
千萬別落在人後丟盡臉
直到敵人全軍覆沒
我們一起前進，再前進！
大伙兒拔起快刀向前進！

上面只譯出兩段，外山曾在該詩序言上說：「馬賽進行曲」和德國的「Watchmen on the line」等，在革命和戰爭上都鼓舞過士氣。不過，這首以日本的內戰爲題材的詩，同謳詩人類自由獨立精神的「馬賽進行曲」，實在背道而馳，詩中流露的「我現在將赴死，爲了天皇和國家」，就是無意中顯現的「忠君愛國」的封建意識，這證明了外山是個曾爲武士階級的人，武士階級的意識還在潛意識上囿住他。

日本現代詩的最初創作是軍歌風的，何以使之如此呢？這，大槪跟當時的世界性勢不無關係。其時，有美國的南北戰爭，普法戰爭，俄土戰爭等，世界各軍團主義風潮甚囂塵上，也許明治啓蒙期適逢其會，也許明治時代本身也蘊藏着那種要素，這是耐人尋味的。

「拔刀隊」是可以放懷高歌而富有朗誦性的詩。它出現之後，開拓了歌吟歷史和思想的敍事詩道路，如北村透谷的「楚囚之歌」，土井晩翠的「星落秋風五丈原」，薄田泣菫的「雷神之歌」皆可見其影響。

我們可以拿國木獨步在「抒性詩」的「獨步吟」自序做為「新體詩抄」出版時的反應和影響的證明：

斯時，井上，外山二位博士等主唱編輯之問世。嘲笑來自四方，然而，此一單薄小冊似鑽草叢而流之水，不知何時普及山村校舍，『我們是官兵，敵人是！』此一味同嚼蠟之軍歌竟令處處小學生齊踏步歌唱焉……」。

「拔刀隊」之類的軍歌，在一八九四年的中日甲午戰爭，一九〇四年的日俄戰爭，一九三七年的中日戰爭裡都有一脉相成的軍歌出現，變為帝國主義在沙場上飛揚的歌聲，也變成高等學校的校歌，寮歌的濫觴。這也許跟「新體詩抄」三位學者在純文學上所希冀的是非始料所及的吧。

註1：一八八四年十一月，埼玉縣秩父的貧農發起的運動。他們向政府陳性，暫緩還高利貸的款項，減輕雜稅，節約村里費，但未明治政治接納，終于在自由黨左派領導下襲擊富農，警察局、郡公所，主張民權，然而終被鎮壓。

註2：Herbert Spencer（一八二〇年～一九〇三年）英國哲學家、社會學家，以進化論為宇宙的根本原理，企圖自天體之發生至人類社會各方面皆納之于其藝術體系中。著有「綜合哲學體系」十卷。提倡把政府機能限制到最小限度而實行不干涉的自由主義。給予日本的自由民權運動很大影響。

註3：Tomas Henry Huxley （一八二五年～一八九五）英國生物學家，致力于普及達爾子的進化論確立了人類的猿類起源說。

註4：原文是漢字，筆者根據文意加上標點符號而已。

註5：原詩為 Alfred Tennyson（一八〇九年～一八九二年）的"The charge of the Light Brigade"

註6：原詩為英格蘭詩人 Thomas Campbell（一七七七年～一八四四年）"Ye Mariners of England, a Navalode"

註7：原詩為："The captain, alegend of the navy"

註8：英國詩人 Robert Bloomfield（一七六六年～一八二三年）的"The Soldiers Home"

註9：英國詩人 Thomas Gray（一七一六年～一七七一年）的"Elegy Written in a Country Churchyard"

註10：美國詩人 Henry Wadsworth Longfellow（一八〇七年～一八八二年）的"A Psalm of Life"

註11：與注10的同一詩。

註12：英國詩人 Charles Kingsley（一八一九年～一八七五年）的"The Three Fishers"

註13：美國詩人Longfellow的"Children"

註14：Shakespeare的"Hamlet, Prince of Denmark"的第三幕第一場的哈姆荣特的獨白：

註15：Shakespearre的"King Henry lv"的第二部第三幕第一場的亨利第四的獨白：

註16：法國詩人Charles d'Orléans（一三九一年～一四六五年的Sur le Printemps"可能不是直接由原詩譯出而是由Longfellow的"Spring"轉譯的。

非馬的「風景」

——意象論批評集④

林亨泰

風景

非馬

為了怕
窗子不安份
跳槽
到鄰近越建越高的
大廈上去
他們用粗粗的鐵條
把誘人的風景
硬生生擋在外面

怪不得我見到的
天空
一次比一次
清瘦

一般人對外界現象的認識，總無法超然於「片段的抉擇」或「部分的抽選」的範圍之外，但奇怪的是一般人却自以為：其所看到的乃是一幅整體的全部印象。因此，詩人非馬必須「以子之矛，攻子之盾」，他特意也利用了「片段的抉擇」或「部分的抽選」的手法，等到配上「距離」之後，讓讀者能夠徹底地領悟到自己有限的視野，以便把他們帶到更廣濶、更深邃的風景中去。

「風景」這首詩第一詩節前半部所表示的，是對於某種不安份的疑慮感：「爲了怕／窗子不安份／跳槽／到鄰近越建越高的／大厦上去」。如此，以「爲了怕」這種一句作爲開頭的前半部，很顯然的，「窗子」在詩中所扮演的就是不安份角色。然而更由於純粹是爲了防範於未然，因此，也算是「虛構」的一種方式吧。對於本來毫無人格可言的「窗子」，作者甚至要使它也染有了人格的色彩，這種能够使詩意象更趨於複雜化而接近「眞實」，因而詩中「窗子」已不再是張家或李家的那種普通窗子，如今是具有「人」的一種身份了。只是它的外貌仍然維持着本來「窗子」的造形，對此，似乎能够以「擬窗子的人」或者「擬人的窗子」來稱呼它吧！假使有了如上所述的瞭解作爲基礎，那麼我們就再可以來看看它的後半部：「他們用粗粗的鐵條／把誘人的風景／硬生生擋在外面」。這樣看來，「窗子」是被「他們用粗粗的鐵條」所釘牢的，然而「鐵窗」又是此地最常見的現象，那麼，第一詩節前半部的設定，便有了現實的依據，因此對現象也就構成了強烈批判的姿勢。但，我們必須明白的是：這種威力却來自「虛構」運用的結果。

除此而外，還有一點值得我們再一提的是：詩中「遠近法」（perspetive）的問題。大致說來，非馬作品中的詩意象大都是極其單純的，譬如「風景」這首詩中的意象發展，與其說「意象」與「意象」之間的發展關係，不如說「中心焦點」與「前後景」之間的配合關係。如果仔細分析這首詩的話，不難發現「窗子」是詩中唯一可見的基本意象，其餘只不過是被安排在不同空間裏的佈置罷了。如第一詩節的「鄰近的大厦」和「擋在外面的風景」就是「前景」，而第二詩節的「消瘦的天空」便是「後景」。這與前篇所論的桓夫的「窗」是另一不同的表現方法，桓夫詩中的意象是被安排在不同的時間裏，它們互相交錯、激盪而發展，然而非馬詩中仍具有其不同而獨特的深度與廣度，這無疑是由「遠近法的造視」而來的，它可以說是聳立在美的空間中一座「視覺金字塔」吧。

雕蟲錄②

尋章摘句老雕蟲

杜國清 摘譯

詩有三種：

造聲的詩（MELOPOEIA），其中字句，在普遍意義之上和之外，被賦予某種音樂的特質，這種音樂特質導引字句意義的主旨或趨向。

造形的詩（PHANOPOEIA），那是投在視覺想像力之上的意象的鑄造。

造義的詩（LOGOPOEIA），「知性在字句間的舞蹈」，換句話說，它使用字句，並非只爲字句的直接意義，而是以特殊方式，使用語言的慣用法，我們遇到某一字句時心中所預期的前後文脈，這字句通常帶有的件隨語，它常有的承受方式，以及反諷的玩弄。「造義的詩」持有審美的內容，這種內容更是屬於語言表現的領域，而且可能不可能容含於造形藝術或者音樂中。它是最近才出現的，而且可能是最詭譎和不可靠的方式。

「造聲的詩」能爲具有敏銳耳朶的外國人所欣賞，即使他對用以寫詩的語言毫無認識。它實際上不可能由一種語言轉換翻譯成另一種語言，除了或許出於天意的偶然，而且每一次只有半行。

「造形的詩」在另一方面，能够大致或整個翻譯而毫無損傷。假如它是够好的，實際上翻譯者不可能毀壞它，除非由於非常粗魯笨拙，以及對完全爲一般所知道的公式規則的忽視。

「造義的詩」不翻譯；雖然它所表現的精神態度可以由意譯得到了解。或者說，你無法將它「部分」翻譯，但是在決定了原作者的精神狀態之後，你也許可能，也許不可能，抄到一個派生語或者同意語。

譯自"How to Read,"
Literary Essays of Egra Pound.

意象派詩選②

杜國淸譯

福林特(Frank Stewart Flint, 1885-)

菊花(CHRSANTHEMUMS)

哦 金紅 修長的菊花
你是磁瓶優雅的靈魂
在瓶中 你亭立
在葉子間。

哦 幽靜的房間
你是我那默忍之心的象徵。
哦 火焰的花，哦 修長的菊花，
吾愛 來臨

將在那兒蕩出憂鬱的幅濶的波紋，
而永恒之海的大潮
將湧起 當她接近
且澎湃 於歌。

哦 靜室，哦 火焰的菊花，
我心及其誇耀的愛的形象喲，
你並沒預示這力量前來
以苦悶充滿這必要的寧靜。

哦 寧靜精緻的臉，哦 門後的史芬克斯，
她的手在門閂上。

乞丐(BEGGAR)

在貧民街角
吹奏他的悲哀
一個老人站立，
彎腰 萎縮，
鬍子 泥濕，
眼睛 死死。
縮成一團 卑賤，
顫抖於襤褸的衣服——
風打他，
餓咬他，
孤零零，古笛在手中，
吹着。
聽！異質的
他那充滿哀愁的音樂，
氣 從空肚子裡
魔術般地
編入風中——

古銅上的銀色花樣。

片斷(FRAGMENT)

……那晚我愛妳
在燭光下。
妳的金髮
撒佈枕頭的潔白
以及床單。
哦　各角落的黑暗，
溫暖的空氣，以及繁星
框於船燈的推窗中！
波浪舐入港口；
船隻咯吱作響；
一個人的聲音在岸上唱出；
而妳愛我。
在妳的愛中有高高的晚櫻樹，
hortensias的藍色，深紅金蓮花，
山坡上的樹
我們發現的路，
以及負載妳身軀的海，
在哈特蘭的岩石之前，
妳以這些愛我
且以人們、村民、
水手和漁夫，以及
給我們過夜和啜飲的老婦人的親切。
妳愛我　以妳自己
妳自己是這些，比這些更多，
變化一如大地
變成百花的盛開。

天鵝(THE SWAN)

在百合花的影子
以及金雀花和紫丁香
傾落在水上的
金色和藍色
和淡紫色下面，
羣魚顫抖。
在冷綠的葉子
以及漣漪的銀色
以及牠那脖子和嘴的
失去光澤的銅色上
向着拱橋下
深黑的水
天鵝悠悠浮游。
向着拱橋的幽暗天鵝浮游
而進入我憂愁的黑暗深處，
它帶着一朶火焰的白玫瑰。

英美現代詩選

非馬譯

病玫瑰

勃拉克作

呵，玫瑰，妳有病！
那看不見的虫
那在夜裡，
在咆哮風暴裡飛翔的虫，
發現了妳紫色
快活的床，
他黑色秘密的愛
將妳摧殘。

牧場

佛洛斯特作

我正要去清理春天的牧場；
只去耙耙落葉
（等着看水清，也許）：
我不會待太久——你也來吧。
我正要去捉那小牛
牠站在母親身旁。那麼幼小
她用舌頭舔牠都會使牠站不住脚。
我不會待太久——你也來吧。

罪惡

龐德作

我們爲愛性與閑散歡唱，
其它的都視如糞土。
雖然我到過不少地方，
生活裡更無別的值得一顧。
而我寧願擁有我的情人，
即使玫瑰葉含悲而死，
却不願在匈牙利行偉績
傳播人人相信的蠢物。

在內城區

Lucille Clifton作

在內城區
或
如我們所謂的
家
我們想許多關于上城區的事
甯靜的夜晚
直立如死人的
房屋

輕柔的燈光
而我們緊緊抓住我們的無地
活着便是喜事
在內城區
或
如我們所謂的
家

譯註：美國都市的內城區多爲貧民區。

出生地重遊

可守作

我站在暗街的暗光裡
仰望我的窗子，我在那裡出生。
燈亮着；別的人在裡頭走動。
我穿着雨衣；嘴裡叨着煙，
帽低壓着眼，手按着手槍。
我橫過街走進屋內。
垃圾桶還是一樣臭氣冲天。
我踏上頭一節樓梯；髒耳
拿刀對準我：
我把身上掛滿偷來的手錶的他
狠揍了一頓。

不是什麼大事

David Lawson作

一個醜老頭
手持駱駝殼褐色
（肺黑得
像煤鎮上的一條小街）
從門廊走
上街沿
在瞎眼的尿黃月下
才咳了兩聲
便讓人行道把眼睛撞出。
四十分鐘後，
在每個銀行家的女兒
在內布拉斯加大島
每個吉瓦尼斯俱樂部的檸檬月下，
吻過每個律師的兒子，
警察老爺搖搖擺擺出現
召來警車。

一個齷齪的
眼上有個痣的老囉嗦
她自以爲是高級妓女，
把她兩顒掛
在窗枱上
哼着國歌
告訴警察她從未見他清醒過。

烏蘇拉

DAVID RAY作
外頭，親切的眼睛
爲牛排與羊乳酪

致謝；
戴前孩提歐洲的
微笑與軼事。
我們曾在地下鐵
牽手。
裡頭，擠在防空
洞內，淪落到
邪惡地問，
「你介意嗎？……」
為上面的一點空氣，
在愛之後，燃燒的
小孩在街上奔跑，
焦油的烈焰掠過河川，
在一座果園旁邊，熊熊的
樹上長滿了燻黑的蘋果。

打牌者 DAVID RAY作

我們多羨慕他們的漫不在乎，
他們塑像般交叉的腿，
他們懶散的擲牌！
當他們站起來他們心滿意足
如剛下班。他們搓　他們的手
　調整腰帶
搖響他們口袋裡的零錢，並且
搞清爽他們的妻子都忠心
　當他們不在的時候。

釋夏 YVOR WINTERS作

年青時，我感覺銳利
最遠的虫叫
都能滿足我；從樹隙，緊張地，
我注視獵人與鳥。
我抄到的意義哪兒去了？
或者它只是一種心態，
地上的一個暗影，
身在其中卻無由尋覓？
此刻焦黃的夏草，
把芬芳擁向天空；
路旁的灰塵也甘甜；
連沒有陰影的大地都美好。
築巢鴿子輕柔的聲音，
同輕盈飛翔的鴿子
如手套裡靈活的手
撫觸寂靜與天光。
石礫間的落葉，
在肥沃的腐敗中發酵，
在踐踏的靴上塗抹白蘭地
好讓它將醇香上揚。

作品合評

談非馬的詩

本社

時　間：69年1月27日下午二至五時

地　點：臺中市立文化中心

出　席：林亨泰、康　原、錦　連、林耀南、牧陽子、李默默、張俊築、李照娥、桓　夫

書面報告：詹　冰、鄭明劭、何豊山、岩　上、王　灝、楊傑美

司　會：桓　夫

紀　錄：李照娥

非馬作品

人與神

他們總在罕有人烟的峯頂
造廟宇給神住
然後藉口神太孤單
便把整個山頭占據

反候鳥

才稍稍括了一下西北風
敏感的候鳥們
便一個個携兒抱女
拖箱曳櫃，口啣綠卡
飛向新大陸去了
拒絕作候鳥的可敬的朋友們啊
好好經營這現在完全屬于
　你們的家園
而當冬天來到，你們絕
　不會孤單
成群的反候鳥將自各種天候
各個方向飛來同你們相守

裸奔

如何
以最短的時間
衝過
他們張開的嘴巴
這段長長的
距離

脫光衣服減輕重量
當然是
辦法之一

可沒想到
會引起
傷風
化以及
諸如此類的
嚴重問題

構成

不給海鷗一個歇腳的地方
海必定寂寞
于是冒險的船離岸出發了
豎着高高的桅

風景

爲了怕窗子不安份
跳槽
到鄰近越蓋越高的
大廈上去
他們用粗粗的鐵條
把誘人的風景
硬生生擋在外面

怪不得天空
一天比一天
消瘦

這隻小鳥

感冒啦太陽大啦同太太吵架
理由多的是

這隻小鳥
不去尋找藉口
却把個早晨
唱成金色

下雪的日子

伸個懶腰
抖一抖

小咪
你要死啦
把地毯
搞得
到處是毛

電視

一個手指頭
輕輕就能關掉的
世界

却關不掉

逐漸暗淡的螢光幕上
一粒仇恨的火種
驟然引發
熊熊的戰火
燃過中東
燃過越南
燃過每一張
焦灼的臉

桓　夫：今天我們要研討留美核工博士非馬的作品，他的詩在臺灣詩壇上，似仍未得到應有的評價與重視，這很不公平。我認爲非馬的詩有其獨特的風格，表現濃厚的詩質是其他詩人所沒有的，因此值得我們提出來研討，在此擧出八首詩，請康原先生先發表高見。

康　原：我每次看讀笠詩刋，覺得每位詩人都有自已的風格。當然非馬的詩是「笠」詩刋的一個異數，他的風味很特別。以冷靜的心眼批判人生，諷刺社會。以非常短簡有力的句子去透視生命。那是他在內心蘊釀很久的，有感而發，毫無做化的感覺。我們可從「人與神」一詩得即印證。短短的四句，寫出社會假借宗教的名譽而從事自己利益的工作。毫無隱滿的揭發僞善的面紗，叫人看透醜陋的一面。也許這是他慣用的手法之一。

林亨泰：非馬的詩有一個特殊的方法。就是用片斷的抉擇及部份的抽選，事實上一般人是無法用全部去認識外界的事物，因爲知覺只能看到一部份，只能用片斷或部份的眼光去看這個世界，而以爲看即全部，因此產生錯覺而不自知。非馬採取這種方式「以子之矛攻子之盾」，係列反綁了手一抄的方式，但在基本上却有別出心裁的表現。讓讀者認識原來那是片斷，那是部份。他的詩之所以不錯，是讀者認識那是片斷後，反而把讀者帶進更深邃、更廣大的領域裡面，使讀者重新再認識。

林耀南：對于非馬的詩，我的感想，「人與神」是借着人與神住在一塊來表達人口密集。「反候鳥」是表達現代的民族意識，諷刺逃避現實的人民。策力自強團結的感召。「裸奔」是諷刺意氣用事的年輕人。用簡短的句子却有深刻的印意來表達。「構成」是表現藝術的一首詩。把船想像爲海鷗停息的地方。船的冒險有其目的，這是很有趣的。

林亨泰：剛才幾位都一致認爲，非馬的詩有其特殊的寫詩手法。我想，應該藉這個機會來研究看看特殊在那裡。好像有這種需要。首先我們可以看他用的字非常清楚、明朗。他的特殊性，當然並不是在語言上。語言上的用法，在目前詩壇的風氣似乎很重視修辭。加上很多形容詞、副詞、或美辭。就這一點來說，非馬反用清楚、明朗的字，也就是特殊的一點。不過，站在日常語言的立場上，這不算是特殊的。在語言上，反文壇上的文縐縐，油膩，很多很嚴重的修辭才是特殊的。就一般人的講話習慣，日常用語來說，這都是平常，跟我們說話的層次一樣。就詩來說，他的特殊不是在語言上，而是在詩的意象上。不靠修辭的言辭，能寫出詩的人已經不多了。我看「笠」詩刊的詩人們，都有這個趨向，不靠修辭，而以明朗的寫法，這種寫法是很難寫的，比文縐縐，玩弄言詞還要難。一百篇當中大概99篇是這樣寫的。所謂名詩人，也用這種方式。這是繼了古文詩的好處，也可以這麼說，承繼了幾千年修辭美好的一面。很可惜，我們講話不是那麼講的，我們所用的工具也不是過去的韻文，是白話文。用白話寫詩，還需靠文辭上的美，我想這是現代詩存在的一種矛盾。最近那些已成名的詩人，我看他們的詩愈來愈離開詩的本質，這也就是意象上的缺乏，一種營養不良。文辭上就是厚衣，衣服越穿越漂亮，越來越多，而其內在意象，體格卻越來越壞。要鍛鍊詩的體格必須從意象着手。非馬的詩非常營養，非常豐富，眞正的打出意象給我們感受詩是甚麼。

李默默：以骨氣來說，像這種詩是不是笠詩社同仁們共同的心態？在笠詩社同仁的詩中，都有一份中國傳統書生的格調。富有一個良性知識份子特有的分辨是非善惡分明。眞正有血淚的作品，在「笠」詩刊裡普遍的可以看出。身爲中華民族不產生俄羅斯主義，是傳統的皇帝子孫。尤其在非馬的「反候鳥」表示，已知一目了然他所表現的意識和意象。「裸奔」一詩，反映近來時代的變態，不像洛夫的「裸奔」，未寫人生生死陰陽怪氣作品裡輪廻。非馬的「裸奔」寫的很現實，很直接的指導我們，這一代的裸奔在表現什麼。

康原：非馬的詩，利用意象表徵思想。林亨泰老師在意象論批評集中曾說：「『文學的意象』是經由作者的處理並賦于特殊意義的事實，除了反映已存的生活事實外，更表現象徵着即將發生乃至必然發生的事項，因此，『文學意象』是以具有『象徵的價值』爲其最高的目標」這種象徵的價值可由「下雪的日子」、「構成」兩首詩來證實詩的象徵價值。他以海鷗、海船和桅表現作者的某些思想。假若以這首詩去想他的象徵價值是什麼？這首詩和「下雪的日子」有異曲同工之妙。「下雪的日子」裡傘小咪的動作來比喻下雪的狀況，以調皮的批判把陰濕的感覺表現出來。「伸個懶腰／抖一抖」伸懶腰是消極的動作，乃對無可奈何的生活提出悲哀的吐訴，埋怨。雖然埋怨，抖一抖自己，沒有想到把毛毯弄得都是雪。這首詩不止是描寫下雪的日子，在下雪的日子裡隱藏許多象徵的思想。我們從這方面去看非馬的詩，可發現這裡面隱藏許多的哲理思想。

林亨泰：剛才我以人穿厚衣的例子來說明詩壇的毛病。我打算從「笠」92期發表「意象論批評集」，現已發表過兩篇。其主要目的是重新提倡意象的重要性。我觀察「笠」同仁一直在追求意象。老一輩的人如詹冰、桓夫都是，我初期的詩也在追求意象。年青詩人鄭烱明、拾虹、傅敏、陳鴻森、明台等沒有一個不追求意象，而在努力。當然很多人誤會「笠」詩社同仁們的詩沒有什麼。他所以會認爲沒有什麼，是他以漂亮的文辭去看「笠」詩刊的詩。「笠」詩刊的同仁都以淺近的文字來寫詩，如非馬就是一個例子。若以文學的觀點來看，當然沒什麼，但以意象去看，則有其象徵的價值。在這裡，我並不是要重新提倡20世紀初期的意象派今天的意象派是從辛皮提以後，意象論已變成批評理論的一派，不僅是針對詩、小說亦可以用意象論來批評。有些人會認爲意象並不是詩的全部，還有許多詩的要素。目前要拯救意象的貧乏，是「笠」同仁必需要做的，同時也是「笠」同仁作品的大特徵。別把越來越瘦的意象救起來，變成強壯又肥胖，不靠外形的衣服來誇耀。這是我一再強調的事。

錦　連：非馬的詩與別人比較不同的是他用字淸楚，難懂的句子很少。像我沒唸過多少國文的人，讀起來也不覺得吃力。詩的特點常有意想不到的突變或轉彎。突變轉彎之後所出現的意象格外給人衝擊。讀了以後心裡有很明顯的輪廓。題材不僅豐富，且都能入詩。在這麼多的題材中，最令我感動的是—他對於生存的週圍經常是睜開眼睛直視着。這一點，很多所謂的詩人都忘記或有意的忽略。

桓　夫：張小姐，請妳說說對於這些詩的感想，且此類型的詩和妳以前所看的詩有什麼不同？

張俊築：說坦白話，我一向很喜歡詩。像今天我們一直提到「笠」詩刊的優點，我是進了文化中心才眞正的感受到。以前所接觸的都是文辭華麗的詩，且認爲那是很美、很好的詩。現在，來了這裡，慢慢地接觸另一個世界，而且頗有同感，就是說很反對修辭，而忽視了它的內容。以前在學校所討論的都是鄭愁予、余光中、洛夫等人的詩，現在我漸漸的喜歡這種深入淺出的詩。

林亨泰：剛才張小姐所說的我也有同感。據我個人來講也是如此，年輕時候（廿年以前）總喜歡很美的詩。我想人都如此，先開始都喜歡糖果，慢慢地嗜好會改變，喜歡鹹的東西。人類也是如此，先開始只注意到文字的用辭，就像美麗的謊言，聽起來很舒服。以後會覺得它很空洞，希望有詩的意象表徵。

張俊築：我覺得這不僅是接觸的問題而已，跟一個人的成熟度有關。年輕時總比較唯美點，看那些文章，比較不能感受它的深度，直覺上喜歡紋飾。漸漸成熟點，就會要求比較踏實、比較有內涵方面發展。

林亨泰：依整個世界人類追求的起點來看，美國詩人惠特曼說：「現代人喜歡糖果，這是不應該的」，我永遠記住這句話。現代詩的詩史，慢慢發展到像今天這個樣子。這不是短暫的時間所能講完，同時必需引用許多詩的例子。平常人的意識形態裡好像停在惠特曼以前的世界詩史裡。不願意長大，永遠過小孩子甜美的生活。但這種情況到最後還是會變，只是快、慢問題而已。也就是說把成長的時間拖長而已。我認爲既然要成長，就趕快成熟。詩壇曾經有過所謂現代派運動，好像要成長的孩子，結果却沒有。

張俊築：雖然，我漸漸的不喜歡文辭美麗的詩，不過，我有個問題。寫唯美詩的人習慣用語雖然跟我們不一樣。但是如果能用很美的文辭寫出眞正有內涵的詩，我們並不能說他們完全在彫琢句子。

林亨泰：分析這種心理非常難。有句話常聽到「詩是文字的鍛鍊。一般人都有散文寫得好就能寫詩的心理背景，這是錯誤的。詩的世界和散文的世界是不一樣的，事實上詩是不用文字的，詩經即能證明。所以說並不需要在文字上彫刻，搞花樣。追求文字上的美，我不反對，這也是詩的一種，詩的一小部份。可是我們的詩壇却被這種文辭美麗的詩佔據了，產生了以量制質的現象。變成詩非這樣寫不可，其它都不是。比如非馬在意象上的突出，可是人家不覺得這是好詩，產生「笠」詩社的詩人所寫出來的詩都是第二流的誤會。要糾正這種錯誤，並不是反對文字上的用心不好，而是把眼光放大。以美麗的文辭寫詩，是早期的寫法。靠文辭起家成名的現象在世界各國很少，但我們依然存在。靠字寫出是眞的詩，還是假的詩？翻譯的時候即能分辨出來。翻譯的過程上美麗的修辭會被丟掉、遺落。但我在批評裡，仍留有他們的一席之地。只是我們詩壇被他們佔據，反而眞正追求詩意象的詩人，每一篇在意象上都非常特殊，却沒有地位，這是爲什麼？當然，我並不要求大家的想法必需跟我們一樣。只是文字美麗的詩充訴詩壇，使大家分不出好詩或壞詩，好壞顚倒。現代詩最重要、最重視的是從意象着手。最近「笠」同仁正努力從「笠」詩刊打出意象來。

桓夫：邱先生，剛剛林先生及張小姐的談話中，你有什麼意見。

牧陽子：現在以詩的質來討論。詩的質有實與虛之分。美麗的詩並不一定是實的，它的意象非常的空洞，就像林老師引例以人穿漂亮的衣服一樣。文壇必須重視詩的實質觀念。另外一點，我們必需強調什麼是現代詩，什麼是非現代詩。一個時代應有一個時代的表徵，我們應該以我們的生活來寫詩，不應該在文字上造作，表示自己的另一種才華。現在詩壇有很多人像鄭愁予的「錯誤」一樣，一直錯下去。這種錯誤必需糾正，重新評估。非馬寫詩的方法似永遠睜開眼睛去看，他把社會的病態用非常淺明的文字表達出來。這是非常可喜的現象，也是值得我們學習的方向，至於如何分辨詩的華麗與樸實有賴先輩詩人們共同整頓。

李默默：我對於目前詩壇的看法與林亨泰老師的看法一樣。非馬先生的詩所展現的是詩人眞正的眞。我欣賞「風景」此詩所描寫的意象，猶如一個旅人遊賞各處名景或一個人站在崖上、海邊、與空上的意象是一樣的。「風景」此題目用得非常絕妙。他首先一針見血的說「爲了怕窗子不安份」窗子所以不安份，必有其理由。更恐怖的是窗子還要跳槽，跳槽即鄰近的大廈去。這種氣魄，詩人展現無遺。非馬先生最後說：「怪不得天空／一天比一天／消瘦」一詩已經達到無可奈何的心理形態。目睹別人生活形態或各種經濟程度的發展。這種情形已經不是「用粗粗……擋在外面」的人所能了解的。

林耀南：詩的藝術，包含人類各種生活。人類需要精神上的安慰，因而以美做基礎，非馬所表現的意象是警世人類的思想。人類生長在恐懼不安的世界。把世界當作電視銀幕一樣「一個手指頭／輕輕就能關掉的／世界」「却關不掉」。戰火就像電視上的銀幕一樣綿延不絕。詩人雖想表達田園詩人陶淵明的心境，可是時代不容許。使人類不得不重視世界的和平。

李照娥：非馬的詩用字明朗、清楚。具有強烈的批判性和諷刺人類的愚昧，由「人與神」及「電視」等篇都可以看得出來。

桓　夫：你覺得「下雪的日子」怎麼樣。

李照娥：我很喜歡。「雪」給人的感覺是冷的，沒有活力、很消極。可是他却以一隻小咪的動態，來描述詩人內心的祈盼。內部的積極和外部蕭瑟的景象成爲一強烈的對比。

錦　連：「下雪的日子」很冷，可是我却覺得很溫暖。欣賞一首詩，是讀時有不同的感受。此種感受，無法以語言表現出來。一首詩，讀完之後，能給人激盪、感動、喜悅，我們就會喜歡這種詩。如何能產生這類效果，這也許是詩論家的工作。一般人讀詩的時候可能沒有從意象角度去欣賞。讀了之後，有了感受，慢慢地再從感受裡面抄出原因來。貧乏的內容亦有人感動，只是輕、重、濃厚各有不同。我喜歡且驚奇句子會違反思考的常理，突然產生新鮮的境界。至於像化學家一樣分析一首詩應含有什麼要素，這份工作不太適合我。

桓　夫：欣賞詩，大半都是這個樣子。

錦　連：不過理論的確立也很重要。

林亨泰：「下雪的日子」所使用的句子，三歲小孩都會講。尤其「小咪／你要死啦」。爲什麼這樣的詩會感動我們。就是我們忘掉了很簡單的句子，連小孩都會用的那些方法。我所看到的詩，要抄出以直接的、很白的、口語化、明朗、淺近、機智的詩，莫過於這首詩了。這就是詩、最好、最眞的詩。

桓　夫：今天來的各位，對非馬的詩發表許多高見。沒有來的同仁詹冰、王灝等人亦用書面說出對非馬的詩的感受，請李小姐唸唸給大家參考。

鄭明助：可以使人入詩的境界乃在現實的想像中所捕捉的活躍底靈感，而表現在衆人的面前，讓人去體會和感受。如「電視」與「裸奔」，唯詩的表現手法有的貴在反射作用。一如：「構成」，然而；爲了分辨詩的位置，當然少用硬朗的說明爲妙。

何豊山：非馬的作品，風格獨特，文字簡鍊又眞實，意象明朗，平易近人。「人與神」、「反候鳥」、「裸奔」等篇，反映現實，深具社會批判性；「電視」隱含濃厚的時代意識；「這隻小鳥」、「下雪的日子」語言俏皮有趣，易讀易懂，可做爲優良的兒童詩教材。

岩　上：非馬的詩在體型上來說，屬於短章較多，常是一句一段，甚至一詩也是一句，雖然有時把一句排列成幾行，但在句法上遠只是而已，很像意象派的表現手法，語言清晰不加藻飾，意象明確而集中。

事實上，非馬的詩在有意無意間有着相尅相生的技巧，例如：「人與神」，本來以爲造廟宇是爲了「尅」峯頂太孤單的，沒想到卻以孤單作爲藉口「生」出占據的野心，這是表現技巧的妙法。又如「電視」，手指頭本來可以「尅」制（關掉）電視播放的世界，卻「生」出（關不掉）仇恨的火種燃燒每一張焦灼的臉，這是相尅而又相生的易變技巧，若牽於彼此，而詩味實已超於象外，這也是象徵的另一隱伏的作用，收能集中，縱能致遠。而就內容來說這兩首詩也具有強烈的批判精神。「風景」、「裸奔」也都有社會批判性，「反候鳥」更是切中時弊，表達了詩人回歸家園的心願。

「構成」一詩，在表現技巧上來說和「人與神」一樣，「人與神」用「然後」，「構成」用「於是」的關係詞，連接了上下兩句。就詩的本體來說，「構成」較純，但很奇怪，在同樣的技巧上純詩反而感動性較低微，而具有批判精神的「人與神」卻深深地令人感動。這或許是詩除了純美之外，還須參與一些什麼，這是我讀非馬作品的一點點感想。

王　灝：非馬的詩含有很濃厚的理趣，以一個研究科學者的眼光，對於事物的觀照了解及觸悟，表現而為詩，自是較富於一種理性的、客觀性的制約力，把詩性寓寄於理趣之中。用一種冷靜的筆法，直接的去擊中所欲探討的主題核心，意象尖銳鮮明而貼切，富有一種科學的清明品性，沒有感性的泛濫，這是非馬的詩之異於一般詩人詩作的最大特色。

批判性，這該也是非馬詩的另一特性，但其批判性却又非若解剖刀般的無性銳利，亦非一種控訴性的聲音，非馬的詩含有批判性，但却不強調詩的批判功能，因此他的詩表現而為批判的意向，有時是出之以諷侃，出之以冷靜的敍述，出語雖或看似閒淡不刻意經營，但却富有它的深性深意與對生存的一份關心，以及對人間世的一份愛戀。比如「人與神」一詩，用簡單的四行詩句，勾勒出人性的卑劣一面，直接而不辭費。又若「電視」一詩，透過電視這一科學文明產物，來表徵自己對世局的關心與看法，一個手指輕輕就能關掉的小世界，對比着關不掉的大世界，能任隨已意控制的小小螢光幕，對比着無可抗拒的廣大世局的多變，這種比照手法中，即具有一份巧思在，具有一種無可如何的關心在，而其批判作用也就在這種比照手法中，若有若無的存在着。「裸奔」一詩中所欲表達的，無非是一些人際間，人與社會群體間，人與既成的道德準則間的某些差距，其批判意向，不是甚為清晰，但其批判作用還是存在的。總之非馬的一些詩，含有着批判性，但他的批判性却不十分帶有用世及社會性的作用，它的批判性質還是深富着個人感興的色彩。

造語平淡，詩思清明，但詩的作用力却是淩厲的，對於意象的選擇，則十分具巧思，其詩體精簡，詩調顯朗，以上幾點，乃構成非馬詩的品性與特色，他的詩富有科學的知性之美與理性之趣，那是他的詩之所以令人喜歡處，因為我們的詩壇，感性泛濫的作品充訴其間，相較之下，非馬的詩則毋寧是更接近於純粹性。

楊傑美：非馬的詩正如「非馬」的這個筆名一樣，是非常特殊的，帶有強烈的反俗意味。非馬的詩，也是我們的詩壇上，少數你一眼就能認出的作品之一。他所獨具的那種精簡短小的形式，獨特的斷句法，以及獨樹一幟的思考方式，在在都予人以一種「商標」式的強烈印象。這些特質所組成的風格，使讀者在讀過非馬的作品之後，無論感動與否，都有鮮明難忘的感覺。

有人把詩人分為「知性詩人」和「感性詩人」兩種。就非馬而言，你很少讀到他感情細膩，鏤刻情感精緻入微的作品，更無論憂情與哀傷之作了。所以，把非馬納入「知性詩人」之列，雖不能贏得所有讀者的贊同，但可說是「雖不中，亦不遠矣！」

一個「知性詩人」，他所賴以表現的利器，不外乎驚訝、諷刺、反諷、滑稽、和諧趣等。非馬正是運用這些技巧，達於「自如」之境的能手。非馬觀察事物，不輕易被表象的關係所迷惑，更不滿足於事物淺層的搜索，他往往排除外層重重的羅網，直入核心。正因爲這樣，非馬的詩，沒有豐富繁蕪的意象，沒有多餘的累枝和贅葉，輕描淡抹，寥寥數筆，便鈎勒出事物精彩的神髓。

不是白馬的非馬，是七十年代的詩壇上，昂首揚蹄縱橫飛馳，一匹眞正矯健的黑馬。

詹　冰：非馬的詩有高度的濃縮和長距離的飛躍。所以大部分的讀者不能跟上去。他的詩和俳句（日本的一行詩）一樣，沒有看慣的讀者無法欣賞。

這次的七首詩，還算是易懂的詩。其中我比較喜歡「電視」一首。在第一段，他就寫「關掉」電視了。一般的人，寫電視的詩都打開電視開始的。這一段就表示非馬非凡的地方。可是第二段又來一個否認「却關不掉」，當然下面是「現實的世界」。在現實的世界裏，人類的仇恨是引發慣火的「一粒」火種。（關掉電視時，畫面會變成一粒光點。）引發後的戰火，好像原子的連鎖反應一樣擴大發展，最後燃到人類的每一張焦灼的臉。這是詩人又是核子科學家的作者警世之言。而讀者會受了很大的感動而擔憂人類的前途。這也是一種新時代的詩感吧。

錦　連：我常接到許多作者寄來的詩作品，有些詩根本看不下去。這除了本身忙，沒多餘時間看之外，尙有一點原因：詩的用字太難，常需要查字典，甚至也有字典查不到的字，那我就無心繼續看下去。這對作者感到抱歉的。也許詩人寫詩宛如駕在雲霄上與實際生活脫節。爲什麼不能以日常用語寫詩，非藉其它工具不可。好像一個全是排骨的人穿上厚衣一樣的虛假。你有九斤肉，就展示多少，何必充胖。我寫詩並不是爲了發表，而是將內心的感受發洩出來。有些人用「詩的語言」寫詩，是如何把詩寫的美好，使用一種技巧。而不是用自己的聲音。非馬用的是自己的聲音。也許他沒生活在臺灣，所以沒受到污染。也許他生存的四週都是外國人，因而產生強烈的中國人意識，才寫出眞正中國人的詩。抄出動人的意象，並不一定在豐富的辭藻裡。也許有人會說：你不了解深奧的字，怎能批評詩？如果他以認字的深淺角度來說，那我眞的不够格。

林亨泰：批評的態度—圓的東西就是圓的，扁的東西就是扁。如果帶着假面具批評，人云亦云，那就不是批評了。如同童話「國王的新衣」，只有純眞的小孩子才敢說出國王沒穿衣服。

錦　連：記得林老師的兒子指着火箭說：「爸爸，我要買火」及我兒子告訴我說：「他夢到火車從身上『爬過。』」我覺得這兩句都很新鮮。

林亨泰：事實上這就是詩。詩是小孩也懂，詩是最輕鬆，最原始的東西，人人都會，不一定要接受高深的教育。

錦　連：有一次參加某學校座談會。有人說，寫詩一定要把散文寫好才能寫得好。我聽了很傷心。

林亨泰：遇到此問題時，我常反問一句：「中國的詩經怎麼產生的。中國尙未有文字以前就有詩經。如果說，必須寫好散文方能寫詩，那麼詩經又怎能生存到現在。這就證明詩不是散文的一種，跟散文是兩種不同的世界。」

李默默：我覺得「笠」詩社的人都很厚道，總希望人人好。只可惜這是個化粧品的時代，人人喜歡美麗的謊言。別人帶假面具作爲出發點，認爲這是好的，我們又何必以純眞去救他們？

錦　連：不是要救他們，而是不願意他們以量制質的來救我們。

林亨泰：「笠」詩社同仁一向默默的耕耘，不管別人的詩風如何。總希望有眼光的人，能站出來說幾句話。可是，十五年來一直沒有說它好。爲了澄淸古人的誤會，讓古人了解這也是好詩起見，採取自己說自己的方式。當然，並不是排斥其它的詩，只是將眞正好的詩推薦給大家。

張俊築：「笠」詩社有表現自己讓人家多接觸的必要。我以一個學生的立場來說，並不是喜歡誰的詩，不喜歡誰的詩。而是沒有機會多方面接觸詩，所以很難分辨好壞。

林亨泰：至少說一說它的好處。讓大家知道寫詩並非很困難的。使有同感的人亦提起筆來寫詩。

桓　夫：我想今天這個座談會，各位所提的高見，對於作者和讀者都很有益處。謝謝各位。

布穀鳥兒童詩學叢刊

熱心推展兒童詩的林煥彰、舒蘭等，正邀集同好籌辦「布穀鳥兒童詩學叢刊」，着重兒童詩理論探討及評介，凡兒童詩創作、翻譯、評論及有關資料均歡迎惠稿。

又：該刊爲紀念詩人楊喚在兒童詩方面的貢獻，特設立「楊喚兒童詩獎」，每年兒童節頒發一次，其候選作品(成人的)採推薦方式，並分期在該刊登載，歡迎各界熱心人士推薦，並請註明原刊登之刊名及日期。

「布穀鳥」編輯部設：臺北市南港郵政四—九信箱

臺中市立文化中心文化服務部代售

笠叢書及其他詩書目錄

詩集	枇杷樹	楓　提著	二四元
詩集	南港詩抄	楓　提著	二四元
詩集	彫塑家的兒子	陳鴻森著	三〇元
詩集	歸途	鄭烱明著	二四元
詩集	拾虹	拾　虹著	二四元
詩集	雪崩	杜國淸著	二四元
詩集	悲劇的想像	鄭烱明著	三五元
詩集	異神的企求	趙廼定著	四〇元
詩集	秋之歌	蔡淇津著	二四元
詩集	孤獨的位置	陳明台著	二四元
詩集	島與湖	杜國淸著	二四元
詩集	食品店	林宗源著	四〇元
詩集	媽祖的纏足	桓　夫著	五五元
詩集	剖伊詩稿	桓　夫著	三〇元
詩集	美麗島詩集	笠詩社編	精裝一五〇元 平裝一〇〇元
詩集	華麗島詩集	笠詩社編	精裝二〇〇元
譯詩集	日本現代詩選	陳千武譯	二四元
譯詩集	韓國現代詩選	陳千武譯	二八元
譯詩集	裴外詩集	非　馬譯	三〇元
譯詩集	日本抒情詩選	陳明台譯	六五元
論評	田村隆一詩文集	陳千武譯	精裝六五元 平裝五〇元
論評	現代詩淺說	陳千武著	六〇元
其他	小學生詩集	陳千武編	三五元

杜國清講課

研習員聽課神情

中華民國行政院局版台誌1267號
中華郵政台字2007號登記第一類新聞紙

笠 詩双月刊 LI POETRY MAGAZINE 96

中華民國53年6月15日創刊
中華民國69年4月15日出版

發行人：黃騰輝
社　長：陳秀喜

笠詩刊社
台北市錦州街175巷20號2樓
電話：551－0083
編輯部：
台北縣新店鎮光明街204巷18弄4號4樓
經理部：
台中縣豐原市三村路90號
資料室：
《北部》台北市北投吉利街249號4樓
《中部》彰化市延平里建寶莊51～12號

國內售價：每期30元
訂閱全年6期150元·半年3期80元
海外售價：美金1.5元／日幣300元
港幣5元／菲幣5元
歡迎利用郵政劃撥21976號陳武雄帳戶訂閱

承　印：華松印刷廠　中市TEL(042)263799

詩双月刊

笠

LI POETRY MAGAZINE

1980年 6月號

97

69年6月17日詩人節在臺中市立文化中心舉辦「詩畫展」，展出作品共71件，以不同的表現方法追求一致的藝術境界，甚獲好評。

↑詩•馬爲義 畫•陳光明

↑詩•陳坤崙 畫•王昌淳

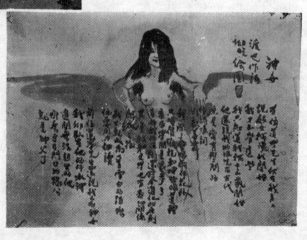

→詩•渡也 畫•坤明

論壇

現實主義的藝術導向

杜國淸

關於過去臺灣詩文學的發展，李魁賢先生曾經扼要的指出三個主要趨勢：一是純粹經驗的藝術導向，一是現實主義的社會導向，一是現實主義的藝術導向。這三種傾向中，在今天事實證明，第一種已經走入死胡同，第二種已經走入歧途。在我看來，只有第三種才是我們詩文學今後應該繼續走下去的道路。

所謂「現實主義的藝術導向」這條路，我認爲在今後八十年代，將構成詩壇的主流。由於現實環境的影響，有些詩人早已對此時此地現實生存的意義有所自覺。這種自覺反映在詩作品上，一方面是對六十年代以來，西洋現代主義的揚棄，一方面是對本鄉本土過去文學傳統（包括日據時代臺灣文學和中國古典文學）的認同，這是就詩的精神而言。就詩的表現技巧而言，藝術性的追求將會受到進一步的重視和要求。所謂藝術性，是指文字表現上的技巧，包括意象、用字、節奏、結構等等。今天我們的詩人，不妨從古典詩和西方優越詩人中，學得詩語言的用法跟技巧，但是必須肯定以白話文爲寫詩的工具，努力將白話文提煉成詩的語言，而不應該再以惰性使用已經被古來詩人提煉爲詩的語言的美麗辭句。換句話說，在藝術性的追求上，我們詩人必須以詩化白話文爲使命。

總之，我所期待的八十年代的中國詩，將是以純粹白話文所寫成的，能繼承古典詩和西洋現代詩在藝術上的技巧，而在精神上，以眞實的經驗表現出此時此地我們中國人的悲歡與哀樂，寫下我們這一代中國人的苦難心聲、精神和理想，這種「現實主義的藝術導向」的作品。

笠第97期　目　錄

封面・賴守仁彫塑「静」

評論翻譯及其他

關於煮菜的事件

林宗源

關於煮菜的事件

「鹽，鹽，鹽」我講；
「糖，糖，糖」阮某講；
「味素，味素，味素」阮囝講；

很平常的事，很普通的代誌

「或兮菜是我在菜市仔買轉來的」
阮某講：「何況煮菜是我的代誌」
「即兮厝，是我做戶長」
我講：「不準反對」
「未來的戶長是我」
阮囝講：「必須尊重我的意見」

很普通的代誌，很平常的話

「很鹹」阮某講：

「專制，死也吻變」，講在嘴內的話
「很鹹」阮囝講：
「親象即款的老父，死無人哭」，心內的話
「無鹹」我講：
「有話盡量講，有一日我也會改」

很平常的事件，很普通的代誌

妻怨嘆和我發生關係
囝兒和我鬧分家

哭一聲無目屎的哭

我是忍受不住子宮的黑暗
而用力縱出來呼吸的生命
來到人間竟然還是黑暗的半冥

哭一聲無目屎的哭

想起在子宮的日子
雖然是寄生的生命
吃睏攏總免煩惱
我為什麼慘脫離母體

吽一聲無路用的語言

赤身空手來到世間
是爲了白食母體的血良心物安
也是爲了行使自立的意志
報出一聲名字佔有脚踏的土地

一九六五、二、六日寫

西瓜

一拳，爆裂的西瓜吞聲忍氣

恨西瓜的皮膚太黃
我想內面一定有堅強的肌肉
恨西瓜的皮肉太軟
血紅的肉有物出頭天的種子

一拳，語言碎裂如片片的心

一九六六、三、廿日寫

非馬詩抄

非馬

睜眼閉眼

睜眼

在眼皮下
奔突了一夜的
噩夢
比搔着門板哀號
的狗
還內急
擠過打開的門縫
疾衝出去

嘩！
白色天花板
美好
如青青的
草原

閉眼

記憶裡
從未見過
全閉的貓眼

連打瞌睡
也是瞇着
從綫似的小縫
看你
在陽光裡
走進走出
那麼安詳地
提防着
你

花開花落

花開

天空
竟是這般
遼濶
驚喜的小花們
爭着
把每一片
花瓣
伸展到
極限

花落

沒有一次
我能平靜地
聽妳數
忘我
毋忘我
忘我
毋忘我
……
到最後一瓣

歸鄉

趙天儀

踩上水田的邊緣
野草叢生的小徑，充滿了蒼綠的氣息
流水滑過的小溪，瀰漫着嗚咽的聲音
童年的記憶，依然鮮活
而田莊裏的老農夫，卻已逐漸地凋零

踏上小橋的路旁
枇杷樹俯身映在流水的鏡子上
尤加利挺身靠在石子路的飛塵裏
戰爭的烽煙，雖已熄滅
而田莊裏的新生代，卻已陸續地遠行

我回來了，村童不認識我，在新蓋的土地祠
我敍說了來歷，白髮老翁點頭默許
田莊的新厝，是颱風水災的重建
田莊的大橋，是竹筏飄流的新建
而我，早已從這田莊裏消除了我孩提時代的乳名

我回來了，青梅竹馬的童伴竟還認得
伊已成爲農家婦，微露福相
伊呼喚着我的乳名，彷彿時光回轉倒流
童年的伙伴，有的還守着幾分田地
成了農夫；有的卻已離鄉，成了工廠裏的黑手

歲月不留情，雖然田莊裏的景物尙存
而我已不再是孩提時代的我
時光不饒人，雖然田莊裏的竹林尙在
許多老農夫，有的早已作古
有的白髮蒼蒼，守望着這塊看天田

我回來了，聽白髮老翁深沉的嘆息
聽童年的伙伴，敍述競選的風波
聽青梅竹馬的伊的聲音，好像又重返往昔
在戰爭的廢墟中，我們成長
在苦難的日子裏，我們安然地渡了過來

品

許達然

□：咄

根本就不是生給畜生啃的，莖原也不長給鼠嚙，枝原也不伸給猴折，葉原也不攤給虫蛀，花原也不開給蜂抽，果原也不結給雀啄，種原也不產給雞呑的，我們不是禽獸，都吃了，居然還不飽的，甚至沒吃也要吐的。

說！

□□：破碗

未完，全爲飽而塡空的，叫不出名字，妻也煮，兒子也愛嘗，咬到鄉思，怎樣咀嚼都嚥不下，不合味就敲，不但縱叫我餓了，甚至橫寫我食我了，縱橫吵得桌子都動搖了，把從老家帶來的碗公都嚇破了，補了又補後，割破了手，擦掉血後，吃破了嘴，含着血，仍用。

□□□：吃翅膀

甚至我們機器養得牠們再展撲都飛不起，即使故意喊努力也暗地罵不自量力，黎明不是牠們喊醒的仍孤孤苦苦啼，連啼聲都飛不高就落了，我們聽不懂就吃，骨軟肉少，吃了幾千年了，我們仍長不出翅膀。

巫永福詩抄

巫永福

落雨

一個醉漢撐傘瘋顛地
走過雨落個不停的馬路與雨搏鬪
打架似地揮傘大聲叫喊
「不要落雨呀」
但雨却大了起來反把他淋濕了
於是他大發脾氣指天盡聲叫
「聽到了沒有」

黑雲密佈之下雨愈落愈大
可怕的閃電裂開黑雲閃閃
雷公遠而近大發雷霆
有如亂開炸藥咚咚嚨嚨嚨
把醉漢的瘋聲把消了
於是他更不服氣更亂罵起來
「你這混蛋」

黑雲密密把太陽氣走後
慈祥溫雅的月娘也不見了
花圃雨滴重重蜜蜂也不來了
路樹欣欣增綠滴水
於是他垂頭喪氣知道回天乏術
又撐着傘孤獨陰鬱顛顛地
自言自語消失於雨聲伴奏的雨路中

橋

把斷裂的空間
以鋼泥連成一線後
左右流暢了
有無相通了
又將時空接上去
於是在陽光之下
站在橋線之下
橋上茫茫
橋下茫茫

水洪洪
又淙淙

多少人把過去的歲月
與未來的歲月穿貫
架上橋來去
上下相達了
又古今的世界
來來去
去來來
橋上雲天
橋下碧淵
心恍恍
又悾悾

十一月

落葉飄飄愁幽飛
滿池陰雲楊柳垂
往事片片寒風裡
雄志未了身先衰
緊合襟領把首縮
抱頭深思對寒水
書卷平生多感觸
與世浮沈歲月催

憂樂以詩古思遠
却是事事與願違
消磨物外酒一壺
又笑糊塗貪富貴
落葉不掃偷一閒
看遍風塵面目非
人是人非不問乎
年關又屆將添歲
猶如人生酒中盡
暮色藹藹聽簫吹
近山入畫誰是主
雀聲啾啾將我圍
放眼收回眼前景
默對白髮水鏡追
擲杯手冷重雲天
水鏡鬱鬱夢不回
欲淚無語樹簇暗
自嘆不如燕南歸

夏日詩抄

陳坤崙

吳郭魚

活跳跳的吳郭魚
在砧板上掙扎
他先用手按住他的身體
然後用力往肚子一割
最卑微的吳郭魚
奮起最微弱的力量
把背刺及腹刺
全部怒張

回家後
把吳郭魚放在鍋裡煮
擺在桌上熟的吳郭魚
背刺及腹刺仍然向我怒張着

最卑微的吳郭魚
被迫殘殺的刹那間
也知道用最微弱的力量反抗
甚至被煮熟的靈魂反抗依就

嘴巴只有一個

我有一對眼睛
用來看萬物的變化
我有一對耳朵
用來聽取人類製造的紛爭
但我祇有一張嘴巴
把心靈的感受
發出思想的語言

爲什麼眼睛要一對
爲什麼耳朶要一對
而嘴巴却祇有一個
莫非上天巳暗示我們
活在這個變化莫測的世界上
多看
多聽
少說爲妙

夏

殘酷的暴君
用一把火
把整個大地
變成一個火爐

阿公的遺囑

楊傑美

「我死了以後
就把我葬在屋後的那座山頭吧」
這是阿公臨死前
最後的遺囑

躺在那生的最後搖籃之中
終生勞碌，披荊斬棘
被生活狠狠煎熬了一輩子的
阿公　終於流完了他最後的一滴血
終於完完全全地
放鬆了自己
把手和腳的氣
洩光了

「即使我死了
我也要守在那山頭上
俯視着這一塊山谷
日夕不停地看顧着
我那些年幼的子孫們」

這樣
實現了最後的心願
阿公躺在自己選擇的泥穴中
僵硬的臉上終於擠出了一朵
勝利的微笑

此後日日夜夜
每當他的子孫們
擡頭向屋後的那座山仰望
他們總是會聽見
一絲微響
隱隱地，飄揚在那山頭上：
「我將不停地看顧着
我那些年幼的
後代子孫們
日日夜夜
直到永遠……」

傳說

李照娥

這是個傳說
但我喜歡
甚至迷戀

傳說中
心橋是深情的淚珠一點一滴砌成的
不需陽光的照射
依然光彩奪目

相思的言語
是巫婆的咒詞
滲透心靈的微波飄入耳膜
悄悄的　癢癢的

雖然是個傳說
但我喜歡
甚至迷戀

荷

黃恒秋

往湖中擲入童話，你就激起
輕輕水聲猶是披肩而下的清麗
雖則汲入月色的銀白，暗夜的墨綠
時時與成群的風挽臂雙灣雙沈

當清晨第一顆彩目爬過纖細的頸上
居想嚮往那雲——而雲總遠遠鋪在晚星隱逝的路上
夜夜聽雨打在頭上如讀無字書
在多湖之鄉，裸足的女孩仍涉水覓求你底秘密

湖水經常藍得透明，任遠訪的蟲們在四周激響漣漪
誰知我也在湖畔俯身喚呼你純白的名姓：
浮萍浮萍喲你是繫根的浮萍
徒讓一些波影一些回聲像虹的流光紛紛墜落眼前

「盼望爲自己保留一份清淨已是很奢侈的往事
驟圓驟缺的夢啊，祇不過添加幾響擠弄的喧嘯」

北宜公路

衡榕

我幫路來說話
新店到宜蘭綫
這大段的彎曲
便是北宜公路

大概我最愛山
一擋二擋上坡
車水馬龍見證
大崎腳剛過去
坪林的包種茶
就老遠的端來

北宜公路就是
這般英雄模樣
鑽進群山萬壑
然後在高稜綫
完成一個句點

作詳盡的解答

看到了太平洋
看到蘭陽平原
看到了龜山島
更看到了人們
原來它是嚮導
九彎和十八拐
是它音符起落
司機和旅客們
都愛這麼說它

有名的木材場
宜蘭的三角洲
更愛到處兜售
這段不愛說唱
的—北宜公路

我是一棵植物

林　輝

我是一棵植物辭典上找不到名稱的植物
種子埋在地下
天眞地等待春雨的滋潤
懷著希望期盼著春陽的照拂
想微笑地發芽
笑微風的可愛
笑陽光的暖和
想展開美麗的葉片
想抽長優美的莖幹
想在風雨中悠然成長
想開出美好的花朶
想結出甜美的果實
想在烈日下成就一片陰涼
想在冬天保持誘人的青綠
這世界上還不曾有過這樣的植物
我是一棵植物辭典上找不到名稱的植物
我是連植物學家都不敢相信的植物
只有自己相信存在的實在
只有完成自我的願望　不敢怨怪

不再憂鬱

南　星

電話傳來北方的聲音
不再洋溢著愉悅和歡欣
窗外　淚雨滂沱
想像你楸立彼端　神情落寞
飛奔的快慰　疾然消滅　愁容滿面
清理日夜堆積的思念
層層疊疊
想飛　懸在半空的翅膀
四面八方　焦灼地搖晃
企圖搜捕希望的光芒
好想問你　爲什麼憂鬱？
是不是　爲了神奇的憂慮
無意間　燃起相會的火力
使你不由自主的心悸
獨向蒼白的天空　默默無語
憂鬱的小親親！
你可明瞭？
太陽爲了不能撫慰你的沮喪
早黯然魂銷
月亮爲了不能治癒你的刀傷

已心痛如絞
小親親！
在憂鬱的震顫裏，你可曾聽到
一顆顫慄的心　來自南方
正遲疑著蹣跚的脚步
踏碎亂石的淒楚？
在十字路口　獨自徬徨
漫天的霧海　使他迷失方向
正盼你及時把雲霧撥開
捧著瀟灑的微笑　迎來

懷念的小親親　不要憂鬱
纍層層疊疊的思念
匯聚成浩瀚的情海
將昔日歡樂的情懷
在船上　刻下拂不掉的痕跡
將一縷相思　萬里情緣
網入日久天長的等待！

然後，有一天　你會在我枕畔
輕輕的　柔柔的向我傾訴：
搭著生命的列車　你瞧不盡世界風光旖旎
乘著海的搖籃　你聽不完幸福的呢喃軟語
那時　可愛的小親親
你的一言一語
會充滿青春的活力
你的一舉一動
散發著海洋的媚力
因為
因為今後的你　已不再憂鬱
因為
因為那時的你　臉上種滿了歡喜

哥哥的旅行袋

翠蘋

天晴的時候
旅行袋離開哥哥
到安詳的庭院陪太陽旅行
風雨的往事漸漸說乾了
斑駁的痕跡漸漸抹淨了
哥哥在屋裏睡著
睡吧睡吧哥哥
像落日那樣沈睡

晚風中的旅行袋好孤單
從美夢中醒來了，哥哥
溫柔地將它取回——
怎麼又是
一尊背影一付行囊
一條帶走哥哥的路
一顆星

企盼

李篤恭

祈禱着凝視
一隻白嫩的小手
生長在一隻粗糙的大手中

小手震動了一下
大手緊急地握住它

小手掙扎了一下
大手輕柔地撫摸它

小手滾動了一下
大手用力地抱住它

小手安心地睡着了
大手輕搖着它

筆桿　鋤頭　槍刀　鉄鎚都拿過的
大手哭泣着更緊抱着小手

小手張開了　再緊握成拳頭
大手笑了　趕緊地把它
放開

燈與蛾（迷你詩劇）

林清泉

幕啓
舞台上擺着一盞燈
吐着青黃的火焰
把附近照得亮亮的
驀地
一隻蛾出現
在燈的四周飛翔
燈的火焰伸得長長
向蛾作蠱惑之姿
蛾欲近又離
欲離又近
火焰在風裡搖晃
向蛾作渾身的媚態
蛾終於撲向火焰
觸鬚被燒焦
蛾終於擁抱火焰
週身被燒焦
（驟然響起如雷的掌聲）
燈下躺着一隻死蛾
燈仍吐着青黃的火焰
在窺視另一隻蛾的出現
幕漸落

公共氣車

趙廼定

公共氣車夜景之一

——過站不停

把老夫「外快」搞掉
引發週轉不靈，誰能付第三幢房屋期款
孰可忍孰不可忍！
甭管十目所指十目所視
且隨老夫心意
——愛停就停
——不愛停就不停，活該你在站牌頂熱天
等老半天
頂熱天等
這班不停下班停，也不過再加半個鐘頭而已
當然，若是脫班又當別論
想想老夫上頂烙陽，下傍發燙的馬達
一天總要八個鐘頭在火爐裡烤煉
你我相比直如小巫見大巫
——過站不停有何稀奇？

把老夫「外快」搞掉
老夫多帶一個乘客並不多賺兩塊半
何必站站停車多燒汽油爲你
侍候！

公共氣車夜景之二

——擠沙丁魚

老夫是無能
總下不了決心分贓吃票
所以一直租個陋屋蔽身
雖說君子固窮，雖說安貧樂道
總也要混口飯吃飽肚
怎麼辦！
合法的是爭取里程獎金，拿些
載客獎金
這總不會東窗事發鋃鐺入獄
你趕上班，她趕上班

擠吧擠，擠成肉貼肉，臉對臉
也把車胎壓扁三五分

喂，現在可是廿世紀
不作興男女授受不親的
妳何必尖聲大叫！你何必直皺眉頭？

喂，車上的客呵——
別叫沒立錐立地．
妳趕上班，他可要上課
每個人都在趕時間

讓他擠上車——

他心裡會感激我的
只有當他擠上車後還有人再擠上，他
才會嘀咕嘀咕
而我的載客獎金又多一個

老夫是無能
吃票是貪汚，抓到要鋃鐺入獄
超載雖違法，可沒人聞問
又有硬擠上的乘客會感激
又有載客獎金平安入口袋
誰還管超載
衛生不衛生，安全可不可慮

不是悲歌

范姜春之

潺 潺 潺 潺……

你說
終日嗚咽
低吟悲歌
是爲那
剛一見面又要分離

不 不
不是悲歌
是歡唱

潺 潺 潺 潺……

流過溪底
漂過石畔
見面雖然短暫
相聚的刹那
已激起心靈的火花
綻放相思一朵
半朵駐此凝望
半朵伴我流浪

清明

周伯陽

這些蜿蜒小路
散發着故鄉的溫暖
清明時節我走慣的熟路

山路起伏不平
墓草叢生
隱藏掃墓人的鞋跡

石碑生苔給我心傷
我跪在墳前祭祖
先母用微風的手掌
撫摸我斑白的頭髮

我的感念飄散在墓四周
怨的音容凋落在時光中
在九泉地下
永恆是寂寞

歪仔歪橋

杜逵

稍稍認命的枕木
一根又一根，一字兒排開
架在柴構的橋上；
蘭陽溪水眞正愛戀高枕中的無憂。

裝滿森林故事的台車，
好久都喚不回來了！
橋墩還是篤定的，
守着汽笛一聲袖珍的呼嘯。

長身駛過無憂的那一線蜿蜒，
是橋上橋下
處處升起的白雲，
載過來記憶中喘喘一列小火車。

當那邊參天最後一棵檜木被摺倒，
一場最不起眼的風雨也要奔過橋去。

澳洲詩人在美國

非馬

來自澳洲、美國及其它地區的作家們，四月二十二日至二十五日在紐約一個由美國詩人學會舉辦的會議上，慶祝「英文文學」在世界各地的滋長繁榮。

在這前後，三位澳洲詩人—文理•包可雷 Vincent Buckley、大衛•梅樂夫 David Malouf 及萊斯•墨雷 Les Murray—由詩人學會及澳洲評議會文學部共同贊助，在美國各地遊歷誦讀。這三位詩人的旅程表包括四月七日在夏威夷大學的東西中心；四月十一日在奧立岡的波特蘭州立大學；四月十四日在猶他大學；四月十六日在阿利桑那大學的詩中心；四月廿一日在華盛頓的國會圖書館；以及四月廿八日在哈佛大學的拉曼詩室。

在過去幾年裡，好幾位美國詩人接受澳洲政府的邀請，訪問澳洲。透過他們，以及最近在美國陸續出版的一些澳洲作品，美國人開始接觸到用同樣的文字但以不同的觀點表達不同事物的英文文學。類似的情形迫使他們不得不放眼看來自加拿大、非洲、亞洲及中南美洲等地區的英文文學。

—取材自四月號「詩嚮導」

費茲羅

文生•包可雷作

連在墓地
那裡烏鴉與喜鵲
在寥寥無幾的樹頂上
一站便是好幾個鐘頭，他們也擺
扁平的綠鐵盾
在欄杆上。保護高聳的公寓
不受死人侵擾。

誰來保護我不受死人侵擾？
費司可，捷克社會主義者，賣給我他的打字機
卻捨不得分手。　他撫摸它
當他又說又笑。　需用錢，
要一位朋友來保有它。　這樣
可以把貨變成財

在一個人還活着的時候。
還有羅曼，烏克蘭人
驕傲得像土耳其人，
在費茲羅練法
如同他可以把布倫威治街
瞪出麥子來，
却死在一個街角，在他
摩托車的機油裡。 讓他兩個好友
爲他的電報爭吵。
一個威風凜凜趾高氣揚
一個從容不迫却神秘兮兮
兩個人都爭着討好我，不情願
的調人。
還有米蘭，每天
數他的書，
撫着書脊在他冒險進入
他日記裡長長的斜坡之前，
和平主義者，夢想着巴西，
友誼的話語停留在他舌尖。
在我的國家…我的國家…我的國家。
母親們不在這裡。 所有的死人扁平，如鐵。

牛欄門

萊斯・墨雷作

我最後一次從路上看，我們的房子
此刻全倒了。
我不是去看。
我的堂哥把最後一片鐵皮扯下
我們臥房的椽
且拉下牆柱。
他不要一個不修邊幅的鰥夫
在他的新農莊上衰老。
我要這些木頭做牛欄門，他說。
地樑將支撐一段時間
還有那壁爐，那堅冰的混凝土，爲
最後打翻的油玷污。
我不是去看。
我曾多次向這房子道別
因而助成了它的傾倒。
我甚至洗刼了它，
掠走一陣陣陽光與風
以往它們自臥房的蓋板上劈下
刀鋒架在突出的部位上。
許多感覺懸在空中：
前廊的感覺，望向西方，
後廊的感覺，濕板，毛巾掛在釘上，
都在空氣裡守寡，

可是，半毀的它幾乎是個漩渦
站在山脊上，
記憶與迷失在直立的木板叢中。

現在時間可以放手把陷在那裡的日子發散：
睡房裡的書籍，樹枝的綠牆圍着
我們的聖誕桌，我的母親把個錫圈
在麥餅餡上放了又放，告訴我法國的事兒。
她不在的頭幾個禮拜。

晚飯時的燈，
滿月穿過起坐間的門。
我不是去看。

犬牙

大衛·梅樂夫作

豎立在我顎上的是一塊小小的墓碑，紀念
飢餓與食人肉者的
歡宴。一度繫在
門鈕上，它乳質的前身
被拔出，擺進玻璃瓶裡去集聚月光，與
鹿角象牙同埋
在棚屋的暗處。

那悲劇裡的某些東西
苟活了下來。每次門
在我腦中砰然關上
犬牙便驚慌無措，鑽進地下，找
其它較穩重的骨頭商量。

一座小小的無望山；一個哨站聽取
植根于行星顎上的牙齒發出的訊息，一張
吞噬我們的嘴。一隻
在地球上看視的眼。從它古老的
掠奪裡找出我們攀附的綫—嗅出
死亡的踪跡。

妳沒來赴約

古能豪

獨望一窗明亮的燈光
妳是否已安憩，想著我
還是守在小樓獨唱
一闕行吟的浪歌
流盪在我叩門的心情
（是否會有人開門）

妳沒來赴約，今夜
從黃昏走過暗夜到鼾聲乍起
我在廊前，廊前有妳昨夜的淚珠
有妳的手在我掌中
執着，妳是否病了
等我去探望妳，以醫者的心情

沒有月色的夜沒有繾綣
風嗖嗖的鞭笞，我踉蹌之姿
止立門前，我的心情停滯
門縫何時露出一點變質的月色
柔婉的告訴我：你來了
病也不再是病

是妳捻熄小窗燈光？門未叩響
我的心情已陪妳安憩
伴我歸去的是妳
在小樓獨唱行吟萬里的浪歌

妳未來赴約
妳病了，我未去探望
終究終究我非華陀
唉唉我非華陀

憾

鍾雲

掩埋地您身上的是一坏黃土
一點綠意也沒有
淵深的遺憾盛滿了我的心懷

盼望了多少個春天
而春天總是在別人的院子裏開放
什麼時候
我可以告慰您深封在泥土下的期望？

即使您的墳墓遍滿了蓊鬱的綠
遲了
我終無法得到您開懷的祝福
我所能做的
只是在您的墳前拈一炷香
告訴您這遲來的春信
難以預料的是
您在地下知也不知？

給多情的孩子

黃恒秋

有不少時候　少年仔
你會不會想到一個女孩
用手指
比劃著某種可能的春天

彷彿一株樹愈是智慧的
那個季節
就有一種夕陽爬上它碩實的情果
且長滿花刺

她的來臨　少年仔
你的額頭該沒有汗的珠粒
任憑眞情去遠　凝眸不再
春天的美麗　仍像她的双乳一樣豐盈

但誰曾去明瞭紅唇的痛苦
有不少時候　總試想攀登好漢坡
用痰
唾棄她媽的忽冷忽熱

笛韻

馬溫妮

如從前一樣
夜在小樓裏守望
遠天的星斗便墜落在竹管上
一些下著小雨的悠揚
點來黃昏等待的寒涼
我的夢，幾回在塵路裡徬徨

怎麼說
落不盡是山眉繚繞的迷茫
彎出迤邐的迴腸
零落枝頭的遺唱
褪下悠悠的過往
倚著幾隻飛鴻復止復揚
知音，你在何方

（一個吹笛的姑娘
靠在明月的窗旁
將一個故事說得悲長
自是令人難忘）

十七歲的詩

一星

不良少年

一個手臂刺著「不良少年」的年輕人，
拿著武士刀在路上走，
沒有一個人要理他；
他走到一棵大樹下，
檢起一片枯黃的葉子說：
「你怎麼會變黃呢？」
葉子哭泣的說：
「我被遺棄了。」
他氣憤的拿起武士刀，
往大樹砍去，喊著：
「你爲什麼要遺棄他！」
「你爲什麼要遺棄他！」
突然從大樹上掉下一個樹榦，把他壓死了。風吹來，
大樹沙沙的獰笑著

愛笑的男孩不笑了

指縫中溜走了一串的夢，
再也不露出白白的牙了，
有誰看見？
一個人坐在小溪邊，
掉下幾滴壓扁的眼淚，
弄綯了涓涓的流水，
哪！愛笑的男孩不笑了。

上帝你在那裏？

有人說：
「上帝在音樂的國裏。」
他在吉他裏找尋，
吉他只跳出Do. Re. Mi. Fa. Sol.
他摔爛了吉他，
有人說：
「上帝在繪畫的世界裡。」
他在畫布裡找尋，
只看到一張張勞苦的臉孔，
他撕碎了畫布。
對了，
上帝在藍天裡，
他拉開天空的門，
手觸到的只是黏黏的憂鬱，
他失望的墜到地上，
手裏抓著門環，
奄奄一息的說：
「上帝你在那裏？」

外務員

劉湘岳

上班
摩托車就是脚步
東西南北
都是方向

不管到那裏
口沫只許甘甜

至於
謙虛的姿態
隨你自己去鍛練

不過
業績升降梯
也會同我們的姿勢
下降
　上升

推銷員

郁蕥

那是在陽光下面奔波的
一種人

按了門鈴再按門鈴，再按門鈴
笑容仍舊掛
在嘴上，唯一的
標誌

記載十九歲

柳楊

我算計著在天黑以前要爬抵山顚，趕搭落日
午后天空便貼滿了棄婦的臉，西天不在傍晚裡
肥沃
我的十九歲倦容地兀立在很高的土丘枯望
鉛色的西天
烏鴛自我身後只隔一條河谷的墓園傳來叫聲
淒唳

明白我便要弱冠，爲此我的十九歲
勢必要趕搭這班落日下去。

郵票

鍾順文

你自足於小小的方域
從不計較生活的
貧富

貧富，並不重要
對你來講，重要的
是如何將遊子
久藏的鄉愁
傳送回去

你滿意人類的塑造
從不埋怨，一生惟獨
一件的短衫

一生
只一件短衫，並不重要
對你來講，重要的
是如何利用短衫的圖樣
來報答以及教育
人類

知音

筑晴

挾全一冊精裝老子翼
訪你　營築於社子的四樓蝸居
一指頭點顫
門鈴喑啞
摸索是摸索　到底有些酸軟的腳力

折了又折樓梯累累上升
年代看來荒遠而無爲
盈尺就是一疊中原古韻七字歌謠
站在案頭。鐵鞋踏破小巷長街
毀不掉漁港農村你的尋覓

你一心搜集遠遁的煢煢歌燈
孤獨的月琴孤獨的人
鎖自己於春深阮囊
好說　學問歸於興趣
如同　陳三磨鏡

摩挲你的苦心孤詣
彷彿春寒的料峭殘缺
伴奏著冷月隱去
而歌韻生動
自現代的鋼筋牆隅直向古樸泥濘

燕南飛

廖莫白

荒僻的南方土地
冷硬的風沙裏有來相伴
叫聲不寂寞
我們是籠中飛來
六七隻鶯燕
啁啁啾啾
我也是其中一隻
羽翼最不美麗
南飛的燕

季節氣候與風沙
異鄉的土地
我在乎的細節
清清楚楚列隊來
生活的罅隍中
我忙於探頭
呼吸

偶而穢氣
偶而風雨
偶而節日望不見
家族熟悉的聲音
偶而失神

生存是小小痛楚的傷口
偶而喜歡提醒我
不要忘記過去
我是北方來
羽翼因風雨
並不美麗南飛的雛燕

捉弄

林美娥

偶然
我們碰在一起
如兩塊冷冷的鐵
被煽成殷紅
火花迸放
然後 將熔合
（你熔著我
我熔著你
熔成一塊堅韌的新鐵）
要接近了
要接近了
突然
一雙無情的手
將兩塊鐵

分開
愕然於這意外
未醒
又迅速被投入
冰冷的水中
「ㄑㄧ—」
凄厲的痛苦的
哀號
却聽那
匠人冷冷的笑

聯考

林漁郎

那時
陽光在北回歸線上
作短暫的巡禮

我們就在此時
相聚在圖書舘
在樹蔭下
在一切可以啃書的地方
貪婪的追逐三年底知識
我們不知
究竟是誰創始的
何苦在七月　何苦
在悶熱的氣氛下
進行智慧的討戰
多少年來
這時總有無數英才被擊垮
擊垮三年累積下的信心
（或者更多一些）
這時也會塑造英雄的巨相
或爲標竿

這是無可避免的——
儘管抨擊如南風　而
在炙熱的陽光下
我們依然分享一份熱情

渴望

黃圻文

霓虹燈在閃爍
文明在閃爍
狼一般的腹笥——餓　也在閃爍
且以訶護的心情迎接
迎接碩果纍纍
迸——落
汲飲源頭凍頂一樣的芳醇
說
騰升是我
內心的智慧

桓夫筆下的鄉土情懷

莫渝

所謂鄉土情懷，不單是在作品中嚷著擁抱泥土，紮生活的根，握一撮芬芳鄉土，或者表現鄉村風光，而是能够接續歷史傳統的民族血脈，且奠基於現實生活環境的一種愛心懷抱。桓夫在「焦土上」一詩言：「沒有愛，種仔不會發芽的」（詩集「不眠的眼」31頁），沒有愛，詩何嘗能延續生命呢？本文試著就這項定義，回顧詩人桓夫的這類傾向的作品。

早年，桓夫從事日文詩創作的成果，由於沒有機會，我們無從欣賞。不過，從詩集名稱「彷徨的草苗」、「花的詩集」、「若櫻」看，內容上大概比較偏重青春時期的浪漫抒情，即使有異族統治的反抗心理，份量上還不够明顯。上面的說法，也可以從詩人改習語言文字後，推出的第一冊中文詩集「密林詩抄」（52年3月）獲得證明。縱觀集裡四十首詩篇，我們固然欣悅詩人駕御語言文字的努力，意象經營的創新，詩質理解的掌握，但，依然無法肯定詩人對鄉土情懷有明確的表現。

隨著詩人駕御語言文字能力的增強，「笠」詩社詩刊的成立，以及民族意識的增濃，本土文學的確定，詩人逐漸將鄉土情懷呈現出來。54年10月出版的第二冊詩集「不眠的眼」有三首可以歸入此類的詩篇，它們是：在母親的腹中、童年的詩、咀嚼。這三首詩儼然是三個成長階段的體認，第一首是誕生前血緣的認同：

蹣跚來自霧海
彫刻年代曆的靈牌
福建漳浦且赤湖
我底命運的原始地
而我被摒棄於世網角隅的
——一粒種子
…………………
綁在網中

掙扎斷臍的痛苦
我底歷史早已開始儒動
哦，在母親的腹中

「霧海」指的是使臺灣隔離祖國的臺灣海峽，「靈牌」却是心擊祖國有形的象徵。還未出生，就注定斷臍，注定爲世網所摒棄，這不也是吳濁流筆下「亞細亞的孤兒」的寫照嗎？

第二首「童年的詩」，可以當作詩人在童年日據教育的視聽之下，興起對本國傳統血緣的認同：

用祖母的語言灌溉我呵　母親！
幼稚的智慧已發芽
靈魂捧著傳統的香爐
翻開族譜　純潔的血統連連綿綿

當詩人童年的智慧啓蒙後，懂得翻閱族譜時，他了解母親的語言與異國的語言，是變質的語言，他懇切地呼喚傳統的香爐深存幼稚的靈魂內，他渴盼接受再上一代祖母的語言。接著，第二、三段，描述童年教育的陰森冰寒心理：

我爲什麼害怕　害怕「大人」的脚步聲
陰天覆蓋著幼稚的心靈
黑雲懸掛在枝梢
不尋常的權勢禁止我們說母親的語言

愈是禁止，幼稚的心靈愈希望在「族人的懷抱裡」「自然的恩惠裡」自由地跳躍，爲求達此目的，因而一再的企求：「哦！母親／用祖母的語言灌溉我成長吧」。

第三首「咀嚼」則是長大（臺灣光復），耳濡目染後，所作理性批判的認同。全詩分三段以散文詩形式述說，首段先解釋「咀嚼」的定義，其次談些咀嚼的對象，這正好說明「中國人好吃」或「吃，在中國」的俗語，末段的末四行畫龍點睛似的將詩人的本意道出：

坐吃了五千年歷史和遺產的精華。
坐吃了世界所有的動物，猶覺饕然的他。
在近代史上
竟吃起自已的散漫來了。

這個諷刺部份人士的意象，也在詩集「媽祖的纏足」中「泡沫」（指58、59頁）中再次表現出來：

活在五千年後的文化接續線上

未曾做過什麼　那個傢伙
隨心所欲地大吃大喝
滔滔不絕地大吹大擂
之後　死了
還不知羞
仍然在嘴角吹起泡沫

我們重新檢討上面三首詩，主要原因乃在於指明桓夫他對鄉土情懷的立足點，有了這樣的體認與自覺，詩人才能在往後更加把握住該有的胸襟，更能確立自己的方向，從而在「野鹿」詩集之後，緊緊抓住以「廟」與「媽祖」為主題的領悟。

從詩集「野鹿」開始，桓夫即一連串拿「廟」以及作為「廟」主角的「媽祖」，作為他處理鄉土情懷的主要對象。這類詩為數相當多，包括「野鹿」詩集第三輯九首，與「媽祖的纏足」第三輯十七首，總計二十六首。這類詩的主題，批判性質濃於歌頌，而且幾乎都是負面的批判，這股批判觀點正好銜繼前述「咀嚼」一詩所發展出來的溫柔的諷刺。

我們先看「媽祖生」這首詩，詩人從蒼蠅引發詩興，進而在中段指出：

無秩序的紛擾
在廟的幽香裡
動蕩不停的獻媚
在人潮的妒忌裡
又牲禮又香枝又金紙
再膜拜再膜拜再膜拜
意圖吵醒神
獲得神的保祐………

某些人的虔誠，在詩人理性的筆下，近乎是愚昧的迷信，詩人認為大衆「他們喜歡在神話裡做活」（「廟」詩），還肯定廟的作用是：

傳遞神話
讓孩子們察覺恐怖的遊魂世界
或許　再過一千多年以後
那毒蕈的廟宇仍然那麼艷麗
媽祖啊　我的神——

（「媽祖祭典」詩末）

儘管詩人在末尾喊著我的神，那只是虛脫般的呼叫，他早已認定廟宇的存在，僅僅：

祇是望望神燈一把火
讓褪了色的粉腿再麻木下去吧
（前詩）

這種否定廟、否定神（媽祖）的正面價値，到「媽祖的纏足」一輯詩中，更加強烈，因爲神畢竟無言：

像媽祖那樣緘默無言
無言地只在等待
等待圖釘生銹而腐蝕
——咀咒

或是：

是不是像媽祖那樣
臉上毫無表情地緘默著呢？
——死的位置

以及：

蠻橫的毛蟲們爬上來啃花兒的時候
花兒對著悲慘的命運皺起眉頭的時候
媽祖却默默無言
聽著無依無靠不眠不休的禱告
也是默默無言
——花

以上所引詩中的諷刺，乃是詩人否定媽祖的偶像，同時否定現實性情境的權威偶像。這種否定態度，正是詩人創作的動機之一，他在詩集「媽祖的纏足」後記中提到「…老年人雖不認老，但那種古老得像媽祖婆纏足的狀態，十分頑固地絆纏著這個社會，使這個社會失去了新活力的氣息，却成事實。」詩人反對「誰也不該永久霸佔一個位置」（「恕我冒昧」一詩），因而很冒昧的指出媽祖的錯誤：

媽祖喲
坐了那麼久　祢的脚
在歷史的檀木座上
早已麻木了吧
——恕我冒昧

媽祖原本是鄉土的代表，一般民衆精神的支柱，然而，在詩中，媽祖成了詩人反抗情緒的目標。詩人爲何會有反抗情緒的爆發？這固然由於早年日據時代因素的潛藏，同時也是目前社會情境所使，環眼四周，廟宇處處，甚而有香火鼎盛，煙縷不絕的大廟宇，這類披著神的金衣金裝的木偶，竟然享有輝煌的尊嚴，比較起來，有理性的人類，根本不足爲道。爲此，富正義感的詩人，當然起而指責。

鄉土情懷有其正面，也有負面，詩人桓夫所採取的懷懷該是後者，他站在批判的立場，以溫柔善意的諷刺，作理性的處理，使我們在護衛鄉土的態度，有新的方式。詩人自己曾說過：「新詩人應該很大膽的從各方面可能的範圍去嘗試新的方法，勇敢的把自己投進現實泥土和機油香味的戰鬥性環境裏面，擴充詩的實質。」對於鄉土情懷負面的批判方式，可以說是詩人「各方面可能的範圍」中的一種「嘗試新的方法」。

詩，跟其他文學形式一樣，也許無法對社會做應盡的興革，然而，當我們向詩索取眞摯性的時候，詩人桓夫對於神廟與媽祖所做的批判精神，不也是這類傾向之一嗎？

——69年2月19日

桓夫詩中媽祖世界的探討

鄭烱明

在桓夫已出版的五本詩集中，以媽祖爲題材的作品，除了「媽祖的纒足」十七首外，尚有收集在「野鹿」詩集第三輯裡的七首，雖然有的是廣泛地以廟與神做主題，傾向應視爲與媽祖有關的一系列作品，所以嚴格地說，桓夫寫的有關媽祖的詩，超過了二十五首，相當於一本詩集，這是一個很重的份量，不管對桓夫個人或整個詩壇而言，因爲這些媽祖詩作代表桓夫獨特的詩的風貌之一面，也給臺灣現代詩對現實的凝視與反省，提供一個値得參考的方法。

欲探討桓夫詩中媽祖象徵的種種，不能不瞭解詩人爲什麼寫這些詩的動機。

「人一老，就會變成古董，祇回味過去不想未來，祇拚命地保守傳統不想革新。老年人雖不認老，但那種古老的像媽祖婆纒足的狀態，十分頑固地絆纒著這個社會，使這個社會失去了新活力的氣息，却成事實。很多老年人覇佔著他們權勢的位置不讓；好像那些位置是他們終生的寶座，患成社會發展的致命傷。這種偶像性的權勢—媽祖婆纒足的彆扭情況，也就成爲我寫詩的動機。」

上面一段是錄自「媽祖的纒足」的後記，桓夫在那裡很明白地敍述著他寫媽祖詩的動機，無疑地，他是想藉媽祖來揭發我們這個頑固社會的種種病態。詩人不是政治家或社會改革者，他是一個時代的見證者，一個有良心的詩人，他應該有勇氣面對時代眞實的一面，以他自己所抉擇的表現方式。

桓夫選擇媽祖做象徵，而不選上帝或其他，是有他充分的理由的，我想除了媽祖是屬於鄉土的，有親切感之外，更重要的是媽祖纒足的彆扭狀況與我們的社會非常相似，故詩人以祂做象徵，寫下了一系列具有特異風格的詩篇。

熟讀「媽祖的纒足」的讀者，必定爲詩中強烈的批判精神所震憾，其實，桓夫寫的媽祖詩也並不全如此，如果留心的話，我們可以在「奇蹟」一詩中，發現到這樣的詩句：

赤裸的眞實
觸及豐盈的愛的核心
正如射進來的一道曙光……

畢竟　在那兒
我發現了媽祖的存在——
　　　　　　　　　　—境遇

「奇蹟」是收在「野鹿」第二輯的一首詩，也是桓夫詩中最早出現媽祖的地方。在這裡，媽祖的存在象徵著眞實與愛，有如「一道曙光，詩人並沒有將祂聯連成「纒足」，「永遠覇佔一個位置」被批判的影像，那麼爲什麼後來媽祖在詩中的聯想與象徵會改變呢？這是一個饒有趣味與值得深思的問題。也許剖析桓夫有關媽祖作品的寫作歷程，並不一定能獲得圓滿的解答，但至少能幫助我們對這些詩有更進一層的瞭解。

我有一個大膽的假設，「野鹿」詩集有關女性體驗的詩，是促成媽祖世界改變的關鍵，在這些詩裡，桓夫企圖將女人與媽祖兩個意象予以重疊，由於這只是一個開端，因此詩中所提到的媽祖，大都止於表面的描寫，談不到深刻的挖掘，像「三角夫人」末段的

年輕的母親　三角夫人
祇吸吮了甜味　笑嬉嬉地
祇吸吮了　老丈夫的慇懃
還有　祇迷信了媽祖

及

好在　女人們信仰媽祖婆
焚香　熏沐沈默的幽怨
　　　　　　—蠻橫與花瓶
敬獻媽祖　的小婦人們
跪拜佛祖　的老太婆們
　　　　　　—花容
阿姊到媽祖廟去！

都是如此，然而這是走向廣濶媽祖世界的前奏，有了這個前奏，才有後來在詩中所表現的深刻的詩的精神，這是不能忽略的一點。

現在讓我們來看看桓夫的媽祖詩作吧。綜觀桓夫一系列的媽祖詩，大體可分爲二個階段，第一個階段，也就是收在「野鹿」第三輯的作品，詩人所寫的媽祖，是純粹以媽祖爲對象，所採取的是比較客觀的手法，其間雖然也有譏諷，但態度是溫和的，含蓄的，如「部落」，「媽祖生」，「春喜」等詩。在「春喜」一詩裡，桓夫描寫一個女人到媽祖廟求籤的經過，從一個媽祖的信徒的眼光看，這是極平常的事，但在詩人巧妙的處理下，卻有意想不到的效果，尤其到最後，詩人從一個特殊的角度所觀察的結局，令人有啼笑之非的感覺。

（象杯）　她俯伏
拾取欺騙自己的錯覺的時候
她那彪大的臂部就遮掩了
媽祖的全身——

桓夫在「春喜」所流露的除了幽默以外，還帶有諷刺的意味，但我們不應將此視爲他對神明的不敬，畢竟在科學文明發達的今天，偶爾對神的幽默，並不帶有冒瀆的動機在內。同樣的道理，桓夫對喪失了活力、僵化的社會所展開的批判，也是其於他熱愛鄉土的意識爲出發點的，如此才能具有較大的說服力。

「媽祖祭典」一詩，長達一〇八行，是寫媽祖出巡的過程，全詩洋溢著宗教的氣氛。我以爲「媽祖祭典」是介第一階段與第二階段的作品，在這首詩裡，雖然仍以媽祖

為對象，但表現手法已較強烈，也較深入，譬如在「廟」中，說廟是「一系列的神話博物館，串穿陰間和陽間的地平線，不可侵犯的靈魂媒介所」，而在「媽祖祭典」裡，說慈濟宮「似一座毒蕈」！另外，詩人大膽地寫著：

媽祖啊　走出來吧　在另一個覺醒
的世界備有新沙發的寶座
把一千多年的纏足換一双高跟鞋吧
走起路來一棵會搖搖擺擺的
………
伸長那倔坐一千多年任其麻木了的粉腿
來跟歡樂的男女們跳現代的土風舞吧
咿呀暉　啊　咿呀悔
——跳吧　媽祖啊

在媽祖出巡時，「沒有人想起戰爭的意義，沒有人回顧乞丐叩頭伸手的襤褸，沒有人相信貪慾的罪惡」我相信桓夫寫「媽祖祭典」時的心情是非常沈痛的，也許宗教的熱誠與奉獻，多少能撫慰我們受創的心靈，但要知道，這只是一個過渡，短暫的方法，更重要的是，不可沈迷，要清醒，唯有清晰的理智，才能指引我們邁向更健全的道路。

桓夫寫了「媽祖祭典」以後，再提筆寫的「媽祖的纏足」，可視為桓夫媽祖詩作的第二階段。在這十七首詩中，詩人所寫的世界比較複雜，常不以媽祖為主要對象，只是以祂做象徵，換句話說，詩人所寫的媽祖已不是原來的媽祖，而是具有隱藏的第二意義。這是一項突破，把媽祖世界的精神提高至另一層次。試看下面的舉例：

搖醒你那睡在媽祖的金衣裳裡的靈魂吧
在無限擴張的夢裡
你的禱告
患上了神經衰弱　——迷

媽祖喲
是你，把密林裡新芽的氣息封鎖起來
我們　慢慢地
把古代的語言吞食
聽見野狼在遠方的叫聲
我們的純潔顫抖著　——夢

信仰媽祖是幸福的　可是
嫉妒幸福的　就襲擊我們
來烘燒我們
帶著不斷燻黑世界底天花板的名厨師　——泡沫

這只是其中的一部份，我們實在難以想像，當禱告患上了神經衰弱，那會是一個怎樣的禱告？嫉妒幸福的黑影是什麼，是不是愚昧無知的信仰？這些都是令人頭痛的問題，而詩人能鼓起勇氣提出，非有堅強的意志不可。文學離不開現實，可是回顧一下過去的詩壇，又有多少作品真正觸及現實的核心，更不用說提出反省與批評了。

「媽祖的纏足」中的「銅鑼」與「屋頂下」兩首，我以為是這個階段的代表作，先看「銅鑼」：

在文化的裏面
都市的枝椏一直伸向天空伸向田園
在天空

有小鳥的歌唱
但人人早已忘掉了唱歌
在田園
有蝗虫的飛跳
但人人都熱中於撒佈毒藥呢
工廠的黑煙在天空描繪黑影
比黑煙更陰惡的人心的不信
使天空暗淡
敲打信仰媽祖的銅鑼
天空會轉晴嗎？
敲打銅鑼
招來災禍的天狗會逃掉嗎？

向文化的裏面
逃去的，是誰？
敲打銅鑼呀！
敲打心胸呀！

就詩的表現而言，「銅鑼」具有它的完整性與集中性，因此全詩雖然才十九行，但給予讀者的震撼力是巨大的，尤其在詩中的末段，詩人所提出的嚴厲的質問，彷彿是一塊龐大的鐵鎚打在自己的胸口似的，讓人心痛與悵然。逃避是沒有用的，懦弱的行爲，當現實的壓力如浪濤覆蓋而來時，唯有與現實對決，才能解決問題，原則只一味敲打銅鑼，危機還是存在，這是「銅鑼」給我們的啓示。

「屋頂下」一詩，詩人詩思的原型是從懷疑出發的，平常我們對周遭事物的觀察，常受傳統、習慣、風俗、制度所左右，而產生一種惰性、懶於探求眞相的態度，這是危險的。一個有責任感的詩人，他會透過敏銳的觀察力，寫出他內心的眞正感受，而我們從他的感受，發現事物新的存在的意義。表面上，「媽祖廟的屋頂，用最精彩的姿勢，保佑著我們的一切」，而事實呢——

在那兒
有不正常的屋頂
有抑壓著自然躍動的屋頂
有阻碍語言萌芽的屋頂
有充滿懷疑和嫉妒的屋頂

甚至
從進入的屋頂下
我們永遠跑不出來

然而，詩人沒有心死，他相信是屋頂證實了他的愛和誠實，直到更換的屋頂不够溫暖，漏得更多，使大家的惰性更加增強，詩人才痛心地喊出：

要容忍下去嗎
在媽祖廟的屋頂下
避雨的人喲

從有關媽祖詩作的寫作的歷程來看，我以爲到了「屋頂下」這首詩，桓夫對媽祖世界的追求，已達到一個最高峯，或說一種極限，超過這個極限，詩人將無法滿足他的表現方式，除非另闢蹊徑。

儘管詩人的能力是有限的，但桓夫在媽祖世界所表露的對現實的關切，以及據他所展開的批判，相信已爲我們這個詩壇留下一個典範，同時也是構成桓夫整個詩的精神，不可或缺的重要的一環。

抵抗詩學

李敏勇

桓夫是「跨越語言一代」的重要詩人。他和同時代詩人一樣，經歷了從日本語文回到中國語文的寫作，感情上是溫暖的，但對語言工具的操持上卻是難堪的。

由於不熟練的中國語文，才不致淪於華麗詞彙的堆砌；才能準確而素朴地掌握詩的本質，未嘗不是「跨越語言一代」詩人之福。而且，經歷了不同民族統治的經驗，也提供了詩人創作中滲有歷史之愴痛的底流。

談到為什麼寫詩？桓夫曾說過：

「對於飛翔自由世界的夢幻，樹立理想鄉的憧憬，現實的醜惡經常變成一種壓力，以各種不同的手段，挾制著人的實際生活，導誘人於頹廢，甚至毀滅——感受這種醜惡的壓力，而自覺出某些反逆精神，意圖拯救善良的意念與美，我就想寫詩。」

可見，他對於現實世界中惡質的成份，抱持著相當大的反叛精神，且透過寫詩的手段，追求善良的意志與美。這種救贖，絕非個人化的事，而是人生普遍的淨化與嚮往。

想寫什麼樣的詩？桓夫也談過：

「認識自我，探求人存在的意義，將現存的生命連續於未來，為眞、善、美而努力；必須發揮知性的主觀的精神，不斷地以新的理念批判自己，並注重及淨化自然流露的情緒，但不惑溺於日常普遍性的感性，而應追求高度的精神結晶——我想以這種方式獲得現代詩的眞正性格。」

這麼說來，桓夫是極為重視知性，知道抽離日常情緒而追求詩的感性。不斷以新的理念批判自己，才能追求到眞正的眞、善、美。

鼓手之歌

時間，遴選我作一名鼓手，
鼓面是用我的皮張的。
鼓的聲音很響亮，
超越各種樂器的音響。

鼓聲裏滲雜著我寂寞的心聲，
波及遠處神秘的山峯而回響。
於是收到回響的寂寞時，
我不得不，又拚命地打鼓……

鼓是我痛愛的生命，
我是寂寞的鼓手。

—詩集「密林詩抄」—

這個鼓手，很明顯的就是桓夫自己。時間是人生的經驗，這是桓夫詩人生涯的基礎。用自己的皮張的鼓面，等於在自己人生的版圖上寫詩一樣。

詩裡也有寂寞的心聲——這聲音像是波及憧憬的理想之鄉，不可言喻的神秘之峯。傳回來的回響更是撩起寂寞之思，不可制止地，又會拼命敲打起鼓來。

做爲一個詩人，痛愛生命，就像愛詩。自己是一個寂寞的詩人。

像這樣覺悟做爲一個詩人的寂寞，就更能眞誠地追求詩的國度了。

咀嚼

下顎骨接觸上顎骨，就離開。把這種動作悠然不停地反復、反復。牙齒和牙齒之間夾著糜爛食物。(這叫做咀嚼)。

——就是他，會很巧妙地咀嚼。不但好咀嚼，而味覺神經也很敏銳。

剛誕生不久且未沾有鼠臭的小耗子。
或滲有酸味的蚯蚓。
或特地把蛆蟲叢聚在爛猪肉，再把吸收了猪肉營養的蛆蟲用油炸……。
或用斧頭敲開頭蓋骨，把活生生的猴子的腦汁……。
——或喜歡吃那怪東西的他。

下顎骨接觸上顎骨，就離開。——不停地反復著這種優雅的動作的他。喜歡吃臭豆腐。自詡賦有銳利的味覺和敏捷的咀嚼運動的他。

坐吃了五千年歷史和遺產的精華。
坐吃了世界所有的生物，猶覺饕然的他，
在近代史上，
竟吃起自己的散漫來了。

——詩集「不眠的眼」——

詩人、評論家林亨泰說：這是以現實觀去迫近民族性的一首詩。如非具有嚴肅的批判精神，是無法有這樣的現實觀的，亦即對現實的積極觀點。

習慣於從詩裡尋求美文的人，乍看這首詩會大喫一驚吧！這裡指的他——就是我們中國人。桓夫抽出了中國自詡的飲食文化，讓我們看到一種不忍睹的形象，更讓人觸及了近代史的愴痛。確實強烈地顯現了桓夫的反逆精神，以及嚴苛地批判自己的新理念。這麼現實，這麼給予人深沈的感受。

平安——我的愚民政策

我希望妳信神
雖然
我無信仰
但是
我喜歡妳信神
……

妳就
不再跟我吵鬧了

這是以家庭生活爲版圖而演出的詩。詩中這個男人的簡單說詞，「我」和「妳」的關係，神與信仰的無必然關係，「妳就不再跟我吵鬧了」的結論設定。充滿了廣濶的想像，也具備了詩的趣味。是一種深刻的諷刺，值得深思。

銅鑼

在文化的裏面
都市的枝椏一直伸向天空伸向田園
在天空
有小鳥的歌唱
但人人早已忘掉了唱歌
在田園
有蝗蟲的飛跳
但人人都熱中於撒佈毒藥呢
工廠的黑煙在天空描繪黑影
比黑煙更險惡的人心的不信
使天空暗淡
敲打信仰媽祖的銅鑼
天空會轉晴嗎？
敲打銅鑼
招來災禍的天狗會逃掉嗎？
向文化的裏面
逃去的，是誰？
敲打銅鑼呀！
敲打心胸呀！

——詩集「媽祖的纒足」——

所謂「文化的裏面」，指的該是文化的精神內容吧？桓夫義憤塡胸地發問而且感嘆著的：敲打銅鑼呀！敲打心胸呀！使人深切感受到他那積極發掘問題的意識以及對不合理事態的抗議、批判。

向天空燃放的黑煙，向田園噴撒的毒藥，這種文明的污染和公害是外在的。人心的不信則是內在的，這才是更使希望黯淡下來。

信仰媽祖，敲打銅鑼，在桓夫看來，是無法把握眞正的文化的精髓。這種希望將迷信提升爲高次元信仰的進步的精神，也是桓夫的獨特詩想。

無論是眞摯性的追求，或是以現實觀迫近民族性的強烈批判，還是哀憐中帶有諷刺的生活抽離的現實，乃至反抗醜惡現實壓力和對原始神觀的反抗。桓夫的這幾首詩都讓我們對臺灣詩文學本質中的廣大版圖深深地感到擁抱的意願，感到發現的意願。這當然不是一般美文詩可以比的，也不是流落在亞流的西方現代主義染缸中的詩作可比的。這將大開愛好臺灣詩文學者的眼界吧！

從現實的抵抗到社會的批判

——詩人桓夫訪問記

時　　間：民國六十九年一月十九日晚上

地　　點：豐原市桓夫宅

訪 問 者：鄭炯明、李敏勇、拾虹

整　　理：鄭炯明

桓夫（陳千武），現任臺中市文化中心主任。「笠」詩刊創辦人之一。主持日譯中國現代詩在日本出版詩集有「華麗島詩集」、「臺灣現代詩集」。著作詩集「密林詩抄」、「不眠的眼」、「野鹿」、「剖伊詩稿」、「媽祖的纏足」，詩論「現代詩淺說」，譯著「日本現代詩選」、「韓國現代詩選」、「現代詩的探求」、「田村隆一詩文集」等。另有短篇小說「獵女犯」獲吳濁流文學獎。

鄭炯明：首先，請您談談開始寫詩，以及當時詩壇的情形如何？

桓　夫：我是在臺中一中三年級開始寫詩的，第一首詩於民國二十八年八月二十七日，以日文發表在「臺灣新民報」副刊，題目是「夏深夜之一刻」，當時的主編是黃得時先生。到那年年底，我記得大約發表了八首。以後，對詩的興趣愈來愈濃，常在「臺灣新民報」、「臺灣新聞」、「臺灣藝術雜誌」發表詩及小品文。談到當時詩壇的情形，撇開日本國內的不談，在我的記憶中，並沒有特別活躍的狀況，不過像張冬芳、郭水潭、巫永福、吳新榮、吳瀛濤等詩人的作品，我都曾拜讀。詩的主題大都是生活的，也有透露對日本殖民政策的不滿與反抗的特質。

鄭炯明：對於民國二十二年前後，活躍於詩壇的所謂「鹽分地帶」的詩人，您有沒有跟他們聯繫過？

桓　夫：沒有，對「鹽分地帶」的詩人我不十分熟悉，但他們個人的作品我讀過，後來也把他們的日文作品翻譯成中文。

李敏勇：由於當時臺灣是日本殖民地的關係，文學上所使用的語言是日文，那麼您如何透過它，接觸日本與其他西方的文學？

桓　夫：日本是一個善於吸取西方文化的國家，透過日本本土詩人的譯介，我也接觸到英美法等國的詩。

李敏勇：您選擇了詩的形式來表達您的情感，那麼，是詩這種文體特別適合表達，還是您的情感主動找到了詩？

桓　夫：我比較喜歡具有「現代感覺」的文章，所以當時我很喜歡看橫光利一和川端康成等一批人所寫的新感覺派的作品，之後一直喜愛詩的表現方式。或許這是互爲因果的關係，兩者很難區別。

鄭烱明：其實在那個年代，要表達您的思想感情，也可採傳統詩或日本俳句，近體詩的形式，但您却選擇了現代詩，我覺得這和個性有關，否則很難解釋。

桓　夫：可以這麼說吧，以我的個性不太欣賞俳句，而較親近短歌。

鄭烱明：民國三十一年您以一個臺灣特別志願兵入伍，以後便暫時停止寫作？

桓　夫：嗯，民國二十八年八月至三十一年七月入臺北志願兵訓練所受訓的幾年間，寫得很勤。受訓時常和賴襄欽談詩，也寫了一些，但沒有什麼好談的，那時候寫的大都受戰爭的影響，必需配合政策，無法寫眞正屬於自己的作品。受完訓，民國三十二年一月至三月擔任豐原各校靑年團軍訓教官，四月進入臺南第四部隊當陸軍二等兵，九月便調到南洋，實際參加南太平洋戰爭。記得在入伍前一天，我還寫了一首詩，然而內容只是，我當兵要被徵調去前線的一種感慨而已，有點皇民文學的味道，但也不是喊口號或效忠什麼之類的。

鄭烱明：您是說不是謳歌戰爭，但也沒有對現實提出質問與省察。

桓　夫：在戰爭體制下，只感到一種反逆，但還沒有那些批判現實的自覺。

拾　虹：剛才提到日本人寫的有關臺灣鄉土的詩是在臺灣寫的，還是日本？

桓　夫：在臺灣寫的，有的再介紹到日本。

李敏勇：事實上，做爲一個殖民地文學的發展，三十年後的今天再來審視，眞有無限的愴痛！

鄭烱明：那是歷史的不幸，最近鍾肇政先生在「臺灣文藝」革新第十號，以沉重的筆調所寫的「日據時期臺灣文學的盲點」，便是針對這個問題的剖析。

拾　虹：皇民文學是臺灣文學的一個疤。

鄭烱明：接下來，請您談談到南洋參與戰爭的感受，戰爭使您對生命的看法，日後對寫作的影響。

桓　夫：從三十二年四月我正式成爲日本陸軍的一員，到日本戰敗，翌年七月回臺灣止，這期間可說無詩的存在。戰爭的體驗是每天與死接觸，晚上要睡覺時感到自己還活着，然後，昏昏沉沉睡去，實在疲倦，睡得死死的，隔天早上醒來，睜開眼睛，有感覺我還活着的慶倖。在南洋的幾年中，可以說是免費的旅行，從這個小島到那個小島，看到當地的土著，他們的生活習慣，無形中增加了我的人生經歷。

鄭烱明：當時沒有心情去想詩，因爲死亡如影子隨時跟著您，跟著每一個人。不過戰爭結束後，經過若干年，它們的影像逐漸在您的創作中浮現，譬如「密林詩抄」中的密林象徵、「野鹿」，得吳濁流文學獎的「獵女犯」……等。

桓　夫：戰爭的時候，今天要死或明天爬不起來，是無人能預料的，「睡時感到自己還活著，醒時感到自己沒有死去」，這種深刻的感覺，一直到今天，有時會再無端地回想起，我也覺得它仍存在於我底世界裡。

李敏勇：您曾說爲什麼要寫詩，是感受到現實的醜惡壓力，而意圖拯救善良的意志與美，這個動機是不是包含了戰前開始寫詩的一部份，加上戰時對生命與死亡的體驗，以及戰後對現實的接觸，如果是，關於您說的這點意圖，請再詳加說明。

桓　夫：我讀的小學是一個日本人就讀的學校，一班三十幾個學生中，臺灣孩子連我只有三個。有一次級長木村的桌上放著小刀，我不小心劃破了手，他的父親是南投街的公醫，於是帶我去他家敷藥。見到木村的父親，我不感到日本人是特別的醜惡或怎麼樣，可能那時我只是一個小孩，他的母親對我很親切，還拿點心給我吃。日本人富裕的家庭，那種淸雅良好的環境，給我相當深刻的印象，也使我腦裡產生一個疑問，同樣生活在一個地方，爲什麼有臺灣人和日本人之分？生活差距爲什麼那樣大，再一點就是，我穿著制服，公學校（臺灣人就讀的小學）的學生看到我罵我「日本狗仔」，我用臺語罵他們「憨猪仔」，那些孩子聽到我講臺語，感到很驚訝。小孩子是無知的，但那個時候，即便是天眞無邪的孩子，也存有臺灣人與日本人的敵對意識。上了中學，就不一樣了，一方面心智較開，也逐漸感受到社會上的種種壓力，譬如凡事都要照日本政府的政策去做，當然這種壓力不是針對某人或某事而言，我開始寫詩，就是在這樣的一個環境下，對社會感到惡的一種反抗。

拾　虹：您說的現代詩是一種抵抗就是這個？

桓　夫：我所謂的「抵抗」不是單指抵抗某種對象，像反對殖民地政策啦，是對自身的一種內省，這樣說也許比較不會把抵抗的意義侷促到某一個地方去。

李敏勇：抵抗不一定指對外在的人或事物，個人內在的精神省察也應包括在內。

鄭烱明：是一種文學家的良知、自覺。

李敏勇：就現代詩的性格講，您剛才說的廣義的「抵抗」，對於一個現代詩人，它應該在怎樣的一個位置、角度，是否需普遍爲每一位詩人所重視？

桓　夫：我個人認爲，抵抗的精神對現代詩是非常重要的素質。它來自理智、思考、知識。不過詩人因其個性的不同，所寫的詩不重視抵抗的也有，我們無法強求。

拾　虹：要避免沉溺於墮性的陶醉而不自知，否則乾脆不要寫詩。

鄭烱明：日本戰敗後你由南洋回到臺灣，以後在寫作的歷程上有一段空白時期，這個空白的原因是由於語言，還是另有其他因素？

桓　夫：空白的原因，我想，語言只佔一部份因素，語言的改變固然無法繼續寫下去，但如果一定要寫，也可用日文啊。主要是戰後政治社會體制改變了，連帶使用的語言也變了，以致不能馬上適應，造成精神的空虛。

鄭烱明：這種打擊不止是個人的不幸，也是時代的悲哀。不少詩人與小說家與您有相同的命運，他們有的暫時停筆，有的索性不寫。在日本殖民地高壓政策的壓迫下，大家不畏艱難地創作，產生了不少優秀作品，而臺灣光復後不久，反而陷入沉寂，是不是抵抗的對象消失之故？

桓　夫：我想不是如此，不管在什麼時代什麼地方，抵抗的存在是永遠不會消失的，這點我們要瞭解。表面上看好像日本戰敗，抵抗的對象消失，所以寫不出來。

李敏勇：戰後，語言使用的變化，背後所代表的是整個歷史的變化，包括社會制度、生存的空間等等，語言問題在那時候應是相當大的壓力。

桓　夫：我也曾想用我熟悉的語言去寫，但社會變了，你寫出來的會和時代脫節，和時代脫節便是落伍，總之，爲了再出發，必須停下來調整步伐。

李敏勇：那時候的心理狀態一定很複雜吧。

桓　夫：日據時期的作家，臺灣光復後，並不是馬上停筆，而是寫到民國三十六年左右，這點意義不同。

鄭烱明：您對日文的造詣之深是有目共睹的，那麼做爲一個中日詩壇的交流者，請您說明「華麗島詩集」與「臺灣現代詩集」的付梓經過，以及出版後日本文壇對它的評價。

桓　夫：「華麗島詩集」於一九七〇年十一月在東京出版，收集了包括「笠」、「創世紀」、「藍星」等活躍詩人的作品，在日本出版後，反應並不熱烈，我想主要原因是從這本詩選集看不出臺灣詩的特色。當時詩壇流行著超現實主義和新古典主義，「笠」同仁的作品在「華麗島詩集」中所佔的質量不重。「臺灣現代詩集」是由北原政吉主編，以「笠」的同仁及在「笠」上發表的作品爲主體。他編選這本詩集的動機，是想透過這本現代詩集，給關心臺灣與生活在這塊土地的詩人獨特的詩的世界，提供參考與瞭解。詩集出版後，他曾分寄給那些關心臺灣文化動向的作家學者，的確讓他們吃了一驚，臺灣現代詩的水準之高，超乎他們的預料之外。就介紹的效果來說，顯然「臺灣現代詩集」比「華麗島詩集」成功。

鄭烱明：同樣是譯介的詩集，爲什麼有不同的成就？

李敏勇：我想可以用這樣的觀點解釋，過去一般論及臺灣現代詩的發展，都認爲是政府自大陸撤退來臺後，紀弦、覃子豪帶來火種開始的，忽略了臺灣本土詩的根源，其實這兩個根球的發展構成了今天的臺灣詩壇。

桓　夫：我想，臺灣現代詩的特質必需紮根在這塊土地才行，否則寫出來的詩是無根的，徒具美麗的形式，沒有內容。紀弦提倡現代詩，只提橫的移植，忽視生活的土地和根，是一項錯誤。要移植可以，但它只是生長過程中的一帖營養劑而已。

李敏勇：有些人的觀念是，只要用中文寫的，不管在何處，有沒有生活的感覺，都算中國現代詩。

桓　夫：瘂弦如果再提筆的話，我相信他不會再寫像「巴黎」那樣的詩，沙牧有一首長詩，題目叫……

鄭烱明：是不是「歷史的假面」？

桓　夫：對，「歷史的假面」，我給它翻譯成日文時，我問他詩中的地名爲什麼不用中國的，而用歐洲的，如果用中國的，比較好處理，也讓人讀起來屬於中國的特色，他說他有不得已的苦衷。

鄭烱明：傳統對您是不是一種壓力，如果是，您如何擺脫？

桓　夫：傳統本身不是什麼壓力，我們剛才談的詩的抵抗，當然會把傳統也包括進去，說壓力也未嘗不可，但要瞭解，傳統是一種持續，你要脫離傳統就能脫離嗎？我想不可能，你要接觸傳統，而想把自己投入傳統，這也是辦不到的，只有與傳統保持距離才能看淸或接觸，所有的文化是離不開傳統的。

李敏勇：傳統的觀念，也不是要不要的問題，今天你不同意傳統，五十年一百年後，你已變成傳統的一部份了。

桓　夫：比方說，拾虹寫與傳統不一樣的詩，有自己獨特的風格，這樣就算脫離傳統嗎？我想不是，因爲日後它會被吸納入傳統。

拾　虹：「笠」的創刊（民國五十三年六月），它的理想是欲使臺灣的現代詩在屬於我們的土地紮根、成長，由於您和杜國淸對詩的認識，是不是可以延伸出鄉土文學的發跡（指詩的部份），在「笠」創刊之時已埋下種籽？

桓　夫：特別強調「鄉土文學」，就這點而言，我感到很奇怪，文學本身，什麼範圍內是屬於鄉土文學，又什麼範圍外不屬於鄉土文學，這實在很難區分，寫超現實主義的詩就是世界性嗎？沒有採超現實主義的技巧，只寫現實生活的詩，才是鄉土的嗎？我以爲這種狹義的二分法很難站得住脚。

李敏勇：如果從我們生活的現實環境，我們生存的空間，所追求的是廣義的鄉土文學的話，那麼前些時候鄉土文學的論爭，包括「笠」樸素的風格，對於六十年代的迷惘，在追求眞摯的文學這條路所作的修正，是不是也有它特殊的意義？

桓　夫：當然有它特殊的意義，我以爲生長在這塊土地，生活在這個社會，每一個詩人應對自己有反省批判的能力，這一點很重要。

鄭烱明：您曾在「詩・詩人與歷史」這篇論述裡，說我們的詩尙未進入歷史。十餘年後的今天，這句話仍能成立嗎？

桓　夫：進入歷史或不進入歷史，不是我們現在可以知道的，要讓後人來評斷。我說「我們的詩尙未進入歷史」，主要是指當時的詩不是玩弄文字的魔術就是徒具形式的追求，這樣的作品將來要給它一個適當的歷史的位置很困難，換句話說，這種詩缺少我們那個時代眞正的生活性格。

拾　虹：我想您說的進入歷史，是指詩人寫作時必需具備「歷史感」的問題。

桓　夫：對，詩人不可能脫離他的時代。

拾　虹：就歷史感而言，臺灣的現代詩應如何繼續下去？

桓　夫：我想誠實與眞摯最重要了。

拾　虹：目前詩壇對觸及現實的層面，似乎比從前寬廣。

李敏勇：站在西方的觀點看東方，一定很有趣，有些在他們的社會已看不到或解決的問題，我們現在才發生，像圍繞在亞洲四周的社會動亂、貧窮、人權問題等都是。去年十二月三十日自立晚報「文化界週刊」有一篇「亞洲作家的靈感」，文中提出呼籲，要做爲一個亞洲人的作家，在變遷的社會中，多瞭解他的環境和人民，我甚同意。

李敏勇：詩人除了創作以外，對詩的推廣，像詩刊的發行、演講、朗誦會，甚至詩劇的演出，您以爲在這方面，臺灣的詩人應如何努力？

桓　夫：創作當然要繼續，但詩的推廣也不可忽略，目前由於種種因素，我覺得我們做得還不够。「笠」是一個非營業性的同仁詩刊，它的力量有限，尤其它是非官方的文學雜誌，說「在野的」也可以，這點更加困難，它與一般民衆有脫節的現象是免不了的。「笠」的發行已有十五年的歷史，十五年不是一段短時間，照理說，應該能使一般讀者深入瞭解「笠」才對，但事實上仍有一段距離。我曾接觸不少大中學生或喜歡詩的朋友，談到「笠」他們都知道，都無深入的認識，他們所瞭解的詩大部份是從大衆傳播工具上得來的。「笠」的推廣不够，這點需要檢討，也就是大家要多出一點力，不要光靠少數幾個人。

鄭烱明：談一點輕鬆的吧，您寫詩有什麼特別的習慣，對過去的作品有較滿意的，國內詩人您較喜歡的有那幾位？

桓　夫：我寫詩沒有什麼特別的習慣，我喜歡的詩人像杜國清、非馬……等，他們的作品我讀起來有相似的親切感，都各具特色，我想他們的發展應可期待。

拾　虹：語言之於詩是不可或缺的，一首詩由語言的思考開始至完成，對於這個過程，請你說明一下你的經驗。

桓　夫：語言與詩的思考是不可分的，思考的本身就是語言的活動，當我決定寫一首詩時，可以說這首詩已經在我的腦裡完成語言的任務，只差沒有把它寫出來而已，所以我寫詩，不是先有思考再去找語言，而且思考本身已經變成語言了。

鄭烱明：您的意思是說，心中要寫一首詩，在思考的當中，已經準確地捕捉住要表現的東西，於是您自然地把它寫出，但有的人寫詩，要寫什麼仍在猶豫、尋找，處於渾沌的狀態，便先下筆，然後再去思考，完成一首詩。

桓　夫：對，我的經驗是，如果要寫什麼樣的詩，再去找語言，等到完成時，常不能成功，換句話說，我們要讓語言來找我們。

拾　虹：白萩論過語言的斷與連，他認為語言的斷增加了詩的飛躍性，想像的空間。

李敏勇：我以為白萩說的不是本質的問題，語言的斷與連處理得恰當固然使詩更具飛躍性、密度，可是這和詩質本身並無必然性，一首失敗的詩再怎麼修改，很難有所作為。

桓　夫：除非另外再寫一首。

李敏勇：海德格曾說「語言是存在的住所」，為什麼不說「文字是存在的住所」，可見做為詩思考的論言，其意義是何等的不同。單有熟練的文字技巧不見得就會寫好詩，我們讀詩，千萬不要被他華麗的外表所誘惑，應注意作者在語言的背後所隱藏的意義，這才是重要的，不管它是機智的表現，對現實有利者的批判，或複雜人際關係的衝突。

鄭烱明：關於「影子」這首長詩，是不是請您談寫長詩的經驗？

桓　夫：我寫「影子」的動機，是想從一個人的存在，對這個人和家族，社會的關係，生死的問題，善與惡，以及名利的爭鬪等，提出反省和批判，予以整理寫成的。

李敏勇：所以不是寫長詩或短詩的問題，可以說是有一首短詩或長詩要你寫。自「密林詩抄」以來，您的詩的題材愈來愈廣。

桓　夫：我希望從各方面挖掘寫作的材料，詩人很容易躲在象牙塔之中。

鄭烱明：從您創作的歷程，我們可以看出您對詩的追求是那麼堅定，那麼充滿自信，反觀有些名詩人，他們走的常是一百八十度的大轉變，這種現象說好聽一點是對詩追求方法的修正，說不好聽一點是追隨流行。

李敏勇：我想他們較著重方法論。

鄭烱明：我的意思是，就詩的追求時對修正路線，也無可厚非，但終究給人不穩定與踏實的感覺。

李敏勇：以一個詩人的整個風貌做研究時，遇到這種情形，有時很難說明，就像電影，一個有風格的導演，我們只要從他的幾部作品，便可窺出他的電影藝術觀。否則，他只是一個技術者。

鄭烱明：不過一個文學創作者，常追隨時代的流行而不自知。

桓　夫：一個優秀的文學家，本身應有一貫的精神追求才對。

拾　虹：我有一個問題，您用小說的形式寫「獵女犯」，是不是因詩的形式無法滿足表現，所以採用小說的形式？

桓　夫：不是，不是用詩的形式無法滿足才以小說表現。我寫「獵女犯」，副題有「臺灣特別志願兵的回憶」，我的構想是，像寫回憶錄那樣，想把當兵參與戰爭特殊的體驗記下來。

李敏勇：這一部份用小說處理。

桓　夫：也不是決定要以小說的方式處理，才寫那些小說，我心目中的回憶錄，不是只寫當時如何之類的記述文字，這樣比較呆板，我企圖用多種的形式來完成，所以有用詩的啦、小說啦、散文啦，也許會生動一點，你說是不是？

拾　虹：您寫了不少媽祖的詩，我們知道那是藉著媽祖對現實提出批判，這樣是對神的一種不敬，假如您是媽祖，您有何感想？

桓　夫：哦，這個問題很有趣，媽祖只是一個題材，這牽涉到詩對象的探討。

李敏勇：媽祖給人的印象代表著一種權威，高高在上的權威及社會崇拜。

桓　夫：我沒有以上帝為對象，而以媽祖，因後者較為大家所熟悉，有親切感。

李敏勇：我想，詩中的媽祖已不是媽祖，因此初次讀到的只是詩的第一層意義，作者眞正的意圖藏在第二層意義裡。

鄭烱明：請談談您對目前詩壇的期望。

桓　夫：我希望大家對詩都能有更深一層的認識，不要只注重形式，或因宣傳的關係，對詩的認識產生偏差。一個只懂得臨摹別人作品的畫家不算畫家，詩人應培養自己對詩的覺醒，那麼我們的詩壇是有希望的。

鄭烱明：最後，請告訴我們您未來的寫作計劃。

桓　夫：詩方面沒有什麼計劃，一個時期有一個時期的感受，但會繼續寫下去，另外，志願兵的回憶還可以再寫。最近我把過去發表的對詩的看法，集成「現代詩淺說」將由臺中學人出版社出版。

鄭烱明：今天的訪問使我們對您有更深一層的瞭解，我相信這也是大家樂意知道的，謝謝。

悼念胡汝森先生

李魁賢

胡先生，您終於捨棄了這個您熱愛的世界，四月二十八日下午三時，您永遠離開了我們。

記得與您結識是在六十五年的時候，那時我自己創業不久，您剛離開聯經出版事業公司，就任衛康隱形眼鏡公司總經理，爲了商標登記事，您透過余俐俐小姐的介紹，希望與我談談。我依約到您的辦公廳，那時似乎公司佈置尚未就緒，在空空的房間裡，您隨便抓兩把椅子，我們就並坐聊起來。我年輕時也喜歡過一陣文星，當我發現您就是早期的文星編輯時，自然湧起一股親切而欽敬的心情，結果，業務上的事情幾句話就解決了，其他時間都在談文壇舊事，您提到張百帆、提到李敖，我發現您在言談間，很少以自我爲中心來月旦人事，而且遣詞用語，滿懷悲憫。

第一次見面，彼此就留下一見如故的印象，後來您對余俐俐說我是書生，不像做生意，眞是深獲我心。以後，我們經常聯繫，但業務上事情不多，倒是常交換對社會上種種事象的看法，您的評論常常一針見血。您漸漸的又開始執筆爲文，報章雜誌常有您的評論發表，有一段時間您也在中國時報的人間副刊擁有方塊專欄園地。您常常把發表的文章影印一份寄給我，因此，我很少漏掉您的高論。

我的詩集『赤裸的薔薇』出版後，曾寄上一冊請您指正，沒想到觸動您的詩心，不久寄來您在六十六年六月七日的英文中國郵報上的投書及所附英詩「香港難民之歌」，寫得眞不錯，我就自告奮勇，表示願替您譯成中文。沒想到您一下子又寄來幾首英譯，我很喜歡您表達的意識，由於您擅長中、英文寫作，要把您的英文詩譯成中文詩，實在是很大膽的想法，因此一度打退堂鼓，反過來鼓吹您自己譯，或是乾脆用中文直接寫詩。但是您很謙虛的表示，當您用英文思考時，反而不便用中文表達，而感到自己沒有把握。於是我勉力而爲，先譯了六首，以英詩原文及中譯同時發表於「笠」八十三期。這是您的作品初次出現在笠上，從此您與笠有了不解之緣。

接着在八十四期發表英詩A Perfect Tango（完美的探戈）和 Living Hunter（謀生者）二首，八十六期發表News Poets（新聞詩人），八十七期發表「加減乘除」，八十九期發表英詩Down Thru a Window（俯視窗外）和 From a Well（井底一見），九十一期發表舊作「臺灣鄉土組曲」十二首。

由於「笠」九十一期發表了陳瀛洲遺詩，您讀後對我大讚陳瀛洲的精神不死，在面對死亡之時還能專心地寫下滿懷奉獻心情的詩篇，您認爲是對生命價值有徹底瞭悟的智者的表現，於是您寫下了「弔陳瀛洲」一詩，發表於九十三期，表示您對陳先生永恆詩心的共鳴。您希望多搜集一些陳瀛洲的詩，當您知道他並不是在詩壇上行走的騷客，只是爲自己生命的實踐而謳歌時，您更是由衷欽佩，認爲這才是眞正的詩人。

您對笠同仁的一些言論，常表由衷的贊同，您認爲笠一直能保持客觀的立場，對事情的看法，不偏執一詞，因此，您曾在發表於書評書目六十六期的「副刊編輯的四充和四不充」一文中引用趙天儀的話，引用李敏勇的話，引用我的話，笠同仁的言論似乎從未受到如此應得的重視過，不得不歸功於您的「慧眼」吧！

您寄稿給我時，常會夾帶短箋，聊聊數語，但要言不煩，茲摘一則於下：

魁賢兄：

「笠」八十六期今晨展讀後，首先謝謝兄的翻譯和更正。

拜讀『「插嘴」的插嘴』，弟有幸略與兄所見稍有同感。張女士某些散文寫得不錯，但思想常常呈現歪曲自滿的毛病。因此，弟在讀「古典詩數式箋注」數篇後，不禁手癢，試寫「＋、×、÷、－」，昨又將拙稿寄上，諒已收到。某些本來水準不低的文人，却時時流露出狂妄自大的陋見。何故？弟往往百思莫解。

讀　兄的譯句「不用出拳，也可躍昇拳王」。猶記得打敗阿里的拳王，因不守拳賽協會規定，被取銷拳王資格，照章由諾頓補上。諾頓果眞的未出拳就成了拳王。眞是巧合。

英美人平日有一句口頭禪：no news is good news，弟將此句倒過來構想，成爲 having news is good news to you，藉以奉獻「新聞詩人」，未知他們對此作何感想？

紐西蘭國際作家工作坊向貴刊投稿，使「笠」成爲國際性刋物，可喜！可賀！預祝貴刊前途愈見光芒萬丈。此祝

撰安

弟汝森敬上

67、8、24

紐西蘭友人投稿的英詩，文字的排印有小錯。d 常誤爲b，標題亦有漏洞，字母大寫、小寫微有錯誤，似有加強校對的必要。又及

去年十月間，您爲我介紹一位美籍華僑，我們在三普大飯店聊天，並巧遇美國來臺留學的哈佛學生柯鉉理，大家談到詩，沒想到柯鉉理正與杜國清在着手整理象徵派詩的資料，因此大家談得很投機。

十月底，我去德國紐倫堡參加發明展，並順途旅遊維也納、沙茲堡、茵斯布魯克、魯城、日內瓦、巴黎、倫敦、雅典、新加坡，十一月底回國，聽說您微恙，初不在意。今年一月間，聯副刊出一短文，說是爲一位老兵祝禱，詳述您在榮總與病魔纏鬥。

您曾約略與我談到如何從馬來西亞僑居地回到中國大陸從軍抗日，又如何在大陸淪共時逃到香港，然後輾轉來臺。前兩年，您曾前往美國，並轉往香港，回國後，您以親眼觀察，印證自己的判斷，爲我談到將來國家的出路。您可以說是自願的投入憂患，與國家共呼吸，因此，您不畏懼苦難，即使病痛的折磨。

一月二十日我約好余俐俐前往榮總探視您，您談自己的病情，您說您不怕肺癌，您對生命看得很開朗，雖然看得出您形體比平常更為清瘦。那天您的興致好，一直聽您談話，拙於言詞的我，竟然不知如何答腔。以後一直掛念着想找時間再去和您聊天，我想您病中一定很寂寞。

後來，聽您公司的人說，您已回家休養，我心中還慶幸着也許您能逐漸康復。一個星期前，突然想到您，掛電話到您公司探問，聽說您準備入院，我心知不妙，趕快寫一封信向您問候，但不知您有沒有看到那一封最後寫給您的信？

您在我心目中，一直是一位勇者，您不阿諛，不媚世，您論事冷靜，條理清晰，您的詩直抒心中所感，不忸怩，不造作，「眞誠」是您的標誌，決不是恭維。

處當今之世，勇者不多，眞誠的人更是可遇不可求，能與您結識數年，深為慶幸，可惜時間太短。好人不長留，天妒之，一恨！

（69、5、1）

趙廼定

詩壇外語

析楊傑美「送某領班退休」——刋笠第八八期

雖有人說：「人生七十才開始」；惟此應作為積極的作為，亦即要人老而仍有進取心，有幹勁，有對國家民族與社會貢獻才力之心性，而不應有頹廢之心。一個公務人員或企業從業人員，工作幾十年後，在屆滿六十五歲或某歲數時，其力已不從心，其心已蒼老，且後浪推前浪，退休下來，讓後進有升遷機會，且促進機關之新陳代謝，其作用實屬良善；惟以退休人員來看，除非退休後心性有所寄託，否則退休後，因無工作之逼迫而不能激發潛能，反而更易衰老。常聽說，某人退休幾年後即去逝，當然，年屆六十五已屬古稀之年，陽壽實不長矣，但因退休而無寄託亦為其大因之一。

對「退休」，我們應該如此確立一個觀念，即退休是人生的一個分界點，劃分受制於人與隨心所欲二階段的分水嶺，退休是從公或在私人機構有規律工作的終結，亦為可隨心所欲階段的開始，可以過閒暇的生活。退休是苦勞的終結與酬勞，因之應善加使用退休後餘年而安享之，當然，退休對部份一生辛勞家無恆產的人，確實是一大殘忍事，此即有賴社會福利制度之推行。

楊傑美的「送某領班退休」一詩，在敍述某領班幹了幾十年工作，最後甚麼也沒有留下，比如說，財產名望都沒有留下，有其存在不關重要之意。在退休當天，顫抖着枯皺得像一根乾柴的手，在厚厚的簽到薄上刻上自己蒼老的名字，這時，驟然想起幾十年來工作機關的變遷與幾十年歲月的消逝，不禁愴然淚下。

該詩的：「最後甚麼也沒有留下」、「枯皺得像一根乾柴的手」、「顫抖着」、「在厚厚的簽到薄上『刻』上」、「歪歪斜斜」、「愈來愈削瘦蒼老」等意象與辭句，相繼造成該詩一股濃郁悲愴氣氛，令人慽懾心神。

該詩氣勢集中在第二節，由於年老而枯皺，或者由於心性衰老而枯皺得像一根乾柴的手，早已顫抖而不能自制，如今在最後一天上班的簽到薄上，想起幾十年歲月耗在上班下班，工作又工作的單調日子上，所獲得的是什麼呢？——正如第一節所言「最後甚麼也沒有留下」，眞有南柯一夢的氣氛，而且幾十年歲月，雖甚麼也沒有留下，但在退休前，總是有工作有寄託，而今由於年齡關係，被迫退休，自今而後，已沒有工作了，更沒有寄託了，所以在最後一次的簽到上，其哀悽之性，其依依之意，更使顫抖之手更顫抖。由於是領班，幹了幾十年，才熬上領班，可見書寫不多，因之簽名早是費力之事，而今在百感交集的性緒上，來簽最後一次的名，其簽名當然有深重「刻」上之意。

又第一節有「最後甚麼也沒有留下」的自覺，因之在最後一次簽到上，不免有「刻」上自己名字，冀求留下一點什麼的補償心理產生。

由於顫抖，由於削瘦，由於蒼老，因之刻上的名字歪斜斜。名字所以越來越削瘦蒼老，乃因年紀越來越老，或者距退休之日越來越近，因之刻上的名字會日漸削瘦蒼老，此係身體或性緒所使然。

茲展示詩於後：

吃了幾十年頭路
最後甚麼也沒有留下
枯皺得像一根乾柴的手
顫抖着
提起筆來
在厚厚的簽到薄上刻上自己
歪歪斜斜
愈來愈削瘦蒼老的名字

那一刻，起自你即將涸竭的心湖
從日本礦業株式會社
到日本帝國石油株式會社
到中國石油股份有限公司
熬了幾十年才熬出來的
一滴淚
終於沿着你擂動的眼角
重重地掉了下來

終於重重地撞擊着
你的
我的
我們一顆還會共鳴的心

（一九七九、二、十六）

憶二哥

——為蔡瑞洋醫師逝世週年而作

蔡瑞河

「阿叔仔！爸爸在關仔嶺別墅跌倒，現在住進高醫附屬醫院，我們坐第一班飛機去高雄」。68年1月8日上午六點卅分，侄兒哲明的電話如同晴天霹靂，震駭得我不能相信，隨後就陷入無比悲痛的深淵中，我知道所擔心的一天終於來臨了。第一班飛機來不及就坐第二班飛高雄，到了高雄二哥已昏迷不醒，主治醫師說已盡人事祇待天命，及至下午五時左右主治醫師說已無望，乃與侄兒抱着二哥回臺南。

二哥在臺南是人人皆曉無人不知的名醫及慈善家，一生好學不倦。醫學、文學、哲學皆為其素所精研，他永遠以追求眞善美，維護正義為己任。故凡認識他的人莫不知他不僅是一位良醫，而且也是一位哲學家，文學家及詩人，同時也是一位有理想、有抱負，以奉獻社會造福人群為終身職志的慈善家，二哥逝世將屆週年，昨晚輾轉反側，徹夜不能成眠，往事一幕一幕歷歷浮現在我眼前，髣髴又回到了童年。

我對二哥第一個印象是好學不倦，不斷地追求眞理。二哥自幼喜歡讀書，對人寬厚處處忍讓，尅制自己，但堅持原則。家裡的書架上擠滿了歷史、哲學、文學，世界偉人集及詩集等，例如神曲，基度山恩仇記，少年維特的煩惱，戰爭與和平…等「世界文學全集」是我喜愛的圖書之一，在我們老家約三坪的臥房兼書房，靠着一尺四方的天窗射進來的陽光，他日夜用功讀書，書桌正面的墻上貼有他的座右銘—有永遠追求但求不到的東西（永遠に求めて求め得ざるものあり）。

二哥自小就以追求「眞理」為己任，默默探討、求證，甚至殉道，在我幼少的心靈早就認為他是一位偉大的哲學家，開業卅年寸步不離書卷，他說：「事業成功的秘訣在於用功讀書充實自己，否則不進即退終將被淘汰」。因此雖然整天忙碌異常，但每天總得抽空看最新的醫學參考書，然後再看自已喜愛的書甚至深夜，他藏書之多家裡的書房已容納不下，我曾建議開一個小型圖書舘把藏書公開。知道二哥能文能詩是最近四、五年的事，記得民國卅五年當我還是高中生時，偶而在臺灣新生報中華日報寫一寫隨筆或自由詩而囂張一時，却未嘗向二哥討教，至今回憶眞是有眼不識泰山。

第二個印象是民族意識很強。民國二十九年我唸國小三年級，那時偉大的先總統　蔣公正領導着全國同胞「對日抗戰」。可是在日本統治下的臺灣，每逢日軍攻陷某一個大城市或重鎮時，都要舉行「提灯行列」（提灯遊行）以資慶祝，花車標語以侮辱偉大領袖爲主題，二哥很是氣憤。當時日本與德國、意大利是同盟國，書店儘是宣傳希特勒豐功偉績的書藉，例如我的奪鬪（我が闘争）希特勒萬歲（ハイルヒヲトラー）等書比比皆是，二哥除上述書藉外也買了偉大的蔣介石（蔣介石は偉い）三民主義，建國大綱，孫文學說等日譯書，他偷偷地告訴我：「我們是中國人，大陸是我們的祖國，現在由蔣委員長領導全國抗日，將來要實行三民主義，我們的前途是光明的。」等話，並且給我解釋說「我們小孩玩捉迷藏遊戲歌最後一句「……老蔣保庇」，指的是蒼天保佑蔣委員長早日光復臺灣之意」等話，有一次不知日軍攻陷那一個城市要舉行「提灯行列」。同學們在花車繪了侮辱領袖的漫畫，我一時氣憤不但撕破那個漫畫，且告訴他們「蔣介石是偉大的」。禍從口出急壞了本省藉的女導師，連忙說：「他說錯了，是傻偉大（馬鹿偉い）打發了事，然後跑來家裡叫我們疏散那些三民主義，建國大綱，孫文學說等禁書以防日本特務的搜查。因爲她知道臺灣同胞雖受異族統治，但人心却是思漢的。

民國三十三年臺大醫學專門部畢業後，本想繼續在紅十字醫院（現市立中興醫院）做研究工作，後來孝順的二哥聽從父親的勸告，放棄了喜愛的研究工作回來臺南「清風莊」結核療養所（現省立臺南結核防治院）服務。那時第二次世界大戰業已爆發，日軍爲了吞佔中國大陸及實行南方作戰（東南亞一帶的作戰）徵召臺胞去當軍夫軍醫及志願兵等，當時臺胞所處的環境眞是艱難險阻荆棘叢生，但他能克服環境不爲環境屈服，每遇日軍「徵兵檢查」時，常常以絕食來遲避徵召。他痛恨那些甘願做日軍走狗，拉攏日本軍閥軟硬兼施欺凌臺胞去當所謂「志願兵」「軍夫」「軍醫」「學徒兵」的「漢奸」。他也痛罵那些用什麼「挺身隊」名義驅馳臺胞去東南亞一帶當日軍砲灰的「御用紳士」沒有愛國心及民族自尊心。

民國三十四年三月一日，美機轟炸臺南市區以後，日軍敗象漸露，我們疏散到臺南縣佳里鎭三五甲村的老家，那裡是祖父生長及父親出生的地方，在鄉下雖有米菜，但魚肉却是靠「闇取引」（黑市交易）得來，不但價錢貴且日本經濟警察抓得很緊，父親辭掉了信用組合（信用合作社）的職務在鄉下療養，生活的重擔就落在大哥二哥身上。每逢週末不值班時，二哥就帶一些自己節食省用留下來的東西，跑來佳里團敍給我們「補給營養」打打牙祭。由於戰局逆轉日本節節敗退，後勤不繼已無法繼續戰爭，美軍B二十九型重轟炸機就毫無顧慮，準時在上午十時來空襲，由於美機來襲日機無法昇空迎戰，大家知道日軍末日即將來臨。二哥跟大哥不知從那裡拿來了「北京語」的書及唱片，利用手搖唱機開始學習「北京語」。他說「北京語」是祖國的「國語」。爲了躲避日本特務警察的監視，我們在美機轟炸下的防空洞裡，跟唱片學講「三民主義」「你好嗎？」有一次來不及躲入防空洞就地臥倒，美機機關砲的子彈，射在離我不到一公尺的掩蓋上，美機飛得很底，當我起身準備再跑時，美機又飛到頭上飛行員脫下了飛行靴向我丟，也許用盡子彈又不服氣，將飛行靴丟在防空洞上面的泥土上好危險。有時叔叔在家就拿「北京語」請教他，他是臺灣文化協會的老會員，學過「北京語」且擔任過翻譯員。前年偶然在一本文藝雜誌上看到記者訪問二哥談日治時代學習「北京語」的報導，知悉二哥在醫專時，選讀了「北京語」—國語。每當空襲警報解除夕陽西沈時，我們兄弟並肩在通往佳里鎮的馬路上，一面唱着「春のうらの隅田河」，一面學講「北京語會話」的情況至今猶在眼前，忘記年已逾半百，髣髴又回到了少年。

二哥事親至孝，待兄弟親如手足，民國三十三年美軍開始反攻，在臺南二中（現一中）念書的我，以「學徒動員」一名義參加「動員作業」。工地是仁德鄉清風莊後面的小山，是做日軍「神風特攻隊」（自殺隊）的秘密基地，炎熱的太陽把我們這些十四、五歲的初中生，晒得既黑又瘦，加以戰時物資缺乏，我們無法忍受飢餓口喝時，常常利用休息時間以「匍匐前進」去偷襲附近的西瓜園，有時也用橡皮圈石頭偷襲附近的土鷄，眞是回味無窮。戰時的食物魚肉米油都是按人數大小口配給的，住院病人則例外，每餐伙食必需計算其「卡路里」是否達到標準，清風莊的午餐不但有魚肉且也有鷄蛋，在當時算是「特權階級」，二哥那時身體欠安，當我藉機溜到醫院看他時，他總是留我吃午飯水菓等，遇有病患出院有「謝禮」時，他會原封不動的轉交給我，我以爲二哥是醫院僅有的二位醫生之一，應可享受「特權午餐」而無疑有他，直至護士長告訴我，二哥沒有再要求「特權」而把他的一份讓給我，他自己吃普通客飯，使我感動萬分。

民國三十六年父親去世，生活的重擔落在二個哥哥的肩上，二哥因日夜奔波疲勞過度，加以與病患經常的接觸自己也病倒在床上，姑母日夜照顧他並以祖父的儲蓄來維持生活，因爲生活清苦，當學校要去阿里山修學旅行時，我不敢開口要旅費一仟伍佰元，可是二哥從同事那裡獲悉學校有阿里山旅行而我沒有報名參加，他告訴我：「學生時代的回憶是最値得留戀的，希望你也有美好的回憶」，說着說着從口袋裡掏出二仟元給我，我的眼淚奪眶而出，不知如何表示我內心的感激，據聞這個錢是二哥向朋友調借的，更使我內心感到不安。阿里山旅行歸來在新生報寫了一篇「阿里山記遊」，皇天不負顧心人，當我在報上看到我的文章時，眞是喜出望外，報社給我稿費叁仟元，至今回憶感慨無量。

由於時代變遷，通貨澎漲物價高昇，書香門弟的家漸次沒落，生活一天不如一天，祖父常常取笑我們兄弟說：『你們這些「讀書人」跟你們爸爸一樣，只會「讀書」「開講」不會「賺錢」不合時代潮流』。我決心分擔生活的重擔不再升學，而前往嘉義經商，當二哥獲悉我不準備升學時很是生氣，他說：「父親讓我念大專，生活再苦那怕三餐不繼，我有義務也有責任讓弟弟妹妹念大專」。恭敬不如從命，沒做升學準備的我，匆忙趕到臺北報考文學院，因爲我想文學對我尙有興趣，以現有基礎念起來比較輕鬆，雖然將來的出路可能比理工科差，但有了文憑混飯吃應該沒有問題。但哥哥又追到臺北來勸我說：「一定要報考理工科，不關你將來經商念文學或做政治的都是一樣，最重要的是要有「數學頭腦」及「一技之長」。何況戰後需要建設，建設需要工程「人材」等話，我沒有唸過「解析幾何」只好臨時抱佛脚，惡性補習九個鐘頭就去應考，僥倖考上了臺南工學院（現成功大學），如今當了建築師不得不佩服哥哥的眼光遠大，更懷念二哥的親情。

民國四十二年成大畢業參加就業考試被分發到林產管

理局（現農林廳林務局）服務，雖說特考及格官拜委四，但月薪約爲伍佰元，這比在家求學時的零用錢少得很多，雖然省吃省用仍入不敷出，加以大學剛畢業同學朋友喜事多，紅色炸彈應接不暇，到月底口袋空空如洗，單身宿舍的伙食費常常繳不起，二哥關心我的生活，每次來臺北臨走前必將剩餘錢留給我，生怕我沒有錢用。有一次二哥來宿舍找我，恰巧女工友來向我要買香蕉多少斤，答以五六斤，二哥好奇地問一個人買那麼多？女工友插嘴道：「星期天沒有伙食團，外面飯館蔡先生吃不起，只好吃香蕉喝開水過關」。從此二哥按月滙錢來接濟我，我堅持不收，他則頻頻訓誡我說：「滙錢事小但願不要冒險去『歪哥』，破壞蔡家名譽」。手足情深禁不住的淚水迷濛了我的視線，也模糊了桌子上的書。

每逢年節或父親、祖先忌日，二哥無論多忙都抽空親自上香拜祭，去年因有所思慮父親忌日我回南拜祭，他就很高興，有一次姑母看到已過中午十二點半，病患尚多不等二哥上香先行上香祭畢準備吃飯，二哥看完病患上樓來很不高興地說：「沒有祖先那有我們？再耽誤也不過五分鐘」。說罷自已上香拜祭，且每逢過年都吩咐我們儘量回家團圓，敬祖之誠令人肅然起敬。

民國五十九年臺南市推選二哥爲全國好人好事代表，雖堅持不獲卒受社會表彰，我們也以有他這樣卓越的哥哥而高興，民國六十一年母親也被選爲臺南市的全國模範母親，二哥事母至孝，民國五十二年新厦落成他邀請母親搬到新厦同住以便照顧，母親却以年事已高上下樓不便爲由拒不搬，實係老人其爲了與三姨母四姨母六姨母等老妹及老隣居閒談方便，更捨不得離開生活卅多年的老家而婉拒，二哥便給母親每個月一筆可觀的生活費，我們弟妹反對，母親更反對她說：「我自已有足够的儲蓄來應付人情世事，用不着花費你們的錢」。可是二哥不答應，他說：「我小學時目睹母親年青時生活過得艱苦，曾發誓將來長大一定要好好奉養母親，讓她享受最美好的晚年，何況母親每個月開銷不少，除了日常生活費用外，人情世事需要錢，拜佛消災祈禱平安需要錢，出外旅行也需要錢」。頓時一陣茫然掠過心頭，久久說不出話來，他的孝心感動了我，他的話使我有說不出的歉疚。

二哥對胸腔內科有卓越的學識豐富的經驗，凡經診治無不妙手回春，且每遇貧病者莫不施醫施藥而分文不取，他以救人救世爲已任，慕名馳來求治的遠近病患，每天都在百名以上。記得那是民國三十五年臺灣光復不久，他在「清風莊」服務，有一天門口來了一個臉色飢黃浮踵，大腹便便走路不方便的乞丐來討飯，二哥不但將自已的飯菜給她吃，而且免費施藥給她，而這些醫藥是因戰後醫藥缺乏，爲我們家人急救預備的，二哥晴朗無雲的胸襟與慈悲柔和的心地，獲得了鄰居的讚揚。二哥病發逝世的惡耗驚動了臺南，大家莫不同感悼惜哀慟不已，許多認識他的人或感念他的人前來憑悼，使我深受感動，例如出殯前幾天，有一個婦人帶一個國小學生跪在靈前嚎哭說：「孩子的生命是蔡先生替她檢來的，小時不知患了什麼病附近醫院都拒絕醫治，送到此處護士小姐看了覺得嚴重趕忙說先生不在，叫她趕快送去省立醫院，她哭泣說難道這樣白胖的孩子眞的沒有救？」蔡先生在樓上听了馬上下來說他要診治，結果孩子得救了他是孩子的救命恩人，因此她要孩子請假來參加送殯，以略表快意」，二哥救人濟世的仁風義舉早就贏得了臺南附近居民一致的尊崇。

二哥以襄助社會公益事業爲畢生之職志，平日救難恤貧，常年寄存鉅款於區公所俾濟貧士之急，近年再參與「生命線」之創設，且大力支助，其義舉不勝枚舉，例如民國五十三年一月十八日嘉南地區發生大地震，災區遍及白河、東山、玉井、橋西、山上、大內等鄉鎭，我從臺北赴災區勘查災情，幷將震災詳情與耐震構造的重要性，除在國內各雜誌發表外也在日本建築雜誌以及一九六〇年聯合國在紐西蘭召開的第三屆世界耐震工程會議裡，以「臺灣的建築與地震」爲題提出報告，頗受國外專家的重視。當我帶着疲乏的脚步回到臺南時，二哥問我為何這樣疲倦？我回答說：「從臺北來勘查震區災情已三天，東山鄉災情慘重，徧地哀鴻慘不忍睹，但從建築結構的立場來說，只是該倒的房屋倒塌而已，幷非我們的建築技術落伍或建築法規不適用，只要按照建築法規施工的房屋，在這次地震沒有嚴重的損害」。二哥說：「這一次地震很厲害死傷不少」。姑母從旁揷嘴道：「我們已帶現金去現場發放過了，路旁的災民每戶新臺幣貳仟元」。「我問二哥爲何不透過政府機關發放救濟金，這樣比較公平週到」。二哥回答說：「遠水救不了近火，我帶現金看了災民就發給他們，他們當時的一仟元比一個月後的二仟元更重要，最主要的是這樣做「不出名心安理得」」。二哥就是這樣本「人溺己溺人飢己飢」之素志，默默行善不欲人知。

二哥熱心教育推愛後學，惠及杏壇之事迹良多，凡有益於教育發展之工作，莫不竭力襄助，如不惜鉅款捐贈臺南協進國小及大成國中改善學校環境，添置教學設備等，二哥尊重師道敬愛恩師向不後人，凡他受教的老師無論小學中學以及大學，欲來臺重溫舊夢者都資助旅費及在臺費用，記得有一次小學老師夫妻一起應聘來臺遊玩，當他要返日時緊握着二哥的手說，他做夢也沒有想到會受到這麼盛大週到的禮遇，好像故事裡的「浦島太郎環遊龍宮城」，希望有生之年能再來一次，他們依依不捨地離開了臺灣。二哥可能的絕筆是一月七日，也是病發當天上午寫給日籍國文老師鈴木先生的信，信裡催請鈴木先生儘速決定來臺日期，以便奉寄來回機票，如再遲延因年老行動不方便，幷報告希望在日月潭再會的張文環先生已逝世的消息。也許他知道自己是一盞即將熄滅的燈火，仍不忘敬重老師，他這種「敬師」的風範至堪敬佩。

去年（民國六十七年）孩兒英傑參加大專聯考以一分之差落入第二志願，二哥從報上知悉考上北醫醫科後高興萬分，打電話到日本告訴在日業醫的弟弟及母親這個好消息。二哥並且來電道喜說：「這一下我卸下了心裡的一塊石頭，本來你高中畢業時也想讓你念醫科，可是當時的家境不允許你念七年的醫科，我需要留你在家裡幫忙，這二十九年來對你一直有內疚，如今英傑考上醫科，總算也實現了我的願望」。頓時我的眼眶都熱了，天啊！我作夢也沒想到二哥有這種想法，父親早逝弟妹幼少，生活的重擔一直落在二哥的肩膀上，能完成四年的大學教育已是心滿意足，那裡有念醫科的念頭，再說早一點出來社會做事，分擔二哥生活的重擔也是我份內的事。我告訴二哥說：「英傑不服氣不想念，打算休學明年重考」。二哥也贊成他說：「慢一年無所謂，祗要他有信心能考上臺大醫科就好了」。同時他禁不住喜悅地告訴我，年初親戚一起去掃墓嬸母指着父親的墳墓說：「別看這個墳墓較小，它已出了三位醫生」。二哥笑着說：「後頭還有人呢！」英傑去成功嶺受完了訓回去臺南老家，二哥在百忙中抽空招待，并鼓勵他明年重考使我們增加了不少信心，如今英傑不負期望考上臺大醫科，當可告慰二哥在天之靈。

近年來二哥在心臟病的困擾中，仍然日夜忙碌着診察治療那些慕名馳來的病人，他可能沒有仔細想一想，他的忙碌與體力是否相配合？我知道心臟病到了他這樣程度的人，忙累了隨時會死便勸他多多休息。去年過年不久他赴日探望次男英明，來到了家裡他那清瘦衰弱的外形大出乎我意料之外，連忙扶着他坐椅子休息然後請吃飯，他說從臺南帶了二個飯丸在車上沒有吃，說話時一直在發抖，他又告訴我，除了原有的心臟病之外最近多了一種「憂鬱病」。這一年來二哥的健康一直讓人擔心，原本性情開朗說話滔滔不絕的他，突然間變得悶悶不樂沈默寡言，動作少而遲緩，對外界刺激敏感，說話內容有時語無倫次，如對其失常的言行加以制止，常會惱羞成怒，因此常與他敬愛的姑母意見衝突，我就勸姑母原諒他或不理他，加以時常目眩脚步不穩及雙手冰冷等症狀，增加了我內心的煩惱。去年九月他的長女要赴美留學，我們在大吉樓席開兩桌歡送她，宴罷回家堂妹婿隨來寒舍聊天，住在四樓被病魔困擾着的二哥也下來參加，本來不喝酒的他說要喝酒，雖然比往昔說話簡短而音調低沈，但精神很好有說有笑，至十二時已喝完了半打啤酒，姑母勸我們散會休息，但我看二哥興趣不錯，一掃了將近一年的「憂鬱期」，精神輕鬆愉快，就再開啤酒至一點多才散會，當他從坐椅站起來要關門時，我注意到他的步履不如我印象中的穩健，抑不住心中的悵惘衝口而出：「二哥仔！您要多多注意身體，好好保重啊！」不久他打電話給我，說是最近常有目眩現象，想來臺大醫院檢查，要我安排教授診察的時間，我馬上去請教謝教授，謝教授說是腦血管硬化現象并介紹李教授給我，與李教授約定的時間二哥來到臺北，經李教授診斷的結果是腦血管硬化的初期現象，李教授與負責治療「憂鬱病」的徐教授，都勸二哥休診療養，并每天服用藥品以防萬一。

民國六十八年正月二日是侄兒俊明結婚大喜的日子，俊明的成婚應是二哥生平最大的心聲與宏願，他實現了對大哥的諾言，視俊明如已出把他教養長大，如今已經是一位醫師，其心情之喜悅可想而知。典禮在臺北舉行，因爲路途較遠南北奔波生怕勞累二哥，本想租用禮賓車，可是二哥交代新娘禮車一定要用他自已的車，他打算初二早上從關仔嶺出發中午到臺北，主持婚禮晚宴後連夜趕回關仔嶺，我打電話告訴他當天來回太累了，不如初一來臺北休息一個晚上，何況瑞章從日本回來希望吃一餐「素菜」，所以初一來臺北您們全家可團圓，二哥聽從我的建議初一來到臺北，晚餐後他稱讚「素菜桌」色香具佳，在臺南難得吃一餐，我看他氣色不好便對他說：「留得青山在，不怕沒柴燒」。爲了大家您該多愛惜自已多多休息啊！我覺得您對別人的體貼和您對自已的不照顧，眞是到了讓人生氣的地步」。他回答我說：「早上下樓診察，如同被牽去宰割，我何嘗願意？祇是爲了生活」。天啊！開業卅年的名醫尚怕三餐不繼有誰會相信？他跟我檢討去六十七年的收支後我告訴他：「開銷可以減少的，譬如收入少稅捐也減少，捐款可多可少，如將醫院出租或請代診醫師，節省開支現有收入足足有餘」。他答應過年後想辦法出租醫院或找代診醫師。隔了一天，二哥主持婚禮致詞時，說話簡短聲音低沈不甚淸礎，我曾虔誠默禱祈求上蒼惠贈健康與勇氣給他，使他能親自主持自己兒女的結婚典禮。初四是新娘子歸寧的日子，在臺中娘家請客，二哥從臺南我從臺北去臺中，宴席散會後再敦請二哥保重身體不要過分勞累，誰會料到從此我們兄弟人天永訣。

如今我們再也看不見他那從容瀟灑的風釆與慈祥和藹的笑容；再也看不見那充滿睿智自尊正義的眼神；再也聽不見那滔滔不絕機智博學幽默的詞令了！現在心懷無盡迷惘憾恨的豈僅那晚有幸陪着他的幾個人！有許多許多愛戴他的人，承蒙他恩惠的人還等着對他表達他們的感激，「人生自古誰無死？」只是當他智慧最爲集中，知識最爲充實時，爲什麼上蒼不能多給一點機會，讓他多爲人群服務？正如他的遺作「那個早晨」詩裡的末一句：「對人生抱着無限的熱愛——而終於消逝的一個生命……」。我們怎麼能够不落淚，怎麼能够不傷心！

二哥的思想，人格、操持皆以仁愛爲基礎，無時無處無不以愛國家愛民族,愛歷史文化,愛社會人群爲職志；永遠堅持眞理，在他有限的歲月中，伸手向無限索取了一點眞、善、美、愛以及人間的價值標準，使它成爲社會人群的燈塔，他的一生眞可引用「春蠶到死絲方盡，蠟炬成灰淚始乾」，詩句來稱頌他一生犧牲奉獻，燃燒自己照亮別人，到死方休的偉大人格，他的形體雖已消逝，但他救人濟世的襟抱與「人溺已溺，人飢已飢」的愛心與充滿着「正義」與「眞理」的心靈，引起我們無盡的哀思與欽慕，也在我們的心目中，留下了永恒的懷念。

民國六十八年十二月於臺北

詩•桓夫
畫•王灝

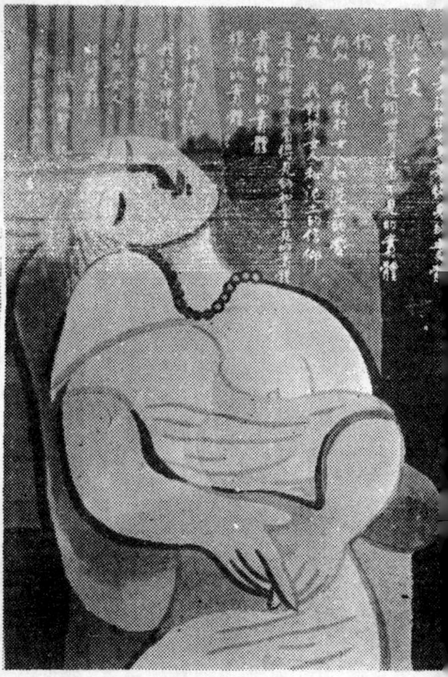

詩•楊傑美
畫•洪遜賢

詩•畫•北原政吉

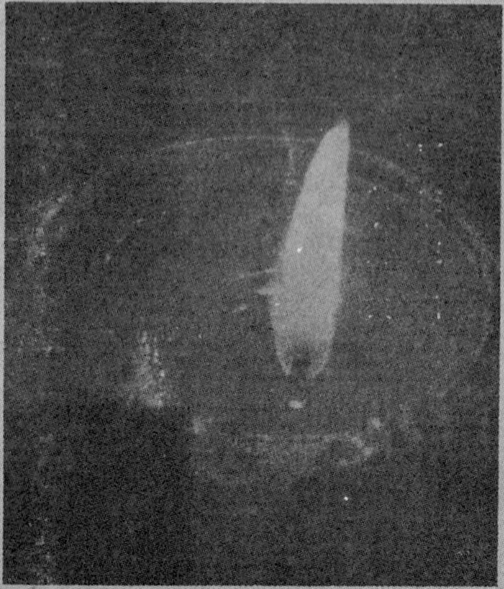

中華民國行政院局版台誌1267號
中華郵政台字2007號登記第一類新聞紙

笠 詩双月刊 LI POETRY MAGAZINE 97

中華民國53年6月15日創刊
中華民國69年6月15日出版

發行人：黃騰輝
社　長：陳秀喜

笠詩刊社
台北市錦州街175巷20號2樓
電話：551－0083
編輯部：
台北縣新店鎮光明街204巷18弄4號4樓
經理部：
台中縣豐原市三村路90號
資料室：
《北部》台北市北投吉利街249號4樓
《中部》彰化市延平里建寶莊51～12號．

國內售價：每期30元
訂閱全年6期150元・半年3期80元
海外售價：美金1.5元／日幣300元
港幣5元／菲幣5元
歡迎利用郵政劃撥21976號陳武雄帳戶訂閱

承　印：華松印刷廠　中市TEL(042)263799

詩双月刊

笠

LI POETRY MAGAZINE

1980年 8月號

98

台湾現代詩集

〝台湾の声〟ぎっしり
30人の作品95編集める

熊本の出版社が詩集を出した。台湾の現代詩人三十人の作品九十五編を集めた「台湾現代詩集」（北原政吉編、五千円）がそれ。発行所は熊本市渡鹿五の八の四、「もぐら書房」で、この種の詩集が熊本で出されるのは珍しい。編者の北原さんは千葉県在住の詩人。一昨年訪台、台北で出版されている詩誌「笠」に原稿募集の広告を掲載したところ、日本語で書かれた作品まで寄せられたという。その中の一編――。

甲板に
ようやっと立ち上った
旗を掲げていない帆柱の
痩長の影を陽光が斜線のように
引伸して水平線上に漂わせる
移動し始める
ぼくらは陸地を引摺りゆっくり
どんな国土にどんな旗を掲げる
陸地を引摺って
ぼくらは数千年移動した
地図の上に失くした名を捜し戻すために
疲れた脊椎骨を水平線に繋ぎ
錆させ腐蝕させていく
声のある限り叫んでも
陸地が段段遠退いていくのを失望して見ているだけ
水平線が切れたあと
ぼくらはゆっくり暗黒の夜を
孤独で航行し始める（曾清吉）

「地図の上に失くした名を捜し戻す為に」というくだりは、台湾の現実をあまりにも適格に言い表している。私たちは現代の〝台湾〟をどれだけ知っているだろうか。主義主張の違いはあっても、この九十五編の作品には耳を傾けるべき、〝台湾の声〟がぎっしりとつまっている。

出版された「台湾現代詩集」

日本文藝界評介北原政吉編「臺灣現代詩集」謂水準很高。

一1979.10.13 朝日（西部）

水準高い台湾の現代詩集が刊行

点描

台湾における現代詩の状況を伝える「台湾現代詩集」（熊本市渡鹿五一八一四、もぐら書房、五千円）がこのほど刊行され、日本統治時代のいたみを描いた作品や現代詩ならではの新鮮さにあふれたものなど、台湾の自由詩の水準が極めて高いことを伝えている。

台北最大の詩結社・「笠」の同人三十人の九十五編を収めた。あとがきによれば、日本語で書いたのは四人、他は関係者が日本語に翻訳。収録された全詩人の写真と経歴を添え、わが国で出されたこの種のアンソロジーとしては出色の出来ばえと評価されている。

一結社中心とはいえ、二十代から六十代まで教師、研究者、医師、農業者、商人など職業もさまざま。台湾の詩文学のすそ野の広がりを示している。

若き日、日本に留学したことのある巫永福は特高警察につきまとわれた「尾行」や、太平洋戦争に狩り出されて病死した台湾人医師の「運命」を結晶させている。こうしたいたみをつづった作品では、女流で「笠」社長・陳秀喜の作品が光っている。太平洋戦争で日本は敗れ、台湾は光を回復した。が、「統治者に祖国の文化を／半世紀断たれた苦痛が／待っていた（中略）私たちは言語の鉄柵（てっさく）の前で啜（すす）り泣いた／詩を書く為に中国語を習い／陣痛に耐えた」と訴える。これは「笠を編む」と題した作品の一部であるが、植民された「この恥を償うために／わたしは笠をかぶって／黙々と耕している」その笠を「今日もわたしは編んでいる／人魚のような声で唱えるように／若者たちのために／笠を」と結ぶ。「笠」という詩集団の名称自体、深刻な過去を刻むものであることを物語る。

現代詩は台湾に新たに開花している。しかしそれは社会主義文学とは異質である面が多く、政治がらみで考えれば、台湾の詩人たちは重荷を背負っているといえるようだ。

論壇

兒童詩的追求

趙天儀

小時候，鄉居的生活比學校的生活，給我帶來更多的衝擊與回憶。尤其是鄉居的生活，比較接近大自然，比較富於純樸的人情味，更是使我永遠難以忘懷。在農村，我的兒童時代，曾經跟童年的伙伴們，在田野上拾穗，在圳溝裏抓泥鰍，在大溪中釣溪飼仔。在那些逍遙遊的時光裏，讓我深深地體會了生命蓬勃的朝氣與情趣，雖然那些日子裏，我們多半吃蕃薯籤、啃高麗菜干，長得黑黑瘦瘦的，戰爭給我們帶來了許多意外的災難，然而，我們也在苦難中成長了。因此，我的童年給我帶來了許多詩的靈感。

自從我們的社會，從農業社會逐漸地跨進了工業社會以後，現代的兒童，固然有些還能生活在鄉村，也有接近大自然的生活環境的機會，然而，有些卻生活在都市的公寓裏，許多鄉村都市化以後，情形也頗相彷彿。因此，我們現代兒童的生活空間在無形中也逐漸地縮小了，公寓像火柴盒一樣林立著，有時候也像蜂窩似的，來來往往的樓梯，上上下下的電梯，固然使現代兒童的名堂增加，花樣翻新，然而，除了他們有些可能擁有許多塑製的玩具以外，卻常常是不曾見過一隻蜻蜓或一隻青蛙呢？

近幾年來，由於許多有心人熱心提倡兒童文學，使我們在兒童文學底創作的開拓上，有了許多新的契機。其中尤以兒童詩的創作，熱心拓荒者更多，頗有一枝獨秀的姿態。因此，許多兒童文學的雜誌、兒童詩的詩誌也紛紛創刊了，一般性的兒童雜誌也接受兒童詩，或開闢兒童詩的園地，這種蓬勃的朝氣，給我們帶來了創作的慾望，也給我們帶來了嶄新的希望。

不錯，我們的兒童詩的創作，還未十分成熟，有許多像青澀的果實一樣，有些酸酸的，有些澀澀的。但是，正因為有些尚未成熟，所以，還有許多未知的領域等待著我們去開拓。在一個正在拓荒的兒童詩的原野，我們自然有許多關懷與期待。

創作兒童詩，不論是兒童的嘗試，也不論是成人的實驗，我們都希望我們所創作的兒童詩，是有創意的，有生活經驗的，有豐富想像的，甚至有無限發展的可能性。而這種富有創造性的兒童詩，是令小讀者可親又可愛，並且充滿了天眞無邪，充滿了智慧的結晶。

從兒童詩的創造來看；或造聲的、或造形的、或造義的，或三者的交流與融會，我們首先要求有詩味的表現。我們的兒童詩是一種的詩，一種的藝術創造。當然，如果可能的話，我們的兒童詩，也希望能創造一種民族風格，一種具有創造的可塑性的藝術作品。

笠第98期目錄

鳳凰城哭出一滴鳳凰的目屎

林宗源

愛出風頭的城主
一時心血來潮吃錯藥
開十萬元造一頂會變色的鳳凰銀冠
和一支會黑面的權杖
叫電視臺來化裝伊黑黑的面
請金門藝工隊來加添伊的光彩

鳳凰城的鳳凰木開出一朵一朵見誚的花
面紅紅看着林主席的同鄉飛上鳳凰樹
目眶紅紅看着廣東藉的鳳鳥飛上枝頭
心紅紅看着廣西藉的鳳鳥飛上鳳凰城
鳳凰城內的鳳凰哭出一滴目屎
滴在樹頭滴在樹根滴在府城的土地

怮是鳳凰城的鳳凰怮是阮的鳳凰
叫伊飛去無尾巷伊會飛去南投
叫伊飛去時鐘樓伊會飛去新營
叫伊飛去運河伊會飛去愛河
怮是阮的鳳凰怮是府城的鳳凰

愛出風頭的城主
手內有二十分的指定權
伊的分數加在伊的寶座
府城的父老兄弟姊妹開錯藥方
竟然選出即款講變就變的城主
古錐又擱大頭的城主怮是阮的城主
伊的嘴甜甜又講府城的鳳凰很古錐

鴿子事件

李魁賢

繞了一圈又一圈
朝家的方向飛
驚心的紅幡
還在招搖

天空很冷
繞了一圈又一圈
眼看着家
却無法停落

繞了一圈又一圈
家
愈來愈模糊
只剩下一紅點

農夫

黃恒秋

在阡陌間跋涉
在一排排防風林裏聽耕牛的吆喝
始終烙在我們臉上的
　是風吹皺歲月的輕吟
　是雨灑向田畝激響的閃光

天空中飄來一朵美麗的雲
在傳說中 那往往是仙子的彩裳
致於早已裱褙入輕輕午寐的
　是老榕樹下漫不經心的講古
　是遠去修理鋤具的路向

自從城裏歸返的子孫有過暗夜的相訴
我們的歎息就一直在穀倉裏躍動
而一顆一顆的飯粒都是永恒屹立的神啊
　是整季汗珠滴落所肥沃著的土地
　是祖先們祐護下不斷顯聖的結晶

我們釣魚去

林外

讓她去說　放假也不肯帶孩子
不要看她　找孩子發脾氣
我們釣魚去

讓她去說　結了婚就不肯帶她散步
不要理她　帶她上百貨公司的要求
我們釣魚去

讓她去說　有空從來不想陪妻子
不要管她　魚早已吃膩了的氣話
我們釣魚去

到她牢騷發完了
氣也消了
要人疼得極
又等不到人歸去
我們才慢慢回去

小販

林宴

太陽剛不情願的掙出被窩
我就開始爲一天的生計張羅
推著「搖搖冰」
從街頭巷尾走過
路上的小蘿蔔頭
經常好奇地圍著我
是擔心我把喉嚨叫破？
辛酸無人能解
趁著夏老爺發威
多賺些老母親的醫藥費
不等月上柳梢頭
就是疲飢交迫
也不敢輕易興起回家的念頭

我們的靈魂

莊金國

想想兩百萬
兩百萬不只是一個
數字而已
兩百萬要抽去我們
多少血漿？
我們之中還有多少
急待輸血的貧民？
然而市長不管這些
市長以爲我們正患着
嚴重的靈魂蒼白症！
我們需要贖救要
船來的佈道才有救——
想想兩百萬
區區兩百萬
便能贖救我們百萬市民
的靈魂泳浴長年薰臭的
愛河
愛河更名仁愛河
壽山也改萬壽山
我們不能不積德
然而我們一向近廟欺神
只得飛函邀來
太平洋彼岸浩浩蕩蕩地
二百五十名基督佈道團
想想兩百萬
新臺幣兩百萬
我們的靈魂需要贖救要
船來的佈道才有救——

詩兩首

旅人

苦楝花

苦楝花啊
爲何選在這個時分
走入心靈深處
淡紫色地綻放了

是不是要送來
一串串小鈴般的果實
讓手緊緊地握住
那股永不消逝的暖流呢

已經習慣於愛撫苦楝花的右手
在咖啡杯旁
翻開夜色
一遍又一遍地溫習
痴痴地等待

深夜

一盞孤燈
諦聽伊的歌
亮度增加了

我從睡眠中走出
凝視孤燈和伊的躍動的音符
生命自在地開花

錄音機藏著往事
輕輕地流動歲月
唉　掌中的深夜
爲什麼明晨就要離去

詩兩首

陳坤崙

擧頭三寸

擧頭三寸
有一個神明
無時無刻在監視着你

無論你走到那裡
他跟着你走到那裡
你永遠無法擺脫他的跟蹤

他注意你的一擧一動
甚至你已安然睡去
他也要察着你夢裡的世界
到底隱藏着什麼

他把你的所做所爲
一條不漏地記下
等你死後
做爲判你下十八層地獄的證據

鐵窗

一抬頭
每家每戶的門窗
全都裝上鐵門鐵窗

生活在這裡的人
喜歡把自己的家
裝飾成監獄
感覺生活在裡面
才能獲得安全

工廠人二首

楊傑美

還給我一個自然的生活吧

生活在噪音的世界裏
我的耳朶
已經聾了

生活在自動機械的世界裏
我的手脚
一天比一天枯瘦

生活在冷氣的世界裏
我的心
漸漸凉透

我衝出工廠
站在開濶的田野上
向着那遙遠的天空呼喊：
還給我靈敏的耳朶吧
還給我粗壯的四肢
還給我一顆溫熱的心
還給我一個
人自然生活的世界

進補

爲了要防止
汽油不完全的燃燒
引發爆震
所以
要把汽油加鉛

爲了要防止
鉛侵蝕你們的神經和內臟
所以
要給你們
每人一瓶牛奶
一枚雞蛋

爲了要促進
牛奶和雞蛋進補的效力
所以
平常很少笑的課長
此刻，滿臉堆滿了笑容說：
「你們每一個都是
促進經濟繁榮的大功臣！」

鳥窩及其他

周伯陽

破壞的鏡子

大廈高樓林立着的城市，很熱鬧的路旁，有着一個遺棄破壞的鏡子，是誰遺棄的東西呢？

它！走路的人們，誰都不來光顧，誰也沒有來檢起，寂寞地滿身帶着濁世的塵土。

帶着幾條裂痕的破鏡表面，只有風兒常常來撫恤它，雨兒下了同情的眼淚，我偷偷地把它拿起來看看。滿身塵土的鏡子裏，好像呆蠢的像片一般，把我的臉歪來歪去照出了個很奇怪的影。

可是無緣無故的它，好像享受過可愛的芳香—在着誰家的公館裏，或是在那些的酒家裏—一定是很漂亮的小姐歡喜她的愛人來見面的時候，失神丢下的，或者，是她們因爲悲戀，懊惱，故意把它破壞的！

不管你是深閨的東西，或是酒家裏的東西，照這樣講來，曾經受了眼淚的洗禮。

好鏡子是要照着美麗的臉，破壞的鏡子只好照着流落街頭上我的歪臉。

破壞的鏡子喲！你聽着酒家唱片的歌聲，聽着小姐們的嬌語，你現在想起以前幸福的酒家生活嗎？或是還耽念着豪奢的公館的追想呢？

啊！只有你曉得可愛的小姐們悲傷的秘密。

但是你好像馬路上的石頭一般，寂寞地遺棄在路邊，你也好像流落在街頭上的我一樣。

鳥窩

近來院子的榕樹過於蒼鬱，多麼陰氣，有一天，我拿着小鋸就攀登上去。一面登，一面想，童年的時候，攀登樹上，捉金龜子、蟬兒、鳥窩的快樂和氣洋洋、好久不慣的攀登，脚底會溜下去，一會兒才攀登到樹上，想不到樹枝非常繁茂，從這邊耐心的鋸下一枝，樹枝落在地上打斛斗，同時樹上漏了一些光亮，再鋸下一枝，樹上更顯出光亮。

鋸了好多枝的時候，因爲樹脂黏在鋸齒所以小鋸不能夠繼續鋸下去，而且漸漸地疲乏起來了，休息一下吧！樹脂黏在手掌和衣服都不能够擦掉了。

樹上的景緻能見到遠遠的地方，感覺痛快極了，工作還剩下一隅的地方，今後所照着的就是冬天的太陽，所以全部要鋸下去吧！

再繼續鋸下去的時候，忽然樹枝上見到了一些東西，就是草和樹葉來合成做的鳥窩，實在想不到這樣的地方有個鳥窩，窩裏沒有蛋子，太麻煩了，我想要鋸下去了。

可是沒有鳥窩的小鳥實在可憐，我馬上後悔着剛剛我做的工作，冬天一到牠們一定會凍死了。要是鋸下鳥窩旁邊的樹枝，小鳥大概不敢回來了，又會被孩子們從樹下看出來了，所以我偷偷兒把一隅的樹枝沒有鋸就下了樹來，我向誰都不敢講起樹上有鳥窩。

下了樹來看着鋸不清楚的一隅的地方，假使有人笑我的工作很糊塗，我也甘心，我只在心裏禱告小鳥一定會回來鳥窩吧！

詩學三昧的探索者

——學者詩人杜國清先生訪問記

訪問者：李魁賢、鄭烱明、李敏勇
地　點：臺北市羅斯福路杜國清先生宅
時　間：六十九年五月八日上午九時
整　理：拾　虹

鄭烱明：現在，讓我們開始今天的訪問，杜國清先生是我們笠詩社的同仁，請問您離開臺灣省多久了。

杜國清：大約有十三、四年了。

鄭烱明：記得我加入笠詩社後一直未與您見過面。之後，您到日本取得碩士學位，再到美國史丹福大學取得博士學位。今年回到臺灣大學擔任客座副教授，今天利用您尙停留在臺灣的這段時間，來做這個訪問。首先，我想請問您是在什麼樣的情形下開始寫詩？

杜國清：我自中學時代，就對文學、詩方面很有興趣，但當時僅止於欣賞而已。考入臺大以後，有一年我回到豐原我的表姊夫桓夫家裡，發現他家裡整個書房擺滿了有關詩的書籍，感到非常驚訝，才知道桓夫從日據時代就開始寫詩，光復以後，受到語言的限制，除了偶而發表中文的作品以外，還時常在看詩。自從我知道桓夫在寫詩之後，就常常找他談詩，並把他所藏的詩集借回去閱讀，在他所收集的詩集中，除了日本現代詩和日文翻譯的世界名詩集以外，還包括過去詩壇所發表的像紀弦的現代詩，南北笛及其他報紙上剪貼下來的，收集得相當多。看這些詩集後，我也有了寫詩的慾望，從此桓夫把他寫的詩給我看，我也把自已寫的詩請他看，這樣除了在一起互相討論詩之外，在信裡也不斷地討論詩，一直延續到畢業以後服兵役時期仍然繼續不斷。現在想起來，當時寫的信裡有很多關於詩的意見，可惜都已經散佚了，這是我最初接觸到詩的情形。我在臺大那個時候，趙天儀先生正在哲學系，桓夫知道趙天儀過去也寫詩，但已停下來好久未動筆。我時常去找他談詩，由於彼此對詩有著同樣的興趣與看法，激起了趙天儀重新再提筆寫詩的慾望。後來，我介紹他到豐原與桓夫見面後，我們三人就時常在一起。當時，臺中方面有桓夫、林亨泰、錦連、詹冰屬於同一年代也常在一起，記得當初是趙天儀帶我去見白萩的，和吳瀛濤先生認識，好像是桓夫介紹的。還有李魁賢，我現在已記不起來最初是怎麼認識的，只記得曾到南港去找過。（對著李魁賢），你是不是還記得我們是怎麼開始在一起的？

李魁賢：我記得「笠」創立以後，有一次您跟吳瀛濤、趙天儀、王憲陽到南港來找我，我們才開始認識。

杜國清：大概是吧。在臺北方面，除了趙天儀外，吳瀛濤也因與桓夫同年代的關係而時常連繫。大家就這樣因共同的興趣而聚在一起，笠創立的時候，我已離開學校在馬祖服役，我一直認為寫詩方面對我影響最深的是桓夫。我雖然在外文系也唸英詩，但從桓夫那兒學得最多，實際受益也最多，我常說桓夫是我的詩學教授。

李敏勇：在您大學時代，當時臺灣詩壇的情況如何？能否請您說明？

杜國清：當時我把桓夫所收集的詩集全部借回去研讀，像紀弦的現代詩，南北笛及創世紀、藍星都有，創世紀好像正在提倡民族詩型，不過當時我與詩壇並無直接的接觸或來往，而僅止於與桓夫不斷地互相研討而已。

鄭烱明：當時您在臺大，也是「現代文學」的一員，您感覺成為「現代文學」的一員，對您寫詩方面有何幫助？

杜國清：我參加「現代文學」是在大二時，當時白先勇、王文興他們已大四，我們同一屆的包括王禎和、鄭恆雄等一起幫他們的忙。不久，他們畢了業，白先勇出國前，將「現代文學」交給鄭恆雄和我，還另外請余光中、姚一葦、何欣等文壇先輩幫忙。兩年後，王文興留學回來，而我們也畢業走了。對我來說，加入「現代文學」主要是有個可以發表的園地，對我是一種鼓勵。因「現代文學」以寫小說為主，寫詩的較少，所以，我跟他們個人接觸並未很深入。記得有一次陳若曦帶我和鄭恆雄去拜訪余光中先生，也是因為「現代文學」寫詩的人很少的緣故。

李敏勇：以現在的角度來看，當時「現代文學」的文學運動，是否可以給予簡單的評價及略說明您自己的位置。

杜國清：當時「現代文學」以介紹西洋文學為主，每期皆有專號，需要很多翻譯的人，我當時也幫忙翻譯小說和論文，記得有一期為翻譯日本文學，請葉泥先生幫忙，我也曾去請住在溫州街的鄭清茂先生協助。不過，「現代文學」的介紹偏向西洋現代主義方面，文壇的風氣也以西洋文學為現代文學的樣本。後來，我對艾略特的興趣，也與這段時期對西洋文學的接觸而愈來愈深入有關。我覺得要瞭解西洋現代詩，不能不瞭解艾略特，雖然我本身個性上並不一定適合艾略特，尤其他的詩宗教性很重，並不令我喜歡。但為了要瞭解現代詩我非先瞭解艾略特不可，否則不能對現代詩有較正確的認識，這是我後來翻譯艾略特作品的原因。

鄭烱明：這一點我認為觀念非常正確，有人對新的事務或個性不合的東西，就抱著排斥的態度，當然這不只限於文學，包括音樂與美術也一樣，做一個文學工作者不管任何派別或主義應該先全部接觸，再選擇出自己想走的路，如果一開始就認定一條路一直走下去，難免會陷於非常狹窄的境地。

杜國清：以前我就是這種想法。艾略特是個很重要的詩人，我對他不是崇拜，我想我本身性格上是屬於浪漫的，尤其年青的時候，浪漫氣質更重，而艾略特是個反浪漫的大師，為了瞭解與自己個性不同的作品，我才著手翻譯他的詩。後來，我又覺得如果不瞭解他的理論，不可能完全瞭解他的詩，所以在日本的時候，又著手翻譯他的理論。

鄭炯明：能不能請您說明翻譯艾略特的詩及理論的情形？

杜國清：我翻譯艾略特的作品是在赴日以前開始，最初是為「現代文學」而翻譯，像艾略特第一本詩集「普魯佛洛克與其他的觀察」和最重要的作品「荒原」，皆在「現代文學」發表。我翻譯「荒原」時參考了西脇順三郎的日文譯本。我發現西脇的翻譯，非常值得參考，深深感到翻譯西洋文學作品時，如果有日文譯本做參考，不只非常方便，而且事半功倍。這也是我當初決定先到日本留學的原因。到了日本，他們有關英美文學方面的出版實況，給我很深刻的印象，那時艾略特全集也已出版。我當時寫了一篇報導有關日本出版界概況的文章在幼獅文藝發表。在日本這段期間，我開始轉而翻譯艾略特的文學理論，共譯了十八篇包括了艾略特最重要的論文，當時由趙天儀辦的田園出版社出版。

鄭炯明：「純文學出版社」不是也出版了一本「詩的效用與批評的效用」？

杜國清：那是到了美國以後才翻譯的。「艾略特文學評論選集」是在我離日赴美之前出版的，這本書註解詳盡，錯字很少，附解說和年譜，而書目包括英文和日文兩方面，可以說當時所能收到的資料相當完整，當時國內出版界很少有這麼學術性的翻譯。有一年，余光中先生到史丹福來時，曾當面告訴我，他曾在電視上推荐過這本書。

鄭炯明：事實上，在臺灣研究艾略特的人，到目前為止您是比較有系統而深入的一位。

杜國清：這件事情，知道的人是會這樣的想，但很奇怪的是，前幾年，有一篇論「艾略特與中國現代詩」的文章在「幼獅文藝」發表，文章內竟然完全沒有提到我對艾略特作品的翻譯，似乎作者毫無所知。

鄭炯明：這可能是他收集的資料不夠齊全的原因吧。

杜國清：這位仁兄，後來在美國也碰了一次面。他說是後來余光中和夏志清先生告訴他後，他才知道，我這次回來，有些初次認識的朋友，都還提到那本書。

鄭炯明：您曾經對詩下過定義「詩是詩人根據語言和經驗使用文字創造出來的一個存在於想像中的美的世界。對這一點」，請您做進一步的說明。

杜國清：這是我在「雪崩」詩集出版時當作序文而寫的。詩是什麼，這是一個終極的問題。對詩的看法與定義只是支持著詩人繼續寫詩的信念而已。到底詩是什麼？我為什麼寫詩，我想每個詩人在提筆時都得追問這兩個問題，正像讀者在讀詩時，不能不追問自己在詩中所以獲得樂趣的理由，而在研究一個詩人時不能不追問他對詩的看法及寫詩的方法一樣。

李魁賢：那個時候對詩的看法與現在對詩的看法有什麼不同與修正。

杜國清：幾個星期前在臺中市立文化中心學辦的詩的講習會上我曾重新審閱了這一篇文章。我覺得在基本上對詩的看法仍然不變。因為我對詩的定義是相當包括性和廣泛性的。如果對詩的定義太極端的話，會感到非常狹窄。在那篇序文裡，我已把詩到底是什麼樣的重點與輪廓概括出來。

李魁賢：所謂詩是根據語言與經驗而產生，根據經驗這一點應該沒有什麼爭執的。但根據語言這一點，在一個星期前我們兩人一起討論詩時，談到詩的產生不一定是從語言產生的。因爲當一個人根據意識思考，利用文學創作時，語言只是所採取的手段。因此，所謂「根據語言」是不是說詩是由語言寫成的？如果這樣的話，「根據語言」這一點，是否需要加以補充？

杜國清：我想那一天所談的跟現在談的詩的定義問題不太一樣。根據語言或根據經驗的「根據」的意義，並不是說詩是用語言或經驗寫成的。你的意思是根據經驗就是用經驗寫詩，表示經驗的存在，然後才寫詩，而根據語言是表示先有語言的存在，然後用語言來寫詩。可是我的意思不是這樣。我認爲「根據語言」是詩以語言來表現，語言是詩的根本要素之一。在這裡的問題是到底先有語言或先有經驗？我想兩方面都有可能。在正常的情況下應是先有經驗，再來寫詩。以我本身創作經驗而言是較注重經驗方面的。

鄭烱明：您是不是認爲語言僅是一種表達的工具而已。

杜國清：是的，所謂根據語言是語言爲寫詩必要的工具，寫詩時以語言表現，是根據語言本身的特性，如繪畫性、意義性、音樂性等我想關於這點，我在那篇序文中有較詳細的說明。

鄭烱明：您說詩的本質是譏諷、驚訝與哀愁，認爲這三種是詩的三昧，對這點您是否作一些說明。

杜國清：「三昧」其實不是「三」的意思，這是佛教用語梵文「Samādhi」的音譯。這是我根據詩的定義而引伸出來的。詩表現的是美的世界，而美本身有兩種，一是知性的美，一是感性的美。這兩種美尚可衍生出數種美，這在那本書裡有詳細的解說。例如譏諷之美是一種表現知性的美，而哀愁是表現感性之美。此外，詩需要創新。一首具有創新的作品，一定會給讀者驚訝的感覺。所以，這三點可看出詩的根本本質。最好的詩應同時具有這三點。如果知性的美和感性的美能平衡發展，而又具有獨創性，這是最理想的作品。所以這三昧也指詩的獨創性、批判性，及感動性而言，有時作品會偏向批判性或感動性，但如果僅具有驚訝，而不具有哀愁或譏諷，那麼獨創性就沒有太大詩的價值了，就我來說，能具備這三種特質的詩，才是最高的境界。關於這方面的引伸或解說，在「心雲集」的序文或「望月」的後記裡也都提到。

李敏勇：讓我們換一下話題吧。就您研究與翻譯介紹的瞭解，請對西脇順三郎、艾略特、波特萊爾三者的關係，予以比較說明。

杜國清：這三者當然有關係。我想如果說人死後還可在一起的話，這三位一定會在一起做朋友的。我對艾略特的興趣是由翻譯開始，而又因利用西脇順三郎的譯本做參考，才對西脇有較深的認識。最初在京都大學時原是想研修英美文學的，但又想到在日本研究英美文學，雖有很多值得學習的地方，總覺得名不正言不順，才決定要在日本研究日本文學。由於京都大學要求我大學部修過日本文學的學分，而我只選修日文，因此無法被接受。後來經由朋友的介紹才得以進入關西大學日本文學科。在修過有關日本古典和現代文學課程之後，開始寫碩士論文的題目是「西脇順三郎的詩的世界」。因此可以說是艾略特介紹我認識西脇順三郎，後來又由於翻譯西脇的「詩學」時，後面附有一篇「波特萊爾與我」的文章而引起我對波特萊爾的格外關心。所以又可以說是西脇順三郎介紹了波特萊爾給我。西脇在「詩學」裡提到很多波特萊爾詩的原則如「超自然」及「反諷」等；西脇奉之爲詩的原則，其實也是波特萊爾的原則。在日本時由對西脇的研究而引起我對波特萊爾的興趣。到了美國之後，我才開始翻譯「惡之華」。對我來說，到美國去也是一種機緣，當時在日本取得文學碩士之後，我就想到美國去，但要到美國我只想有獎學金時才去。因此我提出研究計劃，題目是「西洋影響下中日近代文學比較研究」，向美國五家大學提出申請，結果是哈佛及史丹福大學接受我的申請。哈佛大學接受我的教授是研究日本文學的，而史丹福大學的劉若愚教授是研究中國詩和文學批評以及比較文學的。經過種種考慮，我選擇了史丹福大學。在史丹福大學四年，我還跟一位日本教授上田眞先生（Makoto Ueda）研究日本文學理論，俳句，現代文學及文學批評等等。寫論文時，我選李賀做爲題目。雖然在這之前已經有好幾個人寫了李賀的論文，但我相信我可以做得更好，因我對詩的興趣以及對中文和日文資料的掌握，尤其是日文方面有關李賀的資料太多了，正是我可以充分吸收應用的地方。李賀的詩感性很強，我曾在復刊的「現代文學」發表「李賀研究的國際概況」，裡面亦提到李賀詩的特質。李賀一生不得意，「二十心已朽」，「一生愁謝如枯蘭」；他的詩可以說是嘔心瀝血，沒有一般道學詩人的虛僞造作或拘泥形式的毛病。經過世紀末波特萊爾以來的現代詩洗禮的心靈，非得像李賀那種感性強烈，激情濃豔的詩句，無法感動。再說他的詩僅二四〇多首，寫論文的話也非常適當。在我追求詩的一生中，從艾略特到西脇，從西脇到波特萊爾，再從波特萊爾到李賀，我想在詩的趣味上是有其相關性和一貫性的，這也顯出從西方出發再回歸到東方的歷程，希望在我的作品上能有適當的調和與交融。

李敏勇：請您說明您對這四位詩人的研究，翻譯或介紹的情形。

杜國清：對艾略特詩的介紹，我出國以前已大都翻譯了一次，只剩下最後的四首四重奏僅譯了一首。有的曾經發表，但尙未結集出版。我想先把他最重要的詩像「荒原」做一完整而詳細的註解和評論出版後，其他次要的詩再另外結集出版。西脇的翻譯方面，我過去曾翻譯他的「詩學」。西脇本人是英美文學者，也是日本超現實主義的介紹者和批判者；在日本詩壇上佔有很重要的地位。他的「詩學」最難得的是能夠綜合西洋及東洋的詩觀，尤其是把日本感性文學的特性與西洋知性的理論調和在一起，在這方面，我認爲西脇是第一人。最近陳坤崙君創立了春暉出版社，有意將以前田園出版社出版的書重新排版出版，藉這個機會，我把以前碩士論文的資料以中文重寫後，與從前翻譯的「詩學」合併爲一本，改題爲「西脇順三郎的詩與詩學」，即將由春暉出版社出版。關於西脇詩的介紹，除了陳千武的「日本現代詩選」以及我在「笠」上寫的「日本現代詩鑑賞」以外，其他甚少，這本書的出版，當可更進一步增進對西脇的了解。目前，西脇已八十多歲，他的全集也已出版，詩作甚豐，今後當可繼續介紹。波特萊爾的作品翻譯方面，主要的是「惡之華」第三版的全譯共有一二〇首。此外尙有零散作品二十首左右，打算將來一齊併入「惡之華」這本書裡。我翻譯「惡之華」時，實在花了不少功夫，當時在「笠」連載，除了譯出意思之外，尚押韻且綴字數，前後約四、五年的時間。可惜的是出版後並未受到重視與肯定。我想有興趣的人，應該會了解這本書的價值。最近我遇到一位哈佛大學來的研究生柯鉉理，他也來臺灣收集有關象徵主義的資料，他寫了一篇書評討論我的翻譯，在「中外文學」上發表，總算有了一點知音。對李賀的研究，中文方面，我曾在「笠」寫過幾篇李賀詩評釋，「現代文學」也發表過一篇「李賀研究的國際概況」。英文方面，「LiHo」一書已於去年九月出版，主要探討李賀的詩的語言與境界。根據劉若愚教授的理論，詩是境界的探索及語言的探索。這本書分成四章，第一章介紹詩人，第二章討論境界，分爲光明的一面及黑暗的一面，第三章討論語言，第四章是結論。由於這本書引用了包括英、日、中文等資料，從資料的廣泛引用上即有其價值存在。

李敏勇：你研究這四位詩人，其關聯性極爲密切，對您的創作及教學上有什麼影響？

杜國清：這跟教學倒無直接的關聯。在創作上不能說沒有影響，但這種影響是自覺的，我自己當然知道那一首詩受到誰的影響。艾略特的詩，宗教性很濃，對我格格不入，但他寫詩的技巧却非常成熟，在技巧的追求方面對我有很大的影響。西脇對詩的看法，對我也有很大的影響，尤其他本身是位主知詩人，在感性方面又非常強烈。他對詩的看法或寫詩的方法，有時故意將知性和感性倒置，令人感到錯亂。譬如，他利用感性的方法來寫論文，又利用知性來寫詩，這是非常特殊的，與艾略特立論嚴謹的寫法完全不同。波特萊爾是象徵主義的詩人，到現在我僅翻譯他的作品，尚未著手研究。今年我申請到美國NEH的一個研究金，準備以一年的時間從事「中日現代詩中象徵主義的比較研究」。對我來說波特萊爾的詩中，那種病態與頽廢的美，無寧說是耽美，在我的詩裡也可發現到多多少少的影響。這一點在李賀的詩裡亦可以發現到。中國晚唐的作品，文化的發達開始頽唐，像水果成熟得近乎腐爛的前刻，那種夕陽無限好的作品，帶有非常強烈的感性。波特萊爾、李賀及我自己的詩中都有這種氣質，這種美好的誘惑很難拒絕，令人深深感到人生的無常與生命的蒼涼。

李敏勇：我覺得您跟波特萊爾及李賀氣質較爲相近。在艾略特與波特萊爾之間，本質上您是比較屬於波特萊爾及李賀這邊的，但却站在西脇的位置，使您不會太過於沈溺。

杜國清：你的意思是親西脇是在二者中間，而我由艾略特透過西脇到波特萊爾和李賀，在波特萊爾和李賀中找到了眞正適合的對象？

李魁賢：據我的瞭解，一開始您是先研究艾略特，對波特萊爾的接近，好像是在遇到知音的感覺下，才更進一步的接近。我覺得在感性上您是偏向波特萊爾，但您的表現技術却從艾略特吸收豐富的技巧，這一點從您的作品裡，可看出兩方面的融合特徵。記得，以前到林口找您，您寫了一首田園變奏曲，提到您走過樹林時，聽到沙沙聲音，使您想起很多感情上的問題，但却沒有直接表達，反而間接地利用技巧來表現。我曾經看過蔡源煌分析您寫的「滄桑曲」這首詩，他認爲這是一首文人詩，但我很想聽聽您自己的解釋，因爲我瞭解，就「滄桑曲」這首詩而言，很明顯可以看出是一種耽美以及經驗的綜合。從這個觀點，應該不能說是單純的文人詩，請您說明寫這首詩的背景，經過及您自己所想表達的東西。

杜國清：蔡源煌認為我這首詩是文人詩，我實在覺得受之有愧。蔡先生是位學者，也許對我寫詩的情形與背景沒有充分的瞭解，他認為我研究艾略特，免不了受到艾略特的影響，尤其這首詩引用艾略特的「荒原」內幾句詩做為題詞。但他不了解這首詩是我在日本時寫的，完全是根據我當時生活的觀察，是寫現代人生活中情慾的表現，描寫現代人愛情的一面。在這首詩裡，我描寫一對男女偷偷摸摸進入所謂「溫泉標記」的旅館，裝做若無其事的樣子，其實一直到拿了鑰匙、關了門把門鎖上時心才安定下來。所以說「鑰是一把鎮靜劑」，主要是描寫這種心裡狀態。蔡先生却從鑰匙來找典故，好像從但丁或哪兒尋找鑰匙是個典故的可能意義。事實上，即使有典故也不是我的用意。這首根據經驗及生活而寫的詩，沒想到却被他當成一首文人詩。不過，一首詩發表後，讀者如何看它，作者是無能為力的，我本身並不認為讀者的看法一定要與我想表達的意義相同。

鄭烱明：請您談談在史丹福大學和劉若愚教授研究的情形，以及劉教授對詩的研究種種。

杜國清：我能跟劉若愚教授在一起，可以說是一種機緣，因為事先我完全不知道他是如此一位有成就，在學術上非常有地位的學者。我認為我在史丹福大學四年裡，除了跟劉教授研究詩與文學理論的知識外，主要是他做學問的方法和做學問的愼重，對我以後做學問的方法及態度上有很大的影響。劉教授在一九四九年前後，從大陸到英國讀英國文學，對莎士比亞亦很有研究，曾經到過香港、夏威夷，因為他並未取得博士學位，一直很不得意，直到在芝加哥出版那本「中國詩學」之後，才奠定了他在美國的學術地位，這本書雖是入門書，但簡明扼要，可以說是一本名著，已有日文和韓文譯本。我在一九七七年將這本書翻成中文，由幼獅出版公司出版。劉教授另外有一本，中國文學理論」（Chinese Theories of Literature），一九七五年出版，不久臺北成立出版社出版賴春燕的中文譯本，題為「中國人的文學觀念」。老實說，這本書翻譯的學術水準很差，本來是一本很嚴肅的學術著作，却變成了大衆性的叢書。譬如，書內約有五〇多頁，佔四分之一的註解及書目都被省略，這些註解，雖與本文無直接關聯，但含有許多學術上的發現和見解，也是非常重要的，此外還有許多不該有的錯誤。最近，剛好聯經出版社有意再出版這本書，我就趁著在臺灣這幾個月，把這本書重譯。現在，譯稿已經交給聯經，預定今年暑假可以出版。劉教授寫這本「中國文學理論」的原因，主要是看到西洋人談文學時，往往只限於自希臘，羅馬以來的西方觀點，而忽略東方中國人對文學的看法，他以英文寫中國文學理論，是要給西洋學者認識到談論文學時不要忘記在中國還有與其不同的傳統。如此，將來人類建立世界性文學理論時，才不致於偏向西洋一面的觀點。

鄭烱明：有人說詩是一種純粹經驗的作品，其長處在於「不涉理路，不落言詮，不着一字。」這種純粹經驗的看法，您認為如何？

杜國清：這主要是葉維廉以及「創世紀」一些詩人洛夫等的說法，純粹經驗是一種直覺經驗，詩的表現上確有這一派存在。中國傳統詩內像王維及其他詩人，也有這方面的作品。但如果說現代詩只走這一條路或走的是這條路，那就很牽強。這一方面，我曾在「笠」評論洛夫「中國文學大系詩集‧詩集‧序」裡提到。我不否認這一派的詩確有其價值，但不要認爲它是中國詩唯一的一派或中國詩都是這一派，否則，就是以偏概全。其實，這種詩觀不只我們中國才有，法國象徵主義裡馬拉美談純粹概念時，也多少有共通的地方。中國詩的遺產非常豐富，詩論或詩觀也是多彩多姿。劉教授在「中國詩學」中，把中國傳統詩觀分成四派，而在「中國文學理論」中又分爲六類，這是很難以一派來概括的。過去有些詩人提倡這種詩觀，認爲這是理想的詩，這是他們的選擇與趣味，當然無可厚非。

鄭烱明：再談談您的創作問題，從「島與湖」出版後，您寫的詩內，仍然時常出現這種島與湖的意象，這個原因是否能請您稍加說明？

杜國清：我的第二本詩集是「島與湖」，這本詩集是當兵時在馬祖寫的，馬祖是個很美麗的地方，沒有砲聲的時候，是個山明水秀的島與湖世界，非常迷人。在那裡我呆了九個多月，我那些詩都是有感而寫的，也可以說是反映生活的記錄。我常希望寫詩的經驗，在經過相當程度之後，應該像小說家一樣積極而有意的創作，甚至應擬定創作計劃，依計劃而寫作。可是，我寫詩的態度却是相當被動的，往往是有感才寫。不能不寫時才寫，我寫了「島與湖」這些詩時，剛剛開始經驗感情的生活，這些詩可以說是我青春時期對愛情的憧憬及觀想。在我夢中的「島與湖」的世界，島象徵男性、湖象徵女性。我的心中有一句賈寶玉的話：「男人是泥做的、女人是水做的。」，所以，愛情或情慾在我的詩中是時常出現的主題。另外，時常無意識出現「水」的象徵，像「望月」詩集後面的作品，時常出現的海的意象，這也許與我生活的環境有關，因我的詩大多是生活的反映。

李魁賢：站在作者的立場來看，每一個作者如果重複使用意象，最後總可以追求到其原型。剛剛您所說的，由馬祖開始到男女的象徵，這個原型已非常明顯。但是，何以會一直不斷地重複這個意象？在我看來，主要是與作者的生活經驗及其本身的耽美傾向有關。因爲，創作本身在主觀或客觀的美感經驗融合時，如無主觀的認定，即使有生活經驗也不可能出現這種情況，譬如說我也到過馬祖，也有這樣的生活經驗，却沒有這種傾向。所以，除了我們可以追究原型的產生外，作者個性上的耽美傾向該是很重要的因素。

杜國清：我的個性與氣質比較浪漫，但爲了研究工作，我儘量尋找知性方面來調劑。對我來說，這樣才不會陷於浪漫的感傷，個性浪漫的，應找較知性方面調劑，反之，個較知性的，應找較浪漫方面調劑，這種個性的掙扎也許很困難，但我儘量讓它發展來調和，以維持感受性的健康。

李魁賢：還有一點我很感興趣的是，男女間的感情如以一種物象來表達時，它牽涉到作者本身的愛情觀念。而您用「島與湖」表現男女的愛情觀念，是否有特殊的原因？因爲，島被湖所包容，如果島表示男人的話，是否表示男人附近有許多女性包圍著，或說是受到許多愛情所包容？

杜國清：在「島與湖」詩集的第一首詩裡，我就說「島中有湖、湖中有島」，這在「現代詩導讀」中，張漢良先生亦有部份解說。島受湖的包圍，是一種現象，也是愛情的一種關係，可是男女的關係不是固定的，我感到島中有湖、湖中有島，島與湖的存在是一種同生同死，相生相剋的世界。提到愛情觀念，我並未仔細思考過，愛情在我的精神生活中佔有重要部份，但我所說的愛情與現實生活並非完全一致，因爲我對愛的感覺常與美一致，也可以說我對詩的看法適於解釋我對愛的看法。經一次愛脫一層皮，我越來越相信，愛是哀，情是愁，而愛情是哀愁。對我來說，愛是一種陶醉，一種耽美。當然，愛情如果快樂一點，幸福一點未嘗不可，但若帶一點哀愁的話，似乎是更美，這種美的感動令我寫詩。

鄭烱明：對愛情的看法，像「剖伊詩稿」裡的表現，很明顯的與桓夫的觀點不一樣。

杜國清：我想這除了與年齡有關外，是桓夫的道德人格與意識較強烈的關係。

李魁賢：我並不認爲如此，桓夫對愛的追求比較活生生的，像注入整個精神、生命一樣，非常深入。比較起來，您較飄逸且具理想性，而桓夫是對現實的掙扎。

鄭烱明：桓夫的表現不僅僅是現實的掙扎，現實的背後仍含有理性的意識存在。

李敏勇：他的詩批評性很強，但沒有哀愁的感覺，並不覺得悲哀。

杜國清：桓夫的「剖伊詩稿」，最初我看到時，很令我感動，因爲是愛情的題材觸動了我的心絃，我才另外寫了那些詩唱和「剖伊詩稿」，他的詩是經過實際的觀察或體驗，他的態度帶有分析和批判的意味。

鄭烱明：您的詩比較熱情，且把自身投入在內，而桓夫好像是站在那裡的旁觀者，基本態度上，桓夫較理智，較重視意義性及批判性。

杜國清：對我來說，愛的對象與現實有點距離，是一種美的對象，帶有理想、夢想的憧憬。由於夢想、理想往往是現實中不可能的，才會引起我的哀愁，所以愛的本身，如果不能引起我的哀愁，我就不會感動得要寫詩，我想這是美感的本質問題，也就是說哀愁是一種美，追求這種美往往會是追求一種不幸。詩人的人生有時也是非常矛盾，如果追求的是不幸，那也只有歷盡滄桑、爲愛而死去活來了。在我平凡的生活中，追求詩的感動時，這種愛情的挫折與哀感，最容易引起我的感動，更由於日常生活的單純與安定，意情便成了找詩靈感的方式。譬如在某一機緣時，看到某一個人，哪怕是一顰一笑、一眼一眸，而怦然心動時，就引起了詩的火花。

李敏勇：在桓夫翻譯田村隆一的日記裡，也記載田村時常在禮拜天到東京街頭看美麗的女孩，也是基於同樣的理由在尋找詩的靈感。

杜國清：追求詩的過程，愛情的感動在我的平凡生活中，比較可能方式，這當然與我的氣質有關，卻不一定完全就是事實，說穿了，我只是個殉美的尋夢者吧了。

鄭烱明：您離開臺灣這麼久，這一次回國接觸到國內詩壇，有何感想？

杜國清：這一次回國期間，除了「笠」之外，我對其他方面接觸很久。自從鄉土文學論戰以後，我感到國內文壇明顯而有意地自現代主義或西洋文學的影響下，轉向現實的題材及對鄉土的認同，這個趨向是一種自覺。但從我對英美文學的研究與瞭解來看，我認爲我們對英美文學的介紹仍然非常不够。這種介紹工作，若因鄉土文學的轉向而放棄，未必是正確的選擇，因為過去對西洋文學的介紹，都只一知半解而沒有計劃性、完整性的介紹；我認為應更完整地，而有學術水準和深度地繼續介紹下去。當然，鄉土認定本身也非常重要；過去沒有對鄉土肯定時，很容易迷失自己。有了這種認定後再來介紹西洋文學，就更顯得踏實。就以剛剛談過的西脇而言；西脇對西洋文學如超現實主義有很深的認識，但他沒有失去日本詩人的本位及日本詩人對美的感覺，隨時加以批判而能得到調和。所以，我們對西洋文學的介紹，也要有這種認識與立場，才不會是全盤移植，才能與中國人的生活打成一片產生新而健康的作品。再談到「笠」所走的方向及詩壇今後的趨向，在今年元旦時，我在聯合報副刊曾發表一篇「八十年代文學展望」，當時，我引用李魁賢的看法，他把詩壇分成三種趨向，就是純粹經驗論藝術功用導向作品，現實經驗論社會功用導向作品，現實經驗論藝術功用導向作品。回顧這三種，純粹經驗論藝術功用導向作品，因其太趨向個人經驗，失去一般讀者；所以才有詩的明朗化，這證明它已走入一條死胡同。現實經驗論社會功用導向作品，由於這種趨向並不以文學為目的，而強調詩的社會功用，藉文學手段達到宣傳的目的，這不是文學的正途。另一趨向是現實經驗論藝術功用導向作品，它說寫詩是根據經驗，但成為作品時，應有藝術的技巧與價值，尤其根據現實生活，現實材料加上藝術處理，產生有文學價值的作品，我想這該是今後的一條正確方向。

鄭烱明：您回到加州大學後，有什麼研究計劃？

杜國清：作為一個學者，不研究是不行的。我剛剛說過我申請到一個研究金，在研究金的支持下，明年一年可以請人代課而專心研究，除了「中日現代詩中象徵主義的比較研究」以外，假以時日，我也很想從事現代詩中意象派方面的研究。意象派是廿世紀初英美現代詩的一個源泉。許多英美詩人，像龐德、艾略特、史蒂文生、威廉斯等，都與意象派的關係非常密切而且深受影響。意象派的理論曾受中國古典詩與俳句很大的影響，在我看來，西洋詩與中國詩從來沒有這樣接近過。那個時候不久，五四運動開始，胡適在日記裡也提到意象派的原則，假使當時胡適能够積極鼓吹意象派理論，白話詩能與英美意象派同時並進，說不定我們新詩史上，也會出現像西洋那些有成就的現代詩人。可惜那時胡適並未積極提倡，致現代詩的發展，形成浪漫、普羅、象徵等混亂狀態。意象派理論對新詩的瞭解非常重要，同樣適用於解釋新詩的特點。過去的詩依賴韻文的音樂性，意象派的詩追求散文的繪畫性，一般讀者對詩的鑑賞已從耳朵轉到眼睛這一趨勢如不被瞭解，往往抱怨新詩不能吟唱、無一定格式、不能背誦等等屬於過去韻文詩的品質。事實上，新詩尤其是現代詩在本質上就在擺脫這些品質。我想現代詩如果要受到普遍的接受，意象派理論的推廣，一定很有價值。意象派的偏向繪畫性，以及象徵派強調音樂性，二者同是西洋現代詩的兩大泉源，我想追根溯源，對象徵主義與意象派加以深入的研究，再加上從中國古典詩中尋求新詩能够繼承和發揚的特性，以為中國新詩探索出一條道路，這在我本身需要努力，也期待能得到一些成果。

詩的欣賞比較

座談地點：臺中市立文化中心

出席人：林亨泰、王灝、黃乙、張志華、陳秋月、何豐山、傅梅如、石瑛、桓夫

司會：陳千武

十二星象練習曲

子　葉珊

我們這樣困頓地
等待午夜。午夜是沒有形態的
除了三條街以外
當時，總是一排鐘聲
童年似地傳來

轉過臉去朝拜久違的羚羊罷
半彎着兩腿，如荒郊的夜哨
我挺進向北
露意莎——請注視后土
崇拜它，如我崇拜你健康的肩胛

生肖詩集

鼠　杜國清

只要人類有食物
只要樹有皮，穀有殼，屍體有棺材
齒爪齒爪齒爪齒爪齒爪齒爪齒爪齒爪
只要地下有莖，倉裡有糧，腐屍還有骨
齒爪齒爪齒爪齒爪齒爪齒爪齒爪齒爪
只要咱們還想活着

在這地球上，我們抗議
人類誣告我們是人類的賊
在這地球上我們控訴
人類妨害我輩過街的自由
影響咱們繁殖的快樂
在這地球上，假如還有德先生的話
我輩願意在白天出來
和所有哺乳類動物競選

評語

桓夫：今天我們提出葉珊和杜國清兩位詩人博士所寫的同樣題目的詩，就其題材、內容、形式、語言等創作方式做爲比較，請各位就讀後感想儘量發言研討。

林亨泰：這兩首詩雖與十二星象有關，且採取的題目與內容都不同。一看就知道葉珊的詩來自書本，似乎依靠豐富的知識寫成的，詩中爲甚麼忽然跳出「露意莎」這名詞，也許有星象上的典故，但若是典故，用在詩文上讀者欣賞的時候必須查明其來源意義，很麻煩，若所用的典故，是屬於不必要的，作者故意用它，成爲玄學的，就不是好詩。杜國清的詩，則將民間流傳的有關生肖的意象表現得很有內容，給人切實的感受。

桓夫：洛夫在「中國現代文學大系」詩輯裡的序文，對於葉珊這首詩中「當時，像是一排鐘聲—童年似，傳來」一句特別列舉出來說『鐘聲』和『童年』等本身都是平凡而互不相干的事物，但一經有機性的安排，彼此之間便產生了美學上的新關係，其中多層次的空間和同時存在的張力，構成了內含性和外延性均衡發展，互相配合的意義，這就是詩的語言，它所含有的意義即詩全部的意義」。看洛夫這麼說，初學詩的讀者會覺得只要詩裏有這種『詩的語言』一、二句，就會算是好詩，尤其洛夫說的最後一句「它所含有的意義即詩全部的意義」顯然給人一種錯覺。我認爲詩的意象，不是指一、二句好的語言，就代表全首詩的意象。

王灝：洛夫的說法，是爲了支持其整編的理論，當無可厚非，但有點斷章取義。葉詩以組曲的方式寫成，子指時辰的變化，是知識的，較爲西洋化的詩。杜詩有本土的感受，雖用典故，也是我們的東西，是本土成長的詩，有諷刺意味，藉着鼠來說明人類的性格，詼諧且有幽默感，給人有深刻感受的詩。

黃乙：杜國清的詩要我們不要忘了根，以老鼠喻人，要人爭取自由、平等，如果有德先生出來，社會才能安穩，詩所表現的意思很好。

張志華：葉珊詩的寫法，在現代詩壇已經很普遍。

陳秋月：葉詩很玄學常引用外國人名字，令人非解，無法揣測其意義，寫詩應讓讀者感受引起共鳴，並不須引經據典，我較喜歡杜詩，使我聯想大陸的情形，隱喻人類所處的悲哀。

陳壯成：杜詩替人類種族手抱不平，用鼠的隱喻表現民族意識，爭取自由平等與種族的競爭。

何豐山：我感覺杜詩是表現海外遊子的心境。

傅梅如：葉詩必須看幾遍就會喜歡，較具研究性。平常我較喜歡看杜詩。

林亨泰：有一種難懂的詩是要不得的，葉詩如果是故弄玄虛的難懂是要不得的。「子時」是晚間十二點至二點之間，而露意莎是不是在詩中表示星象之神，這些均屬知識上的難懂，顯然葉珊是以知識寫的詩，杜國清是靠思考寫的詩。

石瑛：葉詩是靜態的、把時間、空間意象化了。而杜詩有潛在生命力，表示社會的不平等，若有功德的話，可打破不平等。

論周伯陽的詩

李魁賢

周伯陽（1917—　），新竹市人，早年畢業於臺北第二師範學校普通科及演習科，臺灣光復後，又進修畢業於新竹師專科學校暑期部。自從民國廿六年三月臺北師範學校畢業後，即從事小學教育工作，曾擔任苗栗縣竹南國小，以及新竹縣新竹國小、內湖國小、沙坑國小、東門國小、南寮國小等校教師，西門國小教育主任、虎林國小及陸豐國小校長等職務，在教育界服務四十餘年。

周伯陽早年即有志於歌謠創作，臺灣光復前，即屢次參加日文歌謠應徵入選，民國三十年並以「菎蔴」入選臺灣總督府文教局編選之國校國語教科書教材，三十一年參加新興童謠詩人聯盟爲會員。臺灣光復後，改以中文創作，並由啓文出版社陸續出版「花園童謠歌曲集」（49年7月22日）、「蝴蝶童謠歌曲集」（50年9月1日）、「月光童謠歌曲集」（51年7月5日）、「明星童謠歌曲集」（53年3月）、「少年兒童歌曲集」（55年8月1日）。其代表作「花園裡的洋娃娃」和「木瓜」經蘇春濤譜曲後，分別採用爲國民小學音樂教科書一年級及五年級教材。

在創作歌謠同時，周伯陽也開始寫詩，有未刊日文詩集『綠洲的金月』一種。民國六十一年參加笠詩社爲同仁，並自「笠」52期（61年12月）起持續在笠詩刊發表新舊作，迄今不斷，六十七年出版『周伯陽詩集』。並常爲文鼓吹兒童歌謠與兒童詩的創作。

由於周伯陽一生獻身於兒童教育，因此，他之提倡和實踐兒童詩歌創作，是基於教育的信念和抱負，他認爲：「最能融傳授、培養、薰陶爲一體的兒童文學是詩歌，詩歌韻律優美，含意深遠，多讀一遍，就有更深一層的體會和感受。」（註1）

所以周伯陽對詩的要求，指向老少咸宜的方向，由於他重視詩的教育功能，因此，在詩的表現上，傾向於平衡與和諧。他說：「詩本來就是一種最藝術的語言，它的本身包括了美的旋律、美的詞藻、美的形式和美的意境等四種特質，有了這四種特質，然後再運用含蓄的刺激的筆法把它表現出來，使人有一種深切的感受。所以詩重在體會與欣賞，成人如此，兒童也是同樣。不過兒童感受的能力，因生活經驗少和理解力、識別力張，所以不喜愛含蓄過深的詩，因此，給兒童選詩和作詩，也要顧及兒童能力所及。」（註2）

事實上，周伯陽很重視詩的意義性，他曾在臺中文化中心舉辦的一次座談會上發言，呼籲詩人不必重視目前的得失，要懷抱有建立我們文學資產的使命感，努力寫作。他強調：「詩是主觀的態度所認識的宇宙一切的存在。主觀的是詩，客觀的不是詩。」（註3）因此，詩人如不能以其建構的意識、人生觀來串聯起語言珠粒，則不過是一付空架子。

紀德在『地糧』開頭寫着：「奈帶奈調，不要希求在固定的地方找到神——神應無所不在」。對於詩的追求者來說，詩便是他的神，因此，我們可以適當改變紀德的話，說：「不要希求在固定的地方找到詩——詩應無所不在」。因為詩隨心轉，心之所至，詩存焉。

以一位跨越日文與中文的鴻溝，跨越歌謠與詩的兩岸，而默默地追求文學生命的創作者來說，周伯陽充分顯示了用「心」表現率眞純樸的詩情。他以一種接近自然主義的詩法，傳達他對外在世界的觀察，把他內心世界的感情適度地融合入外在世界的現象中，取得一種和諧的立場。周伯陽是一位冷靜的觀察者，他控制了自己的情緒，不使流入類似浪漫主義的告白，他以自然的物象為優位，來建立外在世界自足的生命。

杜國淸所追求詩的三個條件是：驚奇、反諷、哀愁。周伯陽的詩觀似乎和杜國清正好相反。周伯陽詩中的境遇沒有驚奇、沒有突兀，而是平凡、平淡、平靜，呈現一種平和的景象。周伯陽詩中也很少有反諷的語調，因為他的作品裡往往從對立的現象，傾向一種和諧的歸趨。周伯陽詩中雖有時透露一絲淡淡的哀愁，但那似乎只是中途閃現的異態，而非終結。構成周伯陽作品中這些特質的中心，在於他所建造的一種和諧的世界。大致可分為二部份：其一是人際的和諧，其二為與自然的和諧。

在周伯陽中大多以自然為物象，而在有數的描寫人際關係的作品中，一律以同窗及師生關係為主題。我們知道周伯陽早年自臺北第二師範畢業後，便從事小學教育，培育民族幼苗，四十餘年從不間斷，一生精力，盡瘁於斯，因此，他有豐富的教育上的經驗和感動，發而為詩，毋寧是自然的事。例如他在「友誼」「憶」「重回芳蘭丘」「難忘師恩」「百年樹人」「愛的教育」諸詩中，以愛心描述杏壇和諧的情景，都是以情取勝，令人感動。

百年樹人

當我光著火，
想要罵兒童時，
兒童在我的跟前發抖，
而淌下眼淚。

到底我是要把他大罵一頓，
怎麼沒有努力用功呢？
或者要反罵自己，
是否教學能力較差？

我知百年樹人底任重，
更知春風化雨的道遠，

以愛栽培今日幼苗，
—造就未來的棟樑。

這首詩中以教育者的本色，應用了幾個通俗的成語，很能符合「夫子自道」的情景。所謂「百年樹人」是指人才培養無法速成，應有長久之計，語云：「一年之計，莫如樹穀；十年之計，莫如樹木；終身之計，莫如樹人」（管子），這便是「十年樹木，百年樹人」之所由來。十年種樹，可以成材，但人才的培植，却要百年，因爲教育問題往往要數代才能見其功，足見任重道遠。

「任重道遠」一語出論語泰伯篇：「士不可以不弘毅，任重而道遠，仁以爲己任，不亦重乎，死而後已，不亦遠乎。」弘，大也，言志氣遠大；毅，剛強不屈，做事能堅定到底，不怕困難。這一段話雖然是曾子論「士」（知識份子），志氣不可以不遠大，又不可不有毅力。但用來指稱教師，以教育爲己任，同樣不亦重乎，死而後已，不亦遠乎。

「春風」取發生萬物之意，以喻教育：「不言而飲人以和，與人並立而使人化，如春風發物，蓋亦莫知其所以然也。（宋李侗與羅從彥書），至於「化雨」，乃曰言教化之及人，若時雨之澤物也。孟子盡心篇：「君子所以教者五，有如時雨之化者」。因此，「春風化雨」極言教育之善，常用以稱讚教育者的貢獻和成就。「棟樑」是以木喻人才，言能爲國任重者。以上解釋，均摘自辭源。

這首詩的語言雖然文白夾雜，例如有「光著火」（發怒、生氣）的白話，也有「淌下」的文縐縐腔調，但非常淺白易解。可是在詩想的推展上，有很大的起伏變化，而心境衝突的烘托，也很尖銳。

詩起頭即以一觸即發的對立落筆，造成一種緊張關係，「我」（教育者）以十足權威的身份出現，而學童却是一付弱小民族的形象。第二段因「我」的反省，緩和火爆的場面，導致末段歸結於和諧的一致目標。因此，和諧世界的建立，常常在權威的一念之間，而疏離與認同的分野，也常在此一念之間見出端倪。尤其是教育者，在學童心目中，幾乎有着絕對的權威性，更不可不懷着任重道遠的知覺，如臨深淵，如履薄冰，來「造就未來的棟樑」。

我是長頸鹿

我是長頸鹿
世界上最高的一種動物
來自那遙遠的南非洲
黑人的黑暗大陸
我乘船四十天
受過印度洋熱風的洗禮
轉過東京都
飽嚐太平洋怒潮的飛沫
基隆港是寶島的門口
我登陸的埠頭
異國情緒和環境的改變
使我哭泣三天三夜
長旅途使我已疲憊不堪

脚底站得發痛
而我有不拔的毅力
堅固的忍耐力

臺北動物園呀！
是我將永住的天堂
沒有飢餓的憂愁
也沒有猛獅的威脅
我帶來非洲的體臭
以及美麗的斑點花紋
身高有一丈三
是迷住千萬觀衆的標誌

我伸出長頸
張望着南方的天空
我有獨自享用
高樹上樹葉的本領
曾經棲息了叢林裡
又奔跑了大平原
黃昏 夕陽多麼美麗
染紅了我的記憶和鄉愁

長頸鹿出產於非洲，事實上，中國古代也有長頸鹿就是麒麟，到春秋時代已逐漸消滅，很少見，被視爲異獸又因係草食動物，不踐生草，且性懦弱，另有仁獸之稱，故有「聖人出，王道行，則見」的傳說。當然，這是在中國「物以稀爲貴」的說法；然而，盛產長頸鹿的非洲內陸，卻一直是蠻荒的地方，生物弱肉強食最激烈的舞臺，似乎不合「聖人出，王道行」的標準，等到白人入侵後，又遭受橫征暴斂、欺詐豪奪，可以說是世紀的大浩刼，因此，非洲素有「黑暗大陸」的稱呼。

「洗禮」原爲信奉基督教的教徒受洗的儀式，受洗者要誓言信奉耶穌，表示宗教信仰的一個階段，洗禮時用水，表示潔淨。在本詩中借用做「受過印度洋熱風的洗禮」，卻是指受難的歷程，而且是用「熱風」，而非聖水，顯然有自嘲的意思。

「埠頭」是船靠岸停泊的地方。「思國情緒」指懷念故國，水土不服等引起情緒上的愁悶、不安寧。身體上的特殊氣味叫做「體臭」，每一種動物都有體臭。但作者不用「從非洲帶來體臭」的寫實手法，而寫成「我帶來非洲的體臭」，是有「以部份暗示全體」的技巧在。長頸鹿當然不能代表全體非洲，但在異國的動物園裡，由於來自非洲的動物少，長頸鹿乃變成具有相當程度的代表性。而「體臭」也意味着不潔、不文明，因此，以長頸鹿的體臭，代表非洲的體臭，也暗示着非洲的原始性，是一種「以偏概全」的表現方法。

這首詩在結構上，第一段是以背離自然造成懸宕，形成緊張關係；幾乎和「百年樹人」一詩的手法相同。第二段描寫持續疏離的對立狀態，第三段因其「不拔的毅力」和「堅固的忍耐力」，終於傾向和諧的趨勢，在變換的環境中，完成一種新的調和關係。末段展現了回憶與鄉愁中的自適自如，一絲淡淡的哀愁，並不影響自然重歸於融洽無間的最後和諧，其關鍵在於離開家鄉的長頸鹿，有勇氣認同新的居留地。

周伯陽是詩和歌謠的双劍客，他在完成這首「我是長頸鹿」詩的時候，另以同樣素材寫成如下歌謠：

長頸鹿

1.長頸鹿一丈三，住在大柵欄，
斑點花紋眞美麗；我要和你玩，
你是來自南非洲；乘船四十天，
當你到了基隆港，哭說不習慣，
你會習慣不要哭；臺灣很好玩。

2.長頸鹿到臺北，住進動物園，
伸出頭來向外看，寶島的靑天，
想起家鄉南非洲，叢林和平原，
不住搖頭連聲嘆，哭得心酸酸，
不會寂寞不要哭，我和你做伴。

這首童謠作品曾因作曲家呂泉生譜曲，刊於「新選歌謠月刊」88期（48年4月30日）。因原詩的段緒成童謠：節，長頸鹿在詩中居於第一人稱地位，在表達其喜、怒、哀、樂的感情時，比較強烈，而在童謠中係居於第二人稱地方，同時爲符合兒童的吟唱，加進兒童率眞的雅氣。

這是詩人如何把詩改寫成歌詞或童謠的一個很好範本。周伯陽曾謂：「兒歌的形式，是有規則，有韻律的，因爲兒歌的流傳，全憑口傳，所以必須有和諧的音調、有規律的字數，易於記憶。普通兒歌押韻的方式，有一韻到底，和換韻兩種；字數有三言、四言、五言、七言等不同的形式。」（註4）周伯陽這首「長頸鹿」童謠可說謹守着他自己訂下的準則。

在周伯陽作品中建立的和諧世界裡，有着一股活躍的生機和堅強的意志。生命應是和諧的動力，有生命力才有造成和諧的可能性。生命力衰頹時，便是乖離、衝突、分崩離析的先兆。在周伯陽詩中最明顯的是以「新芽」爲生命力的原型，像同系列詩「春雷」裡的嫩芽；「春風」裡的綠芽，「春雨」裡的新綠，都是生命的化身。

新芽

是誰告訴你冰雪已埋葬於墳墓裡？
或是你聽到春雨奏着早春的旋律呢？
你終於從黑暗的樹皮裡鑽了出來，
像囚人一般渴望着陽光和空氣。

春雷在遠方響起春天的序曲，
黃鶯在白雲裡快樂地爲你而歌唱，
杜鵑花熱情地染遍了野山，
蜜蜂圍着花朵跳起輪舞來。

用明鮮的色彩塗掉了灰色的憂鬱，
新生命已充斥於視界的大地；
你已欣賞盡了旖旎的風光，
而以歡樂的靈感寫上喜悅的詩篇。

顯然，周伯陽所追求的是生命的本質，至於在詩的技藝上，他寧願以比較保守的手法來捕捉詩的情趣，而不講究新技巧的運用，或奇詭意象的掌握。他以平凡的陳述，訴求生命的堅實與煥發。因此，周伯陽是以內容重於技巧的表現方式來傳達他的詩想。也許和他所從事的小學教育有關吧，周伯陽的詩雖嫌創新不足，但四平八穩，却是很適用的新詩教材。

以「渴望着陽光和空氣」的囚人（被監禁的囚犯），與新芽作類比聯想，相當新鮮而且強烈，可造成深刻的印象。

鶯：色黃者，稱爲黃鶯，亦稱黃鸝，另名倉庚，俗稱黃鳥。黃鶯鳴聲清麗悅耳，有時激越，有時柔和而富於變化。黃鶯原是臺灣很普遍的鳥，如今由於濫獵濫殺，再加上自然生態的改變，如今只能看到墾丁地區的冬候鳥了。由於黃鶯歌聲流利悅耳，予人快樂印象。

杜鵑花在臺灣俗稱「滿山紅」，因春夏開紅紫色花（間有白色），滿山遍野，陽明山尤盛。又因花豔，而有熱情的聯想。

詩中暗示着已成爲過去的情景，即在冰雪封凍、春雨未至的生態環境中，一切生機的停滯，要等春雷初響，新芽乃欣欣向榮，伴隨而來的是鳥語花香的旖旎世界了。由此顯示了「堅強的意志」是要從挫折中才能顯露的品性，也是從（與自然）「背離」通向（與自然）「和諧」的關鍵。要通過意志考驗的關卡，才能展現和諧世界的遠景。在周伯陽的「稻花」「涸池」「金蟬」「橋邊之夜」諸詩中也透露這樣的本質。

稻花

一直保守着恬靜簡樸的傳統
始終佇立
在單調孤獨的崗位上—田園
吸收光和熱而充實孕育的機能

不埋怨沒有城市的熱鬧
認爲田園是永恆的天堂
心靈充滿着青春的願望
以浮雲與鷺鷥爲友
整天不感寂寞

甘願不塗脂粉
也不羨慕百花的競妍
不散佈花香
微風吻你堅強的意志
只醞釀著生活的源泉——
貢獻人類的主食

詩人以物象自況，乃是常事，「稻花」正代表着周伯陽本身的生活態度，安於簡樸和自強不息，這是要深切體會與自然和諧的眞諦，並身體力行的素養訓練的成果。

稻米是臺灣人民的主食，看他微張的稻株却是民生問題的關鍵。前二段是寫稻株，後段才寫到精華的稻花。但其形象的精神是一貫的，稻株的「保守着恬靜簡樸的傳統」，始終佇立在單調孤獨的田園，不嚮往鬧市，與稻花的「不塗脂粉」（正是「保守着恬靜簡樸的傳統」），也不羨慕百花的競妍；不散佈花香，是前後一致的。但在單純的生活中；要發揮生命的價值，稻株「吸收光和熱而充實孕育的機能」；和稻花「醞釀着生活的源泉——貢獻人類的主食」；也是互相輝映的。

生命價值的肯定；有時不但以結果來評估；還要以歷程來觀察。至於價值的高低；更不是純以個體的成就來看；應以對群體的貢獻如何來界定。

周伯陽幾十年來創作不懈，他是寂寞的詩人；但他像稻花一般；「心靈充滿着芳香的願望／以浮雲與鷺鷥為友／整天不感寂寞」；這便是與自然和諧的成果。雖然他創作的歌謠享譽已久（相信連學齡前的兒童都會唱：「妹妹背着洋娃娃」吧），但在詩壇上；他是參加笠詩社為同仁後；才找到植根的歸宿；此後；他早期的作品和新作；才陸續在笠詩刊上發表；而受到大家的注意。

周伯陽的詩作雖不多，迄今發表的也不過六、七十首；但在他作品裡所建立「和諧的世界」；特別令人欣賞，而且以他不懈的創作；可以預期他所歌頌的「新芽」一定有着更繁榮的遠景；正如「新芽」的結尾所自況：

> 你已欣賞盡了旖旎的風光，
> 而以歡樂的靈感寫上喜悅的詩篇。

——六十九年五月十九日

附註：

1. 周伯陽：「談兒歌」笠73期26頁，65年6月。
2. 同註1；27頁；又見周伯陽：「談兒童詩的欣賞」；笠77期71頁；66年2月。
3. 周伯陽詩觀，『美麗島詩集』，笠詩社；68年6月。
4. 同註1；27頁。

華倫談寫作

非馬

今年七十五歲的詩人羅拔•朋•華倫（Robert Penn Warren）在新近出版的「羅拔•朋•華倫談片：一九五〇至一九七八年訪問記」裡談到寫作時說：「意念來得奇妙。你不能說我現在想要有一個意念了……寫作的奧秘是進入某種情況裡去獲取意念。它不會由邏輯的運作而產生……你必須學習空白的藝術。」

空白是創作的沃土。另一個美國南方詩人蘭道•家雷爾(Randall Jarrell)說：「雨下來時你必須在那裡。」佛蘭娜當•歐可諾（Flannery O'Connor）則每天上午忠實地花四個鐘頭在她的寫作室裡，而即使出來時白紙上一個音節都沒有，她也處之泰然。

華倫很少在雨中寫作，也不怎應熱衷于把自己關起來揮汗。他同家雷爾及歐可諾的關連毋寧在于寫作技藝的基本問題上。如果寫作的過程，他說，「不能使你因之找到進入你自己的生活或一般生活的途徑，學到如何去尊重你自己的感覺以及你自己的價值，那就滾它的蛋。一個作家真正的惡夢是怕陷入了一種沒有活生生的經驗支持的重複裡……。我想這是所有進入中年的作家的恐慌。」

我與童謠創作

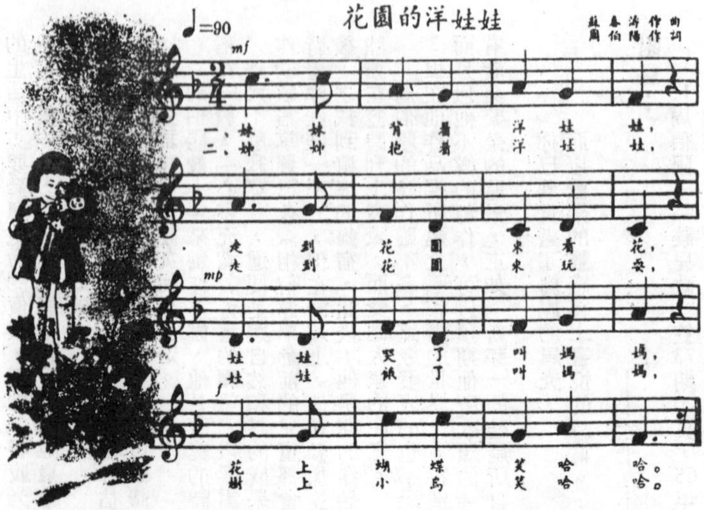
花園的洋娃娃
蘇春濤作曲
周伯陽作詞
♩=90
mf
一、妹妹背著洋娃娃，
二、姊姊抱著洋娃娃，
走到花園來看花，
走到花園來玩耍，
mp
娃娃哭了叫媽媽，
娃娃祇了叫媽媽，
f
花上蝴蝶笑哈哈。
樹上小鳥笑哈哈。

二、

木瓜
周伯陽 詞
蘇春濤 曲
可愛的
mf
木瓜樹，木瓜果，木瓜長得熟
木瓜樹，木瓜高，木瓜成熟
像人頭，樹下小狗在看守，
味道好，弟弟伸手向我要，
f
不要看，沒人偷，我們家木瓜
手太短，採不到，長竹竿才能

周伯陽

一、上電視

去年年末就是民國六十八年十二月十四日，突然接到中國電視公司「北東南西北」節目連絡人王詩嵐小姐，從臺北打來電話說：因我和蘇春濤校長所合作的兒童歌曲「花園裏的洋娃娃」：受了許多小朋友所歡迎因此要在星期三「北東南西北」節目中將訪問作詞者的我和作曲者蘇校長、王小姐叫我和蘇校長於十七日（星期一）晚上八時一道前往中視臺報到先錄影；而後十九日（星期三）晚上八時到九時在節目中播出；並且携帶有關資料及照片以利佈置。

這一首歌是在民國三十九年我和蘇校長合作的：算起來已經二十七年前的作品；沒有想到今天這樣被重視，令人高興；王小姐又說：她家裏有一所小公園：從小就背着洋娃娃在小公園裏唱你這一首歌長大的。另有一些老朋友對我說：他的女兒進入國小前就背着洋娃娃唱這一首歌做遊戲活動，很奇怪；又沒有人教她唱；她自己會唱。蘇校長說，他到過北部或中南部都聽到小朋友唱這一首歌做遊戲活動，有很高興的感受。不但學齡兒童連學齡前的小朋友也能够歌唱。

十二月十七日蘇校長因校務繁忙無法抽身上臺北參加，我一個人依約前往中視臺報到，「北東南西北」節目主持人是李季準先生；我接受李先生的訪問；這錄影工作是在晚上進行；從八時到十時半大約二個小時半才錄完，這是我第一次上電視的錄影經驗，我覺得很有趣的就是有媽媽們和小朋友們混合做一隊的特殊合唱團，特殊合唱團原來在十二年前就讀基隆市仁愛國小與中興國小的小朋友，她們參加全省音樂比賽獲得合唱及樂器演奏第一名的；都是合唱這一首歌及演奏這一首歌，那時候的小朋友畢業後出嫁十二年後的現在已經是二十幾歲的媽媽」；中視臺特別請她們和榮星合唱團的小朋友一起表演合唱，因此成立一隊特殊合唱團，連十二年前的兩位老師；一位是指導另一位是鋼琴伴奏也到現場來錄影；還有背着洋娃娃參加舞蹈得到第一名的當時的小朋友；現在是兩個女兒的媽媽了，她們母女也來錄影，這一次是由她的第二女兒背着洋娃娃表演；因場所的關係外景是事先在臺北植物園拍的，最後是媽媽們和榮星合唱團員的混合大合唱，歌聲眞嘹亮調兒悠揚，確實好聽，中視臺的計劃與安排很周到；令人感動與興奮。

二、「花園裡的洋娃娃」的動機及經過

民國三十九年前後時期缺乏小朋友要唱的兒童歌曲，因此想作兒童生活圈裏的題材：而且使用兒童的日常口語作首詩歌。有一天在花園裏看到百花滿開，花蝴蝶引伴飛舞中有個女孩子背着洋娃娃做遊戲活動。因此得到靈感，就寫出這一首詞來。我對童謠（兒歌）方面有興趣，蘇校長對音樂方面的造詣很好；我就把詞給蘇校長閱看。他答應替我配譜。時期是民國四十一年初；當時我在新竹縣政府教育局服務，蘇校長在新竹市新竹國小任教師，我和蘇校長是同鄉；新竹市人，民國二十六年三月臺北師範學校（原臺北二師）畢業，同班，後來一起升學師專進修，畢

業於新竹師範專科學校，同期。

據蘇校長說，他閱讀此詩詞以後慾望興起天天想如何去作適合兒童的音域，旋律，容易唱的曲子。有乙次特地往郊外去走來走去，不知不覺由嘴裏溜出頭二小節的韻律，認爲合意，接下自然地哼出這一曲子來。趕快返家修改整現就把它完成，這是蘇校長第一次的嘗試，這時期是民國四十一年初，同年「臺灣省教育會音樂教育協會」的游彌堅、呂泉生兩位先生發行、編輯的「新遠歌謠」月刊發刊，便將這歌曲投稿，而被用印於其第三期份。後來曾被採用於國小一年級唱遊教材，並灌製唱片和錄音帶。這一首曲子很適合小朋友的生活與心理，又和遊戲活動打成一片，連學齡前的小朋友也隨時隨地喜歡唱。

另外我們倆合作的還有「木瓜」。今採用於國小五年級下期音樂課本教材，並灌製唱片和錄音帶，曾經指定爲臺灣省音樂歌唱比賽指定曲。我現在是新竹縣竹東鎮陸豐國小校長，而蘇校長現在任職於新竹市新竹國小校長。

三、出版兒童歌曲　五冊

因我對於童謠（兒歌）有興趣，因此，民國三十九年就開始創作，出版兒童歌曲（附伴奏）合計五冊，可以當作音樂科補充教材及遊藝會歌唱教材，如左：

備註：從第一冊到第四冊的兒童歌曲名稱過長，今把它改爲1.花園兒童歌曲。2.蝴蝶兒童歌曲。3.月光兒童歌曲。4.明星兒童歌曲等比較適合。

第五冊少年兒童歌曲係我作詞與陳榮盛譜曲，我們倆的合著。

兒童歌曲數量調查表

號碼	兒童歌曲名稱	作者	出版年月	出版者	備考
1	花園童謠歌曲集	周伯陽	49.7.22	啓文出版社	
2	蝴蝶童謠歌曲集	周伯陽	50.9.1	啓文出版社	
3	月光童謠歌曲集	周伯陽	51.9.5	啓文出版社	
4	明星童謠歌曲集	周伯陽	53.3	啓文出版社	
5	少年兒童歌曲	周伯陽詞 陳榮盛曲	55.8.1	啓文出版社	

現在我把五冊兒童歌曲的部份內容簡單介紹如左：

(一)花園兒童歌曲（原名童謠歌曲）：

1.花園裏的洋娃娃：　周伯陽作詞
新選歌謠　第三期　蘇春濤作曲
國小一年級唱遊教材　灌製唱片及錄音帶

2.法蘭西洋娃娃：　周伯陽作詞
新選歌謠　第84期　呂泉生作曲
灌製唱片及錄音帶

3.木　瓜：　周伯陽作詞
新選歌謠　第17期　蘇春濤作曲
灌製唱片及錄音帶　起立　伴奏
國小音樂課本五下

4.娃娃國：　周伯陽作詞
新選歌謠　第87期　陳榮盛作曲

5.玫瑰花：臺灣省教育會音樂課本四下　周伯陽作詞
臺灣省文化協進會第一名入選童謠　楊兆禎作曲
臺灣省第八屆音樂比賽大會作曲組指定歌詞

6.新　月：　周伯陽作詞
新選歌謠　第93期　呂泉生作曲

7.小水牛：　周伯陽作詞
中廣週刊　第20期　陳榮盛作曲
灌製唱片及錄音帶

8.長頸鹿：　周伯陽作詞
新選歌謠　第88期　起　立作曲

9.掃　墓：　周伯陽作詞
新選歌謠　第92期　呂泉生作曲

10小黑羊：　周伯陽作詞
中國廣播公司第二名入選兒童歌曲　陳榮盛作曲
中廣週刊　第7期

11小金蟬：　周伯陽作詞
中廣週刊　第16期　陳榮盛作曲

被採用於「世界童謠大全集」的曲子，計有1.花園裏的洋娃娃。2.木瓜。3.小水牛。4.娃娃國等四首。

(二)蝴蝶兒童歌曲（原名童謠歌曲）：

1.小花朵：　周伯陽作詞
兒童歌曲精華　楊兆禎作曲

(三)月光兒童歌曲（原名童謠歌曲）：

1.郵　筒：　周伯陽作詞
國語日報　蘇明進作曲

2.狐狸和葡萄：　周伯陽作詞
伊索寓言
兒童歌曲精華　楊兆禎作曲

(四)明星兒童歌曲（原名童謠歌曲）：

1.別家鄉：　周伯陽作詞
兒童歌曲精華　楊兆禎作曲

(五)少年兒童歌曲：

1.螢雪用功　周伯陽作詞
國教世紀　楊兆禎作曲

四、介紹部份兒歌（童謠）

1.花園裏的洋娃娃

(1)妹妹背着洋娃娃，
走到花園來看花；
娃娃哭了叫媽媽，
花上蝴蝶笑哈哈。

(2)省略

2.木　瓜

(1)木瓜樹，木瓜果，
木瓜長得像人頭；
樹下小狗在看守；
不要看，沒人偷；
我們家木瓜多。

3.小水牛

(1)小水牛眞頑皮，愛玩耍不吃草，
看見了蝴蝶飛，高興地跟着跑，
跑了好久捉不到，肚子餓了捉不了，
噯，噯，噯，噯，噯，噯，噯，
媽媽呀！我餓了，我要吃個飽。

4.娃娃國

(1)娃娃國，娃娃多，金髮藍眼睛，
娃娃國王鬍鬚長，騎馬出王宮，
娃娃兵在演習，提防敵人攻，
機關槍達達達，原子砲轟轟轟。

5.玫瑰花

(1)玫瑰花，朶朶紅，花枝嫩怕大風，
花蝴蝶，小蜜蜂，請你們來花叢，
花園裏，玫瑰紅，關上園門不怕風。

6.法蘭西洋娃娃

(1)我的洋娃娃，法蘭西洋娃娃，
一雙藍色的眼睛，可愛的嘴巴，
好像白雪的肌膚，美麗的金髮，
你是我的好朋友，法蘭西洋娃娃，
站在桌子上，看見窗外的玫瑰花。

7.長頸鹿

(1)長頸鹿一丈三，住在大柵欄，
斑點花紋眞美麗，我要和你玩，
你是來自南非洲，乘船四十天，
當你到了基隆港，哭說不習慣，
你會習慣不要哭，臺灣很好玩。

8.小黑羊

(1)小黑羊跟着媽媽，在山上吃草，
高興地東跑西跑，迷途回不了，
羊媽媽等了半天，擔心地去找，
小羊呀！媽媽哭了，趕快回來好，
哞，哞，哞，哞，哞，哞，哞，哞。

五、推廣

1.做音樂科補充教材
2.做遊藝會歌唱教材
3.時常擧行作品發表演奏會
4.灌製唱片及錄音帶
5.送編輯館作編輯本資料
6.由教育廳撥出一筆獎助金，出版本兒童歌曲五冊，或出版一部份，送給各校做參考。

從感動性出發

——兒童詩評鑑感言

趙天儀

今年（六十九年）板橋教師研習會所舉辦的第八屆兒童文學寫作班四週的研習會已經在五、六月間舉行過了。依照往例；分童話、少年小說、散文及童詩各組，分別邀請了馬景賢、林鍾隆、許義宗、傅林統與筆者爲各組的指導老師。在一系列的兒童文學的演講、習作與評鑑中，對於來自各地參加研習的國小教師，提供了一個密集而有計劃的研究兒童文學的機會。

童詩組由我與藍祥雲先生在分組習作與評鑑中中加以輔導，參加這一組的共有十三位學員，他們各有不同的生活環境與背景。例如：有一位來自金門，有一位來自小琉球，因此，各有其不同的生活經驗。由於生活環境與背景不同，雖然我指定的題材相同，但所表現的內容却各異其趣。童詩組的習作，我指定習作至少每位八首，在評鑑時，選其較好的五首來加以討論，建議修改。最後，再由藍祥雲與我，在這五首中，每人至少選一首以上爲他們的代表作品。

童詩組的習作範圍，我以四個領域爲取材的對象；一是時間、季節與自然，二是動物，三是植物，四是家庭與學校。在這四個領域中，我建議平均每一個領域習作兩首。所以，每位學員至少都習作了八首，或八首以上的。由於我也主張詩的創作是一種自由題的創作，所以，取材不必受此四種領域的限制。所謂兒童詩，顧名思義，一方面是兒童的，另一方面也是詩的，所以，一方面需發揮兒童生活的經驗與想像，另一方面也需表現詩的情感、音響、意象與意義。兒童詩的創作；一則固然需要以有關的知識爲基礎，二則也需要以有所感動爲出發。換句話說，兒童詩是一種詩，知識性與感動性應該並重，不要只是知識性的羅列，而缺乏詩的感動性的表現。

我們試把這十三位學員的作品，來加以簡介與討論：

一、張聲柳作品

張聲柳的詩，選了「雨」與「花」兩首。她的詩，語言明朗，意象的表現則需加強。試以她的一首「雨」爲例：

「太陽不在家
小雨好心慌
就哭起來
眼淚往下流
流到水溝裏
流到池塘裏
流到花兒上
流到樹上
流到屋頂上

太陽回來了
安慰他
他不再哭了」

作者用「哭」來表現「下雨」，「太陽不在家，小雨好心慌，就哭起來」；好像「母親不在家，小寶好心慌，就哭起來」一樣。把兒童焦急的心理借著雨的意象來加以表現。另外一首「花」，末了三行「啊！美麗的花兒，你們創造了，美麗的世界」，雖然直接了些，倒也清麗可取。

二、洪瑞福作品

洪瑞福的詩，選了「紙船」、「媽媽的笑和哭」與「岩洞」三首。因爲作者來自小琉球，所以，他的詩，跟海洋有密切的關聯。海的那種千變萬化與神秘氣息，在他的想像中躍動著。試以一首「紙船」爲例：

「走到海邊
放下一隻小小的紙船
三摩亞在哪裏
爸爸，我並不知道
但我知道
一定在海和天的後面
海，不要弄濕了我的小船
風，不要吹翻了我的小船
小船，小船
願你——
走到遠遠的三摩亞
靠訴爸爸
我們在想著他」

三摩亞是我國遠洋漁船靠岸的地方，作者以紙船的航行來傾訴他對爸爸的懷念；懷念在三摩亞捕魚的爸爸。「岩洞」一詩，也是以海爲背景，不過，成人的氣味濃了些。

三、詹淸全作品

詹淸全的詩，選了「小黑板」與「老師不在時」兩首。他的詩，有些即興的傾向，也有些兒歌的韻味。在兒童詩的創作上，他似乎該加強語言的精鍊與意象的表現。

四、江春標作品

江春標的詩，選了「奶奶的手背」與「春天」兩首。「奶奶的手背」意象突出。「春天」一詩，有歌謠的風味。春天是個萬能、神奇、可愛的魔術師，在「瓶蓋一開」、「魔杖一揮」、「布幔一抖」中，表現了春天的躍動。

五、陳守隆作品

陳守隆的詩，選了「暴風」、「心靈的氣象台」與「書」三首。他的詩，語言簡潔而活潑。試以一首「暴風」爲例：

「暴風不知對海浪說些什麼？
海浪大笑着掀起白裙，
海灘嚇了，
哭得滿臉濕漉的。」

另外一首詩「書」，也是簡鍊有味，試例舉如下：

「我不理你，
　你也不管我，
　我把你當朋友，
　你才肯把心底的話告訴我！」

以上兩首，都是四行的詩，但均簡鍊、含蓄而有味。

六、徐瑞娥作品

徐瑞娥的詩，選了一首「蓋個房子給風兒住」。這首詩，有些童話的情趣，但不能說是童話詩。兒童詩的創作，需要想像，但也需要生活經驗的提昇。

七、劉祿德作品

劉祿德的詩，選了「媽！我該聽話了」、「風鈴」與「路」三首，他的詩，比較富有生活情趣的表現。「媽！我該聽話了」這首詩便是一個例子。不過，「風鈴」與「路」，還是想像的成份濃了些。

試以「媽！我該聽話了」一首為例：

「昨天媽說起床後
刷牙
洗臉
換衣服
我說
媽！我知道了
今天媽說放學後
功課作完
再看電視
我說
媽！我知道了
而時間
一天一天過去了
如今
我還一無所成
媽！我知道
我該聽話了」

這首詩，看起來很平凡，是在日常生活中可能發生的經驗，因為他把這種平凡的經驗表現出來，所以，就有了不平凡的深刻的意義，彷彿可以聽到孩子懺悔的心聲。

八、黎國英作品

黎國英的詩，選了「淘氣的太陽」與「媽媽！為什麼」兩首。他的詩，有些想像不錯，語言的錘鍊需要加強。

九、林梅枝作品

林梅枝的詩，選了一首「哭」。他的詩，有些像兒歌，詩味稀薄了些，也需加強詩質的表現。

十、朱湘漪作品

朱湘漪的詩，選了「是誰」、「我沒錯」與「醒來吧！媽」三首。她的詩，有些豪放的想像，雖然有些語言比較不夠曉暢，但是為了詩質的把握，倒也煞費苦心經營。可以說，她的一些詩的想像還不賴呢！試以一首「是誰」為例：

「是誰

打破了太陽
流動滿天彩霞
是誰
打破了月亮
蹦出許多眨眼的星星
是誰
打破了原野
綻開春天七彩的花
是誰
打破了大海
捲起了滔天的巨浪
是誰
喚醒了我沉思的夢
譜出大地的絃歌

這首詩，想像奇特，作風豪邁，好像要突破這個世界。「我沒錯」一詩，表現了一種兒童不認錯的心理。「醒來吧！媽」表現了一種在黑暗中恐懼的心理，意象鮮明而突出。例如：「窗外　天好黑　雨好大　一條條閃着亮光的白蛇　大吼着」；頗耐人尋味。

十一、黃振良作品

黃振良的詩，選了「白雲」、「孤單的路燈」以及「小河和流水」三首。作者來自金門，他的詩，語言比較流暢，不過，在詩質方面，卻需再加以深入地探索。試以一首「白雲」的詩爲例：

「一大旱
風兒就踩著他那輛老爺車
到處叫賣著棉花糖
有時賣給青山
有時賣給大海
有時
只一會兒就賣光光
有時
叫了一整天也賣不完」

這首詩，在想像的表現上，自有其可取的地方。不過，兒童詩的表現也需融化想像於生活經驗之中的表現。

十二、蕭東海作品

蕭東海的詩，選了「夏雨」與「牀」兩首。他的詩，想像也不錯，在詩質的表現上，似乎也有待加強。

十三、方永煥作品

方永煥的詩，遠了一首「火車」。他的詩，兒歌的氣息濃了些，因此，在詩質的把握上似乎也需再加以凝鍊。

從以上十五位學員的作品看來，我一方面要求他們的兒童詩的習作，有詩質的表現；另一方面則要具有兒童詩的特色。他們在習作的過程中，都很虛心而認眞，希望他們能以這種基礎，繼續不斷地創作下去。我們中國兒童詩的發展，正方興未艾，願同好者來共同繼續耕耘，並且從嘗試與錯誤中，糾正我們的缺點，走出一條康莊的大道來。願我們的兒童詩，是一些充滿了智慧，可親而又可愛的作品。

兒童詩短評

藍祥雲

雨：對於雨的想像很眞摯，設想「雨」的「哭」是心慌——像一個小孩子的心慌。第五行起連着用「流到……」，有它的動律感。

花：作者寫詩，給人一個清新的感覺。原先用「清秀大方」、「精神飽滿」、「高貴堅強」、「潔白可愛」等俗辭都被作者刪除，很好。

紙船：渴望著，思念着在遙遠三摩亞的爸爸。孩子放下一隻紙船（他最心愛的紙船），又怕弄濕，又怕吹翻……但爲了想念中的爸爸，他願意試一試……。

媽媽的笑和哭：藉以媽媽的「笑」和「哭」，掏出媽媽的「愛心」。看來是很矛盾的（在小孩子的觀察中），但卻「點」出媽媽心靈深處的不凡。

岩洞：「小時候」是很好的寫作素材。「長大後，岩洞容不下我長長的夢」。這似乎超越一個小孩子的可能幻想？但這首詩仍能勾起孩子童年時候的「夢」。

老師不在時：很多人寫過「老師不在時」，所以不容易做較突出的表現；這一首的轉捩點在最末一行：一種無可奈何的「準備受責」？

小黑板：這一首較前一首活潑，有變化。第七、十二行能稍爲斟酌幾個字，就能救「治」這首童詩。（按：已刪改如上）

奶奶的手背：從細微的觀察比較奶奶和小玲玲的手背，辛勤的奶奶用笑瞇的眼、咧開沒有牙的嘴……告訴她的孫女——充份流露祖孫間的感情。

春天：大地回春，一切都神奇、可愛！想像有如萬能的魔術師「瓶蓋一開」、「魔杖一揮」、「布幔一抖」，這熟習的動作後「春」就「來了」。

暴風：捕捉一刹那間的「想像」、「動作」和「感情」，使這首短詩活現：簡潔、有趣、生動！

書：作者的短詩能使意向深入，讀後讓人回味久遠。淺顯的字句是媒介，有意無意間「點」出一個「大道理」（雖然詩的本意不在於說教！）。

心靈的氣象臺：旁觀者淸。當一個小孩子發現母親「心靈的氣象臺」跟他的憂愁、歡欣有關時，你說：這個孩子還會做出讓媽媽傷心的事來嗎？用倒敍法表現，不俗。

蓋個房子給風兒住：這一首童詩很有詩質，並也很有詩味兒，單就題目來說，很成功。風，是小野馬？是小淘氣？怎樣才能留住它？蓋個房子給風兒住！

風鈴：清新可愛的小詩。作者的心情是愉快的，他能注意及流浪的風兒，漂泊的雲兒，寂寞的弟弟……還有，知道自己是快樂的。

媽！我該聽話了：媽媽的叮嚀，不是有意地去遺忘，但是當發現「還一無所成」的「我」，不禁地後悔：「媽！我知道我該聽話了。」

路：路的盡頭是「前途」，不管我們走那一種路，都期盼奔向「彩虹」的世界。這首詩較接近成人詩味兒。

淘氣的太陽：不要說太陽很淘氣，把天晴、天雨做這樣淘氣的想像，顯然是一個淘氣的孩子。大雨落下，太陽躲在雲裏，笑嘻嘻。是事實，是童趣。

媽媽，為什麼？：三言兩語，問出心裏的懷疑。小鴨不怕雨？對於被媽媽禁止玩水的孩子，是不可思議的，因此，他必須問：「媽媽，為什麼？」

哭：在作者的作品中，這一首很突出，給人有一種滿載而歸的感覺。周密的安排下，湖水決堤了（那是哭的結果），把握形象，讀起來「微波盪漾」。

是誰：用漸層方式推入佳境，還自問「是誰」？喚醒了夢！譜出了歌！最末一節有力而有餘音。陪襯的太陽、月亮、原野、大海：使主題更加顯明。

我沒錯：受委屈的孩子都會有這樣的想法：「我沒錯」。那麼錯在誰呢？怪「球兒不長眼睛」，眞是「童」言。作者把握住兒童心理寫下這一首童詩。

醒來吧！媽：懂兒童心理的教師，家長最合適寫童詩。這個孩子害怕閃電後的雷響，但又不願意吵醒甜睡的媽；從這種矛盾的心理中看出對媽媽的祖護。

白雲：白雲比喻做「棉花糖」，而「青山」、「大海」是顧客，多麼奇妙的想像？這一首略帶有童話味道的詩，滿新鮮呢。

小河和流水：能注意及排列上的形式美，用字考慮到同屬性（如雲、霧、冰雪、水。又如溪、澗、江渠、河流）。不過，小河和流水也是同屬性啊，難怪末段「兩人都搖頭」表示混淆不清。

孤單的路燈：如果兩行為一節，分做三節，更能顯出「詩」的「味道」。這首詩意境不壞，可惜鬆懈乏力之感。

夏雨：有感情的寫法。雲兒看到快枯死的秧苗，忍不住（好心地）下了一陣大雨。眞是甘霖從天上降。作者捕捉驟雨來臨時的「強烈動機」。

牀：多麼安穩的避風港，爸爸擁抱着——音樂的溫床。那是作者奮發向前的基地，也是回航回家的所託，樂意回到爸爸的身邊（家）。

火車：能讓讀者回顧火車的進化，用以不同「時代」說明火車快「速」情形，把火車比喻做蜈蚣並不是很「新」，但用在這首詩却很生動。

69年板橋教師研習會

兒童文學

學員兒童詩選

張聲柳　詹清全　陳守隆　劉祿德　林梅枝　黃振良　方永煥

洪瑞福　江春標　徐瑞娥　黎國英　朱湘漪　蕭東海

張聲柳作品

雨

太陽不在家
小雨好心慌
就哭起來
眼淚往下流
流到水溝裏
流到池塘裏
流到花兒上
流到樹上
流到屋頂上
太陽回來了
安慰他
他不再哭了

花

爆竹紅熱情奔放
桂花製造迷人的香水
玫瑰是打扮入時的小姐
梅花是堅強的鬪士
山茶是純樸的村姑
牽牛花笑口常開

……………

啊！美麗的花兒
你們創造了
美麗的世界

洪瑞福作品

紙船

走到海邊
放下一隻小小的紙船

三摩亞在哪裏
爸爸！我並不知道
但我知道
一定在海和天的後面

海，不要弄濕了我的小船
風，不要吹翻了我的小船
小船，小船
願你——
走到遠遠的三摩亞
告訴爸爸
我們在想着他

媽媽的笑和哭

媽媽
聽人家說
離別是很苦的
您爲什麼笑笑的吻著我

媽媽
聽人家說
見面是很高興的
您爲什麼却哭紅了眼

岩洞

小時候
曾在這黑黑的洞中躺過
退潮時
魚兒的呼吸在我頭上
漲潮時
海藻的歌聲在我脚下

長大後
岩洞容不下我長長的夢
只得在洞口
凝視著跳動的海平面

詹清全作品

小黑板

小黑板！小黑板！
一天忙到晚
老師在它臉上寫著ㄅㄆㄇㄈ
同學在它臉上塗著 ※ ≋
能為大家服務真好！

小黑板！小黑板！
有空請你來
哥哥為你貼上音符
姊姊為你畫上白鳥
弟弟為你貼上逗點
妹妹為你畫上洋娃娃
真是好看又熱鬧！

老師不在時

好消息！好消息！
老師今天不來了
說說唱唱　吵吵鬧鬧　蹦蹦跳跳
好似街上的菜市場
真是難得的好時光
嘿！明天老師回來就知道

江春標作品

奶奶的手背

拉起奶奶的手背
看了又看
好多小蚯蚓
在蒼白的皮下蠕動
我問奶奶
小玲玲的手上
怎麼不見蚯蚓
笑瞇了眼的奶奶
咧開沒有牙的嘴
說
玲玲的手背是
鋼筋水泥
蚯蚓進不來
奶奶的手背是
鬆動的泥土
蚯蚓當然多

春天

春天
是個萬能的魔術師
瓶蓋一開
啄　啄　啄
所有的花草樹木就
冒出鮮嫩的新芽

春天
是個神奇的魔術師
魔杖一揮
撲 撲 撲
一群群的小鳥兒
飛出窄小的窩巢

春天
是個可愛的魔術師
布幔一抖
哈 哈 哈
抖出串串快樂
響在天地之間

陳守隆作品

暴 風

暴風不知對海浪說些什麼？
海浪大笑着掀起白裙，
海灘嚇着了，
哭得滿臉濕漉漉的。

心靈的氣象臺

孩子的一顰一笑，
是母親心靈的氣象臺，
憂愁、不樂是
冷鋒的滯留。
歡欣、跳躍是
回升的暖流。

書

我不理你，
你也不管我，
我把你當朋友，
你才肯把心底的話告訴我！

徐瑞娥作品

蓋個房子給風兒住

關不住的
頑皮小野馬
關不住
愛哭的小淘氣
不喜歡
你在我頭上跳舞
不喜歡
你躲在裙子裏捉迷藏
告訴我

你喜歡我的小茅屋
還是他的大高樓

劉祿德作品

媽！我該聽話了

昨天媽說起床後
刷牙
洗臉
換衣服
我說
媽！我知道了
今天媽說放學後
功課作完
再看電視
我說
媽！我知道了
而時間
一天一天過去了
如今
我還一無所成
媽！我知道
我該聽話了

風鈴

我是一串愛唱歌的小風鈴
我唱給流浪的風兒聽
唱給漂泊的雲兒聽
唱給寂寞的弟弟聽
也唱給快樂的自己聽

路

那是一條寬敞大道
忙碌的人們在那兒穿梭著
奔向彩虹世界

那是一條羊腸鳥道
登山的人們在那兒迂迴著
奔向彩虹世界

那是一條危險彎道
放學的學生排著路隊
走回美好的家園

黎國英作品

淘氣的太陽

太陽老愛惡作劇，
我們上學時候，

光芒照到頭上，
害得汗珠兒滴滴滾落地，
放學時候，
請來大雨落到肩上，
教我們成了落湯鷄，
太陽却躱在雲裏，
笑嘻嘻。

媽媽　爲什麼

下雨啦！下雨啦！
媽媽，爲什麼小鴨還在池塘裏？
媽媽，爲什麼小鴨不必加件雨衣？
媽媽，爲什麼小鴨的倒影不見啦？

林梅枝作品

哭

滿滿的湖水
微波盪漾
突然決堤了
嘩啦　嘩啦　嘩啦
鼻子和嘴吧一起來合唱
哇　哇　哇

朱湘漪作品

是誰

是誰
打破了太陽
流得滿天彩霞
是誰
打破了月亮
蹦出許多眨眼的星星
是誰
打破了原野
綻開春天七彩的花
是誰
打破了大海
捲起了滔天的巨浪
是誰
喚醒了我沈思的夢
譜出大地的絃歌

我沒錯

不管怎麼樣
我還是要說
教室的玻璃打破了
又不是我的錯

誰叫球兒不長眼睛
闖下了大禍

不管怎麼樣
我還是要說
老師的茶杯打破了
又不是我的錯
誰叫球兒不長眼睛
闖下了大禍

醒來吧！媽

媽媽睡得正甜
我怎能吵她
窗外
天好黑
雨好大
一條條閃着亮光的白蛇
大吼著
轟隆　轟隆的
向我撲來
媽
快醒來吧
快醒來吧
媽
我怕　我怕

黃振良作品

白雲

一大早
風兒就踩著他那輛老爺車
到處叫賣著棉花糖
有時賣給青山
有時賣給大海
　有時
只一會兒就賣光光
　有時
叫了一整天也賣不完

孤單的路燈

窗外小溪畔的那孤單的路燈
不知道他怕不怕黑
我說他一定不怕
才敢在那兒站整個晚上
妹妹說他因爲怕黑
所以才把燈開得那麼亮

小河和流水

流水走過小河家門口

兩人一邊散步一邊聊天
小河問流水
你的名字叫什麼？
叫雲
叫霧
叫冰雪
叫水
流水也問小河
你的名字是什麼？
是溪
是澗
是江渠
是河流
兩人都搖頭
誰都聽不懂對方說的是什麼

蕭東海作品

夏雨

秧苗快枯死了
老農夫辛勤的踩着水車
大地垂頭喪氣
遊玩歸來的雲兒看到這種景象
難過得
號啕
大哭

牀

海的波浪
是爸爸跳動的大胸脯
浪的嘯聲
是爸爸睡覺時的鼾聲
我要快快掛上風帆
北極星是希望的
燈塔
滿天閃爍的漁火
伴着我
快快回家
睡在那
搖盪
又有
音樂的溫床

方永煥作品

火車

你是一條蜈蚣
日夜不停的爬行著
在蒸汽時代
你蹣跚而行
在柴油時代
你昂首濶步的前進
在電化的時代
你有若千里馬奔馳著

中市小學詩選

陳千武　編選

臺中市每年於詩人節前舉辦一次「兒童詩畫展」，今年是第四屆，收到作品共有八百九十七件，比往年多出三倍。作品分「詩畫創作」「詩徵畫」二類，詩由詹冰、林亨泰、楊傑美，畫由陳其茂、張炳南、林天從等六位先生合評，入選作品八十四件，玆將「詩創作」部份作品發表於此。

詩的評審，以分數決定。每一評審委員最高打四分，則每一作品最高分數十二分。那麼多作品中建功國小二年級林耀新的「木棉樹」得最高九•一分。是一首好作品。入選詩畫於69年6月17日起至22日止在臺中市立文化中心畫廊展出，吸引了好多老師、家長、學生及一般人士觀賞，風評甚佳。

木棉樹

中市建功國小二年　林耀新

一棵高大的木棉樹
穿上了一件綠色的衣服
衣服上有許多白色的鈕扣
白色的鈕扣沒有縫好
風一吹就把鈕扣吹掉
鈕扣掉下來，好像一朵朵的雲
好美麗呀！
吸引了許多小朋友來看它

下雨

中市太平國小二年　林曉芬

雷公公最沒有公德心了
洗完了澡
便把水往下倒
害我淋得一身濕
幸好媽媽送來一把傘
安全的送我回到家

螞蟻

中市光正國小二年　蒲勝全

螞蟻，螞蟻
你的家
為什麼在土裡
你說土裡最暖和
可是我要告訴你
下雨了
你的窩會跑水進去
你千萬要注意

長頸鹿

中市太平國小一年　吳勝欽

長頸鹿呀！

你的脖子眞長
可以看得見遠遠的小河
可以摘得到樹上的綠葉
我想要天上的月亮
你願意替我拿下來嗎？

勇敢的弟弟

中市鎮平國小二年　何坤寅

阿傑最勇敢，頭破縫五針
老師說：「咬緊牙齒握緊拳頭就不痛。」
阿傑以爲眞，咬緊牙根不出聲
醫生護士大稱贊
眞是勇敢又聽話
將來是個好戰士
保衛國家滅土匪

刮鬍子

中市篤行國小二年　范涵惠

像鑽出地上的小草
爸爸的鬍子
密密麻麻
每天都長
我最愛吃雪泥
可是
爸爸的鬍子
却最怕那像雪泥的泡泡
嚇得
不知道躲到那兒去了

看歌仔戲

中市春安國小二年　王寶星

鼓聲咚咚的響
鑼聲鏜鏜的叫
台上的人好好笑
都把臉畫成大花臉
有兩個小丑不知怎麼又長了個小頭
要去娶新娘
新娘哭著
不要坐花轎
小丑說
你不坐　我來坐也好
哈！
小丑！小丑！你做人眞好

火車

中市春安國小二年　孫宏發

火車！火車！
像隻大蜈蚣
衣服黑的像煙卤
鼻子上流著兩條黑鼻涕

髒兮兮的也不洗一洗
只知道
一天到晚在鐵軌上溜滑梯
和過路人做遊戲
大蜈蚣！大蜈蚣
好稀奇
能過高山
又會自己渡小溪
請問你一天要跑幾百里
假如
我要到外婆家
你要不要跟我去

警察

中市建功國小一年　王建忠

現在我才一年級
但是
等我長大了
就要當警察
誰沒戴安全帽
我就勸他戴
開車不守規的
我追上去
罰他一張紅單子
交通阻塞了
我快去指揮
警察！警察！
一年到頭最辛苦
我們都愛您！

火車

中市僑孝國小一年　翁妍之

火車開著開著
像條大毛蟲
穿過山洞
走過鐵橋
嗚嗚嗚的叫
你是肚子餓了
還是累了

路上

中市建仁國小四年　李麗姍

早晨帶著小妹妹上學去
路上
大卡車不斷的叫著
「伯伯」
計程車也喊著
「爸爸」
頭上的小鳥却叫著
「舅舅」
路旁的小狗却說著
「好好」

太陽公看得都笑著臉
他們到底在叫誰呢？

枯樹

中市建仁國小四年 賴佩妍

可憐的枯樹
頭髮掉光了
星星趕緊替你
點綴得頭上亮晶晶的
可憐的枯樹孤單單的
小鳥趕緊搬來跟你作伴
小朋友也來和你捉迷藏
樹兒
你快照月亮這面大鏡子
你已經變得多漂亮

新娘子

中市大同國小三年 徐佩環

隔壁的姑娘結婚。我羨慕的對姊姊說：「當新娘子眞好，可以穿美麗的衣服，還可以坐計程車，我也要快點當新娘子。」姊姊說：「羞羞羞，我還沒嫁你就想嫁。」

打針

中市臺中國小四年 賴東昇

下一位輪到我受刑了
心却不停的跳舞
好像在幸災樂禍
眼睛也不聽話了
總不敢看那殘忍的護士小姐

太陽請假的時候

中市忠明國小三年 劉建宏

太陽老師請假那天
風最不安分了
嘩嘩嘩地追著雲
海浪喝喝喝地扮鬼
嚇得船的脚都軟啦！
葉子們也離開座位
和花瓣沙沙沙地又蹦又跳
燈塔勸不了
只好一聲不響的
把他們的名字記下來

田野

中市僑孝國小四年 江美瑩

走在鄉間的小路旁
我望著綠油油的田野
田野好像一片草原
在天空中飛翔的蝴蝶和蜻蜓
在田野中飛來飛去
向著田野打招呼

游在水面上的小青蛙
一會兒跳上，一會兒跳下
和田野中的稻子一起做體操

廟宇

中市僑孝國小四年　賴宜芳

用太陽光造成的
用彎彎的月築成的
看起來
幽雅壯觀
像皇宮似地莊嚴
像花般地豔麗
人們在他的懷裏陶醉

白鵝

中市篤行國小三年　王志薰

長長脖子扁嘴巴，
走起路來眞神氣。
搖起尾巴眞好玩，
白鵝！白鵝！
你眞漂亮，
白鵝！白鵝！本事多。
白鵝白鵝你眞乾淨，
人人見了都喜歡，
蛇蟲見它都害怕。
它是園裡的管家婆。

爸爸的脚

中市忠孝國小三年　何政興

爸爸看報時
抓抓脚
爸爸看電視時
也抓抓脚
爸爸
您得了香港脚了吧
爸爸得了香港脚是什麼滋味
我想一定很難受吧

公園

中市健行國小三年　翁嬋娟

是弟弟學脚踏車的地方，
是妹妹放風箏的草地，
是爸爸打球的運動場，
是媽媽慢跑的跑道。
也是蜜蜂採蜜的花園，
蝴蝶練舞的舞臺
還有
是我吃冰淇淋的好地方。

鞋子

中市建仁國小五年　蘇慧貞

鞋子像是小船

每天早晨
我們都駕著小船出門
它不在水面上航行
只在馬路上活動
它一出門
總是双双對對的
可惜
兩艘船只能載一個人

茶壺

中市建仁國小五年 張惟强

小小的嘴巴
挺著大肚子
當它餓的時候
最怕冷了
所以塡飽肚子
便蹲在火爐上
取暖
直到全身冒出白氣
便不冷不冷的叫個不停
茶壺也最嘴饞
常常張著小嘴
看人家嚼著香噴噴的花生米
啃著又甜又脆的酥餅
等到人家吃完了
才流出一大碗的口水

風

中市建仁國小五年 杜靜莉

風想替樹伯伯梳頭髮
梳哇梳哇
梳了半天
快把樹伯伯的頭髮梳得
精光了
風想替湖姊姊刮臉
刮呀！刮呀！
刮得湖姊姊滿臉皺紋
風想替小妹妹打掃庭院
掃啊！掃啊！
掃的院子裡
滿是紙屑葉片

便當

中市建仁國小五年 張良

你是小學生的好朋友
每當第四節下課後
我們就搶著找你，
先解開綁在你身上的繩子，
讓你輕鬆愉快，
可是，
你將接受下一個折磨

你給小朋友溫飽，
但你的肚子
却被挖的空蕩蕩的。

我的願望

中市篤行國小五年　鄧堯鴻

像一隻鳥
却帶着勢力萬鈞的引擎，
飛上天，
飛向月球、火星，
再轉到水星、織女、牛郎星………
不只是旅行
也是訪問，
把地球的文化撒播在每一個
星球的土地上，
還有和平的願望，
那時候，
「星際大戰」不再成爲電影的題材。

算盤

中市建仁國小五年　李國珍

你是一個有骨沒肉的人
爲什麼常常帶着
一串串的珠子
你都陪著小學生上學
他們把你上抽下拉的
不覺的痛嗎？
你的敵人是
電子計算機
她身材嬌小惹人喜愛
但你還是戰勝了它
眞是了不起啊

樹

中市臺中國小五年　許雅萍

樹是個不喜歡理髮的孩子，
在炎熱的夏天裏，
留着滿頭長髮，
汗流浹背也不肯去理一理。
樹是個喜歡逞英雄的孩子，
在寒冷的冬天裏，
爲了表示自己勇敢，
把他的大衣脫下來，
丟在地上，
自已却冷得直發抖。

文房四寶

中市建仁國小五年　李國珍

瘦巴巴的身材
出生時長白頭髮，
年紀大時却變黑了。

它有三個知心朋友，
矮矮胖胖硯臺，
像是非洲人一般，
全身黑漆漆的。
苗條的墨穿着一身黑衣服，
它是硯臺的弟弟，
只有紙小姐最愛乾淨了，
披著全身雪白的外衣，
可是化粧起來，
却變成大麻臉。

寫字課

中市力行國小六年 蔡慧婷

「鈴鈴鈴」！上課了，
每個人都拿起掃把，
勤快的掃！掃！
掃一掃，點點頭，
掃一掃，搖搖頭，
把簿子掃得，
東一塊黑，
西一塊黑，
下課了，
走廊上成了，
大花臉，
一黑臉，
大麻臉的世界。

日本兒童詩小集

藍祥雲 編
藍啓育 譯

日本兒童詩集「小さな目」經幾位文友分別翻譯後計畫出單行本，這兒先發表其中第二單元——「不要穿著太華麗的衣裳」，計十五首，譯者是藍啓育先生。

打穀

五年級 酒井京子

馬達
喀喀　喀喀怒叫聲中
母親
媽紅著臉
一束接一束的稻穀
放進　脫穀機裏面
粒粒穀子
好有趣地
跳進去
母親的背上
盡是白白的土塵

母親

五年級 山中照代

我
一直的叫母親爲媽媽
我的朋友
叫媽媽爲母親
我問媽媽
叫您　母親可好
媽媽
渾身搔著不很自在
我想還是
叫　媽媽來的好

年輕的母親

六年級 松本由利子

今天
母親的劉海兒　好漂亮
看起來　很年輕
像是年紀少了五歲
願母親　天天如此
漂亮
年輕
我好高興

母親的化粧

六年級 羽山万里子

黃色的膚肌
打上了白白粉餅
再輕輕的塗上

淡紅色的唇膏
完成了　面對鏡子
我笑了　母親也莞爾
靠近身邊
一種說不出的
香味
撲面而來

我的母親

五年級　中村えり子

我的母親
很肥胖
大半天
叫嚷　頭疼
我每次聽到
眞怕母親　會因此而死
問了朋友這一件事
她說　她母親也如此
我聽了　才放下心

母親的手

六年級　東文子

睡在母親旁邊
醒來時
母親的手
放在我的額頂上
我聞到
葱香
米香
和很多很多香味

黑色的梳子

六年級　休場美枝子

每當我用梳子的時候
就聞到　去世的母親　親香
母親的梳子
沐浴後
早晨起床時
都在使用它
母親死的時候　很年輕
母親留下幼小　的清兒
離去了

豆醬湯

六年級　大國仲一朗

母親在昭和三十四年一月三十日去世
生前　母親精於烹飪
只是　豆醬湯
煮的不好吃
「眞拿它沒辦法　煮不出美味來」
母親
時常　寂寞的說

豆醬湯　管它好吃不好吃
只要　母親尚能健在
我思念她

母親

六年級　筒井百合子

不知何故　每當
叫聲「母親」都會害躁
因此我問
「媽媽　叫　母親是不是刺耳難聽」
媽媽回答說
「沒有這一回事呀　傻孩子」
我輕輕又
叫一聲
「母親」

希望

六年級　松永ゆり子

媽媽
明天來參觀
請不要
穿著太華麗衣裳
我怕大家會取笑
帽子　手提包
花花綠綠的　絕不要
這些都是　沒有意義
但是
這一個星期日的郊遊
請穿上大紅的那一件
公園裏的
梅花鹿
大佛像
一定會喜愛

媽媽眞傻

五年級　吉田幸

媽媽
腦出血　去世了
眞傻
哥哥去滑雪
爸爸上學校
他們都走了
雪兒獨自個兒在家
媽媽　喜愛吃的年糕
用郵寄來了
媽媽
最會切煮年糕
……
媽媽眞傻

購物

六年級　西田澄子

「咔啦　咔啦　劈沙」
艷陽　西斜

捲上衣袖 挽著購物袋
「買什麼好?」
探探錢包 想著
「要什麼?」
雜貨店阿姨的溫柔聲
「給我這個」
「謝謝」
踏著輕快步伐回家
獨個兒準備做晚餐
該多化時間幫忙
想起竟日忙碌的母親

脚踏車

五年級 上原唯行

媽媽
請您 快買脚踏車
可以買了嘛
不是說要買?
媽媽撒謊
說著 說著
且挨了罵
我很想
快買給我 那該多好

母與父

六年級 西村眞知子

母親眞是急性子
父親却很溫柔
兩樣脾氣很不調和
小事兒 就會使母親發脾氣
瑣事兒 父親並不煩
又吵架了
眞煩死
弟弟掩著耳朵往外跑
到何時
吵架了

酒倒了

五年級 齋藤榮智子

父親的酒被我弄倒了
要糟
還好 沒人發覺
走 像逃一般走出了家
用手指頭沾水挖紙門
從洞裡窺視家裏
弟弟在擦地上酒
裝著沒事兒回家
大家寂靜不講話
自個兒整理了床舖
睡吧
不放心 從棉被隙兒偷看
他們五個人的臉孔
像都長了角的鬼臉

日本文藝界評介北原政吉編「臺灣現代詩集」。

1979年(昭和54年)9月29日　土曜日　朝日新聞(夕刊)　大阪

水準高い台湾の現代詩

台湾における現代詩の状況を伝える『台湾現代詩集』（熊本市渡鹿五―八―四、もぐら書房、五千円）がこのほど刊行され、日本統治時代のいたみを描いた作品や現代詩ならではの新鮮さにあふれたものなど、台湾の自由詩の水準が極めて高いことを伝えている。

台北最大の詩結社・「笠」の同人三十人の九十五編を収めた。あとがきによれば、日本語で書いたのは四人、他は関係者が日本語に翻訳。収録された全詩人の写真と経歴を添え、わが国で出されたこの種のアンソロジーとしては出色の出来ばえと評価されている。

一結社中心とはいえ、二十代から六十代まで教師、研究者、医師、農業者、商人など職業もさまざま。台湾の詩文学のすそ野の広がりを示している。

若き日、日本に留学したことのある巫永福は特高警察につきまとわれた「尾行」や、太平洋戦争に狩り出されて病死した台湾人医師の「運命」を結晶させている。こうしたいたみをつづった作品では、女流で「笠」社長・陳秀喜の作品が光っている。太平洋戦争で日本は敗れ、台湾は光を回復した。が、「統治者に祖国の文化を／半世紀断たれた苦痛が／待っていた（中略）私たちは言語の鉄柵（てつさく）の前で啜（すす）り泣いた／詩を書く為に中国語を習い／陣痛に耐えた」と訴える。これは「笠を編む」と題した作品の一部であるが、植民された「この恥を償うために／わたしは笠をかぶって／黙々と耕している」その笠を「今日もわたしは編んでいる／人魚のような声で唱えるように／若者たちのために／笠を」と結ぶ。「笠」という詩集団の名称自体、深刻な過去を刻むものであることを物語る。

暗喩（あんゆ）という現代詩独特の技法をこらした作品群から、台湾の複雑な人間のありようが生で描かれてはいない。しかし、それゆえに引き裂かれた苦悩を鮮明に伝えるものが多い。錦氷の「人間」もそうした一つだ。「片脚を天国にかけ、／片脚を地獄にかけているので、／コンパスの頂点にあたる顔が、／笑ったり泣いたりするのだ。//片手を天使が引っぱり、／片手を悪魔が引っぱっているので、／相反する二力の作用点にあたる良心が、／時時裂かれるように痛むのだ。」

現代詩は台湾に着実に開花している。しかしそれは社会主義文学とは異質である面が多く、政治がらみで考えれば、台湾の詩人たちは重荷を背負っているといえるようだ。

〈書評〉

「台湾現代詩集」を読む

——一生活人の読後感——

岬　たん

日本の台湾統治は五三年間にわたった。一九四五年の敗戦は、台湾にとって祖国復帰を意味した。それから三十余年の歳月が流れ、ここに「台湾現代詩集」一巻が届けられた。台湾の現代詩結社「笠」の創刊十五周年を記念して編まれた日本文による詩集である。現地では中国文による「美麗島詩集」が同時に刊行されると聞く。

第二次大戦のさなか、アメリカ軍による空爆は、この台湾に対しても激しく行なわれた。島民は当時日本国籍であったから、徴用されたり軍隊に志願させられたりして、戦火にまきこまれざるをえなかった。その一人の息子は、こう書いている。

・ともしび　　陳鴻森

戦争って　きっとおもしろいに違いない
戦争にいッた親父がそれっきり　帰ってくるのを忘れてしまったほどだから
帰ってこない親父　親父が帰ってこないので　おっかあは遠くを見るのが好きになり
不思議なことには，ぼくを見るのが好きになり
「だから暗がりで　世界の変動も見えない夜　おまえを見ているだけで　誰にも追われずにすむもの」とおっかあは言う……

また「島にはすでに祖国の旗がひるがえり／烽火消えたれど／南洋からの戦袍はまだ帰ってこない」と旅人は「神豚」と題する詩に書いている。

日本支配下における総督府の施政は「一視同仁」のスローガンにもかかわらず、進学・就職・生活等あらゆる面で台湾人への差別が露骨だった。「ぼくらは新鮮な一匹の魚を裂くように、裂かれ、裂かれ、裂くように裂かれ「「鉄の轍はぼくらの希望の妻を輪姦し」（白萩「萩」）

だから四五・八・一五の日本降伏に、「私達は爆竹を鳴らし、涙で頬を濡らし、祖国に還った喜びを、祖先に告げた」と陳秀喜は書くのである。しかし「国籍をとりもどしたけれど、統治者に祖国の文化を、半世紀絶たれた苦痛が待っていた」「焦りと苦悩、私たちは言語の鉄柵の前で啜り泣いた」（「笠を編む」）

この「台湾現代詩集」には三十名の台湾詩人の作品九十四篇が収録されているが、このうち日本語で書いた者五名、自作をみずから日本語に訳した者七名に及んでいる。

台湾を解放した国民党軍は、台湾語の使用を禁じ、北京語を公用語として強制した。かつての日本語と同じく、北京語の学習が彼らを待っていた。そして徐々に、同じ国民であるべき島内人と島外人との対立が生れてくる。

「気にくわなければ／鍬を持ってきて除去すればよい／大罪を犯したように火あぶりにして／灰にすればよい」「私に対してどんな仕草に出ようと／私にあるのは忍耐だけだ／私は草だけれども／いつかはあなたの脂肪を

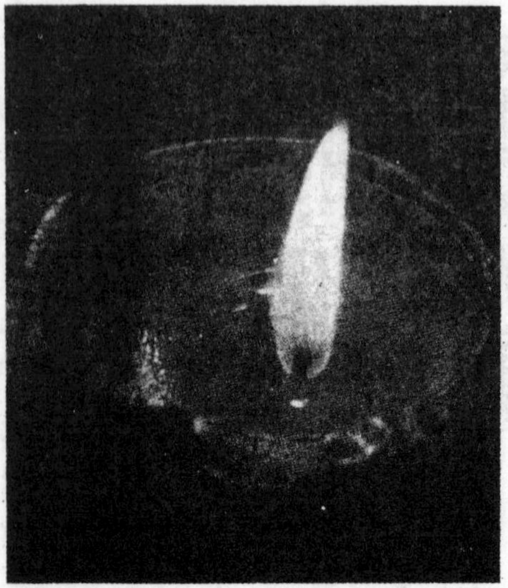

中華民國行政院局版台誌1267號
中華郵政台字2007號登記第一類新聞紙

笠 詩双月刊 LI POETRY MAGAZINE 98

中華民國53年6月15日創刊
中華民國69年8月15日出版

發行人：黃騰輝
社　長：陳秀喜

笠詩刊社
台北市錦州街175巷20號2樓
電話：551－0083
編輯部：
台北縣新店市光明街204巷18弄4號4樓
經理部：
台中縣豐原市三村路88號
資料室：
《北部》淡水鎮油車口121之1號5樓
《中部》彰化市延平里建寶莊51～12號

國內售價：每期30元
訂閱全年6期150元・半年3期80元
海外售價：美金1.5元／日幣300元
港幣5元／菲幣5元
歡迎利用郵政劃撥21976號陳武雄帳戶訂閱

承　印：華松印刷廠　中市TEL(042)263799

詩双月刊

笠

LI POETRY MAGAZINE

1980年 10月號

99

臺中市立文化中心文化服務部代售書刊

李魁賢詩集	赤裸的薔薇	三信出版社	三十元
趙天儀詩集	牯嶺街	三信出版社	四十元
拾虹詩集	拾虹	笠詩社	二十四元
陳鴻森詩集	雕塑家的兒子	笠詩社	三十元
陳明台譯	日本抒情詩選	笠詩社	六十五元
陳千武著	現代詩淺說	學人出版社	六十元
林鍾隆著	兒童詩集	成文出版社	四十元
陳秀喜詩集	樹的哀樂	笠詩社	五十元
潘芳格詩集	慶壽	笠詩社	五十元
林宗源詩集	食品店	笠詩社	三十元

論壇

現代語言的挑戰

趙天儀

詩的創造由語言來加以實踐，所以，語言在表達詩的情緒、音響、意象以及意義上負有完成表現的使命。然而，不幸的是許多詩的愛好者，却以完成表現了的詩的語言爲標準，從事其固定反應。因此，從非詩的語言中，反而具有活潑的創造性這一種事實，往往被忽略了。「美文詩」便是在這種固定反應中，形成了一種反創造的活動。許多缺乏創造性的所謂詩作，往往是一種修飾、一種濃裝而已。如果我們把那些濃裝粉抹洗乾淨了的時候，我們會發現那種非美的眞面目。

中國新詩運動的第一樂章，便是放棄已成美文詩的文言文的工具，採取尙需加以鍛練的粗獷樸拙的白話文爲工具。在新詩創作的歷史上，也不乏文言文的復辟的蠢動。不錯，文言文仍然有其歷史的優越性，然而，做爲現代詩的語言的工具來說，這種歷史的優越性，往往造成了詩創作上的偷懶，固定反應，甚至投機取巧。

所謂詩的語言，是在創造了詩的本質、詩的精神的刹那，才同時宣告成立的，並非有一種所謂現成的詩的語言。因此，這種詩的創造性的活動，是依據富有創造性的語言來完成，乃是不爭的事實。可是，非常令人迷惑，也非常誘惑人的是，許多美文詩的那種所謂的詩的語言，穿著古典的外衣，像金縷衣一樣地輝耀，却不能否認那是隱藏了死樣的內容。

爲了創造我們今日的詩，也爲了創造屬於我們這一代的詩，植根於現代精神的詩的創造，也必須使用我們這一代的語言工具，也就是以白話文爲出發點的中國現代語言，這是包括了可以彼此互相包容互相兼消的日常通行的語言，有文言與白話、國語與方言，甚至外來語。這種現代語言的工具，目前尙未錘鍊與加工，但是，不可否認的是這種日常的活生生的語言，才可能給我們詩的創造輸進新的血液。

愛好美文詩的新生代的詩人們，如果你們的確是屬於新生代的詩人，請接受中國現代語言的挑戰吧！不要只是躲在傳統的陰影下，吸吮著古典詩的乳汁，而無法斷奶，無法獨立健康地成長。

笠 第99期 目錄

二代蟬

李魁賢

第一代蟬
經過十七年暗無天日的生活後
宿命地唱着：「知了！知了！」
第二代蟬
又受困於地下黑暗十七年後
拚命地喊着：「自由！自由！」

掙脫束縛全身的僵殼
蛻化飛上樹枝高歌
把欣悅的心聲傳播給
白雲、青山、綠水

第二代蟬的歌聲激昂
在沉悶久旱的夏日
一呼百應地唱着
心中的激情
久久蘊藏的期待

一隻烏發出苦嘆的聲音

陳秀喜

一場滂沱山雨
一個小小的湧泉
造成山壁削剝
岩石滾落
堵塞水流

往前的車輪
意志不渝
把濘泥塑成
深凹的轍跡

後來的一部車
在躊躇之後
向後轉即開走了
而樹上一隻烏鴉
看了一切
啊！啊！
發出不快的聲音

非馬詩抄

非馬

獵小海豹圖

牠不知木棍舉上去是幹什麼的
牠不知木棍落下來是幹什麼的
同頭一次見到
那紅紅的太陽
冉冉升起又冉冉沉下
海鷗飛起又悠悠降下
波浪湧起又匆匆退下
一樣自然一樣新鮮
一樣使牠快活

純白的頭仰起
純白的頭垂下
在冰雪的海灘上
純白成了
原罪
短促的生命
還來不及變色
來不及學會
一首好聽的兒歌
只要我長大
只要我長大
…………

附記：每年冬天在紐芬蘭島浮冰上出生的小海豹群，長到兩三個禮拜大小的時候，混身皮毛純白，引來了大批的獵人，在冰凍的海灘上大肆捕殺。每天每條拖網船的平均獵獲量高達一千五百頭。這種大屠殺通常持續五天左右，直到小海豹的毛色變成褐黃失去商用價值為止。

今年年初美加各地報章曾為此事喧嚷過一陣。其中使我久久不能忘懷的，是刊在芝加哥論壇報上的兩張照片。一張是一隻小海豹無知而好奇地抬頭看一個獵人高高舉起木棍；另一張是木棍落地後一了百了的肅殺場面。這些不知天高地厚的初生海豹，多像戰火裡成千上萬無辜的幼小的人類！不同的是小海豹們只要捱過這短短（或長長）的五天，便算逃過了一場浩劫，而人類却沒那麼幸運吧了！

79、11、8于芝加哥

颱風季

每年這時候
我體內的女人
總要無緣無故
大吵大鬧幾場

而每次過後
我總聽到她
用極其溫存的
舌頭，咧咧
舔我滴血
的心

聖海倫火山

大庭廣衆
竟哇地一聲
吐得滿頭滿臉

（當年貴妃醉酒
定不是這付模樣）

還瘋瘋癲癲
要人們伸頭到她
喉嚨裡
看她心中的地獄

陷阱兩首

鄭烱明

陷　阱

走著走著——
不知不覺地，掉進了
僞裝的歷史的陷阱
來不及發出一聲哀叫
也來不及向
親愛的家人告別

在什麼都看不到的
黑暗的洞穴裡
我們像一匹受創的馬
無助地躺著
等待救援的手伸出來
而時間自痛苦的傷口流過
不知凝固在何處……

我們逐漸
感覺不到自己的存在
除了微弱的呼吸
所有的夜鶯停止了歌唱
啊，大地一片沉寂
死一樣的沉寂

直到陷阱突然崩落
厚厚的泥土
把我們逝去的青春埋葬

謎　語

我的詩是一個謎語
充滿人生暗喻的謎語
倘若你不用心閱讀
你將無法瞭解它

可是，現在有人
卻用卑鄙的手段威脅我
要我坦白告訴他
詩中眞正的含意

你說我該怎麼辦？
你說我該怎麼辦？

重讀楊逵「羊頭集」

陳芳明

七年之病，需求三年之艾
請問山上的楊老
病了三十年的土地
需要多少的愛？

高等植物都拒絕生根
他們當屬於肥沃的土質
追求更寬更闊的原野
滿天的落葉啊，紛紛
飄向海外

挺挺的楊老，告訴我
這是植物的害病
還是我們的土地？

落葉一致拒絕歸根
墜地的，宣告失蹤
飛揚的，啊，飛揚的葉子
依舊是流浪又流浪

楊老，這樣的病
若是纏綿折磨了三十年
應該求什麼藥方？

污染的河水，仍滾滾地流
蒙塵的田園，依然憤怒地抽芽
沒有松柏之類的高等植物
土地還要活下去

楊老啊
一柱硬骨的楊老
生病的土地，我們的土地
需要千年的愛

這塊小小的土地
有你的汗和血
允許我向你學習
變成一株生根生氣的木麻黃

一九七九年五月二十八日西雅圖

同樣是烏魚的子孫

林宗源

到處觀光吸收營養
有身的時轉來美麗島生子

活在魚塭的烏仔魚
吃塭主歡喜吃的飼料
講塭主教伊講的話
活在居密密的塭內
連做愛也節約有身的自由
活在塭主冥甲日的目睭前
一年活成三尾斤
想起在海外的兄弟姊妹
一年活成二斤重
伊對塭主無話講

像賊也是人一款
同樣是烏魚的子孫
竟有烏魚與烏仔魚的區別

像賊也是人一款
烏魚和烏仔魚唯一的區別
一個是活在海洋
一個是活在塭內

活在海洋的烏魚
吃自己喜歡吃的食物
講自己希望講的話

妳的睡臉

詹冰

妳，睡美人的時代過去了
凝視着妳苦楚的睡臉
我就心疼而睡不着——

妳夢見的是痛苦的世界？
妳體驗的是煩惱的人生？

黑暗中我檢討做丈夫的責任——

最近看到妳安祥的睡臉
我才心安而有幸福感——
妳，慈母的時代來臨了

淡水鎮

元貞

曾是一次驚喜
淡水鎮的美麗
那樣裊娜地展在
黃昏

許多屋頂跟屋頂
私語着古鎮的故事
許多牆
敘述着歲月

而河彎那樣波向海
觀音那樣靜靜凝思
任樹幹爬滿
滄桑

西人尋夢的船　曾泊在
逐漸消失的棕櫚葉下
蓋起一座古廟的教堂
塔尖猶喚着美麗的島

美麗的島
你的港彎依在
你的漁人依在
你的船卻要航向何方？

加工區詩抄

李昌憲

追趕

疲倦雖然疲倦
仍要起床仍要
趕八點鐘上班
狠力踩脚踏車
穿梭在寬廣却狹隘的路上
心急的奔向加工區

滾動的車輪
雜遝的人潮
爭著擠進打卡鐘的控制裡
突然傳來一陣慘叫
驚見人車重疊
被輪胎擊斃的女孩
濺出橫飛血肉

除了碎散的目光
路上依舊追趕

附記：收穫季，路兩旁成爲晒穀場，加工區上下班的尖鋒時間，因此更形阻塞，而常常發生事故。

家書

女子宿舍舒適的環境

夜夜承載不住的思想起
農村簡陋老舊的家
臨窗的燈如豆
照着父母親望斷的眼神

我的思念緣月攀升
鄉間的小路被露水淹沒了
家是越想越遠
父母親恐怕已入睡
趁寢燈未熄滅之前
我努力地想寫一封家書
銀河兩岸的星子們
綿延著我離家的無依落寞

微顫的星光下，赫然
自己未經世故的臉
是淚痕斑斑的家書

附記：國中畢業即離鄉背景的小女孩，剛到加工區，住進女子宿舍，連上班都會愣住片刻，來想家。

花的聯想

早晨馳車進加工區
兩旁的花嬌羞帶笑
外表艷麗而無內涵
能奪目多久呢？

趕上班時間，來不及
化粧如花一朵
還是要工作，也不必
對著鏡子把臉
粉刷如電視廣告

一撕即破的面具
道出昂貴的嘆息
化粧品是一股暗流
直入女孩們全裸的眼
無法閃避的誘惑

（薪資除了生活費繳學費
所剩多少還是要寄回家）

也只得壓抑在心中
再度走進冷氣廠房
把青春把愛美的天性
繫在輸送帶這頭
流到輸送帶那頭

心室哀歌

圍牆內的夾竹桃都垂首

楞楞的望著下班的人群
家的呼喚是多麼貼切
自耳際回應穿過
被軟禁似地工作了八小時
鬱積的心室
如淡去的暮雲乍逝

對望大大小小的烟囪
正饕餮天空的腸肚
人人都要毫無怨尤
呼吸大量排出的廢氣灰塵
回家想開窗
而日夜不敢開啓
美妙歌喉的棲鳥
從半屏山整個消失

祈禱在十字架下
耶蘇也不敢到臨
這人間環境
灰塵飄飄廢氣處處聞
無烟的工廠城
也有了嗆咳

調薪風暴

電視電臺報紙紛紛報導
公教人員調薪百分之二十
的消息轟轟撞入，我們的心
日日渴望公佈欄也貼出
調薪的比率
而漸去漸遠的希望
跟着減了再減的訂單，一起萎落

物要盡其用貨要暢其流
所以新建的高速公路才那麼擁擠
通行費漲一倍，說要以價制量
烟酒大幅調整也說要以價制量
物價迅速跟着暴漲
房地產越抬越高
房東也通知要漲房租
再不調薪三餐恐怕只得吃
陽春麵，一碗也漲了一倍
肚子也開始要學以價制量

我們的生活被物價追殺
裁員的風聲又開始威脅
失業的恐懼也開始亂撞
公教人員調薪百分之二十
我們只能空想
最後還是要坐在輸送帶旁
仰盼企待的眼神無助的咒詛
調薪的風暴

阿粗

許達然

林發現阿粗
不是一棵樹
有種　就走了
無土　處處江湖
無根也要找
點什麼
無葉可綠　蟲不蛀

青春　不僅是顏色的
有時紅紅流出
有零的自由　就是不能當蛋煮
吃苦
抱負很燙　偏偏燒不出飯
吃力
還有頭腦　硬是要
幹
還有手　十指相約
每步都是出發
發憤走出路
路發現阿粗
還是土

旅泰詩抄

塞嫩，我們看泰拳去

靜修

英俊瀟灑的伊鐵亞奴七
和獐頭鼠目的莫遜拉蓬今晚要一決雌雄
這是本地一年來最轟動最精彩的一場拳賽
每次看比武
總是一個好人和一個壞人對打
好人遵守規則，服從裁判
壞人犯規作弊，又奸又詐
到頭來，洩氣得很
上帝總是幫助壞人
被打得東倒西歪，臥地不起的
往往是那個好人

其實，中國功夫這玩藝兒我也懂一點
從前在新竹我就打過省運國術賽
那個來自嘉義的好小子
長得虎背熊腰，牛眼鶯歌鼻
甭說我看了不順眼，觀衆也一定討厭
哪兒像我英挺俊拔如李小龍
身手矯健像阿里
三回合下來

哎！中國的上帝也一樣站在壞人那邊
我還有啥話好說

提起伊鐵亞奴七我就恨得牙癢癢
上週四在維斯達夜總會
這傢伙倀他一身好功夫
問也沒問一聲
拉着我剛把上的小馬子塞嫩
到舞池中央大跳廸斯可
看不出來這傢伙舞藝還蠻高明
三轉四轉把我的塞嫩轉得芳心大動
差點神魂顛倒
至今，常常從夢中笑醒

所以，當我知道今晚伊鐵亞奴七的對手
是那個打遍天下無敵手外號叫「魔鬼殺手」
的大壞蛋莫遜拉蓬時
我樂得跳了起來
這下可好，看你伊鐵還能神氣到何時
「塞嫩，走，咱們到二世皇拳擊場
看泰拳去。」

上帝啊！上帝

你幫壞人幫慣了，就再幫一次也無妨
送佛送到西天嘛
今晚你就「壞神」做到底吧
上帝啊！拜托拜托

老大聽說

有一個大眼睛的小女孩
每次在路上相遇就和我們微笑打招呼
雖然不知道她的身份和芳名
大家都對她印象良好

有一天老大忽然下了一道命令
禁止我們和這位小女孩來往
因爲老大聽說她是中共商品總經銷
「銘記商行」張老板的女兒
所以，她是壞人

有一位賣牛肉餡餅的大女孩
每次在噠啦看見就對我們微笑打招呼
雖然不明白她的來歷和芳名
大家都對她印象良好

有一天老大忽然下了一道命令
禁止我買她的牛肉餡餅
因爲老大聽說她是河內逃亡來泰
越南難民的後代
所以，她也不是好人

老大眞厲害
終日不出門能知天下事
他說他是千里眼，順風耳
這我們絕對相信
這年頭只要有人把住一座小廟
立刻有人自動前來當他的眼睛
當他的耳朶，甚至
當他的尾巴，當他的狗腿

今兒個一早，老大又下了三道命令
禁止我們去猴子山看猴
因爲老大聽說猴子山有泰共遊擊隊出沒
禁止我們去色軍那空玩水
因爲老大聽說色軍的越南人準備動干戈
禁止我們去是吁隆看電影
因爲老大聽說有人在是吁隆影院藏炸彈

哎唷，我的媽
什麼遊擊隊，什麼動干戈，什麼藏炸彈
這都是我們交頭接耳，無中生有
故意竊竊給那些耳目們聽的
老大果然點滴不漏，照單全收

老大是千里眼，是順風耳

我們沒得話說
只是今兒晚上哪位仁兄不愼放了個
又响又臭的麵包屁
搞不好老大又要下一道緊急命令
「泰共遊擊隊施放毒氣了
大家趕快逃到外面去……」

一個秘密

唐尼逃亡後一個禮拜
我聽到一個秘密
上級一面加緊追緝唐尼一面嚴密監視我
怕我像他那樣溜之大吉

這簡直是天大的笑話
我老賴，人人叫我老不修
這可是有原因的
打從那年在新竹和憶如哭着分手後
十多年來交的女朋友不計其數
從來沒動過一次眞感情

而現在來到這個和尙滿街，女人
却熱情如火的地方
一開頭就滾到女人堆裡
一天到晚窮於應付，疲於奔命
誰竟然會笨到左擁右抱不幹
單單挑一個去私奔

所以，當我獲知老大曾經要把我
五花大綁送回臺灣去的秘密時
我差點沒把大假牙給笑掉
不過我也很生氣
我老賴，人人叫我老不修
可見我不是沒見過女人的猪八戒
說什麼海枯石爛，永愛不渝
說什麼不是同年同月同日生
也要同年同月同日死
我老賴才全不來這一套

老大說「唐尼也是這麼講
我日夜派人監視他，他還是跑了……」
有這樣緊張兮兮的老大
別說狗急會跳牆
人急了當然也會跳鐵絲網

跑了一個人老大的紕漏出大了
我對着日夜跟在我屁股後面的那些人說
老大就要給逮回臺灣撤職查辦
弄不好還要送軍法
你們還不好好給我看住
萬一給跑掉了
你們都倒霉

我們什麼都不知道

老大，請別生那麼大的氣
半夜十二點才過二十分鐘
老大，請別生那麼大的氣

你要我們晚上少出門
最好在家裡看看電視，打打牌
聊聊天，喝喝酒
老大，你怕我們出去被壞人騙去賣掉
怕我們惹事生非挨老泰的揍
怕我們亂吊膀子吃老泰的衛生丸
怕我們直的走出去橫的抬回來
老大，你危言聳聲，用心良苦
你對我們的關懷我們都知道
我們不是三歲的小孩子怎麼會不知道

但老大，有一些事我們確實不知道
比如今晚，「韋泰利」的午夜場
演的是「巴黎最後的探戈」嗎
我們不知道
那位穿寬袖黃襯衫，紫底碎花迷你裙
暗紅色長筒馬靴，手戴精工錶
和老大並坐在第十一排第八號的暹羅妞兒
是不是叫「巴仙娜」
我們不知道

聽說她是一位泰國陸軍上尉的妻子
或下堂妻什麼的
是不是泰國陸軍上尉的妻子或下堂妻什麼的
我們不知道
一整個晚上有一隻手，一隻男人的手
不停地在那女人的背上，頭上
肩上或胸上大跳探戈
那是誰的手
我們也不知道

電影散場後
有一部和老大的一模一樣的VW轎車
揚着塵土急急超過我們的計程車
在十二點十分的時候趕回到家
到底那是誰的車
我們也不知道
總而言之，我們什麼都不知道
該不知道的就都不知道

老大，你怎麼啦
哪兒不舒服嗎
我去給您倒杯水來好嗎
不要？什麼？您是說要我們去睡覺
好的，老大晚安
祝您有一個甜蜜的夢
老大，晚安

詩兩首

莊金國

雙關語

對於你
只能說
双關語

有你這樣
不得已的朋友
就只能說這樣
不得已的双關語

你且等着吧
等那年那月
所有雲層都失去
佈雨的意義

我就不再對你說
無謂的
双關語

明眼人

不管是
睜着眼或
瞇着眼的
似乎都喜歡
扮做瞎子
聽說扮做瞎子的
好處很多
旣可以視如不見
乃至於眼不見爲淨
總之，老僧入定啦
於是我們的街上
到處行走着
漠不相關的
明哲保身人
於是我們的墻柱
到處貼滿了
「保持距離，
以策安全。」

地瓜湯

趙廼定

切一小丁一小丁，加些水
擺爐上

瓦斯也方便，沒雨下
鍋裡咕嚕咕嚕的響
散發一片淸甜味
充滿房間
也和點糖——
於是金黃湯汁
更濃郁

營養家說，地瓜治便泌
其營養價値不亞於大白米

我望望電視冰箱
還有洗衣機
地瓜——還是地瓜
二十年前餐餐地瓜
那時切盼吃一碗大米
不加地瓜簽的，只要加點醬油
也不用蘿蔔干

二十年後
餐餐大米飯
不能有沙石
還要雞鴨魚肉
且把三餐當義務

二十年後的今天
飯吃膩了——
或者聽信
營養學家的指示——
偶而吃些地瓜
說是
既營養又防便泌

地瓜呵，地瓜
二十年前是地瓜
二十年後仍是地瓜

近作兩首

楊傑美

金手鐲

三萬元一兩的金手鐲
戴在伊白淨的手腕上
閃動着愛情
奇異的光芒

閃閃發亮的
一對金手鐲
是晶繪着愛的珍品
婚姻的信物
一生，只能戴一次

三萬元一兩的金手鐲
是我努力工作了一年的積蓄
訂婚的那天
我笑着把它呈獻給伊
「這是我爲妳苦苦追求了一年
金黃的果實」

戴在伊柔軟的手腕上
一對三萬元的金手鐲
是我的愛情永遠
堅強不渝的試金石

給一位死去的詩人

那天，當你輕輕地闔上眼
你嚥下最後一口空氣
到那遙遠的太空旅行去了

那兒曾是你最嚮往的地方
那兒曾是你奇異多彩的夢中
常常迷路的地方
那兒有永不消失的麗日
那兒有永不寒冷的季節
那兒有永不凋謝的花朵

在那我們永遠無法觸及的地方
我知道，那兒埋藏着一具
永遠無法回歸的旅人
矗立着永不磨滅的
一廓金色的靈魂

永安煤礦災變記

廖莫白

災變的消息從報端傳出
三日，抽水機猶和着哭聲
嗒嗒拍打坑內三十條生命
報上說：「政府要設法。」
他們已經不再想什麼辦法了
除了哭

遠遠近近，要找親人的
都來了，來了
也只用眼淚訴說所有的怨恨
老天啊！向來他們
什麼事都相信你

這一次，你却以不停的雨水來
安慰他們，你不知道
他們不需要雨水
只要陽光

雨繼續下着，山崩下來
堵住的洞口
擋住村人的呼喊
回程，才聽見他們用
淒楚的字語問着：
骨頭會比石頭硬嗎？

終於，他們把屍體抬出來
橫躺的親友
讓他們沿着礦坑
哭天叫地

也只有他們
能認出水浸模糊的臉
雨不停打着永安煤礦的脊背
打着冷冷的春天
打着三十具屍骨

終於他們也承認了
骨頭不比石頭硬。

禱與天祭

李照娥

禱

母親狠下心來
安穩的坐在
鄰旁的病床上
直瞪着前方
不願意回頭看一眼

無數的針頭
像千年老樹的鬚根
盤繞在父親的身上
無聲無息的紮入心田
無聲無息的衝出胸口

雙眼模糊的我
張着咀吧
無聲的吶喊
爸爸　爸爸

天祭

輕輕一聲鑼鼓響
敲得我心慌
那是送別的號角

壁上的鐘擺搖着
四點正
正是爸爸要出門的時刻
那欲睜還睡的雙眼
蘊藏着親情
那欲留還舉的步伐
壓抑着心酸

輕輕一聲鑼鼓響
敲得我心病
重重的說一句
「爸爸　您可要回來喔」

鑼鼓再次的輕響
響得我心驚

註：先父於69年7月2日病逝於臺中澄清醫院，7月8日清晨四時出殯。

黃昏列車

翠蘋

檸檬黃的黃昏雨
一隻黑猫踩過屋脊
少女的祈禱淋濕了
鍋裏的米還未熟

溫習一些發酸的往事吧！
拌嘴瞪眼的事還記得
丟了紅毛衣
挨打的事也記得
一起唱歌手牽手的那個人
現在牽著誰的手？
墳前的樹一定很高了
小學老師若不死　今年
該幾歲？

港口的火車匆匆飛過
汽笛把天空叫下來
猛回頭　父親的白色藥水瓶
兀自發光

遊

方明

妳已經玩倦
小溪的春色
以及擱淺在這裡的
水响

再無心從潑綠的叢山
隨鳥聲踱入
更蔭涼的小徑

歡笑似陽光篩瀉的葉影
一枚枚貼在
激情的心靈

年輕是最易繽紛的
疲憊時也不忘帶走
欣欣的顧盼

不知被楊柳牽動幾絲情
歸返時就用來釣集
一簍黃昏
一次驚異的慕戀

仁愛河及其他

劉德有

煙

原本就不該
拋棄養育你的大地
獨自飛尋
一個屬於自己的
夢

看你頭也不回
騰空而去
風的誘惑
終會叫你消逝
在空中

仁愛河——夜晚所見

走入黑暗的世界
妳開始把自己打扮得
花枝招展
怕夾在風中
陣陣的體臭
驚醒
所有注視的
眼睛

手

飛進
蜘蛛網
一隻落難的
蒼蠅
看清楚無數
伸過來的手
突然
驚悸不已

傻子敲鐘

也想敲一敲響鐘
然而鐘呢？
手不斷的舞著鐵錘
終於按捺不住一股激動
將它憤憤擲向
緊閉的門窗

一片吵雜的喊打聲
隨著
一片輕脆的玻璃聲
傳來

啊
沒有鐘
你終究也敲了

流汗不洗澡

躺在溫暖的彈簧床
身上一點芬芳也沒有

面對臭汗一片
癢蟲於是抗議

甚至遊行
整個夜晚

再見阿郎

王浩威

我們坐在臺西客運的小站
相擁，等待十分鐘一班的巴士

我說，這次第
我要挽妳過街
不再羞澀躲藏了
讓街上的傢伙都知道
我阿郎，還有阿美妳

站前的橫街
車輪壓過窪隆
店舖連着店舖
雙冬檳榔的鐵皮招牌
搖晃

都市是很黑暗的，我知道
人心是很險惡的，我曉得
但我阿郎堂堂六尺漢
一定爬到高雄最高的
摩天樓，最頂的陽臺
遙遙向妳招手
　　呼喚
巴士駛進小站
車身的陰影遮住廣場左側
七里香整月的芬芳

　　還有一件事情
　就是
　就是這
　　　我希望妳等着我
　　　　回鄉提親
日頭落山以前，我會回來
替妳種一畝旺盛的
玫瑰花園。眞的
我是十分認眞的
妳不要害羞

百楊樹佇立公路兩旁
揮不走的香味隱入車窗
巴士駛過清水溪橋
河床的蘆葦黐百了整個季節

空山

林梵

疲憊的行脚僧
走來，衣冷鞋老
行過江南水聲
抖落滿身風塵
晚楓林幽深
禪寺靜

合十膜禮
凝眸剎那
驚心
佛像的臉
乃面壁多年
畏懼生命
絕望
虛空，成
佛

掩上的寺門
關閉一地
深秋
了却的
塵心
寂寞
嗎？

心情
微近山靜
如是
我為漁樵

鯰魚的記憶

筑晴

黃濁濁似淚非淚刷洗風塵
山中的臉；午後的溪
震撼滾過
腮耳暗藏　刺
呵！掌握
尾尾的鯰魚呀扭捏不已

記憶中的生命土生土長
童年星月交輝的夜遙遠的過去
釣到一臉盆一臉盆

而晝的驟雨過後
泰半換來一口水桶，萬頭鑽動
誰？不躭待海晏河清
想來只有那個懷念鯰魚的心
　那個日子例外
短竿末梢細繩縛緊的小巧銅鈴
眞實響動月和星

滿天的風住雨收
濁濁黃黃的河溝一樣似淚非淚
只爲戍守著黯淡的月
我啓發一盞古董油燈
讓燭照躍腮邊
可好，煢煢古色熒火激盪泥土千年
悲歡

女服務生

鄭文雄

青藍的制服是青春的枷鎖
甜淡的笑靨是廉價的歡顏
恒款步於車廂之間的
是迷膝裙下的小腿
搖曳的風姿被空氣的對流帶走
而我只有在握持溫熱的茶水咀嚼茶香
或買乙包巧克力或長壽煙時才能感覺
妳青春被消蝕的速度
一秒一滴，一站又一站
不舍晝夜的是乙程長長的旅途
　乙次遙遠的約會
偶而妳也被釋放
自莒光號慵長的鐵腹

淸新而寒冽的風吹在妳的短髮飄飄
客人滿意的步履化成妳生命最大的滿足
但妳仍需綻放一個笑
在妳蓮花的面孔
以掩藏旅客下車上車后
還需旋身投入定軌道車廂的
寂寞或感傷
那時我或將躡足走至妳的身旁
想慰妳長期的辛勞及孤單
並揣想我木訥的口舌
在妳輕啓編貝的牙齒透露疑問時
不至只冒然地吐出一句：
「小姐，請問還有沒有賣剩的便當？」

少年人

牧陽子

古早古早以前的少年人，
不是吃頭路，就是抬石埔，
不知什麼是艱苦。
少年家眞打拼，不做流氓，
打拳頭賣膏藥的江湖生活，
愛講義氣，不非非亂做壞，
情理是江湖的一點訣。

走江湖的少年人，
源出少林寺，劫富助貧的精神，
義高胆大，不欺侮艱苦人，
爲正氣奔走大江南北。
伊們尙怨恨，入侵的外族，
壓迫同血統的老百姓，
爲民族献出捨身的寶劍。

人人都怨嘆，現代不講情理的少年人，
騎機車在街仔路，沒看人的少年家，
用肉甲鐵包起來，撞石壁。
伊的傷痕，是爸母愈來愈消瘦的影跡，
一道又比一道深的劍影，
無情地劃上伊們的額頭，

目迎，戀情如火的少年家，走過來，
目送，奔忙如蝗的脚步，走過去。
一顆欲滴未滴的目屎，
從腹肚底呑下去，呑下去
社會變遷的一切。

一切像風像雨的往事，
隨暮色，交給淒寂的烏天和暗地，
用回憶割開欲碧猶紅的血。
依然以心酸酸的心情，走進去
臭銅銹仔味的世界，
點頭，祇向富有的社會叩頭，
驀然，伊們傾像走入火中，穿過火線。

驀然，伊們傾像踏入社會，享受國民所得，
只要閉一双目睭，點一個頭，
就可以感到，溫暖在血管裏面周流不息，
流成河、滙成海，汹湧激蕩，激蕩。
激蕩的心情是山的心情，尙瞭解，
雲是如何的豔、如何的黑、如何地消散，
如何地化成風、化成雨、雷打大地。

詩兩首

林外

寒流中

本是暖和的南方
冷不妨來了一股寒流
單薄的姑娘
瑟縮在冷氣團中
盼望著北方的太陽

北方的雲層重重
南方的灰雲低迷
光熱透不過重重阻擋
使北方的太陽
圍困在千層中不安

除非陽光照臨姑娘身上
不再感覺溫暖
除非照臨姑娘心房
陽光不再燦亮
遙遠的兩端
燃著同樣的期盼

一株小樹

我是一株天眞的小樹
沐浴陽光溫暖的照拂
舒適得渾身都要溶去
沒想到引起陽光如此狂熱
晒得我垂頭喪氣幾乎渴死

我是一株天眞的小樹
和雨水嘻嘻嘻地玩樂
省視滿身的水珠
樂得幾乎飄然騰起
沒想到引得洪水如此瘋狂
淹得我痛苦不堪　差一點窒息

我是一株天眞的小樹
在微風輕輕吹拂下
醉得搔首弄姿
沒想到引動暴風的狂勁
弄得我穩不住自己　幾乎連根拔起

我不再是天眞的小樹了
你們已使我懂得
愉快的遊戲　原只是一時的風趣
瘋狂時，竟不顧我的生命
謝謝你們
讓我懂得　我應當熱愛的
我應當抓緊的　還是伸根的大地

市內一章

張博弘

咖啡屋的煙後
秘密計劃
午夜的刺激
分割臺北市於不同名下
今夜
祇是諸夜之一

任何一種擧動
可以導致任何一種火花
邪惡是我們
發洩的工具
流血是
僅剩的勇氣

以前
流著血　哭著臉
回家訴苦
現在
揮拳踢脚
儘管對象不明
祇是前怨現報罷了

報紙上
新聞裡說
咱們是家庭敗壞的後果
有著暴力傾向的染色體
其實
大多數祇是
盲目的
在這無味的機械裡
找尋一點尊嚴
和幾許使命感

社會學家把我們打成
博士論文
政府拿我們來誇耀
犯罪率的降低
但
有人流血，有人躺著坐著
克丹煉丹
有人盤算大鍋炒
有人逃家，有人自殺
有人雞姦，

有沒有人覺悟？
大概沒人記得小吉
民國六十二年
死於市立醫院
如爼發灰的冷肉
肺上、肩上
幾個吹風的洞
這是爲了那一種生活形式
到底是誰的錯
怨來怨去，到底有沒有錯
義氣發展至今是枷鎖
　還是口號
老一票勸小一票
不要混了
當小一票長成老一票
他們也是同樣的勸
這種循環
只是偶爾在
士林夜市

張博弘

軍眷麵店
西門町的咖啡廳裡
坐著
抽著煙
喝著酒
擺一個晚熟的憂鬱
就這樣腐蝕著
有一天決定改變
回頭也終是空白曆書
我們這條黑蛇
蠕動於陰影中
在你們不願面對的
陰影中啃蝕你們的象牙塔
和戴深度近視
　捨命拼聯考的那群
一起在長夜裡
分享未來的中國

註：克丹煉丹—吃迷幻藥、吸膠
　大鍋炒—輪姦

市內一章

路

林力安

這條路
是多麼短近
又多麼悠長

每個星期，總有一天
我走着這條路，來到
這圖書館
還書、看書、借書
有十多年了
從升上中學
到現在，教中學

圖書館的數萬册書
本本我都撫過翻過
圖書館的十數職員
老了幾個走了幾個
以前，一起來的大班同學

依然往還這條路的，只剩
我

有時，獨個兒在這條路上走
八月艷陽天也給我走成
隆冬
三番四次我告訴自己
我已不是學生了
不啃書也可以活得好好的
像老李老王老陳
我也不是殘疾人
沒錢花沒女朋友約
但一種力量，時刻
推動我，正如
它推動薛西弗斯
於是，我就一直走着走着
這條路，直至……

七九、七、十九

旅行病

陳長達

春天
以一可人的花姿展放
流行病就為襯照這花季而揚
流行——
流行了春天
流行了謊話
流行了四眼
流行了馬子
流行了探花
流行了洋涇濱
流行了迷你裙要越短越妙
流行了煩惱絲要越長越好
——以一種馬尾之姿
　爆炸之姿流行
如果春天再春天一點
如果流行更流行
世界遂以戰爭流行
　以石油漲價流行
而我悲悒的心
竟也要在這流行之中
隨着流行流行

送做堆

——賀鴻鳴、秀枝新婚

棕色果

做會二冬過二冬
講起來是有緣
有緣的人
相合來做會

我將我的手
合我的心
你牽我的手
知影我心

查某仔講話眞細聲
查埔仔聽話眞體貼
查某仔面紅紅怕見羞
查埔仔愛講笑眞趣味

妳講我是飛鳥
我講妳是樹枝
飛鳥停在樹枝
做會眞正心惜

秋風加阮送做堆
送做同心一叢樹
明年的這時
結果子纍纍

臺東行

藍楓

沿著花東海岸
公路局的老爺車不停地跳舞
爬行於蜿蜒曲折的山路
眞怕它再次的故障
要如何駛達遙遠未知的異鄉

車過長春橋　海水藍得多迷人
好心的旅客告訴我
下一站就是樟原
青山綿延浪潮洶湧
椰子樹遍布著山崗
遠離塵寰的爭吵　世俗的煩惱
在這裏生長的人們是有福的
永保著純樸、健康、快樂

在陽光溫煦的下午
於寬廣的田徑場上　音樂不斷
美麗的節目主持人穿著紅衣白裙
不停地用國語山地方言交互廣播……
山莊中的男女老少
在掌聲，歡笑聲中度過愉快的春節

不要洩氣喔！
爭取最後的五分鐘
加油！加油！
跑過人生的馬拉松
邁向幸福，成功的大道

每當離別的時候總是下著小雨
但小雨是那眞情的流露
不是哭泣而是祝福的聲音

鼎東客運突然駛來
我飛快地奔去
已來不及向伯父母道別
我又將行李背上　邁向八仙洞
而下個節目是……
在江湖在山水中流浪

詩兩首

鍾順文

玻璃杯

不要不要為我裝扮
一些色彩，會敏感我的情緒
還是讓透明風歇歇脚
我喜歡那樣的朋友

打從脫離娘胎
母親就一再叮嚀
要淨化自己
學君子之交

所以，我選擇了白開水
不要不要想更改我的決定
如果你們再逼迫
我寧願碎屍
成全

落日

每天
總有那麼一個人
重覆那種不厭煩的舉動
我守候了一世
也從未見過那個
拋繡球的瘋女

期待

唐慕白

月色光芒
據說 這是離別的天色
那麼 留音就是再會

半年的引頸翹首
只換來一日的相聚

多情的長髮的少女啊
妳眼角掛著歡樂
也掛著苦痛的淚珠
哦
那晶瑩的珍珠
可來自半年的期待

呵
期待
期待是一杯苦澀的美酒

臺灣現代詩的演變

●桓　夫●

現代派的成立

這裏所稱「現代詩」，是指以廣義的具現代精神，求新表現法的新詩之謂。

紀弦於民國四十五年一月十五日，發動現代主義革命運動，組織現代派，並把他於四十二年春創刊的「現代詩」刊物，改成「現代派」的同人雜誌，雖然辦得有聲有色，但有如曇花一現就消失。而後，紀弦認爲大都寫詩的人未眞正瞭解現代詩，致「新形式」「新虛無」的僞詩泛濫「非詩」橫行，爲了糾正這詩壇的種種偏差，遂於民國五十五年間「深惡痛絕現代詩」，而發表「中國新詩之正名」論文，宣佈永遠不再使用「現代詩」三個字。

當時紀弦寫給趙天儀的信中，很生氣的提到：「我發誓用我的手杖戳穿，敲扁和打爛狼狽爲奸的「新形式主義」與「新虛無主義」這兩個魔鬼、兩個妖精、兩個仇敵。我和他們誓不兩立、不共戴天。」這可以瞭解紀弦冀求「現代詩」眞正發展的心切。不論紀弦所指的「新形式」「新虛無」的魔鬼、妖精的作者是那一批人，紀弦的氣慨以及他對於現代詩的解釋是十分正確的。

紀弦說：「現代詩是自由詩的發展，兩者同樣使用散文之工具，同樣採取自由詩形，同樣講求新的表現手法。然而自由詩的散文多半是節奏的，現代詩的散文多半是非節奏的，因而現代詩是絕對無法朗誦的。」又說：「自由詩的抒情的成分多於主知的，現代詩的主知的成分多於抒情。」紀弦的這種論法很對。由於他的詩才頗高，對詩的活動推展積極熱情，於民國四十年至五十年之間，便把臺灣光復後的現代詩壇建立起來，造成今後現代詩發展的基礎。

紀弦很有詩人氣質，但做事有點霸道。他在詩的理論中，倡出「橫的移植」，做爲刺激詩人們認淸現代並予努力創新的依據。但這一構想却惹來很多人的反對，發生了十幾回合的筆戰。

反對的人大都擁護「傳統」的國粹主義者。雖然有些國粹主義者也瞭解「橫的移植」或「反傳統」，只是一種邁向新衝擊作用而已，而且也知道離開傳統越遠越能接續傳統，越接近於傳統就越疏離傳統的道理。不過，爲了表現效忠於國粹就不能不掛起「愛國者」的盾牌護衛身份。這使紀弦也不得不轉變論鋒，加以強調「現代主義」的中國化，謂「新現代主義」，引導「從自由詩的現代化到現代詩的古典化」，意將現代詩納入中國詩的傳統之中。詩人追求眞理，邏輯的形象化，是爲了提高民族精神文化，達到崇高美的熱望，那已經够辛苦了，還得顧忌政治因素的體面，令人覺得很不是味道。

紀弦努力建立臺灣光復後的現代詩壇令人敬佩，而他提出「橫的移植」的構想，也沒甚麼不對，但他最大的錯誤是，祇急於推出自己的功績，而忽略了在臺灣光復前早就萌芽生根的現代詩的球根。

詩的兩個球根

依據紀弦的自述，他是於民國卅七年十一月廿九日，踏上了民族復興基地的基隆，同時也給中國新詩復興運動帶來了火種，這個火種是他於同卅七年十月主編出版的「異端」詩刊。而紀弦主編的「異端」，是繼大陸中國新詩分爲四大時期，自五四到民國廿年十幾年內的「萌芽時期」，經過徐志摩逝世到民國廿六年大雜誌「新詩」停刊的「成長時期」，以及抗戰八年的「消沉時期」，之後才於民國卅七年由紀弦發動的「復興時期」的繼承。紀弦認爲他帶來中國新詩的火種那個時候，臺灣並無所謂什麼詩壇，也談不到什麼文藝界的。而由於他帶來的火種，一手建立了這個詩壇，才有民國四十年至五十四年十幾年間，造成了中國新詩的第二個豐收期。然而，事實臺灣的現代詩，除了紀弦從大陸帶來的新詩的球根之外，臺灣在源自於日據時期留下來的新詩的球根，在紀弦發動現代主義革命，成立「現代派」當時，便由林亨泰帶入其核心組織，且以紀弦意想不到的最前衛的現代意識刺激了詩壇成爲現代派的主流信條，當時紀弦依靠林亨泰的現代詩論，兩個人合作得十分密切是有目共睹的事實。

由笠詩社企劃編輯，於民國五十八年間在日本出版的日譯中華民國現代詩選「華麗島詩集」，在其後記裏提到：「臺灣光復後的新詩，在僅僅二十年的時間中，能從萌芽而急速地趨向於具體的發展，這是絕非偶然的成果吧，探其本源，便可發現在這些詩以前，已經有其醞釀生機的詩的球根存在了。」

而這兩個詩的根球可分爲兩個源流予以考慮。

一般認爲促進直接性開花的根球的源流是紀弦從中國大陸帶來的戴望舒、李金髮等所提倡的「現代派」。其詩風都是法國象徵主義和美國意象主義的產物。紀弦係屬於現代派的一員，而在臺灣延續其現代的血緣，主編「現代詩」詩刊，成爲臺灣新詩的契機。

另一個源流就是臺灣過去在日本殖民地時代，透過曾受日本文壇影響下的矢野峯人等所實踐的近代新詩精神，而繼承那些近代新詩精神的少數詩人們——吳瀛濤、林亨泰、錦連等，跨越了日文中文的兩種語言，與紀弦從大陸背負過來的「現代派」球根融合，而形成了臺灣詩壇現代詩的主流，證實了上述兩個球根合流的意義。

詩的球根形成的比較

在臺灣最初出現的新詩是民國十三年四月十日發行的「臺灣」雜誌第五年第一號，有筆名追風，題爲「詩的模仿」的日文作品「讚美蕃王」「讚美煤炭」「戀會成長」「花開前」等四首。作者既不敢把它稱爲詩，事實也只是一種模仿詩的形式寫成的論理；不過，這種論理本來就是舊韻文詩的主題，加以分行，以單純的比喻表現，也就是模仿自由形式的新體詩。

擧止安詳的步伐
文雅的微笑
不知不覺的成爲航海的燈火

像這樣單純而稚拙的比喻，在現今看來，當然已引不起詩的感動，只是這些詩的歷史價値令人懷念。

臺灣最初出版的白話文詩集，是張我軍於民國十四年十二月發行的「亂都之戀」。張我軍係臺灣新文學運動發動人之一，其詩的風格，具中國大陸五四以後的詩的特色，是屬於「說理」的意味很濃。

而民國十四年至十九年之間詩的作者即有施文杞、楊雲萍、虛谷、懶雲、黃得時等多人。至民國二十一年福爾摩沙雜誌由臺灣藝術研究會出版之後便有蘇維熊、曾石火、王白淵、巫永福等人寫詩，而配合他們的詩作，也發表了許多十分正確的詩論。

楊雲萍於民國十四年十二月，在「人人」雜誌發表的詩論，主張詩要有音樂性，但不必要「韻」，意爲要打破押韻的形式，針對舊詩的反駁。

陳虛谷於民國十五年十一月在「臺灣民報」發表的詩論，認爲詩是熱烈的感情把音節的文字表現出來的。而引用日本文學家廚川白村的名言說：「文藝純然是生命的表現，是完全脫離外界的抑壓、強制，立在絕對的自由的心境，表現個性的唯一世界。忘却了名利，丟掉了奴隸根性，擺脫了一切的羈絆、束縛，文藝上的創作才能成立。」並引用日本詩人生田春月的名言說：「要做詩人，須先了解做一個人，須先完成自己，因爲詩是人格的產物。」

陳逢源於民國廿一年一月在「南音」雜誌，論及舊詩說：「現在的詩新的繫鉢吟和課題所得的詩，都算不是什麼眞正的詩，概是所謂文學遊戲這一類的假詩。然則眞的詩是什麼？」他們給予詩的定義說：「詩是文學裏用順利諧合帶音樂性和簡練美妙的形式。主觀的發表一己心境間所感現，或客觀的敍述描寫一種事實而都能使讀者引起共鳴的情緒。」依據這一定義，他們所列擧的詩的特色是「第一點是表現喜怒哀樂的感情或一己心境間所感現，反轉來說：沒有大眞流露的感情不算是詩。第二點是帶唱嘆說出自然而然的音節，或是順利諧合帶有音樂性的文字，反轉來說：沒有音樂亦不算是詩」於是他們對新文學的要求爲：「要力排慣用難解的文字與典故的貴族詩，當要做最平易且而最率眞的平民詩。」又說：「不論什麼時代的詩，亦當注意描寫人間愛與自然，或是人生的意義與思想的內容等……。」

同這一個時期，中國大陸方面新詩的情況是，自五四以後，說理的詩可成了風氣，「說理」是這時期詩的一大特色，直至民國十五年止這個風氣才漸漸衰下去。又另一方面缺少情詩，有的只是「憶內」「寄內」，或曲喩隱指之作，坦率的告白戀愛者絕少，爲愛情而歌詠愛情的更是沒有。

聞一多說：詩該具有音樂的美，繪畫的美，建築的美；音樂的美指音節，繪畫的美指詞藻，建築的美指章句。

李金髮於民國十四年十一月出版的「微雨」，其導言裏說：「不顧全詩的體裁，『苟能表現一切』」。而他要表現的是「對於生命欲揶揄的神祕及悲哀的美麗」。而不是要表現「意思」，却是感覺或情感。是法國象徵詩人的手法。

而從李金髮以後，詩人們寫的多一半是情詩，都把講究用比喩，幾乎當作詩的藝術的全部，不同的是，不再歌詠人道主義了。

自五四到民國二六年約二〇年之間，是紀弦所說的中國新詩的萌芽與成長時期。就這個時期的臺灣與中國大陸雙方的詩情況比較來看雙方具相同的特色爲：①詩描寫人間愛與自然愛或人生的意義或思想的內容爲題材，但尚未脫離論理(說理)爲詩主題的風氣。②詩該具有音樂美、繪畫美、建築美，但未致追求意義性心象的美。③以感覺或情感，用象徵的手法，幾乎以比喩當作詩藝術的全部。然而，臺灣因受日本殖民的關係，詩人們追求詩的態度，當與大陸的詩人們顯有不同的想法，那是①要立在絕對自由的心境表現個性，丟掉了奴隸根性，創作才能成立。②

力排貴族詩，要寫平民詩。③詩人要先完成自己的人格，重視人性。這三點特色是臺灣詩人們透過日本的新文學，接受世界文壇的思潮所得到的詩想，是大陸的詩人們未能切實感覺的問題。他們爲了要丟掉恥辱的奴隸根生，用筆反抗專制主義的政策，有時也很嚴肅地反抗自己內心的自卑感。就被殖民的臺灣詩人來說，貴族的詩是統治者的娛樂，當然他們要排斥它而寫平民詩，同時瞭解做一個人，完成自己的人格，重視人性。保持崇高的立場，超脫世俗是十分重要的。

比較大陸的詩人們只追求詩藝術性的手法，講究語言的音節，詞藻，章句的構築；如其主要的精神作業寫詩，而臺灣的詩人們却除了那些藝術性的追求之外，還要爲被殖民的痛苦掙扎，表現絕對自由的個性，人存在的意義與思想的內容。可以說臺灣的詩人們所持的詩的主題處於其自然的環境裏，自然挖掘的比較深刻。

臺灣新文學運動期的詩

在大陸的新詩於民國廿六年，「新詩」大雜誌停刊後，至戰後民國卅七年之間，屬於消沉時期。但臺灣的新文學在以前，即於民國廿一年間，由於文學運動的中心，由「報紙」移至「雜誌」，如「伍人報」「南音」「福爾摩沙」「第一線」等都響應「臺灣新民報」推進的新文學而開始活動。

在此期間，發表新詩較多的詩人有陳遜仁、楊啓東、郭水潭、翁鬧、史民、林精鏐等，其寫詩的態度，也跟小說一樣；擺脫政治上的聯繫而走向獨立的立場，改寫取材於美麗可愛的本地風光，表現視覺感性心象的詩，不然就是表現內心的苦悶，追求思想象徵性心象的作品；而曾經注重抵抗日人、鬥志熱烈的詩已經不多見了。

這種傾向，可以在許多留傳下來的實際作品中探索得到。例如鹽分地帶詩人集團的中心人物郭水潭的「世紀之歌」：

人們呀　只相信着森林深處的黎明
祈禱而等待吧
休戰喇叭的美音令人雀躍
在大地　愛和親情蘇醒了
當那天來臨的時候
人們呀　虔誠地
向歷史的車輪　祝福一切吧
太陽會永恒　飽和人類的善惡呢

我們可以瞭解這種詩產生的心理狀態，已經從反抗殖民政治的束縛解脫，而爲人性善美的理想予以創作的，比以前較有藝術技巧的表現。

鹽分地帶的詩人，除了史民、郭水潭、林精鏐、王登山等較屬於追求社會性的客觀表現或發現自我底分析與批判的眞實性表現而寫作之外，尚有李張瑞、林修二、水蔭萍等幾位，在當時嘗試過超現實手法的詩，不無引起現代詩人的注目。例如水蔭萍的「黎明」：

蒼白的驚愕
眞紅的嘴唇喊出恐怖聲
風裝死着安靜下來的早晨
我的肉體滿是血的受傷而發燒了

這首詩是題爲「毀了的街」一連四章詩裏的第一章，運用語言的現代感覺，至今還覺得很新鮮。這也是這個時期前衛性的代表作品吧。

其實，這個時期的詩人們大都用日文寫詩，多多少少受過日本文壇的影響。雖然帶動臺灣新文學運動的開始是直接受到中國大陸五四運動的思潮而起，但其後文壇的發展是屬於日本文壇的地方性成長。由于臺人無法擺脫被殖民的抑壓感，內心不願只盲目隨從日本文壇的風氣，乃透過日文的翻譯而接受世界文藝思潮為自已的營養，充實自我個性的文學觀。就這一角度來看臺灣新詩的創作，應該有其突破性的自我表現才是。然而，在此時期的實際作品大都停滯於抒情韻文或社會性論理寫實意願的表現，而未達到藝術要求的形象化，於是像水蔭萍的「黎明」這樣的作品便不多。

不過，在當時年輕一代的詩人中，有如此現代性作品的出現，可以證明前衛性現代思潮已經成為年輕詩人們意欲表現的潛在力，只是因受戰爭的影響，臺灣文壇被逼在日本皇民化文學運動聲中，無法現身而已。

「笠」詩刊的出現

由大陸輸入臺灣的新文學運動，前後有二次，激起臺灣的新詩獲得革命性的新血輪。

初次發動臺灣新文學運動最致力的張我軍是在北平受過教育回來的。張我軍帶着胡適建設新文學的「國語的文學、文學的國語」的信條，來臺灣做為新文學運動的先鋒。他引用胡適的話：「中國二千年的文人所做的文學都是死的，都用已經死了的語言文字做的，死文字決不能產生活文學」。於是他在臺灣發起新文學的要點為：①白話文學的建設，②臺灣語言的改造。而非常熱心積極地推動，以及發表實踐的作品。

張我軍在民國十四年八月出版的「臺灣民報」六十七號發表「新文學運動的意義」一文的開頭便說：「現在的臺灣沒有文學，歷來也許都沒有文學吧……」這種口氣和紀弦於民國卅七年十二月，帶着李金髮等提倡的現代派信條，來到臺灣時說的話：「那時，臺灣還無所謂什麼詩壇，也談不到什麼文藝界的……」的口氣很相似。如此臺灣的新詩，受過中國大陸新文學運動的兩次洗禮而發展，是十分有趣的歷史性事蹟。

其實，紀弦來臺灣的時候，因張我軍帶動下來的新文學的球根，繼承日據時代臺灣新文學運動現代精神的詩人們，成為「跨越語言的一代」，但尚未開始活動，才使紀弦放言說「臺灣還無所謂詩壇」，但紀弦的「現代主義」，顯然也得到了「跨越語言一代」的一成員林亨泰的輔佐，始予成立，這一事實，使臺灣的現代詩，趨向了紀弦本身也意想不到的方向，急激地發展下來。

紀弦在現代派成立後不久，便深惡痛絕詩壇的「新形式」「新虛無」的惡魔，喊起「中國新詩之正名」的前後，繼承臺灣日據時期培植下來的現代詩的球根，具現代潛在力的「跨越語言的一代」的詩人們，終於聯合新生代的年輕詩人們，於民國五十三年六月創辦了「笠詩刊」，背負着具臺灣特色的使命重新出發。

臺灣近三十年來的詩壇風雲，雖然有各詩社本身的主張與看法，但在「藍星」「創世紀」二詩社唱詩的全盛時期，弄到新詩除了在詩刊，便無處發表的窘境之後，「笠詩刊」以穩健的步子，關心西洋、東洋及本國的詩之發展，不標榜任何主義且堅定其藝術性、社會性、鄉土性三者平衡的態度，年來已出版九十八期，以其詩風影響詩壇，普遍受到一般的愛好，專致今日詩壇，盛況的實令人感到慶幸。

詩與日常性

一九六三年八月

日・渡邊武信 作
陳千武 譯

在我們的日常語言裏，「詩人」這一名稱給我們微妙的意味，絕不是愉快的感受。然而不斷在寫詩的人，終會在自己的裏面看到「詩人」。這也許是一種宿命，而對於這種宿命應採取的態度也有幾種吧。可是無論如何，寫詩的人總不得不跟這一宿命建立了某種的關係。可以說，要用怎樣的方式，面對着自己裏面的「詩人」才好呢。這裏有一個答案，是長谷川龍生在現代詩七月號發表的「發狂」一文裏說：「我是特種無能力者，除了寫詩、思考詩以外，幾乎無法做些有益的事。」

長谷川龍生如此規定自己，而論及做這樣「特種無能力者」的詩人該怎樣生活在這個資本主義的社會，又要怎樣活下去。他的口氣很率直，且充滿着爽朗與傲慢。

「要寫詩，要思考詩，要過着詩的生活，就必須對詩以外的社會的一切挑戰。因爲，若不挑戰，我的詩會被破壞，我自己的思考以及肉體，都會被抹殺掉。詩必需在密室裏從事，但詩人不能成爲密室居住者。……離開密室，在密室以外的地方，詩人必須開始戰鬪。然則詩人不能成爲密室居住者。」「爲了護衛自己，護衛自己的詩，我必須不斷的在詩的領域外面，越墻去打遊擊戰。」

有必要這樣「戰鬪」的長谷川龍生，對田村隆一講了如次的話，我似乎有所同感。

「他（田村）把自己的詩用「西武園所感」的形式，採無方法論向外界對決，致使被外人踏進來，毀壞了自己的內部。詩人最後的一線，事實並非在最接近於詩的地方。」

在此長谷川龍生卻不是面對着田村而論，很明顯地，只爲了詳述現在自所擁抱的問題，而把它引開出來而已。然而，他對于田村的詩集「無語言的世界」的反映，大都把田村的意圖過於親切地解釋評介了，從這一點看來，反有如此短文的發言也該值得注目。

在這裏，可以明白地看出兩個詩人不同的生活方式。要認爲長谷川龍生是一個答案，田村隆一也是一個答案。如長谷川龍生所說，他祗有他的，田村則祗有田村的戰鬪的方法。重要的，並不是認爲哪一方的發想才正確，而應該認識這種感受性的方法所相差之點才對。如此說，我也應該強迫自己認清跟他倆都異質的自己的手法啦。

我們總是甘願忙碌地活着；今天過了又有明天，無可奈何地繼續下去的生活擁抱着我們。這種生活，「日常」確實是輕薄的；但是我們又不得不承認那是輕薄的，爲了這一個理由而持有強硬的現實性。如果我們的詩，僅願停留在這種日常性的領域裏，那麼在日常之中屬于多餘的詩；却連日常也沒有辦法對象化，會被驅逐入趣味性的陰影裡是理所當然的。然而，無視這種日常性強硬的存在，而採取遠離的姿勢要造成一種閉鎖的世界，畢竟也等於同一事情的表裏而已。或許，所謂生活的茫漠的空間，會把這種孤立的空間，從背後擁抱起來呢。我們的詩與日常的關係，是不可避免的，因而在這種關係之間，我們的詩該有力量，有其戰鬪。

田村隆一的斷定性的口氣，似乎成立在切斷了這種日常的地方。爲了切斷日常，也必需經過了一種戰鬪才能得到的田村卻毫無遺留那些戰鬪的痕跡，這可以證明田村的偉大。然而，接觸田村的詩我在那裏面聽不到自己的聲音，而會感到焦燥，這也許在田村的詩的世界，戰鬪早已完了之故吧。想到日常性被切斷，田村的詩的主題，終始一貫處於詩與詩人的存在本身裏，莫如說是當然的。不過，由於這種主題的純粹化，結合化，「依據長谷川的表現是，把最後的一線置於最接近於詩的地方」，雖不能完全認同田村的詩的世界被外人踏進來，但確實被自己切斷了的日常性包圍着，在戰後詩當中我毫不懷疑田村的存在的重量，然而，看了發表在文藝七月號的田村的長詩『恐怖的研究』，我就感到田村隆一對于我們已經完全成了古典。畢竟，我要說的，祗是，我們只有我們的戰鬪的方法而已。

我們的戰鬪是，跟現實，尤其是女性化的粘液性的日常性現實，與跟我們的力量—「說明白一點就是詩性想像力」的遊擊戰，天澤退二郎對於環繞我們的「所有」的構造，如次寫着：

「那些對于我們『所有』的令人害怕的威脅，已經不是從我們的外面襲來的海嘯那構男性化的意象，卻是使我們擴張，使我們邊奔走各個角落而徹底陰微又陰險地開始行動的自壞作用，是一種瀉肚症狀。」「大學論叢創刊號「現代詩的倫理」。

在此所稱的「所有」，祗是指超越現實的總體的完整性，那種「所有」的方法才是相對着我們戰鬪的性質。還有他對於「日常」與詩人的關係也說得很清楚。

「正確地說，詩並不會『接近』於日常，不，詩是快要接近於日常之前瞬間飛越了日常。詩所捕捉的日常，不外就是在其非日常的本質上而已。」「詩所造成的世界＝詩的現實是，向日常性現實的對面飛越演出，而對『所有』展開的非日常性日常原形質性空間，我們的詩能否得到勝利的衝力是決定在非現實空間的深處，和那深處持有的優異的力學構造的反動力，以及我能給與的秩序之質上。」

再追加一句吧，像這樣對『所有』的感受法，如用「疏外」一句來稱它，便似乎會令人瞭解，但這仍然與詩無緣。把天澤所說的『所有』通過所謂疏外的概念影射出來的話，就會聯想到我在六月號所寫的「內都和外界都總算做好獨占」的映像就會浮現出來，但那樣做，詩的問題仍然一點也不會解決。

旅人的詩

林外

旅人本名李勇吉，臺灣省臺中縣人，民國三十三年出生，師大國文系畢業，現任職審計部。五十四年開始發表詩作，有時用本名，有時用筆名，使用過的筆名有：李劍、李砧、李覓、李眞、李平、李階、李根、旅人等。曾在笠詩刊、現代文學、現代雜誌、大學雜誌、今日中國、自立晚報、噴泉詩刊、大地詩刊、青溪雜誌等刊物發表詩作。曾任噴泉詩社第四任社長及臺灣文藝詩獎評委，並獲新詩學會六十年新詩獎，現爲笠詩社同仁，作品尚未結集出版。

旅人寫詩，是爲了「心靈的照相」，「用詩作紀錄保存精神活動的歷程」，以「寫詩肯定自我的存在」。對詩的執着，幾乎到了「唯有寫詩，才感到我是個人」的地步，寄望個人的「哀愁，逐漸化爲同情心和愛心，植入大千世界」裏。

因此，取材，皆來自其實際生活，從詩的題材，可以看出作者生活的影子。作者的用意，是藉那生活的斷片，所引發的心靈的顫動，發而爲人生的吟詠。不以熱情來動人，只是冷靜地展示心靈的清明；不誇大做作，但求實在地托出篤實的面貌。是作者自賞自我心靈之境，也把那境，呈現在讀者面前。文字上不以華美取勝，而所努力的是力求把握的確實。詩人的眼，有如解剖刀，一刀就利落地剖出一個人生，血淋淋地展示在我們面前。

(1) 只有小黃

一株街樹
向行人和商店喊渴

一株街樹
乞求地上的螞蟻
別馱走瘦葉

一株街樹
正逐漸地彎腰

而太陽仍囂張不已
命令冰淇淋車「叭！叭！」

只有流浪的小黃
牠又翹起那隻後腿
不平地指指點點
讓沉重的水壺
澆灌街樹

這該是阮囊羞澀者，行走在繁華大道上的一種感受吧。不用「街樹」，不指所有的街樹，而只說「一株」，顯然有以之為自我化身之意。「喊渴」，怕被馱走「瘦葉」，該是迫切「需要」的總暗示，不僅止於熱的問題而已。太陽的囂張，冰車的喧囂，對人化了的樹，是一種強烈的譏刺。把小黃，限定為「流浪」者，訴說「流浪者」才「澆灌街樹」，內心該有頗大的憐憫與激盪。把翹後腿的動作，看成「不平地指指點點」更是內心表露上，不凡的功夫。小黃、街樹，一個人，三者在詩中渾融為一，不失為一幕，人生悲憫的詠歎。

(2) 茶　葉

杯裏的茶葉，沈澱了
昏睡他自己的歷史
晃了幾下杯子
甦醒的茶葉
紛紛漂到杯口
表演他昔日的飛揚
緊握心愛的杯子
不停地搖
溢出的水
打濕杯旁的報紙
還好 沒有打濕幾個字：
以茶葉代替咖啡有益健康
今年茶葉外銷遠景看好

這首詩，該是在喝茶時，緬懷茶葉的歷史而發的感慨吧。

前二行之沈澱，正代表茶葉滄桑的一段時期。「晃了幾下杯子」，茶葉即「表演昔日的飛揚」，在我看，「昔日的飛揚」，應是「風姿依舊」，但是，要能使風姿飛揚起來，卻要藉助那幾下晃的功夫，可是很大的諷刺。「緊握心愛的杯子」，該指心愛的茶吧，茶，也不完全指茶，該指生產茶的自己的土地，自己的國家吧。「不停地搖」，應是內心歡喜的作為。茶在作者內心的象徵，使他十分歡欣，雖然打濕幾個字，不礙事，並未到瘋狂的地步，只是未免高興「過份」了一點點而已。「外銷遠景看好」，又豈止是講商業問題而已呢？

極小的事件，能賦予如許大的意含，其飲茶之樂，那是不止於茶味的。

(3) 柳公權

翻開玄秘塔

讀椰子樹的挺拔
看風中的斜雨
再斟一杯酒
你的字便醉入酒中
越過我的血脈
直入骨裏

於是全身的骨骼矗立
嘎嘎作響
運動堅強的生命

柳公權是唐朝書法大家，字體優美而有勁。玄秘塔，名，塔爲大達法師所建，裴體撰文，柳公權書。玄秘塔的書法，如椰子樹的挺拔，看風中斜雨擊打椰樹，柳公權書法之勁拔，便經酒，由爲其所醉而入血脈、入骨中，深入「我」之內裏。所寫大概是，人世風雨的襲擊中，慕柳樹、柳書之勁的心境。字醉入酒中，而入血脈，表達沈醉柳書之勁拔，是不俗的功夫。

(4) 走在忠孝東路上

新開闢的忠孝東路
從火車站直洩兵工廠
兩岸的大樓
峭立森嚴
走在忠孝東路上
覺得人渺小起來了
每一棟大樓都會刺激神經
令人焦慮不安

偶爾會無端地想起
那麼多大樓
爲什麼都是別人的
豪華的餐廳
爲什麼不敢踏進去

無形的生存競爭威脅
從兩岸的大樓拋下來
我只是河裏的小葉舟
點綴急駛的四輪船

在這路上
文學突然寂寞了
詩不能當公車票上公共汽車
大型公車欺負小摩托車
小摩托車嚇走行人
只有流線型的轎車
安逸地飛駛
叭叭着「現代英雄」四字
持着薄薄的薪水袋
走在忠孝東路上
心緒如麻
但彎向溫暖的家時

文學便不再寂寞了
詩又從石縫中擠出來

如果詩人不窮，不會有這詩，如果經濟與文化並駕齊驅，詩也不是這個樣子，道盡了，應是戴着桂冠，備受崇敬的詩人，竟然在繁華中畏縮的悲涼，也是對經濟不能帶動文化的抗議。可喜的是，不是回到「簡陋」的家，才有詩，不是詩自窮境出，而是因「溫暖」的家而抬頭。即使不是詩人，又有幾人走在臺北的繁華中，不會有與作者類似的感受！

(5) 猶疑

紗窗外
一隻孤單的蚊子
盤旋夜色
以嗡嗡的聲音
想念窗內的我嗎？
手持今天到來的
他的信
每個字的樣子
都像正飛動的那一隻
「打開紗窗吧！」
「緊閉紗窗吧！」
每唸一個字
交替一個意志

需要信，需要友誼，這是人人共通的心理。但是，見人來而喜；收到信而微笑，那是一種幸福，不幸也會有欣喜中帶着憂慮；不安中仍有一點欣喜的不幸。信上的字，居然與蚊子；黏合一處，這是很高明的手法。蚊子盤旋夜色之求光明溫暖，與沒寫出來的「吸血」，道出了人與人之間不能誠純地相交，而必須有顧慮的悲哀。

詩人米斯特哈

法・都德 作
莫 渝 譯

上個星期日，起床時，我才發覺自己醒在佛布・孟馬特街。天空灰暗，下著雨，磨坊淒淒然。我擔心在家過這種寒冷的雨天，渴望馬上前往費岱里・米斯特哈①那兒烤暖烤暖，這位偉大詩人住在他的家鄉麥安②，距離我的松林有三里遠。

念頭一閃，即刻出發；隨身携帶一根桃金孃木棍，一本喜愛的蒙田著作，一襲毛毯，就這樣上路！

田野上沒有人影……我們美麗的普羅汪斯，信仰天主教，星期日讓大地休息……農場關門，只有狗在住家前……遠一點，看到手推車的車夫及其濕淋淋的雨衣，戴風帽的老嫗把枯葉放進斗篷，幾隻披上節日衣服的騾子，配備青色與白色的市鞍、紅絨球與銀鈴，載著一車子農莊百姓，用小跑方式趕去望彌撒；更遠處，透過濃霧，看到運河上的一條小船，及一位站起來正撒下魚網的漁夫……

那天的路上眞是難以言說。雨像激流般下，北風把雨滿桶地潑向你的臉……我一鼓作氣的趕路，終於，經過三小時的行走，在我前面，看到了小柏林，麥安村子就位在中央，可以避開風勢。

村子街道上連個鬼影也沒有；所有的人都去大彌撒了。當我經過教堂前，蛇形風管③正隆隆作響，透過彩色窗玻璃，可以看到大蠟燭的光輝。

詩人住宅位於村子盡頭；聖・黑蜜路左邊最後一間房子——有前花園的兩層小屋……我悄悄進去……沒有人！客廳的門關著，但我聽到後頭有人走路與大聲說話……這腳步與聲音，我非常熟悉……我在抹上石灰的過道停了一會，手按住門鈴，非常激動。心一直猛跳。他就在裏面！他正在工作嗎？該等到他寫完這首詩嗎？管他的！進去吧！

啊！巴黎人，當這位麥安詩人來到巴黎，展示他的「米累耶④」，當你在你家客廳看到他，這位穿城市衣服的恰克達⑤，直領和大帽子，不適配他的名聲。你一定以爲他就是米斯特哈……不，不是他。世上只有一位米斯特哈，上個星期日，在他的家鄉，我被他嚇了一跳。他戴頂風帽，沒有背心，穿晨禮服，腰間繫條卡特蘭⑥紅腰帶，目光炯炯，顴骨露出才情之光，面露微笑却很莊重，文雅似希臘牧人，雙手插入口袋，邁著大步，正構想詩篇……

「怎麼！竟是你！」米斯特哈抱住我喊道：「你來看我是多棒的主意！……特別是今天，麥安的慶典節日我們有亞威農的音樂會，公牛，遊行，土風舞，都很壯觀……我母親快從彌撒回來，我們再用午餐，然後，去看美麗的姑娘跳舞……」

當他說話時，我激動的觀賞有明亮壁毯的客廳，我已經好久沒看到了，在這兒我曾度過許多美好時光。一切沒變。還是黃格子沙發，淡黃色的兩張安樂椅，壁爐上擺著無臂維納斯像與阿爾城維納斯像，赫貝⑦畫的詩人畫像，艾汀•卡雅的攝影相片，靠窗的角落，擺著一張書桌——就像介紹所看到的小書桌——堆滿了舊書與字典。在這張書桌中間，我看到一冊翻開的厚手稿……這是「卡楞達⑧」，費岱里•米斯特哈的新完成詩篇，將在今年年底聖誕節出版。這首詩，米斯特哈工作了七年，最後一節詩也寫了近六個月；然而，他還不敢離開這首詩。你了解的，他一再在修飾這節詩，找更宏亮的韻脚……米斯特哈用普羅汪斯語言寫作，他寫詩就像要讓全世界的人都能讀到，且注意到他的努力……啊！老實的詩人，像米斯特哈那樣好的詩人，蒙申會這麼說：「你記得這個人，一旦問他爲何對藝術竭盡心力，却僅有少數人了解。他回答是：『如果僅有一些人，我就够了。如果只有一個人，我也够了。如果不只是一個人，對我也够了。』」

我雙手拿著「卡楞達」手稿，很感動地翻閱……突然，窗前的街道響起敲鼓與六孔笛的音樂，米斯特哈跑至橱櫃，取出酒瓶和杯子，把桌子拉到客廳中央，幫樂師開門，對我說：

「不要哭……他們來爲我奏樂……我是鎮民代表。」——小房間擠滿了人。他們把鼓放在椅子上，隊旗放在角落；燒酒輪流喝。當大家祝福費岱里先生健康喝完幾瓶酒後，他們很嚴肅地談論這次慶典，土風舞同去年一樣如何的好看，公牛如何的標準。樂師們要離開，前往別的代表家中去奏樂。這時候，米斯特哈的母親回來了。

不多時，桌子擺好了：一塊白布，兩套餐具。我曉得這家人的習慣；當米斯特哈有訪客，他母親不會同時上桌用餐……這位親切的老婦人只認得普羅汪斯語言，跟法國人談不攏……此外，她必需在廚房裡。

天啊！那個上午，多豐富的餐點！有烤羊肉薄片、山乳酪、葡萄汁果醬、無花果、麝香葡萄。每一樣東西都被倒入杯子看起來帶玫瑰色的美酒淋過……

在餐後點心時，我找出那首詩的手稿，放到米斯特哈前的桌上。

「我們說過要出去的。」詩人微笑地說。

「不！不！……卡楞達！卡楞達！」

米斯特哈讓步了，以低柔的磁性聲調，用手按詩韻打拍子，他開始第一曲：

此刻，我要說悲傷的故事，

關於一位爲愛發瘋的少女，

我要唱，如上帝願意，一位卡西司⑨男孩，

一位可憐的捕鱈白魚的小漁夫……

外頭，晚課鐘響了，廣場上鞭炮聲ㄆㄧㄆㄚ響，六孔笛吹奏者經過廣場，與鼓手轉入各街道。喀嗎格的公牛，吽吽叫的被人領著跑。

我，手肘放在台布上，眼眶噙著淚水，靜聽這位普羅汪斯小漁夫的故事。

卡楞達不只是個漁夫；愛情使他成爲英雄……爲了贏得愛人——美麗的艾斯岱爾的心，他承擔令人讚嘆的事情，即使赫克力斯⑩的十二項工作也不能與之並比。

某次，滿腦子致富念頭，他發明了可怕的捕魚器，把船開至都是海魚的港口。另一次，可怕的歐利烏爾⑪山大王謝渭南伯爵想把他吸進山寨內，同惡徒姘婦一起……小卡楞達是個多麼硬骨頭的小伙子！一天，在聖•博姆山⑫他遇到兩派敵對工人，在那兒了結有關賈克墳墓的爭端，那墳墓是一位普羅汪斯人採用所羅門殿廟的骨架做成的，卡楞達置身屠殺中央，僅僅跟他們談話就平息了這些工人……

這些超人的事業！……綠耳⑬峭壁的高處，有座無人攀登的杉林，連樵夫也不敢上去。卡楞達，他上去過。他獨自在那兒住了三十天。這三十天，就聽到他用斧頭深砍樹幹的響聲。森林哀號；那些古老的巨木一棵一棵地倒下，滾入深淵底，當卡楞達下山時，山上沒留下一棵杉樹……

……

最後，這麼多功勳的報酬中，鱅白魚的漁夫獲得艾斯佶爾的愛情，還被午西司百姓任命爲執政官。這是卡楞達的故事……卡而卡楞達有什麼關係呢？畢竟，在這首詩篇中，就是普羅汪斯——海洋的普羅汪斯，山嶺的普羅汪斯——及其歷史、習俗、傳說、風光、所有純樸愛好自由的民情，在他們死前，都可以找到他們的偉大詩人……而現在；計劃鐵路，豎立電桿，從學校課程中消除普羅汪斯語言！普羅汪斯，永遠活在「米累耶」和「卡楞達」裏。

「詩篇看够了」米斯特哈闔上手稿說：「該去看看慶典。」

我們出去；所有的人都在街道上；一股強勁的北風掃過天空，天空歡樂地在雨淋濕的紅色屋頂上閃爍。我們到的時刻正好看見遊行隊伍進來。他們沒有終止的列隊行進一個鐘頭；有戴頭巾苦修士；白衣苦修士；青衣苦修士；灰衣苦修士；戴面紗女孩教團，金色花朵玫瑰派；四人扛的鍍金木製大聖人，手持大花球宛若偶像的彩陶聖人，法衣，聖體觀示臺，綠絨幃蓋，白絲爲框的耶蘇受難像，所有這些均任風飄揚，在燭光與陽光中，在聖歌、禱文與連鳴不止的鐘聲之間。

遊行結束，所有聖人歸回他們的小教堂，我們去看公牛；接著看打穀場遊戲；摔角、三級跳、搯貓，其它遊戲；以及各種普羅汪斯慶典的漂亮花車……當我們回到麥安時，天黑了。廣場上，米斯特哈在夜晚跟朋友吉多會面的小咖啡館前，有人點燃美麗的大營火……土風舞安排好了。齒形邊緣的紙燈在黑暗裏到處點亮；少女站好位置；不久，鼓聲一響，火堆周圍開始喧嘩瘋狂的圓圈，他們延續整個夜晚。

宵夜後，累得還用跑的，我們回到米斯特哈的臥室。這是標準的農民臥室，有兩張大床。牆上不黏壁紙；天花板上的桁木依稀可見……四年前，法蘭西學院領贈三千法郎的獎金給「米累耶」作者時，米斯特哈夫人有個想法。

「你的臥室要不要貼壁紙和粉刷天花板？」她對兒子說。

「不！不！」米斯特哈回答：「那是詩人的錢，不要去動用。」

臥室依然維持空洞；但是那麼多詩人的錢仍在，敲米斯特哈家門的訪客總會看到那打開的錢袋……

我把「卡楞達」手稿帶進臥室，還想在睡前請他唸一段。米斯特哈挑選有關陶器的插曲。即底下幾個字：

那是一次我不知地名的盛宴。桌上擺放牧斯蒂爾陶器作爲特別服務，每個盤底，繪上青釉，是普羅汪斯的主題；該地的整個歷史囊括在內。從那些美麗的陶器也可以看到愛情如何述說出來；每一個盤子是一節詩，同樣也是一首工作博學而純樸的小詩，就像戴歐克利特完成的小圖片一樣。

正當米斯特哈用這些美麗的普羅汪斯語言，爲我唸他的詩作，有四分之三以上的拉丁文，提到以前的王后，而現在只有牧人才能了解，我非常欽佩我面前的這個人，想到他在廢墟中找尋母語，而且做出成果來，我幻想飽司王朝右殿之一，就像在阿爾卑斯山看到的一樣：沒有屋頂的四牆，沒有小柱頭的臺階，沒有玻璃的窗牖，傾圯的哥特式三葉拱門，門前的軍徽被菁苔侵蔓，榮譽庭院群雞喙食迴廊的精美小圓柱下群豬打滾，長滿野草的小教堂內驢子吃草，裝滿雨水的大聖水盤引來群鴿啜飲，破碎磚瓦之中，兩三戶農夫在古殿側蓋上小屋。

後來，一個晴朗日子，那些農夫之一的兒子懷念廣大廢墟，憤思地眼看他們瀆神；快，快，他把動物趕出榮譽庭院外；仙女前來協助，幫助他獨自重建大樓梯，重修牆壁，窗牖裝上玻璃，豎起塔樓，重鍍神廳，且恢復昔日的廣大宮殿，讓教皇與皇后居住。

這座整修的宮殿，就是普羅汪斯語言。

這位農夫的兒子，就是米斯特哈。

——摘自都德著「磨坊文札」

註①費岱里•米斯特哈（Frédéric Mistral.1830-1914），表現普羅汪斯地方色彩的法國詩人。一八五四年，聯合另外四位普羅汪斯詩人籌組費利波希吉詩社，保護普羅汪斯的傳統與語言。一九〇四年與西班牙劇作家艾契加里合獲諾貝爾文學獎。

②麥安（Maillane），詩人米斯特哈的家鄉，Bouches-du-Rhône省境內。

③蛇形風管，教會使用的一種樂器。

④米累耶（Mireille）一八五九年，詩人米斯特哈的傑作，這是以普羅汪斯語言史詩形式寫成的十二首愛情悲劇長詩。出版後立即名聲大震，拉馬丁(1790-1869）撰文讚賞。音樂家古諾（Charles Gounod, 1818-1893）於一八六四年譜成歌劇曲子。

⑤恰克達（Chactas），夏多希里昂小說「拿藝人」裡面的紅印第安人酋長，受邀訪問法國。

⑥卡特蘭（Catalonia），西班牙的地區。

⑦赫貝（Ernest Hébert, 1817-1908），法國畫家，尤長於人物畫像及歷史畫。

⑧卡楞達（Calendal），一八六七年出版的英雄史詩，

⑨卡西司（Cassis），法國南方 Bouches-dn-Rhône 省境內小鎮，馬賽東南方22公里，臨卡西司灣。

⑩赫克力斯（Hercule），羅馬神話中的半神大力士。

⑪歐利烏爾（Ollioules），法國南方Var省（Bouches-du-Rhône東）境內，土倫城西邊八公里的鄉鎮。

⑫聖博姆（Sainte-Baume），普羅汪斯的石頁岩山脈，馬賽東邊。最高峯一、一五四公尺。

⑬綠耳（Lure）法國東邊Haut-Saône省境內。

⑭牧斯蒂爾（Moustier），法國西南方Dordogne省境內。西元1908年，此地發現人類化石，稱爲牧蒂爾人。

⑮戴歐克利特（Théocrite，約西元前 315-252），希臘詩人。

佛洛斯特詩抄

非馬譯

孤寂

何處我聽過這風叫
如此般轉變成狂嘯？
它究作何想我站立彼邊，
撐開頑強的門板，
下望多泡的岸灘？
夏日已過白晝已過。
陰雲密密在西方聚合。
廊外傾頹的地板上，
枯葉盤起且嗤嗤作響，
盲然擊我膝而遠颺。
隱含凶兆的語調
告訴我我的祕密必須揭曉：
話我獨自在屋裡所講
不知如何竟外揚，
話我獨自在生命內所講，
話我無人可託除了上蒼。

進來

當我來到林邊，
畫眉的音樂—聽！
此刻若外界是薄暮，
裡頭便已漆黑無垠。

太暗了這林內鳥兒
無法撥翅調啄
整頓夜間棲息之所，
雖然牠還可以唱歌。

太陽的最後餘暉
已從西方消褪
猶為再一支歌而依依不去
在畫眉的胸內。

柱般黑暗的遠處
畫眉的音樂輕飄—
像一個召喚進入
到黑暗裡去悲悼。

但不，我出來為的是星星：
我將不進入。
我指即使被邀也不；
何況沒人向我提出。

那邊山上站著一棵樹

杜榮琛譯

那邊山上站著一棵樹；
樹在山裡，
山在寂靜地站立裡。

樹上有一根枝兒；
枝兒在樹裡，
樹在山裡，
山在寂靜地站立裡。

枝兒上有一個窠；
窠在枝兒裡，
枝兒在樹裡，
樹在山裡，
山在寂靜地站立裡。

窠上有一枚蛋；
蛋在窠裡，
窠在枝兒裡；
枝兒在樹裡，
樹在山裡，
山在寂靜地站立裡。

蛋上有一隻鳥；
鳥在蛋裡，
蛋在窠裡，
窠在枝兒裡，
枝兒在樹裡，
樹在山裡，
山在寂靜地站立裡。

鳥身上有羽毛；
羽毛在鳥裡，
鳥在蛋裡，
蛋在窠裡，
窠在枝兒裡，
枝兒在樹裡，
樹在山裡，
山在寂靜地站立裡。

日本兒童詩小集

（想超越中學生做個社會人）

藍祥雲編
李樹根譯

世界上只有我一個人

六年級　松田幸子

我受傷了
沒有關係
我傷心了
沒有關係
甚至我死了
如果看遍了全世界
只會覺得一點兒悲傷
可是對我來說
最傷心害怕的事情
那是全世界上只剩下我一個人
因爲這樣我起碼要
感謝一切事情　然而
做只有一個人能做的事情
認眞地
想做做看

採海菜

五年級　須山貞枝

爸爸拉網的手腕上
懸掛著
顏色鮮艷的海菜
「今年這些大概是最後的吧」
爸爸的嘴動了一下
車輛在高速公路上奔走
不客氣地響出聲音
大家都稱讚
太棒了
但那是海和爸爸以及
和我的心
造成間隔

突凸的頭

五年級　鐺田拓朗

我的頭部向後突凸
所以綽號叫做駱駝
我最討厭
人家叫我駱駝
因爲頭部突凸的
像是原始人
看看朋友們的頭
大家的形狀都很好看
我有時候
從鏡中看看自己的頭部
仍然還是突凸的

這突凸的頭
難道不能早一天變好看嗎

未來的像貌

五年級　上野敏明

未來自己的臉孔
是漂亮的臉孔嗎
還是難看的臉孔
到底和誰結婚好呢
結婚的對象是美人嗎
或許不是美人
不管是美人不是美人都可以
自己的臉孔　還是
漂亮的臉孔才好

禮物

五年級　長谷光子

第一次從朋友
得了一件禮物
太高興了
心裡想「到底是什麼東西」
看看袋子裡面
是像向日葵的胸飾
胸飾周圍
鑲著十二個
閃閃發亮的珠子
別著這個胸飾
很想到那兒去啊
下一次不管要到那兒
一定跟着它去

狗

六年級　一柳久子

時常大聲吠叫的狗
在肉店前面睡臥著
「今天也會吠叫嗎」
心裡這樣想著
從很遠的地方
慢慢地走過去
突然牠大大張開了嘴巴
「太可怕了」
我就站住了
然而　牠張開了大嘴巴
有力地打了呵欠

口香糖

五年級　岡登美子

「唉喲　吞下去了」
匆匆忙忙想吐出來
可是太遲了
含了一大口飯
一下子吞下去
大口大口地喝下水試試看
胃部那兒　好像怪怪的
「如果粘在身體的內部
怎麼辦」

太煩惱了晚飯也不好吃
在床舖上祈禱著
「請保佑我
能平安無事地排出口香糖吧」

游泳褲　六年級　木暮宜正

今天是社區的遠足
要穿游泳褲時
怎麼做好呢
不知道啊
把毛巾圍在腰部
在穿上去當中
毛巾似乎要掉下去
看看周圍
把游泳褲穿上去
穿好時
滿身大汗了

第四節課　六年級　青木信治

在第四節課時
肚子唱空城計了
眼睛像要發黑
老師的臉
像中華炒麵
黑板擦
像麵包
為什麼第四節課
不趕快過去

胖子　六年級　庄司文夫

大家都說
我是個胖子
自己看看
並不覺得太胖
連媽媽都叫我
「胖子的小黑炭」
眞討厭啊
只叫胖子還可以忍受
說是小黑炭那太過份了
對着在鏡子的
自己臉發問
「你眞的是個胖子嗎」
這時候　聽到
媽媽叫：「吃飯喲」的聲音
唉喲　唉喲
又要再長胖了

人的生命　六年級　水落眞知子

關於人的生命這件事
我是　時常會做幻想
如果有了十個生命
死了一個　又會再生出一個

全部都死了
就變成花精
永遠永遠能够活著
可是像這樣神話的事情
是不可能的
人死了
我所想像的人間就沒有了
是永久永久不存在的
想到這些事情
「死」這件事
到底是什麼
越搞越不淸楚了

我的頭

六年級　大塚利幸

六年級讀完了
想到會成爲中學生
我就憂鬱
因爲變成中學生
不得不理光頭啊
我的臉是四角形
頭部也有禿髮
如果成爲中學生
現在的西裝頭
就非理掉不可啊
眞想超越了中學生
成爲社會人啊

我的手

六年級　山口誠一

「你的手 像雞爪子的嘛」
這樣 被人家一說
我就趕緊把手放進口袋中
我的手都乾裂啊
從學校回家
家裏都沒有人在
臉盆中裝滿了水
把手放進去
很疼痛
詳細一看 全手都乾裂掉
「我的手 太疼痛了不能洗」
晚上 告訴了媽媽
媽媽沒有說話
此後
我的手就要時常藏在口袋中了

感冒

五年級　吉澤登

終於感冒了
最初 認爲可以吃到好東西
可是 什麼東西都不好吃
感冒 還是討厭的啊

感冒

五年級　森田禮子

喉嚨痛了

頭也痛了
四肢無力了
從儲藏室跑出來矮人
看到天花板上有金條
頭部嗡嗡地在響
好像有人在我身體上
用鐵錘在打一樣

美勞

五年級　川戶篤

「川戶同學　你的畫相當好嘛」
老師稱讚我
高興得頭昏昏了
很想讓大家都說
「太棒了
太了不起」
美勞課上完後
田中同學向我說
「太了不起啊」
我一聽　眞是有說不出的高興

討厭的事

六年級　梶岡晴美

我的名字叫做晴美
剛轉到這個學校的時候
大家都叫我
「女孩子　女孩子」
看起來像都是懂事的
但是　還是這樣叫嚷
於是　我就大聲吼叫
「混蛋」
因名字而被戲弄
眞是討厭啊
也不能這樣就換名字啊

肚子餓了

六年級　餐庭良幸

肚子餓了
到中午還有一小時
忍耐吧
看看山好像是牛排的嘛
看看雲好像是冰淇淋的嘛
肚子餓沒有辦法念書
可是只要認眞念書
肚子餓的事情也會忘掉
喔　定時鐘響了
終於等到用餐的時間了
裝滿肚子後
有了力氣再用功吧

太空時代

六年級　山田求

現在太空船　噴射機
在空中發出　咻　咻　的聲音飛翔著
蘇俄和美國
用人乘著太空船
做實驗工作
可是人的生命不可惜的嗎
這不是太殘酷的嗎
如果是我
一定會選猴子比較好
但是沒有辦法啊
因爲　我是無法阻止的
況且　現在是太空時代的嘛

笠詩刊發行100期紀念活動計畫

一、12月13日（星期六）下午2～5時在台中市立文化中心舉行「臺灣先輩詩人作家座談會」。
論題：「台灣現代詩的演變」
主持人：林亨泰、梁景峰。

二、12月14日（星期日）上午九時至十二時在台中市立文化中心舉行「現代詩座談會」。
講題：1.詩與社會。2.詩與時代。3.詩與人生。

三、中、南、北部分區座談會。
召集人：中部桓夫、南部鄭烱明、北部趙天儀。
論題：中部「詩的人生探索」。南部「詩的社會意識」。北部「詩的時代精神」。
時間：各區自訂時間舉辦，紀錄稿於10月30日前寄編輯部。

四、笠一〇〇期特刊徵求文稿：
1.詩創作。
2.隨想「長短不拘」。
3.同仁的（詩及有關評論）著作資料：內容分㈠類別（詩或評論）㈡題名㈢發表刊物或發行出版社㈣出版年、月、日。
4.於十月卅日截稿。

笠叢書及其他詩書目錄

臺中市立文化中心文化服務部代售

詩集	枇杷樹	楓　提著	二四元
詩集	南港詩抄	楓　提著	二四元
詩集	彫塑家的兒子	陳鴻森著	三〇元
詩集	歸　途	鄭烱明著	二四元
詩集	拾　虹	拾　虹著	二四元
詩集	雪　崩	杜國清著	二四元
詩集	悲劇的想像	鄭烱明著	三五元
詩集	異種的企求	趙廼定著	四〇元
詩集	秋之歌	蔡淇津著	二四元
詩集	孤獨的位置	陳明台著	二四元
詩集	島與湖	杜國清著	二四元
詩集	食品店	林宗源著	四〇元
詩集	媽祖的纏足	桓　夫著	五五元
詩集	剖伊詩稿	桓　夫著	三〇元
詩集	美麗島詩集	笠詩社編	精裝一五〇元 平裝一〇〇元
詩集	華麗島詩集（日文）	笠詩社編	精裝二〇〇元
譯詩集	日本現代詩選	陳千武譯	二四元
譯詩集	韓國現代詩選	陳千武譯	二八元
譯詩集	裴外詩集	非　馬譯	三〇元
譯詩集	日本抒情詩選	陳明台譯	六五元
論評	田村隆一詩文集	陳千武譯	精裝六五元 平裝五〇元
論評	現代詩淺說	陳千武著	六〇元
其他	小學生詩集	陳千武編	三五元

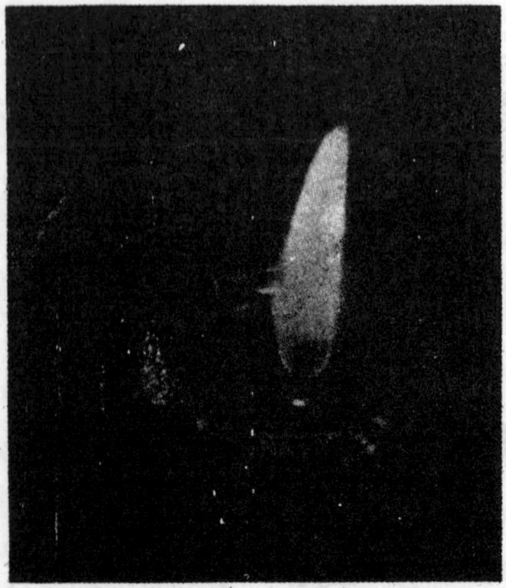

中華民國行政院局版台誌1267號
中華郵政台字2007號登記第一類新聞紙

笠 詩双月刊 LI POETRY MAGAZINE 99

中華民國53年6月15日創刊
中華民國69年10月15日出版

發行人：黃騰輝
社　長：陳秀喜

笠詩刊社
台北市忠孝東路三段217巷4弄12號
電話：551－0083
編輯部：
台北縣新店市光明街204巷18弄4號4樓
經理部：
台中縣豐原市三村路88號
資料室：
《北部》淡水鎮油車口121之1號5樓
《中部》彰化市延平里建寶莊51～12號

國內售價：每期30元
訂閱全年6期150元・半年3期80元
海外售價：美金1.5元／日幣300元
港幣5元／菲幣5元
歡迎利用郵政劃撥21976號陳武雄帳戶訂閱

承　印：華松印刷廠　中市TEL(042)263799

詩双月刊

笠

LI POETRY MAGAZINE

1980年 12月號 100

論壇

創造詩的歷史

鄭炯明

「笠」終於發行滿一百期了，身爲「笠」同人的一份子，我在此對「笠」的精神的或物質的支持者，表示由衷的感激，更感謝十六年半來，爲了使「笠」能如期出刊，任勞任怨，無條件的付出奉獻的工作同人，沒有他們，「笠」不能出版一百期，沒有他們，「笠」不能走入中國的詩的歷史。

事實證明，「笠」的存在，已經爲未來的中國的詩壇，提供一條可行的方向，那就是堅定藝術的、社會的、鄉土的三者平衡的發展。經驗告訴我們，詩不是躱在象牙之塔的純粹經驗的追求，詩也不是庸俗的社會的工具，詩應該有更高的使命存在才對，尤其在今天這個道德喪失、人心痲痺、到處可見喪失自我的時代，唯有詩引導我們，淨化我們齷齪的心靈，才能邁向眞善美的世界。

「笠」第一百期的出版，對「笠」的同人來說，不是結束，而是另一個開始，因此，在中國詩的道路上，今後「笠」的責任只有更加重大而已。

爲了使「笠」成爲一份更理想的詩刊，我以爲應當注意下列幾點：①在創作方面，以藝術、社會、鄉土的均衡態度，努力創作，寫出我們這一代眞正的心聲。②在論述方面，積極建立完整的現代詩的理論體系，從事詩的介紹與批評。③在譯介方面，有計劃地翻譯外國過去與當代重要的作品、詩論，並將國內優秀的作品譯成外文，促進文化的交流。④在詩的推廣方面，利用傳播媒介，多舉辦詩的講習、活動，培養民衆對詩的愛好，注意兒童詩的發展。

文學的追求是無止境的，我們相信「笠」不會以走進歷史爲滿足，「笠」應該創造詩的歷史，創造中國現代詩的歷史，這才是它眞正的目標。

笠 第100期 目錄

笠

為笠百期而作

杜國清

1. 笠是詩人的喇叭，在現實的廣場，吹出此時此地吾人生活的節奏，血液的脈動與靈魂的呼聲。

2. 笠是詩精神的陣頭堡，向一切墮落的、諂媚的、無恥的、名利的反詩思想和行爲直接射擊。

3. 笠是良知的矛，譏諷的箭頭，詩人在現實中磨尖以反抗現實的武器，隨時刺向社會黑暗的心臟。

4. 笠是無邪的盾，詩想的鋼盔，詩人在惡毒的環境中，以之抵擋一切不正不義、不信不實的羅織與汚衊的暗箭。

5. 笠是苦難的火山口，時時向蒼天噴出難以忍受的灼人的熔岩。

6. 笠是天使的降落傘，向人間傳達天國詩人謀叛的自白書。

7. 笠是詩園的石燈籠，那不夜的燈火，是詩魂與黑暗爭辯不休的舌頭。

8. 笠是時代的銅鑼，憤怒的颱眼，幸福的小漩渦，快活如籬笆上迎接朝陽的牽牛花，悲哀若花園裡中毒吐着白沫的小蝸牛。

9. 笠是烈日下的一羣，以汗水灌溉鄉土，以脚印播種詩苗，那不怕風不怕雨的王冠。

10 笠是詩人雕刻的詩神的乳房。

11 笠是詩的語言爆炸出的原子雲，那放射性的落塵，深入人心，遺傳後代。

12 笠是五嶽的山巔，長江的浪峯，臺灣的穹蒼，家鄉的松輩，祖宗的墳塚，子孫的屋脊，神殿的燈罩，詩國的金字塔。

一百零一，一百零二……

非馬

一九六九年我來到芝加哥，學業告一段落，生活也漸趨安定。白天做完一天的本份工作，晚上便心安理得地做我想做的事。那時白萩正主編笠詩刋，還充滿了對詩的熱情與幹勁。在他們的鼓動下，我拾起了久置的筆，再度開始寫詩，同時試着英譯中國現代詩，包括白萩的香頌。我們並且約定，由我每期在笠上譯介一本英美現代詩集—不一定要是我喜歡的，但必須是新出版的及人間世的，聞得到油墨味同泥土味或汗酸味。等積到相當份量，由他自告奮勇替我編幾本譯詩選。

就這樣，我回到了詩的土地上，與笠同人們一起默默耕耘了十一年。

十一年，在整個文化史上當然微不足道，但在一個人的寫詩歷史上，却漫長而難捱。試看十年前詩壇上的風雲人物，今天還有幾個在寫詩？我慶幸自己耐得住寂寞，沒有在半途上成爲逃兵。雖然歲月多少磨蝕了當年那股只顧耕耘的幹勁，但對詩的熱情，却與日俱增。這，當然得感謝笠同人們。沒有他們脚踏實地的努力與無私的鼓勵，今天我不可能有機會來寫這篇慶祝笠一百期的短文。那麼，讓我們歡聲齊數下去吧！一百零一，一百零二，一百零三……

一九八〇、十、十
于芝加哥

笠，祝福妳

趙廼定

十七年漫長的歲月，足可把襁褓中的嬰兒，撫育成年。

一百期的智慧與情感的結晶是血汗的凝聚。

多少風浪妳走過，多少蹎趴妳爬起。風，妳不畏。雨，妳不懼。在風中，在雨裡，妳仍堅持妳質樸的原則與信念——向前走往前衝。

世譽會隨風尙飄逝，財富恐成過眼雲煙；惟有妳的質樸會長留人世間。

別憚懼，別驚慌，更別傲意，十七年來妳走質樸的路，未來——妳更應——仍然遵循質樸的路走。

祝福妳，笠。願妳在未來的歲月更茁壯剛毅。

祝福妳，笠。祝妳如松柏長青，與日月同光。

仰望

——賀「笠」百期

李昌憲

從古典到現代
詩依舊吟咏不絕
廻盪的聲音
穿越時空穿越
雨季的濁水溪畔
蘆葦不停地向滾石陣述
「笠」艱辛而恆定
如何穩健地跨出百步
如何在現代人荒蕪的心中
推開阻塞讓衆臉仰望
睥光交叠的璞湊裡
沈雄的韻律
深入感奮的心房
千百年來
多少紛爭多少嬗遞
綴入歷史的長河
唯詩中的一字一句
留下現代詩人的精神面貌

六十九年十月•楠梓

應靈祠

巫永福

一八九五年的古早古早的事了
由於刻骨難忘的奇恥大辱馬關條約
大埔城的百姓咬牙切齒哭出目屎
雖經初次的抗戰失敗仍不死心
忍不住白人的欺壓貧瀆又再起義了
民兵英勇地奮起戰鬪殺傷日人
但仍敵不過日軍優勢的兵械被平定了

城內外的人家多被焚毁與追捕
成千的百姓無論男女老幼哀號悲痛
在恐怖的搜査網縛毒打酷刑之後
只知道是日軍松井部隊的犧牲者
却都不知道誰與誰拖出於東門城外
淒淒慘慘統被斬頭分屍埋於穴曠
而成爲一大堆無名的怨屍白骨

能避難逃亡的百姓遠離城池各奔前程
大埔城頓時除日軍之外不見人影了
而圍繞着盆地的連綿山崗深深地沈默

陰森的空城裡枉死的鬼魂却不雲散了
而隨着野狗的狂吠於黑暗中飲泣
爲了這些飲恨的亡魂誦經超渡輪廻
此時沒有人敢在日軍淫威之下前來憑吊

年復一年的雷雨交加風霜無情
東門城外的大山憂鬱地俯視着
南門城外的白葉山哀怨地悲視着
西門城外的觀音山無可奈何地遙視着
北門城外的虎頭山擧頭怒視着
遠逃的難民却傷感的祈求冥福
而穴曠的荒土上長出青青的野草了

空虛暗淡的市街創傷滿目
荒廢的田園裡飢餓的野狗成群到處流浪
於是日軍終於許可百姓再回故居
山城乃漸漸重建回復活力與舊觀
此時爲憐愛苦難犧牲者的志節與香火
有人偷偷於東門城外洗屍收骨並建祠
以誌其永恆的生命而點燃起永生燈

事件

林亨泰

哥哥快速地急轉彎
突然緊急煞車——
毫無心理準備的妹妹
從後座被抛到一個高度
然後落了下來
先着地的是頭部

着地聲音並不大
巴答——那麼一點聲音
就像一個
空的紙盒從高處掉下來

她靜靜地躺在馬路上
像溫柔的一個夜晚裡
躺在家裡的牀舖上
像暖和的一個春天裡
躺在郊外的草坪上

像祕密的一個角落裡
躺在自己的遐思上
她靜靜地躺在馬路上

流血不多的耳根後面
幾根細髮粘貼在地上
安詳的表情
因爲來不及痛苦？
事情實在來得太快了

哥哥大約二十五歲
妹妹可能是二十歲
這發生在一個禮拜前
現在我又路過這裡——
在找不到血跡的那片地上
又是許多機車快速地駛過

（一九八〇・九）

花賊與我

陳秀喜

那個人
以迅速的手
摘了玉蘭花
口袋裡洋溢着花香
他以為沒人看到
嘴邊留着
暗自高興的微笑走了

那個人不知道
比他高興的是我
玉蘭花能跟他下山
讓更多的人欣賞
我在他的背後
偷偷地微笑
覆葉下還有一朵
那個人沒有看見的
玉蘭花

恐龍

詹冰

恐龍變成了化石
化石的脚不再走路
化石的頭不再思想
一億年前的生命
現在誰都不關心
現在誰都不懷念
化石的恐龍不再痛苦
化石的恐龍不再煩惱
時光是一陣陣的冰冷疾風——

請用「恐龍牌」的時光機器吧
一定包君滿意！

變色茉莉花

李魁賢

這是一株變色茉莉花
衰老的枝椏
露出了醜陋的疲態
每年辛苦地開着點綴的花
從紫泛白而後死白
在夜間無聲地殘落塵土

爲了維護盆栽的觀賞利益
經常修剪成團圓的形象
總要犧牲勇往突出的新枝
剪、剪、剪……
是園藝家唯一的藝術
每年只有幾朶淒美的小花
點綴在枝椏間
令人忘不掉
這是一株變色茉莉花

今年發奮要徹底整頓
把老枝從虫卵叢生的開杈剪除
剩下光秃秃的幹莖
正遺憾着從衰敗反而一無所有
却驚訝地發現幾乎一夜之間
密密麻麻的芽尖像爆開的煙火
嫩綠鮮活勝過一群
活躍操場上的小學生

欣喜地看着爭相伸出的綠臂
向天空吸取日光的精華
長成了茸茸爆滿的華蓋
然後開始拼出苞蕾
一粒、二粒、三粒……
數不盡數的花
燦爛了新生的盆栽
從此可以自豪地誇說：
這是一株變色茉莉花

暖流

鄭烱明

在寒冷的雪地裡
我們艱苦地走著
一步一步，手拉著手
挨凍地走著
忘記了飢餓

沉重的脚步
深印在冰冷的大地上
形成一個難癒的傷痕
啊，白茫茫的前方
看不到一盞灯火
我們已經習慣
在這樣一個孤獨的時刻
為了愛，為了理想
不怕被誤解
默默地向前走著

我們深信
只要在我們底心中
有一股暖流存在
我們就能繼續走下去
沒有不能到達的地方

布袋戲

李篤恭

上下兩個世界
上面那一片激昂的喇叭和戰鼓聲
逗起下面一陣陣空洞的傻笑

一堆眼睛追尋着自己失落了的不知是什麼
仰起的耳孔聽進一連貧血的言語
鼻孔却吐出着一連熱血的夢幻
一絲腦漿流落自那呆開的嘴巴
一排排死雞死鴨死魚白濁的眼瞳
凝望着香枝的白烟昇散於空中
那大豬頭嘟出嘴巴詛咒着土地公
祂一直瞑思着不理睬

把無數張的希望抛進香爐中
烈火忿怒地狂舞着

給柯梅尼的詩

林宗源

是權力迷惑了理智
或是憤怒迷亂了人性
柯梅尼，你在導演四流的劇本
柯梅尼，你不是政治家
柯梅尼，你不是回教的眞主
柯梅尼，你是巴勒維的影子

當你一手握着政權
不再是流亡巴黎的政客
當你一手握着神
站在伊朗的土地
你也不是伊朗的神
你必須瞭解你是搭上希望回來
接受人民因怨恨巴勒維而盼望的歡呼

自從你品嚐到權力的甜頭
殺死不是同志的人民
以神權代替人權
排除不是同志的同胞
你將步過巴勒維走過的足跡
爲了移轉你對政權的掌握

你鼓動怨恨，統治怨恨
玩起捉巴勒維的遊戲
對內你暫時下一步妙棋
可是你不該捉大使
向國際秩序將軍
爲什麼？爲什麼？
難道這是一個被壓迫的民族
反抗那強國、那強權
那無人性的以牙還牙的天性？
柯梅尼，當你捉到
或者巴勒維死亡
你還有什麼可玩
你還有你的生命可玩
你還有神權可玩
當你的神不能給人民歡笑的時
你還有什麼可玩

柯梅尼，可憐的柯梅尼
你讓學生佔領大使館
你主演綁票大使的主角
土匪一般的柯梅尼

爲什麼不打出石油的牌
向美國討價還價買回巴勒維
假如生意做不成
也可正正當當向美國宣佈斷交
爲什麼竟使出土匪的行徑
是無能或是你的神的旨意
要你把伊朗按排在聯合國的舞台
跳無藝術的「阿拉」肚皮舞

巴勒維，再也沒有一寸的土地休息
巴勒維，再也沒有一秒的時間安靜
巴勒維，你的子孫將被你害死的鬼魂索命
巴勒維，你的祖墓將被憤怒的百姓挖掘
巴勒維，你死後也沒有一寸土地給你安葬
巴勒維，你曾經想到如此愛國的下場嗎？
但是，柯梅尼
柯梅尼，我瞭解你的憤怒
柯梅尼，我瞭解你異鄉作客的心情
柯梅尼，我瞭解你不能爲祖國奉獻的痛苦
眼看着美國支持專制的巴勒維
眼看着美國武器殺死你親愛的同胞
眼看着美國在國內實行全人權眞民主
眼看着美國在國外推行半人權假民主
柯梅尼，我佩服你看透美援的惡毒
製造紛亂讓人民與政府對立
柯梅尼，你把美國的褲子脫光
讓全世界被壓迫的人民
看透無好心的屁股
原來只爲了所謂美國的利益
美援倘若不是善意的
倘若不給予受援的人民
美援將付出美國的血與肉
柯梅尼，我瞭解你以及百姓的怨恨
可是，柯梅尼
你仍然不能讓伊朗跳粗俗的肚皮舞

如今又演出絕食的把戲
四流的四流的劇本
四流的四流的演員
四流的四流的主角
在世界的舞台上上演
柯梅尼活捉美國四流政客的笑話

那是一場値得深思的戲
爲了伊朗的國格
柯梅尼也應該閉幕了
不要讓伊朗赤裸裸地
跳無藝術的肚皮舞
跳強姦人權的舞
跳輪姦人性的舞
在二十世紀的舞台上
「人」該扮演什麼角色？
才能演活二十一世紀的世界
「人」該扮演什麼戲劇？
才能使所有的星球鼓掌
「人」究竟是什麼動物？

榕

黃荷生

有人喜歡茉莉
有人賞識杜鵑
但我却是千年古榕
無視你得意百日
無視你一時稱雄
且把風風雨雨盡納我的鬍鬚之中
你給我陽光
我當然枝繁葉茂
你給我肥料
我只好越長越高
可是如果你什麼都不給
我也死不了
甚至那一天你火了
狠狠地砍我幾刀
我仍能吐出更多的新芽
只讓你搖頭和懊惱

附記一：「笠」發行了一百期，我不但是創辦人之一，好像還是天儀、瀛濤等人一起在我家首先談起的。再不交卷，恐怕要被開除社籍了。

附記二：大概是老了，我也保守了起來。（當年沒有仔細體味佛洛斯特的那句名言，現在眞有點後悔。）

附記三：這首詩應該是「準兒童詩」，因爲我的大女兒歆如也看得懂，還替我改動了其中的四個字。

附記四：種了幾十盆榕樹，才深深感到自己的懦弱和無用。榕啊！在這世上，沒有誰比你更謙虛、更堅強、更令人景仰。

聖誕夜

非馬

然後我們驅車
去有彩色玻璃穹頂的暖房
看那株種了將近兩千年
且用人子的血灌溉過的
十字架
是否開了花

當風琴頭一個忍不住
嗚嗚哭起來的時候
我們便知道
今年無論如何
是不會有希望的了
所以大伙兒決定
上永遠晒不到太陽的舞廳去
抱只消幾分鐘
便萬紫千紅的愛情
跳它一個通宵

犯罪

林外

犯罪在報紙上　已不是新聞
犯罪在人心裏　羞恥感漸漸少了
祖先們　臉上稍稍蒙上洗不去的汚雲
就不惜拋棄生命　自殺的
而今　已被認爲過時了
爲什麼呢？
爲什麼呢？
因爲　內心所尊敬的人也在犯罪
因爲　不該犯罪的人也在犯罪
因爲　平日天天關在鐵窗中
鐵窗的畏懼消失了
鐵窗的生活習慣了
即使關在鐵窗裏　仍然在想
那麼多人犯罪　自己不犯罪是不聰明的
那麼多人犯罪　只有自己被關在牢裏
只有抱怨自己的命運
還那麼多人　犯更大的　　卻逍遙得意
內心還憤憤不平

示弟詩

——給守仁、守義

陳芳明

問起我的身體如何？
請你擧一擧六十公斤的蕃薯
就是那般重
那般結實

問起我的意志如何？
你就望一望家鄉的半屏山
有一半受到創傷
有一半仍屹立不倒

要談談我最近的心情
則像極春秋閣在蓮池潭的倒影
憂傷時，凋零如秋
飛揚時，憤怒如未來的春

至於我的性格
變倒是變了一些
只是酷似左營的菱角
變得既硬且尖

——一九八〇年五月於西雅圖

獨夜人

旅人

暗夜裏
思念化作啞的風聲
追尋你去國三千里的方向

唱起溫泉鄉的吉他
歌聲飄落之處
綠葉褪色成黃

不肯熄滅的打火機火
是你送的心焰
就讓它這樣不斷地燃燒
溫暖整條冷冷的街道

此刻
你大概正數著雨聲
面向寶島的芬芳吧
而我
正坐在街樹下
想着逐漸強壯的樹臂
迎向你
攔回一把逝去的暢談國事的日子

臺灣民謠的苦悶（四）

郭成義

四季紅

多少日子了
你說過要回來看我
看我滿唇的胭脂
看我爲你做一次最美的粧扮

嫣紅的唇色是你愛的
我每天努力的學擦胭脂
等待你回來

或許你是愛躲在遠處偷看
這顆粧扮的少女心
才不回來的是嗎

我只有對著
那逐漸飄搖淚濕的遠處
不停地爲你擦著
愈來愈紅的
少女心

河邊春夢

綿綿細說著我的哀愁的
親愛的小河
有幾片落葉怯怯地
飄落下來
陪著

孤單的倒影
也不自主地搖擺起來
那是
你曾撈過的
愛哭的我

陪著片片的落葉
淚水才能漂向更遠的地方
看見一個不回頭的你吧
怯怯的夢
於是不斷地飄著
不斷地飄落下來

女人

元貞

給我一粒子彈
即刻閉目長眠
我就可以簡單地撒手
不再計算
多少個上下弦（註）

憂鬱的排卵期
任何屠夫的赤刄
不這麼蹂腸躪肚
逼我的精神瘋巔
四肢不知爬向何方

歌頌所有的母體
它是痛苦的上帝化身
命定承受自然的付托
流自己的血
破自己的身

你有什麼好哀怨的

男人們說；
你稟賦先天的價值
你可以隱居在家裡
還可以在床盡上情灑淚！

註：指月亮的盈虧

網

林清泉

展翅
從一個網裡
穿出

却發覺
墜入
另一個網裡

現實的網
重重
活着
永遠在網裡

燕子的嘆息

周伯陽

窗外的屋簷下燕子成羣
凝視我在斗室裏沈思
燕子呀！
你們準備輕便的旅裝
引來寶島大地一片的秋意

藍天沒有片雲
今天適合於長途飛行
令你興奮異常
但在心靈裏祈禱一路順風

你有飄泊的心酸命運
依依不捨唱出離別的哀愁
帶著候鳥訴不盡的嘆息
終點是在萬里驚濤的那邊
遙遠的南方海角
灼熱的赤道附近

但山巒不成爲旅途的障礙
海洋也阻擋不了飛翔和跋涉
不久一齊振翼起飛了
一會兒踪影消失於天空
樹梢一直在揮手向你道別

絞

李照娥

拚命的眨啊
眨
終於滴了下來
那是母親經年看不見的淚

朵朵的汗珠
隨着唷唷的呻吟聲
滴了下來
那是父親的血液在哭泣

一陣痛絞滴滴汗
一陣痛絞串串淚
汗水　淚珠
編織成相依的蛛蜘網
默默的擴大又擴大

六十九、七、一夜于父親病榻旁

明眼人

莊金國

不管是
睜着眼或
瞇着眼的
似乎都喜歡
扮做瞎子

聽說：
扮做瞎子的好處很多
旣可以視如不見
乃至於眼不見爲淨
總之，老僧入定啦

於是我們的街上
到處行走着
漠不相關的
明哲保身人

於是我們的墻柱
到處貼滿了
「保持距離，
以策安全。」

一條泥濘的小路

黃恒秋

一條泥濘的小路在雨中翻滾著
車的輪、樹的影壓擠的噴吐
而我正步步踏出長短
用雙脚平貼用雙肩試想擔負
天空是苦著臉時的唇瓣
咀嚼吧這轟轟然的創痛唯有偈謎能解

看不見的祇是前方滴滴答答的步音
我忠實可愛的狗伴
常常喜歡拿吠叫告訴我路人眼色的陌生
致於手杖呢還支撐著昨日寄出的相約
低垂的夜幕却已送達無休止的黑夢

當夏日開始跌入河的流聲裏
——有人在屋簷下的風中偷偷掛亮一盞燈
看彩虹垂落，仰及亂雲像一朵朵飛花
唉唉　翻滾在雨中的一條泥濘小路
怎麼小路在我逐漸模糊的眼海裏翻滾

鄉土的擁抱

趙天儀

定居七年的歲月
女兒已由幼稚園走入國中
兒子已由搖擺地走路
進入國小的少棒時代

不知有過多少清晨
我們屹立橋畔，看水壩的激流
逆水飛躍的溪鮰仔
在半空中跳躍銀色的鱗光

不知有過多少夜晚
我們走進索橋，迎戰抖的盪樣
山谷吹來的凉風
吹亮了山腰裏一盞一盞的燈火

公寓裏的窩巢
是我們的鷺鷥林
讓我們在風雨飄搖中定居
迎接暴風雨的挑激

風雨樓上的屋頂
是我們的瞭望台
讓我們遙望晨霧的陽光
也讓我們共賞烏雲中皓潔的月光

七年風雨的飄搖
不曾搖憾我們顫慄的窩巢
七年暴風雨的襲擊
不曾漏過我們風雨樓的屋頂

我們要敲醒夜空的群星
無聲的流星鏗鏘地殞落
我們要諦聽古寺的梆音
午夜的更聲不斷地廻響

也許七年只是一串音符的組曲
讓我們流浪的生活落土生根
根鬚深入鄉土的心臟
根深蒂固地擁抱著大地的胸膛

我這個人

北影一

神啊，今天
我想跟您聊聊我這個人。
我在想，其實我這個人，
是不是有兩個呢？

不久前，打開報紙看到，
一群漁夫把從海裏救上來的少女，
輪姦的故事。
報上登着只有一張面孔的，
可愛的少女的照片。
做母親的想代替女兒，
可是男人們根本不理睬，
讀完少女的這番談話之後，
我還拿着報紙，
茫然若失。
然後砰然心驚，
這才恢復了自我，
知道了自己剛才在想的是什麼，
我再一次大吃一驚。
我，的確是這麼想的：
比起母親，女兒好多了，
我還偷偷地羨慕那些漁夫，
在那沒有人看見的，
廣濶的海上，
幹自己想幹的事。
不，我也成了漁夫之一，
讓自己伏在，
被撕裂的衣服下的，
蓓蕾般正要綻放的，
少女的白白的胸口上。
就在這時，
我發現到，
看看別人一般地看着，
少女身上的我的，
另一個我的存在。
不錯，就在這時，我自己
那麼清清楚楚地，
看到兩個我：
壓住在嘶喊的少女的，
惡魔的我，
以及看着他而狼狽驚疑的，
另一個我。
起初，我相信，
惡魔的我才是眞正的我，
阻止他的我，
則是您的我。
但是，細細一想，
惡魔的我，畢竟，
不是眞正的我。
對啦，我裏頭的惡魔，其實
是屬於您的。

我相信您說的，
您照您自己的樣子，
創造了亞當和夏娃。
我深深地知道，
沒有任何範型，
想創造一件東西，
是多麼地不容易。
然而，您不久，
就厭棄除了模仿着您，
在伊甸之園裏，
悠然漫步之外，
什麼也不會的兩人。
那麼廣濶的舞台上。
就只有他們兩人，
這也使做爲觀者的您，
感到有所不滿了，
於是乎，您想到，
將您所沒有的死的命運，
賜給他們兩人。
但是，兩個都死掉了，
那就不妥當啦，於是乎，
您又賜給兩人生之意志。
您所賜個他們的生之意志，
在我，那是饑餓，嗯，還有，
凌辱了海上的那個少女的，
惡魔之饑餓。
就連我在睡覺時，
也清醒着在燃燒的饑餓，
永遠永遠也不能滿足的，
無底的，陰暗的饑餓，
他們兩人之吃下禁果，
根本就不必蛇來引誘的。

禀承您的意旨，如今，
就在生與死的夾縫裏哭着，笑着，
繁衍不息的兩人的後裔們，
想來，您必定
的很滿意的吧。
然而，我這個人，
受着您的惡魔的羞辱，
蹲在一個角落的，
另一個我，
那個眞正的我，
近來，即令在您的惡魔醉了，
也自個兒清醒如星星，
將您的惡魔的諸多罪行，
一件不漏地記錄下來，
並且相信着，有那麼一天，
站在證人席上，
將您賜給我死之命運與生之意志的
罪行，不，
創造了亞當與夏娃的您的罪，
以琅琅之聲做證。

日月潭の一夜

故張文環君の靈に捧ぐ

北原政吉
張君　自慢の郷土料理に舌鼓を打ち
老紅酒や紹興酒で乾盃を重ねた日月潭の一夜

酔つて獨り佇む湖畔に
風は涼しく旅の愁いを吹きはらい
湖面にざわめく波の音さえ　愛しあう
若い戀人たちのささやきのように聞こえた

私達の将來のことを
私達の意志で決められないなんて

どうして幸だなどと言えるものですか
流れ出て川になつて暮したいとか
海に行つて世界の港々を巡つてみたいとか
碧空を七彩の虹で化粧してやりたいなどと
ささやかな夢を抱いてみたところで
城壁のような山脈に取りかこまれ
雷公の看視の下に平伏して暮らす外ない

これでは白頭公や鷺雁などより不幸です
小鳥でさえも巣をかける枝は自分で選び
好きな時に好きな場所に翔んで行けるのですもの

羨むことはないよ　季節を追う哀れな鳥類など・
忘れてはいけない　私達は水ですよ
昔からこの美麗島と共に生きてきた水です

ここに天降り　この地底から生れ島の生命を養い培つてた
私達　日月潭の水は　日月潭の水らしく生きればそれでよい

その聲は戀する男の聲かと耳を立てると
情熱家で義に強い日潭の波の音だつた
それは愛に生きるやさしい女の聲かと眼を凝らせば
愁いにすすり泣く月潭の波の音だつた

妖しい波浪の音に醉いも醒めはてて
呆然と佇ちつくしたままだつた

そこで見た　忘れ得ぬ繪のような夜景
そこで刻みつけられた癒しきれぬ胸の痛み

張君　友情の台灣料理に老紅酒
嬉しく醉い哀しく更けていつた　日月潭夏の一夜よ

日月潭之夜

——獻給故張文環君之靈——

北原政吉作
陳千武譯

張君 以拿手的鄉土料理咂嘴
乾杯過幾次老紅酒和紹興酒的日月潭之夜

醉了獨自佇立在湖畔
涼快的風吹走了旅愁
戲弄湖面的小浪聲 聽起來
像年輕情人的囁語那麼甜蜜

我們的將來
怎不能由我們的意志決定呢

怎能說幸福？
流出去滙成河川而活 或者
想航海巡廻世界的港口 或者
想用彩虹化粧藍天等等
抱着小小的夢有甚麼用？

只有被城垣般的山脈包圍著
在雷公監視下叩頭活下去呵
這當然比較白頭鳥或鷺雁更不幸

小鳥造巢也能自己選樹枝
喜歡飛翔就能飛翔

不必羨慕追隨季節的哀憐的鳥類
不要忘記我們是水
很早就活在美麗島上的水

從天下降從地底湧上培養了島的生命

我們日月潭的水該以潭水自豪活下去
說這句話以爲是戀情的男人聲音
却是熱情俠義的日月潭浪聲
說這句話以爲是溫愛的女人聲音
却是愁情哭泣的月潭浪聲
聽這妖氣的浪聲醉也醒了
只呆然佇立着

在那看到永不忘懷的畫情
刻在那兒却有永不痊癒的心痛

張君 友情的臺灣料理和老紅酒
高興地醉 哀愁底夜闌日月潭的夏夜喲

笠的回顧與展望

林亨泰

就參加詩社的經驗來說，「笠詩社」不算是第一次，而是第二次，那麼第一次必須追溯到「銀鈴會」的加入。「銀鈴會」很少人提起，但，若要追尋臺灣現代詩的「根」，「銀鈴會」在過去的活動與耕耘，誠然是不該就此被淡忘，我認爲確有重新提起與重視的必要。

光復當初正是百廢待興之時，政治，經濟等各方面都是那樣困難，且對愛好文學的本省青年來說，這又是意味着表現工具的整盤放棄，一切必須從頭學起。不過，難能可貴的是：在這樣內外雙重的負荷之下，仍然有一批人抱着崇高的理想，不忘詩作，遂使剛光復青黃不接的那一段時期，不至淪爲臺灣詩史上空白一頁，是値得我們欣慰的。「銀鈴會」同仁之中有詹冰、張彥勳、錦連等人，後來他們都和我一樣，很自然地又成爲「笠詩社」的同仁。這就是我爲什麼要在回顧「笠詩社」之餘還要追溯「銀鈴會」的理由。同時，也很想藉這個理由，使臺灣現代詩的萌芽與發軔時期更往上推回一點，以便塡補並使它能夠銜接到光復前更早期的一段文學淵源去，作更完整的歷史聯貫，我認爲這對臺灣現代詩史的正確認識與深入硏究是有幫助的。

再就推動詩運的經驗來說，「笠詩社」也不算是第一次，而是第三次。那麼，第一次經驗當然指來自參加「銀鈴會」的活動而說。當時「銀鈴會」在詩壇上的活動相當踴躍，同仁作品不但經常在自己刋物「潮流」上發表，同時，也經常在「新生報」副刋「橋」上以及其他各報副刋上出現。因爲有關「銀鈴會」的原始資料，都已散失無存無法舉出具體詩例作爲說明，但，依我所記得的印象，當時「銀鈴會」同仁的作品，就一般說來，是以表現關懷社會與鄉土色彩者居多。

其次，我第二次的經驗是來自參與「現代詩社」的「現代派運動」。最近評者對這一時期活動的論述很多，但，令人遺憾的是：他們所犯的錯誤與曲解也不少。其中最大的誤解莫過於把「現代」與「鄉土」視作互不相容的關係，而作了不少錯誤判斷與歪曲的結論。當時，我的看法是基於中國詩歌的固有本質與中國文字的特殊結構上的一種「現代化」（見拙文「中國詩的傳統」，四十六年十二月「現代詩」第二十期）。雖然在方法上因追求「現代」而作了最大膽的嘗試，但是，另一方面，詩作品的題材却都以「鄉土」爲限（見當時我所發表的拙作，諸如「車禍」、「進香團」、「患砂眼病的都市」等作品，四十五年十月四十六年三、五月「現代詩」第十五、十七、十八各期）。因爲我一直相信：「現代化」是世界各國的共同目標，即使超級強國如美、俄等國家，也不敢有一日的鬆懈，只是這樣追求爲的是它的成果都能夠落實在自己的「鄉土」，自己的國人都能夠成爲它的受益者。因此我必須說：「現代」與「鄉土」未必是互相衝突的兩個概念。

至於第三次的經驗才算是得自「笠詩社」的參與。那麼，

「笠詩社的成立與歷史背景又如何」？現在讓我引用使「笠詩社」日益茁壯貢獻良多的同仁桓夫的最近一篇文章，作爲說明。他提出的所謂「兩個詩的球根」就是指「從大陸背負過來的」與「繼承臺灣日據時期培植下來的」兩源流而言。他說「紀弦在現代派成立後不久，……，喊起『中國新詩之正名』的前後，繼承臺灣日據時期培植下來的現代詩的球根，具現代潛在力的「跨越語言的一代」的詩人們，終於聯合新生代的年輕詩人們，於民國五十三年六月創辦了『笠詩刊』，背負着具臺灣特色的詩的使命重新出發。」（見桓夫「臺灣現代詩的演變」，六十九年九月二日，「自立晚報」副刊），由此可知「笠詩社」這次詩運的推動，是對前兩次經驗的適當修正爲繼續發展。

現在，我必須讓自己的回憶停止在創刊的第一年，因爲主編了「笠詩刊」自創刊號開始約一年之後，由於山坡崩塌危及敝宅而忙於整修工作，於是我把捧子傳遞給白萩、桓夫、趙天儀等諸位同仁，此後又接二連三地一直過着生平最坎坷的一段路程，其中包括了入院數次歷經八年的病榻生活，及病癒後至今二年來仍爲尋找職業而奔走的尚未安定的生活。此期間可以說幾乎停止了所有文筆活動，更無法多爲「笠詩刊」貢獻出微薄之力。

回想我答應擔任「笠詩刊」編輯任務之後所做的第一件事，就是設計一套基於詩壇需要的既切合實際而又可行的編輯計劃，這些內容曾以「本社啓事」的名目刊登在五十三年六月發行的「笠詩刊」創刊號上。當時，我對這一構想的動機是這樣的，認爲首先我們要瞭解的是：屬於這個時代的詩是什麼？換句話說，這個時代有了怎樣的詩？其位置如何？其特徵又如何？這種檢討與整理的工作，我認爲在保存民族文化與幫助讀者之鑑賞都是非常重要而且必須的。因此特地開闢了下列三個專欄，即：

1、「笠下影」這個專欄，主要是每一期評介一位詩人，其方式是依序順着「壹、作品」、「貳、詩的位置」、「叁、詩的特徵」、「肆、結語」等四個項目進行的。首先在「壹、作品」中列擧出幾首作者的代表作品。然後在「貳、詩的位置」中點出產生作品的時代與社會背景，理出寫作時間的前後秩序，使作者都能够有所定位。又在「叁、詩的特徵」中，就詩作品本身的風格與特徵，作扼要的描述，以利讀者鑑賞。最後，在「肆、結論」中，再作一次整體綜合的概述。就以這樣的形式繼續了六、七期的那一年，因一陣豪雨發生了前述的原因，已沒有心情再繼續做下去。這時獲得趙天儀的支持，這一專欄便在他有恆的毅力與穩健的批判眼光，得以歷長久期間而不衰。

2、「詩史資料」這個專欄，是專向詩人們徵求有關詩人創作過程與親身經歷的資料。所要求的，並不在於現成這一首詩之好壞，而是在於所花費的苦心以及所嚐到的失敗滋味之介述。但結果是三個專欄中最短暫的一欄，記得才到六期便告中斷而消失了，已發表的計有：①吳瀛濤「瀛濤詩記」、②詹冰「我的詩歷」、③劉慶瑞「李爾克隨錄」、④張彥勳「荆棘之路」、⑤史民「新詩與我」、⑥彭捷「穿珊瑚珠的人」等，這些都已留下難得而寶貴的資料。

3、「作品合評」這個專欄，是將當期刊登在「笠詩刊」上的詩作品，以座談會方式加以批評。對於詩的「瞭解」，採取集體討論的方式，我認爲是最適當不過的。因爲「詩作品」這東西，並非因「瞭解」而「寫」，乃是因

「寫」而「瞭解」的。同時，要作到「瞭解」、「集體」又比「個人」要來得有效，即使不能達成所謂「集思廣益」的境地，至少也可以收到「大家談」的功效。起初大家評論下來，總覺內容有些展不開，但幾次之後，看大家縱橫分析，評論自如，合評會場顯出一片生氣盎然。「作品合評」的目的，固然不在急於想對詩作一好壞之斷定，但，他們必會在這討論過程中自然而然地於彼此的切磋下獲益匪淺，尤其年輕的初學者更是如此。後來這一「合評」的方式又分北、中、南三地個別同時進行，遂成爲「笠詩刊」最受歡迎且具有特色的一個專欄，這一專欄也延續了一段相當長久的時間。

我對於「笠詩刊」所能做到的，只是開了一個頭，但，無論如何，能看到它日益茁壯確也是一件高興的事。現在，把這些之洋洋大觀將近一百期的「笠詩刊」堆積在桌子上，想到同仁們在這十六、七年間所投入的精力與時間，是多麼的龐大與驚人！這是令人欽佩的一樁偉大的文化力量，同時，也證明了來自民間的一股不屈不撓的創造力量業已滋長。

現在，藉此「笠詩刊第一百期特別紀念號」的刊行，容我作一「展望」。但我不慣作應時文章或說客氣話，即讓我對「笠詩刊」提出一些率眞的希望與建議。

一、兼容並包的精神：對於中國現代詩的未來形象，我們所希望見到的，並非一堆「詩的小山」，乃是一座「詩的高峯」。因此，我們需求的精神糧食與營養種類也特別多。如以農業作比喩，那些不斷由國外引進來的不計其數的外國優良品種，無論是水果蔬菜，或者是鷄鴨牛馬，都已與強國強種的國民健康構成了無法分離的密切關係，甚至可以說我們不能一日沒有它。在文化方面也是如此，拒絕影響亦即等於拒絕成長。問題並不在於食物的種類與產地，只要我們自己具有消化能力特別強壯的胃部，那怕它是什麼？不管來自何方的任何東西，都可以照樣消而化之成爲自己的養分。

二、增加批判精神的比重：詩人到底能做些什麼？以及一首詩應該怎樣構成？可能有許多不同的方式與作法，但，「笠詩社」同仁所追求的「試以詩批判」——應該也是其中的一個方式與作法。即使詩之能充其量只是「象徵」也罷。換句話說，作爲純粹表現的詩，如果還想讓它具有一些「意義」的話，那麼，爲了維護世界、人性乃至人生經驗的眞價值，認爲必須付出一些代價，這種說法應該也是合理的。因爲面對着這極端紛擾的今日世界，詩確實再也無法繼續裝聾作啞了，「試以詩批判」是「笠詩社」同仁一向的基本態度與創作精神。因此，面對未來作一「展望」，我誠懇地建議同仁們繼續增加「批判精神」的比重，似乎該也是一可行的途徑吧。

（一九八〇・一〇・二〇）

從「銀鈴會」到「笠」

張彥勳

壹、臺灣光復前的新詩活動

對於臺灣的新詩活動，一般人都以為那是從臺灣光復後才開始的，殊不知，在日人統治下的臺灣本身，其實早就有了它新詩傳統的存在。這些誤以為臺灣在光復之前根本沒有新詩存在的詩人們，大都以為那是由紀弦和覃子豪他們從大陸移植過來的秧苗；其實那只是橫的移植而已，而在縱的繼承方面，臺灣本身早就有了它深根固柢的傳統歷史。因此，現下的臺灣詩壇，嚴格的說來是這兩個不同傳統主流的會合。

剛才說過，臺灣的新詩活動早在民國初年就已在萌芽和發展，而且直到臺灣光復還持續着一段相當長的時間；可昔光復以後，因為語言的變遷或報紙日文版的陸續停刊，致使一時之間無法立刻適應而造成精神上的空虛，使得那些前輩詩人的創作活動忽然停止罷了。

不過，光復前的臺籍前輩詩人，由於處在殖民地政策的壓制下受異族統治，其作品在抗壓方面的表現較多，是種困苦環境下所掙扎出來的心聲。他們所走的路線似乎較偏向現實人生，或反應現實的意識較強烈。這也難怪，因為現實及精神生活上的一股凝重的壓力，逼使詩人必須把他們的心聲吶喊出來，描述當時的社會事件，反映不合理的現象，或申訴人性的尊嚴；這些作品無一不與現實人生有密切關聯，遂形成了省籍詩人的傳統特質。這些前輩詩人當中大概可以由賴和、楊雲萍、張冬芳、巫永福、吳新榮、郭水潭、吳瀛濤等人為代表，其作品分別發表在當時的「臺灣新民報」、「臺灣新聞」、「臺灣文學」、「藝術臺灣」等雜誌上。

貳、跨越語言的一代

然而，不論時代如何變遷，語言如何轉變，仍然有一羣不屈不撓的詩人們在繼續不斷地努力着。他們以大無畏的精神，或在崎嶇不平、遍地荆棘的道路上，或是濃霧瀰漫、黑暗難行的夜路上，像一個苦行僧，也像一個夜行人踽踽前進，從過去到現在，由日文到中文，依然孜孜不懈地創作着，如吳瀛濤、詹冰、桓夫、林亨泰、張彥勳、蕭金堆、錦連等就是。這些詩人在年齡上都比光復前的台籍詩人年輕許多，也是台灣光復當時那一段過渡期的所謂跨越語言的一代。當時他們都是二十來歲的青年，有熱情、有幹勁，一股熱愛文學的衝力促使他們不畏艱難，踏上荆棘之路勇往邁進。這些詩人們最後都成為「笠」的重要成員。這些詩人當中，詹冰、林亨泰、張彥勳、蕭金堆、錦連便是「銀鈴會」旗下的詩人們。

就在日本的侵略戰爭進行得如荼如火的當兒，像一顆彗星突然出現在當時台灣文壇的一個文學團體，那就是由張彥勳創設的「銀鈴會」。的確，「銀鈴會」是個非常特異的存在，它崛起於台灣光復前幾年，而在第二世次界大戰的末期與南部的「處女地」同為當時台灣文壇年輕人的活動中心。今天在台灣的新詩史上，我們若要談到「笠」就得非從「銀鈴會」開始談起不可，我們幾乎可以斷言「笠」就是「銀鈴會」的延續，而說「笠」乃是由「銀鈴會」蛻變過來的也不為過；且「笠」與「銀鈴會」息息相關，兩者之間有著相當密切關係。這是不能抹殺的歷史事實，因為今日的「笠」所走的路線，也就是「銀鈴會」詩人們當時所持有的寫作風格；但是，今天我們談論台灣的新詩活動，大家似乎都忽略了這個既有的事實，實屬可嘆！為什麼呢？我想，「銀鈴會」之所以會被人遺忘，甚至過去的同仁都不願意再提起它的原因，不外有下列三點：

一、創辦人張彥勳早已轉向小說創作，幾乎離開了詩的寫作活動，而他個人不再強調它的特殊意義。

二、該會所辦的同仁雜誌「緣草」以及後來復刊的「潮流」，均為油印刊物，對整個詩壇之影響不夠大。

三、會員之中，曾有一兩個不法之徒滋事，使得該會之名譽受損。

叁、「銀鈴會」創辦經過

談到這兒，似乎應該將「銀鈴會」的創辦情形交代清楚，以供大家作參攷。民國三十一年也就是台灣光復前三年，張氏那時候就讀臺中一中（舊制五年），由於熱愛新詩遂與同學辰光等創辦了一份油印刊物「緣草」（季刊），以日文為寫作工具研究文學相互砌磋，直到民國三十三年已擁有數位同好。詹冰、林亨泰、蕭金堆、錦連等便是這個時期提起文筆粉至沓來的詩人們。

於是便成立「銀鈴會」，「緣草」同仁雜誌即成為會刊，旋即成為當時中部文壇上唯一的台籍年青人的文學團體，張氏乃是「銀鈴會」的創辦人，也是「緣草」的主編。他們經常聚會討論有關寫作上的各項問題，就是類似今日的「笠」經常舉辦的「作品合評」一類的活動。

發展到後期的「銀鈴會」，居然擁有同仁一百多位，以詩人居多；但是由於語言文字的問題，維持到三十六年停刊了一個時期，翌年又更名為「潮流」復刊。這時期，「銀鈴會」同仁之中有的還用日文寫作，有的已能使用生硬的中文，但是報紙日文版的相繼停刊以及語言文字上的障礙無法突破，使得大多數同仁只好停筆重新學習國文，或者棄筆永不再寫作；也由於如此，「潮流」只出了數期便廢刊了，「銀鈴會」自然消滅。

從光復前的「緣草」到光復後的「潮流」，是銀鈴會同仁在文學上（尤其是詩壇）活動的時期，也就是自民國三十一年到四十七年這段時間。以一個同好的結合，在當時複雜的環境中，雖然斷斷續續又歷經不少曲折，居然能夠維持數年之久，確屬奇蹟，張氏之功永不可沒。

「銀鈴會」一開始即走着平實的路線，因此，同仁的作品大多以強調對於現實的感受，以及所要掌握的對象物爲多，走的就是現實主義路線。詹冰的詩老成持重，帶有敏銳的觸覺，造型了機智與感覺的世界。林亨泰的視野是廣汎的，他的詩出類拔萃，以詩人銳利的直覺來追求美的極致。張彥勳的詩富有濃厚的感情，以年輕人的正義感來表現現實的悲劇性。蕭金堆就是目前在嘉義女高執教的蕭翔文，他的寫作較早，也是同仁中作品最多的一位，他的詩有濃厚的鄉土味。錦連參加「銀鈴會」較遲，他的作品有深厚的民族性與落根於大地的赤裸裸的現實生活之表現。另外尚有詹明星、子潛、素吟等重要詩人。

肆、「笠」詩社的成立

自民國三十七年「銀鈴會」因「潮流」的停刊而解散之後，這些詩人們有一段很長的時間在文學道路上摸索着前進。這個時期，可說是台籍詩人的暗黑時代，在寫作上是一片空白。直到來自大陸的詩人們給台灣詩壇帶來了新的刺激與影響之後，這些沈默不得志的詩人們才開始活躍起來。

民國五十三年，「笠」終於誕生了。一群所謂跨越語言一代的台籍詩人，在經歷了一段因爲工具的生疏而不能暢所欲言的時期之後，開始有了可以操作流利現行國語文的作品登場了。他們在失去祖國語文教育的環境中成長，在光復的文學創作上的處境是尷尬的，所幸他們有不凡的智慧、堅毅的決心，由純日文的寫作經過一段漫長時間的奮鬥，終於跨越了語文的障礙，順利地邁向中文創作的坦途。這些詩人們不屈不撓的精神，的確令人敬佩。

這一群熱愛新詩的台籍詩人，於民國五十三年五月間集合在卓蘭的詹冰家中開會研擬有關「笠」詩社的創辦事誼，應邀參與的詩人有詹冰、桓夫、林亨泰、張彥勳、錦連、古貝等（註：張彥勳因當天有事缺席，而從創辦人名單中被刪除。）於是，民國五十三年六月十五日「笠」詩双月刊正式登場了，這是臺灣光復以來由台籍詩人所創辦的陣容最龐大、成員最整齊、態度最嚴謹的詩刊。

毫無置疑的，「笠」是以誠摯的寫作態度與嚴肅的批評精神出發，爲臺灣詩壇建立眞正的批評風氣而努力。十六年來，「笠」一直在這個方向邁進，本着一股傻勁在努力過程中成長、茁壯。十六年後的今日，它已爲台灣詩壇建立了良好的風範，在台灣新詩運動上佔有重要的席位，乃是衆人有目共睹的事實。

從「銀鈴會」到「笠」的發展，幾乎可以說是一連串奮鬥的連續，給臺灣新詩活動寫下了一頁辛酸的奮鬥史。這些詩人們的努力與成就應該值得喝采。就以一個「銀鈴會」創辦人來說，其感受是萬分而難以筆墨所能形容的；也由於如此，特別感到格外欣慰。今逢「笠」百期紀念，個人願意獻上衷心的祝福，也要奉上我的建言，供爲它對今後的努力方針。

伍、「笠」百期建言

一、「笠」自創刊以來即走着一種很平實的路線。現實主義和生活息息相關，落根於鄉土可以說是它十六年來的一貫作風，這個基本精神以及寫作路線一直都很正確；不過在表現的方法上，換句話說，也就是在語言的運用方法上應多加以鍛鍊，使其更濃縮精練。詩乃是語言的藝術，詩的口語化語言和一般日常用語畢竟不同，用語粗糙未加推敲，或語言中過多不必要的連接詞都不能給予詩產生力量和張力；唯有擯棄渣滓留純物，使日常的素樸語言轉化為詩的語言，才是今後的「笠」所應該努力的方向。

二、「笠」對於外國詩的介紹一向很賣力，並且還做得相當成功。譯介外國詩或介紹外國詩人，可以從譯介中去了解外國詩的趨勢和詩壇的動態，是應該值得大力推展的，這方面，「笠」有長期性的計畫。不過在搜集這些資料時，應多注重同時代詩人作品的介紹及其趨勢的發展，而不應該僅偏向某國家某詩人，或人家早已流行過的東西；同時在譯介時應加以整理和過濾，才不致以使一般人誤以為凡是譯介過來的外國作品都是值得學習的。唯有普遍的搜集和有系統的將它介紹過來，才能給我們的詩壇帶來更寬闊更深厚的道路。

三、「笠」的慘澹經營發展到今日的一百期，在時間上剛好是滿十六年。這十六年的漫長歲月，「笠」一直都站在超然的立場為臺灣的新詩運動付出很大的代價，也締造了多項的奇蹟，在詩壇上自然有它重要的存在。但是在拓廣方面或者說宣傳方面始終不够理想。這是「笠」最弱的一環，「只問耕耘，不問收穫」固然是一個從事寫作的人應有的態度，但是既然有了產品就得推銷出去，乃是天經地義的事。沒錯，藝術是神聖的，它不能像商品那樣讓人推銷出去；然而即使是一塊玉石，若是沒有人問津，沒有人賞識，沒有人知道它的珍貴，這塊玉石還有它存在的意義嗎？要如何打開市場使它普遍地被接受，乃是「笠」今後所要大力推展的主要課題。

（寫於民國六十九年光復節）

寂寞的春月

周伯陽

民國六十二年二月，我被派到板橋教師研習會參加爲期壹個月的兒童戲劇班研習，春節剛過去沒有幾天，氣候還帶些寒冷，家家戶戶還陶醉於春節濃厚的氣氛裏，我就携帶行李前往板橋研習會報到。

本來一間寢室是分配八個學員，但我與詹冰兄偶然分配到同一間寢室裏，除了我與詹冰兄以外沒有其他的學員，別的寢室是八員擠在一寢室，吵吵鬧鬧，相反的我與詹冰兄兩員一寢室雖然沒有熱鬧，都是愛好現代詩的播種者，笠詩社的園丁，能過着一段值得回憶的美好時光。

當時我因加入笠詩社不久，因此好像井裏的靑蛙不知大海似的，當然我不認識詹冰兄，詹冰兄也不認識我，我們都是陌生人，當天是我們第一次見面的日子，我們互相還不認識。

當我踏進寢室時，看見室內有一位學長坐在椅子上看書，他很用功，當然互相不認識，先客把我的床舖所貼的名字看了一會兒，終於開口說：

「你就是周校長，你是笠詩社的同仁。」詹冰兄的開口這一句話，把我嚇了一大跳，我把詹冰兄的臉與床舖所貼的大名看一下，在心裏想：

「這位學長是一位未卜先知又神通廣大的人，莫非孔明第二，否則從外太空來的很神秘的太空人，不然看到陌生人就能算出我的底細呢？而且連我的私生活也看得出來，眞了不起的科學家，突然好像東北季風在我的心靈深處飄雪的感受，有一點害怕」。

於是我就開口問他說：「你爲什麼把我的事情知道得這樣淸楚呢？連我的私生活——笠詩社的同仁都知道？」

詹冰兄解釋說：

「我也是笠詩社的同仁，最近在笠詩上看到你的大名」。

原來如此，難怪他很淸楚我是笠詩社的同仁，我高興極了，同寢室，同嗜好、這一段時光就不會寂寞吧！但是我把他的床舖所貼的大名看了一會兒，這位學長的大名叫做詹益川，咦！我在笠詩刋上沒有看到這個大名，他既然不是未卜先知又不是神通廣大，越想越成迷，我沒有印象，好像在五里霧中流浪，哎呀！說不定使用筆名，他好像看出我的心中的意思，他接著又說：

「我的本名是詹益川，詹冰是我的筆名。」

「哦！原來你就是詹冰詩兄，眞抱歉，我有眼不識泰山！請多多指教。」

我連忙向他賠個不是，原來他就是鼎鼎大名的詹冰兄。我很欣賞他的作品，我又愛好他的詩風，他在笠詩刋佔着重要的地位。幾天後詹冰兄把他的名著「綠血球」詩集贈送班上每一位學長，我很欽佩他把握機會播種，「綠血球」詩集當然得到班上每一位學長的好評。

第二天早上，班上林清泉學長向詹冰兄表示他要加入笠詩社爲同仁，於是詹冰兄與清泉兄及我等三個人利用星期六下午前往松江路陳秀喜社長公館訪問陳社長，因此清泉兄很順利就加入笠詩社爲同仁，達成他的願望，詹冰兄的播種效果頗鉅，能得到像清泉兄前途光明的生力軍而來加強基礎。

光陰過得很快，學園裏已經開滿了杜鵑花給我們欣賞，研習也期滿壹個月了。我們就要結業，結業前夕我們笠詩社同仁在杜鵑花旁照相留念。

晚餐後突然接到通知，遠道的學員晚上可以先離開回家，詹冰兄及清泉兄都對這好消息表示滿意，但我必須留到明天早上才能返鄉的。因此詹冰兄手忙脚忙收拾行李，我也幫他的忙收拾他的行李，然後送他走出學園大門。

他走出學園大門以後，只是我一個人留在斗室裏寂寞得不得了。打開窗戶一看，滿天繁星在閃爍，春月懸掛在椰子樹上，看起來椰子樹上結成了香蕉，於是我寫成惜別一首作品如左：

惜別

當初我們都是陌生人
偶然碰在一間斗室裏
筆硯歡笑
你我興趣相同
是愛播種詩的園丁
竟成爲百年的知音
白天，我們叫醒杜鵑花裝飾春天
夜晚，我們呼喚滿天繁星閃爍
還在花旁照相留念
爲了繼續尋找你的靈感
耕耘你播種的園地
於是你先離開這斗室
幫你收拾你的行李
親自送你走出學園大門
離愁逼我在斗室裏坐立不安
明天總是也要離開這裏
晚上，怎麼我像失去靈魂似的
寂寞得傷心不堪
是否你帶走了我的心靈
打開窗戶獨自凝望夜色
滿天星光，依舊閃爍
椰子樹梢結成了香蕉
唉呀！
香蕉像失去憑依似的
呆在樹葉後忽隱忽見
它的心靈是否也被你帶走呢？

（給詹冰兄）

笠的歷程

李魁賢

一

一九六四年，臺灣新詩壇經過幾年的衝刺、論爭、掙扎、紛擾後，已陷入迷惘、低迷的狀態。

由紀弦領導的現代詩社，於一九五三年創刊，到一九五六年宣佈成立現代派，提出「領導新詩的再革命，推行新詩的現代化」口號（註1），並將他獨資經營的「現代詩」標榜爲現代派詩人群共同雜誌後，氣勢大盛。雖然加盟者到了一〇二位，可惜沒有發揮團體的力量，而且紀弦推動現代詩運動，是以革命的姿態橫衝直撞，並未在理論上建立堅實的基礎，他提出的現代派六大信條是：

1. 我們是有所揚棄並發揮光大地包含了自波特萊爾以降一切新興詩派之精神與要素的現代派之一群。
2. 我們認爲新詩乃是橫的移植，而非縱的繼承。這是一個總的看法，一個基本的出發點，無論是理論的建立或創作的實踐。
3. 詩的新大陸之探險，詩的處女地之開拓。新的內容之表現；新的形式之創造；新的工具之發見；新的手法之發明。
4. 知性之強調。
5. 追求詩的純粹性。
6. 愛國。反共。擁護自由與民主。

可見紀弦當時是一位全盤西化論者，除了第6條是表明政治上的態度，以免他的文學活動受到無謂誤解外，其他五條是紀弦所極力堅持並大肆加以辯護的，由於受到藍星詩社的批評，引起論戰，意外的是後來被創世紀所全盤接受，雖然發揮了實驗精神，但不幸把波特萊爾以降的一些頹廢意識也首先引進來，使得紀弦警覺到「現代詩的偏差」（註2），著文提出警告，後來竟連連提出取消現代詩的疾呼。

紀弦的創派立戶產生很大的後遺症，一方面使詩人自覺地去思考新的發展方向，但另方面也使得許多作者和讀者棄詩他去，從現代詩十三期起作者名單愈來愈少，加上紀弦及時修正自己的態度，更使得大部份詩人反而投向創世紀。現代詩每下愈況，到一九六二年已氣若游絲，於一九六四年二月出刊四十五期後，終於停刊。在終刊號上，紀弦發表「論移植之花」，仍堅持其移植說。但他在「編者談話」裡已指出了三種病態：一、缺乏實質內容的虛無主義的傾向。二、毫無個性的差不多主義傾向。三、漠視社會性的貴族化脫離現實傾向。自是，紀弦心竭力拙，開始整理他的自選詩卷了。

藍星詩社在一九五四年創立時，便是採取同仁組社的方式，不過以覃子豪爲中心，而漸漸演變成覃子豪與余光中的兩頭馬車領導方式，起初因覃子豪爭取到在公論報上開闢藍星周刊的地利，頗具號召力，而且大力栽培了一批年輕詩人，包括他的一些學生在內。爲了對抗現代派的成立，覃子豪在邱瑩星的財力支援下，於一九五七年出版了兩輯藍星詩選，他在第一輯的「獅子星座號」發表了「新詩向何處去？」，提出了六點原則：

1. 詩底再認識：他認爲「詩的意義就在於注視人生本身及人生事象，表達出一種嶄新的人生境界」。他又說：「詩不是生活的逃避」。
2. 創作態度應重新考慮：要求表現上能與讀者產生心靈上的溝通。
3. 重視實質及表現的完美。
4. 尋求詩的思想根源。
5. 從準確中求新的表現：要求語言和意象的準確性。
6. 風格是自我創造的完成：強調個性和民族精神。

可見覃子豪對詩本質上的瞭解，比較具體、穩健、而中肯，而上述紀弦的最後修正見解，實質上是接受了覃子豪的大部份看法，不過這已經是在經過幾年冷靜反省以後的事了。

藍星詩社又於一九五八年創刊藍星詩頁，前後編者有夏菁、覃子豪、余光中、羅門和蓉子、王憲陽、到一九六五年停刊。其間覃子豪另行發刊藍星季刊，自一九六一年六月十五日出第一期，到一九六二年十一月十五日出版第四期結束。藍星詩社除了上述與紀弦論爭外，覃子豪亦曾在「自由青年」上就象徵詩的成就問題，與蘇雪林筆戰，余光中等也與言曦對陣過。覃子豪於一九六三年十月十日去逝，除了藍星詩頁一息尚存外，整體活動逐漸沉寂，一九六四年出版「藍星一九六四」年刊，以後斷斷續續。藍星成員也各謀發展。

藍星詩社中余光中崛起，和覃子豪左右力量漸消以迄去逝的消長過程中，藍星主流被導向號稱新古典主義的美文新詞傾向，到一九六四年六月，余光中出版詩集「蓮的聯想」達最高潮。余光中風格多變，努力尋求新的形式、新的題材、新的內容、新的技巧，在個人的詩藝發展中未可厚非，但若以領導身份言，却常會把詩壇風氣導入岐途，幸而不幸，因余光中活動能力強，發表園地廣泛，造成的影響便頗爲可觀。

與現代詩社、藍星詩社鼎足而立的創世紀詩社，是由張默和洛夫在一九五二年十月創辦，發刊詞即發出「確立新詩的民族路線」之呼聲，惜語焉未詳，自第四期起到第十期起，每期都有討論建立「民族詩型」的文字發表，起先觀念很模糊，但着重兩個要素：一、藝術的。二、中國風，東方味的。接着強調「運用感情寫詩，必須對人生具有忠誠的信仰，忠於他的生活，熱愛現實的人生，具有基督教的入世觀」（註3）。但說得最簡潔有力的是王岩發表在創世紀第七期（一九五六年九月）的「新民族詩型」的內含，也分六點：

1. 新民族詩型要負起培養民族生機，喚起民族靈魂的使命。
2. 新民族詩型必須肩負起指導時代促進人生的任務。
3. 新民族詩型必須是在大衆化的需求下產生，從群衆中來，也要歸向群衆中去。
4. 新民族詩型必須是我國文學高度的表現。
5. 新民族詩型必須是承繼我國往昔白話文學的血流。
6. 新民族詩型必須是在大時代中代表我們民族的聲音

，一切都以善良人性同胞愛及祖國愛出發。

以三個詩社各六點信條看來，現代詩社的中心是現代的，藍星詩社的中心是藝術的，創世紀詩社的中心是民族的、鄉土的。可是到了一九六四年時，像走馬花燈一般，藍星詩社走向創世紀的立場，創世紀詩社走向現代詩社的立場。事實上，一九五九年創世紀擴版出刊第十一期起，便絕口不再談民族詩型，而全力推向西化，同時吸收了一部份現代與藍星的主幹，如林亨泰、白萩、葉泥、鄭愁予、柏谷、秀陶、錦連。並由季紅、葉維廉、李英豪等引進了西洋的美學觀念，也加強外國詩作品的翻譯介紹。創世紀詩社成員在接觸西方營養後，在囫圇吞棗之下與尚未摸清全象之前，便一邊吸收一邊學習起來。吸收西洋現代詩的技巧，固然有助於表達上的多樣化，幾乎使整個詩壇脫胎換骨，可惜在飢不擇食的情況下，連觀念、意識、內含、詩想全盤移植的結果，使臺灣詩壇整個毫無保留地奉獻為西化殖民地。這時已完全承繼了現代詩社的路線，而與藍星詩社對立。

脫離生活、脫離現實、脫離泥土、脫離自我的虛脫狀態，詩人儘管自我肯定，但處處顯示虛胖浮腫，競相寫出一、二百行浮而不實的作品，脫離群衆(讀者)是必然的結果。這時的創世紀也只能勉強一年出刊一期的局面（一九六一年至一九六三年）。在這樣沉悶困境下，有自覺的詩人都已深切反省，企圖尋求出路，打破低迷的僵局。

在這樣的詩壇背景下，「笠」詩刊出發了。

二

臺灣新文學運動的萌芽，大約從一九二〇年臺灣青年月刊創刊開始醞釀。臺灣一方面恪守着漢民族精神的傳統，另方面卻因政治的情勢，使當時愛好文學的青年，得以透過日本語文，方便地認識和吸收了世界文學的內涵與思潮，而有建立本土文化的自覺和熱望，又逢中國新文學運動推展的成功，於是水到渠成而逐漸蓬勃發展起來。

無可諱言地，在日據時代的臺灣新文學運動，是和中國新文學運動幾乎同一時期展開的，二者同樣受到西洋文學的影響，中國主要透過翻譯的中文作品，臺灣卻是透過翻譯的日文作品。臺灣由於處在殖民地的不利環境下，禁忌多而且在人為限制下，氣勢減弱了許多，而相對地，中國新文學運動卻能在當時自由開放的環境，一鼓作氣推波助瀾，而澎湃壯濶，臺灣在中國新文學運動成功的鼓舞下，開始介紹中國新文學運動的實質和作品，又由於民族血脈的相連，受到影響日愈加深。因此，臺灣新文學運動可以說是在西洋思衝擊和中國新文學直接影響下，齊頭並進，同樣以人本主義為骨幹，追求着自由、民主的理想。中國在文化、思想上的門戶開放之後，各種主張和觀念互相激盪，因此，文學思潮也起伏翻騰，變化多端，相對地，臺灣受困於殖民統治的壓制，又幾乎在鎖國政策嚴密封閉下，倒是一直能繼承着建立的傳統，一步一步的邁進。

日本戰敗，臺灣光復，回到祖國懷抱，文學歸流應該是滙成巨流的契機，可惜中國戰後百廢待擧，不久戰亂又起，尚無重整機會，不幸接收臺灣回歸祖國時，接收大員對臺灣認識不清，在倉皇就命之下，未能迅速完成社會建制，而發生不幸的爭端，使知識份子在人人自危的惶恐中度過不穩定的轉型期。在語文變化中短期不能適應的困窘下，加上社會變化有待重新調整的淩亂中，文學者大多放下了筆，形成一片眞空。幾年後，在接收祖國文化教育下成長的青年開始動筆寫下他們的心聲。

大陸淪共，政府遷臺，很多文學上有成就的人物也隨之陷在大陸。在時勢上預期滙流的歷史必然之期盼中，却發生兩道都突然斷流的偶然，不可不謂是異數。一九五一年「新詩週刊」創刊，由大陸來臺詩人鍾鼎文、李莎、紀弦、葛賢寧、覃子豪等，開始重燃起詩的火把。

在詩壇重建時期，參予活動的臺籍詩人較少，吳瀛濤是比較幸運的一位，他在臺灣光復時即能自如操作中文，得以繼續以中文寫詩發表於各刊物。林亨泰日文詩集「靈魂の產聲」之偶然被葉泥發現而譯成中文，由此機遇參予現代詩社活動，終於以其在現代主義方面的認識促成紀弦成立現代派的動機，後來又有黃荷生、薛柏谷的投入現代詩社。早期參予藍星詩社活動的有黃騰輝，接着有白萩，晚期有王憲陽。至於創世紀方面早期有葉笛，後來有林亨泰、錦連、白萩、和古貝的參予。

一九六四年，在當時三大詩社活動逐漸沉寂之時，臺籍詩人却都不約而同地在思考着如何重建本土詩文學。這時，另外在學院裡的趙天儀、杜國淸，還有分散各地的詹冰、陳千武、錦連、葉笛、林宗源、何瑞雄、李魁賢等，或不停地默默在寫作，或正圖奮起，整個情況已經醞釀成轉型期的引導點。臺籍小說家在同樣社會背景下，也自然趨向這個交滙點，於是在當時已高齡六十五的前輩小說家吳濁流因前年患了一場大病險些送命後，深覺再不能猶豫（註4），於是毅然創辦「臺灣文藝」，向前邁開第一步。他爲了號召「有志於文藝的青年作家」，就在策劃期間，於一九六四年三月一日星期天在臺灣省工業會四樓召集了青年作家座談會，就像沉冬中的一聲春雷，當天應邀出席的詩人有吳瀛濤、陳千武、白萩、趙天儀、薛柏谷、王憲陽，都有想集中精力把臺灣文藝經營成完全足以代表臺灣文學界的願望，但座談會結果，使他們穩穩然感到若有所失，而促成另起爐灶的念頭。

下一個禮拜天，三月八日，詹冰、陳千武、林亨泰、錦連、古貝聚於卓蘭詹冰宅，討論成立詩社，創辦詩刊，由林亨泰提議命名爲「笠」獲得通過，笠詩刊的方向、風格、選稿方式，以及初期同仁名單，都在這一天定案。從三月十六日對預定同仁發出的邀請書，可見出結社創刊的宗旨和抱負：「目前詩壇雖尙稱活躍，但諸多詩誌，仍未能達到令人滿意的地步，其一爲創作選稿之流於人情，未能確立看稿不看人之神聖編輯信條。其二爲以捧場或漫罵代替正當批評，此似有損詩壇之推進，同仁等有鑒於此，決定毅然而出，針對其弊端，籌組出版一夠水準的，愼重其事的詩誌，以挽救目前詩壇了頹廢現象。」

由此可見，笠詩刊的出發是帶着一份使命感，其中特別指出兩點，第一點是由於現代詩、藍星、創世紀三個詩社的對壘下，各據山頭，各提出後來都被自己推翻的文學主張，形成黨同伐異的現象，後來現代詩最先衰弱，大部份成員被創世紀吸收，導致創世紀轉而繼承現代詩的路線，變成藍星與創世紀壁壘分明的狀態，門戶之見日深，小圈子主義出現，連不涉足兩社的詩人也大多被排斥在外，逐漸形成看人不看稿的對內刊物；第二點是第一點的後果，已無公正批評的氣候。笠出發前，已洞燭詩壇之蔽，故創刊後便一直採取門戶開放政策，並提倡純正批評，正是一本初衷。而笠特別有挽救詩壇之頹廢現象的自覺，後來終於能走出健康寫實的道路。笠詩刊的發展方向和成績，幾乎在策劃中就有了伏筆，當然，今天笠的成就主要還得歸功於中堅同仁一直能保持正確的方向，捐棄私見，向着遠大目標耐心地一步一步邁進的精神和毅力。

三

笠詩社發起人雖然有十二人之多，計：吳瀛濤、詹冰、陳千武、林亭泰、錦連、趙天儀、薛柏谷、白萩、黃荷生、杜國清、古貝、和王憲陽，但其中薛柏谷自始未參予活動，也未寫稿，可以說毫無貢獻，而古貝和王憲陽在笠詩刊創辦第一年便相繼退出，關係不深，吳瀛濤不幸中途棄世，如今堅持到一百期的元老級僅剩八位。筆者雖不是創辦人之一，但於一九六四年六月三日因送拙著『枇杷樹』詩集稿交黃荷生印刷時，巧遇趙天儀剛好送去笠創刊號編樣，因此，筆者也算是目睹笠誕生的一人，而且在笠創刊後，即與張彥勳、蔡淇津、方平共四人第一批加入為同仁，後來參予各項編輯與策劃，自信可充分為笠的歷史軌跡作見證。

笠創刊時由林亭泰掌編輯大權，做好紮實的基礎工作，在趙天儀和黃荷生的密切配合下，如期於六月十五日悄悄出刊。所謂「悄悄」是事前不宣揚，事後也不鼓吹，這種誠實木訥的作風維持到今。但為顧及出版合法性，係借用曙光文藝登記證出刊，依照政府規定照章登記出版的詩刊，以笠首創紀錄。創刊號採取二十四開本，穩重而又大方，版型也保持迄今，沒有改變。創刊號雖然薄薄二十四頁，扣除封面及封面內頁之目錄，僅剩二十二頁，却包容了各方面的稿件，可謂麻雀雖小，五臟俱全，但若以詩創作、翻譯、和評論加以粗分，詩創作占七頁、翻譯二頁、評論十二頁、另啓事一頁。由此項分析可知評論占一半以上篇幅，在當時詩刊中是創舉，其中包括由林亭泰執筆的社論「古剎的竹掃」和「笠下影」，柳文哲（趙天儀）的「論詩的語言底純粹性」，吳瀛濤的「瀛濤詩記（詩史資料）」，和林亭泰、錦連、古貝三人的「作品合評」。從這些文字可以看出笠整裝出發時，對評論的着重實已佈好廣濶的視境。一、建設性詩觀的樹立：以精闢的詩論與作品影響過現代詩與創世紀，並引導詩壇走向眞實現代主義精神的林亭泰，他的評論總是保持着冷靜、清醒，而且言簡意賅，他在社論中提出以詩的本質面對詩的必然。以受過正統而充實的哲學訓練的趙天儀，在論文中強調追求詩的本質，不可忽略語言的錘煉和創新。兩篇文章都是針對時弊而發，林文是對學者呼籲應改變以知識來認知詩的態度，趙文則對詩人忠告須堅持以語言來把握詩的本質，一是對詩壇外的期待，一是對詩壇內的反省。林亭泰和趙天儀都以思考嚴密、條理清晰見長，林亭泰早已儼然有詩壇理論指導者的形象，而趙天儀後來也因鍥而不捨的努力，建立起敏銳詩評家的地位，當然這些都是在詩人以外兼有的身份。

二、客觀性詩史的定位：以「笠下影」專欄的設立最具創意，專欄內包括詩人作品（詩選）、詩的位置、詩的特徵、結論，並在入選詩人照片下方摘錄詩話，顯示詩人的詩觀。其中，詩的位置便是就系譜將詩人歸位的工作。策劃者對這個專欄所抱的理想是：「將全國詩人逐一加以鑑賞，不論其人數之多寡，我們勢將不辭辛勞地推介下去」，足見本身便是一項有系統的詩史整理的工作。由林亨泰執筆介紹的有詹冰、吳瀛濤、桓夫、林亨泰、錦連、紀弦、楊喚、方思，從第九期起由趙天儀接棒，林規趙隨，仍依原訂體例，依序介紹了鄭愁予、黃荷生、林冷、羅行、薛柏谷、張彥勳、羅浪、黃騰輝、葉笛、邱瑩星、謝東壁、覃子豪、鍾鼎文、白萩、彭捷、向明、蔡淇津、曠中玉、張效愚、金軍、李魁賢（楓堤）、李莎、林宗源、墨人、趙天儀、杜國清、張秀亞、林郊、喬林、林錫嘉、林煥彰、施善繼、孫家駿、洛夫、余光中、瘂弦、夏菁、張默、周夢蝶、季紅、黃用、商禽、沙牧、吳望堯、鄭烱明、岩上、傅敏、拾虹、陳明台、何瑞雄、陳秀喜、陳錦標、游曉洋、亞汀、楚卿、陳鴻森、鄧禹平、楊念慈、童鐘晋、蓉子、梁雲坡、彭邦楨、郭楓、鍾雷、羊令野、胡品清、靜修、梅新，共有七十六位，這樣大規模、有系統、而又包容八方的評鑑工作，是迄今所有詩選所做不到的，因此，「笠下影」成為笠詩刊最大特色之一，頗引起詩壇內外的矚目。此外，詩史資料欄之設置，導致後來各國詩史的介紹，和中國及本地詩史的進一步整理，都是由此開其端。

三、積極性詩評的發揮：最直接而且富於挑戰性的是「作品合評」，這種合評方式雖是學自日本的詩學，但在中國也算是空前的創舉，面對着詩作品，由出席者互相就詩想、題材、語言、意象等各方面加以追究，甚至互相詰辯，在討論中發挖缺陷和不足，而修正了觀念上的偏差，對詩壇的淨化和重建工作，立下不少汗馬功勞，而且因每次邀請參加合評人員不同，也兼收彼此溝通的效果，可是也因此拆毁少數假偶象微弱的台架，但也使得許多勇於接受挑戰的年輕詩人，加強其對詩的正確認識，逐漸在詩壇崛起。也許是求全心切，合評者常毫無顧忌，有時不免令人難堪，王憲陽與古貝的脫離笠，與此不無關係。當然在合評中，有時思考不週，發言立論不够周延，使受評者不服，但由於批評本身，也是對批評者文學見識的一項批評，因此如果是眞正的好詩，絕不會因為幾位合評者的言論而動搖其地位，但如果靠標榜搭起來的空架構，恐怕就不免摧枯拉朽了。「作品合評」是對當時詩壇瀰蔓的一股虛無現象，做了一番最有力的洗刷工作，因為追究詩的精神、現實性、語言的時代感、表現的準確性等等的結果，使詩人有了普遍的警醒。

笠創刊的動機，出現的面貌，由上述已可見出概略，但對創作的路線，則未提出任何主張，沒有用「發刊詞」之類宣告原則性的觀點，不過在徵稿啓事中却提到：「所謂屬於這個時代的詩是什麼呢？換句話說，這個時代有了怎樣的詩呢？其位置如何？其特徵又如何？這種檢討與整理的工作，在保存民族文化學幫助讀者之鑑賞方面都是非常重要而且必須的」，已指出詩與時代的關聯性。詩既然要與時代共呼吸，則落實於現實性、社會性、時代性、創新性，乃必然之歸趨，笠詩刊之導向生活、鄉土、社會、藝術的結合，也就不足訝異。這個方向經過鄉土文學戰論後愈顯正確，筆者把它歸納為「現實經驗論的藝術功用導向」，而與「純粹經驗論的藝術功用導向」及「現實經驗論的社會功用導向」加以分別，顯示三者之異同，而發現笠所努力的方向正是中國和臺灣新文學傳統精神的主流（

註5）。

笠詩刊便是以這樣自覺地欲扭轉詩壇風氣的使命感創刊了，似乎多少帶些唐吉訶德式充滿理想主義而又到處挑剔的精神出發了。

四

笠詩刊創刊後一方面在內容上力求充實，一方面也在努力加強陣容，初期是以已經寫過一段時期的詩人為對象，由於這時的詩壇已經陷於不景氣的蕭條局面，很多詩人早已封筆，不再露面，因此產生發掘舊人的行動，在第一年度，即到第六期為止，反應倒也頗為熱烈，除筆者外，加盟的已有張彥勳、蔡淇津、方平、吳宏一、林宗源、邱瑩星、白山塗、羅浪、李篤恭、鄭仰貴、游曉洋、白浪萍、鄭恒雄（潛石）、何瑞雄、葉笛、羅錦文、郭文圻、黃騰輝、洪文惠，同時有王憲陽和加入不久的吳宏一退出，故第一年度屆滿時的實際陣容有三十位，發展迅速。

其中洪文惠，由於在日本詩學上發表作品，被吳瀛濤發現，就依照地址去尋找，據說她開門發現一位老先生去找她時，大吃一驚。

第一年的笠是在林亨泰綜理和古貝協助下編輯，由於加強評論，所以詩創作所佔篇幅比例上較少，不得不採取精選主義，到第六期止發表作品的有杜國清、桓夫、趙天儀、吳瀛濤、楓提、白萩、張效愚、張彥勳、劉郭婉容、詹冰、古貝、彭捷、林宗源、王憲陽、瑞郎、文曉村、邱瑩星、錦連、喬林、白浪萍、許其正、游卓儒、朱建中、黃進蓮等二十四家四十首詩，作品大多很紮實，因為要經過精選後才得以在笠上刊出，因此不明究理的人，看到笠詩刊上的作品要在「作品合評」裡被剖析得體無完膚，而誤會或故意忽略笠詩作品的水準，其實一些標榜為名詩的作品，拿到「作品合評」中，也會令人吃不消，羅門的麥堅利堡便是一例（註6），此事甚至引發一場論戰，這是後話，暫時不提。當然，寫詩、讀詩，都是極其主觀的，詩觀不同，評價自是相異，在詩壇逐漸形成一面倒向技巧至上的時候，笠之主張以內容為重，追求詩的實質精神，不免受到定型詩觀的漠視，例如錦連在笠第六期發表一首「挖掘」，原詩如下：

許久 許久
在體內的血液裡我們尋找着祖先們的影子
白晝和夜 在我們畢竟是一個夜
對我們 他們的臉孔和體臭竟是如此的陌生
如今
這龜裂的生存底寂寥是我們唯一的實感
站在存在的河邊 我們仍執拗地挖掘着
一如我們的祖先 我們仍執拗地挖掘着
等待着發紅的角膜上
映出一絲火光的剎那
這麼久？ 這麼久為什麼
我們還碰不到火
在燒却的過程中要發出光芒的 那種火

這麼久？ 這麼久爲什麼
我們總是碰到水
在流失的過程中將腐爛一切的 那種水

晚秋的黃昏底虛像之前
固執於挖掘的我們的手戰慄着
面對這冷漠而陌生的世界
分裂又分裂的我們底存在是血斑斑的

我們祗有挖掘
我們祗有執拗地挖掘
一如我們的祖先 不許流淚

錦連這首詩着力在表現民族存在的處境和遭遇，以及堅耐自勵精神之發揚，全詩運用了許多暗喻的技巧，四、五段甚至以對稱的形式，表達對比的反逆境遇，技巧相當講究，但非常自然，在當時合評中的評價也未特別突出，洛夫甚至認爲「此篇表現不太確當，技巧不够」，要是在社會功用論者眼中，必定還嫌太過重視技巧，以致躲躲閃閃，不够氣壯。後來，林亨泰在笠五十六期「我們時代的中國詩㈢」，肯定這首詩是「一種極其特殊而且具有濃厚的中國血統本身的表現！」顯示他的眞知卓見。

筆者舉此例，是要說明以往一些詩人評論家，衆口鑠金地貶抑笠詩刊同仁的作品，若非無知，便是偏見，因爲除非把作品都擺在同一挑戰水平，由各種不同認知觀點加以分析、攻錯，否則說作品水準高低，都是無法令人信服而且與眞象無補的空話。由於笠詩社對同仁作品合評時採取「抑」的方式，而其他詩社則對同仁作品以專論行使「揚」的策略，在一抑一揚間變成低估與高估，結果人爲的差距乃造成，這是一部份人士錯覺的要因，幸而有些年輕評論家已曉得回頭重新評估笠的定位，足見濃霧漸消，各自眞面目總有浮現的一天。例如一九七八年間，創世紀詩社也盛行以同仁作品爲對象的合評，在追究意義與表現的詰問下，暴露出諸多缺點，也逼使詩人對其譽爲代表作的詩，承認有待修改（註7）。歷史有時還算是公平的裁判，而「自抑」者，因早日反省得以救濟，終能走出健康堅實之路，未始不是幸事，反之，「自揚」者如因而自滿，而自囚於封閉之塔，反而得不償失。

第一年發表作品中另有白萩的詩「窗」「昔日的」二首被選入『七十年代詩選』（創世紀詩社），筆者的「工廠生活」被選入『中國新詩選』（長安出版社）。詩選不一定即能表示詩的水準，但至少表示編選者可以看上眼。筆者無意在此爲同仁臉上貼金，事實上以後繼續出刊當中，不時有好詩出現，對於武斷說笠詩刊作品不好的人，眞想問問他有沒有翻過全部笠詩刊？有沒有把笠詩刊上的詩單離於評論以外的地位隔離評鑑？因爲做此評斷的人，常讚許笠詩刊的評論，可能在對照之下，而吝於肯定詩創作吧？

笠第一年除了詩作品外，評論方面仍繼續加強，除繼續由林亨泰主筆社論外，第二期起設立「詩壇散步」專欄，由柳文哲（趙天儀）執筆，每期評介數種詩集，持續五年之久，共評一二七種，後全部收入其評論集『裸體的國王』（香草山）。筆者自第五期起開闢「譯詩的研究」，以有數家中譯的英美名詩爲對象，褒貶譯法之對錯，顯示譯詩中問題叢生，不久有人以同一手法在其他文學刊物上作同樣的工作，足見頗能引起共鳴，筆者寫了七篇，發現譯詩確是吃力不討好的奉獻，如此窮究似乎對譯者太過苛求，於是只好自動叫停，後來彙集成冊，由三信出版社印行，題『弄斧集』。

另外有石㳳（杜國清）自第五期起主掌「笠下披沙」，他是挑出一個詩的問題加以討論，然後選一首詩做爲舉證說明，可惜只寫了三篇，即「詩與文字的表現能力」「詩與詩人的限度；經驗」及「詩與現代詩人創作的立場」。從第六期起並有桓夫和錦連合譯的日本詩人村野四郎的詩論，和吳瀛濤編譯的「現代詩用語辭典」，主要都是在爲詩的理論提供一些借鏡和基礎的詩學入門知識。可見在奠基方面的工作逐漸展開，笠同仁不但把詩看做是創作的問題，而且當做詩學的系統學問在研究，提升了詩壇的境界。

笠第一年士氣高昂，衝勁十足，一九六五年元月二日就提早在南港舉辦了第一屆年會，到會十五位同仁，討論通過出版第一輯叢書，於第六期刊出廣告，計：

①林亨泰著：攸里西斯的弓（詩論）
②白　萩　著：風的薔薇（詩集）
③杜國清著：島與湖（詩集）
④林宗源著：力的建築（詩集）
⑤吳瀛濤著：瞑想詩集（詩集）
⑥桓　夫　著：不眠的眼（詩集）
(7)詹　冰　著：綠血球（詩集）
⑧趙天儀著：大安溪畔（詩集）
⑨蔡洪津著：秋之歌（詩集）
⑩陳千武譯：日本現代詩選（譯詩）

實際上，原先的計劃有林亨泰的詩集「非情之歌」，和薛柏谷譯「英美現代詩的背景」，結果，林亨泰改以詩論代替，到後來眞正出版時，書名又改爲「現代詩的基本精神」，而柏谷則退出，十五年後還在重提要完成該書的計劃。另外白萩原訂詩集的名稱是「不能戰爭的年代」。這一套叢書在一九六五年十月出版，以整套詩叢同時出版，恐怕也是創舉。不過林亨泰的書却遲到一九六八年元月才出版，因爲他在決定出書時才開始動筆寫作，故落後了兩年多。

五

笠詩刊第一期五年是「成長時期」，即一期至三十期，從一九六四年六月到一九六四年四月。笠詩刊第二年開始，更加擴充篇幅，鑑於當時詩壇的浮誇風氣之盛，大多以零碎撿來的第二手資料，一知半解地加以斷章取義，而東拼西湊地大談詩論，看不出自己的觀點，却儼然如詩評家，因此笠決定譯介第一手資料，包括詩論和詩，以充實詩壇，庶幾免於二手貨的輾轉流傳，以訛傳訛，於是自第七期始推出葉笛譯布魯東（Andre Breton）作「超現實主義宣言」，第八期續刊葉笛譯馬林內梯（F. T. Marinetti）作「未來派宣言書」，第九期刊載趙天儀譯艾丁頓（Richard Aldington）作「意象派的六大信條」。本來筆者着手翻譯阿保里奈爾一篇有關立體主義的評論，因未竟篇而未刊出。在這幾篇以「文獻重刊」的專欄名稱下，特註明「本刊並不做這種主張，因鑑於此種資料難得，特譯出供大家收藏，願大家溫故而能知新」，可以顯示作此項努力的態度，即不要盲目受西洋思潮影響，但也不可因此閉關自守。

至於譯詩工作方面，有白萩主筆的美國現代詩選譯，介紹過黑姆·普魯特傑克（Hyam Plutzike）、羅斯克（Theodore Roethke，即王紅公）、惹斯弗因·米蕾（Josephine Miles），伊麗莎白·比秀(Elisabeth Bishop），譯者並附註嚴格的評解，使讀者不致一味盲從。後來又有宋穎豪（念汝）譯介羅濱遜（E.A.Robinson），理査·韋爾伯（Richard Wilbur）、約翰·白里曼（John Berryman）、馬士塔（Elgar Lee Masters）等作品。日本現代詩選譯由陳千武主持，介紹過田村隆一、鮎川信夫、各務章、黑田三郎、吉本隆明、北村太郎、中桐雅夫、木原孝一、中村千尾、峠　三吉，都是日本戰後崛起並已成爲日本詩壇中堅一代的詩人，譯者並對其作品作詳盡之分析，後來又有羅浪譯介鮎川信夫、關根弘、那珂太郎、田村隆一等作品。英國現代詩選譯方面，原由趙天儀主持譯介過艾迪士·雪帝維爾（Edith Sitwell），休謨（T.E.Hulme），梅士菲爾（John Masefield）、勞倫斯（O.H. Lawrence），而德國現代詩選譯由筆者主持，譯介過賓恩（Gottbried Benn）、忒剌柯（Georg Trakl，後改譯涂剌科）、赫姆（George Heym），普雷錫特（Bertolt Brecht）、舍楠（panl Celan，後改譯謝朗）、柏赫特（Wolfgang Borchert，後改譯柏夏特）、傅理滋（Waltre Helmut Fritz），薄立格（Max Bolliger，瑞士籍），後來又有向明介紹巴哈曼（Ingeborg Bachmann）和葛拉軾（Günter Grass）。另外筆者也譯介過墨西哥的巴茲（Octavio Paz，或譯百師），是他的作品首度與中國讀者見面。此外，法國現代詩方面，有胡品清和羅馬分別譯介過保羅艾呂亞（Paul Eluard）和聖·波湖（Saint-Pol-Roux）的作品，還有施穎洲也介紹過西班牙駱伽（F.G.Lorca）的作品，可見在外國詩的介紹面上頗爲廣泛，至於深入方面，當推杜國清對艾略特，筆者對里爾克所費精神最多而譯介成果也最爲豐碩。奇怪的是，以前詩壇聞人開口艾略特如何如何、閉口里爾克怎樣怎樣，但自從笠有系統地長期介紹這兩位詩人後，那些「閒話」却都消聲匿跡了，足見二手貨主義，只能以一知半解嚇唬，一旦把資料攤開在大家面前，人人可以檢證後，再也不能信口開河了。笠這些脚踏實地的工作，對掃蕩浮誇虛僞的風氣，做了不少貢献。

笠詩社的主幹除了一方面在創作和譯介双管齊下外，另方面也開始注重培養新的一代，這點在詩的寫作上已有若干年經驗而且相當有表現的喬林、林煥彰、林錫嘉、施善繼等人，首先在笠上出現，算是第一新生代，接着在相差不到一年時間內，另一股初生的新生力量也湧起，他們包括龔顯宗、鄭烱明、陳明台、岩上、拾虹、藍楓（古添洪）、陳鴻森、傅敏等投入笠詩社活動，算是第二新生代，實際上在笠發表作品的依出現順序至少還有黃進蓮、辛牧、莊金國、石瑛、白楚(林鋒雄)、戰天儒、七等生、曾貴海（林閃）、蕭蕭、闘環、謝秀宗、吳夏暉、簡安良、吳晟、郭亟天、陳坤崙、莫渝、李弦、王浩、蔣勳等人。笠起初對第一新生代培植最力，例如提早送上「笠下影」，對他們的作品給予較高評價，其間並曾放手賦予林煥彰編輯上和經理方面的重任，當然林煥彰也不負所託，貢献良多。又如一九六六年，筆者代表笠詩社參予詩人節籌備提名優秀青年詩人獎，擔任召集人之上官予提名筆者受獎，筆者不但辭讓，而且一口氣爭取到林煥彰、喬林、和施善繼得獎，剩下一名給古月。一九六七年春因筆者赴歐工作，才承趙天儀提名獲獎，而一九六八年仍由天儀支持林錫嘉得獎，筆者是不在臺灣時意外被推出去的，否則按計劃，一九六七年必然推選林錫嘉。

除新生代的投入推動笠詩刊更形活力充沛外，前輩詩人巫永福的加入，也給笠同仁不少鼓勵和信心。巫永福雖然臺灣光復後便停筆不寫，但他仍熱心地參加笠的作品合評、年會及其他活動。另外陳秀喜的加入，後來更一直擔任社長職務，她不但詩藝精進，對笠經費的籌措貢獻獨多。更難得的是蘇維熊教授把他的研究論文陸續送給笠發表。於是，笠無論在創作、翻譯、評論、組織、士氣、財源各方面，都逐漸得心應手。笠詩社並於一九六五年十月正式依法登記完成，由同仁黃騰輝擔任發行人，成爲第一個登記有案的詩刊。

社外活動更形積極，首先於一九六五年受小說家鍾肇政委託替文壇社編輯本省籍作家作品選集第十輯新詩集，入選九十五位臺籍詩人作品三百餘首，厚達四九六頁，以紀念臺灣光復二十年。其次參加一九六六年三月十二日至十四日在日本靜岡中央圖書館舉辦的「早春詩祭展」，除笠詩刊及同仁詩集外，並收集創世紀、葡萄園、野火詩刊及其他詩集送展。展後，日本歷史攸久的「詩學」第廿一卷八期，並以「現代詩特集」刊出同仁林亨泰、吳瀛濤、錦連、詹冰、桓夫、趙天儀、喬林、林宗源、白萩、楓堤，及非同仁沙牧等作品。接着在同年青年節在西門町圓環露天舉辦現代詩展，是由杜國清、趙天儀與龍思良等設計家策劃，經幼獅文藝主編朱橋的支持。參加的設計家有龍思良、侯平治、江泰馨、黃添進、黃華成、張照堂、和黃永松，提供作品的同仁有吳瀛濤、詹冰、桓夫、白萩、林宗源、趙天儀、楓堤、黃荷生、杜國清、潛石，其他有洛夫、瘂弦、周夢蝶、夐虹、張默、鄭愁予、邱剛健、方莘，展出效果良好，電視和各報紙均有報導，這是詩以親切的方式走向群衆的創舉，可惜竟成絕響。這段期間，笠同仁的詩和譯詩受到報刊的引用和轉載，次數頗多。

笠詩社並支持且參予發起成立中華民國新詩學會，於一九六八年十一月十二日成立大會中，初選理監事當中十之八九被笠同仁所囊括，後來在協商之下，笠讓出部份名額，決定名單中當選的笠同仁有吳瀛濤、桓夫、林亨泰、葉笛、趙天儀、白萩、楓堤、林錫嘉、羅明河等人。笠創刊五週年以頒發第一屆笠詩獎達到高潮，聘請評審委員有白萩、余光中、林亨泰、洛夫、瘂弦、葉泥、趙天儀七位，經各方推薦，由同仁初審，最後由評審委員決選周夢蝶以「還魂草」得詩創作獎，李英豪以「批評的視覺」得詩論獎，陳千武以「日本現代詩選」得詩翻譯獎，另設詩人傳記獎則從缺。三位得獎人分別代表藍星詩社、創世紀社、笠詩社。由於評審的公開、公平、公正，使笠在詩壇的地位提高到顚峯狀態，而且笠詩社的開放性作風和態度，更爲詩人所樂道。

在笠第一期五年間，「現代詩」早已停刊（一九六四年二月出完最後四十五期即告終），藍星詩社以「藍星詩頁」維持到七十三期（一九六五年六月十日）停刊，雖然在一九六四年出過年刊，但延至一九七一年才再出一期，這個七年之癢的「年刊」，在笠第一期五年當中，正好沒有出現。以政大僑生爲主體的「星座」詩刊，創刊於一九六四年四月一日，停刊於一九六九年六月，出刊十三期，正好跨越笠第一期五年。「星座」相當有水準，惜因成員畢業後相繼赴美國深造而停刊。

另外，「葡萄園」毫不氣餒地繼續出刊。在笠詩刊衝勁十足的刺激下，創世紀頗思振作，在笠創刊前三年，創世紀每年只出一期，一九六四年笠出刊，創世紀出三期，一九六五年出一期，一九六六年出三期，一九六七年出二期，一九六八和一九六九年又僅各出一期，終於後力不繼，出完廿九期乃宣布停刊。在這五年當中，唯一能與笠相提並論的詩刊當推創世紀，在對詩的追求上，從藝術功用觀點論，二者也頗有看法相近之處，因此，在這五年當中，笠同仁仍繼續在創世紀上發表作品，例如二十期有白萩和杜國清，二十二期有杜國淸和楓堤，二十三期有白萩和楓堤，二十四期有陳千武、白萩和李魁賢，二十五期有林煥彰和施善繼，二十六期有林煥彰、施善繼和李魁賢，二十七期有吳瀛濤和鄭烱明，二十八期有鄭烱明、傅敏和李魁賢，二十九期有傅敏、林煥彰、施善繼、和李魁賢。至於創世紀同仁只有洛夫在笠上發表過一首詩（二十六期），一篇短論（七期）、張默發表過「讀詩的意象」、（八期）「試釋方莘、維廉的詩」（十一期）和一篇建言（三十期）以及瘂弦的一篇詩話（二十九期）而已，兩相對照之下，似乎笠採低姿勢，創世紀採高姿勢，不過在平衡上，笠爲出超，創世紀爲入超，是明顯的事實。

儘管笠與創世紀在詩的方法論上有某些相通的看法，但對本質上的追求都已有愈來愈背離的趨向。這時期的創世紀由於加強吸收超現實主義的表現手法，逐漸浮現的虛無主義占了上風，變成「精神不在家」的現象，詩以無所表現爲尙，玩弄技巧，作文字魔術表演，逼得紀弦在笠十四期發表「給趙天儀先生的一封公開信」討伐新形式主義和新虛無主義，甚至痛心的要取消現代詩的名稱。相反地笠強調詩的精神要素，要求表現物象的生命。後來洛夫在巨人出版社中國現代文學大系詩序中提到笠詩社「因受日本詩的影響，部份社員具有即物主義的傾向」值得商榷，第一，「即物主義」（Sachlichkeit）是德國產品，由表現主義轉變而來，里爾克「形象之書」與「新詩集」時期即有此傾向，但他以形象爲主調，而陳千武在笠上介紹的凱斯特納（Erich Kastner）則已偏向社會現象。日本雖有詩人村野四郎的倡導，而桓夫也譯過村野四郎的詩論和他的體操詩集（三十九期）、但都是間接的，如果說到影響，應是受德國詩而不是日本詩的影響，第二，笠同仁不好談主義和理論，是有目共睹的，雖然介紹過各種理論和詩，但都努力在建立自己的詩觀，也許某些同仁有一些作品有「即物性」表現的味道，但大體說實在看不出有固定化的即物主義傾向。不過當時作品合評或談詩中，倒是常談到如何去採取即物主義的手法，來直搗物象的核心，這是爲扭轉講究文學技巧實際上無所表現的弊端，而後來趨向重視社會性和現實性，似乎與此時期的發展不無相關吧！

六

笠詩刊第二期五年是「飛躍時期」，即三十一期至六十期，從一九六九年到一九七四年四月。經過五年的磨煉和強化體質後，笠已呈現出蓬勃的機能，一方面在詩創作採用限制上，稍微放寬，不像前五年的嚴格，另方面在第二新生代活躍的刺激下，同仁的創作力也相對地旺盛起來。不幸，就在大為轉機之時，第一新生代的林煥彰、喬林、施善繼，脫離笠詩社，與其他年輕詩人另創「龍族」後又有林錫嘉投入「大地」。不過，其中除了施善繼一去不回外，其餘三位仍斷續有作品在笠上發展，林錫嘉改用克德琳筆名，喬林發表了詩集「布農族」。

幸虧，此時第二新生代成長迅速，加上非馬遠在美國加盟笠，另有杜芳格、李勇吉、羅杏、衡榕、郭成義、林外、周伯陽等的紛紛加入，笠的陣容不但未受損，反而更為堅強，在第二期五年當中，發表五十首詩以上的同仁有傅敏、非馬、羅杏、趙天儀、杜國清、陳鴻森、岩上，四十首以上的有桓夫、白萩、巫永福、三十首以上的有林宗源、李魁賢、鄭炯明、拾虹、陳明台，接近三十首的有林外、陳秀喜、周伯陽。另外非同仁的陳坤崙、楊惠男、簡誠、王浩都有優越的表現，羅青也在笠登場。

除了創作外，翻譯也大量推出，以比較完整的面貌介紹了美、英、法、日、韓、甚至捷克，以及全球黑人詩選，大部份都是國內詩壇從未出現過的，介紹不但面廣，而且深入，這方面的工作一直是笠表現很優異的一面，為任何詩刊所不及。另外如唐谷青（杜國清）的「日本現代詩鑑賞」（四十一期起），錦連的「詩人備忘錄」（三十六期起）、宋穎豪的「我的詩觀」（二十九期起）這些專欄都做得很有系統。

評論方面也由翻譯詩論，走向以自己建立的詩觀發言。三十二期的「白萩作品研究」，是一項大規模的試驗性工作，相當成功，一次刊出十家對白萩的評論文，從各個角度探討詩人的精神層次、發展過程、技巧、語言等的表現，可惜因此項計劃編輯之不易，原訂的系列未能持續推展下去。

笠從早期的否定美文和現代詞，轉向集中精神批評無所表現的虛無主義，相對地，笠同仁的發展，也從早期的鼓吹語體化，轉向着重精神運作，主張詩要介入生活，從生活中挖掘詩的題材、內涵、和質素，而必然地強調了現實性和社會性。到第二期五年更明顯地加強了民族意識，而成為鄉土文學的的先覺者。從吳瀛濤作「臺灣新詩的回顧」（三十三及三十五期），和陳千武與柳文哲的譯輯巫永福、吳新榮、郭水潭、王登山、莊培初、林精鏐、邱淳洸、江肖梅、張冬芳、周德三，以及重刊林亨泰、錦連、黃騰輝的早期作品，都在確立本土文學的根。另外從趙天儀的編選「中國新詩史料選輯」（四十七至五十六期），和林亨泰的撰寫「我們時代裡的中國詩」（五十四至六十一期），也都旨在努力建立本國新文學的傳統，這些都是藉傳統的回顧中，重整對自己民族的信心，這應是鄉土文學最根本的精神所在。可惜因笠的發行有限，笠同仁又都是默默工作者，不善自我標榜，社會活動能力差，因此未能造成影響力。

在詩的輸入方面，笠的成績斐然，於是也開始努力做輸出的工作，第一項浩大的成績是日文中華民國現代詩選『華麗島詩集』翻譯完成，於一九七〇年十一月一日由日本若樹書房以精裝本發行，選詩六十五家一〇四首厚一八〇頁，以中日文對照排印，創造了多項紀錄，一、是歷史上第一部日譯中國現代詩選，二、熔全國代表性詩人於一爐的開放性作風，為前所未見，與其他詩社策劃的英譯選集之偏頗，恰成明顯對比，三、以中文與外文的二種語文對照本排印，更是創擧，由這幾點都可看出笠詩社從事這項工作時所懷抱恢宏的民族自信心。不料，笠幾年來的良好表現爲人所忌，不但明顯地加以排斥，甚至逐漸使出封鎖的手法。『華麗島詩集』的出版，由於採取廣面介紹，比較平均，却不爲時常想突出自己的人所喜，結果這項有意義的工作受到很大的冷落和貶抑，甚至有人開始放出風聲說後記中的「臺灣現代詩的歷史和詩人們」一文所用「臺灣現代詩」有某種色彩，使笠詩刊飽嚐詩人以非詩的手段對待的陰影感受，導致九年後，笠詩社再度策劃『臺灣現代詩集』時，限選同仁的決定。

笠三十五期起並闢設日文版，惜僅辦兩期，即無疾而終，在三十五和三十六期內刋出相關日譯有十五家二十三首詩，及白萩評田村隆一的「或大或小」一文，另外並提供資料在日本「航程」「裸族」等詩刋介紹同仁作品。五十五期刋載非馬和美國詩人碧奇卡（Philip A Pizzica）合譯英文『笠詩選』，選譯二十六家四十一首詩，接着五十六期又刋出梁景峯選譯德文臺灣現代詩選『星火的即興』，選譯十七家三十首詩。另外經由韓國詩人金光林翻譯成韓文，發表於「現代詩學」一九七一年九月號，介紹於韓國詩壇。在這第二期五年當中，向外介紹的工作，成績相當不錯。

一九七一年是笠詩刋流年不利的一年，接踵發生了幾件與其他詩社不明不白的論爭，一時之間頗有身陷重圍之感。第一件事是與葡萄園詩社的爭端，肇因於『華麗島詩集』後記中對該社之介紹提到「主張新詩的大衆化，雖以明朗的語言來寫詩爲目標，但其運動常徘徊於低迷狀態而未發揮有效的影響力」，本來措詞如有未當，被介紹者當然有更正和辯駁的正當權利，但因葡萄園在三十六期評文中過份情緒化，並謂「低迷」爲不通，頗使笠詩刋神傷。查迄今爲止，其他詩社編譯的任何外文詩選，均未列入葡萄園同仁，而『華麗島詩集』却一口氣選用三位，已足够表明笠的立場。譯詩本來就是吃力不討好的工作，如果再遭遇多餘的意氣之爭，不免令人氣餒，對此事笠採取逆來順受的態度，後由白萩遍查「低迷」出處，語出李商隱詩，其他坊間辭書均有收錄，而在笠46期以書簡方式公開，了斷這場無謂的爭執。

第二件事是與當時以羅門撐場面的藍星詩社交手。原來笠37期起改變方式，選用「名」詩爲作品合評對象，以羅門的「麥堅利堡」開始，接着三期以季紅的「鷺鷥」，紀弦的「狼的獨步」，和余光中的「双人床」。本來讀者對詩的欣賞角度各人不同，褒貶自所難免，而在作品合評中盡量挑剔，甚至大放厥詞，已是司空見慣的事，對詩人而言，得失寸心知，大可不必計較。不料笠第一次採用作品的作者羅門，剛好是每次聽到溢美之辭便津津樂道引爲知己，而遇到逆耳之言便嗤嗤作響怒目相向的人。「麥堅利堡」合評結果，貶多於褒，有危及名詩好不容易建立起來的地位之虞，於是羅門挺力推出七年才出一次的藍星年刋一九七一，安排兩篇替自己捧場的詩論，自己寫了一篇二十八頁長的文章，橫掃參加作品合評的笠詩刋同仁，這是作品合評有史以來受到最大的一次反響。但同仁認爲合評時均出於嚴肅的態度，沒有爲此論爭的必要，只由趙天儀撰寫「裸體的國王」刋於笠44期，對涉及其個人部份提出反辯，而結束此段公案。不過双方仍保持良好風度，未再出任何惡言，幾年後，羅門仍耿耿於懷，曾私下見怪趙天儀不該把「裸體的國王」收入其評論集，還以此文爲書名。

第三件事是與創世紀詩社的全面火併。原來創世紀到29期停刊後，翌年（一九七〇年）即與南北笛詩刊成員合組成詩宗社，翌年再創辦報紙型「水星」詩刊爲其衛星刊物。由於創世紀擅長以偏頗態度編輯詩選，造成「一社獨大」的假相，洛夫主編『一九七〇詩選』仍不脫此臼窠，導致傅敏在笠43期寫「招魂祭」加以批評，傅敏不無因洛夫選詩偏頗而引起寫該文的動機，但主要是檢討洛夫對詩的認識。洛夫自覺權威性受到挑戰，並不就詩的觀念論提出辯駁，却在未明底細之前，憤然在「水星」四號刊出公開信，曲解事實，後來又由夏萬洲和宋志揚出面辱罵笠詩刊爲日本詩壇殖民地，逼使笠不得不於46期刊出嚴正聲明，要求公開道歉，否則將訴之於一切公論。後來由瘂弦出面作魯仲連，「水星」還出了一期有被稱爲「戰鬭版」和「和平版」兩種不同版本的空前絕後行動，不久即停刊，於是「創世紀」復出。

這次多餘的交鋒，後遺症出現在洛夫爲巨人出版社『現代中國文學大系』的詩序上指稱：「領中國未來「風騷」的自然有待另一批新的詩人，……他們決不是今天詩壇上年輕的一代。」引起年輕詩人群情嘩然。洛夫並將「作品合評」詆爲輪姦，不倫不類，若由此比喻加以類比，則創世紀詩社比較偏好一對一的××。其實洛夫下筆時大概忘了，在笠第6期時，他已上台表演過，更沒想到一九七八年時，也把創世紀諸同仁一一叫出來現身輪流一番。其實，在笠強化批評的作風推動下，詩人逐漸覺醒，在這幾年中創刊的龍族、主流、大地等詩刊，都邁出踏實的步伐。由於笠提倡批評，訓練出開放性的心態，除了意氣之爭，有必要澄清外，針對詩本質的爭論，大多採取冷靜的反省態度，即使不同意對方的論點，但仍尊重其討論問題的立場，從不借題發揮涉及詩以外的問題，因此，對唐文標、關傑明、顏元叔等人的詰難，不但不反駁，且引爲諍友。事實上，爲大家所關心的詩的種種問題，笠一直在檢討批判，只是聲音太小，不能獲得較大反響，而詩壇積弊難返，也不是一朝一夕可以竟功。

笠第二期五年中另外一項貢獻是，自45期由黃基博提供的「兒童詩園」，開創詩刊設兒童詩專欄的先河，自此笠對兒童詩的提倡不遺餘力，參予指導和譯介外國兒童詩的同仁有林鍾隆、陳千武、陳秀喜、藍祥雲等，趙天儀並於50期撰寫「兒童詩的開拓」爲文大力鼓吹，此後在評論及教師研習會指導方面出力不少。後來，葡萄園、草根、風燈等詩刊都開闢了兒童欄，大家協力推動了兒童詩的教育。到一九七七年更由同仁林鍾隆肩負起創辦和主編兒童詩刊「月光光」双月刊的重擔，貢獻良多。

這期間不幸的是吳瀛濤於一九七一年十月六日去逝，笠46期特刊追思特輯，占58頁篇幅，對一位詩人來說，也可謂備極哀榮了。

七

笠第三期五年是「穩定時期」，即六十一期至九十期，從一九七四年六月到一九七九年四月。

十年的發展，笠已邁向成熟的心靈，在笠上發表的作品都充滿了親切的人間性，展現詩人透視社會和時代的批判知覺。在詩壇上一片中年代寫不出作品的叫嚷聲中，笠的中年一代仍穩健地不斷推出新作品，像詹氷、桓夫、陳秀喜、林鍾隆、林宗源、趙天儀、非馬、李魁賢、杜國清等，甚至久無作品發表的林亨泰、錦連、黃騰輝也都展出了令人驚喜的新貌，黃靈芝在俳句詩方面的努力，也很有成績。更難得的是前輩詩人也不落人後，楊逵、巫永福、邱淳洸、周伯陽等迭有新作，許達然的歸隊，使中年代的陣容更爲穩固。只有白萩，不知何日才會給我們驚奇一下？

上一期活躍的新生代，包括鄭烱明、陳明台、傅敏、拾虹、陳鴻森等都面臨了學業或事業上嚴重挑戰階段，因此詩作品和詩活動都減少，其他新生代的後備則剛好補上；這時期的陳坤崙、莊金國、林清泉、楊傑美和楊傑明兄弟、簡安良、郭成義、謝武彰、林清泉、趙廼定、衡榕、凱若都發揮了旺盛的創作力。停筆多年的靜修，寫出在泰國生活的詩篇，令人耳目一新，吳晟也走向生活與詩結合的現實路線。另外，向陽、陳黎、陳家帶、林梵、曾妙容、葉香、宋澤萊、傅文正、劉英山、子凡等也都紛紛在笠上台。這期間還有兩位表現優越的詩人，除了詩創作外，各發揮了獨特的擅長和成就，其一是李勇吉，自笠66期起連載「中國新詩論史」，已刊出約七萬字，惜作者事忙，全部工作尚未完成，其二是莫渝，有系統地譯介法國詩，塡補了笠一直最弱的法國詩選譯的一環，他的參予，使笠在翻譯方面的貢獻，更爲圓滿。其他新生代的詩人也都展露了評論方面的才華。

非馬的翻譯除英、美現代詩外，還擴大到土耳其詩人納京喜克馬、法國詩人斐外、蘇俄詩人葉夫圖先寇、後來獲一九八〇年諾貝爾獎的波蘭流亡美國詩人米洛茲的作品，都是國內很少人提到的。日本現代詩介紹方面，除了桓夫，又加上了林鍾隆和陳秀喜。杜國清翻譯波特萊爾的「惡之華」，全書自48期連載至75期，長達近五年之久，後由純文學出版社出單行本，果然暢銷，據說第一星期預約就有七百多冊。李魁賢翻譯里爾克「新詩集」全譯本，也自78期至87期連載刊畢。此外，許達然翻譯印第安人的詩歌，使我們除了黑人以外，更聆聽到紅族奧費斯的心聲。

足見笠詩刊在創作、評論、翻譯方面，都有了踏實的成就，這些成績是以點點滴滴的心血堆積起來的，不吹噓、不標榜，以致被故意低估，當我們把所有成果攤開來時，會驚訝地發現眞正要對詩壇有所貢獻，是要靠虛心而勤奮的工作，而不是霸道。有些詩人以詩介入生活，關懷現實與社會，對作品甚至詩人個人是否爲現實和社會所接納反而不在意，相反地，有些詩人其作品脫離現實，對社會漠不關心，卻處處製造與現實及社會交通的活動，這是兩種不同的心態，前者「寫」詩，要求讓讀者理解，却不在乎讀者是否接近，自視爲生活人，而後者「做」詩，要求讀者接近，却不要求讀者是否理解，自視爲詩人。顯然笠詩社是屬於前者。

笠詩社這種態度在驚濤駭浪的一九七七年鄉土文學論戰中的表現最爲明顯。鄉土文學論戰中要求糾正的一些文學上的弊端，早就是笠所批評的對象，屢次檢討，而且在反省中走出了中庸的道路，因此，笠詩刊並未爲論戰所惑，仍然以冷靜的態度思考着詩的前途，既未以先見自詡，亦未在詩觀上有任何突變，雖無影响文壇的先驅功勞，但也未因此投入漩渦隨波逐流，笠一直呈現中性反應。

不過笠却舉辦了二次嚴肅的座談會，做了全盤檢討並宣示了笠的立場和態度，第一次是發表於81期的「現代詩的批評」，另一次是發表87期的「鄉土與自由」。這表示笠穩定了，也成熟了。

在這第三期的期末。笠詩社及時繳出了二份成績單。其一是日文本『臺灣現代詩集』，選三十家九十五首詩，厚二四六頁，於一九七九年二月出版後，立即被推薦為日本全國圖書館優良書刊，報紙上的書評多篇，均給予好評。其二是中文本『美麗島詩集』，選三十六家三二三首詩，扉頁有美麗島歌詞歌譜，附入選者的詩歷、詩觀，厚二六○頁，本書依主題分類，分足跡、見證、感應、發言、掌握五輯，開創了中文詩選的先例。這兩本詩選均以笠詩社同仁為對象，主要做為同仁詩選呈獻讀者，在二書的序言和後記都有明確的交代，羅青在「詩壇風雲三十年」一文(註8)中認為「有意對社外的詩人大加排斥」，顯然未明究理，有所誤解。

八

笠第四期五年是「未定時期」，即九十一期至一二○期，從一九七九年六月到一九八四年四月。目前才過了三分之一，要給予評價，為時尚早，將來的步伐如何有待觀察。

綜計笠發刊到一百期止，共發表詩五千五百首，譯詩一千八百二十首，各項評介文字(包括翻譯)達二百九十萬字，篇幅共七千五百頁。這便是笠一百期的成績，這項成績當然應歸功於每位作者和讀者的支持，以及前前後後勇往參加過笠的同仁，無論參加時間久暫，只要他曾經是笠的一份子，他的心血就將永久印在笠的版圖上，這些同仁依照參加先後包括：吳瀛濤、趙天儀、王憲陽、詹冰、林亨泰、錦連、桓夫、古貝、白萩、黃荷生、薛柏谷、杜國清、李魁賢、方平、蔡淇津、張彥勳、羅浪、白山塗、林宗源、邱瑩星、吳宏一、鄭仰貴、白浪萍、游曉洋、羅錦文、鄭恒雄、黃騰輝、李篤恭、何瑞雄、葉笛、林煥彰、喬林、杜芳格、林錫嘉、洪文惠、徐和鄰、王昶雄、羅明河、藍祥雲、楊奕彥、巫永福、吳建堂、古添洪、陳秀喜、岩上、戰天儒、謝秀宗、吳夏暉、涂秀田、莊金國、鄭烱明、龔顯宗、施善繼、畢禧、王乃東、艾雷、王誠一、林忠彥、拾虹、黃靈芝、李敏勇、陳明台、徐玉琴、陳鴻森、非馬、凱若、李勇吉、黃基博、郭水潭、周伯陽、許達然、羅杏、衡榕、梁景峯、林鍾隆、林清泉、郭成義、趙廼定、林文寶、林雪梅、蔡瑞洋、曾妙容、楊傑美、呂欽揚、陽光、北原政吉、林鷺、北影一，共有八十八位。

一個詩刊居然可以毫不脫期地發刊了一百期，也許算得上一個異數，尤其是在這樣勢利的工商社會，連詩壇也沾染了明顯勢利和色彩的今天，笠能為詩壇保持着一塊清淨園地奮鬥迄今，更是異數中的異數。一百期的雜誌型定期詩刊，在我國應屬新創的記錄，回首前塵，十七年的光陰，使熱血青年也都漸生華髮。生命的悲哀無法超越，而詩的快樂也是無法取代。

發刊了一百期的笠，以後至少還有一百期得繼續出刊，為後代創造文學遺產，必須要一點一滴不斷地辛勤創作

下去，希望每一位朋友都能有時代和歷史使命感，不要輕易放下筆，這是給笠慶賀出刊一百期的最大獻禮吧！（六十九、十、十九）

附註：

1. 見分別發表於「現代詩」十三期（一九五六、二、一）和十四期（一九五六、四、卅）的現代派消息公報第一號和第二號上的標語。
2. 見「現代詩」第八年新一號，二十四、二十五、二十六期合刊（一九六〇、六、一）
3. 見「再論新民族型」，創世紀詩刊第六期社論，一九五六年六月。
4. 見吳濁流：「臺灣文藝雜誌的產生」，刊「臺灣文藝」創刊號，一九六四年四月一日。並收入遠景版吳濁流作品集之六「臺灣文藝與我」，一九七七年九月
5. 見「關於一年來的詩壇」，笠九十五期，一九八〇年二月十五日。
6. 見笠三十九期作品合評。一九七〇年。十月十五日。
7. 參見「創世紀」四十八期談詩小聚實錄。一九七八年八月十日。
8. 發表於臺灣日報副刊，一九八〇年六月二十六日。

詩的社會性

「笠」詩刊發行滿一百期紀念

時間：69年9月28日上午10時
地點：鳳山市漢泰中路鄭炯明住處
出席：葉石濤、鄭炯明、林宗源、陳坤崙
羊子喬、李旺台、蔡信德、劉德有
黃樹根、莊金國
整理：鄭炯明

鄭炯明：很高興各位今天在百忙中，撥冗來參加這個爲紀念「笠」發行滿一百期的座談會，尤其感謝文壇先輩葉石濤先生的涖臨。「笠」詩刊創刊於民國五十三年六月，十六年來，經過全體同仁的慘淡經營，雖然沒有提出什麼口號，標榜什麼主義，但求默默耕耘，希望爲中國的詩壇盡一份力量，現在終於有了一點成績。一本純文學雜誌發行滿一百期，已經非常難得，更何況是一份詩刊，而且從未脫期，這不能不說是一項奇蹟。做爲「笠」同人的一份子，我相信「笠」的繼續出刊是毫無問題的，不過也需要各位的支持和協助，使這份屬於大家的詩刊，永遠出版下去。今天座談會的主題是「談詩的社會意識」和「我對當前詩壇的期望」。文學是離不開人生的，當然也離不開我們生活的這個社會，一部偉大的文學作品之所以令我們感動，就是因爲它反應了人生和社會，提高我們的精神層次，慰藉我們的心靈，當然「社會」一詞的含義是廣泛的，它包括了政治的、經濟的、倫理的、宗教的、風俗的……等等。最近幾年來的詩壇，已經爭脫了五、六十年現代主義的桎梏，不論詩的語言、題材、技巧，都有顯著的改變，而呈現一番新景象，這是非常好的現象，現在就請各位發表高見。

林宗源：文學只是人類文化活動的一環，在文學創作的領域裡，做爲一個詩人，應該思索人與人，人與自然以及人與宇宙的關聯，從已知的知識，去挖掘本體的問題，也就是以人性爲奠基，去認識人與人、人與自然和宇宙所構成的世界，創造屬於詩人自己的理想世界。我寫詩就是以這種觀念，追求我想建立的世界，從不會認眞考慮社會意識的問題。三天前，金國兄從北港到臺南找我，閒談中，我問他關於社會意識的問題，他指著我說，你的作品就具有社會意識，而且是極爲強烈的一位，我聽了十分吃驚，因爲我並無有意地在強調社會意識的前題下，從事創作。他回去後，我開始思索這個問題，發現我十幾年來的追求，有點像他所說的，只是不曾注意罷了。平常我思考的都是人與人構成世界的問題，探求人類的本體，從人類的過去，現在與未來，企圖建立理想的世界。社會的形成來自人群的聚居，所以社會意識應該是一種群體意識，文學作品之有社會意識，可促進社會步向完美的境地。因此我觀察人的行爲，也注意生活周遭的一草一木，一個詩人應有包容萬物的胸襟。我想一個作家在從事創作時，不要侷限在某種主義或口號之下，他的世界才會遼濶。

葉石濤：今天來參加紀念「笠」發行一百期的座談會，我實在很高興，因爲臺灣光復以後，有兩本文學雜誌，特別注重臺灣的文學活動，就是「臺灣文藝」和「笠」，它們沒有官方的支持，純粹由同人自己掏腰包，出錢出力，已經辦了十幾年，這種長久的歷史，即使在外國的文壇也是難得一見的。剛才林宗源也談過，詩的社會性是比較次要的問題，詩和音樂一樣都是感性的東西，詩要表現的是一種生命的律動，詩不是不能注重社會意識，鄉土意識也好，社會意識也好，都是寫詩以前，詩人應具有的素養，所以我認爲詩的藝術性更不能忽略，小說也是如此，那樣才能使作品達到世界性的、人類的最高境界。詩不是只追求在地上扒泥土的形而下的，應從鄉土、社會性的表現，逐漸進入哲理的世界。我希望臺灣的詩人能注意這點，進一步寫出高水準的作品，在世界上佔有一席位。我是一個旁觀者，在這裡不得不說幾句話，謝謝。

陳坤崙：詩的社會性是詩人寫作的基本條件，無此條件，寫出來的可以說不是詩，我所指的社會性是廣義的，所謂詩的社會性，是指詩中表現人類共同的人性之某一層面而言。今天在此談詩的社會性的問題，對詩人是一種諷刺，換句話說，表示我們詩壇的某些作品無社會性。人是社會的動物，食衣住行莫不和社會發生關聯，古代的詩經便是一部反應當時社會的作品。我們常說「詩言志」，這個「詩言志」有多種解釋，我以爲志是士的心，詩人對人生的悲歡離合或愛萬物的感動，以文字表現出來，而成爲詩。詩人表現他內心的感觸時，應有一種正義之聲，所以說詩人負有社會性的使命。當然，爲了求得讀者的共鳴，詩的技巧也不能忽略。在這裡我要強調一點，詩的社會性是在詩人的自由意志下流露出來的，如果受到干擾、利誘，而寫出違背己意的作品，無論表面上多麼成功，也終難逃歷史的評斷，因爲它缺少一顆詩人的良心。

羊子喬：我個人的看法是，從中國詩的傳統看，詩是抒情的，主流是抒情，雖然也有社會性強的詩，但中國的詩仍以抒情爲主。由於時代背景的不同，臺灣的新詩和傳統的古詩，在形式或內容上有明顯的差異，同樣的，同時代在不同的社會環境下，也會產生不同風格的作品。「詩言志」的志，不一定是讀書人的心聲，也可解釋爲一般人的心聲。詩的社會性最近常被討論，顯示我們的詩壇逐漸開放，不再是封閉的世界，詩的社會性是詩人對社會參悟的結果，可分刻意和非刻意的兩種，一直強調詩的社會性，我認爲是不必要的，詩的社會性是詩人創作時，本身就應具備的素養，就如葉先生剛才說的，這是一個人生活的體驗，不必去強求，有實際生活的感受自然就會在詩中流露出來。這麼說，詩都是有社會性的，只不過有強弱之分而已，然而社會性強的詩就是好作品嗎？這點我不敢贊成，自然的流露比較重要。

葉石濤：人活在社會一定會受外在環境的影響，所以社會性不必在詩中特別強調，不過話說回來，如果詩人一開始就沒有社會性，只會玩弄技巧，寫的都是空中樓閣，那已經沒有做詩人的資格。詩本來就像詩經從群衆產生的，詩的群衆性也就是社會性，詩要追求的是藝術性。在座有幾位我較熟悉的詩人，像鄭炯明、林宗源、陳坤崙、羊子喬、莊金國，他們的作品不但有社會性，也有藝術性，注意詩的語言、節奏、技巧，現在因爲討論的主題是針對詩的社會性，所以不得不在這方面討論，這是大家知道的。詩的藝術性也就是詩的永恒性，「笠」詩刊應走的方向，不是社會性的追求，而是藝術性，更高境界的追求才對。

林宗源：詩的社會性只代表詩人所處的社會的特色，他所追求的理想，把社會性說成思想性也許比較好一點，一個作家應有獨立的思考和人生觀，過份強調社會性，會把思考的世界縮小。

葉石濤：社會性也是一個作家的世界觀。

羊子喬：鄉土文學論戰後，文學的社會性常被討論，詩的社會性是從意識發生的，大詩人杜甫的詩有很強烈的社會性，因爲那個時代需要這種東西，替大衆說話，現在我們的詩人也有這種認識，注意到詩的社會功能，原則上沒有錯，但要注意是否自然的流露，這點很重要。一首詩的社會性可以強烈，但必需通過藝術手腕處理，才是成功的作品。

林宗源：可是很多人寫詩，是抱著打算寫出什麼主義，什麼鄉土性的心理，而從事創作的。

葉石濤：這就變成套上一個模式在寫詩了。

羊子喬：談到這裡，使我想起六十代興盛的超現實主義的作品，寫這種詩的人眞正瞭解超現實主義嗎？我看大多數都是盲從的附和者。超現實主義在日據時代即曾介紹過，但在當時的詩壇無法存在，因那個年代不需要這種東西，可是在六十年代難道就需要嗎？我想不見得，主要是詩人沒有勇氣，缺乏正義感，才會躲在象牙之塔、咖啡廳裡做白日夢，現在是應該淸醒的時候了，如果詩人還不覺悟，那還寫什麼詩呢。

葉石濤：是的，時代變成現在這個樣子，我們無法置身社會之外，寫一些無關痛癢，觸及不到我們心靈深處的東西。

陳坤崙：詩的出發必與社會發生關聯，詩有社會性才容易感動讀者，我剛才說過，今天在此討論詩的社會性，對詩人是一種諷刺。

李旺台：我認爲社會性是讀者從作品裡看出來的，不是詩人刻意要有的，社會意識也好，思想性也好，都是表現在作品裡才能成立。我覺得很多詩人藝術家，沒有自覺，他們好像只是在從事一項技術性的生產，這是非常悲哀的。我是一個記者，也許由於工作的關係，我常發覺社會上有很多不是文學藝術界的人士，他們沒有受過文學、音樂的訓練，但生活上，常具有詩人、藝術家那種浪漫的氣質，他們對人生的感觸也很敏銳，有獨特的看法，有時候你會覺得他發一頓脾氣，都是非常「詩的」。

葉石濤：詩就是要表現赤裸裸的生活的東西。

羊子喬：一個詩人如果他的生活就是一首詩，那也不

壞呀！不一定要寫詩。（衆嘩）

林宗源：不，還是要寫出詩來，沒有作品怎麽能稱做詩人。

羊子喬：這點我知道。

葉石濤：在日本，有一種默默無聞的詩人，專門在車站、地下鐵的出口，不發一言地賣他的詩集，路過者隨手拿來一翻，如果覺得可看，便丢下數十元，拿了一本走了。這些詩使中下階層生活的人，像工人、司機、售貨員，讀了感動，使失望的人感到明天還可以繼續活下去的勇氣，世界並不如他所想像的那麽絕望，而堅强起來，詩的存在與價值便在那裡。這種靠賣詩維生的詩人，生活當然不好，或許只能維持三餐之飽而已，但他滿足這種生活。我常開玩笑說，我們這裡那一位詩人沒有職業，不能生活，爲什麽不去臺北或高雄火車站前，像這樣賣詩看看。

羊子喬：人家不說你是瘋子才怪，我想這和國民性有關。

葉石濤：買詩就像買花一樣。

蔡信德：我已經六七年沒有寫詩了，但我依然關心我們的詩壇，今天聽到大家談詩的社會性和藝術性的問題，我有一個感想，如果我再提筆，是不會寫以前那種浪漫唯美的作品了。由於職業的關係，我接觸的社會面比較複雜，每天看到的都是赤裸裸的現實，現實有好的一面，也有黑暗的一面，這些給我很大的衝擊。但是如果我只是把那感觸寫出來，沒有通過藝術性的考驗，我知道那不是成功的詩。一個文學創作者，他所面對的，就是活生生的現實，因此他的作品是無法避免社會性的。我很喜歡喬艾斯的小說「都柏林人」。「都柏林人」雖是由幾個短篇組成，但社會意識很强，「都柏林人」的成功，在於作者以完美高超的藝術手法，表現了作者當時社會的癱瘓性，由於政治、經濟或某種理由，導致的社會機能的衰退。一個詩人當然要有社會意識，但也要兼顧藝術性，才經得起時代的考驗。我們現在回顧六十年代的詩，知道有很多詩人沒有自覺，我想這不單是詩人的問題，也是當時社會的問題。

劉德有：詩應講求眞與美，眞而不美尚可感動讀者，美而不眞就變成詞藻的推砌了。我喜歡眞的詩，富有感情的詩，一個人生活在社會，日久必有感觸，尤其是被稱爲時代觸角的詩人，對社會的關懷與愛心當然比普通人强，換句話說，社會性是詩的要素之一。我想詩人在下筆的剎那間，不會刻意要加入社會性的意圖，因平常我們對人生的體驗、對社會的關切，已積存在心中，此時自然成爲寫作的素材，然後完美地表現出來。

黃樹根：談到詩的社會性，我的看法是，詩人敢不敢正視現實的問題。記得有一次參加詩的座談會，對於某位仁兄解釋李魁賢和吳晟的詩的看法，實在不敢苟同。詩可以讚美月亮，也可以歌頌太陽；可以讚美白晝，當然也可以歌頌黑夜，詩的內容爲什麽一定要描寫光明，光明的才是健康的、積極的人生態度嗎？詩畢竟不是口號，不敢正視現實反而是消極的，我們讀一首詩，是以詩中的題材，來判定這首詩的成功與否。現實是無法逃避的，不是詩人不會寫正視現實的作品，問題在他沒有勇氣，缺乏信心，當然這也許與時代背景有關。我不諱言，過去我曾沉迷於超現實主義那種文學之遊戲，也曾在「主流」詩刊批評過「笠」，認爲「笠」的詩受日本影響很大，語言過於平凡無奇，現在回想起來，實在偏見幼稚得可笑。詩的種類可分好幾種，並不一定要社會性强的才是好詩，像李白與杜甫各有不同的詩的風格，但無疑的，他們都是偉大的詩人。我相信，只要一個詩人的良知還在，有覺醒，敢面對現實，他是不會再去寫什麼「乃旋之黑之旋之黑」一類的文字遊戲了。

羊子喬：在通訊交通工具發達的今天，我們無法避免不受世界文藝思潮的影響，我們要取精去蕪，不要全盤接受，也不要一昧排斥。超現實主義的詩也有優秀的，可是由於臺灣特殊的環境，使臺灣詩的道路走向歧途，現在好不容易才扭轉過來，「笠」的存在有它的貢獻。

葉石濤：據我所知，這十多年來，不排斥他人，是「笠」存在的原因，「笠」的詩包羅萬象，只問有無達到藝術性，不論作者的意識形態。

黃樹根：我覺得我們使用的詩的文字，已有數千年的歷史，西方的思想如能接受，則予以接受，但文字的風格應純粹是中國的，可是包括我在內，現在我們使用的語言文字的技巧，常滲雜西方的。

李旺台：語言是沒有純粹性的，是活的人隨時在變。

羊子喬：我的意見和黃樹根稍有出入，他說用中國的傳統去寫，但我覺得臺灣文學的演變和傳統有一點不同，就是考慮用此地生活的經驗去寫。

黃樹根：用方言表達要考慮讀者接受的問題，臺灣是中國的一部份，閩南語只是方言的一種，更何況有些話很難寫成文字，這是現實的問題。

林宗源：詩人應用他最熟悉的語言去創作，那裡面有傳統的感情，有血也有淚，至於讀者接受能力的問題，是創作成完後的價值判斷了，作者可以不考慮。

羊子喬：臺灣話不是純粹本土的國語也不是純粹的北平話，方言的使用只要不太冷僻，用了不會影響讀者的瞭解。

李旺台：語言是傳達思想，感情的工具，詩的起源是什麼，有人說是男女相悅時互唱情歌而產生，不管如何，古時候的詩影響的範圍較小，可能只感動親友而已，現在是一個複雜的社會，不但社會對詩人刺激的因素增加，詩人創造出來的作品，對社會的影響力也相對的增加，也就是詩的社會性擴大了。

葉石濤：李先生說的和傳播系統的發達有關，科學昌明的結果，使文學的社會性更趨複雜。談到詩的起源，我相信詩是從勞動工作中產生的，因此詩不是個人的，即使男女相悅的互唱情歌，也是在勞動時唱的，並不是偷偷摸摸地在月光下卿卿我我，而產生詩。(大家笑) 我們看臺灣的山地同胞，可以瞭解這點。

李旺台：我來自鄉下，當割稻的時候，七八個在一起工作，便自然地唱起歌來……，這種快樂很原始。

莊金國：今天我們討論的主題除「詩的社會性」外，還有「我對當前詩壇的期望」。現在我就談一下我的寫作歷程的轉變和對目前詩壇的看法。最近我和坤崙兄各出版了一本詩集，雖然沒有指名獻給誰，但我用「石頭記」這首詩當書名，是有深深的用意的，主要是表達我對葉石濤先生，他對臺灣文學的貢獻的一點敬意。各位如果看過詩集的內容，當知道我在這本詩集裡追求的是什麼。我的第一本詩集「鄉土與明天」的序是請摯友信德兄寫的，記得他曾答應我，要為我日後出版的所有詩集寫序，可是在「石頭記」他就說他唬我不倒了，令我感慨萬千。我當然瞭解他的意思，在我寫詩的十幾年過程，直到最近，唯一的進步就走，以前寫詩的題材有了，但常因故猶疑不決，不敢下筆，現在有了自覺，只要感觸深刻，詩的內容醞釀成熟，我就放手去寫，能否發表已是次要的問題。過去寫詩多少還有一點炫耀的虛榮心，現在已看開了，我相信「笠」的多數同人，很早以前就有這種心境，而我現在才體會到，從這點可以看出一個詩人的成長的歷程。十六七歲開始寫詩，就像捏泥人的遊戲，愈捏愈有趣，直捏到成一個藝術作品時，方知這個捏並不那麼簡單，起碼要對自己交待得過，擴而大之，要對整個社會交待。社會是復雜的，俗語說「一種米飼百樣人」，個人對詩有他個人的看法，我們如何走出一條正確的詩的道路呢，依我看，社會意識是一個重要的關鍵。我開始寫詩是先接觸徐志摩的詩，以後讀六十年代詩選，覺得寫詩這門學問實在太深，始終學不來。直到有一天，信德兄介紹我看黃春明的小說，令我大吃一驚，覺得怎麼有描寫我們熟悉的人，事物的小說，如果這也算是文學作品，我也會寫，突然間，一顆閉塞的心被打開了，我開始有了信心，也有著一份覺醒。我認爲社會意識非刻意追求不可，但不帶有某種目的，是有意義性的。意識不單存在於知性的判斷，應該也有思想和感情的成份，有感情就有感性，你的意識達到那裡，你的思想與感情就到達那裡。有刻意的追求，才會增加詩的深度，這是我的看法。我總覺得我們的文壇存在著畸型的怪現象，舉一個例，發行量大傳播快速的報紙，所刊的詩是否大家眞正的心聲，這是一個問題，眞正的優秀的作品無法被大家看到，或大衆跟本不注意你的詩，儘管你把它說得多麼傑出……

葉石濤：文學作品不是讀者少、影響力小，就否定它的價值，時代證明這點，優秀的文學作品始終站在少數人的這邊，所以「紅與黑」的作者斯湯達爾常在他出版的書上寫著：「我這本書獻給少數看到的幸福的人」，作家的寂寞自古皆然，不要因作品只有少數的人看而失望，文學本來就如此，不用說在臺灣，在外國也一樣。一個詩人作家，只要繼續寫下去，直到倒下，就是完成一個人的精神的生長，對自我的完成有一個交待，這就够了，不要考慮太多，時間多會淘汰很東西。

陳坤崙：一個有良心的作家，當他提筆時，常不考慮後果，只一心要寫下他看到的事實、眞理，可是完成後，常有某種程度的顧慮，這是無可奈何的事。

葉石濤：一個藝術家應有使命感，尤其在臺灣特殊的環境下，藝術家、作家代表尖銳的存在。作品有使命感，有理想，不只是爲個人的利益，而是整體，使我們的社會邁向更高更完美的境界，這樣的作品才有價值。一個作家有遠大的抱負，他的作品自然就有這種思想呈現。

鄭烱明：今天的討論很熱烈，大家都發表精闢的見解，我在此表示感謝。座談會的主題雖定爲「詩的社會性」，但並不代表「笠」特別強調詩的社會性，只是感覺這個問題，在目前的環境下，有值得討論的必要。一首成功的詩，我相信藝術性、鄉土性與社會性都是不可或缺的因素。「詩的社會性」只是一個詩人的良知，或如葉先生說的使命感，希望「笠」第一百期的出版，象徵著中國詩壇光明的遠景，謝謝。

詩的精神力量

——笠百期編輯後記

趙天儀

不錯，寫詩，是個人的事業。但是，辦詩刊却是群體的事業。笠詩刊，在發揮群體團隊的精神方面，已經由事實來證明了。「笠」詩刊的同仁，是愛詩的一群，十六年來，他們群策群力地耕耘的結果，已經奠定了一座艱辛的里程碑。而在同仁之間，也發揮了幾點不可忽視的詩的精神力量。

一、和而不同的精神：笠同仁最重要的一點，就是和而不同。在情感上，大家以詩會友，建立了純潔的友誼。但是，在詩觀上，彼此各有各的看法，而且都相當擇善固執地堅持自己的看法，尊重彼此不同的看法。他們沒有喊出什麼主義的口號，反而沒有魔障，頗能吸收容納現代詩潮的各派的優異性。並且在做人方面，表現了所謂君子和而不同的精神。

二、追求創造的精神：笠同仁是愛詩的一群，在詩的創造性上，不斷地嘗試，不懈地追求。因爲許多寫詩的人，常常被名利或目的性所引誘所迷惑，而走上非藝術性的追求。笠同仁却是在詩的創造性上，苦苦地追求不捨。因此，他們努力開拓各種各類的不同的詩風。

三、社會正義的精神：詩是藝術的創造，但是，偉大的詩的創造，却不能只是美的藝術的創造，而必須走上追求眞理與至善。我們追求具有眞的美，具有善的美，也就是追求具有社會正義的詩的創造。我們之所以對美文式的作品，給予強有力的批判，也是基於這種基本精神的出發。

四、歷史意識的精神：笠同仁肯定了臺灣歷史發展的過去、現在與未來，是從歷史意識來衡量的。正如我們承認臺灣的現代詩壇，是兩個根球的結合一樣。我們認爲只有在這種民族的大融和的前提之下，我們才能看出我們共同的歷史的命運，我們的詩將往何處去？詩的生命，是個人的生命的延伸，也是民族的生命的延續。只有民族的生命有光明的前途，個人的生命才會有光揮的前程。

開幾天就凋謝的花，固然美麗；然而，雖然不開花，但是，四季常青的樹木，却更充滿了美的眞諦。我們愛帶刺的薔薇，却更愛常青的樹木。詩人的生命將有時而盡，而詩人創造的光輝却能照耀千古。

臺中市立文化中心文化服務部代售書刊

著者	書名	出版	定價
文曉村編著	**新詩評析一百首**		上下冊各七十元
莊金國詩集	**鄉土與明天**	大漢出版社	五十元
杜國清詩集	**望月**	爾雅出版社	六十元
非馬譯	**裴外的詩**	大舞台書苑	三十元
岩上詩集	**冬盡**	明光出版社	七十五元
黃勁連詩集	**蓮花落**	大漢出版社	六十元
陳明台詩集	**孤獨的位置**	笠詩社	二十四元
鍾肇政著	**原鄉人**	臺灣文藝社	七十五元
翺翺詩集	**洛城草**	藍燈新刊	五十元
陳千武譯	**田村隆一詩文集**	幼獅文藝	六十五元

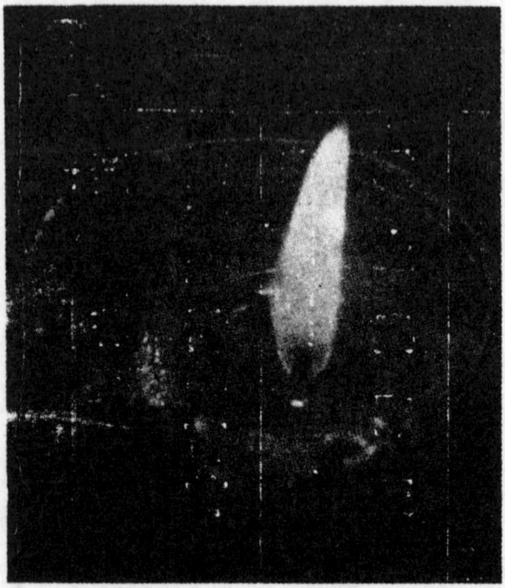

中華民國行政院局版台誌1267號
中華郵政台字2007號登記第一類新聞紙

笠 詩双月刊 LI POETRY MAGAZINE 100

中華民國53年6月15日創刊
中華民國69年12月15日出版

發行人：黃騰輝
社　長：陳秀喜

笠詩刊社
台北市忠孝東路三段217巷4弄12號
電話：551－0083
編輯部：
台北縣新店市光明街204巷18弄4號4樓
經理部：
台中縣豐原市三村路88號
資料室：
《北部》淡水鎮油車口121之1號5樓
《中部》彰化市延平里建寶莊51～12號

國內售價：每期30元
訂閱全年6期150元・半年3期80元
海外售價：美金1.5元／日幣300元
港幣 5元／菲幣 5元
歡迎利用郵政劃撥21976號陳武雄帳戶訂閱

承　印：華松印刷廠　中市TEL(042)263799

詩双月刊

笠

LI POETRY MAGAZINE

1981年 2月號 101

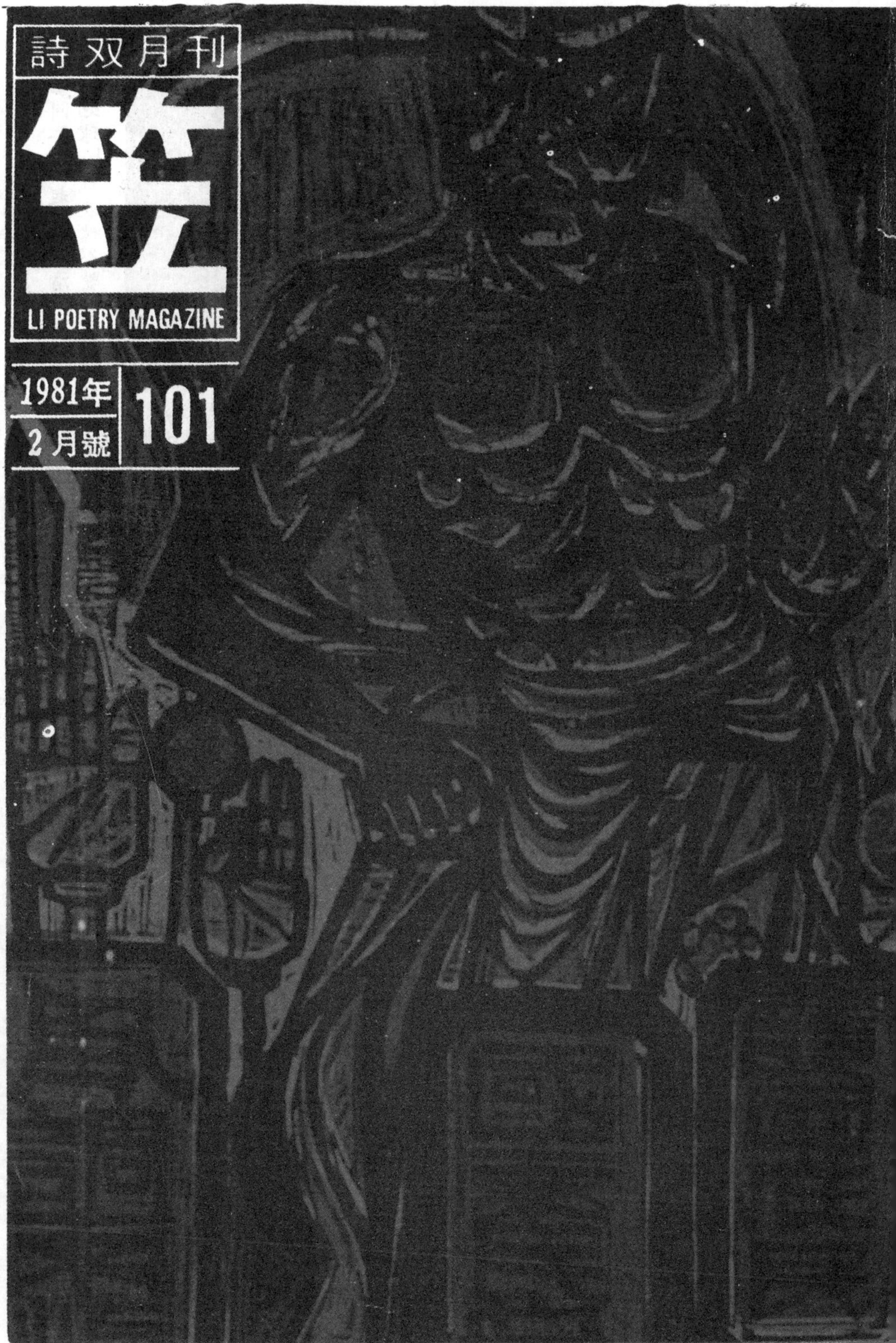

笠同仁(右起)杜國清、陳明台、陳千武和主辦國際詩會「地球」代表秋谷豊(拿旗子者)、女詩人新川和江合影

一九八〇年二月二四日東京國際詩會晚宴席上(右起)陳秀喜、白石嘉壽子、陳千武、林宗源、巫永福合影

論壇

「笠」百期感言

杜皓暉

在中國現代詩壇，極具歷史地位的「笠」雙月刊，在今天發行第一百期，「百」這個數字，在中國人的心目中，是個完滿、可喜的數字。而「笠」能够在艱困萬難中，邁進整百，是一件難能可貴的事。

站在現代詩同文的立場上，十分願意在「笠」百期發行之日，說一些賀詞，也提出一些勗勉，但望「笠」能够更茁壯，不但走入歷史，更能創作中國現代詩的歷史。

「笠」創刊至今，已逾十六載，在十六年中雖然經費拮据，雖然工作人員短缺，却能够持之有恆而不間斷，終於在現代詩壇，樹立了一座里程。對於為「笠」付出心血、努力等等貢獻的詩人朋友，不能不報以由衷的感佩。

「笠」詩刊，是早期臺灣現代詩人，為了開拓詩的領域，強化詩的陣容，以同文同好而組成的一份同仁刊物，在這份刊物上刊載自己的心血結晶，不但要犧牲詩作、稿費，還得要自掏腰包，捐獻印刷費。但是，大家共同體驗了為詩奉獻的心意，毫無怨言地撐持了十六寒暑，這種毅力，這種為詩犧牲的精神，是十分可貴的。

「笠」詩刊，強調的是社會性、藝術性和鄉土性，在過去十六年中，對於詩的社會性，鄉土性，都有着長足的貢獻，使得鄉土詩篇，延綿不絕地傳續。不過，「笠」詩刊在藝術性的追求上，似乎仍未遂到理想的界境，是值得再做大力推展的。

在「笠」走入一百期之後，以一個寫詩的人的身分，亟盼「笠」能更見輝煌，更見穩健成長，也更綻放詩的光芒，基於這樣的要求，希望「笠」能在未來，注意到下列幾個事實。

「笠」，目前在現代詩壇，是鄉土詩的大本營，但是想在中國現代詩壇創造歷史，應該要更為「開放」才行，一個詩刊，應該兼容並蓄，容納各種不同詩風的作品，共同邁進，共同切磋、砥礪，才能眞正開放繁花。

在詩論方面，任何一篇作品，都應求其完美，不能失諸偏頗。詩論是個人的看法，本應恁自發揮，但若失之偏頗，則會引起不良的後遺症，應該愼重。

目前，國內最欠缺的是，完整而有系的譯介外國詩作，「笠」應該負擔這個責任，不過，也應注意其「新度」，不要又像「超現實」那樣，弄得一團糟。

總之，但望「笠」眞能成為一個歷史性的詩刊。

（轉載自民國六十九年十二月十三日「自立晚報副刊」）

笠 第101期 目錄

評論翻譯及其他

插圖

晴朗的天空及其他

鄭炯明

晴朗的天空

——贈詩人桓夫

走出密林
您以一双不眠的眼①
不停地凝視著
這紛擾的世界

在龐大、陰暗的
影子的籠罩下②
您仍然高聲吟唱
沒有一絲退縮

是的，在詩裡
才有您眞正的愛與死
但請不要說
您底終點馬上會到達③
因爲我們才剛出發
我們才剛出發啊

多少困難
在等待我們克服
多少創傷
在等待我們撫慰

躲在馬祖廟的屋頂下
避雨的人呀④
時間將證明
我們的天空
是一個晴朗的天空
沒有誰能
永遠使它晦暗

①「密林」與「不眠的眼」爲桓夫的兩本詩集。
②見桓夫所作「影子」一詩。
③見桓夫所作「不必・不必」一詩。
④見桓夫所作「屋頂下」一詩。

權慾十行

從飄著白雲的山巓
從探測不到的心的高處
一路奔流而來的
不是什麼綠水

是你控制不住的權慾
在泛濫
在不斷淹沒
一個又一個貪婪的軀體

讓我疲憊的精神
無家可歸

魔術師

如果你眞的會變
像在臺上表演的那樣
那麼，請把我失去的愛
原封地變回來吧
使我有活下去的勇氣

即使不能全部
一丁點就够了

不要老是躲在幕後
成天動腦筋
思索如何從
觀衆受騙的掌聲中
獲得更大的滿足與自慰

我已經厭倦
活在你刻意經營的幻象裡
我要走出這虛僞的地方
不管用什麼方式

追　求

這是一條崎嶇險阻
充滿障礙和危機的道路

在我們出發之前
已經有人踏上了旅程

大家循著泥濘的足跡前進
一路上，我們看見了
成群駐足觀望
與受傷仆倒的呻吟者

只有少數的幾個
像我們一樣
忍受著肉體與精神的煎熬
無視一切阻撓
堅強地走下去

疾風動搖不了我們的信心
烈日蒸發不了我們的意志
暴雨淹滅不了我們的熱情
黑夜吞噬不了我們的希望

幸福之路眞的這麼難行
這麼遙遠，這麼痛苦嗎？
我不相信

如果我們追求的不是幻影
沒有什麼能阻擋我們
因爲目標就在前方
我們即將抵達
歡樂的歌聲也將開始高唱

雁的世界及觀察

白荻

・觀察者・

一、

比例尺測量在地圖
他們，根據你的路線
計算着你的時間

窺視的眼透過望遠鏡
無聲的接近
觀察你的言行

更且將豕養的雁
裝置了竊聽器
飛進你們的行列

各地的哨站
隨着你飛過的路
迅速的通報連結

從無碍的時間和地點
不驚擾你的追求
他們早已準備

二、

秋日的沼澤
陽光僞善地晒着倒影
無風，陰謀凝固了喧鬧

在無事的水面
他們用你的形象
複製了你的同胞

或對着天空昂首
或沉啄入水
或並肩廝磨

自由自在地浮游
這祇是木雕的雁子
構成了可以入夢的樂園

而準星們透過草叢
獵狗伏在隱處
持槍的人屏息待立

三、

浩浩蕩蕩的行列
寬闊的天空容納了你
與堆雲追逐着前方

循着心底的路線
無誤地出現在
他們計算的天空

便有哨聲破出林梢
啊，他們竟仿造了你的語言
向着你們的行列呼喚

同樣的頻率同樣的基調
刺動着你的血脈
引導你的目光落向同胞

於是，領隊、斂翅，飛下
靜靜的沼澤盪起了
滿湖閃閃的夕陽

四、

靜默靜默在樹梢
有瞭望台蹲伏着監視
靜默靜默在樹背
有獨眼的槍管在窺探
靜默靜默在草叢
有偽裝的獨木舟在待命

不要驚擾只準備
讓你們飛下
不要妨碍只注視
讓你們入夢

從各方位各角度
分配眼光
交織一面無形的天羅
只等待一聲發動

而一聲命令竟然也是雁聲
短小的呵欠

五、

他們
高明
獵人
一槍
一命
一聲
一朵鮮花
爆開
刺破
夢
撕裂
理性
擊碎
良知

熱血
彈起
灑向
冷冷水中
有激烈聲
。圖屠。
生
命
浪費
。慶典。
只有你
儌倖
飛脫
在天空深處
孤零鳴叫
消失

·受難者·

夕陽落在右翼
新月擔放左翅
飛上無形的軌跡
回首，看五千年的起點

默禱多少同伴
前瞻，穿越無窮
祈待身影的繼起

一隻就獨飛
二隻就並肩
三隻就排列
四隻就成隊

一隻
就獨飛
飛向生的始原
飛在命的悲壯
擔着日與月
有疾風掃面
就奮身而上
在無形的軌道
不似無志的堆雲
隨風倒退

戶口普查

黃樹根

(一)

勞師動衆
把戶口普遍
都　查一查

查一查
十年來
私生人口有幾許
違章建築拆了幾許
房屋稅漏了幾許
查一查
人性隨著
高樓大厦高了幾許
這是一回辛苦的查訖
基層人員努力啊

(二)

十年一查
翻一翻
閻王的生死簿
憑添幾許
寃鬼
人世間又有
多少悲痛
被翻出來
記入
普查表裏去

夜深人該靜
而這一夜靜不得
燈火任它點亮起
亮一亮
名册裏的垢藏
通緝犯啊
不用躲
聽說今夜不抓人

因此　普查
夜半敲門不必驚嚇
大人不來找
你的麻煩
只要沒有鬼住在
你家
只是來普查
人口

白賊及其他

陳坤崙

白賊

明明你住的是違建的破房子
却說你住的是豪華的別墅

明明你的生活費都向朋友借來的
却說你一個月收入好幾萬

明明你開設賭場
却向朋友誇說你創設一家公司

你白賊不怕見笑
把腐敗的說成完美
把垃圾變成蘋果

在這個世界上
你靠白賊
到處宣稱你的才幹
欺騙善良無知的人

無論你白賊的技巧如何高明
還是有人識破你
識破就撕破

白賊繼續白賊
你要怎樣 你說嗎！

撒隆巴士

有這麼一個婦人
因爲她的小孩
餓了哭哭啼啼
身體病了吵吵鬧鬧

有一天
她的耳朵已經受不了
她發明了天下第一的妙方
要是小孩哭
要是小孩鬧
要是小孩叫
不要緊
祇要到西藥房買一塊
撒隆巴士
把小孩的嘴貼起來
一切立刻變成安安靜靜
一點聲響也沒有

毒氣

今天是美好的星期天
早晨醒來
打開窗戶想呼吸新鮮的空氣
不知那裏來的一股濃烟向我襲來
我的眼淚立刻掉下來
且不停地打噴嚏
我的頭有點暈
那種不知名的烟味令我驚慌
或許戰爭發生了
敵人正在施放毒氣

我立刻往外跑
鄰居仍然在沉沉的睡夢中
一陣寒風刺入我的骨髓
原來不是戰爭爆發
却是鄰近的大工廠
利用夜半人靜
把廢氣偷偷排出

仙丹花

陳秀喜

前庭一片綠色之中
殷紅的仙丹花
比波斯菊耀眼
她像沸騰的熱血
她像慾望的火焰
她像苦難的血淚

倘若
仙丹花果眞是仙丹
定有廣大的神通力
譬如
人權・人質的問題
不斷漲價的石油問題
高雄的不幸事件
社會的不公平事件
中東戰爭等等
80年代世界的詬病
仙丹一投萬病除掉多好
然而庭前的仙丹花
只是脆弱的草花
虛名無實的仙丹花啊
我家花園
因你而感到羞恥
請不要叫仙丹花
還是叫綉球花才好

無言歌集(一)

陳鴻森

驢

人們用——
生活堅忍的意義
——捕捉了牠

轍痕從久遠的封建時代
一直延伸到前近代

如今，站在被廢棄的拖車旁
牠自我的劣等感
更加深重了

釋下歷史沉重的負荷
反而喪失了
生的平衡
畢竟驢並不懂得解放的意義

鳥

在僞瞞的體制裡
努力地抑制着
拍翅的衝動，不敢
懷想舊日的枝柯

以着層層的緘默
緊緊裹着自己
監視的眼和傾聽的耳
隱藏在不可知的地方

並非忘却了飛翔
而是天空已然失去
昔日熱切追求的速度
竟成了此時最深痛的傷

再一年

許達然

悟：
花搞的驟麗下
土悄悄笑了
草編的遼潤上
土默默匍匐
葉擲的重量中
地紛紛跳
雪潑的聲音裏
地白白舞
誣，摔得東倒西歪
還直直賣力
要再來

安平港

林宗源

一把流動的血球
激動地懷着泥黃的面色
在通往府城的血管中
紛紛地患上憂鬱症

在安平與台南的中間
在中央山脈與海的中間
血球聚集在血管中爭論
爲了歷史的問題
爲了健康的問題
爲了幸福的問題
與進口的挖泥船爭吵着

安平港這個多年患病的孩子
這個不能自立行走的孩子
這個食很多黃泥的孩子
喜歡活在夢裡微笑
那古早自由自在開墾荒地的日子
總希望有一日堅強起來
駛大火船到歐美去醫病
醫好黃黃的面色

一九六七、八、五日寫

九行集

莊金國

梵靈

這是你
唯美唯情的筆名
現在你不用了
你說你未嘗不懷念
——然而我更珍惜
這裏的完整與和諧
眼看你削瘦的肩影
逐漸細小……細小……
以迄不見。

虛榮

有一個詩人、不
有一些詩人、不不
有很多很多的詩人
寫詩，只爲
滿足小小的虛榮以及
不甘寂寞的發表慾望……
伊們說的也是
寫詩寫到如此田地
伊們說的也是

收斂

好不容易熬出來
舉凡過得去過不去的
你就別太鑽牛角尖了
讓那些極端情緒的字眼
溫柔敦厚一點吧
讓那些引人激動的故事
結晶成古典；
講求對仗最好
不押脚韻亦可

適應

擔子就在你肩上
你說挑啊大家來挑啊
却好似無從挑起
而你依然辛苦挑着
別無什麼的空擔子
因爲你相信
這樣，總比
雙手插在口袋裏
看起來順眼些

訊息

耿白

這般無奈的冬寒
迫使我們暫停做活
瑟縮在屋裏苦候
讓內心那股深藏的暖流
融化着快被凍僵的想望

曾經有人從風雪中來
支支吾吾的透露另一種訊息
想要連同我們一塊
隨他走進那片未可預知的曠野
找尋久已失聞的花香鳥語

可是我們期待的心情
却不是捎信者所能理解
誰敢擔保翻山越嶺
就會冒出一個
毫無緣由的春天

所以我們告訴自己
儘管風雪如此淒迷狂厲
春天還遙不可期
但是我們不能堅守着
我們辛勤耕耘的土地

「訊息」就是見證

莊金國

整整六年了，「梵靈」沉寂而「耿白」復出矣！

在這六年當中，他除了爲我的第一本詩集寫過序，再無消息，朋友間想盡辦法刺激他，却是誰也催促不起來。

此次居然接到他捎來廻異過去的「訊息」，老實說，我一點也不感到意外。只因近兩年來，他雖無作品出現，但在屢番聚談中，他已隱約流露不少感人肺腑的詩意了。總之，他是有些懶散，以至六年來，有形的收穫呈現一片空白。

然而耿白終究忍不住想告訴大家，誰都是現世的歷史的見證人。

籠中鳥及其他

德有

榕樹的悲哀

在大自然的懷抱
隨自己意願
我們站成自然美麗的姿態

自從成爲主人的寵物
伊拿起無情的剪刀
整天整月整年
朝我們修呀修剪呀剪
修成伊心目中的面貌
剪成伊理想的姿態
默默裡我們伸出
抗議的手
依然躲不過
被剪刀擺平的命運

在主人的庭院裡
同族一個個漸漸地
漸漸地
變成牛
變成馬
變成不再是自己

靶

爲什麼無言地站在太陽底
讓無情子彈
一顆又一顆
穿過瘦弱的身軀

爲什麼默默地站在光明處
任狠心的狙擊手
一次又一次
驚醒心底的惡夢

在這臨時的戰場
上來一批又一批的槍手
你慣於站成的無奈姿勢
到底還能支持到多久呢

籠中鳥及其他

籠中鳥

關在籠子裡
你的世界變得那麼狹窄
展開翅膀
就碰到四周圍的鐵絲

很久了
你靜靜立在籠子
不再展翅
是否你已遺忘
飛翔過的天空
是否你已安於
這樣的生活

稻子・蟲・老農

還沒有結成纍纍的果實
只是剛剛在成長
貪婪的蟲啊
竟然一口一口的啃噬
綠波不再
微風不笑
老農啊老農
緊緊鎖起眉頭
不是悲嘆
是思索
怎樣一次漂亮的噴殺

黎明時刻

漫漫長夜
苦悶壓著
鬱結繫著
一片沉默的心
當報信的曙光傳來
太陽就要臨頭
那群麻雀
於是等不及的躍上
屋頂
載歌載舞
迎接
另一個日子的來臨

都市詩抄

李昌憲

烟囪

——都市八首之一

超級大工廠的烟囪
以短促而急迫的哮喘
佔領我們的生活空間
白天不見藍天
入夜放出酸臭廢氣
百萬人口醒或睡都在嗆咳
泥塵自天沉沉垂落
這冷硬的覆蓋
呼吸也都哽塞
餓壞了的夜空
爲何找不到一顆星
唯凄號的風證實
百萬人口正日夜焦慮
苦於雨季來時
酸雨夾帶泥塵而降
百萬人口的面貌銹蝕
到處爆滿
醫典也查不出
無法下藥的諸多絕症
在手術台上剖開
剖開的內臟，立刻得到
見證，被污染的環境謀殺

招搖的泥塵與廢氣
誰能控訴？

六十九年八月・高雄市

附記：報載臺灣爲世界上四個下酸雨的地區，足證環境污染之嚴重，而以高雄爲最。

河喪

——都市八首之二

盛妝淡妝一樣汚黑著臉
腐臭襲人的愛河
映照兩岸詩意的燈盞

幽魂般招呼
聞而怯步的情侶

今夕的燈火已闌珊
誰來唱動聽的情歌
送遠航的行船人
愛河是泣不成聲了

被繁榮與進步遺棄的
廢物噎住河道
流不動的愛河水
怒目向誰？
除了高架廣告牌
面對百萬人口
顫慄不安

六十九年八月・高雄市

月出月落

非馬

月出

笑臉盈盈
迎向
從面紅耳赤
的白晝
倉皇逃出的
我

月落

耗盡了
愛情
離去時
猶頻頻回首
而床上的魯男子
正
鼾聲大作

詩二首

楊傑美

無題

「什麼？你們還想要加班？
今年度的加班費老早就透支了；
你們都是念過書的人
身受國家栽培
怎麼可以只求私利
浪費國家的公帑！」
工作座談會上
廠長這樣憤怒地斥責了
同仁們放寬加班的要求

第二天，工礦檢查委員會
派員來廠年度檢查
一上班廠長就把
事務課長叫到跟前：
洪課長
昨天我吩咐你的
茶和烟準備好了沒有？
還有香吉士、西瓜
噴香水的冰毛巾
準備好了沒有？
另外，中午在飯店的招待
要訂一桌二千元的菜
另外加上三打啤酒……」

烟酒漲價之夜

「為了反應成本
發揮以價制量的功能
行政院核定自明天起
烟酒漲價百分之三十」
電視螢光幕上
新聞播報員面無表情
冷冷地播報着這則新聞

坐在牆角低頭串着聖誕燈泡
沈默了很久的我那個黃臉的老太婆
這時卻忽然像發現了新大陸那樣
手舞足蹈地歡呼起來：
「哈哈，老頭子啊
從明天起
你的長壽恐怕只好降一級
改抽那莒先牌囉！」
並且，用她那双皺巴巴的眼睛
不住地
向我拋着那久違的媚眼

愛妳，至死不渝

——to LiANN

靜修

妳坐在我三陽八十的後座
兩手緊緊環抱着我的腰
迎着涼風唱着「牽掛」
兩個月以前，當我教你這首歌
便忽然有了即將失去妳的預感

從員樹林到龍崗
我們不知跑過多少遍
讓那盪漾的明潭金波
爲我們留下層層笑聲和蜜語
到了榴火燒紅兩顆跳躍的心
（那好像是一夜之間的事）
路便延伸到中壢以外的世界
而青草湖畔搖船的倩姿
新竹動物園相擁的留影
以及月色的中壢中央公園
以閃光灯攝下的相吻的鏡頭
是此生永愛不渝的明證

愛是一串美麗的明珠
在生命的記憶板上閃耀

在中壢，克拉瑪與克拉瑪爭執中
　我初次觸摸妳那濃密的秀髮
在角板，我們投入青山綠水
　譜奏永難忘懷的第一闋戀曲
在板橋，我們關進屬於自己的小天地
　在鏡前，把愛情甜蜜給自己看
在溪洲公園，我們坐彎了一棵小相思
　讓妳從翹翹板的上端滑入我胸懷
在青年公園，我們笑談將來要偷偷
　生一個眼睛像妳，嘴巴像我的女娃娃
在桃園，我們捨棄遮蔽的文明
　扮演最初的夏娃和亞當
在虎頭山，我們走不出小小的迷魂城
　在狂笑中走回童年
在新店，我們僞裝得像老實的純朋友
　以爲沒有被趙天儀看出破綻
在齋明寺，我們數不盡山谷裡的灯火
　把滿天星斗一把揣入懷中
在北投，我們抗議不太燙熱的溫泉

化一個下午的時間，用戀火泡成熱海
在新竹，我們繞着一盞灯，把妳
從這邊抱到那頭，再從那頭抱回這邊
在石園，我們臥死一片朝露
讓小草把汚泥報復在妳潔白的衣上

然後是在靈骨寺，我們抽了一支
要命的籤，說愛是一場最易醒的春夢
然後是在員樹林，晴天一聲霹雷
我們在天旋地轉中強被分割

在相識之初就已註定必須分手
却痴迷地相愛
說妳傻却又理智地在迷失中
擁抱完整的自我
說妳不傻却又在奔放中
一再忘情於赤裸的纏綿
等好夢被現實一刀戳破
分手，竟成爲錐心刺骨的痛楚

五個月又七天
幸福何其短暫
妳終於無可奈何地回到
孟訂五年的大男生身邊
是否已告訴他我常用來調侃他的話
說：「你是我第一個男朋友
也是最後一個。」

而隱瞞了中間還有一個
眞正相愛的我
至於那一句妳常對我說的
「我還沒進他家的牆
已經是一枝酩酊的紅杏。」
妳是不會對他說的了

不只一次妳向我哭訴相見恨晚
大男生瘋狂的迷戀從未叫妳感動過
因而妳否定了被愛是幸福的這句話
但畢竟妳還是回到他身邊
把我像寒夜裡的孤星
留在寂寞的夜空哭泣

曾經听說過爲愛殉情的故事
那意念却在我心中滋長
如果妳從此不再相見的要求
是情斷愛絕的告示
那麼，我便將從此明白
愛與死之間的距離何等微薄

再也不能奢望以纏綿的往事
來留住妳的心
我惟有讓悔恨的匕首
絞切我撕裂的心靈
直到淚盡血枯而倒下
而死去……

匆匆一瞥苦苓林

——記不知去向的白雲

詹澈

苦苓林，
擁擠一堆低矮屋瓦，
一條小巷尾端，
散漫著芦葦。

苦苓林，
是野戰步兵訓練的好場地。
苦苓林，
是林口的領扣。

林口，
是北部瞭望台；
是北部屋頂。
屋頂上，
聳立囂張過了
而今冷清的美軍電台。

一九七七年冬天，
我曾是屋頂上站岡的二等兵。
十二月，
在禁閉室裡，
偷吸著短促腥紅的烟根，
從禁閉室窗隙，
數盡天邊星粒。

那時，小小苦苓林
——有名的妳
携著巷口那家「山東小吃」溫熱的小籠包，
從禁閉室窗口，
遞給我一腔溫暖；
遞給我——
黎明的眼色。

——白雲，
有名的妳；
阿兵們常戲稱妳是啞吧。
妳果眞一句話也不說，
回頭走了……
溫熱的小籠包皮紙袋裡，
留下一封信。

在黑暗禁閉室裡，
依著東邊微弱光明，
我讀著——
妳勉強學會的字體；
勉強運作的句子；
勉強熬過的悲切人生，
在妳信裡。

妳說；妳是山地阿美族人。
只因爲一個「窮」字，
在小學三年級就和同學分手了。
妳說；只因爲是同鄉妳
願意告訴我
這一生的笑和哭。

妳們，一共八個同寮姊妹，
十三歲，
被人口販偷買下山，
便持續著和警察打游擊戰。
學習一班士兵
在丘陵演習的戰略，
妳們，一再流竄——
由臺東花蓮北上到宜蘭礁溪；
在一個愴惶失措的午夜，
妳們又直奔臺北。
在北投失去了巢，
偏藏淡水。

一月後，
下轉到桃園，
妳們躱到苦苓林。
蹲據在屋巷裡，
旋轉圖利於
放假的士兵和軍官。

夜晚——
磚牆圍繞的營房裡，
傳出雄健而空泛的軍歌；
呼出一致不變的口號。
妳們，
也在鄰接營房的後門，
悠閒的哼著，
遙遠、清新、健康、先民的
傾訴愛情和生活的
阿美族山歌。

靠近妳們屋牆，
營房後邊，
不參加早晚點名，
那個伙房的老士官，
也伴隨妳們，
哼著他的。
傾訴思鄉和戰亂的
山東民謠。

翌日，一排士兵
踏著整齊步子，
示威似的，
踏過妳們蹲據的巷子。
他們喊著萬歲，萬萬歲……
妳們喝應著慢睡，慢慢睡……
（妳們能給予異鄉母愛的溫暖嗎？）
他們喊著反攻；
喊著勝利，
喊著他們該喊的句子。

妳們在門口，
對著一個幼嫩的喊口令的預官笑笑；
隊伍裡一個呆憨黝黑的新兵，
也陌生而尷尬對妳們笑笑，
彷彿妳們能給予他
在異鄉母愛的溫暖。

妳們能給予他，
在異鄉母愛的溫暖嗎？
在空寂的夜裡，
孤獨小床上，
今天，
會類似昨天一樣過去了……
而，類似昨天一樣過去的
一九八〇年春天，

當我遠離了臺北；
遠離政治波動。
懷著新婚的喜悅，
坐上南下中興巴士，
急駛於高速公路上，
路過——
林口，
北部的屋頂。
——匆匆瞥見
蹲臥在梯田茶園裡的
小小苦苓林。
有名的妳——白雲，
還在哼著妳阿美族的歌謠嗎？
有名的妳——白雲，
知道嗎？
當我匆匆一瞥；
匆匆擦掉哀傷的眼淚，
想著妳的一生
和朋友們的遭遇，
急駛的中興巴士，
已衝過——
溢滿了銳氣的中壢，
衝過臺中
抵達高雄。

一九八〇年五月卅日

無題

——新年有感

林清泉

遽然
震於
莫名的一擊
而我仍
兀立着
凜凜然
無懼地
並眥目
滾滾的塵寰
無盡的穹蒼
手裡握着的
劍正欲出鞘
箭正欲出弓

啃甘蔗的農婦

李照娥

那張多綫條的臉
生活在
點點斑黑的斗笠下
往昔鮮艷的衣服
裹着乾癟的軀體
瘦黃的手
握着肥胖的甘蔗
一口又一口
搖晃尾巴的公牛
踩在年復一年
春耕秋收的泥土上
一步又一步
一節又一節的甘蔗
被剝着皮
果腹農婦的饞慾
直到吐出最後一口殘渣

颱風

趙廼定

把暴風暴雨擲向顫慄的海洋和陸地
颱風是潑婦沒一丁點憐憫的
露一臉討債的嘴臉
把昨天跟今天和一起
把今天和未來揉一處
讓時間僅只是苦難人祈禱的
時點的連續

把激怒的河激怒成巨蛟滾上平原奔躍
把爆炸的高樓或茅屋或樹木
爆炸出一個個飄盪着的棉絮
渦在洪流中流浪

一個哀號在海邊抽泣
一個哀號在高山祈禱
一個哀號在平原痛苦
苟延殘喘的人，正
飲雨過天睛的夢幻
抖索在潑婦要債的
嘴臉之下

風呼嘯雨嘩啦
大地震撼着颱風的爆炸
把陸地血洗，把海洋姦殺

出差記

黃恒秋

每當替我縫製新衣
一顆兩顆三顆鈕扣總是固定按裝在那兒
這是我家經常有的秘密
經常使我心親切地糾結在一起

我就要外出一月半月
前一個晚上
先將窄窄的房裏佈下厚實的笑語
然後到厨房，檢視那些活躍的蟑螂

掛在日曆上的一扇牆壁
一個兩個三個插頭總是禁錮在那兒
爲什麼想想曾經單身住著
而剛出門就有無限條孤寂向我包圍

所以，我又開始細細地繡補叮嚀堆疊自己的辛苦
並把鼻樑上的粒粒汗斑啊視做幾度日昇日落……

69
4
23

近作兩首

李篤恭

希望

那高傲的眉宇　那大膽的怒眼
那決心的嘴巴　那昂揚的鬥志
一個個英俊勇猛的中國人奮戰着
在一雙雙呆眼前的電視劇裡

■

鋼架伸張着　電纜錯綜着
灰壁堵聳着　石柱排列着
鐵路電氣列車轟隆轟隆地在疾奔
在那牆角邊一對小小的白蝶在交配

■

腐爛的菜肉　汚穢的糞塊
毀形的塑膠杯　惡臭的死狗鴨屍
人類一直毀廢一直排泄着
綠油油的野草健旺地掩蓋過來

寒夜

盛夏一陣陣寒意
攤開了一張時空底稿紙
逼迫着你去過活

把一片血肉塡入　再把一聲嘆息嵌進
把一滴眼淚掉下　又把一絲苦笑塗上

一個俯首垂肩的男子一格一格地
跋涉在街衢野原山巒上
他的怒眼瘋狂地追尋着
母親那一天的笑眼　或者那一天那朵
白雲

四方彌滿着烏霞的地平線
於是冰冷冷地輪轉起來
在那旋渦中他緊抱住
飯碗綿被稅單和一枝禿筆
躲在一撮那風暴下的青草旁
窺看着那塊旱田之被踐踏
再掉頭逃出那過酸過酸的
看天田

生死

林梵

貧窮遊戲人間
荒鄉古廟於傳說中剝落
傾頹的石柱與廊簷
突然裂現聲聲驚悸
怪誕的鬼話就這樣
糾結著冰冷的十二月
死者出殯的行列
流動慘惻的嗩吶
曲折蜿蜒躍入不設防的
眼，衆生害怕

死亡，無所不在
以腐朽的味道
壓迫勞累過度的生命
犂田的臉經常黧黑
貧窮竟是這般重擔
擔負不起，死亡
老是這般的不安

幽靈浮游，還緣的顫悸
糾纏的蜘網，爬佔
神像靜默而無表情的臉
迷信催眠般的撫慰生者
祈祭誦經超渡亡魂
紮紙燈籠懸起招幡
乩童以巫靈的舞姿
深入另一度的時空
草人蒭狗殉死
狩獵的血祭仍然殘存
火焚冥紙，驅邪的劍舞動
乩舞者的臉變形扭曲
望空猙獰而笑
急急草書符咒
衆生屛息

絕望裡傳來魚磬
一聲逃亡的驚叫
失神蒼白的面目虛脫喘息
廟前石獅子轉眼
冷冷地看著
一切復歸平靜

—戊午暮冬

湖山原野樂園

周伯陽

在湖山林間深處
落葉飄出一片的秋意
金蟬燒盡了生命的火花
在樹枝上保持緘默

因中秋節鐵定於
後天要乘飛馬來臨
陽光興奮地俯瞰大地

原野樂園呀！
以原木繩索為結構
有二十多種運動項目
你是野外健身活動場
有平衡身心的娛樂

盡攬湖光山色的原野綠地
你是屬於大衆的育樂園地
你有提高全民體魄的功能
鍛鍊體能的遊樂設施

這些原木繩索
不成為我們的障礙物
拿出勇氣來　大顯身手
我去突破　你也去闖關
我們願鍛鍊虛弱的身心
成為更強壯的民族

註：湖山原野地點：臺北縣新店鎮龜山里松林路四六號
湖山新城

焚化爐

鄭日影

久久焚不出一個慾望
是誰讓我苦心的等待？
眞看不慣今日髒亂的淤積
你曉得天也知道
異味裊冉，怨聲起
此事早有人議
雷聲雖大雨點小
豈能把衆望寄於明朝。
人言可畏
但焚化的力量何曾無價？
我有無限的需求和冀望
但願你們信仰

激流

記我老師的箏韻

方明

我的心是一座沒有設防的
小城
恁妳的箏韻湧入
就讓撥動的清脆旋廻
在我夕夕憩息的樓坊
燒透的霞緞是一闋凄滄的
舞曲　在猙獰的夜前
急遽的被逼落

六宮黛娥偷偷從夐遠的故鄉返來
這時嘈切的雨翻騰我沸昇的血液
只得把飛揚的纖手絞破夜籟
縱是錚然斷响也罷

我默然的凝聆自鏘鏗的哀怨
泛落成詩
種植在偶語的夜晚
讓妳小小的心靈甜依
星是孩童最愛的神話
就抱一顆入眠

狂奔了千百年的絕响
今夜留戀在我半閤的窗前
同月色刺殺我
成古典的驚悸

68•3•27

俯瞰

林外

立於省立桃園醫院五樓
俯瞰縱貫路上的車流
突然產生了「野人」的發現

文明進步　是跑出來的
生產　製造　是跑出來的
忙碌　工作　是跑出來的
物品價格　是跑出來的
生命　是　奔跑耗盡的
有人發生車禍死去
抬走之後　又繼續奔跑
誰也無法阻止　這奔跑的世紀

69、10、17
於省立桃園醫院

給媽媽的詩

廖莫白

燈　下

安祥的燈下
媽媽替我們縫補衣服
淒冷的光
灑了一地
一針一線
牽引出多少心酸

輸錢的爹
又喝酒去啦
等他回來的飯菜
還在桌上
跟着我們的心情
一齊涼了

媽媽眞是個偉大的縫紉師
早上我看她噙着淚
爸爸回來後，現在
我又看着她一針一線
縫合了我們散裂的家

勞作課

我們喜歡
每週三節的勞作課
剪剪貼貼
剪出我喜愛的小鳥
也給小鳥貼出一塊亮麗的天空

吱吱喳喳的同學
吵鬧不休
他們怪小鳥太大
天空太小
安安靜靜的我在想：
媽媽如果也來上勞作課
她一定得個「甲上」

多少年來
媽媽也如上美勞課時的我們
專心地剪，專心地貼
給我們剪一塊歡笑的土地
貼一片安祥的天空

爸爸，我要回故鄉

趙天儀

「爸爸，我要回故鄉！」
「你的故鄉在那裏？」
「在新店碧潭呀！」
星期日早晨
我的兒子穿著藍色的外套
帶著毛織的小帽子
荷著魚竿出發
打從我的兒子會走路以後
我們就遷居新店
碧潭變成了我們的芳隣
七年的歲月
他已昇上國小四年級了
他的故鄉就在新店碧潭
那兒有他垂釣的地方
那兒有他兩小無猜的童伴
那兒有他的溪鮰仔、大肚魚和小青蛙
「爸爸，我要回故鄉！」
耳邊又響起了他可愛的聲音
我不禁微笑地點頭起來

遊戲

楊超然

小時玩過
　叫吃李子的遊戲
　五粒卵石小小的
　起起落落
　眞眞的用李子來玩
　　有多好
翻掌一捕，小小的
手抓着多少
就吃了它吧

　　昨天
小孩彎下他
　細細的腰
尋覓
　溜過指縫的石子
　　一直也沒找着

昇華之外

杜榮琛

思鄉十五行

雁聲
橫過青空的那行
把秋啼寒
鄉愁
乍起心頭的這縷
將寂寞促醒

也許
尋醫投藥亦不靈
此類無癥候的季節症
僅封家書殘夜伴
病卻痊癒
也許

把鄉愁當酒吧
仰飲而盡
那管雁歌吟得幾分憔悴！

牆與我

枯坐數秋
庭前的那道斷牆
龜裂出横口
向我冷冷無聲吶喊：

朝暮入復出
月載出又入
年少的探索者啊
終跨不出你心中的我！

我面牆佇立
無言以對
在時間的剝蝕下
頓然成為另一道斷牆

老來盼

讓太陽睡著
使時間遲到
我將逗留細細觀望
每一張路人行色匆匆臉孔裡
昨日的我

讓青春止步
使相思重來
我將逗留細細品嚐

每一對戀人陶醉如夢眼神裡
昨日的我

讓悲愁逃開
使歡笑澎湃
我將逗留細細亭受
每一刻怒放心花芳香裡
昨日的我

憶往

流瀉起無聲的短歌
那串記憶
在欲忘而不能忘的情懷
奔騰
伊那初識的一瞥
就捻亮我心靈相思的燈
燦然如星
溫暖從此踏碎寂寞地年少

乍別後
歡樂在時空中篩落
卻掇拾起一寸寸斷腸的
哀愁
飄逝那首無聲的短歌
是縷柔情

在欲白而不能白的霜髮
纏繞

昇華之外

苦痛是一條心靈的河
倘若
那麼於河的兩岸
植下歡樂的花朵吧！
戀情是一首心靈的歌
倘若
那麼於歌的翅膀
繫上七彩繽紛的音符吧！
悲觀是一道心靈的牆
倘若
那麼於牆的窗旁
吹起屬於自己的春風吧！

螞蟻

曾貴海

早上起床，側目見到
一大羣螞蟻
圍在昨夜剩餘的菜餚旁
埋首搬著發酸的美食
不知是某種毫無理由的敵意
或則是被侵犯的憤怒
抑或是哺乳動物本能上的輕蔑
一揮手
蟻屍滿桌

如果，用水冲走他們呢
　用晨報撣走他們呢
　乾脆讓他們搬個精光也無妨
其實，這些都是情緒的判決

捉蜻蜓

范姜春之

豎起　食指
在空中
對着蜻蜓的
大眼睛
舞起慢板華爾滋
旋轉　旋轉　旋轉
蜻蜓定定
我已暈眩
不捉蜻蜓了
讓蜻蜓來捉我

潤老大

桓夫

開口就轆轟喧
被謾罵的人
却笑嬉嬉地叫他
老大
他是吾愛吾鄉的
潤老土議長

議會每一次大會
便發作一次酒毒
伸長脖子紅著臉
滔滔不絕地　自吹
我　關公再世
便吐一口檳榔

逼人就範的發言
把民主政治蹧在酋長
的輔弼下
修繕與工例行送緣紅
他是吾愛吾鄉的
潤老土議長

思念

蘇魯

從臺中來的公路局班車
你行過北斗鎭時，是否看見她
—我衷心思念的人
往臺中去的公路局班車
你行過北斗鎭時，請告訴她
我衷心的思念

—於嘉義—

我對敍事詩的看法

杜國清

在詩學上，詩分爲三大類型：抒情文（lyric poetry），敍事詩（narrative poetry）以及戲劇詩(dramatic poetry）。其樣式與本質雖然各不相同，但在歷史的發展上，並沒有固定的嚴格界線。有些抒情詩是相當戲劇性或敍事性的，但也有所謂「抒情劇」或「敍事性」之類作品的存在。

中國時報所提倡的「敍事詩」該是屬於這三大類型中的 narrative poetry 吧。我對這種敍事詩的看法，有兩個基本的觀點：第一，它是「敍事的」；第二，它是「詩」。前者指它的表現樣式，後者指它的藝術本質而言。

先論表現的樣式。所謂「敍事」含有兩個要素：一是所敍的是什麼事；二是如何敍事。前者關乎表現的題材；後者關乎表現的方式。傳統敍事詩中，主要的兩大類型是史詩(epic)和民間敍事歌(ballad)。前者以神與英雄人物的事跡爲題材，後者以民間傳說或故事爲題材。不過，我們今天的詩人寫敍事詩時，題材可以包括但不必限於這兩大類。我想含有「事」(happening)的發展的東西，不論大小、古今、中外、雅俗都可以做敍事詩的題材。主要的有下列數種：①神話故事②歷史事件；③民間故事或傳說；④社會事件；⑤傳記，不一定是偉人的傳記或逸事，也包括自傳或小市民的活動和行爲。

其次，關於如何敍事，這是如何將題材點化爲詩的藝術過程，關於敍事詩本質的認識，以及一篇敍事詩成敗的關鍵。

德國解釋學派的泰斗史泰格（Emil Staiger）在『詩學的根本概念』一書中，認爲敍事詩的本質是「表象」(Vorstellung)。所謂「表象」含有「表現」、「呈現」、「演出」等意思，而對象是「物象」或「現象」。敍事詩藉着語言的手段，將表現對象（物象、現象）明確化，「將一切變成有生命的事件」，使之如呈現在眼前一般。這是敍事詩人的「王權」。

史泰格認爲敍事詩接近於造形藝術，正像抒情詩近似於音樂一樣。但是敍事詩的表現對象不是靜止的物體，而敍述本身無法超出時間的連續，因此敍事詩不是純粹的空間藝術。

史泰格引述萊興（G. E. Lessing）在『勞孔』（Laokoon）一書中的見解，認爲繪畫的表現對象是物體，而詩的表現對象是行動。所謂物體，是指並列存在的對象，或者每一部分並列存在的對象。所謂行動，是指連續一再產生的對象，或者每一部份連續一再產生出來的對象。物體不單單存在於空間中，而且也存在於時間中。物體在時間中生生不息，每一瞬間都以不同的姿態出現，或具有新的關係。這是生物體而變成行動。繪畫在表現物體，其實是透過物體，暗示行動。在另一方面，行動本身不能獨自存在，必須依存於物體。詩在表現行動，其實是透過行動，也在描寫物體。

萊興所謂的「物體」與「行動」，在我看來，相當中文的「物」與「事」。正像「物體」與「行動」是分不開的，「事」與「物」也是分不開的。物暗示事態，而事依物而存在。事是物在時間中的變化。事物的演變或發展，不外乎是朝着某一終極目標的一系列的運動。這種運動，萊興稱爲「行動」，而史泰格稱爲「戲劇的運動」，我想這也就是「物象」或「現象」。敍事詩不外乎緣物而敍事，其表現對象，其實也就是事物的「行動」或「現象」。

因此，做爲敍事詩之表現對象的「事物」，含有動與靜的兩種姿態。靜態的「物」，是並列而存在的對象，具有眼睛看得見的種種特質。動態的「事」是物之生生不息的變化，是層出不窮的行動或現象。在表象前者時，詩人將事態明確化，形象化；在表現後者時，詩人將行動或現象，舞台化，戲劇化。形象化與戲劇化，我認爲是敍事詩在表現上的兩個主要的藝術技法。

在形象化的表現技巧上，詩人需要使用具體的語言，比喻的表現，以及意象的塑造，以達到明朗、準確與生動的詩的效果。詩的語言最忌抽象概念的陳述，形容詞的堆積，空洞浮泛的措辭。亞理士多德認爲隱喻是詩人天才的標記，因隱喻是達到形象化的一個具體而有效的方法。

在戲劇化的表現技巧上，首重情節（plot）的安排。在悲劇的六個構成要素中，亞理士多德特別強調情節的結構。阿諾德（Matthew Arnold）認爲希臘悲劇乃至莎士比亞的劇作品之所以偉大不朽，不在於語言，而在於情節結構的優越。情節的安排，首重動作。亞理士多德一再強調，戲劇模擬「動作中的人」（men in action）包含性格、行爲與遭受。要之，以動作描寫性格，以行爲發展情節，以遭受表現思想或主題。情節的構成，包含急轉、發現與受難，以造成對比、反諷、驚異、哀憐等效果。總之，敍事詩的創作，由描寫動作而推動戲劇性情節的發展，由戲劇的發展，而達到敍事詩在本質上「表象」的藝術效果。

一篇敍事的作品，在敍事時，能以上述的表現方式，而在語言的使用上，具有優越詩的特質，亦即，在語言的形象性、音樂性和意義性上都有所獨創，在我看來，這才是一篇既敍事又是詩的優越的敍事詩。

由亞細亞詩人協會籌編的「亞細亞現代詩集」一九八一年由日本主編刊行，以「愛」爲主題徵選作品，入選作品將翻譯以中、日、韓三國語言發表。我國編輯委員連絡處暫設於本刊編輯部。

陳秀喜的「花絮」

——意象論批評集⑤

林亨泰

抱着一粒小種子
柔細的花絮飄進來
她有能開花的細胞
她有扎根的本能
沒有擇地的權利
沒有方向的意見
任風輕盈得無奈
任風放棄而不安
竟落在我的書桌上

書桌上沒有土壤
書本上沒有土壤
不能供她繁榮
當我的手伸出
她如羽毛飄飛而去

有時候風是她們的恩人
有時候風是她們的罪人
希望仁慈的風送她到有土壤的地方

願今夜夢見
她擁有一個肥沃的花園

這首詩的結構，是由一「強」一「弱」的兩個「基本意象」之相關所構成的。這兩者之間雖然沒有所謂「主從」關係，但，若就現實的「權柄勢力」而論，強者一向站在有利的地位，對此，弱者是一點招架之力都沒有的。不過，這也能意味着作品中佔有重要地位的一定是強者，這必須還要看作品中的「主導意象」到底是什麼始能作決定的。就作品的「象徵意義」而說，很顯然的是：此詩作品中的「主導意象」，還是認爲必須由扮演弱者角色的弱者意象來擔任，才比較近於合理。

我所說此詩中的兩個「基本意象」，當然指的是「花絮意象」與「風意象」。根據「抱着一粒小類子／柔細的花絮飄進來／她有能開花的細胞／她有扎根的本能」等這些詩句，更可以斷定，「花絮意象」所代表的，不僅是屬於植物一切種子的，而且也屬於動物所有胚胎的，甚至包括了屬於人類子女的那份富有人道意味的「母愛」形象。地球上的芸芸衆生所以能如此和藹而欣欣向榮，主要是由於「花絮意象」所內涵的這份「母愛」獲得充分表現所促成的吧。可是不幸的是，「花絮意象」被剝削了太多應有的權利，它經常被迫處於「弱者」的地位，而事事都必須受制於「風意象」。所以這首詩接着又說：「沒有擇地的權利／沒有方向的意見／任風輕盈得無奈／任風放棄而不安」，最後「竟落在我的書桌上」。以上就是「花絮」與「風」兩意象出現於第一詩節中彼此互相關連的情形。

第二詩節是以「逆接的方式」承接下來的。「書桌上沒有土壤／書本上沒有土壤／不能供她繁榮」——我們對於這類表現方式，就叫它做「逆媒介」吧。因爲「花絮」不落在「土壤」上而竟落在不毛的「書桌」或「書本」上顯然是一項錯誤的導向，這也就是詩中除了本來已有的「花絮」爲「風」兩個「意象角色」之外，現在又必須增添另一個以「我」出面表達的所謂「活者視點」來的理由。然而第二詩節又是以「當我的手伸出／她如羽毛飄飛而去」這兩詩句作爲結束，我認爲至少有二點是值得我們注意的。第一點：自此以後則可以透過「角色」與「活者」兩方面視點重疊而成的「複合視點」去運轉詩。第二點：由於「我」與「她」有了面對面接觸的結果，「花絮意象」則自然而然地提升成爲「主導意象」，相對的「風意象」則下降到陪襯者的地位。

再轉看第三、四詩節中的發展：「有時候風是她們的恩人／有時候風是她們的罪人／希望仁慈的風送到她到有土壤的地方」。就「風意象」在第一、二詩節中的印象看來，「風」過去所扮演的角色實在很難說得上是「恩人」乃至「仁慈」，頗有「諷刺」的味道。不過，若跟收尾的第四詩節「願今夜夢見／她擁有一個肥沃的花園」等詩句互相配合起來看的話，或許說不定還可以視爲是發自關懷」與「期望」心理的一類投射吧。總而言之，「複合視點」無疑是充分具備了有利於表達「關懷」與「期望」的這類特殊功能的。

（一九八一年一月）

以愛心燃亮詩燈的陳秀喜

林外

陳秀喜，一九二一年生，新竹市人(女)。現住臺南縣白河鎮關子嶺頂明清別莊二五〇號。著有詩集：「覆葉」、「樹的哀樂」。日文詩集「斗室」。日文譯詩集「陳秀喜詩集」，英文譯詩集「最後的愛」。編著「我的母親」。「我的筆」一詩入選一九七八年四月美國 National Society of Pablished Poetry Contest 第二名。「眞」一詩入選六十七年詩人節(六月十日)新詩創作競賽第三名。現任笠詩社社長。

寫詩，有懷著使命感的嚴肅。詩人經常亮着眼睛，關切自已身邊的，及歷史的、時代的，甚至國際的、人類的種種現象，執着於「自覺的極點」，把個人的「感觸、感動的餘韻，帶進思考，讓它發酵」，思考，是「集中精神在語言的鍵盤上，彈出心聲」。

愛，是她關心詩的目光；愛，從她寫詩的動力。母愛，女性之愛，是她本有的、天賦的財富，再擴而大之，成了人生之愛、人類之愛。除却愛心，要讀解陳秀喜的詩是愚妄的，他的詩的精神，在愛；她的詩的可愛，詩的魅力，在愛。因愛而有所思，所思，又是爲了愛，層層的愛釀作的產品，不論表面、內裏，都彌漫着濃濃的愛的氣息。詩的體軀，是愛構成的；詩的血脈，流的是愛的血液；詩的脈博，跳動的，是愛的呼吸；她的喜怒哀樂，皆自愛的沃土萌發出來。如不在語言上太苛求，詩的本能上，可以看到一如其人之深柔敦厚的可愛。

趙天儀說：「女性詩人往往具有細膩而敏銳的心靈，同時觀照的着落常常跟男性詩人相異，她們可以注視到男性詩人所觀照不到的角落，陳秀喜便有這樣的感受。」她本是日文詩人，光復後，由於認眞學習祖國語文，終致以中文寫詩，這是極少數中之一，是格外令人敬佩的。

思春期

神的傑作中最成功的季節
透明全盲的瞳中
天使和魔鬼一樣可愛
海賊和王子一樣可親
最馴良的動物
自己恨不得跳入狩獵者的心
於是便利捕獲的好機會
千古不變

這是不是女性的詩人很難寫得出來的作品。把思春期女性的心理，寫得淋漓盡致。大既就是如此，戀愛才會很美，結婚才有可能。但是，作者展示女性內心的秘密，並不是要人了解而已，對男性而言，作者所求於他們，是要領略與可愛，並加以珍惜；對女性而言，那是一種警惕。作者膽敢斷言「千古不變」，不僅勇敢，而是確有見地。

這種少女心理，將永遠如此，代代如此。

覆　葉

繫棲在細枝上
沒有成裝的一葉
沒有防備的
全曝於昆虫飢餓的侵食
任狂風摧殘
也無視於自己的孱弱
緊抓住細枝的一點
成爲翠簾遮住炎陽
成爲屋頂抵擋風雨
倘若　生命是一株樹
不是爲着伸向天庭
只爲了脆弱的嫩葉快快茁長

林煥彰說：「所謂覆葉，也就是母性的象徵，它具有了犧牲、奉獻和無畏的精神。

這種不顧自己能力之薄弱，忘我的一種完全的愛心，不是一個充滿愛心的母親是無法詠唱的感人之歌。這種詩，發放出來的愛的光輝有使潮濕的心乾燥，陰暗的心明亮，寒冷的心溫暖、冷漠的心，注入新鮮的血液的力量。

樹的哀樂

土地被陽光漂白
成爲一面鏡子
樹樂於看　八等身的自己
樹也悲哀過　逐漸矮小的自己
樹的心情　一熱一冷
任光與影擺佈

陽光被雲翳
樹影跟鏡子消失
樹孤獨時才察覺
扎根在泥土才是眞的存在

認識了自己
樹的心才安下來
再也不管那些
光與影的把戲
扎根在泥土的才是自己

這是一種自我體認的「自覺」。人，因忘了本，或在思想感情上離開了本，就會受到光與影的擺佈。在光與影的變幻中，人自然地會迷失自己。唯有在光與影皆消失時，才有辦法體認眞正的自己。樹知道扎根於「泥土」才是眞實的存在，其他的一切皆是虛幻，人同樣須扎根於「泥土」，唯有扎根於那自己所屬的泥土，人所有的一切，才能成爲眞實的存在，否則全都只是虛幻而已。「根」的體認與呼籲，是自心之深處湧發的，深沉有力的嘶喊。

我的筆

眉毛是畫眉筆的殖民地
双唇一圈是口紅的地域
我高興我的筆
不畫眉毛也不塗唇

「殖民地」，「地域性」
每一次看到這些字眼
被殖民過的悲愴又復甦
數着今夜的嘆息
撫摸着血管
血液的激流推動筆尖
在淚水濕過的稿紙上
寫滿着

我是中國人
我是中國人
我們都是中國人

筆，不是爲了美容，而是爲了寫詩，被「殖民」過的悲愴的心靈，才能揚起「血液的激流」，激起寫詩的衝動。那衝動，是一股愛國的激流。這一股愛的激情，淹沒了地域。在愛國的洪濤中，只有國家，沒有地域之分。地域合成國家，應如河水之成就大海，再也沒有黃河、長江、濁水溪的分別，渾融爲一。唯有如此，才能強大，才能不再受被「殖民」的悲愴。這一股熱情的激盪，使她熱淚、酸淚、悲淚直滴，寫下了風暴雨的心語，把心中的浪濤，投擲出來。這是愛心擴大而成的寶貴的詩篇。

竹筍

要竹多產生筍
把竹斬成半截
要筍的菜餚
用鑿奪取白嫩的筍

如果竹會想骨肉血淚之情
如果竹有悲傷的感受
一定會埋怨人之殘忍
然而　竹葉青青如是毫無其事——

作者的天賦的愛心，除及於人、國家之外，在這首詩中，又及於物，可以說，作者的愛心，是無所不被的。任何事物，進入作者的眼，映入作者的心，皆以其愛心去凝視，去撫觸。更可貴的是，作者以其愛心去觀照竹子，却體會到竹子的愛心，竹子對加之於它的殘忍，及內心感受的血淚，悲傷、埋怨，却全部拋開，若無其事，青青茂盛。若不是，如作者擁有過人之愛心者，又如何能見出竹子如此其大的愛心？有幾人能對這樣偉大的愛心，不自感慚愧？慚愧之餘，對自已所加諸於它的（或別的事物的）殘忍，能不寒慄嗎？對小小的事，作者的感受之大之深，實很少人能及。

析李魁賢「鴿子事件」

——「鴿子事件」原刊笠九十八期

趙廼定

在一般人的情感，家含意可以詮註爲避風港，自小時的成長至長大後挫折的撫慰，莫不經由汲取家的溫暖而得。俗語說：「金窩銀窩不如自家狗窩」，又說：「在家千日好，出外一日難。」爲什麼呢？首先應談「家」的成員，家的成員均是你最親蜜的人所組成，再看環境，家中每個角落每件物品均是你所熟悉，或者你的血汗所換來的，這就足夠讓你有安全感了，更別談「家」氣氛融洽的誘人與相互協助尊重的調合。

往日「家」是生養教育的場所，今日由於分工的細膩，國家社會權力的極力擴張，很多事情均由其承擔，但，家之爲「安樂窩」仍如昔日。

李魁賢之「鴿子事件」一詩，以短短三小段表達了情感的起伏，即：企盼——悲傷失望——絕望消失，而把讀者的心弦緊緊扣住。

鴿子是最有戀巢性的飛禽之一，人常利用其戀巢性而做爲通訊工具等之用，鴿子亦是最恐懼紅色飄動物的飛禽，人常利用此特性，在鴿巢上搖動旗幡，以迫使其繼續在空中飛翔，下敢降落，以達訓練其飛行耐力之目的。

李魁賢「鴿」詩，是在描述鴿情感中對「家」的戀眷，而企盼回家降落憩息，可是家中有紅旗在招搖揮舞，因之不敢下落停足，迫不得已而離開了家——家沒有了鴿子，鴿子也沒有了家，這是多麼令人悲傷的事呀。

全詩爲：

繞了一圈又一圈

朝家的方向飛
驚心的紅幡
還在招搖

天空很冷
繞了一圈又一圈
眼看着家
却無法停落

繞了一圈又一圈
家
愈來愈模糊
只剩下一紅點

有一句成語「揠苗助長」，鴿舍上驚心的紅幡的招搖，爲了是訓練鴿子飛行與耐力，但是過度的勞累，超負荷的飛行，常會迫使鴿子迫降他家，人能不愼乎。

當然，若以最後紅幡「只剩下一紅點」來看，是鴿子棄絕了家，即鴿子因在「家」遭了不可抗力的震驚而歸不得，因歸不得，所以棄絕了「家」，以此觀之，該詩亦隱含「反抗」意味在內，鴿子因對「家」有很大企盼，惟因歸不得所以遠離了家，抛棄了家。

依筆者淺見，該詩之成功得力於，人對「家」均有戀眷性與好感，所以很容易對鴿子因懼於紅幡的招搖，有家歸不得，產生了凄美感，常見門聯有句「處處無家處處家，年年難過年年過」之語，當我們一見之，能不油然興起一份凄涼與無奈嗎？每因使用紅幡「只剩下一紅點」的反客爲主的觀念，造成一種反抗意識，反而有一種自我解脫的輕鬆感，又因與一般寫法——「鴿子消失了」的以巢爲主的觀念有別，而使該詩有較爲突出的意象產生。（一九八〇、九、廿五）

國際詩會在東京

陳千武

(一)

日本的「地球」詩刊，擁有近百名的同仁。爲了紀念成立三十週年，「地球」的同仁們於十一月廿四日，在東京舉行「八〇年地球詩祭暨國際詩人會議」：這是日本初次的國際詩人會議。

「地球」詩刊的負責人秋谷豐（AKIYA YUTAKA）於籌備期間，寫給海外詩人的信說：「本社創刊於一九五〇年，從『新浪漫主義』時期拓荒迄今，已有三十年的歷史。爲了紀念，我們要舉辦一次國際詩友聯誼會，擴大詩友之間友誼上的溝通，摒除種族、語言上的不同，不含任何政治上的企圖，或出於何種觀念上的偏頗。不過，由於本會沒有任何財政上的支援，旅費和住宿費需自行負擔，本會預定在最美的季節——秋天揭幕。我們伸出熱忱的手，歡迎您。」

我對類似世界詩人會議，本不感興趣。所以，曾經雖有機會都沒有參加過。聽說會有我國某些新、舊詩人爲了爭取參加國際詩會的代表權，而鬧得烏烟瘴氣，更在會議上鬧出可恥的笑話；於是令人聽到詩人會議，就不無敬而遠之。然而，這一次東京的國際詩人會，是民間的「地球」詩刊單獨主辦的，既沒有得到政府的任何補助，參加的人又要自費，情況與其他國家所辦不一樣，參加與否都無利可爭。

日本靜岡市的詩人高橋喜久晴，是「地球」的同仁，又是這次會議運營委員會的工作人員之一，屢次寫信來要我去參加。他說韓國詩人金光林早已決定參加，可以趁這個機會商量計劃已久的『中日韓三國詩人作品選集』的出版事宜、既有這樣的目的，我就非去不可了。

(二)

國泰四五〇班機於上午十時十分起飛，乘客近三百人，客滿；難怪臺南詩友林宗源買不到這一班的機票。我跟內人坐機前的好席位，是兩人座，比三人座和後面煩雜的座位舒服多了。起飛前，正要回日本的三個大男人在談論着來臺觀光的感想，有一個農夫型篤實的人說：「眞是大傻瓜，花了那麼多錢，來臺灣得到了甚麼？沒有麼。只輕浮的玩了幾天，吃喝和女人，到處是人造凡俗的風光，沒意思，被騙來的，不是嗎？」

「是啊，被當做來花錢的土包子。」聽他們的話，使我想到慚愧，我不知道旅行社帶他們來導遊過甚麼地方，但既然來臺灣觀光不到甚麼，不難想像旅行社服務的態度與目的了。

坐在我後面有個壯年的日本男人，和看起來年輕貌美的一位臺灣少女。從她用日語和日本男人的交談中，便察覺到她底輕浮的思想，一點都不賢淑。顯然，他倆是坐上飛機才認識的，但由於女人的日語，沒有謙讓的自卑語，和應該禮貌的尊敬語，致使日本男人跟她談不到幾句話就對她不客氣的「開玩笑」起來。一位貌美的少女會講日語，爲甚麼講得那麼輕率？失去良家婦女的風度，是她的日語老師教不好或是她故意捨棄禮貌，用粗魯的語調挑撥男人？後來我才聽說有很多臺灣女人，專到日本去吊凱子的，令人心寒。

預定日本時間下午二時到達成田機場的飛機，提早十五分鐘到達。下飛機的時候，我後面的日本男人只向同座的臺灣少女說一句「散喲奈拉」，但少女卻說：「等着ネ，我一有時間就打電話給你ネ。」仿傚日本少女說話在語尾加一句「ネ」特別響亮，聽起來很肉麻。亞熱帶少女的熱情，竟飛到寒帶去燙傷人了。

下了飛機，在海關，我打開行李，稅吏一看就說：「好了，謝謝！」我要打開小皮包，稅吏卻搖着手說：「不必了！」態度十分客氣，他好像知道我只帶着中國人的傲氣和風度，而沒帶着值得檢查的東西似的。

成田機場很大，像桃園機場一樣，很整潔。我們走向出口，千葉縣四街道的詩人北原政吉先生和明臺，便在那兒等着。我沒想到北原先生會來接我們，而且，他的大公子駕來了轎車，送我們到東京新宿。成田到新宿五十多公里，走高速公路經過四街道的時候，北原先生說他的家就在左邊離公路四公里的地方，這地區來回八公里多是他每天晨跑的區域。七十多歲、瘦身軀的他，頭上呈金白的美髮，笑着令人覺得爽朗而年輕。不久，車到新宿成子坂，我們在旅館門口下車，約明天下午在國際詩人會場見面，北原先生父子便駕車回去。

東京的街道樹，銀杏葉已經黃了，黃得很美。

㈢

廿四日的詩人會分爲兩部份。第一部份於十二時三十分開始講演和詩的朗誦。明台來新宿帶我去麴町的東條會館，乘山手線的地下鐵道在赤坂見附站下車，沿着地下月臺走約十分鐘到永田町站，再乘有樂町線電車過一站就是麴町。走到東條會館已經是四十分鐘，向海外詩人接待處報到，領了資料進入會場，一看，大約一千座位的會場大都坐滿了。在臺上致詞的是日本文藝協會理事長山本健吉，正說到：「現代詩或俳句的集團大都基於同好的興趣，對詩文學抱持嗜好才辦同仁雜誌寫詩，而地球是其中規模較大的，今年爲紀念三十週年，舉辦國際詩人會……」內容似乎是例行的致詞。

我從後面的座位看到北原政吉和巫永福兩位先生，美麗的白頭髮並坐在最前排，便走去坐在北原先生的鄰席，他看到我，我們點了點頭，並不講話。

演講會的主持人是有名的英文學家福田陸太郎，他依照安排的順序介紹每一位上臺演講的詩人，演講後再用日語簡單說明其所講的內容，主持會的進行很有秩序。主辦單位指定的講演題目「東、西方的現代詩」，這並不是新的課題，去年在韓國召開的世界詩人大會也論過這個問題；東西雙方的詩是互相影響的，不應該說是單面的橫的移植。

美國詩人烈克洛斯（Kenneth Rexroth），七十五歲，看來老得行動不太方便。但他首先上臺講了近三十分鐘，話講得還相當有力。其次是年輕一點的貝爾（Jerald T. Ball），講話插有幾句日語，因爲他也研究日本俳句，擔任俳句會副會長。再來有西德的克魯斯（Gunter, Grass），還有印度的 Jayanta Mahapatra，泰國的 Nacvarat Pongpaibcol，都各用英文演講了約二十分鐘。韓國詩人金素雲年紀也不小，他堅持用韓語講演，這使不懂韓語的福田先生無法介紹其內容，說他的講演內容另有書面報告，請自己看。我對於金素雲執於用自己國家的語言演講十分好感，這不僅是民族自尊的問題，一個人總會執愛從小就使用習慣了的語言，使用自己的語言講話會講得很自然。比矯揉造作，講不自然的英文或日語，有點諂媚姿態的人多率直得可愛；金素雲的詩人氣質值得稱讚。

八十歲的北川冬彥是日本現代詩的元老，他演說的聲音像年輕人一樣很有力氣；不認老的詩人精神的堅毅，使我憶起拙作「不必、不必」一詩所表現的心境，有其共通的頑強與固執。他以事先準備的原稿，唸自己主編的「現代詩選」的經過，講及蒐集世界各國詩人推荐的現代詩，以新寫實主義的看法、獨特的見解，相當嚴肅而主觀的選擇，編成的詩集，有東、西方各國好的現代詩，可從那些作品做爲東、西方現代詩的比較。因我曾經訪問過北川先生瞭解他對現代詩所持的主張，所以聽了他的演說感到特別親切。

福田先生把時間控制得很好，演講雖超過了五分鐘，仍然宣佈休息，之後進行詩的朗誦。

(四)

最初朗誦的是我國詩人鍾鼎文，依照這次會議運營委員會的指定，用自己的國語朗誦自己的作品，鍾鼎文先生朗誦的風度很好，但另有一位英文學者瞿先生自動上臺朗誦鍾先生作品的英譯，做着演戲似的姿勢，聲音很大，不但突破了會場溫和的氣氛，他那裝模做樣的表情，令人感到肉麻。

韓國詩人具常朗誦韓國詩穩妥而嚴肅，留給聽衆好的印象。但同爲韓國的另一位大學教授詩人趙炳華，卻用日語說明韓國現代詩的來龍去脈，和自己要朗誦的詩的大意，很意外地更用日語朗誦了自作。他朗誦的日文譯詩，我雖然聽得懂，但我不喜歡他那韓國人獨特的怪怪的日語音調。詩的語言還是原詩語言的音調才有美妙的感受，而若是朗誦的語言聽不懂，也聽得出自然的音韻和配合情緒的表情令人感受。

或許由於我個人的偏見與愛好，對於這次詩的朗誦感到成功美妙的，還是日本三位詩人的演出了。谷川俊太郎朗誦「在沙士比亞之後」一詩，很會運用日語的柔和剛的抑揚音韻，把自作朗誦得很生動。有名的性女詩人白石嘉壽子，朗誦「中國的攸里西斯」，跟一位美國小姐上臺，她用日語朗誦得非常出色，不但強烈地表現了詩意，運用語言的快與慢，音的高或低，演技高明，聽起來一行一節都叫人感動。之後由美國小姐朗誦她的英文譯詩，但朗誦技巧不好，太差了。另一位女詩人吉原幸子朗誦自作「蠟燭」，她不看稿子，背着朗誦，演技很自然，以獨自的低音，像告訴人家甚麼似的，十分迫切得把詩的意義，托以聲音的抑揚美，表現得很鮮明，令人陶醉。這是我第一次經過聽覺得到詩美的感動。試譯她的詩如次：

蠟燭

吉原幸子

要走
走掉了
不要走
走吧
不要原諒呵
原諒吧——
我在黑暗裏燃燒
燙的蠟 流過我的側腹
我減了又瘦
而我流的血 卻增多了
為了我小小的光
周圍的黑暗 更濃
我看不見你
看不見你裏面的黑暗
為了我小小的光
我看不見我
只看得見我流的白色的血

黑暗唷 只想燒焦一點
你底指尖的 火焰
閃過 你超越了我
不以橫 以縱 以垂直
跟我減了又瘦相反的方向
此時 我底火焰微微搖晃

在安靜的房間 有我燒焦的聲音
燒掉我的髮、指甲、眼睛
我小小的火 很燙
燃燒就是
把吃得過飽的生命 吐掉
把生命融化 積疊在脚邊
像悔恨那麼

我獨自燃盡

我恢復黑暗的時候
黑暗也　恢復黑暗
你越過了我
火和黑暗　越過了我
而燃盡了的　不是我
我不是　不是燃燒我的火
燃燒的經過
燒盡了的經過　才是我
於是　我在此
站在流盡了的血泊裏
時常　永恒的　在此
　原諒我呵　我燃燒了的
　原諒我呵　我消逝了的

　聽過吉原幸子的朗誦，覺得她的詩，從聽覺所得到的感動比從視覺所得到的感動好得多。使我領悟了現代詩不僅視覺的效果好，經過聽覺感受其含意的效果，也不能忽略。

(五)

　講演與詩朗誦之後，由名女詩人新川和江主持第五屆地球詩獎及國際詩人會議紀念詩獎的頒獎。地球詩獎受獎作品是瀨谷耕作的詩集「稻蟲送歌」，而國際詩人會議紀念獎係於七月間地球社向日本徵選的現代詩，就一萬五千多首應徵作品中選出優秀獎二名，入選七名，分別由地球詩社代表秋谷豐頒給獎金與紀念狀。

　頒獎完，隨即進入餘興。由東京創作舞踊團演出秋谷豐詩集「希馬拉耶之狐」的舞蹈，詩與舞踊與音樂，配合得很成功；尤其開始時，好像用我國國樂配合的一段音響，融入現代舞踊的場面十分生動。這證明日本的藝術家，非常愛好與讚賞我國古代藝術，認爲不論詩、繪畫、音樂都有高超的境界，而敬慕嚮往。反而我國現代藝術家們，卻拼命地追求西方新潮的傾向，忽略了傳統藝術技巧的新創造。而有人接受傳統的，大部很容易地承受而模仿先人的技藝，不努力追求自己的新創意；因此有些日人藝評家，即批評我國的現代文藝作品，仍然停滯於四十年前的情況毫無改變，缺乏新的創作，這使我們應該有所省悟。

　詩與舞踊、音樂欣賞於四時半結束，五時進入第二部份活動的紀念派對，會場在五樓。開始時，原邀請日本有名的青蛙詩人草野心平和美國詩人烈克洛斯二位擧行「開鏡」與「祝杯」。「鏡」指日本特種桶酒的蓋子，打開桶酒的蓋子，叫做「開鏡」，「祝杯」即擧杯慶祝之意。但草野心平因身體不舒服沒有來，有人謠言草野心平是不滿這次的會議故意不出席，又聽說有些其他的詩人集團反對地球主辦國際詩人會議，惹起了小小的風波，理由是爲甚麼沒有邀請共產地區的詩人參加。但「地球」詩社表示的立場很明確，「不含任何政治上的企圖，或出於何種觀念上的偏頗」。秋谷豐是一位在詩社團的組織與活動很有實踐能力的詩人。據說，由「地球」小集團單獨主辦國際詩人會議，這種魄力得到日本許多企業界支援的，大約收到一千六百萬日幣的樂捐，使這次會議順利進行。

有人代理「開鏡」，小姐們便用檜木製的白木小升斗裝酒，分配給來賓。用木製升斗裝日本桶酒是日本酒會的特色，以日語的意義，升斗是將一直增殖幸福的意思。酒會開始，全場的人就騷雜起來。大部份的詩人拿着名片找對象互相交誼、歡笑、照相；女性比男性多。日本的年輕女詩人不只是浪漫而抒情，也有追求嚴肅的知性而極為現代的。但跟我談話的女詩人卻很謙虛的說：「我寫的是自由詩，自由詩誰都會寫嘛！」表示自己還不是詩人，一點也不矯飾。

宴會中的演出有鄉土藝能的獅子舞、山田流箏曲的琴演奏，和類似我國單口相聲的茶席表演，節目排得很精彩；但很少人有興趣欣賞那些。

在酒會半途靜岡詩人高橋喜久晴邀我和韓國詩人金光林，到金剛飯店他的住房去。途中高橋從自動販賣機按出小瓶的桑特尼威士忌、汽水，還有兩罐菊正宗清酒，一罐青豆，帶回房間排在小桌上，我們三個人邊喝邊談「中日韓三國詩人作品選集」的編輯、翻譯、出版的問題。金光林的意見很好，他提議一年出版一次，三個國家輪流主辦，出版發行的費用由主辦國自籌負擔。日本由高橋喜久晴據於地球詩社主辦，韓國由金光林策劃，中華民國由笠詩社主辦。因日本的印刷紙張較美，一九八一年度起先由日本開始，各國選出共通主題的三十位詩人作品每人一首，翻譯為三國語言刊出。每一首詩排二頁，上段印主辦國語言，文字大一點，下段分頁印其他二國語言。文字小一點，如此有三國語文，可以比較不同表現的詩想與技巧，能夠做到詩文學最完美的交流。

剛把出版詩集的細節談完，由於派對已經結束，杜國清和明台，還有住在沼津市的韓國詩人李沂東先後進來；於是開始聊天，把威士忌和清酒喝完了，十時半，我獨自乘地下電車回新宿的寓所去。

(六)

廿五日的節目為古都鎌倉文學散步。參觀的地方是三溪園公園、圓覺寺、東慶寺。中午在有名的「門前」餐館吃純粹日本式的京料理。在舖有百多張榻榻米素白木造的大房間，屈膝坐着吃上等的日本料理，很有氣氛，不過幾位洋人和印度、泰、印尼的詩人們都很不習慣。

午餐之後又參觀八幡宮、長谷寺。參觀到傍晚，車子轉到七里海濱回東京。這是普通的觀光遊覽，仍有些詩人趁這機會交換名片，交流感情之外，所看的古蹟、名勝、寺廟，大都是被列為國寶的古代文物，日本對於保存文物發揚文化做得很好，令人羨慕。

廿六日一天沒有活動。

廿七日晚，在港區虎門的發明會舘，舉行世界詩人離別晚會。仍以詩、音樂、舞蹈組合的終曲，做為世界詩人與日本新世代的詩人之間的文學交流。第一章演出舞踊詩「認識自己」和「舞踊與映像」。第二章是夢幻的舞蹈。

開始時，會場一片黑暗，看不出人的臉孔。舞臺上橫布幕拉開了一半，燈光照射了黑布幕的一端，有位穿淨白衣裳的少女探出頭，徐徐以慢動作出現從半身到全身，手脚顫抖着，似偎依在布幕轉身，表現癱瘓的手與身軀，令人想像瘋女或身體機能障害者，露出焦躁、悲觀與自卑感，而耐着痛苦不斷地顫抖着，挺不直身軀，歪曲着上身與下體，慢慢地倒下來伏在地上很久，忽然又抬起上身，搖搖晃晃站起來，踏着不穩的脚步走到舞臺的底邊屈身，伸長手臂半倒着姿勢，像一具白色塑像，又像一朶白花，靜停下來。此時，圓形照明燈照射臺下觀衆席的一點，有人開始用日語快速度的聲音朗誦詩，語音很清晰，反覆的詩語，扣人心弦。一個人朗誦完了又來一個，也安插外國詩人以自國語言朗誦，這種場面的氣氛，神秘而優美。但仍有外國詩人捨棄自己的語言，用不自然而怪音調的日語朗誦自作，破壞了氣氛，在場的不都是日人，很多國際詩人不懂日語，爲甚麼不遵守規約擅自改用日語朗誦呢？舞臺上的啞劇是可以配合任何語言，不論聽懂與不懂，只要從朗誦詩獨特的音韻抑揚，產生神秘感性的效果，便是這場演出的目的；因此不用自國語言朗誦的詩人，不但失去詩人耿介的氣質，且弄糟了朗誦的意義。

北原政吉先生爲了要帶不懂日語的林宗源明天去大阪，特地買了新幹線的車票送到會場來。他參加我國笠詩刋爲同仁，很關心這次從臺灣來的詩人們，照顧得很週到，我們非常感謝他。由於他要趕回四街道的家，乘電車需兩個小時的路程，我和明臺便送他到虎乃門地下電車站去，在車站分離。本想再回去會場，但詩與音樂、舞蹈的終曲，也許已經到了末點，又覺得幾天來的奔波很累，遂和明臺跳上駛進來的電車，終於離開了國際詩人會議的漩渦，回到新宿的旅館去休息。

笠詩刊社同仁規約摘要

一九八〇年十二月十四日
笠詩刊發行百期同仁大會審訂

△笠詩刊社（以下簡稱本社）由同好詩友所組成，以力行現代詩創作，提高現代詩水準，普及現代詩爲宗旨。

△本社出版「笠」詩雙月刊，每逢雙月十五日發行。詩刊頁數、售價、印行册數等依據社務、編輯委員聯席會議決執行，並得出版相關叢書。

△凡對現代詩欣賞、創作或學術理論具有相當素養，願遵守本社同仁規約者，經本社同仁具名推荐向本社申請，經社務委員會議審核通過，得參加爲本社同仁。

本社「同仁通訊錄」正在編印中，有意參加本社同仁者，請速與陳千武先生連絡，辦妥手續，以便刊入通訊錄。

（陳千武先生通訊處：臺中市双十路一段十之五號
臺中市立文化中心）

中部詩社會討論作品與詩人簽名

黃勁連　蔡榮勇　牧陽子　蕭文煌　陳金連　楊傑美　林宗源　林亨泰

楊傑美

哀某妓女

妳茫茫入世的第一版是在
十五歲的那年，梅雨霪霪
海裳嚶嚶啜啼的一個長夜裏
被妳的繼父高熱噴注的墨油
狂顯地滾印出來的
妳啞騰的第二版是在
紙貨的洛陽街
被無數熱情的讀者激昂的獨淚
翻來拆去硃批得爛熟的

妳的榮名和妳的美麗
在放逐了陽光的排字房裏
被一隻一隻蹠接着匍匐前遛而來的
一隊隊忙碌的活動鉛版

逐頁逐頁地
鉛印了又鉛印
逐册逐册地
沒刷了又滾刷
再版了又再版
裝訂了又裝訂

洛陽的紙貨的是越來越貴了啲
只是妳秘密的排版印刷發
却隨着通膨指數
而呈反方向地節節遞降
曾經鮮麗的封面啊如今也愈來愈乾枯
愈來愈憔悴得像
一本蟲蝕風化的絕版古書

註：通膨指數卽通貨膨脹指數

白萩

然則

然則春天在檻外不知恥地走着。
爲了那些豬，一年一度
厚顏地從石隙間伸出粉裝的臉
有鳥的跳躍在波動的眼裏

我們是一枚釘死的鐵釘；
入木的部分早已腐銹。

腐銹在著督乾黑的血中
然則春天在檻外不知恥地走着
爲了那些狗，一年一度
從窩邊開始展露她的丰姿
我們是一枚釘死的鐵釘

入木的部分早已腐銹。
腐銹在檻內而望着藍天的眼光却猶爲新死的釘頭

林亨泰

弄髒了的臉

你說臉孔是在白天的工作弄髒了嗎？
不，該說：是晚間睡眠時才會弄得那麼的髒。
因爲，每一個人早晨一起來，什麼事都不做，
所忙碌的只是趕快到盥洗室洗臉——！。

當然啦，他們之所以不得不趕緊洗臉，
不只爲了害羞讓人看到自己有一副醜臉，
更是爲了他們因爲在昨日一段漫長黑夜中，
竟能安然熟睡——這不能說是可恥的嗎？

在一夜之中，世界已改樣，一切都變了。
今晨，窗檻上不是積存了比昨日更多的塵埃？
通往明日之路，不也到處塌陷顯得更多不平？
這一切豈不是都在那一段熟睡中發生了的？

詹冰

我殺死了蝴蝶

我橫揭捕蝶網
捕到一隻蝴蝶
蝴蝶不顧意地
在網中擺動翅膀

爲了要欣賞牠的美
爲了要做昆蟲標本
用手指捏壓牠的胸部

我殺死了蝴蝶！
另一個的我
看我殺死了蝴蝶
在旁邊流淚
代替牠流血

陳金連

挖掘

許久　許久
在體內的血液裏我們尋找着祖先們的影子
白晝和夜　在我們畢竟是一個夜
對我們　他們的臉孔和體臭竟是如此的陌生
如今
這龜裂的生存底寂寥是我們唯一的實感

站在存在的河邊　我們仍執拗地挖掘着
一如我們的祖先　我們仍執拗地等待着
等待着發紅的角膜上
映出一絲火光的刹那

這麼久？　這麼久爲什麼
我們還碰不到火
在燒却的過程中要發出光芒的　那種火

這麼久？　這麼久爲什麼
我們總是碰不到水
在流失的過程中將腐爛一切的　那種水

晚秋的黃昏虛像之前
困執於挖掘的我們的手戰慄着
面對這冷淡而陌生的世界
分裂又分裂的我們的存在是血斑斑的

我們祇有挖掘
我們祇有執拗地挖掘
一如我們的祖先　不許流淚

詩與人生座談

時　間：民國69年10月12日

地　點：臺中市立文化中心圖書室

桓　夫：首先謝謝各位來參加詩話會，今天我們請白萩主持這個會。

白　萩：我對所要討論的題目「詩與人生」覺得怪怪的，桓夫把詩分為三個主題來講，「詩與社會」，「詩與時代」，「詩與人生」三個論點，事實上所講的為一件事，人生存有一定的時間與空間，不能在眞空裏生活並且佔有一個空間。

詩是人所寫出來的，當然與人生有絕對的關係，我們把重點放在詩人對人生的看法。

張彥勳對詩與人生的看法有二個論點：1.詩與人生絕對是有關係的。2.人生的態度問題因人而異，人面對社會，面對時代有其處世原則與態度。

張彥勳對人生是奮鬥的態度，而卡繆、沙特等人的人生是荒謬的，明知其不可為而為的態度。

以上是我簡單的開場白，下面請各位發表意見。

桓　夫：本來我是通知各位找一首詩來，從詩中探討尋找自己的人生觀，因為大家都沒有帶來，於是早上臨時找出五首詩，我們可從詩中看出人生衷裏的各種態度，各人人生觀不同，想就這五首詩一首一首討論，比較好。

白　萩：我們可以先請作者講出寫詩的動機，爾後提出討論意見。

1.楊傑美作品「哀某妓女」

楊傑美：坦白的說此詩並不是我較喜歡的，寫此詩的動機，起於看到報紙社會版新聞，一個十五歲女孩被繼父強暴後賣到妓女戶，而在妓女戶的賣笑生涯中穫得人生，但是隨著年紀的增長慢慢的由盛極而衰，雖然最初是洛陽紙貴，但漸漸身價愈來愈貶值，據此動機而寫這首詩。

林亨泰：剛剛楊傑美講得很客氣，但我覺得這首詩寫的非常不錯，首先來說這首詩的象徵，有墨油的汚染，少女是被汚染的，從最壞的和最好的作為開頭，這樣的滾滾而後膨脹，這故事過程抓到了最基本的類型，詩的象徵意義很簡單，我們也可以把這種象徵說成哀某文人或哀某詩人。作者把汚染的經過分為三段寫，寫得很仔細，巧妙，很寫實的冷靜的一段段寫出來，從我剛坐下來看了這首詩，到現在心境還沒有辦法平靜，使我聯想這不僅僅是妓女；文人和詩人也可能被汚染，雖然成為名詩人，但也可能被汚染。

桓　夫：對于林亨泰講這首詩的好，我頗有同感，作者把這首詩的故事演變寫得很生動，這是在社會新聞常常會看到的，給我們的印象很深刻。

白　萩：詩若是去刻意經營而寫的詩，往往是最壞的詩。這首詩的形象很好，象徵意義也可能是政治家，但從各種不同的角度都可以看出象徵的意義，主要的要有很好具體的相互關係。

廖莫白：在最後一句「一本虫蝕風化的絕版古書」我覺得用詞不太恰當。

楊傑美：所謂「絕版」它只是指在生活領域上看不到

的意思而已。

桓　夫：一般看「絕版古書」有人認爲不値，有人認爲很珍貴，就像古代的文物，有些家庭把它丟棄，而在文物館就妥善保存。我看這一句意思並無不妥。

白　萩：我們暫時脫離這首詩來講，在這首詩「你茫茫入世……」林亨泰認爲茫茫是空白很可貴，但人生不可能停在空白，所以必需要被印刷，然後第二版是在紙貴的洛陽街，而漸漸人老珠黃，但女人命運和作家命運不盡相同，也許林亨泰看過作家的興衰過程，所以覺得意義拓大很好。事實空白是無用的，不是可貴的，再來是「紙貴的洛陽街」人老珠黃，也不好，人生應是一頁一頁的印成一本書！而不是逐冊又逐冊，再版又再版，表現的意象不甚具體。

林亨泰：寫詩不是一頁一頁逐一的寫，而是一氣呵成的，而先寫的不一定是第一頁，書是經過裝訂而成，詩人寫詩用直感而不必說明，如雷達的敏感，看到社會的現象，敏感的寫成。

白　萩：我猜楊傑美主要表達的應是一本書，因在最後一句「一本……古書」單位是一本，可見第一版應是第一頁，然後第二頁。

林亨泰：現在有重要問題，它是分段的，如果「一本……古書」放在第二段的話或許是一本，詩是非常微妙的，以不同的段可提到不可的事情，譬如第二段「逐冊地…裝訂」是表示它那一本書也是一本，但他那一本可以再版又再版，這是一件事情，而最後還要回到綜合，好像很難完結，但最後還是要結束，一本書可以翻爲好幾冊，不是單數的一本，以寫作來說是一本，退一步講，寫了十幾本書也可以講爲一本，所以我想不要解釋的那麼呆板，如果說一本就是一本，那麼狹義的解釋的話，這一首詩就變得很平凡了。

白　萩：我剛說的是脫離這首詩來討論，作者不像我們這麼冷靜客觀的思考，我們不妨提供他做參考，主要的意義不是一本或一頁，這只是它的過程而已。

林亨泰：如果一頁一頁的講，那它的思想就是死的，沒有動作感，逐冊逐冊的是有動作感，中文靠字表示的意義太多，有些詩僅靠美麗的外表，以修飾的方法脫離事實的現象。所以可以把詩的意義去掉，用它的本質去感受。若每個字都要考慮意義，解釋的話，那他應該是散文家、小說家。詩人對社會現象的感受和字的運用應該很輕鬆，不是用字研究得深刻就能寫，形象不是靠字來表示。

牧　尹：我覺得這首詩很好。把一個東西用另一個東西來比喻，他把妓女生活用一本書來表示，我想作者並沒有刻意去考慮這一版，一頁、一本的關係，其實都是一樣的，都是表示生活的無奈。

另外林亨泰提到哀某妓女說成哀某詩人或哀某文人也可以，我覺得若哀某詩人的話，詩是詩人寫自己的，妓女是別人的客觀寫的，楊傑美當初寫這首詩並沒有想那麼多吧，只是依據社會新聞上妓女的命運，很簡單的寫實，沒有什麼象徵的味道，若要像林亨泰說的，我覺得不很貼切，因爲就我剛說的詩人的詩是自己寫的，妓女的是別人寫的。

林亨泰：詩人寫詩被印出來，詩人寫詩的行爲，還有詩寫出來，人家對你的讚譽是二回事，妓女的詩是用肉體寫的和詩人寫詩沒有兩樣，油墨和少女肉體的關係，詩人的詩精神和被印刷的關係，對詩的解釋不要逐字斟酌，而要以整體的象徵意義，很多字構成起來成一印象，這是主觀的，不必一字字的斟酌，還要回到他原來的單純狀態。文字不是一切，詩是最原始的，像詩經是還沒有文字發明以前就有的，詩的單純，連小孩子也可以寫。修飾詞沒有學好，文字表達沒有完全學好，還是可以寫很好的詩啊！所以我們應該把詩的本質徹底的思考，這思考的過程不是那麼簡單，但原來的現象是單純的，愈單純的愈難解釋，像幾何原理就很難證明，我認爲每件事情都要回到他原本地方去討論，這才有意義。

白　萩：我覺得作者的意思就是哀某妓女，若像林亨泰所講的哀某詩人就平淡無奇，因爲這是妓女用印書的比喻類別不一樣，若用哀某詩人這意思完全不一樣。

另外詩人對語言應絕對負責，因我從語言中了解你的感受，若不負責不算詩人。

林亨泰：我們不要把二個問題混在一起了，象徵的意義是一回事，解釋問題又是另一件事，我並非要把這首詩改爲哀某詩人，解釋是微妙的，象徵和解釋是二回事，我們也無權把某人的詩改寫。

白　萩：我們所不同的是一頁和一版，你認爲是文字，我認爲是語言。

林亨泰：文字是包括語言的。

白　萩：詩人是不是應對語言負責。

林亨泰：負責問題牽涉太廣，我們現在不談，語言表達出來就是文字，語言是百萬年來所傳下來的，不是我所創造的，是爲社會所認同。

白　萩：我認爲詩要看作者的意思，因爲你不能替作者補充。

康　原：詩是可用不同方法下定義，但這首詩已有標題，是寫妓女歷盡滄桑的人生過程，詩是用文字表示意思，但也不能光看字面意思，因爲它是一種意象，必須貫穿。這首詩是寫實，它只是把現象用文字表達出來，只是一種記錄，楊先生寫這首詩只是憑其意象感覺寫出來，各人表現技巧不同，今天我們應從詩與人生探討。這首詩給我哀痛的感受很深，雖無「哀」字，詩必須要靠讀者來共同完成他的生命，至於價值的判斷就由讀者去下了。

錦　連：唸字的聲響能引起詩的感動，能貫穿作者的感受，語言本身不够我們所要表示的，作者寫這首詩應該是一氣呵成的，詩人如果只偏重於文字意義，會失去他原來的本質。

楊傑美：當初我寫這首詩的時間大概只有二、三十分鐘，應該算是一氣呵成的，並沒有什麼變動，作者要表現的本質是什麼最重要，妓女只有一個，別人對妓女的評價各不相同，別人付給他的強迫意義太多，失去了自我，別人給他的是壓迫，污染，這首詩是哀鳴他的人生，我寫這首詩主要的動機也就在此。

白　萩：我個人人生過程也有這種感受，像我父親決定我的升學志願。這只是做爲一個讀者的吹毛求疵，一版與一頁不損作者的意思，我個人只是表達讀者的意思。

2. 白萩作品「然則」

牧　尹：「然則」是一種無奈的語氣，表示非常的無奈也得接受，沒有辦法拒絕。我認爲與第一首詩不同的地方是1.人生觀點的寫法。2.較第一首好，有批判性。

林亨泰：這首詩給我的感受是很巧、很美、修飾的美妙，它的題目「然則」在意義上不給我什麼形象，但看過程後覺得眞妙，文字上很老練，意義也不錯，但對詩的原始感動意義，沒有太大的差異。

楊傑美：白萩早期的詩給人無可奈何的悲曲，這一首詩的題目比較抽象，但技巧很完美，用具體的意象給予相當抽象的感動，因人心境的變化不同，我在二十歲時因遭遇人生挫折，對此詩非常感動，我想跟詩壇風氣也很有關連，詩壇的存在主義於目前來看感動就較淡。

白　萩：我寫這首詩的時間、背景不同，詩壇風氣也不同。

桓　夫：有一段時間林亨泰喜歡透明的詩，錦連喜歡有血有肉的赤裸裸的詩，像白萩的詩就比較透明，楊傑美的詩就屬於有血有肉的，很難說那種好，有些詩中文看起來很美但翻譯起來不一定好，白萩的詩看起來很美，用日文翻譯起來還是很美，而楊傑美的那首詩很好翻譯，翻譯起來也很不錯，一首詩都有原始的感動，表現的技巧不一樣而已，如果沒有原始的感動，不能說是好的詩。

林亨泰：我覺得每首詩都要翻譯，翻譯它的象徵過程和原始的意義。就如同外衣穿得很美，我們把它脫掉，看它健康的美，很多一般人都看外表的美，無法看出內在的美，要表現內部的技巧是不容易的，詩的整個的象徵過程才是最重要的，至於文字的技巧則讓國文老師、散文家去修改，作文的美應該是內容的好，而不是字的對錯與好壞，形象如果簡單也應把它寫的簡單。

3.林亨泰作品「弄髒了的臉」

白　萩：林亨泰的思想是一種反逆的思想，「說臉孔是晚間睡眠時才會弄的，那麼的髒」這是和一般人不一樣的地方只是反逆論，「因爲早晨一起來，就忙碌的洗臉」也是一種反逆的觀察法，他的詩唸起來有快感。但是如果講道理又說不過來，因爲白天也照樣發生這些事，這是觀察很仔細的。

桓　夫：這首詩的高潮是在第二段「竟能安然的熟睡……」的地方，看到這一句話就像心中被紮了一下，我覺得這首詩的好就是能抓住這種意象的地方。

康　原：這首詩若要從字面上解釋根本無法得到什麼，這可能是在表現人的情性，我們可把白天、晚上做個對比，然後把善惡做個對比，虛僞和眞實對比，如不從意象去探討根本無法看出什麼，這是自問自答的表現技巧，把我們思想引導到思考的境界，因爲每個人都有双重人格，人都會不一樣，我們會思考他爲什麼會不一樣，「竟能安然熟睡」，這句話是對自己的批判。

林耀南：「熟睡」在我的看法應是沈迷，對自己的錯誤沈迷。

錦　連：它引導我們進入它的世界，引起我們意想不到的衝擊力。

楊傑美：林亨泰所強調的是知性，這首詩表現的是非常意志的、理性的。還有這首詩的題目「弄髒了臉」本身有其象徵意義。

桓　夫：林亨泰和白萩這二首詩有相同的地方，講人生都有其羞恥的一面，具有諷刺的意味在內。

白　萩：林亨泰的詩是知性的，我的是帶抒情的，剛才我們所討論的都超出作者的範圍，好像比作者更了解。

林亨泰：作家寫出來的和別人的解釋當然會不一樣，而批評家是替讀者解釋。

4.詹冰作品「我殺死了蝴蝶」

牧　尹：這首詩和我曾經看過我放走一隻蒼蠅」的那篇散文差不多，我不贊同這種思想，這是過份濫情的思想，難道每個人都要達到那種慈悲嗎，我懷疑這樣的一種感情，寫詩應表達眞正的感覺。

蔡榮勇：這首詩類似兒童詩。作者以兒童的思考來寫得，我認爲以詹冰這樣大的年紀來寫這首詩很不容易，若以兒童詩來看很感動。

錦　連：若不僅限於蝴蝶，想像力更充實的話是對社會的一種批判。

白　萩：這五首詩都是桓夫選的，因此可看出桓夫的人生態度是一種批判的人生態度。

林亨泰：人道主義在現今社會很欠缺，這首詩的作者是以純淨的心情把它表現出來。

楊傑美：林亨泰所強調的人道主義的精神是非常可貴的。牧尹說詹冰的這種精神是做作的，我不太同意，這種精神是非常高超的。

桓　夫：詹冰的這首詩寫得很簡單而且很明朗，大部份的人看人生都只看一面而已，但人生應是双面的，詩人應從二個不同的角度看人生，詹冰爲了美殺死蝴蝶，另一個詹冰又爲了殺蝴蝶而流淚，我認爲這是人的心理狀態，很好很眞實的表現，把人的同情表現出來。

廖莫白：若以兒童觀點來看，感受較深。

白　萩：爲了美而殺死蝴蝶，又爲了殺死蝴蝶而流淚這是心理矛盾的表現。

牧　尹：這首詩是對美的追尋的衝突，若要說它是人道主義就太牽強，若硬要說它是人道主義也只能算是人道主義。

李默默：人做錯事會有反悔性，代表人性的善與惡，看似矛盾其實不矛盾，生下來就想做好事，有時又偷偷地做虧心事，像這種爲了達到不得不的過程，有是與非的過程爲了殺死蝴蝶，而觸動天生憐憫性，感覺詹冰好像很有人性的寫這首詩。

白　萩：我和詹冰不一樣的態度是詹冰爲了欣賞蝴蝶的美而做標本，我不一定殺死他仍能欣賞，這是我和態度的不同。

林亨泰：詩裏面的我不是作者的我，我是虛構的我，爲了要表達人道主義而虛構了我，虛構往往是爲了表達中心思想性。

桓　夫：這個做標本或許是老師教的，所以一定要殺死蝴蝶，在我們的人生裏，不得不做，做後又後悔的事情太多了。

蕭文煌：對於美是人類基本的佔有慾，因佔有慾而產生矛盾，因要佔有東西而要付出代價。

白　萩：桓夫把殺死蝴蝶的行爲，角色限定在被迫而做的，這是很完整的解釋。

5.陳金連作品「挖掘」

張彥勳：人生的意義，我認爲是奮鬥而不是享樂。有人說：人的出生就是爲了享樂，我則不以爲然。醉生夢死的一生和奮發自強的一生哪個有意義，誰都會曉得，因此，糊裡糊塗過一輩子，實在不是一個正常人所能有的態度，而抵有奮鬥奮鬥再奮鬥，在不斷的奮鬥中求上進才是一個懂得人生意義的人所應有的狀態，就此觀點來說，金連的「挖掘」正是最能表現他的人生觀，這是一首我最喜愛的詩，也是給我衝擊最大的一首詩。沒錯，人生就是奮鬥再奮鬥的連續，從不許流淚，不許有絲毫的苟且；活着就是要奮鬥，要挖掘，執拗的挖掘，等待着發紅的角膜上，映出一絲火光的剎那爲止。且看詩人的最後一句吧：「我們只有執拗地挖掘，一如我們的祖先，不許流淚」這就是詩人的人生觀，他對人生的探索不遺餘力，實在令我們敬佩。

林亨泰：這首詩是屬於難懂的，如「這龜裂的生存底寂寥是我們唯一的實感」實感是實在的感覺，內含非常複雜，用字很簡單，用有限的字來組合，詩不依靠文字技巧，應該從詩想着手。用淺易的字表達出內含，複雜的情感不一定要靠複雜的文字來修飾。這首詩是代表歷史感，社會意義的，一連串的長久的歷史感。

白　萩：這首詩和拙作「雁」風格上有點類似，但寫的時間不同，講得並不很清楚，表達的意思很抽象，是一種希望理念，人生存所追求的。

楊傑美：這首詩有點悲壯，用挖掘的動作來表示人生無可奈何的奮鬥，是積極的，水和火也是一種象徵，可能是一種生命的源泉，希望等。和人生的使命有認同感，就是要不斷的挖掘。

牧　尹：五首詩中我比較欣賞這首，因爲和我的心態比較接近，二個世界的不同，生活的世界和理想世界的矛盾，你只有靠自己的挖掘才可得到自己所要的，聯想到岩上的「跌倒」，所給予我的感受很深，人不能向環境低頭，他只有去挖掘，才能得到他所要的。

林亨泰：詩的表達不必清楚，只要他的象徵意義，而把它的過程寫出。

綜合討論

白　萩：從桓夫選這五首詩來看，桓夫的態度是批判的，本來人生的態度是批評的，根據良知作基準來批評，批判是根據良知的，態度有二種，一是旁觀的態度。一是實際參與的態度。

蕭文煌：所謂人道主義應該是愛，而不是殺了蝴蝶以後而流淚的那種虛僞。

桓　夫：有些事情往往是被現實逼迫而做的，也有做了而後悔的情形，人往往不能把事情分得很清楚，所以才有詩的象徵。

白　萩：這五首詩都有被壓迫。批判的精神，而並沒有積極的參與。我主張詩人應該積極的參與人生各種的活動，有其行動才有效果。

李默默：我很欣賞岩上所說的「詩不是用做的」。

林亨泰：詩人要能眞正的改變氣質，不是表面的，詩是接近人性的核心，使人眞正的改變，詩人精神深度的追求是很重要的。

現代詩演講及座談會

時　間：民國六十九年十二月十四日上午十至十二時

地　點：臺中市立文化中心

出　席：陳秀喜、巫永福、杜國清、梁景峰、白萩、趙天儀、李敏勇、拾虹、林亨泰、龔顯榮、李魁賢、洪瓊慧、周伯陽、高武德、林耀南、林良雅、施松柏、鄭烱明、陳金連、楊傑美、康原、黃進連、蔡榮勇、吳夏暉、許正宗、鄭明助、黃以約、林南、郁蘢、陳明潭、葉石濤、彭瑞金、蔡信德、莊金國、陳坤崙、桓夫

司　會：趙天儀、康　原

趙天儀：今天是「笠」詩刊創刊一百期的紀念，我們以年輕一代的詩人爲中心擧行「現代詩座談會」。會分爲三部份；第一部份我們請淡江文理學院梁景峯教授講「現代詩的創作」。他個人也是很好的民歌手。梁教授留學德國，在我們國內教德文、文化、歷史課程方面，他對德國現代詩非常有研究，發表雖然不多，但對詩有他一套獨特的看法，可提供寫現代詩朋友很好的參考及批評意見。

第二部份我們請到中部非常有名的詩人白萩先生來講「詩與人生」。今天從南到北都有詩人趕來參加。中部有幾位是很少露面平常不易看到的，白萩是其中一位。白萩出過好幾本詩集，包括「娥之死」、「風的薔薇」、「天空象徵」、「香頌」等，各位如果注意國內三十年來詩壇的演變，對白萩的詩集應不會陌生，他從十六歲開始就扮演着很重要的角色，雖然這幾年沒有作品發表，但我們盼望他有一個新的躍進。

第三部份我們以座談會方式來討論「詩與時代、社會、人生」的關連問題。首先我們請梁教授來講「現代詩的創作」

梁景峰：我今天不是以詩人角度來討論「詩的創作」，我要以詩的讀者身份來講，也就是以文學消費者來討論。十年前的很多詩作，對我來說是「天書」。詩作者多不用本名，筆名都很美，詩也一樣，不是很美就是怪的出奇。目前臺灣有很多詩人，老的與年輕的都有，中國眞是一個詩的民族，詩人很多、而且很多詩人的作品皆可信手寫來，但很多作品讓讀者受苦很多，花了很多的時間還不能進入情況。顏元叔曾說過：「臺灣近三十年來小說成就最

大，若要找出人、事、物，可從小說中得到。而詩則不管其外在實際情況。」又說：「詩很難讓人看懂，只是很美，沒有內容」。有些詩人對自己的作品也無法解釋清楚，由於這些原因，我對詩較不敢接近。

昨天有幾位老詩人提到年輕人都有表達的慾望，年輕人感情豐富，籍着詩、散文、小說或音樂來表達年輕人的苦悶。詩和其他文學一樣有廣範的內容，什麼都可寫成詩，詩人是多面性的。

根據我的觀察，三十年來臺灣詩人普遍傾向農業時代的描述，如田園景物或一個人在山水風景中所碰到的感情波動，對現代都市工商生活方面較少從事創作，語言方面楊啓東先生也說過，詩要有很豐富的語言、詞藻才能從事創作表達，語言有舊的和新的，臺灣詩壇普遍現象用白話，但還是有半文言傾向，很多人喜歡套用舊語或是舊詩詞所表現的，語言的速度很慢，而生活是很快的，詩還停留在古典文學美感標準中，句法方面多數詩人不講究句法邏輯性，所以句子意義讓人看不懂，句法怪異成為風氣、成為年輕人所摸仿追求，這種手法的運用很泛濫；用了很多的比喻，還沒有接觸到問題的核心，完全要以象徵取勝。詩的怪異其脆弱的地方，而不是高明的地方，很多詩人創作講求對靈感的重視，普遍呈現感情泛濫，過份重視靈感。當然在詩的創作過程中啓因（靈感）是很重要的，但應要相當的理性，才能把握要描述的東西，經過理性的處理，才能產生好的詩。目前還殘留的現象；詩人怠惰，像碰到困難不能把現象描寫出來時，就用術語來掩飾，理性創作是很重要的。

最近流行寫實詩和敘事詩，我覺得和舊的有類似的毛病；如對某件事同情，認同有強烈感情時，如歷史事件：就變成崇拜、歌頌詩詞的拼湊。另一現象就是把詩拖長，詳細描述前後因果，用近乎散文句法寫敘事詩，這不是好的現象，目前喜歡寫歷史事件、煤礦事件，處理這些應要以冷靜地，對歷史事實加以研究了解的來寫，把握重點是現代詩很重要的課題。

曾有「笠」詩刊的朋友對敘事詩有所批評，認為文字粗糙，賣弄感情等，希望能對此有所說明。

目前多數詩人創作，不是專業創作，多數是以神來之筆的創作，而不是用很多精神時間來創作研究，要成為好詩人應要用全付的精神與不斷努力創作，而不是看其關係好壞與名氣的大或不大，要以敬業的原則才能產生好詩，這是我對詩的期望。中國既然是詩的民族，在臺灣的詩人也可有很好的成就，並且進一步為世界所公認。

趙天儀：今天我看到一個競選標語上寫着「要為全民消除政治髒亂」，想到我們詩壇也很髒亂，以現代詩創作來講，要走出一條可行的健康的路要經得起批評，梁教授的話是很寶貴的，如注意詩壇三十年來的演變，可知皆是由衷之言，可能有些名氣的人無法接受，像大報上所發表的詩，常常只是些迎合時髦的東西，並不一定具有詩的光輝詩的精神的產物，我們今天要談的是我們肯定它是眞的詩的藝術品的詩。下面請白萩先生講「詩與人生」。

白萩：各位小姐、各位先生大家好，首先感謝老朋友的捧場，大家想到詩，就想到我，我已七、八年不寫詩，改行從商，也很忙。「詩與人生」的題目很大，今天以個人為見證，用漫談方式來談。

一個人生存必有一場所（社會、國家），人有其生存的時間、詩有其時代性。

詩是使用語言去探索存在，詩人應有此態度、個人創作觀點，人因為有話言去思考才能認識其存在。並且詩應是①有組織性的話言，沒有組織只能算是片段。②簡約性的語言，③飛躍性的話言。日本詩人曾說過話言是海。語言是很廣泛的，我們看別人的詩是讀者，自己創作則為作者。

談「人生」，以我來說還太年輕，應請更年老的人來談，我幼年因環境關係沒有童詩（純眞）的時期，開始寫詩的從初二青少年時期開始，青年都是詩人，情詩的時期，對愛企慕的時期，是帶有甜味的時期。中年三十到五十歲時寫的是社會詩，依靠自已本身良心批判外界，所寫的詩是帶有鹼味和辣味的。老年人對生漸漸淡化，寫的詩可能就是淡味的詩。

有句話說「錢使人腐化、詩使人浮化」我個人覺得「詩使人深刻化」。

第一次使用話言成為事實，第二次使用則為模式，常常使用話言會成為模式，個人因語言組織的瓦解，習慣性經漫長時間的瓦解，新的事實未產生而寫不出詩來。當然若我再重新組織語言時也可能再寫詩。

趙天儀：謝謝梁景峯，白萩二位先生精闢的講解，梁先生曾翻譯白萩先生的詩選在德國出版，這是梁景峯先生唯一在德國出版國內的翻譯詩，我和白萩先生從小在一起，他的思想、人生歷程較易體驗，較接近，也較能接受。語言的多寡並不是唯一決定寫詩或創作的因素，不過能充份的使用語言才是最重要的因素。白萩提到作品的創作屬於最初的一次性，在「笠」他曾提出選詩的五個標準：

1. 文學態度：眞摯。
2. 準確與清晰的語言。
3. 全篇的秩序高於個別的奇異。
4. 方法論的注重。
5. 能拓大我們的詩經驗。

根據我所知，若按這五個標準來選詩的話，恐怕不被刷下來的不會太多。我們以此請白萩先生表示一點意見。

白　萩：這可能是針對當時詩壇現象的一種反應而寫的。「文學態度眞摯」，詩應是有感而發，由於當時語言沒有感動而東湊西湊現象因而引起對抗的意識。「準確與清晰的語言」—沒有組織性的語言，就沒有輪廓、範圍；沒有辦法創作出精確清晰的描寫。「全篇的秩序高於個別的奇異」—當時現象是東湊一句、西湊一句，往往有好的句子，但二句在一起却連不出有意味的意象來。「方法論的注重」—語言方法是需要學習的，要經歷一段時間，艱苦歷程才能熟練。「能拓大我們的詩經驗」—因當時的詩刊，無感動、沒有意義，就無法拓大詩的經驗，沒有眞實的存在。

座談會開始

首先介紹參加詩人

康　原：我本身是學習散文的，詩是從林亨泰老師那兒學習得來的，在目前現代詩人寫詩大部份都從某一個角度出發，於是要求林老師以寫回憶錄的方式，對現代詩運動從另一個角度出發，做一個重新的評估。站在純粹詩壇的立場，從頭到尾，不必顧忌，提出每個階段代表的詩人和其作品風格，現已寫了一萬六千餘字，預計把它寫成一本「詩人的回憶錄—林亨泰老師訪問記」。

葉石濤：（小說評論家）恭賀「笠」一百期紀念，以我看來詩是從優感性的詩漸漸進到社會性，這過程和白萩先生所講類似，不再多言，謝謝各位。

趙天儀：既同爲文學創作者，小說家應可嗜試寫詩，同樣的，詩人也可拓大到小說的領域裏寫小說。

李魁賢：基本上來說，詩本身若不能對時代精神有所涉及的話，往往看不出詩佔有時代的據點到底在那裏。詩人表達生活經驗，若本身對時代現象不能有批判性的觀點，則詩不能使人認識時代佔有的據點。

有關詩與社會關係，社會是群體的，詩很多是個人經驗，詩是傳給讀者的，應該不是個人的經驗，而是社會群體的經驗，詩要獲得大家的共鳴。

詩與人生，在人生過程不管如何演變，重要的是應有所感悟，不同階段有不同的感悟，要深入到世界內層，尋求體認其共通性。詩與人生的關連應該表現在詩本身是否有「思想性」也。這是個人簡單的見解。

傅　敏：人是社會影響下的動物，人和社會即產生所謂的人生觀問題。社會形成可從：

1. 從政治觀點—權利與分配，十年前與十年後有別。
2. 從經濟觀點—生產與分配，十年前後不一。
3. 從文化觀點—包含智慧、象徵，每個時代有其不同對應。

詩的社會層面，對外在環境的注意應包含政治、經濟、文化，這就包括立足點的立場問題，這是很重要的。

語言我們需要去了解思考，更深刻努力去探討，唯有透過語言才能把握外在的眞實，使內與外的溝通。對於寫詩希望今後能追求新的路程。

趙天儀：鄭烱明曾說過一句話「用於時代隔閡的語言寫詩，那是逃避文學，寫現實中沒有的東西，那是欺騙的文學，我嘗試用平易的語言，發掘現實中那些外表平凡的不受重視的被遺忘的事物本身所含蘊的存在精神，使他們在詩中重新獲得估價，以徵信人類對悲慘根源的了解。」現請鄭烱明先生談他的見解。

鄭烱明：這段話代表那時期我對詩的看法，那是正逢現代主義昌盛的時候，依那時的看法就是爲何我們要用不容易了解的語言來寫詩。詩人不敢面對現實，於是用語言來逃避，我對詩主張用親切的、平易的語言來創作，不要只重視文字追求，最近詩壇上；語言、技巧、詩精神都有明顯的改變，我們要以時代的精神，傳統的認識來寫詩。

黃進連：寫詩一般都強調關心民間痛苦和社會大家生活情況，我認爲應有另一層意義，即一首詩應考慮其被社會大衆接受的程度和有多少人欣賞，詩的解釋是很重要的，作者應考慮自己的詩有多少社會性，詩應該是與讀者相互溝通的，如與民歌、舞蹈結合都是很好的。

趙天儀：固然詩和音樂在起源上有其歷史的淵源，我們也不反對詩有吟唱性的要素，不過現代詩在以語言的思考性來說似乎比過去的吟唱性更有發展。音樂和詩的領域有彼此不同的創作要求，詩人要有創作詩本身的要求，當然和音樂結合我們不反對，但這個結合，應是一種高度的結合而有創造性的結合。

彭瑞金：（小說評論家）對於今天大家認眞的討論，

以讀者立場來說這是很好的，也是我們拭目以待的眞正的詩人應走出戶外和眞正的生活相結合，才不會和時代和人生距離太遠。最後恭賀「笠詩刊」，希望它繼續發行在詩壇做更多的貢獻。

林亨泰：語言二三十年來最大的轉變是從工具說轉到思考說，即語言不僅是工具，若是工具，那只是在傳達。語言是抽象的，要表達現實很難，需要很多經驗與智慧的結合才能表達。創造力是從錯誤中累積經驗而產生出來的。

趙天儀：語言以簡單來看，科學性的和散文性的話言多半趨向單意義的記號。文學性的和藝術性的詩的語言多半趨向多意義的記號。下面請杜國清先生來談。

杜國清：詩反應人生，人生分爲1.人的生命2.人的生活。生活是較具體的！較易描述的。生命的現象是持續的，人的生命有限面對宇宙無限的生命，這也是詩人所應要表現的。

關於詩與社會問題，前有人說過年輕都是詩人，青年人感受較爲敏銳，較易寫出詩來，但如果要繼續寫詩，就要想到是爲誰寫詩。今年諾貝爾文學獎得主密瓦許（Czeslaw Milosz）曾提出「詩若不能拯救世界人民算什麼呢？」他自己的假設答案是1.官方謊言的共謀。2.酒鬼的歌，而這酒鬼可能隨時被割喉嚨。3.大二女生的讀物。所以如果想要繼續寫詩，就應想到爲誰寫？爲何寫？

詩與時代—詩人只要根植於人的生活寫詩自有其時代意義。

現代詩應具有現代西方主義的特色。現代人應有他的現代意識，而這現代意識是不同於過去的。

巫永福：詩能反應出社會的好壞與政治成功與否。探求詩的基本精神，不需假求西方，只要從中國歷史中即可發現。愛國詩人屈原、詩聖杜甫、李後主、李清照的詩詞；我們皆可從其中探知其時代、社會背景、與民間生活情形。中國的詩從詩經、漢賦、唐詩、宋詞一直進步下來。詩的古代和現代不是從格律來決定，而是從其精神和風格，能以自己人生體驗和社會背景來表現，就能做出很好的詩。

本社啓事

本刊中、南、北部編輯委員策劃，恢復「作品合評」及各種詩文活動，歡迎各地詩友，作者讀者參加。請與左記各區召集人連繫，以便有活動時，發出通知。

南區：830鳳山市漢泰中路50號 鄭烱明

中區：400臺中市双十路一段市立文化中心 陳千武

北區：107臺北市浦城街24巷一號三樓 趙天儀

布拉克詩抄

非馬譯

蒼蠅

小蒼蠅
你夏日的遊戲，
被我輕率的手
一下子拂去。

我可不是
一隻蒼蠅像你？
你可不是
一個人像我？

因爲我跳舞
喝喝又唱唱；
直到一隻盲目的手
拂我的翅膀。

如果思想是生命
力氣與呼吸；
而缺乏思想
是死亡；

那麼我是否
一隻快樂的蒼蠅，
活着
或者死去。

百合花

矜持的玫瑰長了刺：
謙遜的羊頂着威脅的角：
而白色的百合花，用愛之歡愉，
呈現無刺又無角明亮的美麗。

天使

我做了個夢！意義何在？
夢見我是個未婚的女王：
受一個溫良的天使保護；
愚蠢的災難，到不了我頭上！

而我日日夜夜哭泣
他替我把眼淚揩去

而我夜夜日日哭泣
將心頭的歡樂對他藏起

因此他振翼逃去：
玫瑰便染紅了淸晨：
我揩乾眼淚並武裝我的恐懼
以一萬支矛與盾。

不久我的天使又回來了：
但他白來因我已武裝：
青春已逝
白髮在我頭上密密佈防。

啊！向日葵

啊，向日葵！厭透了時間，
數着太陽的腳步：
追尋所有旅途的終點，
那甜蜜金黃的去處。

因慾望而憔悴的少年，
以及裹在雪裡的蒼白處女：
從他們的墓裡起來凝凝瞻望，
便是我的向日葵想去的地方。

愛之花園

我來到愛之花園，
看見前所未見的東西：
一座小教堂造在中間，
在我經常玩耍的草地。

而這教堂的大門緊閉，
它的門上寫着，你不可；
所以我轉向愛之花園，
繁花盛開的處所，

却只見到墳墓遍地，
石碑取代了花木：
而穿着黑袍的僧侶昂然巡行，
而我的歡樂與慾望，爲荆棘纏住。

毒樹

我生我朋友的氣；
我把怒氣洩出，氣自消了。
我生我仇人的氣：
我把怒氣藏起，氣便愈長愈高。

在恐懼裡我澆它，
日日夜夜用我的淚水：
我用微笑哂它，
用柔和的詭計。

它日抽夜長。
終于結了果。
我的仇人見了，
知道它屬于我。

他偷偷溜進我的花園，
當黑夜把竿影藏起；
在早上我欣然看見；
我的仇人直挺挺躺在樹底。

迷途的小孩

父親，父親，您上哪兒
啊別走得那麼快。
說話呀父親，對您的孩子說話
不然我會迷路，
夜很黑父親不在那裡
小孩被露水打濕。
爛泥很深，小孩在哭
水汽陣陣冒出。

編輯室報告

趙天儀

△民國六十九年十二月十三、十四日，爲慶祝建國七十年，以及「笠」詩刊創刊百期紀念，在臺中市立文化中心舉行「詩、舞蹈、民歌之夜」、「臺灣光復前詩人作家座談會」、「現代詩演講與座談會」及「笠詩刊同仁會」。「臺灣光復前詩人作家座談會」，有前輩詩人作家楊雲萍、龍瑛宗、巫永福、邱淳洸、江燦琳、王登山、林精鏐、郭啓賢、楊逵、楊啓東、周伯陽、葉石濤、王昶雄等應邀參加。又兩天的活動，除本社同仁外，「詩脈詩刊」、「詩人季刊」、「鹽季刊」、「主流詩刊」等多位詩人前來參加。

△日本地球詩社創刊30週年所舉辦的一九八〇地球之詩祭與國際詩人會議，於去年十一月二十四日在東京舉行，本社同人有巫永福、陳秀喜、陳千武、林宗源、杜國清、陳明台等參加。我國詩人鍾鼎文也以代表參加。本期陳千武「國際詩會在東京」一文，有詳細報導。

△「笠詩刊同仁會」已選出社務委員九人，編輯委員十五人，以便推行社務，促進編輯革新，並歡迎新同仁參加，共同爲中國現代詩的耕耘而奮鬥。

△本期爲本刊百期後第一期，爲促進現代詩的創作，增加同仁的作品，以年輕一代的詩人群爲核心，推出嶄新的創作。

△本刊編輯部遷新址：臺北市浦城街24巷1號三樓，歡迎賜稿。

↑笠詩刊發行一百期紀念會參加同仁合影

↓一九八○年十二月十三日慶祝笠詩刊發行一百期
在臺中市立文化中心舉辦詩與民歌晚會盛況

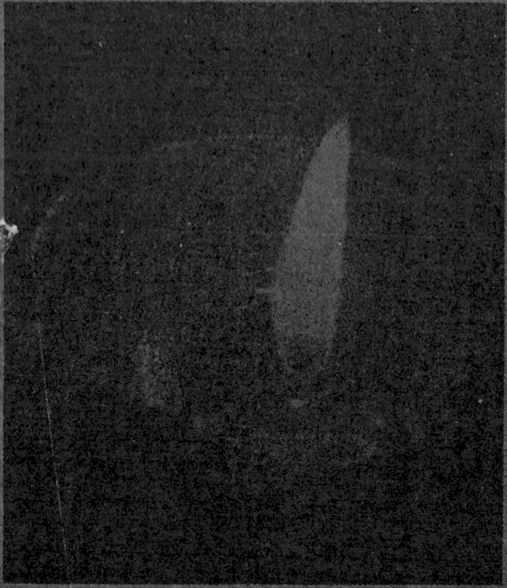

中華民國行政院局版台誌1267號
中華郵政台字2007號登記第一類新聞紙

笠 詩双月刊
LI POETRY MAGAZINE 101

中華民國53年6月15日創刊
中華民國70年2月15日出版

發行人：黃騰輝
社　長：陳秀喜

笠詩刊社
台北市忠孝東路三段217巷4弄12號
電話：551－0083
編輯部：
台北縣新店市光明街204巷18弄4號4樓
經理部：
台中縣豐原市三村路88號
資料室：
《北部》淡水鎮油車口121之1號5樓
《中部》彰化市延平里建寶莊51～12號

國內售價：每期30元
　　　　　訂閱全年6期150元・半年3期80元
海外售價：美金1.5元／日幣300元
　　　　　港幣5元／菲幣5元
歡迎利用郵政劃撥21976號陳武雄帳戶訂閱

承　印：華松印刷廠　中市TEL(042)263799